THOMAS CARLYLE

Nouveaux Essais choisis

de Critique et de Morale

DU GENRE BIOGRAPHIQUE

VOLTAIRE — DIDEROT — GŒTHE — NOVALIS

IDENTITÉ DE LA FORCE ET DU DROIT

TRADUIT DE L'ANGLAIS AVEC UNE INTRODUCTION

PAR

EDMOND BARTHÉLEMY

DEUXIÈME ÉDITION

PARIS

MERCVRE DE FRANCE

XXVI, RVE DE CONDÉ, XXVI

MCMLX

NOUVEAUX ESSAIS CHOISIS

DE CRITIQUE ET DE MORALE

DU MÊME AUTEUR

SARTOR RESARTUS, *Vie et Opinions de Herr Teufelsdrœckh*, traduit par Edmond Barthélemy..................... 1 vol.

PAMPHLETS DU DERNIER JOUR : *Le Temps présent. Prisonsmodèles. Le Gouvernement moderne. D'un gouvernement nouveau. Eloquence politicienne. Parlements. Statuomanie. Jésuitisme.* Traduit, avec une Introduction et des Notes, par Edmond Barthélemy..................... 1 vol.

ESSAIS CHOISIS DE CRITIQUE ET DE MORALE : *Caractéristiques. Burns. Johnson. Goethe. Sur l'Histoire. Signes des temps.* Traduit, avec une Introduction, par Edmond Barthélemy. .... 1 vol.

A LA MÊME LIBRAIRIE

THOMAS CARLYLE. Essai biographique et critique, par Edmond Barthélemy. Portrait de Thomas Carlyle, d'après Samuel Lawrence.. 1 vol.

THOMAS CARLYLE

Nouveaux Essais choisis

de Critique et de Morale

DU GENRE BIOGRAPHIQUE

VOLTAIRE — DIDEROT — GŒTHE — NOVALIS

IDENTITÉ DE LA FORCE ET DU DROIT

TRADUIT DE L'ANGLAIS AVEC UNE INTRODUCTION

PAR

EDMOND BARTHÉLEMY

DEUXIÈME ÉDITION

PARIS

MERCVRE DE FRANCE

XXVI, RVE DE CONDÉ, XXVI

MCMIX

JUSTIFICATION DU TIRAGE :

DU POINT DE VUE BIOGRAPHIQUE
EN CRITIQUE

—

> Les œuvres d'esprit n'ont pas
> l'esprit seul pour père. L'homme
> entier contribue à les produire ;
> son caractère, son éducation et sa
> vie, son passé et son présent, ses
> passions et ses facultés, ses vertus
> et ses vices, toutes les parties de
> son âme et de son action laissent
> leur trace dans ce qu'il pense et
> dans ce qu'il écrit.
>
> TAINE, *Balzac.*
> On fait ce qu'on peut.
>
> LA SAGESSE DES NATIONS.

Il s'agit, le mot le dit, dans ce point de vue biographique, du point de vue de la vie. Il y a, dans
la vie réelle, une quiddité, une *moralité* qu'il ne
faut pas confondre avec les morales plus ou moins
abstraites. Cette nouvelle série d'*Essais de Criti-*
que et de Morale, traduits de Carlyle, peut être
l'occasion d'examiner sommairement comment cet
écrivain a conçu, d'un tel point de vue biographique, psychologique, cette moralité concrète, dont il
s'est toujours si fort préoccupé ; et quels résultats

critiques peuvent découler de l'application de ces vues aux œuvres littéraires. La notoriété d'une critique récente (1), discutable, croyons-nous, en certains points, nous engage à choisir ces œuvres dans le Romantisme.

I

Mme Du Deffand, vieillie, mais ayant toujours sa tête de vingt ans, rencontrait difficilement, dans ses lectures multiples, un livre dont sa lucidité intellectuelle ne perçût point le néant : tous, à peu près, l'ennuyaient, la morale notamment, « parce qu'on n'y trouve que des idées communes et peu naturelles ». La brillante amie de Voltaire et du Président Hénault était d'un temps, d'un climat spirituel que Carlyle ne chérissait pas beaucoup, et ce n'est pas précisément le nom de celui-ci qui évoquerait, par un parentage impossible, le nom de celle-là. Cependant, Carlyle aussi pouvait reprendre dans les idées de « la morale » un manque de naturel. Le naturel de Carlyle morale, n'était pas, sous plusieurs rapports, le « naturel » de Mme Du Deffand. Sans doute, il n'était pas tenu à la réalité positive par une attache plus forte, lui qui si puissamment y était attaché, que le dix-huitième siècle des Hume, des Walpole, des Voltaire et des Egéries du Philosophisme :

(1) Pierre Lasserre : *le Romantisme français*. Edition de la « Société du Mercure de France ».

seulement, ceux-ci y cherchaient le Bonheur, alors
que celui-là y discernait un fait de Force qui portait son sens en lui-même, sans nul égard à notre
plaisir et à notre intérêt. Mais, prises à leur point
de départ, avant les divergences de leur développement, les deux morales semblent également positives.

Savoir laquelle des deux, considérées en outre
dans leur objet, l'est le plus, laquelle des deux
manque le moins de naturel, crée l'image la moins
infidèle du réel, c'est une question que partisans
et adversaires du Dix-huitième siècle ont agitée et
peuvent agiter encore. Il y a, de part et d'autre,
dans l'une et l'autre directions du positivisme moral,
des degrés d'approximation vers le réel : ici, le
calcul des intérêts particuliers, se proposant pour
solution le bien général, en l'espèce « le plus grand
bonheur du plus grand nombre » ; là, la croyance
à la nature infinie du Devoir, à l'importance infinie
des actions de l'homme, par rapport, non point
au plaisir de l'homme, mais à quelque idée plus
haute et peut-être plus vraiment consistante de
sa destinée. Lesquels se font la meilleure opinion
de la réalité, de ceux qui y recherchent le Bonheur,
ou de ceux qui y recherchent la Grandeur, c'est-à-
dire, sous une autre forme, le Bonheur encore ?
Question sans doute vaine, à vouloir une solution
valable pour la totalité des problèmes de la nature
humaine. Epicuréisme et Stoïcisme, Bonheur et
Grandeur sont choses vraies, dignes l'une et l'autre de recherche. Mais il est plus facile d'apercevoir leur incompatibilité que le degré comparé de
leur puissance.

Cependant, cette incompatibilité même, cette opposition, peut, à son tour, par son effet de contraste, faire ressortir le caractère propre et le genre de force des deux morales. Rien ne rend mieux compte du Dix-huitième siècle que certaines de ses préventions ; rien n'éclaire les objets de ces préventions mieux que ces préventions mêmes. Pour citer un exemple célèbre, les positivistes du xviiie siècle, avec toute leur puissance d'analyse, mais d'une analyse exercée seulement à l'évaluation des mobiles intéressés, se sont mépris sur une des carrières morales et historiques les plus importantes. Avec Hume, ils n'ont vu en Cromwell qu'un « Hypocrite-Fanatique ». « Fanatique », cela allait de soi, au xviiie siècle, quand il s'agissait du chef d'un mouvement à maints égards religieux. « Hypocrite », cela devenait plus curieux ; « hypocrite », ce grief jaillissait au moment même où, sous l'empire d'une habitude morale invétérée, l'on cherchait et l'on voulait voir, dans la vie de Cromwell, l'intérêt personnel et la dissimulation quant à cet intérêt. Que Cromwell n'ait agi que pour lui-même et que l'industrie qu'il déploya pour satisfaire son ambition n'ait eu d'égale que l'astuce qu'il mit à la dissimuler, — comment cela eût-il pu faire doute et comment cela n'eût-il pas été condamnable pour des épicuriens qui, en inscrivant en tête de leurs doctrines la recherche de l'intérêt personnel, placent la moralité dans l'aveu de cette recherche, honnêtement professée, déclarée, ainsi que le veulent les convenances du bien public ?

En jugeant ainsi certaines actions puissantes d'après la théorie utilitaire de l'adaptation des

moyens aux fins (à des fins intéressées), la morale
de l'intérêt a fait surtout ressortir sa dialectique
propre. Mais n'attire-t-elle pas aussi sur ces actions
notre attention particulière? Certes, seulement c'est
dans un sens tout autre que celui qu'elle s'était
proposé. On se dit que de telles actions ne sont
pas si simples, que de résulter, sans plus, de l'a-
daptation des moyens aux fins, et l'incomplet
d'un tel jugement nous porte à les considérer de
plus près. C'est ce qu'a fait Carlyle pour Cromwell:

Ce jugement, appliqué à des hommes tels que Cromwell, dit-il, substitue le *terme* de leur carrière à son
cours et à son point de départ. L'historien vulgaire
d'un Cromwell s'imagine qu'il avait résolu d'être Pro-
tecteur d'Angleterre, au temps où il était occupé à labourer les marais du Cambridgeshire. Sa carrière était là
toute dessinée devant lui : un programme du drame
entier, qu'alors pas à pas il développa dramatiquement,
avec toute sorte d'artifice, de menteuse dramaturgie, au
fur et à mesure qu'il avançait, — le fourbe, l'intrigant
« Ὑποκριτής », ou Comédien, qu'il était ! Ceci est une
perversion radicale, presque universelle dans de tels cas.
Et pensez un instant combien différent est le fait! Dans
quelle mesure l'un de *nous* prévoit-il sa propre vie? A
une courte distance en avant de nous, elle est tout obscure ; un écheveau *indévidé* de possibilités, d'appréhensions, de tentatives, de vagues lueurs d'espérances. Ce
Cromwell n'avait *pas* sa vie tout étalée ainsi à la façon
d'un programme, de manière à n'avoir plus besoin dès
lors, avec son insondable astuce, que de la jouer dramatiquement, scène après scène! Il n'en était pas ainsi.
Nous voyons la chose ainsi ; mais pour lui en aucune
mesure il n'en était ainsi. Quelles absurdités tomberaient
et disparaîtraient d'elles-mêmes, si ce seul et indéniable fait était honnêtement gardé en vue par l'Histoire!...

L'histoire vulgaire, comme dans ce cas de Cromwell, l'omet tout à fait ; même les meilleures espèces d'Histoire ne se le rappellent que çà et là. Se le rappeler dûment avec une perfection rigoureuse, comme il *existait* en fait, cela exige en vérité une faculté rare ; rare, bien plus, impossible. Un vrai Shakespeare comme faculté, ou plus que Shakespeare, celui qui pourrait *jouer* la biographie d'un de ses frères humains, voir avec les yeux de cet homme, son frère, à tous les points de sa carrière, les choses qu'*il* voyait, bref, *connaître* sa carrière et lui, comme peu d' « Historiens » vraisemblablement le font.... (1).

Il est possible que, comme le point de vue épicurien était une mauvaise méthode pour apercevoir la complexité pathétique, la sombre richesse de la vie d'un Cromwell, le point de vue stoïcien fût, en retour, chez Carlyle, le principe d'une méconnaissance capable de faire un tort analogue à la variété heureuse, à la claire fécondité de la vie, par exemple, d'un Voltaire. Il faudrait peut-être prendre la défense de Voltaire contre Carlyle, comme celui-ci a dû prendre celle de Cromwell contre l'époque de Voltaire (2). Somme toute, cependant, son sentiment de la vie est vraiment souple, sa sympathie active, large, multiple, désireuse de s'égaler à la diversité de l'existence. Cette sympathie, selon ses objets, s'adressera plus ou moins bien, sera plus ou moins compréhensive, prenante ; mais toujours,

---

(1) *Les Héros*, traduction Izoulet.
(2) Nous croyons cependant que Voltaire a beaucoup moins souffert. Le lecteur, après avoir pris connaissance de *l'Essai sur Voltaire*, sera peut-être de cet avis. M. Emile Masson a déjà eu l'occasion (dans ses *Pages choisies de Carlyle*) de signaler la lucidité de cet article sur Voltaire, « l'aisance avec laquelle Carlyle saisit, sans les fausser ni les briser, les ressorts d'un esprit qui lui était naturellement antipathique ».

à une certaine chaleur intérieure qui anime toutes
les biographies de Carlyle, on sent qu'elle est là.
— Ce stoïcien, d'ailleurs, est l'homme du monde qui
a le moins *jugé*. Son œuvre n'est pas, comme celle
de Macaulay, « le registre des sentences rendues ».
En effet, comme stoïcien, il est porté bien moins à
juger qu'à comprendre. Il pense bien moins à
enfermer un caractère dans un jugement qu'à en
chercher, en dehors de définitions tranchées, la
réalité sans cesse en mouvement. Le sentiment de
ce que la vie a de complexe, de toujours nouveau,
d'imprévu, d'inépuisable, le rend très circonspect
à prononcer sur l'autonomie des mobiles intéressés
et sur la préméditation de leurs effets. De la sorte,
il ne substitue pas, quant à lui, le « terme » d'une
carrière à son « point de départ » et à son
« cours ». Et c'est bien ce qui fait que ce « cours »,
il le voit si bien. Une fois ôtée l'abstraction d'un
jugement formé à priori, comme l'imputation d'ambition pourpensée, dans l'appréciation utilitariste,
tout le contenu *réel* de cette carrière se découvre
en une profusion de vivantes richesses. Il cherche
dans ce trésor vital. Et il arrive qu'il perce de la
sorte jusqu'à la *force* intime d'une individualité,
jusqu'à ce qui constitue sa *moralité* profonde.
Quand, d'ailleurs, comme dans le cas de Cromwell,
le personnage a été particulièrement intéressant,
et quand l'historien, par une conformité de croyance,
et même par une affinité de caractère, a eu un sens
spécial et comme inné de son genre de valeur, il a
saisi cette raison d'être du personnage avec une
puissance telle qu'il a vraiment « *joué* » (*personate*),
comme il dit, la biographie offerte à sa sympathie,

qu'il a vraiment vu, avec les yeux de son héros, « à tous les points de sa carrière, les choses qu'*il* voyait ».

Dès qu'on a rencontré à une certaine profondeur le sens d'une existence, qu'on est parvenu à cette région intérieure où se tend la force secrète qui pousse et dirige l'individu dans les voies de sa destinée, doit-on s'écarter de cette source des grands mouvements d'un être, parce que, cette *moralité* dernière, vitale, une morale abstraite, ou inadaptable, n'a pas de qualification pour elle, sinon des qualifications qui l'incriminent? Carlyle ne le pense pas. « Ambition hypocrite » de Cromwell, qu'est-ce que cela exprime? Rien, que l'incompréhension de Cromwell. Qu'est-ce que cela suggère? Rien, si ce n'est, pour un esprit de bonne foi, la nécessité de chercher en lui plus avant.

En critique littéraire, comme en critique historique où nous venons de voir ses effets, Carlyle apporte cette préoccupation du *Caractère*. Homme de pensée ou homme d'action, la « moralité » de l'individu, sa moralité telle quelle, dès qu'elle porte vraiment la marque ingénue de la vie, est ce qu'il faut considérer. Et cependant, même quand on a constaté, chez l'écrivain, chez l'artiste, ce fait de vie, qui implique quelque unité, un fonds indivis de sincérité, de réalité, où tout ce que cet écrivain, cet artiste peut être a sa racine, d'arbitraires distinctions se produisent communément. Il arrive, par exemple, qu'il soit question de « nature intellectuelle », puis, sur un ton très différent, de « nature morale ». L'une et l'autre sont jugées à part, soit que l'on considère la première comme supérieure à la seconde, soit que l'inverse ait lieu. Dans le premier cas, qui est le plus fréquent, l'on fait ordinairement bon marché de l'homme. A vrai dire, l'on est indulgent ; l'on ne veut pas que l'artiste ou l'écrivain, dont le talent peut être curieux, souffre, dans l'estime due, de l'idée plus ou moins défavorable que, vaille que vaille, l'on se fait de l'homme. L'on a des phrases dans ce genre : « Sa vie ne regarde personne » ; ou encore : « L'homme, je vous l'abandonne ; mais l'artiste, l'écrivain, n'y touchez pas. » En somme, l'on juge l'écrivain, l'artiste, à part de *l'homme* (1). Procédé léger, que le plus élémentaire sentiment de la vie devrait faire éviter ! Veut-on l'atmosphère en dehors de l'air ? Mais ce procédé, qui considère l'art abstraction faite de l'homme, la réalité esthétique sans la réalité morale, n'est qu'une forme du dédain pour l'art lui-même. L'art, est-ce donc chose à prendre tellement au sérieux qu'il faille aller le chercher si loin ? Comment, de telles questions soulevées pour un quart d'heure d'amusement ? Le caractère, le cœur, le tempérament, la moralité, la vie ? Cela engage donc tant de choses ? Mais alors ce n'est plus drôle du tout ! Pour la mortification de ce dilettantisme, Carlyle, toutes les fois qu'il a fait fonction de critique, a montré que l'attention donnée, dans l'écrivain, au caractère tel quel de l'individu n'était autre que l'attention

(1) Au temps où Richard Wagner commençait à être « à la mode » cette distinction qu'on lui infligeait, et que l'on croyait énormément libérale, nous a fait souvent regretter l'époque où l'artiste aussi était injurié.

donnée à l'idiosyncrasie de cet écrivain, par conséquent à la vitalité secrète de son esprit, au sentiment particulier qui l'anime. Nous avons cité ailleurs (1), comme exemples remarquables de cette manière, les biographies de Johnson, de Burns et de Sterling. L'on nous excusera si nous ne pouvons que répéter ce que nous avons déjà dit à ce propos :

Ici, remarquions-nous, l'autorité du caractère ou l'empire du tempérament seraient, d'un point de vue abstrait, particulièrement fâcheux. Il faudrait les infirmer en matière intellectuelle, sous prétexte que nous leur devons le torysme étroit de Johnson, la sensualité de Burns, la mysticité maladive de Sterling. Et pourtant, retranchez, dans Johnson, dans Burns et dans Sterling, le caractère ou le tempérament, que reste-t-il de Johnson, de Burns, de Sterling ? La grandeur du premier, l'originalité du second tenaient, par plus de liens qu'on ne croit, l'une au formalisme de celui-ci, l'autre à la vive complexion de celui-là. Vous ne voulez-pas du tory, ni du « good fellow » imprévoyant et échauffé ? Vous n'aurez point l'esprit persévérant, parce qu'il était conservateur, qui a édifié le monumental Dictionnaire, ni l'admirable poète des Ballades écossaises. Supprimez, chez Sterling, ce qui a fait de lui le disciple de Coleridge, vous écarterez peut-être un objet de blâme, c'est-à-dire cette tournure d'humeur qui faisait de la théologie anglicane une vague et brillante religiosité inspirée d'outre-Rhin : mais préférez-vous l'anglican conventionnel, avec sa routine et son cant religieux ? Voulez-vous sacrifier, avec cette hardiesse fiévreuse d'opinion, l'ardeur de sincérité et d'intelligence qu'elle annonce ?

(1) *La Méthode de Thomas Carlyle*, dans la *Revue des Idées* du 15 mars 1908

L'efficacité de cette manière critique est tellement certaine qu'elle a eu raison de la réserve d'un des détracteurs les plus décidés et du reste les plus intelligents de l'écrivain, M. John Morley. Ce critique, dont nous citons d'autant plus volontiers l'opinion en pareille matière qu'il n'est pas, disons-nous, suspect de complaisance envers Carlyle, a parfaitement discerné la portée d'une telle méthode. Constatant, de son point de vue anglais, que cette interprétation esthétique du caractère, avec sa souplesse d'appréciation, est un véritable bienfait dans un pays où le puritanisme dégénéré et machinal a supprimé « toute largeur, toute variété dans les jugements sur les hommes, pour les réduire à des arrêts mesquins, étroits et superficiels sur leur moralité littérale, ou sur leur conformité absolue avec un type convenu de vérité, religieuse ou autre », M. Morley conclut :

Même en reconnaissant les excès d'une telle méthode (la méthode de Carlyle), nous lui pardonnerons beaucoup, parce qu'elle réagit contre un système qui nous avait submergés sous le flot d'un cant bilieux et morose, et qui avait endurci, desséché les cœurs au souffle des déserts théologiques. Le point de vue est assez élevé et assez original pour nous permettre d'apercevoir chez tous les hommes un élément autre que le credo religieux, la profession sociale, les préceptes réduits en formules et qui se distingue absolument de tout cela ; qui, en réalité, dirige et vivifie ces principes religieux, professionnels ou sociaux... Cet élément, c'est le caractère, c'est ce qui constitue l'humanité de chaque homme. Si nous découvrons dans la littérature contemporaine une tendance à s'élever à ce point de vue plus libéral, à regarder l'humanité de plus haut, il n'est point d'écrivain à qui nous en soyons plus redevables qu'à Carlyle. Le même principe qui a révélé la bravoure et la sainteté du puritanisme en a aussi hâté la dissolution, car il place le caractère sur le piédestal où le puritanisme avait placé le dogme (1).

Il est singulier seulement que, par une contradiction flagrante, M. Morley ait ailleurs fait bon marché de cette conception du caractère, de cette ouverture sur les régions profondes de l'individu, considérées en leur souple réalité, sans aucun parti-pris de morale dogmatique. Car à quoi bon vanter cette largeur d'appréciation « aux multiples nuances », qui rend au caractère sa réalité, son « intérêt humain », si c'est pour repousser ailleurs, comme le fait M. Morley, en blâmant Carlyle de ne pas l'avoir fait, l'empire du caractère en matière intellectuelle ? Contradiction flagrante, disons-nous. Le caractère, remarque-t-on d'une part, d'après Carlyle, est l'élément qui, chez l'individu, « vivifie les principes religieux, professionnels ou sociaux ». Mais, observe-t-on d'autre part, Carlyle « s'efforce malicieusement de présenter comme identiques la valeur morale (le caractère) et l'énergie intellectuelle (l'intelligence) ». D'après la louange donnée aux vues réalistes de Carlyle sur le caractère, on ne s'attendrait certes pas à lui voir reprocher, comme une « malice », l'insuffisance de sa distinction entre le caractère et l'intelligence ! C'est ce que fait M. Morley, cependant. De là à travestir Carlyle en un sentimental à la Rousseau, à le montrer « presque toujours subordon-

(1) JOHN MORLEY : *Essais critiques, Carlyle*. Traduction GEORGES ART.

nant la discipline de l'intelligence à l'autorité passionnée de la volonté », il n'y a qu'un pas, et ce
pas ne coûte guère à M. Morley, oubliant le prix
par lui-même attaché aux mérites esthétiques de
la conception carlylienne de la volonté.

Ce rapport étroit de l'Intelligence et de la Volonté, du Caractère, de la « Moralité », il est
cependant indispensable d'en avoir une idée nette,
car cette doctrine est l'article principal de la psychologie de Carlyle, et, selon nous, un principe d'une
réelle fécondité critique. L'on nous excusera ici
encore, si nous ne voyons rien de mieux à faire,
dans ce but, que de reproduire partie des explications que nous avons déjà données ailleurs à ce
sujet (1) :

Lorsque Carlyle, disions-nous, invoque, en matière
intellectuelle, l'autorité de la *volonté*, les indications de
la *moralité*, que veut dire Carlyle ? Il veut dire que ce
que l'on appelle volonté, moralité, c'est, — en dehors
de tout qualificatif abstrait, — la Force vitale même
d'un homme, sa puissance telle quelle d'intuition, ce
qui gît sous ses ouvrages extérieurs, « sous sa pure région
argumentative »; et que l'intelligence, que l'entendement
ne saurait être séparé de cette Force vitale telle quelle
qui est l'étoffe commune de toutes les facultés. Ainsi
l'hypocondrie d'un Cromwell, cette fameuse hypocondrie, tant suspectée, tant reprochée, qu'était-ce, sinon
« la grandeur même de l'homme, la profondeur et la
tendresse de ses sauvages affections, la quantité de
sympathie qu'il avait avec les choses » ? Ainsi de la
morosité d'un Beethoven, et, en général, de tout homme
en qui réside plus qu'un ouï-dire. Toute la manière

d'être d'un homme se trouve rappelée dans sa connaissance, et cette connaissance est d'autant plus énergique
que cette manière d'être s'y trouve plus complètement
rappelée. « Le degré de vision inhérent à un homme est
une correcte mesure de l'homme. » Il exprime sa nature
tout entière, et sa nature tout entière s'exprime ainsi :
« Qu'est-ce, en effet, que les facultés ? Nous parlons des
facultés comme si elles étaient distinctes, choses sépara-
bles ; comme si un homme avait intelligence, imagination, fantaisie, etc., comme il a mains, pieds et bras.
Puis, encore, nous entendrons parler de la « nature
intellectuelle » d'un homme, de sa « nature morale »,
comme si ces choses encore une fois étaient divisibles,
et existaient à part. Les nécessités du langage prescri-
vent peut-être de telles formes d'expression ; il nous faut
parler, je le sais bien, de cette façon, si nous voulons
parler en somme. Mais les mots ne devraient pas se dur-
cir en choses pour nous. Il me semble que notre compréhension de ce sujet est, pour la plus grande part,
radicalement faussée par là. Nous devrions savoir aussi,
et garder à jamais dans l'esprit, que ces divisions ne
sont, au fond, que des *noms ;* que la nature spirituelle
de l'homme, la Force vitale qui habite en lui, est essentiellement une et indivisible ; que ce que nous appelons
imagination, fantaisie, intelligence, et ainsi de suite,
ne sont que différents aspects de la même Puissance
d'Intuition, tous indissolublement liés l'un à l'autre,
physiognomoniquement apparentés ; de sorte que si
nous connaissions l'un d'eux, nous pourrions les connaître tous. Tout ce qu'un homme fait est physiognomo-
nique de lui. Vous pouvez voir comment un homme
combattrait par la façon dont il chante. »

L'on voit combien ces termes, Caractère, Volonté,
Moralité, etc., sont, pour Carlyle, loin d'être abstraits,
nous voulons dire loin de représenter des valeurs sentimentales et conventionnelles s'imposant inconditionnel-

lement.Cet esprit profond et positif a perçu la chose toute concrète, et d'une importance pratique primordiale, qu'ils désignent. En reliant la notion d'intelligence aux notions de « caractère », de « moralité », ou encore de « sensibilité », il n'a donc pas communiqué une qualité sentimentale et incontrôlable à la notion d'intelligence ; bien au contraire, il lui a donné une vitalité toute positive et toute voisine. Ses vues rejoignent les aperçus de la spéculation psycho-physiologique, pour laquelle l'intelligence est la synthèse d'une nature ; et Carlyle, en un mot, a exprimé à sa manière, ici, la conception même que Taine a formulée si nettement en tête de son étude sur Balzac : « Les œuvres d'esprit n'ont pas l'esprit seul pour père. L'homme entier contribue à les produire ; son caractère, son éducation et sa vie, son passé et son présent, ses passions et ses facultés, ses vertus et ses vices, toutes les parties de son âme et de son action laissent leur trace dans ce qu'il pense et dans ce qu'il écrit. »

II

Il y a, certes, des erreurs esthétiques, mais même dans les Littératures où elles abondent, les choses ne sont jamais aussi fausses qu'on pourrait le croire. Le Romantisme est parmi ces Littératures. Un critique d'un talent supérieur, M. Pierre Lasserre, nous a dit récemment que tout y était très faux. Il nous l'a dit avec une force, une verve, avec une maîtrise du geste qui donne à sa réfutation comme l'allure d'un irrésistible coup de balai.Cela emporte tout. Et on est effaré. On se range. On ne songe pas à discuter. On regarde la place nette où le rude balayage a passé. Un espace considérable, un siècle de notre histoire littéraire, est comme vidé. C'est la *tabula rasa*, le désert. Cependant, le premier saisissement dissipé, on se reprend peu à peu. Pareille destruction était-elle réellement légitime ? Tant de fausseté, de mensonge fut-il possible, qui appelait semblable suppression ? Tout ce qu'on éprouva, sentit, comprit, pensa, exprima, dans les sphères intellectuelles, pendant si longtemps, put-il être simplement du *non-être ?* Du non-être : c'est bien à cette négation intégrale que l'analyse de M. Lasserre fait tant que d'aboutir. Il a conçu, il a, si l'on peut dire, décrit, décrit avec ardeur et minutie, le Romantisme en tant qu'un fait de non-être. Fichte, je crois, disait qu'il faut comprendre l'incompréhensible comme tel : M. Lasserre, dans cette verveuse critique négative du Romantisme, aura accompli ce tour de force d'animer le non-être comme tel. Qu'il ait réussi à rendre si palpable l'image de néant qu'il y voit, qu'il ait pu, avec un tel relief, montrer dans le Romantisme on ne sait quel Enfer esthétique, où, comme dit le poète, « toute vie meurt, tout mort vit », certes, cela ne fait pas un mince éloge de ses facultés de controversiste. Mais, demande-t-on, le non-être est-il, en quelque cas que ce soit, possible à pareil point ? Quoi ! C'est donc comme cela que, si longtemps, nous avons vécu en France ? Et nous ne sommes pas morts, ni seulement enragés ! Au fait, peut-être le sommes-nous, enragés, sans nous en douter, malades tellement irrémédiables que nous ne nous voyons plus ? Tout de même, l'étude de

M. Lasserre eût gagné à être écrite dans un sentiment moins absolu.

Un autre critique notoire du Romantisme, Renouvier, semble avoir été mieux inspiré en ne con-
damnant point, du moins absolument, les conditions telles quelles du Romantisme. Formulant,
dès les premières lignes de son étude sur Hugo,
une méthode critique applicable au Romantisme
tout entier, il réserve l'objet d'une critique non
uniquement négative :

Il n'y a pas à se dissimuler, dit-il, que la révolution
littéraire, en très grande partie commencée, poursuivie
et accomplie par Victor Hugo, a été une révolution opé-
rée contre la raison, contre les procédés logiques de la
pensée et de la composition des idées. Mais c'est essentiellement dans le domaine de la poésie et des œuvres
d'imagination qu'elle s'est produite, ou du moins qu'elle
a pleinement réussi ; il ne ressort donc de cette observation aucun préjugé légitime contre les changements
que l'esprit français a pu éprouver en s'avançant dans
des voies si opposées à celles qu'il suivait depuis deux
siècles, et qu'avait illustrées tout ce qu'on estimait ou
glorifiait depuis ce temps des œuvres de sa langue. Car
il ne s'agit pas de philosophie ou de sciences, et il n'est
point question alors d'élever ou d'abaisser le mérite des
procédés rationnels, mais bien de savoir si ces procédés
sont ceux qui conviennent à la poésie ; si ce ne sont
pas, au contraire, ceux de l'imagination et du sentiment
qui lui conviennent, et cela exclusivement, autant qu'il
est permis de séparer de la raison ces dernières facultés, dans une œuvre de l'esprit ; et enfin, si la poésie,
selon cette manière de l'entendre, est une digne et précieuse partie des dons de l'intelligence et de l'activité
esthétique de l'homme (1).

(1) RENOUVIER, *Victor Hugo, le poète*, p. 1.

Qu'est-ce à dire, sinon que, dans le domaine de l'esprit, des fins données comportent des moyens donnés, et que les procédés propres à l'esprit poétique ou artistique ne sauraient être ceux de l'esprit philosophique ou scientifique. Les premiers, l'imagination et le sentiment, sont donc, à la faveur de cette distinction, légitimes en principe : il reste à voir seulement quel degré d'efficacité ils gardent ou ne gardent pas dans la pratique. Poser ainsi la question, c'est ne la point préjuger et, pour ainsi dire, c'est réserver son avenir. Au contraire, il semble dès l'abord assez inutile que M. Lasserre institue une enquête pour procéder, expérimentalement, à quelque qualification que ce soit : les conditions du Romantisme sont, chez lui, en quelque sorte, « qualifiées », comme on dit en mauvaise part, ou « inqualifiables », de toute éternité : tout de suite, *in principio*, en les considérant chez Rousseau, initiateur idéal et métaphysique du Romantisme, il incrimine tellement ces conditions, il les taxe d'une telle indignité, d'on ne sait quoi de tellement rédhibitoire, qu'elles se trouvent, en tout état de cause, illégitimes, impossibles, inqualifiables, qu'elles sont simplement annulées, exclues de l'existence absolument et en tout, — du pur non-être, disions-nous. Aussi la cause est-elle entendue d'avance : de l'essence du non-être (s'il est permis de joindre ces termes) ne sortira jamais l'être. L'étude de toute une période intellectuelle est menée avec la souplesse, la variété, la part faite à l'imprévu, aux renouvellements, aux contradictions, aux brisures fécondes de la vie, que peut permettre ce roide syllogisme sur lequel se gouverne cette étude : Rous-

seau est mauvais ; le Romantisme c'est Rousseau ;
donc le Romantisme est mauvais. Logique admirablement soutenue d'un bout à l'autre, d'ailleurs.

Se référant, d'autre part, aux vues de Sainte-Beuve
sur « la prééminence des conceptions et des sentiments dans le renouvellement des littératures »
(leur prééminence sur les doctrines, les théories
purement extérieures, — que M. Lasserre semble
toutefois avoir trop négligées, et nous y reviendrons), M. Lasserre s'est préoccupé de définir la
littérature romantique « par les conceptions et les
sentiments dont elle s'inspira, par son fonds intellectuel et moral ». C'est-à-dire, bien évidemment,
que c'est une raison de plus pour que Rousseau,
avec sa signification négative, intervienne ici. De là
les qualifications négatives suivantes du sentiment
romantique, du sentiment comme principe littéraire au xixe siècle : « Ruine psychique de l'individu, eudémonisme lâche, chimérisme sentimental, maladie de la solitude, corruption des passions,
idolâtrie des passions, empire de la femme, empire
des éléments féminins de l'esprit sur ses éléments
virils, asservissement au moi, déformation empha-
tique de la réalité, conception révolutionnaire et
dévergondée de la nature humaine. »

Ce procédé employé pour qualifier le sentiment
romantique mérite que l'on s'y arrête, car là se
trouve la source de tout ce qu'il y a de plus arbitraire dans ce livre.

Et d'abord, citons les passages essentiels où
M. Lasserre établit la liaison littérale qui rattache,
fond et forme, le Romantisme à Rousseau.

Pour le fond :

A la vérité, dit M. Lasserre, les thèses romantiques n'étaient pas en 1830 quelque chose de neuf. Sentiments et idées, le romantisme s'était épanoui chez Rousseau sous ces deux formes. Théodicée, religion, philosophie de l'histoire, politique, morale, psychologie, il avait tout refondu et corrompu, selon son bon plaisir. Mais s'il ne cessa pas de garder ses fidèles comme homme de sentiment, les terribles réalités révolutionnaires et contre-révolutionnaires avaient porté de rudes coups à son empire d'idéologue. Chateaubriand, à ce titre, le méprise. Constant, subversif surtout par son naturel, ne donne pas dans sa mythologie préhistorique et sociale. Et le triste Sénancour à peine dans sa solitude en murmure-t-il un timide écho. Mme de Staël avait mis la religion, la métaphysique et la morale de moitié dans les affaires de cœur de Delphine et de Corinne. Mais ces romans lourds, infinis, suisses, illisibles à Paris, étaient à refaire. George Sand s'en chargera. Ainsi les thèses romantiques, méchanceté de la civilisation, antinomie radicale de la société et de l'individu, absurdité des lois et des mœurs, légitimité en toute hypothèse et divinité de la passion, droit au bonheur, possibilité naturelle de félicité artificiellement entravée par les institutions, toutes ces vieilleries retrouvaient presque la vertu de l'inédit. Il ne s'agissait que de les rajeunir d'une flamme nouvelle, d'ajouter au *Discours sur l'origine de l'inégalité* la chair et le sang de *René*, et tout ce qui se balançait de couleurs et de rythmes dans les génies d'une jeune et très riche génération. Il fallait refaire ce pénible traité en drames, en romans, en poèmes, en ouvrages historiques, en varier à l'infini l'application, en épuiser les conséquences, lui donner mille voix (1).

C'est très ingénieux, ces thèses issues de Rousseau et maintenant d'autant plus permanentes et

(1) *Le Romantisme français,* pp. 191, 192.

vivaces que d'heureuses circonstances, comme faites exprès, leur avaient donné l'attrait de l'inédit. Passons à la forme du Romantisme :

L'Emphase romantique, — dit M. Lasserre, dans un curieux chapitre où il construit la théorie de cette Emphase, — est d'une espèce fort distincte. Elle consiste dans un désordre de la pensée elle-même. Du moins, l'abus des moyens verbaux procède-t-il chez les romantiques d'une exaltation vraiment ressentie. C'est cette exaltation qui est empathique par rapport à la petitesse ou l'indignité des objets auxquels elle s'attache et qu'elle revêt d'une importance ou d'une sublimité menteuses. L'esprit romantique a une irrépressible tendance à s'émerveiller, s'extasier, s'indigner, s'épouvanter, qui regarde peu à la qualité des occasions, et dont il tire, sur tout propos, une inépuisable disponibilité de pathétique (1).

Comment, pourquoi, pour quelle raison, par quelle nécessité intime, les poètes romantiques se trompaient-ils, se suggestionnaient-ils ainsi sur les motifs de leur exaltation, de leur emphase? L'explication est simple : Rousseau. Cette opération si intime, si idiosyncrasique de la sensibilité, c'était Rousseau, non pas eux, bien qu'ils dussent avoir, semble-t-il, tout particulièrement qualité pour cela, qui l'accomplissait en eux :

Un adulte entre dans la vie, explique M. Lasserre, plein de chimères dictées par les désirs de son cœur. Les plus banales expériences vont lui causer des stupéfactions et des déceptions tout à fait déconcertantes au regard d'un jugement et d'une sensibilité tant soit peu prémunis. Si cet homme est orgueilleux, sans courage et

(1) *Le Romantisme français*, p. 224.

poète, s'il trouve un auditoire blasé et badaud pour accueillir sans huées l'épanchement public de ses tragiques découvertes, il persistera à revendiquer contre les réalités le droit de son rêve, à ne les juger et estimer qu'à la lueur de celui-ci. C'est l'histoire de Jean-Jacques Rousseau. Il aborde la société convaincu que les hommes sont bons, c'est-à-dire que le bonheur de Jean-Jacques est leur principale affaire. Tout ce qui lui fait constater qu'il en est autrement est pour lui un Himalaya d'imprévu et de scandale. Ses aventures deviennent le drame de la malice humaine et de la perversité sociale ; ses attendrissements, de sublimes inspirations de la vertu. Il fait d'un trou un abîme et les plus simples mouvements de son âme l'étonnent au point de lui persuader qu'elle est la plus étonnante de son temps et de tous les temps. On connaissait avant lui la « pompe », c'est-à-dire l'effort purement verbal d'un écrivain ou d'un orateur pour parler grandement de grandes choses qui ne l'émeuvent pas du tout. Dans cette disposition naturelle et cultivée à s'abandonner, à propos des plus chétifs objets, à d'extrêmes états d'émotion et de saisissement, il y avait le levain d'un genre de pathos tout nouveau dans la littérature française. En héritant du chimérique optimisme de Rousseau,... les romantiques de 1830 héritaient de l'erreur d'optique générale qui produit l'emphase (1).

L'on ne peut souscrire à cela. Disons-le à propos de cette question de forme qui emporte, ici, la question de fond. Il faudrait avoir bien le goût des explications systématiques pour trouver suffisante une telle raison. Dans cette appréciation de ce qui a pu fomenter chez les poètes romantiques le sentiment esthétique et son expression, il est vraiment tenu compte de tout, excepté... *d'eux-mêmes.* Leur

(1) *Le Romantisme français*, pages 225, 226.

personnalité effective, en tant que composé de forces psychologiques agissant sur le plan de l'art, a peu
de part dans ce qu'ils se trouvent être et faire. Leur
sensibilité n'est pour rien dans ce qui arrive à leur
intelligence, ou le contraire, si l'on veut. Rien de ce
qu'ils sont réellement ne se trouve rappelé dans ce
qu'ils conçoivent et dans la manière dont ils le
conçoivent, ou réciproquement. Ils apparaissent
comme les serviteurs impersonnels d'une Idée toute
faite, qui ne tire que d'elle-même son caractère, ses
qualités et sa manière d'affecter les intelligences ou
les sensibilités. On nous montre les romantiques
idéalement placés dans de certaines conditions spirituelles formées en dehors d'eux, abstraites, dans
l'atmosphère (il vaudrait mieux dire : dans le vide)
d'une certaine raison générale éparse depuis Rousseau, tellement universalisée qu'elle en est classique
(car, remarquons-le en passant, M. Lasserre, obéissant à ses habitudes d'esprit classique ou qui se
veut tel, imagine, même ici, dans le négatif, un modèle mental universel ayant, en son genre, force
de règle); on nous les montre là, étant ce qu'ils
sont parce qu'ils sont là, et en vertu de leur docilité,
au moins inconsciente, à ce qu'ils trouvent là. Mais
ils sont aussi dans la vie, et ils y trouvent bien autre chose? Précisément : mais c'est ce qui ne ressort
pas beaucoup de ce livre. Que les romantiques « se
soient trompés eux-mêmes », qu'ils aient eu « comme
un génie particulier de s'abuser, de s'étourdir, sur
la qualité et la portée de leurs idées, et d'en recevoir des émotions tout à fait disproportionnées à
ce que ces idées contenaient réellement », que leur
Muse, en un mot, ait été « la Muse de l'Emphase »,

— c'est possible, mais alors c'est là une manière d'être *sui generis*, qui s'est composée, dans les sensibilités, au cours de vitales élaborations qu'il est « purement inintelligible », dirons-nous à notre tour, d'expliquer par les seuls sentiments et idées adventices. Et qu'enfin, dans cette manière d'être telle quelle, il y ait autant et même plus de mauvais que de bon, c'est encore possible : mais la question de savoir si elle est défectueuse est relativement de peu d'importance : la pire satire qu'on pourrait faire de ces défauts, ce serait de leur enlever ce en quoi ils sont, au moins, personnels, en les déclarant dus à Rousseau, et c'est de cette façon cruelle que M. Lasserre a posé la question.

M. Lasserre a cependant, dans une partie de son livre, employé la méthode biographique, psychologique ; pour les successeurs immédiats de Rousseau : Sénancour, Benjamin Constant, Chateaubriand, Mᵐᵉ de Staël. Il a de la sorte procédé à des vérifications positives de l'influence de Rousseau, relevé des analogies curieuses, et, sous la rubrique de « la corruption des passions », rendu clairement perceptible, autrement que par des généralisations gratuites, mais bien par des signes choisis dans des sensibilités toutes vives, le développement du sentiment sur un certain fonds d'identité. Disons-le, ces biographies condensées, réduites à l'essentiel de la notation psychologique, sont des merveilles. On n'exprime pas avec plus de finesse et de sûreté la physionomie d'une existence, d'un caractère, d'un talent. Et il arrive ceci : mêlée, cette fois, à de véritables existences qu'on examine psychologiquement, et non pas seulement du point de vue du préjugé esthétique, cette influence de Rousseau en perd son énormité abstraite, artificielle, systématisante. Un Rousseau est ce qu'il est, mais un Benjamin Constant aussi est ce qu'il est : le premier peut agir sur le second, cependant cela ne retire pas à celui-ci sa vie propre ; ainsi pour un Sénancour, une Mme de Staël, un Chateaubriand : les caractères gardent, en même temps que leurs nécessités externes, leur spontanéité, leur intérêt vivant et humain. Et le sentiment du critique s'en ressent lui-même, semble-t-il, dans une certaine mesure. Ne nous méprenons pas sur la précision amère de ces portraits : elle est celle dont peut être capable une sympathie qui, découragée, n'a plus qu'à se donner des explications sur ce qui l'a forcée de se déprendre. Le cœur voudrait, mais l'intelligence refuse et, avec une lucidité un peu morne, elle dit pourquoi. Ou nous nous trompons fort, ou la perspicacité, ici, ne se désintéresse pas jusqu'à sourire.

C'est ce sourire, en revanche, qu'on entrevoit trop souvent dans toutes les autres parties du livre. Vraiment, on est un peu glacé de voir cette indépendance désinvolte du critique à l'égard des objets de ses expériences. Continuée d'un bout à l'autre de l'ouvrage, la méthode biographique et psychologique eût permis, en même temps qu'au moins autant de sûreté objective, un accent tout autre, peut-être plus vraiment compréhensif. Mais ce qu'il avait fait en bon psychologue pour les Romantiques de la période primitive, Sénancour, Benjamin

Constant, Mme de Staël, Chateaubriand, M. Lasserre n'a pas cru devoir le faire pour les Romantiques proprement dits, Hugo, Vigny, Musset, etc., et ceci pour la raison suivante érigée en méthode : C'est que, dit M. Lasserre, dans l'évolution du Romantisme, si Chateaubriand, Sénancour, etc., représentent la phase des « sentiments », Hugo et les autres correspondent à la phase des « idées » ; or, « la critique des idées ayant pour préface la critique des passions susceptibles d'affoler les idées » (d'après les vues, plus haut rapportées, de Sainte-Beuve sur « la prééminence des conceptions et des sentiments dans le renouvellement des littératures »), il va de soi que, cette critique des passions une fois faite, on voit dès l'abord pourquoi les idées se sont « affolées », et plus n'est besoin désormais de l'analyse psychologique. Les individus de ces idées n'importent plus. En d'autres termes :

Le germe funeste, introduit en grande quantité et à un haut degré de virulence, attaque victorieusement le corps le plus vigoureux. A mesure que la sensibilité romantique ira gagnant plus de glorieux poètes, s'enveloppant de plus de prestiges lyriques et oratoires, elle aura moins besoin d'un terrain préparé chez les individus. Plaçons entre 1830 et 1840 cette apogée de puissance contagieuse, du moins un des points culminants (1).

Aucune nécessité, donc, d'étudier, durant la période d'apogée du Romantisme, la « préparation » individuelle du terrain : ce terrain, quel qu'il soit, ne sera-t-il pas gagné ? Ses qualités propres ne disparaîtront-elles pas sous les qualités adventices ?

1) *Le Romantisme français*, page 189.

Cela s'entendrait assez bien de la foule subalterne
des imitateurs, où les qualités personnelles sont
de faible intensité; mais pour les individualités de
premier ordre, originales, c'est tout différent. Il
est purement abstrait de considérer, chez ses hauts
représentants, le Romantisme comme un prolonge-
ment fatal de Rousseau. Et même après Sénancour, Constant, Mme de Staël, Chateaubriand, et la
transmission possible du rousseauisme par eux, il
n'est pas plus sûr que la considération des influences reçues soit décisive au point d'autoriser un
changement de méthode, consistant à étudier désormais les Romantiques en quelque sorte abstraction faite d'eux-mêmes. D'ailleurs, on l'a vu, dès
qu'on l'explique par des exemples positifs, comme
on l'a fait dans les biographies de Constant, Sénancour, etc., cette influence de Rousseau, dont
on se faisait un monstre, prend une souplesse qui,
si elle la rend d'autant plus constante en un sens,
laisse du moins, en un autre sens non moins évident, les caractères être suffisamment eux-mêmes,
et réagir à leur tour sur elle. Elle ne parviendrait
donc plus qu'à l'état de cause infiniment composée.
En somme, la question n'est pas tant celle de l'influence, qu'il n'est pas facile d'unifier, d'individua-
liser : la question est celle de l'intérêt présenté par
les caractères aux prises avec une certaine influence
diffuse, et par suite celle aussi de la compréhension, de la justice que la critique peut mettre dans
ses jugements en s'attachant surtout à cet intérêt
comme à son objet le plus humain.

On ne peut que reconnaître l'excellence, en général, des vues de Sainte-Beuve sur « la préémi-

nence des conceptions et des sentiments » dans le
renouvellement des littératures. Cette idée est une
des plus fécondes qui soient en critique. Elle n'est
certainement pas étrangère au plan de l'ouvrage de
M. Lasserre, à cette division en deux études gémi-
nées, l'une sur le Romantisme-sentiments, l'autre
sur le Romantisme-idées : elle se trouvait justifier
ici cette démarche qui consiste à définir le Romantisme de 1830 « par les conceptions et les sentiments dont il s'inspira », conceptions et sentiments
antérieurs, tous rapportés à Rousseau, — en négligeant, comme par un corollaire naturel, le tour
propre de la conception et du sentiment chez les
Romantiques mêmes de 1830. Cependant, cette
adaptation par M. Lasserre des vues de Sainte-
Beuve n'est pas, semble-t-il, complètement exacte
et légitime, — précisément dans le cas particulier
du Romantisme de 1830. Elle le serait partout ailleurs ; ici, elle ne l'est pas. En ce qui concerne les
Romantiques de 1830, Sainte-Beuve, « si engagé et
pourtant si clairvoyant déjà en 1829 », pouvait
avoir dès alors, et put avoir de plus en plus par
la suite, des raisons toutes personnelles de ne
voir dans les idées de ses confrères qu'un fonds
sentimental déjà connu. Il voulait bien s'intéresser
à ce fonds sentimental, mais en historien qui sait
le comment et le pourquoi, les tenants et les abou-
tissants, et qui ne s'en laisse pas imposer. D'une
sympathie plus intime, s'adressant plus vraiment
à la personnalité actuelle, réelle, il ne s'en souciait
probablement pas, partie pour ne pas être dupe,
partie par sécheresse, naturelle, ou acquise dans
le métier des Lettres qui, alors comme maintenant,

ne développait pas précisément la tendresse entre confrères. Ces conditions composaient un sens critique dont les contemporains de Sainte-Beuve (les romantiques, bien entendu) avaient à pâtir un peu, il me semble. Je vois sur cette figure un sourire qui se désintéresse assez des « peines de cœur » de la génération de Sainte-Beuve. C'était fort bien, mais bien des choses essentielles risquaient d'être négligées du même coup. Cette génération pouvait bien un peu, selon une mode trop connue, « porter son cœur en écharpe », elle n'en avait pas moins, réelles, perçues autrement que dans l'ordre de l'affectation littéraire, ses souffrances, ses angoisses, sa lutte morale. La vie était là, plus forte que tout ; et, dans une époque troublée, elle mettait aux âmes un malaise, dont l'expression était moins qu'on ne croit délibérée et entachée d'adonisme sentimental. Pour saisir la part de *nécessité* qu'il y avait ici, il eût fallu plus de sympathie que n'en pouvait avoir Sainte-Beuve. Sa finesse, à l'égard de ceux qui étaient ses compagnons de route, fut trop exclusivement critique. Elle l'éclaira moins qu'elle ne le détacha. Sans doute, cette finesse tournée au négatif fut quelque peu mitigée de certains retours. En de certaines occasions, comme lors de son élection à l'Académie, il paraît avoir songé à quelque unité de sa vie qui fût l'unité d'un sentiment du cœur resté vivace (ceci dans une lettre), il revendiqua, non sans quelque fierté émue, la pathétique marque romantique. Mais c'est justement qu'il avait pu donner à penser qu'il l'avait désavouée. Plus tard, il parlait à Baudelaire des aînés romantiques du poète des

Fleurs du Mal, de ses aînés en souffrance, avec l'accent d'une mélancolie qui se souvient, qui s'attendrit. Mais vraiment, de cette tendresse, il n'y en a pas assez dans sa critique même. Ou, si nous tenons à ne point taxer Sainte-Beuve d'incapacité sympathique, répétons qu'en sa qualité de contemporain, soumis à ce que le métier des lettres comporte inévitablement, dans une même génération, de méconnaissance et d'endurcissement mutuels (1), il ne s'est point trouvé dans les conditions d'impartialité, de bonne volonté requises pour interroger bien profondément le cœur de ses anciens compagnons. Tout s'est donc expliqué ici du point de vue purement critique, historique ; du point de vue d'une certaine tradition sentimentale et morale remontant déjà loin, plus qu'à demi abstraite, et comme qui dirait consultée par-dessus la tête de gens considérés un peu comme ses adeptes forcés. En résumé, entendons bien que sa négligence, sa froideur, assez inévitable, assez explicable, à l'égard de leur vie propre et de tout ce qui en tirait sa substance particulière en fait de sentiments et d'idées, empêcha Sainte-Beuve d'être parfaitement compréhensif et juste à l'égard des Romantiques de son époque. Or, M. Lasserre se comporte ici exactement comme Sainte-Beuve. Seulement, il n'y

(1) La génération romantique ne fut ni plus ni moins unie que d'autres générations littéraires, c'est-à-dire qu'elle ne le fut plutôt pas beaucoup. La ferveur et la générosité du début passées, la vie fit son œuvre de détachement. On connaît la rupture de Hugo et de Sainte-Beuve; on connaît aussi l'indifférence profonde où Vigny et Hugo étaient tombés vis-à-vis l'un de l'autre, cet article enthousiaste sur *Eloa* froidement transformé par la suite en un article sur le *Paradis Perdu*. On sait enfin la réponse découragée de Célestin Nanteuil, pressé de recruter de nouvelles bandes d'Hernani, lors de la représentation des *Burgraves*. Etc.

est pas forcé, lui. Il n'a pas les mêmes raisons. Les motifs de la sécheresse critique, très plausibles chez Sainte-Beuve, s'expliquent moins chez M. Lasserre. Dans cette utilisation, à l'égard des Romantiques, de la méthode de Sainte-Beuve, alors que la position de celui qui la reprend à son compte n'est plus du tout la même, est surtout plus avantageuse (car les préventions et les obscurcissements contemporains ne la gênent plus) en ce qui touche à l'appréciation de tout ce qui, chez les Romantiques de 1830, fut proprement senti, *vécu*, — n'y a-t-il pas, disions-nous, quelque chose d'inexact, partant d'injuste ?

L'histoire littéraire antérieure (sentiments et conceptions) ne suffit pas pour expliquer tout des idées romantiques de 1830. Il faudrait admettre aussi que les Romantiques ont trouvé eux-mêmes leurs raisons d'éprouver tels et tels sentiments, de former telle et telle conception, de se faire, en un mot, telle et telle idée de la nature humaine. Sur les idées des grands Romantiques de 1830 en tant qu'expliquées par leur vie, par leur qualité d'âme, nous ne rencontrons, chez M. Lasserre, que quelques velléités éparses de recherches (et toujours pour trouver matière à blâmer ou railler), rien d'appuyé, ni de suivi : quelques alinéas sur Musset (« l'Amour Romantique »), sur Vigny (« la Personnalité littéraire »), un portrait emprunté à M. Lanson, pour Hugo. Combien nous préférons à ce portrait le profond chapitre où Renouvier, étudiant, chez Hugo, « l'homme dans le poète », a si finement montré, du point de vue du « Jeu du Beau », le rapport des sentiments de l'homme à son art ! Même ressemblant au portrait peu flatté, et qui n'est pas sans vérité, tracé par M. Lanson, même décelant une psychologie terre à terre, cet homme n'eût pas déconcerté la dialectique judicieuse de l'esthéticien Renouvier, car, fût-ce à le supposer tel que veulent qu'il fut MM. Lanson et Lasserre, cet homme, en sa lourdeur un peu vulgaire, *n'empêchait rien* sous le rapport de l'art puissant qui fut le sien, et ce qu'il devait être, à ce point de vue, il l'a été.

Il faudrait de même considérer tous les autres grands Romantiques dans ce rapport de leur humanité propre à leur art. Et il faudrait aussi, ce qui ne serait qu'un autre moment de la même enquête, faire, toujours aussi positivement que possible, la part des influences du milieu. En somme, ce que nous demandons à voir, c'est une époque telle quelle, saisie sur le vif, et ce qu'y purent être et devenir ceux-là qui en respirèrent immédiatement l'air. A cet égard, nous pouvons trouver quelque éclaircissement dans la définition, pourvu seulement qu'elle soit utilisée avec tact, que Stendhal a donnée du Romantisme : « *Le Romanticisme* est l'art de présenter aux peuples les œuvres littéraires qui, dans l'état actuel de leurs habitudes ou de leurs croyances, sont susceptibles de leur donner le plus de plaisir possible. » Toute littérature est romantique, si c'est par la littérature (la littérature d'imagination, bien entendu) que le public éprouve le sentiment, — nécessairement accompagné d'intérêt, de plaisir, — du « caractère » alors épars. Racine était « romantique » en prenant dans la société illustre de Versailles les mo-

dèles de ses héros et de ses héroïnes. Mais, ici, il
y aurait facilement dans l'aperçu de Stendhal, du
moins à le prendre au pied de la lettre, un scepticisme, une sécheresse, une indigence esthétique
qu'il faut laisser. M. Brunetière remarquait, non
sans raison, que Racine, d'après cet aperçu, était
au goût de ses contemporains bien plus par ce
que ses personnages avaient de poli, d'étudié, de
discret, de fadement sentimental, qualités de société
alors en faveur, que par ce qu'ils pouvaient avoir
de sincèrement et noblement passionné (ces dernières qualités plus particulièrement dues à l'art
de l'écrivain) (1). De même, en reprenant dans sa
littéralité l'observation de Stendhal pour les écrivains de 1830, ces écrivains auraient été « romantiques » surtout en exploitant sans vergogne et à
tour de bras les dispositions romanesques d'un
public avide d'émotions, en fournissant à ses plaisirs par tous les moyens, y compris les plus impu-
dents. Il y a de la sorte un certain Romantisme
subalterne qui aurait été tout le Romantisme.
Entre autres thèmes à caractère, par exemple,
l'exacerbation sentimentale, la « passion quand
même », — M. Lasserre a bien joliment analysé
ce mélange, — l'empire exclusif de la femme, intronisée dictatrice de toute cette littérature, aurait
été le thème favori, partout et à l'instant compris,
goûté. Autour de ce motif central, vous mettriez
deux ou trois autres idées de même qualité exa-
cerbée, plus spécialement appropriées à des classes

---

(1) L'étude de Taine, qui fait plus de part à la grandeur des sentiments, rectifie, en l'éclairant d'ailleurs, le paradoxe de Stendhal (cf.
Racine, dans les *Essais de critique et d'histoire*).

sociales en mal de parvenir (comme, tout à l'heure,
en mal de « sentimentaliser »), idées, ou plutôt
mobiles, définissables, en général, sous leur déguisement romanesque, comme un désir de luxe,
une monomanie du paraître, une vanité de petites
gens ou d'incapables enragés de leur platitude, —
et vous auriez noté toutes les provinces du Romantisme littéraire. Mais nous ne prendrons pas de
cette manière le paradoxe de Stendhal ; nous ne le
ferons pas plus froid qu'il n'est. Entendons plutôt
qu'il se réfère purement, sans blâmer ni louer, au
climat moral des époques littéraires, où l'art de
faire plaisir est, de la part des littérateurs, — du
moins des plus hauts, de ceux qui comptent, —
non pas l'art de flatter, mais l'art d'être tout ce
qu'il faut bien qu'on soit, somme toute, étant donné
ce climat. L'*art* d'être cela. L'inéluctable solida-
rité du talent et de l'époque peut se faire sentir
comme un lien douloureux, à porter toutefois avec
noblesse, avec grâce, — avec *art*. Il y a là une
distinction : elle réserve le mérite et la dignité
des destinées littéraires et de leurs œuvres, dans
une époque donnée. Stendhal n'était peut-être pas
homme à prendre ainsi la question par le côté
sympathique. Mais d'autres critiques, aussi positifs que lui, même placés à un point de vue très
voisin du sien, ont pu la prendre de la sorte et
n'en sonder que mieux la profondeur, Taine, par
exemple, parlant du Mal du siècle, aux émouvantes
dernières pages de son étude sur Tennyson et surtout de son étude sur Byron.

Nous avons dit plus haut qu'à notre avis M. Lasserre a trop négligé les théories proprement esthé-

tiques du Romantisme, « vains dires qui ne révè-
lent des réalités essentielles et génératrices de la
littérature romantique que des aspects très limités
et extérieurs ». Il se pourrait que les aspects révé-
lés ou suggérés par ces « vains dires » fussent un
peu plus généraux et profonds qu'il ne paraît. Mais
il a suffi à M. Lasserre, on a vu comment, de définir le Romantisme (il s'agit toujours de celui de
1830) par des conceptions et des sentiments qui,
dans sa thèse, ne proviennent même pas du propre
fonds des romantiques de 1830. « Quoi qu'on pense
de la valeur de notre thèse, elle exclut assurément
la discussion des théories du romantisme sur sa
propre essence. » C'est à voir. En tous cas, les doctrines d'art des Romantiques ont, au moins en un
sens, une valeur qu'il est impossible de négliger,
et je m'explique : car si les Romantiques de 1830,
dont M. Lasserre, qui a son siège fait dès Rousseau, veut ignorer les sentiments et les conceptions propres, la manière vitale propre, cette manière, unique pour chaque individu ou chaque
génération d'individus, qui, une fois donnée, ne se
reproduira jamais plus, de même qu'elle n'a jamais
eu son antécédente, si les Romantiques de 1830
ont au contraire eu bien à eux, dans leurs sentiments, leurs désirs, aussi dans leur impression aux
influences multiples composant la fatalité mentale
éparse dans l'air de leur siècle, s'ils ont eu dans
leur « moralité », en un mot, au sens le plus large
et le plus concret de la chose, une façon d'être
telle quelle, — qui ne voit que leurs théories sur
l'Art, loin d'être négligeables, sont hautement significatives, significatives de la réalité la plus intime

et la plus personnellement expérimentée de leur être ? Je suis averti, par leur façon de concevoir le Beau, au moins du sens du débat qui est en eux. Je ne dois même m'en rapporter là-dessus, puisqu'ils sont des artistes, qu'à la forme expressément artistique qu'ils ont tâché de lui donner. Elle est le document, l' « empreinte ». La théorie de la réunion du beau et du grotesque, par exemple, sous ce rapport au moins, n'est point vaine. Il y avait alors, dans les choses et dans les esprits, en un temps de transition où tout était déjà possible et où rien n'était encore faisable, plein d'élans et plein d'obstacles, où les démentis du réel étaient d'autant plus poignants que les aspirations étaient plus ardentes, il y avait une contradiction pathétique, dont quelque chose pouvait être esthétiquement formulé par une telle théorie. Les Romantiques ont éprouvé si intensément cette contradiction comme hommes qu'ils n'ont pas pu ne pas la traduire comme artistes. Et tout le reste s'en est suivi : la réunion du beau et du grotesque, nécessité du temps et des âmes, a entraîné le rapprochement du sublime et du comique, de la terreur et du rire, et, de là, le mélange des genres littéraires (1). — Après la question du mode de production de ces théories esthétiques, plus spécialement visée ici, une autre question serait celle de leur efficacité

(1) Sur cette question du mélange des genres littéraires, nous ne pouvons entrer dans des développements qui excéderaient le cadre de cette étude. Une des meilleures études que nous sachions à cet égard est celle de M. Georges Dumesnil, publiée dans *le Pays de France* sous le titre de *Poussière d'idées*, et reprise dans un livre du même auteur : *l'Ame et l'évolution de la Littérature*, t. I, pp. 213-239. Le sujet y est traité du point de vue classique, mais avec beaucoup de largeur.

sous le rapport du Beau, si tant est que « l'essence
du Beau en soi » se prête jamais à aucune définition. Il est vrai, le Beau comporte un certain
caractère universel qui fait, remarque très bien
M. Lasserre, que telles œuvres suprêmes, non « pa-
reillement » belles, le sont toutefois « également ».
A cet égard, une objection, que la conception esthétique dans le Romantisme motiverait, serait celle
qui viserait en elle son caractère violemment sub-
jectif, individualiste, particulariste. Nous avons vu
plus haut, chez les Romantiques, l'individu étroitement engagé, et engagé, ajouterons-nous, en son
égoïsme, dans les difficultés morales de son temps.
Se déprendra-t-il assez de lui-même pour juger
clairement ces difficultés, pour les dépasser, et
pour les exprimer avec un art qui les domine,
exempt de trouble et de révolte? Par exemple, le
brusque rapprochement du beau et du grotesque
dans une même œuvre décélera-t-il, dans l'âme
qui l'a conçu d'après ses propres combats, la su-
perbe désordonnée d'un égotisme contrarié et irrité,
ou plutôt une vue calme et longue de l'ordre tel quel
des choses? On ne peut pas toujours faire aux
Romantiques ce haut compliment d'impersonnalité,
surtout pour le théâtre. Cependant, l'intensité
même de l'impression purement individuelle, fondement de l'esthétique romantique, comporte une
valeur objective, générale, si c'est elle qui fait, en
tout état de cause, l'originalité des Romantiques,
et s'ils ont, en leur originalité, révélé ou renouvelé
certains états du sentiment, certaines significations
de la nature et de la vie humaine capables, par
l'évidence qu'ils leur ont communiquée, d'être géné-

ralement comprises, d'intéresser tout le monde et de prendre ainsi, dans le consentement des cœurs et des esprits, ce caractère universel qui est le propre du Beau. Selon nous, le sentiment romantique de la coexistence du beau et du grotesque, exprimé dans la théorie qui préconise leur composition en un même caractère d'expression, est parmi ces valeurs esthétiques de portée universelle. Il est lié à quelque chose de bien humain. L'antithèse, dans l'œuvre de Hugo, quoique trop souvent grossière et même, dans le théâtre, purement mécanique, prend, aux bons endroits où l'inspiration générale s'avère en son tact, la signification impersonnelle d'un rapport cosmique du mal au bien (1).

Aussi bien ne s'agit-il pas ici de disserter sur l'esthétique romantique. Dans la vie, parmi tout ce qui était flagrant autour d'eux et en eux-mêmes, les Romantiques ont fait, en ce qui concerne le Beau, ce qu'ils ont pu, et ce qu'ils ont pu faire porte la marque de la vie, d'une vie donnée. Il nous suffit, nous bornant au desideratum que laisse dans l'esprit le livre de M. Lasserre, de retenir leurs doctrines d'art à ce point de vue biographique. Pour le reste, pour l'évaluation de cette esthétique par rapport au Beau, si bien des choses ont été dites, il y en aurait beaucoup à dire encore ; au vrai, nous croyons que tout serait à reprendre sur nouveaux frais. La théorie romantique de l'art n'a pas encore reçu sa place défini-

(1) Dans les *Travailleurs de la Mer.*

tive dans le musée des idées. Peut-être vaut-elle la
peine de quelque attente scientifique encore. Mais
n'espérons pas pouvoir jamais fixer cette place,
quelle qu'elle doive être, si la question préjudi-
cielle elle-même, celle de la valeur du Romantisme,
est d'abord tranchée par la négative absolue. C'est
précisément la difficulté qu'apporte le livre considérable de M. Lasserre. Nous entendons bien : en
marquant, avec une netteté nouvelle, la liaison du
Romantisme et de la Révolution, ce livre a désigné la place du Romantisme dans l'enchaînement
des faits ; il en a indiqué le lieu historique, et
c'est là un élément pour l'appréciation des caractères définitifs du Romantisme. Du Romantisme
politique, sans doute ; et celui-là, dont pas un
mot n'a été prononcé dans cette étude, nous
l'abandonnons à M. Lasserre, en la main de qui il
est, on peut le dire, part léonine, au moins par la
magistrale vigueur avec laquelle on a marqué
cette proie. Mais nous ne pouvons nous désintéresser de même du Romantisme littéraire et artistique ; les moins romantiques écrivains ne peuvent
pas s'en désintéresser : une fibre en eux, qui
n'est nullement la fibre romantique, qui est le sentiment de l'Art en sa susceptibilité la plus générale
et peut-être la plus fine, sera choquée par ce livre.
Le Romantisme, en tant que poésie, art, appelle
un traitement distinct de celui que l'improbation
sociale peut réserver au romantisme politique,
puisqu'aussi bien, remarque M. Lasserre lui-même,
l'artiste, — au contraire « d'un homme à intentions
théoriques et doctrinales, professeur ou apôtre,
qui fait métier d'enseigner, de convaincre ou de

vaticiner, comme Quinet, Michelet ou Pierre Leroux, — l'artiste, fût-il asservi aux idées générales les plus ténébreuses, peut, esprit plus mobile et plus aisé, retrouver, sous l'influence persuasive de la nature, des jours de liberté et de lucidité ». « Des jours » seulement n'est pas assez dire. L'Art pur, si je m'en rapporte aux définitions les plus autorisées touchant le Jeu du Beau, ne dépend que de lui-même, n'est déterminé que par lui-même, et en ce sens il est toujours libre. Il ne tire que de lui-même sa façon d'être affecté par les influences extérieures. Un curieux document, récemment publié (1), révélait un premier Chateaubriand incrédule et voltairien : il fut au pouvoir du seul auteur de *René* de transmuer cette incrédulité voltairienne en doute passionné, en mélancolie romantique. La relation de l'art romantique de 1830 aux circonstances sociales et politiques de la dernière moitié du xviiie siècle, ainsi qu'aux idées et aux écrivains, — fût-ce Rousseau, — qui les préparèrent, est une relation assez indéfinissable, assez inconsistante à force d'être complexe (si, d'ailleurs, elle est simple et sensible dans le cas spécial du Romantisme politique); aussi serait-il prudent, en l'établissant, de faire, en tous cas, la plus large part aux sentiments personnels des artistes romantiques : là serait la meilleure chance d'atteindre ces derniers dans leur réalité, de les bien définir et de les juger équitablement. Le procédé un peu abstrait de M. Pierre Lasserre appelle des correctifs, des ré-

(1) Par M. Remy de Gourmont, dans le *Mercure de France* du 1er juin 1908.

serves, du moins, qui s'inspirent de la vie même. Ce sont ces réserves que l'on a essayé d'indiquer ici, — en y engageant l'autorité de Thomas Carlyle dans la seule mesure où ce grand peintre de caractères nous a fourni le principe critique de la Biographie.

EDMOND BARTHÈLEMY.

AVERTISSEMENT

Carlyle a laissé, comme Essayiste, une œuvre considéra-
ble dont on s'est proposé de faire connaître, dans notre lan-
gue, la partie critique et spéculative. Une première série
d'Essais de critique et de morale a été publiée (1). Nous com-
plétons aujourd'hui, dans cette nouvelle série, ce premier
choix qui était resté nécessairement insuffisant. Le lecteur
français a maintenant, en deux séries, la plupart de ces
Essais.

Un des thèmes essentiels de la critique littéraire de Car-
lyle, le thème à vrai dire auquel cette critique doit sa valeur
historique, est l'opposition, la comparaison de la pensée
française et de la pensée germanique durant leur période
classique.

Nous nous sommes surtout préoccupé, dans la composition
de ce nouveau choix, de bien mettre en évidence ce thème
critique (ce que nous n'avions pu faire qu'incomplètement
dans la précédente série) dont le développement a été, pour
Carlyle, l'occasion de ses principaux aperçus sur l'état
intellectuel de l'Europe avant et après la Révolution. La con-
naissance de cette période capitale de l'histoire des idées ne
sera jamais trop grande. A cet égard, les Essais sur Vol-

_____

(1) THOMAS CARLYLE : *Essais choisis de Critique et de Morale :*
Caractéristiques, Burns, Johnson, Gœthe, Sur l'Histoire, Signes
des Temps. Vol. in-18, 1907.

taire *et* Gœthe *donnent l'opposition de deux formes d'esprit;
les études sur* Diderot *et* Novalis *marquent le contraste de
deux qualités de sensibilité.*

Dans l'Essai sur le Genre biographique, *dont on pourra rap-
procher notre Introduction, se manifeste particulièrement le
sens psychologique qui vivifie toute la critique de Carlyle.*

*Enfin, l'on aura, avec le morceau final, sur l'*Identité de la
Force et du Droit, *l'abrégé des idées de Carlyle sur cette
morale, dont certains sophismes sentimentaux de l'heure présente aident singulièrement à apprécier les vertus positives.*

ÉD. B.

DU GENRE BIOGRAPHIQUE [1]

La sociabilité de la nature humaine se manifeste avec une abondante évidence, en dépit de tout ce qui peut être dit, dans ce seul fait, à défaut d'un autre : le plaisir sans pareil que l'homme prend aux Biographies. L'on a écrit : « L'étude propre du genre humain est l'homme »; étude à laquelle nous admettons candidement qu'il s'applique, sans répugnance, en usant de bonnes ou de mauvaises méthodes. « L'homme est éternellement intéressant pour l'homme; bien plus, à y regarder strictement, rien d'autre n'est intéressant. » Quel inexprimable agrément il y a à connaître notre semblable; à voir en lui, à comprendre ses manières d'agir, à déchiffrer le cœur tout entier de son mystère : bien plus, non seulement à voir en lui, mais même à voir hors de lui, à considérer le monde exactement comme il le considère; si bien que nous pouvons théoriquement construire cet homme et que nous pourrions presque jouer pratiquement son rôle; et que nous discernons tout à fait maintenant quelle sorte d'homme il est et à la fois quelle est la chose qu'il a eu à faire et dont il vit !

Un intérêt scientifique et un intérêt poétique nous inspirent également en cette affaire. Un intérêt scientifique : parce qu'un Problème de l'Existence se pose pour

(1) *Fraser's Magazine,* n° 27 (avril 1832). — Vie de Samuel Johnson, L. L. D.; comprenant un Voyage aux Hébrides, par James Boswell, Esq. — Nouvelle édition, avec de nombreuses additions et notes, par John Wilson Croker, L. L. D., F. R. S., 5 vol. Londres, 1831.

tout mortel, qui, ne fût-il, ce qu'il est pour la plupart, que le Problème de faire rester ensemble l'âme et le corps, doit être jusqu'à un certain point *original*, différent de tout autre; et cependant, en même temps, si *pareil* à tout autre; pareil au nôtre propre, par conséquent; instructif, de plus, puisque nous aussi nous faisons l'apprentissage de la *vie*. Un intérêt poétique plus encore : car précisément cette lutte du Libre-Arbitre humain contre la Nécessité matérielle, que la Vie de tout homme, par le seul fait que l'homme reste en vie, montrera plus ou moins victorieusement, — est ce qui pardessus tout le reste, ou plutôt de manière à comprendre tout le reste, fait entrer en action la Sympathie des cœurs mortels; et qui, soit comme chose vécue, soit comme chose représentée et relatée, est non seulement la Poésie, mais la seule Poésie possible. Porté par ces deux intérêts qui embrassent toutes choses, l'Amateur sérieux de Biographies peut se répandre de tous côtés et s'enrichir indéfiniment. Regardant avec les yeux de chaque nouveau semblable, il peut distinguer un monde nouveau différent pour chacun : sentant avec le cœur de chaque semblable, il vit la vie de chaque semblable, tout comme la sienne propre. Dans ces millions d'hommes vivants, chaque individu est un miroir pour nous; un miroir à la fois scientifique et poétique; ou, si vous voulez, à la fois naturel et magique, — dont on serait si heureux d'écarter le voile, pour y discerner le reflet de notre propre face naturelle, et les secrets surnaturels qui gisent prophétiquement sous elle !

Observe, en conséquence, jusqu'à quel point, dans le cours actuel des choses, ce sujet, la Biographie, est pratiqué et goûté. Définis pour toi-même, judicieux lecteur, la signification réelle de ces phénomènes nommés Commérage, Egoïsme, Récit Personnel (miraculeux ou non), Scandale, Raillerie, Médisance, et le reste; dont le total (avec quelque fraction additionnelle d'un ingrédient meilleur, généralement trop légère pour être appréciable) constitue cet autre grand phénomène encore appelé « Conversation ». Ne signifient-ils pas essentiellement : *Biographie* et *Autobiographie?* Non seulement dans les propos ordinaires des hommes, mais aussi dans tout Art qui est ou devrait être l'essence concentrée et conservée de ce que les hommes peuvent dire et montrer, la Biographie est presque la seule chose nécessaire.

Même quand il s'agit des plus hautes œuvres d'Art, notre intérêt, comme les critiques s'en plaignent, est trop facilement un intérêt d'un genre fortement ou même principalement biographique. Dans l'Art, nous ne pouvons nullement oublier l'Artiste : quand nous regardons la *Transfiguration*, quand nous étudions l'*Iliade*, nous nous efforçons toujours de nous représenter l'esprit qui résidait en Raphaël; la tête qui était celle d'Homère, où, tissé de lumière élyséenne et de nuit tartaréenne, se façonna tout ce monde ancien, dont ces caractères d'écriture grecque ne sont qu'une faible quoique éternelle copie. Le Peintre et le Chanteur sont présents pour nous; en jouissant de la Peinture et du Chant, nous devenons en partie et pour le moment le Peintre même et le Chanteur même. Peut-être aussi, quoi qu'en dise le critique, est-ce là la plus haute jouissance, la plus claire reconnaissance que nous puissions avoir de ces choses. L'Art, à vrai dire, est l'Art; mais l'Homme aussi est l'Homme. Si la *Transfiguration* avait été peinte sans le secours de la main humaine; si elle s'était simplement produite sur la toile, mettons sous des influences atmosphériques, comme les colorations du lichen le font sur les rochers, — ce serait une grande Peinture sans doute, mais ce ne serait rien de comparable à *la* Peinture qu'en ouvrant les yeux nous voyons partout dans le Ciel et sur la Terre, et près de laquelle nous passons partout avec indifférence, — parce que le Peintre ne fut pas un Homme. Pensez à cela; il y a beaucoup de choses dans cela. Le Vatican est grand, mais chétif auprès du Chimborazo ou du Pic de Ténériffe : son dôme n'est qu'une pauvre demi-coquille d'œuf, comparé à ce Dôme semé d'étoiles où Arcturus et Orion étincellent à jamais; et cependant qui regarde celui-ci, sauf peut-être quelque nécessiteux astrologue ayant son Almanach à rédiger; quelque veilleur de nuit chaudement couvert, pour voir quel temps il va faire? L'intérêt biographique fait défaut : il n'était pas Michel-Ange, Celui qui construisit ce « Temple de l'Immensité »; c'est pourquoi nous préférons, pitoyables Petitesses que nous sommes, nous émerveiller et adorer dans la petite boîte à jouets d'un Temple construit par notre semblable.

Encore plus décisivement, encore plus exclusivement se manifeste l'intérêt biographique, à mesure que nous descendons dans les régions inférieures de la communication spirituelle, à travers la série complète comprise sous le nom de Littérature. De l'Histoire, par exemple, le plus honoré, sinon le plus honorable, des genres de composition, l'objet n'est-il pas tout entier biographique ? « L'Histoire », a-t-on dit, « est l'essence d'innombrables Biographies ». C'est du moins, ce qu'elle devrait être : si elle l'est, voilà qui pourrait être mis en question. Mais, en tout cas, quel espoir avons-nous en parcourant ces vieilles et interminables Chroniques, avec leurs bavardages et leurs insipidités ; ou, pis encore, en examinant patiemment ces modernes Dissertations, du genre philosophique, où « la Philosophie, enseignant par l'Expérience », se perche comme une chouette sur un toit, sans rien *voir*, sans rien *comprendre*, jetant seulement, avec assez de solennité, son perpétuel, son fastidieux *hou-hou :* — quel espoir avons-nous, excepté l'espoir en grande partie fallacieux d'avoir quelque connaissance de nos semblables, morts et évanouis, mais cependant chers à nous; de savoir comment ils se comportèrent en ces anciens jours, souffrant et agissant; jusqu'à quel point, et dans quelles circonstances, ils résistèrent au Diable et en triomphèrent, ou bien amenèrent leur pavillon devant lui et furent foulés à ses pieds; comment, en un mot, tourna l'éternelle Bataille qu'on appelle la Vie, que nous aussi, en ces jours nouveaux, nous avons à livrer, avec une issue indécise, et que nous devons léguer à nos fils et à nos petits-fils pour qu'ils la continuent, — jusqu'à ce que l'Ennemi soit un jour complètement vaincu et aboli, ou bien que la grande Nuit tombe et sépare les Combattants et qu'ainsi, dans le cataclysme de quelque Millennium ou de quelque nouveau Déluge, se referme le Livre de l'Histoire Universelle! D'autre espoir, en étudiant ces Livres, nous n'en avons pas : et que c'est un espoir trompeur, qui donc, ayant essayé, ne le sait? Un large festin d'informations biographiques nous est étalé; nous entrons, l'eau à la bouche : hélas! comme tant d'autres festins

auxquels la Vie nous invite, c'est simplement le « festin
de *coquilles* » dont parle Ossian, — nourriture et bois-
son ayant été vidées et enlevées net, et seuls laissés les
plats vides, les emblèmes décevants du festin ! Vos modernes Restaurateurs Historiques ne sont en vérité guère
mieux que des grands-prêtres de la Famine; ils mettent
sur la table le plus beau service de Chine, mais ils n'ont
aucun dîner à vous y servir. Cependant tel est notre appétit biographique, nous courons tenter l'essai de boutique en boutique, en un espoir toujours renaissant; et,
à moins de pouvoir manger le vent, avec un désappointement toujours renouvelé.

D'autre part, considérez la classe tout entière des
Œuvres d'imagination, depuis la plus haute catégorie
de Poésie épique ou dramatique, dans Shakespeare et
Homère, jusqu'à la plus inférieure, de Prose quelconque,
dans le Roman à la mode. Que sont toutes ces œuvres,
sinon autant de Biographies imitatives? Des tentatives,
ici par un Orateur inspiré, là par un Bavard ininspiré,
de se délivrer, plus ou moins inefficacement, du grand
secret sous lequel s'agitent opprimés tous les cœurs:
La signification de la Vie Humaine ; — délivrance qui,
même retracée par une pauvre tête et imprimée dans la
Minerva Press, trouve des lecteurs. Car, notez ceci, bien
qu'il y ait *un* Fou qui est le plus grand Fou, comme il
existe en tout genre un superlatif; bien que *l*'homme le
plus fou du monde vive et respire indubitablement à
l'heure actuelle, et qu'il ait mangé son déjeuner ce matin ou récemment, et le digère en ce moment même ; et
qu'il regarde le monde avec ses yeux troubles de hibou,
et s'en forme intérieurement quelque inénarrable théorie: où donc, cependant, cet Individu authentiquement
existant sera-t-il personnellement rencontré? Quelqu'un
de nous peut-il, autrement que par conjecture, savoir
qu'il l'a vu, qu'il a communiqué oralement avec lui?
Pour nous en tenir à la sphère plus étroite de notre
Métropole anglaise, quelqu'un peut-il se dire avec
certitude qu'il a conversé avec l'homme le plus stupide
même, individuel, identique, existant actuellement
à Londres? Personne. Aussi avant que nous creusions
dans la Profondeur, toujours s'ouvre une profondeur

nouvelle: où peut se trouver l'ultime fond, par quelles nouvelles scènes de l'existence nous devons passer avant de l'atteindre (excepté que nous savons qu'il se trouve quelque part, et que les facultés humaines pourraient à l'occasion l'atteindre), c'est ce qui est tout à fait un mystère pour nous. Etrange, torturante poursuite! Nous avons la plus complète certitude, non seulement qu'il y a un homme entre tous stupide parmi les gens de Londres résidant effectivement, ayant d'une façon quelconque table et logement à Londres, mais que plusieurs personnes lui ont parlé ou peut-être lui parlent en ce moment face à face; tandis qu'à nous un tel bienfait scientifique, de quelque façon que nous le poursuivions, nous sera trop probablement toujours refusé! — Mais la chose que nous voulions démontrer était ce fait consolant, qu'il n'était pas tête si stupide, qu'on ne pût trouver d'autres têtes en comparaison de qui elle ne fût un génie, un oracle aussi savant que le Moine Bacon. D'aucun Livre donné, même d'aucun Roman à la mode, vous ne pouvez affirmer avec certitude que son vide est absolu ; qu'il n'y a pas d'autres vides qui n'y trouveront de quoi se remplir en partie, et qui ne l'estimeront comme un *plenum*. Comment sais-tu, peut s'écrier le malheureux Fabricant de Romans, si je suis, moi, là présent, le plus fou des mortels existants ; si cette chose à longues oreilles qu'est ma Fiction Biographique n'en va pas trouver quelque autre dans les oreilles encore plus longues de qui il n'y aura pas moyen, la Providence aidant, d'insinuer quelque chose? Nous répondons : Nul ne le sait, nul ne peut le savoir avec certitude : aussi, continue d'écrire, digne Camarade, suivant tes moyens, suivant ce qu'il t'a été donné de faire.

Ici, d'ailleurs, en ce qui concerne les « Fictions Biographiques », et beaucoup d'autres choses de même espèce, que rédigent de nos jours les esprits novices, nous ferons aussi bien d'insérer certains singuliers aperçus sur l'importance et la signification de la *Réalité*, tels que nous les trouvons formulés dans les *Æsthetische Springwürzel* du Professeur Gottfried Sauerteig (1),

(1) Le Professeur Gottfried « Levain-Aigre ». Un des prototypes

ouvrage peut-être encore nouveau pour la plupart des lecteurs anglais. Le Professeur et Docteur n'est pas un homme que nous puissions louer sans réserve; nous ne dirons pas non plus que ses *Springwürzel* (des espèces de magiques crocheteurs-de-serrures, comme il les appelle avec affectation) sont propres à faire « *sauter* » tout *verrou* qui enferme un mystère esthétique: cependant, en sa manière bourrue, exclusive, il découvre parfois de nombreuses vérités. Nous nous efforçons de traduire fidèlement et croyons que le lecteur trouvera cela digne d'un examen sérieux:

« La signification, même à un point de vue poétique », dit Sauerteig, « qui gît dans la RÉALITÉ est trop prompte « à nous échapper; peut-être commence-t-elle seulement « maintenant à être discernée. Lorsque nous appelons « les *Confessions de Rousseau* un Poème élégiaco- « didactique, nous entendons par là plus qu'une simple « figure de langage; nous entendons par là un fait his- « torique et scientifique.

« La Fiction, quand celui qui la feint sait qu'il feint, « participe, plus que nous ne nous en doutons, de la « nature du *mensonge;* et elle a toujours, à quelque « degré, un caractère insuffisant. Toutes les Mythologies « furent jadis des Philosophies; furent *crues* : les Poè- « mes Epiques des vieux âges, tant qu'ils restèrent *épi-* « *ques*, et qu'ils furent capables de faire quelque im- « pression complète, furent des Histoires et furent con- « sidérés comme des narrations de *faits*. En tant « qu'Homère employait ses dieux comme accessoires « ornementaux, et n'avait pas, lui-même, ou du moins « n'attendait pas de ses auditeurs qu'ils eussent, la « croyance que ces dieux étaient des agents réels dans « ces antiques actions; en cela Homère cessait d'être « *ingénu;* en cela il était un chanteur en partie *creux* « et faux et chantait pour plaire seulement à une por- « tion, non à la totalité de l'esprit humain.

« L'Imagination est, après tout, une pauvre chose

humoristiques de Carlyle. *Æsthetische Springwürzel* : La « Force- portes esthétique » : la *Springwürzel* est, selon la légende popu- laire, une plante ayant la propriété de faire sauter les serrures.

« lorsqu'elle doit se séparer de l'Entendement, et même
« s'opposer hostilement à lui en une contradiction dé-
« clarée. Notre esprit est divisé en deux : il y a contes-
« tation, où le plus faible doit nécessairement aboutir
« au pis. Maintenant, de tous les sentiments, états, prin-
« cipes, appelez la chose comme vous voudrez, de l'es-
« prit humain, la Croyance n'est-elle pas le plus clair,
« le plus fort; celui contre lequel tous les autres luttent
« en vain? La Croyance est, en vérité, le commencement
« et la condition première de toute Force spirituelle : en
« tant seulement que l'Imagination est *crue*, ne fût-ce
« que momentanément, il peut y avoir en elle quelque
« utilité ou quelque sens, elle peut donner quelque jouis-
« sance. Et qu'est-ce que la Croyance momentanée? La
« jouissance d'un moment. Tandis qu'une Croyance per-
« pétuelle serait perpétuellement une jouissance, et de
« l'âme tout entière.

« C'est ainsi que je juge du Surnaturel dans un Poème
« Epique ; et, dès l'instant qu'il a cessé d'être authen-
« tiquement surnaturel, qu'il est devenu ce que vous
« appelez une « Machine », je dirais volontiers : « Otez-
« le de la vue (*schaff'es mir vom Halse*) ! En vérité,
« cette « Machine », à propos de laquelle les critiques
« font un tel vacarme, fut à juste titre appelée *Machine*,
« car elle est bien en réalité mécanique, elle n'est nul-
« lement inspirée ni poétique. Il ne saurait y avoir non
« plus pour nous en elle la moindre jouissance esthé-
« tique: sauf seulement sous ce rapport, que nous
« croyons qu'elle *a été crue*, — par le Chanteur ou ses
« Auditeurs, à la place desquels nous tâchons laborieu-
« sement de nous mettre; grâce à quoi, résultat fort
« relatif, nous attrapons quelque reflet de la Réalité,
« qui pour eux fut entièrement réelle et visible face à
« face. Toutes les fois que les choses en sont venues à ce
« point, que votre « Machine » est de son propre aveu
« mécanique et hors de créance, — qu'est-elle d'autre,
« si nous avons le courage de nous dire la vérité, qu'une
« Déception misérable, dépourvue de sens, gardée uni-
« quement par une vieille habitude? Si les dieux d'une
« *Iliade* ne sont plus pour nous d'authentiques Formes
« de Terreur, qui saisissent le cœur, qui épouvantent

« le cœur, mais seulement de vagues Fantômes de clin-
« quant, — que doivent être les dieux païens morts
« d'une *Epigoniade*, les dieux païens-chrétiens, morts-
« vivants, d'une *Lusiade*, les dieux concrets-abstraits,
« évangéliques-métaphysiques d'un *Paradis Perdu?*
« Un fatras suranné! Des défroques, tout au plus, sous
« lesquelles quelque pauvre mime, crânant et se pava-
« nant, peut ou ne peut pas déployer de nouveau de
« nobles Sentiments Humains (encore une fois une Réa-
« lité), et s'assurer ainsi, ou ne pas s'assurer, notre par-
« don pour une telle mascarade de mal-appris; masca-
« rade pour laquelle il a, en tous cas, à *demander* par-
« don.

« Chose assez vraie, nul Poème Epique, si ce n'est les
« plus anciens, ne peut prétendre à cette distinction, d'être
« une crédibilité entière, une Réalité : après une *Iliade*,
« un *Shaster*, un *Coran*, et autres œuvres primitives
« semblables, le reste semble, d'après ma règle, devoir être
« complètement exclu de la liste. En conséquence, qu'est-
« ce que tout le reste, en comparaison, depuis l'*Enéide*
« de Virgile jusqu'à nous ? Choses froides, artificielles,
« hétérogènes; tenant plus de la fleur fabriquée que de
« la rose; tout au mieux, des deux, mêlées confusément.
« Il serait, à vrai dire, difficile de refuser à l'une d'elles
« le titre de Poème ; mais à aucune d'elles ce titre
« n'appartient dans un sens quelconque rappelant le
« vieux sens supérieur que l'Epopée présentait en ces
« jours anciens, — lorsque l'épithète de « divine »,
« ou de « sacrée », appliquée à la Parole de l'homme,
« n'était pas une vaine métaphore, un vain son, mais un
« nom réel ayant une signification. Aussi, plus nous nous
« éloignons de ces jours primitifs où la Poésie, comme
« l'est toujours la vraie Poésie, était encore sacrée ou
« divine, et inspirée (ce que la nôtre, en grande partie,
« prétend seulement être), — plus il devient impossible
« de produire, nous ne dirons pas quelque vraie Poésie,
« mais quelque semblant supportable de vraie Poésie;
« plus creux deviennent, particulièrement, les Poèmes
« épiques de tout ordre ; jusqu'à ce qu'enfin, comme
« dans cette génération, le mot même de Poème épique
« fasse bâiller les gens, l'annonce d'un nouveau Poème

1.

« épique soit accueillie comme une calamité publique.

« Mais si, l'*impossible* étant une fois pour toutes écarté,
« l'on s'attache fermement au probable, qu'en résulte-t-
« il *alors* touchant la fiction? Eh, bien, alors, dirai-je, le
« mal est fort diminué, mais nullement tout à fait guéri.
« Nous avons alors, au lieu de l'Epopée moderne com-
« plètement morte, le Roman moderne en partie vivant.
« A ce dernier, beaucoup plus qu'à l'autre, il est facile
« d'accorder cette si essentielle « créance momentanée »
« dont nous parlions plus haut : infiniment plus facile,
« à vrai dire; car l'autre étant nettement incroyable,
« nul mortel ne *peut* un seul moment y croire, un seul
« moment en jouir. Ainsi, çà et là un *Tom Jones*, un
« *Meister*, un *Crusoé* n'apporteront pas peu de soulage-
« ment à l'esprit des hommes, bien qu'incommensura-
« blement moins que ne le ferait une *Réalité*, si la signi-
« fication en était exprimée d'une manière aussi frap-
« pante, si le génie capable de l'exprimer de la sorte
« nous était une fois donné par le Ciel bienveillant. Et
« ne dites pas que les Réalités proprement dites font
« défaut : car la Vie Humaine, maintenant comme autre-
« fois, est l'œuvre véritable de Dieu ; partout où il y a
« un Homme, un Dieu aussi est révélé, et tout ce qui est le
« Divin : tout un abrégé de l'Infini, avec ses significations,
« gît enveloppé dans la Vie de tout Homme. N'était,
« hélas ! que le Voyant capable de discerner ce Divin,
« et de nous le *déployer* en le verbe qu'il faut, manque,
« et peut longtemps encore manquer !

« Bien plus, une question se présente à nous ici, que
« tout le public instruit d'Allemagne se posera aussi
« volontiers : A savoir si l'homme *peut* encore être inté-
« ressé par la Parole parlée, comme il l'était souvent au-
« trefois dans ces jours primitifs, lorsque, transporté par
« son inscrutable pouvoir, il disait, dans tel dialecte qu'il
« pouvait avoir, qu'elle était *transcendantale* (qu'elle
« *dépassait* toute mesure), qu'elle était sacrée, prophé-
« tique, et l'inspiration d'un dieu ? Quant à moi (*ich
« meines Ortes*), j'entends bien, soit que la foi me le
« dise ou bien une intuition, que la réponse à une telle
« question sera : Oui ! Car le temps a beau dévorer
« bien des choses, jamais, que je sache, il n'a dépouillé

« l'Homme d'aucune des facultés qu'il posséda à quel-
« que époque que ce fût. L'enfant né d'hier possède, à
« ce qu'il me semble, tous les organes corporels, spiri-
« tuels et intellectuels, et dans un ordre et une inté-
« grité exactement pareils, que pouvait se flatter d'avoir
« le plus ancien Grec Pélasgique, ou le Patriarche de la
« Mésopotamie, ou le Père Adam lui-même. Dix doigts,
« un cœur contenant du sang veineux et artériel appar-
« tiennent encore à l'homme né de la femme : quand
« perdit-il l'un ou l'autre de ses Dons spirituels, surtout
« son plus haut Don spirituel, celui de révéler la Beauté
« Poétique et de la recevoir adéquatement? Ce n'est pas
« la susceptibilité qui manque; c'est uniquement le
« Poète, ou une longue suite de Poètes, qui agisse sur
« elle. Il est vrai, il est trop vrai, le Poète *est* jusqu'ici com-
« plètement absent, ou à peu près complètement : cepen-
« dant, n'avons-nous pas assez de siècles devant nous
« pour le produire ? Lui, et beaucoup d'autres choses !
« — Quant à moi, je me bornerai pour le moment à
« prédire que c'est surtout en agissant de plus en plus
« sur la Réalité, et en dégageant toujours plus sage-
« ment *ses* inépuisables significations ; et, bref, en expri-
« mant en des paroles appropriées tout ce qui est la
« *croyance* de notre âme, et en cessant d'exprimer
« quoi que ce soit qui n'est pas la croyance de notre
« âme, — que cette haute entreprise sera accomplie ou
« facilitée ».

Ces observations remarquables et non sans fondement,
bien que partiales et à la portée plus *profonde* qu'*étendue*, sur la grande importance de la Réalité, considérée précisément comme une matière poétique, nous les
avons insérées d'autant plus volontiers, que quelque
fugitif sentiment de cela aussi peut s'être souvent présenté à maints lecteurs ; et qu'en somme il est bon que
tont lecteur et tout écrivain comprennent, avec toute
l'intensité de la conviction, quelle valeur absolument
infinie gît dans le *Vrai ;* combien influente, omnipo-
tente, est, dans l'esprit de l'homme, la chose que nous
appelons *Croyance.* Pour le reste, Herr Sauerteig, bien
qu'exclusif, sur cette matière de la Réalité, semble sincèrement persuadé et n'est peut-être pas aussi ignorant

qu'il en a l'air. Il ne peut lui être inconnu, par exemple, quel bruit l'on mène autour de l'« Invention »; quel rang suprême l'on considère que cette faculté occupe dans les dons poétiques. Grande à vrai dire est l'Invention; cependant elle n'est qu'un pauvre exercice de ces dons, avec lequel la Croyance n'a rien à voir. « Un Irlandais qui a son whisky dans la tête », comme disait le pauvre Byron, vous inventera de la sorte tout ce que vous voudrez et plus qu'il n'en faut. Bien plus, à bien considérer la chose, le plus haut exercice de l'Invention n'a réellement rien à faire avec la Fiction; mais il est l'invention d'une Vérité nouvelle, ce que nous pouvons appeler une Révélation; et celle-ci dépasse sans aucun doute tous les autres efforts poétiques, et Herr Sauerteig ne peut être trop bruyant dans ses louanges. Mais, d'autre part, savoir si pareil effort est encore possible à l'homme, Herr Sauerteig et la grande majorité des gens sont probablement en contestation là-dessus; — et ils resteront probablement comme cela, jusqu'à ce que cette « Révélation », cette « Invention d'une Réalité nouvelle », du genre qu'il désire, fasse d'elle-même apparition.

En attendant, quittant ces régions élevées, que chacun réfléchisse quelle puissance peut prendre le plus pauvre *fait* historique, comparé au plus grand *événement fictif;* quelle force incalculable gît pour nous dans cette considération : Que la Chose dont j'ai là, dans mon esprit, l'image est effectivement arrivée; qu'elle fut, en toute vérité, un élément du système du Tout, dont je suis une part moi aussi; qu'elle eut donc, et qu'elle a, d'un bout à l'autre du temps, une existence authentique; qu'elle n'est pas un rêve, mais une réalité! Nous-même nous pouvons nous rappeler avoir lu, dans *Lord Clarendon* (1), avec des sentiments peut-être accidentellement disposés d'une manière ou d'une autre à cela, — certainement avec une profondeur d'impression étrange pour nous alors et maintenant, — ce passage en apparence insignifiant, où Charles, après la bataille de Worcester, se glisse à bas du Chêne Royal avec l'Ecuyer

---

(1) *Histoire de la Rébellion,* III, 625 (note de Carlyle).

Careless, au crépuscule, ayant besoin de manger : comment, « faisant un détour pénible à travers haies et « fossés, après avoir marché au moins pendant huit ou « neuf milles, que rendit encore plus pénibles au Roi le « poids de ses bottes (car il n'avait pu *les* ôter, faute de « souliers, lorsqu'il coupa ses cheveux), ils arrivèrent « avant le matin à *une pauvre ferme, dont le pro-* « *priétaire, en sa qualité de Catholique Romain, était.* « *connu de Careless.* » Comment ce pauvre diable, arraché à ses ronflements par les coups frappés à la porte, « emmena les fugitifs dans une petite grange « pleine de foin, qui était un logement meilleur que « celui qu'il avait pour lui-même » ; et bientôt, non sans difficulté, apporta à Sa Majesté « un morceau de pain et et un pot de petit-lait », disant avec candeur qu' « il vivait lui-même de son travail quotidien, et que ce qu'il lui avait apporté était la chère qu'ils avaient lui et sa femme ». De cette diète nourrissante Sa Majesté, « assise sur un tas de foin », se repaît avec reconnaissance pendant deux jours ; et puis elle repart, sur des indications nouvelles, ayant d'abord changé d'habits, jusqu'à la chemise et une « vieille paire de souliers », avec son hôte ; et ainsi, comme dit le digne Bunyan, elle « va son chemin, et ne le voit plus ». Assez singulier, si nous voulons y penser ! C'était donc là un vrai Rustaud en chair et en os de l'an 1651 : il avalait réellement son pain et son petit-lait (faute d'ale et de lard), et travaillait aux champs : avec ces « souliers » à gros clous, il avait pataugé par la boue des chemins en hiver, et, joyeux ou non, mené son attelage aux champs en été : il conclut des marchés ; marchanda, liarda, cœur tantôt triste, tantôt gai ; il naquit ; il fut fils, il fut père ; peina de bien des manières, y étant forcé, jusqu'à ce qu'il eût usé toute sa force : et puis — il s'étendit « pour reposer ses reins meurtris », et s'endormit là pour la longue nuit ! — Comment se fait-il que lui seul de tous les rustauds d'Angleterre qui labouraient et vivaient en même temps que lui, sur qui le soleil béni brillait en ce même « cinquième jour de septembre », se soit trouvé venir jusqu'à nous ; que cette pauvre paire de souliers cloutés, entre tous les millions de peaux qui ont été

tannées, coupées et usagées, subsiste encore et reste
accrochée, complète, à notre vue? Nous voyons l'homme
ne fût-ce qu'un moment; un moment, le voile de la
Nuit s'ouvre, nous permettant de constater et de voir, et
puis il se referme sur lui — à jamais.

De même encore, comme certaine *Vie de Johnson,
par Boswell*, imprime, indélébile et magiquement
brillante, mainte petite *Réalité* dans notre souvenir!
Il n'est pas besoin que les personnages en scène soient
un Roi et un Rustre; que la scène soit la Forêt du
Chêne Royal « sur les frontières du Staffordshire » : il
est besoin seulement que la scène se trouve sur cette
vieille et solide Terre à nous, où nous aussi nous
sommes arrivés d'une manière si surprenante; que les
personnages soient des *hommes*, et *vus* avec les yeux
d'un homme. Il est assez singulier comme quelque
incident léger, peut-être vulgaire et même laid, s'il est
réel et bien présenté, se fixera dans une mémoire impressionnable, et y restera, ennobli; argenté par le pâle
rayon du souvenir, avec le pathétique qui appartient
seulement à ce qui est mort. Car le Passé nous est
sacré; les Morts nous sont sacrés, même ceux qui
furent bas et méchants de leur vivant. Leur bassesse,
leur méchanceté n'était pas *Eux*, elle n'était que le
lourd et intraitable milieu qui était autour d'eux, avec
lequel ils luttaient impuissants : *eux* (la Force éthérée,
donnée de Dieu qui résidait en eux et qui était leur
Moi), ils se sont maintenant dégagés de ce lourd Milieu,
et ils sont libres et purs : la longue Bataille de leur vie,
quelle qu'en soit l'issue, est complètement finie, avec
plus ou moins de blessures; ils en ont été rappelés, et
l'âpre et tumultueux champ de bataille est devenu un
silencieux Golgotha plein d'une terreur religieuse, un
Gottesacker (Champ de Dieu)! — Boswell relate cette
occurrence, en elle-même la plus mince et la plus pauvre
qui soit : « Comme nous nous promenions à la nuit
« dans le Strand, bras dessus bras dessous, une femme
« publique nous accosta de l'engageante manière d'u-
« sage. « Non, non, ma fille », dit Johnson; « inutile».
« Il ne la traita d'ailleurs pas avec dureté; et nous cau-
« sâmes de la vie misérable de ces femmes. » Etrange

puissance de la *Réalité!* Il n'est pas jusqu'à cette occurrence chétive entre toutes qui maintenant, après que soixante années sont venues et parties, n'ait une signification pour nous. Considérez seulement que c'est *vrai;* que cela très réellement arriva! Cette malheureuse Réprouvée, avec tous ses péchés et toutes ses misères, ses désirs sans loi, ses trop complexes malchances, ses plaintes et ses débauches, a complètement disparu; hélas! sa parure tapageuse est devenue toute noire de vétusté, elle s'est en allée, voici des générations, en poudre et en fumée; de son corps profané et de toute sa misérable existence terrestre, rien ne reste; *elle* n'est plus ici, mais bien loin de nous, dans le sein de l'Eternité,—d'où nous aussi nous venons, où nous aussi nous retournons! Johnson dit : « Non, non, ma fille ; inutile » ; et puis « nous causâmes » ; — et là-dessus la misérable, vue le temps d'un clin d'œil, passe son chemin et disparaît dans les totales Ténèbres. Aucune altière Calista, qui soit jamais sortie du cerveau d'un conteur, ne nous impressionnera plus profondément que cette dernière entre les dernières ; et pour une bonne raison : C'est qu'*elle* est sortie du Créateur des Hommes.

C'est, pour l'Artiste, bien employer son temps, que d'examiner pour lui-même ce qui peut donner aux incidents les plus intimes leur caractère mémorable ; son but, aussi bien, est, par-dessus toutes choses, d'être *mémorable.* La moitié de l'effet, nous le voyons tout de suite, provient de l'objet; de ce qu'il est *réel,* de ce qu'il est réellement *vu.* L'autre moitié dépend de l'observateur ; et là-dessus cette question se pose : Comment les objets réels peuvent-ils être vus *ainsi ;* de quelle qualité d'observation, ou de style descriptif, dépend cette si intense puissance pittoresque? Souvent une circonstance peu importante contribue curieusement au résultat : quelque trait minime, et peut-être en apparence accidentel, se présente ; trait de lumière qui instantanément *excite* l'esprit, et le pousse à compléter le tableau, à en dégager pour lui-même la signification. Les critiques ont souvent noté ces traits de lumière et leur influence presque magique : mais la faculté de les produire, de choisir ces traits à mesure que la volonté les produit, est généralement regardée comme du pur procédé, comme un tour du métier, un secret pour être « graphique »; alors que ces traits magiques sont, en vérité, plutôt des inspirations, et que le don de les exécuter, qui agit inconsciemment, sans préméditation, et comme par l'effet de la nature seule, est proprement le *génie* de la description.

Il y a, d'ailleurs, un grand, inappréciable secret, qui inclut tout le reste, et qui, chose consolante, est certainement au pouvoir de tout homme : *Avoir un cœur ouvert et aimant, et ce qui résulte de la possession de cela!* En vérité il a été dit, et il faut répéter énergiquement de nos jours : Un Cœur aimant est le commencement de toute Connaissance. C'est là ce qui ouvre l'esprit tout entier, ce qui stimule chaque faculté de l'intellect à faire son travail propre, celui de *connaître ;* et de là, par une sûre conséquence, d'*exprimer d'une manière vivide.* D'autre secret d'être « graphique », il n'y en a pas, qui ait de la valeur : mais celui-ci en est un qui est grandement suffisant. Voyez, par exemple, ce qu'un pauvre Boswell peut faire ! C'est par là, en vérité, que l'homme tout entier devient un miroir vivant, où les merveilles de cet Univers à jamais merveilleux sont représentées sous leur vrai jour (qui est toujours un jour magique, miraculeux) et réfléchies en retour sur nous. Il a été dit : « le cœur voit plus loin que la tête »; mais, à vrai dire, sans un cœur clairvoyant, il n'y a même pas de véritable clairvoyance possible pour la tête : tout n'est qu'*inadvertance,* hallucination et vaine fantasmagorie superficielle, qui ne peut jamais profiter à personne.

Ici, encore, ne pouvons-nous nous arrêter un instant et faire une réflexion pratique? Considérant la multitude de mortels qui manient la Plume en ces jours, et sont capables de mettre l'orthographe, et d'écrire sans de criantes violations de la grammaire, cette question naturellement se pose : Comment se fait-il donc qu'aucune Œuvre ne sorte d'eux, portant quelque caractère d'authenticité et de permanence; de valeur durable plus d'un jour? Des cargaisons de Romans à la mode, de Poésies sentimentales, de Tragédies, Farces, Relations de Voyage, Contes par avalanches s'engloutissent tous les mois dans la Mare sans fond : continuellement la Presse peine; d'innombrables Fabricants de papier Compositeurs, Imprimeurs, Relieurs et Colporteurs enroués à force de crier leur marchandise ne se reposent point de leur labeur; et toujours, en torrents, se précipite l'immense file des Publications, sans trève, jusqu'à leur demeure dernière; et toujours l'Oubli, comme le Tombeau, crie : Encore! Encore! Comment se fait-il que de toutes ces multitudes innombrables d'œuvres, pas une ne peut parvenir à révéler le moindre signe d'excellence, ou à produire quoi que ce soit qui dure plus longtemps qu' « un flocon de neige sur la rivière », ou l'écume de la bière à bon marché? Nous répondons : Parce qu'elles *sont* de l'écume; parce qu'il n'y a pas de *Réalité* en elles. Ces Trois mille hommes, femmes et enfants, qui composent l'Armée des Auteurs Anglais, ne *voient* quoi que ce soit, si nous y réfléchissons bien; par conséquent, ils n'*ont* rien qu'ils puissent rapporter et exprimer, ils ont seulement plus ou moins de choses qu'ils peuvent plausiblement faire semblant de rapporter. L'Univers, humain et naturel, leur est encore absolument fermé; le « secret ouvert » est encore absolument un secret; parce qu'aucune sympathie pour l'Homme ou la Nature, nul amour, nulle libre simplicité de cœur ne les leur a encore découverts. Seule, une pitoyable Image de leur propre pitoyable moi, avec ses vanités, ses rancunes, sa multiple faim dévorante, reste à jamais peinte sur la rétine de ces pauvres gens; en sorte que le Tout étoilé, avec quoi que ce soit qu'il embrasse, n'apparaît que comme quelque projection agrandie de lanterne magique de cette même Image, — et naturellement a un air assez piteux.

C'est en vain que ces gens allèguent qu'ils sont naturellement sans don, naturellement stupides et aveugles, et qu'ainsi ils ne *peuvent* atteindre à la connaissance de quoi que ce soit; donc, qu'en écrivant sur quelque chose que ce soit, ils doivent nécessairement n'en écrire que des faussetés, n'y ayant en quelque chose que ce soit aucune vérité pour eux. Non pas, mes bons Amis. Le plus stupide d'entre vous a une certaine faculté; ne fût-ce que celle du langage articulé (mettons dans le dialecte écossais, irlandais, ou encore dans le dialecte des badauds, ou même dans l' « anglais d'Institutrice »), et de discerner physiquement ce qu'il a sous le nez. Le plus stupide d'entre vous se plaindrait peut-être d'être comparé en talent à James Boswell ; et pourtant voyez ce qu'il a produit ! Vous n'usez pas honnêtement de votre talent ; votre cœur est fermé ; plein de gloutonnerie, de malice, de mécontentement ; en sorte que votre sens intellectuel ne peut être ouvert. Il est vain aussi de représenter que James Boswell avait des occasions, voyait de grands hommes et de grandes choses, comme vous ne pouvez jamais espérer d'en voir. Que faites-vous de Parson White dans Selborne? Non seulement il n'avait pas de grands hommes à regarder, mais il n'avait même pas d'hommes ; uniquement des moineaux et des hannetons : pourtant il nous en a laissé une *Biographie*, qui, sous le titre d'*Histoire Naturelle de Selborne*, est encore précieuse pour nous, car elle a transcrit *fidèlement* une ou deux petites phrases du Livre Inspiré de la Nature, et de la sorte n'est pas elle-même sans inspiration. Allez, et faites-en autant. Rejetez absolument toute vanité et toute fausseté de votre cœur ; efforcez-vous infatigablement d'acquérir ce qui est possible à tout Homme créé par Dieu, une âme libre, ouverte, humble : *ne dites rien, de quelque manière que ce soit, jusqu'à ce que vous ayez quelque chose à dire ;* ne vous préoccupez pas de la *récompense* de ce que vous dites, mais simplement et avec votre esprit tout entier de la *vérité* de ce que vous dites : alors, dans quelque section de l'Espace et du Temps que vous soyez placé, ouvrez seulement vos yeux, et ils *verront* positivement, et ils vous apporteront une *connaissance* réelle, merveilleuse, digne de *croyance ;* et au lieu d'un seul Boswell et d'un seul White, le monde se réjouira de mille, — postés sur leurs mille tours d'observation particulières, pour nous instruire, par d'indubitables documents, de tout ce qui, dans notre Monde si prodigieux, se produit à la lumière et *est !* O, si l'Editeur de ce Magazine avait seulement une baguette magique pour changer l'activité de toute cette Intelligence non dépourvue d'importance, qui maintenant nous submerge sous la mousse de savon de ses fictions artificielles, sous de simples Mensonges, en une fidèle étude de la Réalité, — quelle connaissance de la grande, éternelle Nature et des manières d'agir de l'homme là-dedans ne nous serait-elle pas apportée chaque année ! Puissions-nous seulement changer un seul de ces fabricants d'écume, un seul de ces bateleurs de baraque foraine en un véritable Penseur et Agisseur qui, de bonne foi, *essaye* seulement de penser et d'agir, — nous serions grandement récompensés.

Mais, reprenons ; ou plutôt, en partant de là, commençons notre voyage ! Si maintenant, tant par les *Springwürzel* de Herr Sauerteig que par toutes les élucubrations de notre cru, il est devenu apparent combien profonde, incommensurable est la « valeur qui gît dans la *Réalité* », et, de plus, combien exclusif l'intérêt que l'homme prend aux Histoires de l'Homme, — ne semble-t-il pas lamentable que si peu de *Biographies* véritablement bonnes aient encore été rassemblées dans la Littérature ; que, dans le monde entier, l'on n'en puisse pas trouver, en s'y prenant avec une exactitude rigoureuse, plus d'une douzaine, ou plus d'une quinzaine, et celles-ci pour la plupart d'une très ancienne date ? Lamentable ; mais, après ce que nous venons de voir, explicable. Une autre question pourrait se poser : Comment se fait-il qu'en Angleterre nous ayons uniquement une bonne Biographie, celle de *Johnson* par *Boswell ;* et de bons, d'indifférents, voire même de mauvais essais de Biographie, moins qu'aucun autre peuple civilisé ? Considérez les Français et les Allemands, avec leurs Moréris, leurs Bayles, leurs Jœrdenses, leurs Jœchers, leurs innombrables *Mémoires, Schilderungen, Biographies Universelles ;* sans parler des Rousseau, des Gœthe, des Schubart, des Yung-Stilling : et là-dessus mettez en regard nos pauvres Birchs, Kippis, Pecks, dont la race est, d'ailleurs, maintenant éteinte !

Cette question, comme la réponse pourrait nous mener loin et n'être pas flatteuse pour le sentiment patriotique, nous ne l'agiterons point ; nous nous en tiendrons plutôt, avec grand plaisir, à ce fait, qu'une excellente Biographie *est* réellement Anglaise, et qu'elle se trouve même à présent à notre portée, en cinq volumes nouveaux, sollicitant de nous un nouvel examen, qu'il sera longuement profitable, d'âge en âge (le Perpétuel montrant toujours des phases nouvelles à mesure que *notre* position change), de lui accorder ; — et c'est là une tâche à laquelle, présentement, dans cette position et dans cette époque, nous nous préparons de bon cœur.

Mais d'abord, laissons passer la date sotte du poisson d'Avril (1), et que notre Lecteur, durant ces vingt-neuf jours de temps incertain qui vont suivre, reste à méditer, selon la commodité, sur le but de la BIOGRAPHIE en général : alors, aux premières rosées du Mai béni, et avec une commodité, bien plus grande quant à l'espace, nous lui soumettrons fidèlement tout ce que nous avons écrit sur *Johnson*, et sur le *Johnson* de *Boswell*, et sur le *Johnson* de *Boswell* édité par *Croker* (2).

(1) Carlyle, qui publia ceci en avril 1832, fait allusion à la date (1er mai 1832) où il publia peu après *l'Essai sur Johnson*, annoncé à la fin de cet article. Voir cet Essai dans notre traduction de la série précédente d'*Essais choisis*.

(2) Nouvelle édition, en 5 volumes, par John Wilson Croker, Londres, 1831.

VOLTAIRE [1]

Si l'ambition pouvait toujours choisir son chemin, et si volonté, dans les desseins humains, était synonyme de capacité, tous les hommes vraiment ambitieux seraient hommes de lettres. Certainement, si nous examinons cet amour du pouvoir qui entre pour une si large part dans la plupart des calculs pratiques, que nos amis les Utilitaires ont même reconnu comme la seule fin et la seule origine, à la fois mobile et récompense, de toutes les entreprises humaines, animant également le philanthrope, le conquérant, le changeur et le missionnaire, nous trouverons que toutes les autres arènes de l'ambition, comparées à l'arène féconde et sans bornes de la Littérature, en entendant par là tout ce qui se rapporte à la promulgation de la Pensée, sont pauvres, limitées et vaines. Car aussi borné, irréfléchi, purement instinctif que l'homme ordinaire puisse sembler, il a tout de même, apanage tout à fait indispensable, une tête qui examine et calcule ; l'entendement lui a été donné, lampe ou lumignon, qui, dans quelques milieux obscurs, enfumés et étrangement diffractifs qu'il puisse briller, est la définitive lumière directrice de tout son chemin : et ici aussi bien que là, maintenant comme en tous temps dans l'histoire de l'homme, l'Opinion gouverne le monde.

Il est curieux, d'ailleurs, de voir, sous ce rapport, combien l'apparence diffère de la réalité, et sous quelles

(1) *Foreign Review*, n° 6. — Mémoires sur Voltaire et sur ses ouvrages, par Longchamp et Wagnières, ses secrétaires ; suivis de divers Écrits inédits de la Marquise du Châtelet, du Président Hénault, etc., tous relatifs à Voltaire. 2 tomes. Paris, 1826.

formes et dans quelles circonstances singulières peuvent
se trouver les hommes véritablement les plus importants. Si quelque Asmodée, en étendant simplement son
bras, pouvait montrer à fond la signification du Présent,
dans la mesure même où le Futur la révélera, quelle vue
aurions-nous, bien plus merveilleuse que celle purement
matérielle aperçue sous les toits de Madrid ! Car nous ne
savons pas plus ce que nous sommes que ce que nous
serons. C'est une haute, solennelle, presque terrible pensée pour tout homme en particulier, que son influence
terrestre, qui eut un commencement, ne cessera jamais
dans le cours des âges, fût-il le plus humble d'entre
nous ! Ce qui est fait est fait ; est déjà confondu avec
l'illimité, toujours vivant, toujours agissant Univers, et
y agira aussi, pour le bien ou pour le mal, ouvertement
ou secrètement, à travers les temps et les temps. Mais
la vie de chaque homme est comme la source d'un cours
d'eau, dont les petits commencements sont à vrai dire clairs
pour tout le monde, mais dont l'Omniscient seul peut
discerner le développement et la destination ultérieurs,
à mesure qu'il se déroule à travers les espaces des ans
infinis. Se mêlera-t-il aux ruisselets voisins, comme tri-
butaire ; ou les recevra-t-il comme leur souverain ? Doit-
il être un petit ruisseau inommé, et ses faibles eaux,
parmi des millions d'autres rus et ruisselets, grossiront-
elles le cours de quelque vaste fleuve ? Ou doit-il être
lui-même un Rhin ou un Danube, dont les bouches se
trouvent aux bords les plus lointains, dont le cours est
une éternelle ligne de démarcation sur le globe lui-
même, le boulevard et la grande route de royaumes et
de continents entiers ? Nous ne savons pas : nous savons
seulement que, dans l'un et l'autre cas, sa marche se dirige vers le grand océan ; que ses eaux, quand elles
tiendraient dans le creux de la main, sont *là*, et ne
peuvent être annihilées ni constamment retenues.

Aussi peu pouvons-nous pronostiquer, avec quelque
certitude, les futures influences d'après les aspects présents d'un individu. Combien de Démagogues, de Cré-
sus, de Conquérants remplissent leur époque de joie ou
de terreur, d'un tumulte qu'on peut croire éternel ; et
qui, dans l'époque suivante, disparaissent dans l'insi-

gnifiance et l'oubli ! Ce sont les plants de courges, qui
s'élèvent au-dessus du cèdre et de l'aloès naissants, mais
qui, comme la courge du Prophète, se dessèchent le
troisième jour. Qu'importait aux Pharaons d'Egypte,
dans cette ère ancienne, que Jéthro, le prêtre et agricul-
teur Madianite, acceptât pour berger le fugitif hébreu ?
Et pourtant les Pharaons, avec tous leurs chariots de
guerre, sont profondément ensevelis dans les débris des
siècles ; et ce Moïse vit encore, non seulement dans sa
propre tribu, mais dans les cœurs et les affaires quotidiennes de toutes les nations civilisées. Ou bien encore,
représentez-vous Mahomet, dans ses jeunes années, « courant les marchés aux chevaux de la Syrie ». Bien plus,
pour prendre un exemple infiniment plus haut, qui a
jamais oublié ces lignes de Tacite, insérées comme une
petite, transitoire, absolument insignifiante circonstance
dans l'histoire d'un potentat comme Néron ? Pour nous,
c'est le plus sérieux, grave et rigoureusement significatif passage que nous sachions qui existe par écrit :
*Ergo abolendo rumori Nero subdidit reos, et quæsi-
tissimis poenis affecit, quos per flagitia invisos, vul-
gus* CHRISTIANOS *appellabat. Auctor nominis ejus*
CHRISTUS, *qui, Tiberio imperitante, per Procurato-
rem Pontium Pilatum supplicio affectus erat. Repres-
saque in præsens exitiabilis superstitio rursus erum-
pebat, non modo per Judæam originem ejus mali,
sed per urbem etiam, quo cuncta undique atrocia
aut pudenda confluunt celebranturque.* « Alors, pour
« apaiser ce bruit (1), Néron accusa du crime, et punit
« des peines les plus rares, ces gens, haïs généralement
« pour leur perversité, que le vulgaire appelait *Chré-
« tiens*. L'auteur de ce nom était un certain *Christ*,
« qui, sous le règne de Tibère, subit le dernier supplice
« par sentence du Procurateur Ponce-Pilate. La perni-
« cieuse superstition, par là réprimée un moment, se
« répandit de nouveau, non seulement en Judée, le pays
« originaire de ce mal, mais dans la Ville aussi, où
« viennent de toutes parts s'assembler et se développer
« les choses atroces et abominables (2). » Tacite était

(1) Qu'il avait mis le feu à Rome (*note de Carlyle*).
(2) Tacite, *Annales*, XV, 44.

l'homme le plus sage, le plus pénétrant de sa génération; et voilà ce qu'il avait vu, et pas autre chose, dans cet événement, le plus important qui se soit produit ou puisse se produire dans les annales du genre humain.

Et ce n'est pas seulement à ces époques primitives, où les religions prirent naissance, et où un homme d'un haut et pur esprit apparut non seulement comme un enseigneur et un philosophe, mais encore comme un prêtre et un prophète, que notre observation s'applique. La même incertitude, en estimant les choses et les hommes présents, subsiste plus ou moins en tous temps; car en tous temps, même dans ceux qui semblent les plus triviaux et ouverts aux recherches, la Société humaine repose sur d'inscrutables fondations profondes; et celui-là se méprend entre tous, qui s'imagine les avoir explorées à fond. Et il ne faut pas non plus que cette suite, dont nous aimons à parler comme d' « une chaîne de causes », soit figurée proprement comme une « chaîne », ou une ligne; on doit se la représenter plutôt comme un tissu, ou une superficie d'innombrables lignes, s'étendant en large aussi bien qu'en long, et en une complexité qui déjouera et égarera complètement les calculs les plus assidus. En fait, les plus perspicaces d'entre nous doivent, en très grande majorité, se contenter de juger comme les plus simples; d'estimer l'importance d'après la seule grandeur, et de compter que ce qui touche fortement notre propre génération touchera fortement les suivantes. C'est ce qui fait que les Conquérants et les Révolutionnaires politiques en viennent à paraître avoir une si puissante influence; alors qu'en réalité il n'est pas une catégorie de gens faisant un tel bruit dans le monde qui, à la longue, se trouve produire une aussi légère action sur ses affaires. Quand Tamerlan eut fini de bâtir sa pyramide de soixante mille têtes coupées, et qu'on l'eut vu « debout, sous ses aciers brillants, à la porte de Damas, avec sa hache d'armes sur son épaule », jusqu'à ce que ses féroces bataillons eussent défilé vers de nouvelles victoires et de nouveaux carnages, le pâle spectateur aurait pu croire que la Nature était dans les affres de la mort; car la dévastation et le désespoir avaient pris possession de la terre, le soleil de l'humanité semblait se coucher dans des mers de sang. Et pourtant, chose fort possible, ce même jour de gala de Tamerlan, un petit garçon jouait aux quilles dans les rues de Mayence, de qui l'histoire était plus importante pour. les hommes que celle de vingt Tamerlans. Le Khan tartare, avec ses démons velus du désert, « passa et s'éloigna comme un cyclone », pour être à jamais oublié ; et cet artisan allemand avait opéré un bienfait qui, à l'heure actuelle, se développe encore incommensurablement, et qui continuera à se développer dans tous les pays et dans tous les temps. Que sont les conquêtes et les expéditions de toute la corporation des capitaines, depuis Gautier-sans-Avoir jusqu'à Napoléon Bonaparte, comparées à ces « caractères mobiles » de Johann Faust ? Vraiment, c'est une chose mortifiante pour votre Conquérant de se dire combien périssable est le métal qu'il forge avec une telle violence : comment la bienfaisante terre aura bientôt recouvert les empreintes sanglantes de ses pas ; et qu'il en sera simplement de tout ce qu'il a accompli et industrieusement accumulé comme de cette « ville de toile » qu'est son camp, — ce soir bruyante de vie, demain complètement effacée, évanouie, sans plus rien d'elle que « quelques fossés et quelques tas de paille » ! Car ici, comme toujours, il continue d'être vrai que la force la plus profonde est la plus silencieuse ; que, comme dans la Fable, le doux rayonnement du soleil accomplira silencieusement ce que la féroce violence de la tempête a en vain essayé . Par-dessus tout, il faut toujours se rappeler que ce n'est point par la puissance matérielle, mais par la puissance morale, que les hommes et leurs actions sont régis. Comme la pensée est sans bruit ! Point de roulement de tambours, point de piétinement d'escadrons, ou d'immense tumulte de fourgons à bagages, qui accompagne ses mouvements : dans quels lieux obscurs et retirés peut méditer la tête qui un jour doit être couronnée d'une autorité plus qu'impériale : car Empereurs et Rois seront parmi ses ministres servants ; elle régnera non point sur, mais *dans* toutes les têtes, et avec ses solitaires combinaisons d'idées, comme avec de magiques formules, elle pliera le monde à sa volonté ! Le temps peut venir, où Napoléon lui-même sera mieux connu par ses lois que par ses batailles, et où la victoire de Waterloo se trouvera être moins importante que l'ouverture du premier Institut des Sciences.

Nous avons été amené à ces réflexions, plutôt rebattues, par ces Volumes de *Mémoires sur Voltaire* ; un homme dont l'histoire montre à son tour curieusement l'importance respective de la puissance intellectuelle et de la puissance matérielle. Celui-là aussi fut un homme privé, nullement un homme élevé par la naissance ; et cependant, autant que ce que nous savons actuellement nous permet d'en juger, l'on peut dire que supprimer du dix-huitième siècle Voltaire et son activité serait produire une différence plus grande dans la forme existante des choses que le manque de tout autre individu, jusqu'à ce jour, en aurait pu occasionner. Bien plus, à la seule exception de Luther, il n'y a peut-être, dans ces âges modernes, aucun autre homme d'un caractère purement intellectuel dont l'influence et la réputation soient devenues aussi entièrement européennes que celle de Voltaire. Vraiment ses doctrines aussi, comme celles du grand Réformateur Allemand, ont, presque dès le début, influencé non seulement la croyance du monde pensant, en se propageant silencieusement d'esprit en esprit ; mais, à un haut degré aussi, la conduite du monde pratique et politique, en entrant comme un élément distinct dans quelques-unes des plus effrayantes convulsions civiles dont se souvienne l'histoire européenne.

Sans doute, à ses propres contemporains, à ceux d'entre eux du moins qui avaient quelque idée de l'état véritable de l'esprit humain, Voltaire apparaissait déjà comme un personnage mémorable et décidément historique : mais le plus fougueux de ses admirateurs, peut-être, ne se fût pas aventuré à lui assigner une grandeur comme celle où il figure à présent, même aux yeux de ses adversaires et de ses détracteurs. Il a grandi en importance apparente, à mesure que nous nous éloignions de lui, à mesure que la nature de ses entreprises devenait de plus en plus visible dans leurs résultats. Car, à la différence de bien des grands hommes, mais comme tous les grands agitateurs, Voltaire se montre partout expressément comme l'homme de son siècle : réunissant dans sa propre personne tous les résultats spirituels qui furent le plus appréciés par cette époque. En même temps, sans profondeur pour discerner ses tendances ultérieures, encore moins sans aucune magnanimité pour essayer d'y résister, sa grandeur et sa petitesse le rendaient également propre à produire un effet immédiat; car il conduit là où la multitude avait d'elle-même obscurément l'idée d'aller, et il se tient à l'avant-garde non moins par adresse à commander que par habileté à obéir. En outre, maintenant que nous considérons la chose à quelque distance, les efforts de mille coopérateurs et disciples, voire même une suite de grandes vicissitudes politiques, dans la production desquelles ces efforts n'ont eu qu'une part subsidiaire, en sont absolument venus, comme il est naturel en pareil cas, à paraître exclusivement son œuvre ; de sorte qu'il se présente à nous comme le parangon et le résumé de toute une période spirituelle, presque passée maintenant mais remarquable en elle-même, et plus que jamais intéressante pour nous, qui semblons nous tenir, pour ainsi dire, sur les confins d'une nouvelle et meilleure période.

Bien plus, si nous avions oublié que notre Age est l'« Age de la Presse », où le premier venu peut non-seulement lire, mais nous fournir de lecture ; et compté simplement les livres et les feuilles détachées, épaisses comme les feuilles d'automne dans Vallombreuse, qui ont été écrits et imprimés touchant cet homme, nous pourrions presque l'imaginer comme le personnage le plus important, non-seulement du dix-huitième siècle, mais de tous les siècles depuis le Déluge de Noé. Nous avons des *Vies* de Voltaire par amis et ennemis : Condorcet, Duvernet, Lepan nous ont, chacun, donné un tout complet ; des fragments, des documents et toutes sortes d'authentiques ou apocryphes contributions ont été apportés par d'innombrables mains ; contentons-nous d'y relever les travaux de ses divers Secrétaires :

ceux de Collini, publiés il y a quelque vingt ans, et
actuellement ces deux massifs in-octavos de Longchamp
et Wagnière. Sans parler des Recueils du Baron de
Grimm, uniques sous plus d'un rapport ; ou des trente-
six volumes d'indiscrétions, depuis longtemps imprimés
sous le titre de *Mémoires de Bachaumont;* ou des attaques et des défenses quotidiennes et de toute heure qui
parurent séparément de son vivant, et de tous les
jugements, en style d'apothéose ou d'excommunication,
qui ont vu le jour depuis lors ; masse d'écrits fugitifs,
dont la seule édition diamant emplirait des bibliothèques.
Le talent particulier des Français dans tout ce qui est
narratif, au moins dans tout ce qui est anecdotique,
rendant la plupart de ces ouvrages extrêmement lisibles,
a d'autant plus favorisé leur circulation, à la fois en
France et à l'étranger : de sorte qu'à cette heure, dans
la plupart des pays, l'on a lu Voltaire et l'on en a parlé,
au point que son nom et sa vie sont devenus familiers
comme ceux d'une connaissance de village. En Angleterre, du moins, où depuis près d'un siècle l'étude de la
littérature étrangère s'est bornée, pouvons-nous dire, à
celle de la littérature française, avec un léger mélange
emprunté aux anciens Italiens, les écrits de Voltaire, et
les écrits qui parlent de lui n'étaient pas près de manquer de lecteurs. Nous croyons qu'il n'est pas d'époque
littéraire, ni même d'époque de notre propre pays, sur
laquelle les Anglais en général soient aussi renseignés,
aient du moins recueilli autant d'anecdotes et d'opinions,
que sur l'époque de Voltaire. Et les additions de notre
cru à ce stock n'ont pas manqué non plus, et celles-ci
dûment variées comme but et comme genre : malédictions, remontrances et terribles scènes de mort peintes
comme les *Sanbenitos* Espagnols, par de pauvres personnes bien pensantes de la classe hostile; eulogies, en
général d'une note plus gaie, par des amis avoués ou
secrets : tout ceci a longtemps et largement eu cours
parmi nous. Il y a même en anglais une *Vie de Voltaire* (1); bien plus, nous nous souvenons d'avoir vu

---

(1) « Par Frank Hall Standish, Esq. » (London, 1821) ; œuvre que
nous recommanderons seulement à ceux qui se sentent dans une

des passages de ses écrits cités *in terrorem*, et avec critiques, dans certain pamphlet, écrit « par un gentilhomme campagnard », sur l'Education du Peuple, à moins que ce ne fût sur la question de la Préservation des Chasses.

Nous sommes loin de nous plaindre de l' « Age de la Presse », et de ces manifestations de sa part à ce sujet. Nous avons lu, non sans satisfaction, une grande partie de ces mille et un « Mémoires sur Voltaire », de Longchamp et Wagnière ; et c'est de bon cœur que nous voyons venir une nouvelle file de « Mémoires ». Rien ne peut être plus conforme à la Nature que le désir de se rassasier de renseignements de toutes sortes sur tout personnage distingué, surtout de notre propre époque ; l'étude sérieuse de son caractère, de son individualité spirituelle et de sa manière propre de vivre est pleine d'instruction pour tout le monde : même celle de ses airs, de ses dires, habitudes et actions indifférentes, si ce qu'on en rapporte n'était généralement mensonger, est plutôt à recommander ; et après tout, ces mensonges euxmêmes, lorsqu'ils ne dépassent pas les bornes et que le sujet en est mort depuis quelque temps, ne valent-ils pas la chasse aux bécassines, ou les Colburn-Novels, ou du moins ne leur sont-ils pas à peine inférieurs, dans le grand art d'user sa vie, ou, suivant le terme technique, de tuer le temps ? Pour notre part nous disons : Plût au ciel que tout Johnson en ce monde eût son véridique Boswell, ou sa collection de Boswells ! Nous pourrions alors tolérer ses Hawkins aussi, bien que non véridiques. En ce qui concerne Voltaire, en particulier, il nous semble non seulement innocent, mais profitable, que toute la vérité sur lui soit bien comprise. Sûrement la biographie d'un tel homme, qui, pour n'en pas dire plus sur lui, dé-

extrême pénurie d'informations sur ce sujet et incapables d'en acquérir aucune en dehors de leur langue. C'est très mal écrit, bien qu'avec sincérité et non sans de sérieux indices de talent, suivant toute apparence par un mineur ; beaucoup de ses assertions et opinions (car il fait l'effet d'être un caractère chercheur, sincère, plutôt décidé) doivent, depuis plusieurs années, avoir commencé de l'étonner lui-même *(note de Carlyle)*. Il y a tout lieu de croire que Carlyle fait humoristiquement allusion à quelqu'un de ses essais de jeunesse. Hall Standish : encrier, encre de collège.

pensa ses meilleurs efforts, et, comme bien des gens le pensent encore, avec succès, dans l'assaut de la religion chrétienne, doit être une chose d'une importance considérable ; ce qu'il fit et ce qu'il ne put pas faire, comment il le fit, ou tenta de le faire, c'est-à-dire, avec quel degré de force, de clarté, spécialement avec quelles intentions morales, quelles théories et quels sentiments sur l'homme et la vie de l'homme, voilà des questions qui souffriront quelque discussion. En ce qui concerne Voltaire individuellement, la discussion, durant les cinquante-une dernières années, a été assez indifférente ; et pour nous c'est une discussion non seulement sur un personnage remarquable, et faite surtout pour les gens curieux ou studieux, mais une discussion impliquant des considérations de la plus haute importance pour tous les hommes et des recherches que les plus extrêmes limites de notre philosophie ne pourront pas embrasser.

C'est pourquoi nous nous occupons ici de présenter quelques nouvelles observations sur cette *questio vexata,* non sans espoir que le lecteur les puisse prendre en bonne part. Sans doute, lorsque nous considérons l'affaire sous toutes ses faces, il semble y avoir peu de chance de quelque unanimité à son égard, soit maintenant, soit dans un temps calculable : il est probable que bien des gens continueront, pendant longtemps, de parler de cet « universel génie », de cet « apôtre de la Raison », de ce « père de la saine Philosophie » ; et bien d'autres gens, en revanche, de ce « monstre d'impiété », de ce « sophiste », de cet « athée », de ce « démon-singe » ; ou, comme le feu Dr. Clarke de Cambridge, le congédieront plus sommairement avec l'avis qu'il est « un radoteur » : et il n'est pas essentiel non plus que les deux partis, sous l'urgence du moment, se réconcilient ici. Toutefois, la vérité est meilleure que l'erreur, ne s'agît-il que « du vinaigre d'Hannibal ». On peut s'attendre à ce que les opinions des hommes touchant Voltaire, qui est de quelque importance, et touchant le Voltairisme, qui est d'une importance presque illimitée, si elles ne peuvent point se rencontrer, tendront graduellement, à chaque nouvelle comparaison, à se rencontrer ; et, ce qui est encore plus désirable, à se rencontrer quelque part plus près de la vérité que là où elles se trouvent actuellement.

Avec l'honnête désir de favoriser un tel rapprochement, il est une condition entre toutes que, dans cette recherche, nous devons prier le lecteur de s'imposer : le devoir de loyauté envers Voltaire, de tolérance envers lui, comme envers tous les hommes. C'est là, en vérité, un devoir que nous avons le bonheur d'entendre tous les jours enseigner ; mais que personne au fond, on l'a bien dit, n'est disposé à pratiquer. Cependant, si nous désirons réellement comprendre la vérité sur n'importe quel sujet, et non pas simplement, ce qui est beaucoup plus commun, confirmer nos opinions déjà existantes et satisfaire telle ou telle prétention de notre vanité ou de notre malice à son égard, la tolérance peut être regardée comme la plus indispensable des choses au préalable nécessaires ; comme la condition, à vrai dire, moyennant laquelle seule tout progrès réel dans la question devient possible. En ce qui concerne nos semblables et toute connaissance réelle de leurs caractères, ceci est spécialement vrai. Pas de caractère, affirmerons-nous, qui ait jamais été bien compris, qu'il n'ait été considéré avec un certain sentiment, non-seulement de tolérance, mais de sympathie. Car c'est ici, plus qu'en tout autre cas, qu'il s'avère que le cœur voit plus loin que la tête. Soyons-en sûrs, notre ennemi n'est *pas* cet être odieux que nous sommes trop portés à lui peindre. Ses vices et sa bassesse se combinent devant son esprit en un tout autre ordre que devant le nôtre, et sous des couleurs qui les atténuent, qui peut-être même les lui montrent comme des vertus. S'il était le misérable que nous imaginons, il aurait lui-même sa vie à charge : car ce n'est pas de pain seulement que vit l'homme le plus vil ; une certaine approbation de la conscience est nécessaire aussi même à l'existence physique, est le fin et pénétrant ciment qui fait tenir ce merveilleux assemblage, un Moi. Puisque donc l'homme n'est pas à Bedlam, ni ne s'est point pendu ou brûlé la cervelle, prenons courage, et concluons qu'il est de deux choses l'une : ou bien un *chien* vicieux, sous l'extérieur d'un homme, qu'il faut museler et plaindre, objet de profond étonnement ; ou bien un véritable *homme*, et par conséquent non dépourvu de valeur

morale, qu'il faut éclairer, et tout autant approuver.
Mais pour juger sainement de son caractère, nous devons
apprendre à le considérer non moins avec ses yeux
qu'avec les nôtres propres ; nous devons apprendre à lui
être pitoyable, à voir en lui notre semblable, en un mot,
à l'aimer, sans quoi sa véritable nature spirituelle sera
toujours méconnue par nous. En interprétant Voltaire,
par conséquent, il sera nécessaire de se rappeler soigneusement certaines choses et de tenir aussi soigneusement en échec maintes autres choses. Oublions que
nos opinions furent toujours attaquées par lui, ou toujours défendues ; qu'il *nous* faut le remercier, ou le
repousser, pour notre peine ou pour notre plaisir ;
oublions que nous sommes Déistes ou Millennaristes,
Evêques ou Réformateurs Radicaux, et rappelons-nous
seulement que nous sommes des hommes. C'est là un
sujet Européen, ou il n'y en eut jamais un ; et il faut,
si nous voulons le comprendre si peu que ce soit, l'en-
visager, non pas du clocher de la paroisse, ni d'aucune
plate-forme de Peterloo ; mais, si possible, de quelque
naturel et infiniment plus haut point de vue.

C'est un fait remarquable que, durant les cinquante
dernières années de sa vie, Voltaire était rarement ou
n'était jamais nommé, même par ses détracteurs, sans que
l'épithète de « grand » lui fût adjointe ; si bien que, si
les syllabes s'étaient prêtées à une telle jonction, comme
elles le firent dans le cas plus favorable de *Charle-
Magne*, nous aurions pu presque nous attendre à ce que,
non pas *Voltaire*, mais *Voltaire-ce-grand-homme* (1)
fût sa désignation devant la postérité. La postérité,
d'ailleurs, est bien plus avare de son assentiment sous
ce rapport ; bien des choses attendent d'être réglées,
bien des questions dont l'issue est très douteuse doivent
être vidées, avant que de telles consécrations puissent
être accordées avec quelque permanence. Le grand
nombre, même la partie la plus sage, est prompt à perdre
le jugement, lorsqu'il est « tumultueusement assemblé » ;
car un petit objet, si l'on a le nez dessus, peut paraître
sous-tendre un grand angle ; et souvent une Lande de

(1) En français et en italiques dans le texte.

Pennenden a été prise pour un Champ de Runnymead :
ce qui fait que le couplet sur cet immortel Dalhousie se
trouve être l'emblème de la fortune réelle de maint personnage dans le public :

> Et toi, Dalhousie, le grand Dieu de la Guerre,
> Lieutenant-Colonel du Comte de Mar ;

la fin correspondant bien mal au commencement. Reconnaître ce que fut la véritable signification de l'histoire
de Voltaire, aussi bien en ce qui le concerne lui-même
qu'en ce qui concerne le monde ; ce que furent son caractère et sa valeur spécifiques comme homme ; ce qu'ont été
le caractère et la valeur de son influence sur la société,
de son apparition comme agent actif dans la culture
de l'Europe : tout ceci nous mène à de bien plus profondes investigations, de l'issue desquelles cependant
dépend toute l'affaire.

Selon nous, nous le confessons, quand on considère
la vie de Voltaire, la principale qualité qui frappe en est
une à laquelle le mot *adresse* semble le plus approprié.
La grandeur implique plusieurs conditions, dont il
pourrait être difficile de démontrer l'existence dans son
cas ; mais son droit à cette autre louange ne peut être
mis en doute. Quels que soient ses buts, élevés ou
bas, justes ou le contraire, il est en tous temps et au
plus haut degré habile à les poursuivre. Remarquons,
d'ailleurs, que ses buts en général n'étaient pas d'une
espèce simple, ni d'une réalisation aisée : peu d'hommes littéraires ont eu une carrière aussi fertile en
vicissitudes que celle de Voltaire. Sa vie ne se passe pas
dans un coin, comme celle d'un reclus studieux, mais
bien sur le théâtre à découvert du monde ; dans une époque
pleine de commotions, où la Société se partage en deux,
où la superstition s'arme déjà pour une bataille à mort
contre l'Incrédulité, bataille où il joue lui-même un
rôle distingué. Dès sa première jeunesse, nous le trouvons en relations constantes avec les hauts personnages
de son temps, souvent avec les plus hauts : c'est dans
les cercles de l'autorité, de la réputation, au moins de
la mode et du rang, qu'il vit et travaille. Ninon de
Lenclos laisse au jeune garçon un legs pour acheter des

livres ; il est jeune encore lorsqu'il peut dire à ses compagnons de souper : « Nous sommes tous Princes ou Poètes. » Plus tard, on le voit l'hôte ou le correspondant de toutes sortes de principautés et de puissances, depuis la Reine Caroline d'Angleterre jusqu'à l'Impératrice Catherine de Russie, depuis le pape Benoît XIV jusqu'à Frédéric le Grand. En même temps, allant d'un bout à l'autre de l'Europe, se cachant à la campagne, ou vivant somptueusement dans les capitales, il ne quitte pas sa plume, avec laquelle, comme avec quelque baguette enchantée, plus puissante qu'aucun sceptre royal, il fait tourner et retourner l'immense machine de l'Opinion Européenne ; se montre, suivant la prédiction de ses professeurs, comme le *Coryphée du Déisme* (1) ; et, non content de cette élévation, s'efforce, et nullement sans succès, d'y joindre une prééminence poétique, historique, philosophique et même scientifique. Bien plus, pouvons-nous ajouter, une prééminence pécuniaire ; car il spécule dans les fonds, sollicite diligemment pensions et promotions, fait du commerce avec l'Amérique, est longtemps un régulier fournisseur de vivres pour les armées ; et de la sorte, par un moyen ou un autre, indépendamment de la littérature qui ne rapporterait jamais beaucoup d'argent, il fait monter son revenu de 800 francs par an à plus du centuple de cette somme (2). Et là-dessus, ayant, en dehors de toutes ces occupations commerciales et économiques, écrit quelque trente in-quarto, les plus populaires qui furent jamais écrits, il revient, après un long exil, dans sa ville natale, pour y être accueilli presque comme une idole religieuse ; et termine une vie, réussie en tous sens, qu'il s'agît de bâtir des maisons de campagne ou de composer des *Henriades* ou des *Dictionnaires Philosophiques*, par la mort la plus appropriée, — noyé, pour ainsi dire, dans un océan d'applaudissements ; si bien que de même qu'il vécut pour la renommée, de même l'on peut dire qu'il en mourut.

Pareil succès complet, varié, accordé seulement à bien

(1) En français et en italiques dans le texte.
(2) Voyez tome II, p. 328 ; de ces *Mémoires* (note de Carlyle).

peu d'hommes en tout temps, présuppose au moins, en faisant la part de la bonne fortune, une habileté presque sans rivale de conduite. Il faut qu'il y ait eu un grand talent d'une certaine sorte à l'œuvre là ; une cause proportionnée à l'effet. Il est vraiment merveilleux d'observer avec quelle dextérité parfaite Voltaire gouverne sa marche à travers tant de circonstances contradictoires : comme il double ce cap Horn, évolue légèrement à travers ce Maëlstrom ; toujours, ou bien il abat son ennemi, ou bien il l'évite ; ici il fait de l'eau, répare sa carène et trafique chez les opulents sauvages ; là il reste dans les terres jusqu'à ce que la tempête soit passée ; et de la sorte, en dépit de tous les flots, et des monstres marins, et des flottes hostiles, il achève son long voyage de Manille, pavillon déployé et le pont chargé de lingots ! Sans parler de son caractère littéraire, dont on trouvera aussi que la même adresse avisée est un trait principal, jetons seulement un coup d'œil sur l'aspect général de sa conduite, tel que le manifestent et ses écrits et ses actions. Tour à tour, et toujours en temps opportun, il est impérieux et obséquieux ; tantôt il lance au loin, du haut des montagnes, comme Hypérion, ses innombrables traits acérés ; tantôt, lorsque le danger approche, il se sauve dans un recoin obscur ; ou s'il est pris sur le fait, jure que ce n'était qu'un jeu et qu'il est le plus paisible des hommes. Il se plie à l'occasion ; peut, jusqu'à un certain point, s'accommoder du chaud comme du froid, et n'essaye jamais de la force, lorsque la ruse fera son affaire. Les limiers de la Hiérarchie et de la Monarchie, proverbialement fins du nez et solides des dents, sont en chasse après lui ; mais c'est un lion-renard qui ne peut être capturé. Par ses ruses et mille détours, il fait perdre entièrement sa piste à ses poursuivants ; il n'a qu'à se terrer, et toute trace de lui a disparu (1). Voltaire s'est enfermé dans un étrange sys-

(1) D'une de ces « prises de couvert » nous avons un curieux et plutôt ridicule récit dans cet ouvrage, par Longchamp. C'est chez la duchesse du Maine qu'il chercha un abri, et dans un cas fort peu grave : cependant il dut rester claquemuré, deux mois durant, dans le Château de Sceaux, et, fenêtres closes et chandelles allumées en plein jour, composer *Zadig*, *Babouc*, *Memnon*, etc., pour se distraire (note de Carlyle).

tème d'anonymat et de publicité, de dénégations et d'assertions, de mystification en tous sens. Il ne peut pas lever des armées permanentes pour sa défense, et cependant il est lui aussi une « Puissance Européenne », et non sans défense; un invisible, inexpugnable boulevard, bien qu'encore non reconnu, celui de l'opinion publique, le défend. Avec un grand art, il maintient cette place forte, bien que faisant à l'occasion des sorties, très au-delà des limites permises. Mais il a sa cotte de ténèbres et ses bottes de vitesse, comme cet autre Tueur de Géants. Nous trouvons tour à tour en Voltaire un souple courtisan, ou un âpre satiriste; il peut dire des blasphèmes et bâtir des églises, selon les signes du temps. Frédéric le Grand n'est pas trop haut pour sa diplomatie, ni le pauvre imprimeur de son *Zadig* trop bas (1); il ménage le Cardinal Fleury et le Curé de Saint-Sulpice, et se rit du monde entier dans sa barbe. Nous le déclarerions volontiers l'un des meilleurs politiques connus, comme nous l'avons appelé le plus *adroit* de tous les hommes littéraires.

En même temps les pires ennemis de Voltaire, nous semble-t-il, ne nieront point qu'il ait eu naturellement un sens délicat de la droiture, en vérité de toute vertu: la plus grande vivacité de tempérament le caractérise; sa prompte impressionnabilité à toute forme de beauté est morale aussi bien qu'intellectuelle. Et sa conduite ne fut pas non plus sans donner des preuves indubitables et hautement croyables de ceci. Il fut en tout temps la providence des nécessiteux : nombreux furent les aventuriers faméliques qui profitèrent de sa bonté, et qui mordirent la main qui les avait nourris. Si nous énumérons ses actions généreuses, depuis le cas de l'abbé Desfontaines jusqu'à celui de la veuve Calas et des serfs de Saint-Claude, nous trouverons que peu d'hommes privés ont exercé leur charité dans un si large cercle et avec tant de vigilance. Que si l'on objectait que l'amour de la réputation entrait largement dans ses procédés,

(1) Voir dans Longchamp (pp. 154-163) comment, par un tour de passe-passe naturel, un coquin peut être pris, et le *change rendu à des imprimeurs infidèles* (a) (note de Carlyle).
(a) En français et en italiques dans le texte.

Voltaire a les moyens d'accorder une assez belle déduc-
tion sur cet article : que si les gens peu charitables
calculaient même que l'amour de la réputation était le
seul motif, nous pouvons seulement leur rappeler que
l'amour d'une telle réputation est lui-même l'effet d'une
disposition sociale, humaine, et souhaiter, comme un
immense progrès, que tous les hommes en soient animés. Voltaire n'était pas sans son expérience de la bassesse humaine ; mais il avait des sentiments fraternels à
l'égard de la souffrance humaine ; et il aimait, ne fût-ce
que comme un luxe honnête, à la soulager. Ses attache-
ments semblent remarquablement constants et durables : même des sots comme Thiriot, qu'il ne pouvait
guère aimer autrement que par habitude, il continue,
et après des injures répétées, à les traiter et à les considérer comme des amis. De ses égaux nous ne le voyons
pas envieux, du moins non pas palpablement et méprisablement envieux ; et ceci d'ailleurs, devrions-nous
ajouter, pouvait ne pas être de sa part, lui qui avait été
de suite si uniquement populaire, un exploit si pénible.
Contre Montesquieu, peut-être contre lui seul, il ne
peut s'empêcher d'entretenir une petite rancune secrète ;
mais il lui rend toujours en public la plus ample justice ;
l'*Arlequin-Grotius* du coin du feu devient, dans toutes
les occasions graves, l'auteur de *l'Esprit des lois.* Et
Voltaire n'est pas non plus implacable ou bassement vin-
dicatif envers ses ennemis et même envers ceux qui l'ont
trahi : l'instant de leur soumission est aussi l'instant de
son pardon ; leur hostilité elle-même ne provoque de sa
part que quelques saillies passagères ; son cœur est trop
bienveillant, en vérité trop léger, pour nourrir quelque
rancœur, quelque opiniâtreté dans la vengeance. S'il n'a
point la vertu qui pardonne, il manque rarement de la
prudence qui néglige : si, dans les longues disputes de
toute sa vie, il est incapable de traiter ses antagonistes
avec quelque magnanimité, il les traite rarement, si ce
n'est jamais peut-être, d'une manière tout à fait basse ;
rarement ou jamais avec cette injustice absolue que la
loi du talion eût pu si souvent sembler justifier. Nous
dirons que, s'il n'est pas un homme héroïque, il est en
tous temps un homme parfaitement civilisé ; ce qui, étant

donné qu'il était en guerre avec des théologiens exaspérés, « guerre au couteau » de leur part, peut être considéré comme une circonstance plutôt surprenante. Il
montre maintes vertus de second ordre, une juste appréciation de ce qui est grand ; et moins de fautes que, dans
sa situation, on n'en pourrait attendre et peut-être en
pardonner.

Tout ceci est bien et peut convenir à un très estimable et très habile homme d'affaires, au plus large sens
de ce terme, mais est encore loin de constituer un « grand
caractère ». En fait, il y a une insuffisance dans la structure originale de Voltaire, qui, nous apparaît-il, est tout
à fait fatale chez lui à une telle prétention : nous voulons dire sa légèreté innée de nature, son manque total
de Sérieux. Voltaire était de naissance un Moqueur, un
léger *Pococurante*, disposition naturelle que le tour de
sa vie confirma en une habitude prédominante, dont tout,
vraiment, se ressentit. Loin de nous la pensée de dire
que la solennité est l'essentiel de la grandeur ; que tout
grand homme ne saurait avoir qu'une physionomie rigide
et rogue, qu'aucun afflux de gaîté ne doit jamais dé-
tendre ou réchauffer ! Il y a des choses en ce monde dont
il faut rire, aussi bien que des choses qu'il faut admirer,
et ce n'est pas un esprit complet, l'esprit qui ne peut rendre à chaque sorte son dû. Cependant, le mépris est un
dangereux élément pour qui s'y joue ; un élément mortel, si nous y vivons habituellement. Comment, à vrai
dire, pour prendre l'aperçu le plus ordinaire de cette
affaire, un homme accomplira-t-il de grandes entreprises, endurant toute peine, résistant à la tentation, écar-
tant tout obstacle, — à moins d'aimer avec zèle ce qu'il
poursuit ? La faculté d'amour, d'admiration doit être regardée comme le signe et la mesure des grandes âmes :
mal dirigée, elle mène à bien des maux, mais sans elle
il ne peut y avoir aucun bien. Le ridicule, d'autre part,
est en vérité une faculté fort prisée de ses possesseurs ;
mais, intrinsèquement, c'est une petite faculté ; nous
pouvons dire, la plus petite des facultés que les autres
hommes aient à se donner la peine de payer de quelque
estime. Elle est directement opposée à la Pensée, au Savoir, proprement dits ; sa nourriture et son essence sont

le Déni, qui flotte seulement à la surface, tandis que le Savoir réside bien plus avant. En outre, elle est par nature égoïste et moralement triviale; elle ne favorise que notre Vanité, qu'on peut en général laisser assez à propos se tirer d'affaire elle-même. Guère de « langage de la raison », en aucun sens, n'est impliqué dans le Ridicule : un moqueur n'est point, pour le moment, dans une disposition élevée; il montre plus du drôle que de l'ange. Ceci même quand sa moquerie est ce que nous appelons juste et a quelque fondement vrai; et quand, d'autre part, le rire des sots, ce vain son dont l'Ecriture dit qu'il ressemble au « craquement du bois vert sous le pot » (qu'il ne peut chauffer, mais seulement noircir et salir), doit être considéré, dans ces derniers temps, comme une très sérieuse addition à la somme des misères humaines; et peut-être n'échappera-t-il pas non plus toujours à la vigilance du Parlement, au moment où des débats s'ouvrent sur l'accroissement du Crime dans la Métropole.

Nous nous sommes, plus d'une fois, efforcé d'attacher quelque signification à cet aphorisme, vulgairement attribué à Shaftesbury, aphorisme, d'ailleurs, dont nous ne pouvons trouver trace dans ses œuvres, que *le ridicule est la pierre de touche du vrai* (1). Mais de toutes les chimères qui se soient jamais produites sous couleur de doctrines philosophiques, celle-ci est pour nous la plus informe et la plus purement inconcevable. Les facultés humaines, réduites à leurs seuls moyens, ont-elles jamais fait ou pu tant que de comprendre ceci, bien plus de croire à ceci? Assurément, autant que le sens commun peut le discerner, la moquerie semble dépendre non moins du moqueur que du moqué : et alors, qui garantira aux moqueurs d'être toujours justes et toujours compétents? S'il avait plu aux philosophes du Détroit de Nootka de rire des manœuvres des matelots de Cook, cela eût-il rendu ces manœuvres sans utilité; et les matelots, pour faire cesser le rire, eussent-ils dû rester oisifs, ou adopter les pirogues de cuir? Qu'un public qui sait discerner juge.

Mais, laissant ces questions pour le moment, nous

(1) En italiques dans le texte.

pouvons observer du moins que tous les grands hommes
ont pris garde à placer dans un rang subordonné ce
talent ou cet usage du ridicule; et même, dans les
époques que nous considérons comme les plus grandes,
la plupart des arts qui y contribuent ont été regardés
comme honteux pour des hommes libres, et laissés aux
esclaves. Chez Voltaire, pourtant, pareille subordination
n'est point visible: par nature, ou par la pratique, la
moquerie en est venue à être la pente irrésistible de son
humeur; si bien que pour lui, en toutes choses, la première question est, non pas ce qui est vrai, mais ce qui
est faux; non pas ce qui est digne d'être aimé, et maintenu fermement, et gravement pris à cœur, mais ce qui
est à dédaigner, à tourner en dérision, et à jeter en plai-
santant à la porte. Là, à vrai dire, il trouve un copieux
triomphe de briseur d'images, mais il empoche peu de
richesse réelle. La Vanité, avec ses accessoires, y gagne,
avons-nous dit, une grosse satisfaction; mais pourquoi
que ce soit de mieux, il n'y a pas grand'chose. Le respect, le plus haut sentiment dont la nature de l'homme
soit capable, la couronne de sa nature morale tout
entière, et précieux comme l'or fin, fût-ce sous les plus
rudes formes, il semble ne pas le comprendre, ni en
avoir connaissance même par une tradition croyable. La
gloire de connaître et de croire lui est tout à fait étrangère; il ne connaît que celle de mettre en question et de
qualifier. C'est pourquoi sa vue de la Nature est courte:
le grand Tout, dans sa beauté, dans son infinie et mys-
térieuse grandeur, qui fait sentir au chétif *Moi* son
néant, ne lui a jamais été révélé, même un seul instant; il en a regardé et noté seulement tel atome, et
puis tel autre, leurs différences et leurs oppositions.
Sa théorie du monde, sa peinture de l'homme et de la
vie de l'homme, est mesquine; pitoyable même, pour un
Poète et un Philosophe. Examinez-la dans ses plus hauts
développements, vous n'y trouvez qu'une peinture tout-
à-fait vulgaire; qu'un simple reflet, multiplié dans plus
ou moins de miroirs, de l'Égoïsme et des pauvres intérêts de l'Égoïsme. « La Divine Idée, celle-là qui gît au
fond de l'Apparence », ne fut jamais plus invisible pour
n'importe qui. Il lit l'Histoire, non pas avec les yeux

d'un voyant pieux ou même d'un critique, mais avec une simple paire de lunettes anti-catholiques. Elle n'est point un drame grandiose, joué sur le théâtre de l'Infini, avec les Soleils pour lampes et l'Eternité pour toile de fond ; dont l'auteur est Dieu, et dont le sens et la multiple morale nous mènent jusqu'aux « ténèbres par excès de clarté » du Trône de Dieu ; mais une pauvre insipide dispute de club, dévidée dix siècles durant entre l'*Encyclopédie* et la *Sorbonne*. Sagesse ou folie, noblesse ou bassesse sont simplement superstition ou incrédulité : l'Univers de Dieu est un Patrimoine de Saint-Pierre un peu plus grand que l'autre, duquel il serait agréable et bon de chasser le Pape.

De cette manière, la nature de Voltaire, originairement véhémente plutôt que profonde, en vint, dans sa maturité, en dépit de tous ses dons merveilleux, à être positivement superficielle. Du commencement jusqu'à la fin, nous ne trouvons aucun héroïsme de caractère en lui ; même, il n'y a pas, que nous sachions, une seule grande pensée dans ses trente-six in-quartos. Le haut mérite que la Nature a mis en lui, et qui se manifeste encore souvent dans sa conduite, n'y brille pas comme une lumière, mais seulement comme un éclair. L'enthousiasme, propre à un tel esprit, le visite ; mais il n'a pas dans ses pensées de vertu durable, point de demeure locale et point de nom. Il y a une rapidité en lui, mais en même temps une petitesse ; une certaine violence, une certaine brusquerie agitée, qui lui enlève toute dignité. On a écrit mille anecdotes sur ses *emportements* (1), sur ses explosions tragi-comiques ; et, dans ces occasions, il n'est pas un volcan terrifiant, mais un simple tas de pétards. Il est près de lâcher un coup de feu sur le pauvre Dorn, l'officier de police de Francfort, et il décharge effectivement son pistolet sur lui, à travers l'antichambre ; et cela, trois jours après que cette mélancolique affaire de l'*Œuvre de Poésie du Roi mon Maître* (2) avait été finalement réglée. Un libraire

(1) En français et en italiques dans le texte.
(2) En français et en italiques dans le texte. Il s'agit de l'arrestation de Voltaire, à Francfort, après son départ de la Cour de Frédéric.

qui, avec l'instinct naturel de la pauvre humanité déchue, le rançonne, reçoit de ce Philosophe, en guise de
paiement à vue, un soufflet. Le pauvre Longchamp,
avec un tact considérable et un air louable de commen-
sal digne (1), détaille diverses scènes de ce genre : comment Voltaire jeta son peigne, et maltraita sa perruque,
enfin se comporta furieusement, le matin même : comment un jour, ayant un vif appétit, aiguisé par la promenade et une diète au thé léger, il devint d'une impa-
tience peu commune au sujet du souper ; et comment
Clairaut et Mme du Châtelet, plongés dans des calculs
d'algèbre, après avoir à deux reprises promis de descendre, continuèrent de laisser refroidir les plats, si bien
qu'à la fin le Philosophe enfonça furieusement à coups
de pieds leur porte verrouillée, s'écriant : *Vous êtes
donc de concert pour me faire mourir* (2) ? — Et
cependant Voltaire avait une réelle bienveillance de cœur ;
tous ses domestiques et subordonnés l'aimaient et restaient chez lui. Il a maints éléments de bonté, mais
flottant lâchement ; rien n'est combiné en une union
constante. Il est vrai, il présente en général une surface
d'égalité, de régularité cultivée ; mais, là-dessous, il
n'y a pas la force silencieuse et granitique d'un Monde,
il n'y a que les sauvages tumultes d'un Chaos toujours
débordants. C'est un homme plein de force, mais sans
bienfaisante autorité ; nous le craignons, mais nous ne
pouvons pas le révérer ; nous sentons en lui plus de
vigueur, non pas plus de grandeur.

Cette insuffisance et cette perversion spirituelles pouvaient être dues en grande partie à un défaut naturel ;
mais elles sont dues aussi en grande partie à l'époque
où il se trouva jeté. C'était une époque de discorde et de
division ; l'approche d'une grande crise dans les affaires humaines. Déjà nous y discernons tous les éléments
de la Révolution française ; et nous nous étonnons, tant
nous oublions aisément combien enchevêtrée et cachée
est en général pour nous la signification du présent, que
tous les hommes n'aient pas démêlé les approches de

(1) On sait que Longchamp était secrétaire de Voltaire.
(2) En français et en italiques dans le texte.

cette effroyable convulsion. D'une part, une haute activité d'intelligence qui ne doute de rien ; partout, sur
tout sujet, l'esprit de recherche le plus péremptoire ; les
choses humaines et les choses divines citées également,
sans crainte, devant le même orgueilleux tribunal de la
prétendue Raison, laquelle ne signifie ici qu'une simple
Logique argumentative ; le mérite intellectuel frustré
de sa légitime part d'influence dans l'état, et profondément conscient de cette injure. D'autre part, un petit
nombre de privilégiés, fort par la sujétion du plus grand
nombre, mais faible par lui-même ; le bataillon bigarré
et en majeure partie complètement décrépit du Clergé,
de l'aveugle Noblesse, ou plutôt des Courtisans, car la
Noblesse est encore le plus souvent de l'autre côté :
ceux-là ne sont pas de force contre la Logique, et le
temps de la Persécution est à peu près passé. Toute la
force de la loi est encore, à vrai dire, entre leurs mains;
mais la force bien plus profonde qui seule donne de
l'efficacité à la loi leur échappe d'heure en heure. L'espoir anime l'un des camps, la crainte l'autre, et la bataille sera cruelle et désespérée. Car il y a l'esprit, mais
il n'y a pas la sagesse du côté des soi-disants philosophes ; il y a la faiblesse, mais il y a l'exaspération du
côté de leurs antagonistes ; assez d'orgueil partout, mais
peu de magnanimité ; nulle part peut-être quelque pur
amour du vrai, mais ici et là rien que le plus décidé, le
plus ardent amour de soi. Dans un tel état de choses, il
se trouvait d'abondants principes de discorde : ces deux
influences étaient dans l'air comme deux nuages élec-
triques grossissant rapidement, encore des deux côtés
de l'horizon, mais avec une malignité d'aspect qui pré-
sageait, s'ils se rencontraient jamais, un ciel de feu et
de ténèbres, des coups de foudre à dévaster la terre et
à effacer des cieux, bien que seulement pour un temps
donné, le soleil et les étoiles. Car il n'y a point de mé-
diateur dirigeant pour unir doucement ces éléments hostiles; il n'y a point de véritable vertu, de véritable sagesse, d'un côté ni de l'autre. Jamais peut-être il ne se
rencontra, dans l'histoire du monde, une pareille époque
où l'universelle corruption demandait si hautement une
réforme, et où ceux qui assumèrent cette tâche étaient

des hommes si intrinsèquement indignes. Ce n'est point
par les Gracques mais par les Catilinas, non point par
les Luthers mais par les Arétins, que l'Europe allait être
rénovée. Cette œuvre a été une œuvre longue et sanglante ; et elle est encore loin d'être achevée.

Dans cette condition des affaires, il ne pouvait y avoir
aucun doute quant au parti dans lequel un homme
comme Voltaire allait se ranger. Qu'il ait eu à se ranger
dans l'un ou l'autre parti ; qu'il n'eût pas mieux fait de
se tenir plutôt à égale distance de l'un et de l'autre ;
d'aucun des deux le partisan, haï des deux peut-être ;
reconnaissant et faisant valoir, et s'efforçant de concilier, ce qu'il y avait en chacun d'eux de vérité ; et prê-
chant une vérité autrement profonde, qui, si son propre
siècle l'avait dédaignée, l'avait persécutée, eût été reconnue comme sans prix par les siècles futurs : tout ceci
était une autre question. D'aucun homme, aussi doué
qu'il soit, nous ne pouvons exiger ce qu'il n'a pas à
donner : mais Voltaire s'appelait lui-même Philosophe,
bien plus *le* Philosophe. Et tel a souvent été, généralement à vrai dire, le destin des grands hommes et des
Amants de la Sagesse : leur époque et leur pays les ont
traités en hommes sans importance. Dans la grande
Halle-aux-Blés du monde, leurs perles n'ont semblé que
de l'orge gâtée et ont été ignominieusement rejetées.
Faibles, pour ce qui est des adhérents, forts seulement
dans leur foi, dans leur indestructible conscience de la
valeur et du bien-faire, ils en ont appelé, silencieusement ou en paroles, aux âges à venir, alors que leur
oreille à eux serait il est vrai fermée à la voix de l'a-
mour et de la haine, mais quand la Vérité qui avait
résidé en eux parlerait avec une voix perceptible pour
tous. Bacon laissa ses œuvres aux générations futures,
quand quelques siècles se seraient écoulés. « Est-ce si
important pour moi », disait Képler dans son isolement
et son extrême besoin, « que mes contemporains accep-
« tent ma découverte? Si le Tout-Puissant attendit six
« mille ans pour que quelqu'un vît ce qu'Il avait fait,
« j'en peux bien attendre deux cents pour que quelqu'un
« comprenne ce que j'ai vu! » Tout cela, et plus, est impliqué dans l'amour de la sagesse, dans l'ingénue recherche

du vrai : la plus noble fonction qui puisse être réservée à un homme, mais demandant aussi l'homme le plus noble pour la remplir.

✝ Chez Voltaire, quoi qu'il en soit, il n'y a pas de symptôme, peut-être n'y avait-il pas idée, d'une telle noblesse, dont, à vrai dire, dans l'état existant des choses, son intelligence avait sans doute aussi peu la force de discerner que son cœur la force de suivre la haute vocation. Il parcourt une carrière plus simple. Sans se soucier d'issues plus lointaines, il adopte la cause de son propre parti, de cette classe avec qui il vivait et était le plus désireux de se maintenir en bons termes ; il s'enrôle dans ses rangs, non sans l'espoir de devenir un jour son général. Résolution parfaitement d'accord avec ses habitudes antérieures et sa qualité d'esprit, et dont sort assez naturellement toute sa conduite subséquente, avec son aspect moral comme homme. Non que nous voulions dire que Voltaire fût un simple pugiliste ; se battant, comme un de ces gens de « Heaven's Swiss », pour une cause qu'il n'approuvait qu'à moitié, ou pas du tout. Loin de là. Sans nul doute, il aimait la vérité ; sans nul doute, il se sentait obscurément l'avocat de la vérité ; bien plus, nous ne sachions pas qu'il ait jamais encore, dans un seul cas, été convaincu d'avoir sciemment dénaturé sa croyance ; d'avoir prononcé, dans toutes ses controverses, une fausseté voulue. Et cet éloge négatif ne semble pas tout-à-fait insignifiant ; car il serait grandement à désirer que même les meilleurs d'entre ses adversaires les mieux intentionnés l'aient toujours mérité. Cependant, cet amour de la vérité n'est point ce profond amour infini qui convient à un philosophe ; que maints âges ont été assez heureux pour voir ; dont son époque même avait encore quelques exemples. C'est un amour bien inférieur, pouvons-nous dire, à celui de ce pauvre Jean-Jacques, demi-sage, demi-maniaque comme il était ; c'est plus un calcul prudent qu'une passion. Voltaire aime la vérité, mais surtout quand elle triomphe : nous n'avons pas d'exemple qu'il ait combattu pour une Vérité tout à fait découronnée et rejetée ; c'est principalement lorsqu'elle erre au dehors, dans quelque détresse que ce puisse être, mais encore avec des insignes de reine, et que royaumes et renommée peuvent se gagner à combattre pour elle, qu'il la défend, qu'il charge vaillamment contre les Cades et les Tylers. Bien plus, en tous temps, la croyance elle-même semble, chez lui, être moins le produit de la Méditation que de l'Argumentation. Sa première question touchant quelque doctrine que ce soit, peut-être la pierre de touche décisive pour lui de sa valeur et de sa vérité, c'est : Est-il possible de convaincre les autres de ceci? Puis-je échanger ceci, sur le marché, contre de la puissance? « Pour de tels questionneurs », a-t-on dit, « la Vérité, qui ne s'achète pas et ne se vend pas, passe son chemin et ne fait point de réponse. »

En fait, si nous examinons le mobile directeur de Voltaire, nous trouverons que ce n'était au fond qu'un mobile vulgaire : l'ambition, le désir de régner, par quelque moyen que ce fût, sur les autres hommes. Il ne reconnaît pas de divinité supérieure à l'Opinion Publique; pour quoi qu'il avance ou exécute, le nombre des votes est la mesure de la force et de la valeur. Pourtant soyons juste pour lui; admettons qu'il apprécie jusqu'à un certain point ses votes, aussi bien qu'il les compte. Si l'amour de la renommée, où nous ne pouvons voir, surtout quand il s'agit d'un tel homme, qu'une autre forme de la Vanité, est toujours sa passion maîtresse, il garde un certain tact en s'y abandonnant. Sa vanité, qui ne peut s'éteindre, est toujours habilement dissimulée, mêmes ses justes prétentions ne sont jamais bruyamment étalées; d'un bout à l'autre de sa vie, il n'a pas un seul trait du charlatan. Cependant, fût-ce à l'apogée de sa gloire, il est étrangement sensible au jugement du monde : s'il avait pu organiser une Oreille-de-Denys, dans la rue Traversière, nous l'y aurions trouvé jour et nuit aux écoutes. Que seulement quelque malveillant petit Abbé, quelque Fréron ou quelque Piron,

> *Pauvre Piron, qui ne fus jamais rien,*
> *Pas même Académicien* (1),

écrive contre lui un libelle ou une épigramme, quelle exci-

---

(1) En français et en italiques dans le texte.

tation en lui! Nous accordons qu'il patientait beaucoup, dans ces cas; qu'il consumait virilement son ennui et quelquefois gardait longtemps le silence; mais son rôle était d'agir toujours de la sorte. Qu'avait besoin un tel homme de se troubler de la rancune de minces personnages sans bonne foi? Pourquoi ne pas laisser ces pauvres diables écrire, pourquoi ne gagneraient-ils pas quelques malhonnêtes sous, à ses dépens, s'ils n'avaient pas d'autre moyen sous la main? Mais Voltaire ne peut pas se passer de ses « suffrages », de ses « suffrages si doux » : car ils sont ses dieux; enlevez-les lui, et que lui reste-t-il? Aussi le voyons-nous, en littérature et en morale, s'efforcer de gouverner bien dans le vent. En Art, le *Parterre* Parisien est sa cour de dernier appel : il consulte le *Café Procope*, sur sa sagesse ou sa folie, pour ainsi dire comme l'Oracle de Delphes. L'aventure suivante se place dans sa cinquante-quatrième année, alors que sa renommée peut depuis longtemps sembler solidement établie. Nous traduisons, du sieur Longchamp, ce pauvre récit mi-malicieux, d'une obséquiosité doucereuse et d'un parfait ton de laquais :

« Les connaisseurs ont pu apprécier les mérites de *Sémiramis*, qui a continué à tenir la scène et qu'on y a toujours vue avec plaisir. Chacun sait que les deux principaux rôles de cette pièce contribuèrent à la célébrité de deux grands tragédiens, Mlle Dumesnil et M. le Kain. Les ennemis de M. de Voltaire renouvelèrent leurs tentatives aux représentations suivantes; mais cela n'en confirma que mieux son triomphe. Piron, pour se consoler de la défaite de son parti, eut recours à son remède habituel, lançant sur la pièce quelques misérables épigrammes qui ne lui firent pas de mal.

« Cependant, M. de Voltaire, qui aimait toujours à corriger ses œuvres et à les perfectionner, devint désireux de savoir, plus spécialement et de première main, quel bien ou quel mal le public disait de sa tragédie; et il lui parut qu'il ne pouvait nulle part l'apprendre mieux qu'au *Café Procope*, qu'on appelait aussi l'*Antre de Procope*, parce qu'il y faisait très noir même en plein jour, et qu'il était très mal éclairé le soir; et parce que l'on y voyait souvent une collection de maigres et blêmes poètes, qui avaient quelque peu l'air d'apparitions. Dans ce Café, qui est en face de la *Comédie Française*, siégeait, depuis plus de soixante ans, le tribunal de ces prétendus *Aristarques*, qui s'imaginaient pouvoir prononcer des

sentences sans appel sur les pièces, les auteurs et les acteurs.
M. de Voltaire souhaitait d'y comparaître, mais sous un déguisement et tout-à-fait *incognito*. C'était au sortir du théâtre
que les juges habituellement se rendaient là, pour ouvrir ce
qu'ils appelaient leurs grandes sessions. Le second soir de
Sémiramis, il emprunta un habit de curé ; se mit en soutane
et en manteau long : bas noirs, ceinture, rabat, jusqu'au bréviaire, rien ne fut oublié. Il se fourra une grande perruque,
sans poudre, très mal peignée, qui lui couvrait les joues plus
qu'à moitié, et qui ne laissait rien voir que le bout d'un grand
nez. La perruque était surmontée d'un large tricorne, aux bords
à demi-aplatis. Ainsi équipé, l'auteur de *Sémiramis* se rendit
donc à pied au *Café Procope*, où il se blottit dans un coin ;
et en attendant la fin de la représentation, il demanda une
bavaroise (1), une miche de pain et la Gazette. Les familiers
du *Parterre* et les habitués du *Café* ne tardèrent pas à arriver. Ils commencèrent aussitôt à discuter la nouvelle tragédie. Ses partisans et ses adversaires soutinrent leur cause avec
chaleur, chacun donnant ses raisons. Des personnes impartiales dirent aussi leur sentiment et répétèrent quelques beaux
vers de la pièce. Pendant tout ce temps, M. de Voltaire, des
lunettes sur le nez, la tête penchée sur la Gazette qu'il affectait de lire, écoutait la discussion, faisant son profit des observations raisonnables, souffrant beaucoup d'en entendre de fort
absurdes sans pouvoir y répondre, ce qui l'irritait. Il eut ainsi
le courage, pendant une heure et demie, d'entendre parler et
bavarder sur *Sémiramis*, sans souffler mot. Enfin, tous ces
prétendus juges de la renommée des auteurs étant partis
sans se convertir les uns les autres, M. de Voltaire sortit
aussi, prit un fiacre dans la rue Mazarine, et rentra chez lui
vers onze heures. Bien que je fusse au courant de son déguisement, je confesse que je fus saisi et presque effrayé de le
voir accoutré de la sorte. Je le pris pour un spectre, ou pour
l'ombre de Ninus, qui m'apparaissait ; ou tout au moins, pour
un de ces anciens ergoteurs irlandais, arrivés à la fin de leur
carrière, usés par les syllogismes de l'école. Je l'aidai à se
débarrasser de tout cet équipage, que je rapportai le lendemain
matin à son vrai propriétaire, — un Docteur de la Sorbonne. »

Ce trait, qui ne saurait aucunement passer pour sublime, pouvait avoir sa raison d'être et son but raisonnable dans un cas, et dans un cas seulement : si *Sémira-*

---

(1) En français et en italiques dans le texte. Même remarque pour
les autres mots.

mis voulait être un spectacle populaire, dont la réussite
ou l'échec dépendait de sa première impression sur la
multitude oisive, et nous devons donc conclure que
telle fut sa véritable, au moins sa principale destination.
En tout autre cas, nous ne pouvons que considérer cette
visite à la Haroun-Alraschid au *Café Procope* comme
discutable et tout à fait inadéquate. Si *Sémiramis* était
un Poème, une Création vivante arrachée à l'empyrée
par l'énergie silencieuse et le long effort prométhéen
de son auteur, qu'est-ce que le *Café Procope* pouvait en
savoir, qu'est-ce que tout Paris pouvait en savoir, « le
second soir »? Quand c'eût été un *Paradis Perdu* de
Milton, ils auraient pu le mépriser cinquante ans et
plus ! Il est vrai, l'objet du Poète est, et doit être,
d'« instruire en plaisant », mais non pas en plaisant à
cet homme-ci et à cet homme-là; ce n'est qu'en plaisant
à l'*homme*, en parlant à la pure nature de l'homme, que
quelque « instruction » réelle peut, en ce sens, se communiquer. Il est vain, semble-t-il, de chercher un jugement de cette espèce dans le plus grand *Café*, dans le
plus grand Royaume, « le second soir ». La profonde,
claire conscience d'un seul esprit en approche bien
plus que la bruyante clameur d'un million qui
n'ont point une telle conscience; dont le « parlage », ou
dont le « bavardage », ne fait que brouiller les idées de
l'auditeur, et depuis longtemps est largement indifférent aux Poètes les plus véritables. Car la multitude des
voix n'est point l'autorité; mille voix peuvent, tout bien
considéré, ne point équivaloir à un seul vote. Les hommes
en ce monde sont répartis en troupeaux, et suivent leurs
différents béliers porte-clochette. Là-dessus, on le sait
assez, que le bélier porte-clochette se précipite par quelque ouverture, le reste se précipite à sa suite, fût-ce
dans des fondrières sans fond. Bien plus, le troupeau
est à ce point consciencieux sous ce rapport, comme un
naturaliste et moraliste avisé l'a observé, que « si vous
« tenez un bâton devant le bélier de tête, de façon à le
« forcer de sauter au passage, tout le troupeau en fera
« autant alors même qu'on aura retiré le bâton; et l'on
« verra des centaines de moutons bondissant impétueu-
« sement, comme le premier le fit par dessus une bar-

« rière autrement infranchissable! » Encore une particularité que vous pouvez, en consultant les Actes du
Parlement et autres authentiques archives, non-seulement en ce qui concerne les « Incapacités Catholiques » (1), mais encore bien d'autres choses, trouver
curieusement confirmée aussi dans l'espèce humaine! —
En somme, il nous faut considérer cette excursion à la
Caverne du *Café Procope* comme faisant voir Voltaire
sous un aspect plutôt pittoresque, mais sans que cela
soit du tout fort à son honneur. La Renommée, semble-
t-il, est pour lui un objet de bien trop d'importance,
sinon le plus important des objets ; parfois même il
agrippe la popularité : dans son voyage à lui, nous ne
voyons point de céleste étoile polaire, mais uniquement
la gouverne d'un vent proverbialement incertain.

Voltaire dit avec reproche de saint Louis, qu'il « aurait dû être au-dessus de son siècle » ; mais dans son
propre cas nous pouvons trouver peu de symptômes de
pareille héroïque supériorité. Le même perpétuel appel
à ses contemporains, le même intense égard à la réputation, comme il l'envisageait, lui dictent et ses entreprises et sa manière de les conduire. Son but est de plaire
à la partie la plus éclairée, au moins la plus polie, du
monde ; et il lui offre simplement ce qu'elle désire le
plus, soit en spectacles de théâtre pour son passe-temps,
soit en doctrines sceptiques pour son édification. Dans
ce dernier but, le Ridicule est l'arme qu'il choisit, et
elle convient très bien. L'époque n'était pas aux pensées
profondes ; un Duc de Richelieu, un Prince de Conti,
un Frédéric le Grand n'y auraient pas fait attention :
seuls un mépris qui se joue et une légère logique de
conversation valaient quelque chose. Il peut y avoir des
plastrons capitonnés que la batte d'Arlequin percera,
alors que la massue d'Hercule a rebondi en vain sur
eux. L'époque était aussi peu aux grandes vertus ;
aucun héroïsme, sous aucune forme, n'était demandé,
ni même soupçonné ; mais uniquement, sous toutes les
formes, une certaine *bienséance* (2). A cette règle aussi

---

(1) Les Catholiques d'Irlande.
(2) En français et en italiques dans le texte.

Voltaire se conforme avec empressement; et, à vrai dire, il n'y trouve pas un mince avantage. Car une moralité publique relâchée non seulement l'autorise à s'abandonner à maint petit vice privé et lui apporte telle et telle aubaine de *menus plaisirs*(1), mais lui découvre une ressource toute prête dans maintes entreprises dangereuses. De tous les hommes, Voltaire était bien celui qui eût le moins de disposition à augmenter l'Armée des Martyrs. Il ne scellera aucun témoignage de son sang; c'est à peine s'il fera tant que d'en signer un avec de l'encre. Ses doctrines compromettantes, avons-nous remarqué, il les publie sous mille déguisements, à grand renfort de menées secrètes et d'enchevêtrements(2), de sorte que toutes ses traces se perdent dans les ténèbres, et que ses livres seuls voient la lumière. Aucun Protée n'est si preste, ni n'assume tant de formes; s'il est, par grand hasard, surpris dans son sommeil, il se faufile en un clin d'œil dans la cachette la plus étroite et hors de vue, pendant qu'on se prépare à l'appréhender. Que ses juges le prennent à partie, il biaisera et se tirera d'affaire; directement interrogé, il mentira même. En ce qui concerne ce dernier point, le Marquis de Condorcet a imaginé une défense en sa faveur qui du moins a le mérite d'être assez généreuse :

« La nécessité de mentir afin de désavouer une œuvre », dit-il, « est une extrémité qui répugne également à la conscience et à la noblesse du caractère : mais le crime est le fait des hommes injustes qui rendent un tel désaveu nécessaire à la sûreté de celui qu'ils y forcent. Si vous avez fait un crime de ce qui n'en est pas un ; si, par d'absurdes ou d'arbitraires lois, vous avez enfreint le droit naturel qu'ont tous les hommes, non seulement d'avoir une opinion, mais de la rendre publique ; alors vous méritez de perdre le droit qu'a tout homme d'entendre la vérité de la bouche d'un autre ; droit qui est la seule base de cette rigoureuse obligation : ne point mentir. S'il n'est point permis de tromper, la raison en est que tromper quelqu'un est lui faire du tort, ou vous exposer à lui en faire ; mais un tort suppose un droit ; et personne n'a le

(1) En français et en italiques dans le texte.
(2) Littéralement : roues dans des roues, expression biblique.

droit de chercher à s'assurer les moyens de commettre une injustice (1). »

Il est étrange comme les découvertes scientifiques se conservent : ici, en un tout autre pays, et en un dialecte complètement différent, nous avons la vieille doctrine catholique, si elle fut jamais autre chose qu'une doctrine jésuitique, « qu'on n'est pas tenu de garder aux hérétiques la foi jurée ». La Vérité, paraît-il, est un trop précieux article pour nos ennemis ; elle est faite seulement pour nos amis, pour ceux qui nous paieront si nous la leur disons. On peut observer, cependant, que si l'on accepte les prémices de Condorcet, l'on doit accepter aussi cette doctrine, comme cela arrive d'ailleurs habituellement chez cet écrivain subtil. Si l'accomplissement de la justice dépend du fait de la recevoir ; si nos semblables, en ce monde, ne sont pas des personnes, mais de simples choses, qui nous rendront des services en retour des services rendus, — des machines à vapeur qui fabriqueront du calicot, si nous y mettons du charbon et de l'eau, — alors sans doute, le calicot cessant, notre charbon et notre eau peuvent aussi raisonnablement cesser ; le questionneur menaçant de nous faire injure si nous lui disons la vérité, nous pouvons raisonnablement lui dire des mensonges. Mais si, d'autre part, notre semblable n'est pas une machine à vapeur, mais un homme, uni à nous, et à tous les hommes, et au Créateur de tous les hommes, par de sacrés, mystérieux, indissolubles liens, en un Amour embrassant tout, qui enveloppe également le séraphin et le ver-luisant ; alors nos devoirs envers lui reposeront sur une tout autre base que cette base sordide du *quid pro quo ;* et la conclusion du Marquis de Condorcet sera fausse, et pourrait, étendue à la pratique, être infiniment pernicieuse.

De tels principes et de telles habitudes, trop légèrement adoptés par Voltaire, agissaient, nous semble-t-il, avec un effet hostile sur sa nature morale, qui n'était pas originairement de la plus noble sorte, mais qui,

(1) Vie de Voltaire, p. 32 (note de Carlyle).

sous d'autres influences, eût pu atteindre à une bien plus grande noblesse. Telle qu'elle est, nous voyons en lui simplement un Homme du Monde, comme Paris et le dix-huitième siècle en produisaient et les aimaient : un homme poli, séduisant, fort cultivé, mais essentiellement égoïste ; non dépourvu de qualités grandement aimables ; même avec une disposition générale que nous aurions pu accepter sans désappointement dans un simple Homme du Monde, mais que nous devons trouver très défectueuse, parfois complètement déplacée, dans un Poète et un Philosophe. Au-dessus de ce caractère d' « honnête homme » Parisien, il s'élève rarement ou jamais ; bien plus, nous le trouvons parfois flottant sur les limites inférieures mêmes de ce caractère, ou même descendant bel et bien au-dessous. Nous ne songeons nullement à l'accuser de sa préoccupation excessive de l'argent, d'un désir quelconque de briller grâce simplement à la richesse : ces spéculations commerciales, même en y comprenant les contrats de fournitures de vivres, peuvent passer pour une prudence louable, pour l'amour de l'indépendance et du pouvoir de faire le bien. Mais que dire de cette chasse aux pensions, et même aux titres honorifiques? Il y a là une assiduité manifestée, qui parfois touche presque à la Servilité. Cela pouvait bien provoquer le mépris d'Alfieri; car il n'y a de visible là-dedans rien de mieux que l'esprit d'un « plébéien français ». Grande, nous le savons bien, grande devrait être la part faite à la différence des manières nationales, qui, en général, détermine principalement la signification de pareilles choses : cependant, dans notre sentiment d'insulaires, le fameux *Trajan est-il content?* surtout quand nous considérons qui était le Trajan (1), restera toujours un mot malheureux. D'autant plus que Trajan lui-même tourna le dos là-dessus sans répondre ; refusant, à vrai dire, sa vie durant, d'écouter la voix de ce charmeur, ou de troubler un seul moment sa propre « *âme paisible* » (2), fût-ce à cause du meilleur philosophe qu'il y eût dans la

---

(1) On connaît cette flatterie malheureuse de Voltaire à Louis XV.
(2) En français et en italiques dans le texte.

Nature. Bien plus, la Pompadour elle-même fut sollicitée ; et un progrès considérable était même déjà fait par cette avenue souterraine, lorsqu'une main envieuse intervint trop tôt et avec un effet funeste. D'Alembert dit qu'il y a deux choses qui peuvent atteindre au sommet d'une pyramide, l'aigle et le reptile. Apparemment, Voltaire voulait combiner les deux méthodes ; et il n'obtint, avec l'une des deux, qu'un succès médiocre.

La vérité est que nous évaluons là Voltaire d'après une mesure disproportionnée, le comparant à un idéal auquel lui-même ne s'efforça jamais, auquel peut-être il n'aspira jamais sérieusement. Il n'est pas un grand Homme, mais seulement un grand *Persifleur* (1) ; un homme pour qui la vie, et tout ce qui s'y rapporte, n'a, tout au mieux, qu'une signification méprisable ; qui aborde ses difficultés non point avec une force sérieuse, mais avec une agilité joyeuse ; et qu'on trouve toujours à la hauteur, moins par son énergie à nager que par sa légèreté à flotter. Prenons-le dans son rôle, oubliant qu'aucun autre lui ait jamais été attribué, et nous trouvons qu'il le joua presque à la perfection. Jamais homme ne saisit mieux le secret même du *Persiflage* (1), en entendant par là non-seulement la faculté extérieure du mépris poli, mais cet art de l'intime mépris général, par lequel un homme de cette sorte tâche de soumettre à sa Volition les circonstances de sa Destinée, et d'être, ce qui est l'instinctif effort de tous les hommes, moralement Libre, fût-ce au milieu de la Nécessité matérielle. La dérision latente de Voltaire est aussi légère, abondante et pénétrante que la dérision qu'il exprime. Et ce n'est pas là un talent aussi simple que nous pourrions imaginer ; une certaine espèce et un certain degré de Stoïcisme, ou de rapprochement vers le Stoïcisme, sont nécessaires au *Persifleur* complet ; comme pour la perfection morale, ou même pratique, en tout autre genre. L'homme à l'esprit le plus indifférent n'est pas indifférent par nature à sa propre peine et à son propre plaisir ; c'est là une indifférence qu'il lui faut acquérir par quelque étude méthodique, ou

(1) En français et en italiques dans le texte.

dont il lui faut acquérir l'apparence ; une indifférence
que Voltaire, il est juste de le dire, manifeste à un degré
plutôt respectable. Sans murmurer, il s'est réconcilié
avec bien des choses : le lot des hommes, en ce bas
monde, semble une étrange affaire, mais où il y a, en
somme, plus de la farce que de la tragédie ; pour lui, il
n'y a pas à se ronger le cœur, si cette Planète qui est la
nôtre a été envoyée voguer à travers l'Espace, comme
un misérable Navire-de-Fous, sans boussole, et s'il est
lui-même un fou parmi les autres, à peine un peu plus
sage qu'eux. Il ne se mêle pas, comme Bolingbroke, de
« protéger la Providence », bien que des maximes
comme *si Dieu n'existait pas, il faudrait l'inven-
ter* (1) semblent çà et là indiquer une tendance de cette
sorte : mais, en tous cas, il ne déclare jamais ouvertement la guerre au Ciel, sachant bien que le temps
employé à de folles malédictions, dirigées *là*, pourrait
être employé autrement avec plus de profit. Il n'y a
pas, à vrai dire, de *Werthérisme* en lui, soit dans le
bon, soit dans le mauvais sens de la chose. S'il ne voit
pas d'inexprimable majesté dans le ciel et sur la terre,
il n'y voit pas non plus d'intolérable horreur. Sa conception du monde est froide, doucement méprisante,
tout à fait prosaïque : son plus sublime Apocalypse de
la Nature se trouve dans le microscope et le téles-
cope ; la Terre est un lieu où l'on fait pousser le blé ;
les Cieux Etoilés sont admirables dans l'office de montre marine. Mais, en homme prudent, il s'est ajusté à
sa condition, telle qu'elle est : il ne chante aucun *Mise-
rere* sur la vie humaine, calculant que le prix d'une telle
entreprise serait non pas de charitables condoléances,
mais des rires ; il ne se pend ni ne se noie, sachant
bien que la mort viendra bientôt d'elle-même lui épar-
gner cette peine. L'Affliction, il est vrai, n'a point pour
lui quelque précieux joyau dans la tête (2), au con-

(1) En français et en italiques dans le texte.
(2) Carlyle compare la vertu propre à l'Affliction à cette « pierre
de crapaud » qu'on disait se trouver dans la tête du crapaud et à
laquelle l'on attribuait des vertus particulières. C'est en ce sens qu'il
emploie plus bas le mot crapaud (avec le sens aussi de « couleuvre »
à avaler).

traire elle est chose purement nuisible; mais sans qu'il
y ait, heureusement, autant de motifs de s'en lamenter
que de motifs de l'écarter prestement de la vue: s'il
n'apprend point d'elle l'Humilité et la sublime leçon de
la Résignation, elle ne lui enseigne pas non plus la
dureté du cœur et le mécontement morbide; mais il
bondit légèrement par-dessus, laissant et le joyau et le
crapaud à bonne distance derrière lui.

L'histoire de Voltaire, d'ailleurs, ne manqua point non
plus d'embarras en nombre suffisant pour maintenir ce
principe en vigueur; pour faire vérifier si, dans la vie,
comme dans la littérature, le *ridiculum* était réellement
meilleur que l'*âcre* (1). Nous devons avouer qu'en nulle
occasion le premier ne lui fait complètement défaut; jamais
Voltaire ne semble absolument à *quia*; il n'est pas d'aventure si hideuse, qu'il ne puisse à la longue trouver quelque moyen d'en rire et de l'oublier. Prenez, par exemple, sa malencontreuse dernière visite à Frédéric le Grand.
Ce fut, probablement, l'incident le plus mortifiant de
toute la vie de Voltaire : une expérience expresse, sous
les yeux de toute l'Europe, qui montrât si la Philosophie
Française avait en elle assez de vertu pour fonder quelque union amicale, en de telles circonstances, justement
entre son grand maître et son plus illustre disciple; et
une expérience qui répondit par la négative. Ce qui était
assez naturel, car la Vanité, par sa nature, crée la division et non l'union; et entre le Roi des Lettres et le Roi
des Armées il n'existait point d'autre lien. Ils auraient
dû, de loin, entretenir un échange de flatteries : gravi-
tant l'un vers l'autre comme de célestes luminaires, s'ils
se prenaient pour tels ; mais toujours avec une raisonnable force centrifuge; car si l'un ou l'autre s'élançait
follement hors de sa sphère, il ne pouvait y avoir d'autre conséquence que collision, commotion et recul mutuel.
En somme, nous devons plaindre Frédéric, entouré de
ce groupe de Philosophes : sans doute ses intentions
étaient plutôt bonnes ; mais les Français de Rosbach,
avec leurs canons, ne furent qu'une petite affaire, comparés à ces Français de Sans-Souci. Maupertuis est là,

(1) En français et en italiques dans le texte.

maussade, monosyllabique ; mélancolique comme l'ours
de cette zone arctique d'où lui-même revient (1) : Voltaire
est l'enragé joueur de flûte qui va le faire danser en
cadence et amuser la galerie (2). Dans ce royal cercle,
avec ses parasites et ses pachas, quelles effervescences et
quelles jalousies ne doit-il pas y avoir eu ; quelles ini-
mitiés secrètes, quelles noirceurs sous des sourires, quels
complots, contre-complots, et quelle pharmacie véné-
neuse, dans toutes ses branches, avant que la limite de
l'étiquette n'éclatât une bonne fois et que l'établissement, pour ainsi dire, ne fît explosion ! Mais sur toutes
ces tristes choses, Voltaire a jeté l'aimable voile de sa
gaîté ; il ne parle avec aucune animosité ni du Dr Akakia (3), ni du patron du Dr Akakia ; il en parle simplement comme d'acteurs jouant à ses côtés dans la
grande farce de la vie, dont une nouvelle scène
vient de commencer, remplaçant complètement l'autre
sur le théâtre. Son arrestation à Francfort est, sans
doute, un amer morceau ; mais il l'avale aussi, avec
un effort. Frédéric, comme on nous le donne à entendre, avait de naissance ces lubies, était, à vrai dire, un
merveilleux scion d'une telle souche ; car quoi pourrait
égaler l'avarice, la malice, la furieuse humeur bourrue
du vieux Frédéric-Guillaume le père ?

« Il avait un ministre à La Haye, nommé Luicius », dit cet
homme d'esprit : « ce Luicius était, de tous les ministres
royaux existants, le plus mal payé. Ce pauvre homme, en vue
de se chauffer, avait abattu quelques arbres, dans le jardin
d'Honslardik, appartenant alors à la Maison de Prusse ; immédiatement après il reçut une dépêche du Roi son maître, lui
retenant une année de son salaire. Luicius, au désespoir, se
coupa la gorge avec le seul rasoir qu'il eût : un vieux laquais
vint à son secours, et malheureusement lui sauva la vie. Et
par la suite, je vis moi-même son Excellence à La Haye, et
lui donnai l'aumône à la porte de ce Palais appelé la Vieille
Cour, qui appartient au Roi de Prusse, où ce malheureux
Ambassadeur avait vécu douze ans. »

(1) On sait que Maupertuis fut le chef de l'expédition envoyée au
pôle par Maurepas, en 1736, pour y mesurer un degré.
(2) Allusion aux querelles de Voltaire et de Maupertuis.
(3) On sait que tel était le sobriquet dont Voltaire avait affublé
Maupertuis.

Avec le *Roi-Philosophe* lui-même, Voltaire, au bout de quelque temps, recommence la correspondance ; et, selon toute apparence, poursuit tranquillement son office de « lessiveur », c'est-à-dire de correcteur des vers de Sa Majesté, comme si rien ne s'était passé.

D'autre part, quelle plume humaine pourrait décrire les tribulations que cet infortuné philosophe eut avec ses femmes ? Une vagabonde, évaporée, capricieuse, irritée et irritante séquelle de vieilles coquettes d'un bout à l'autre ! La veuve Denis, par exemple, cette désobéissante Nièce, qu'il sauva des garnis et des repas insuffisants, pour lui donner le luxe et l'abondance, comme elle assomma cette dernière période de son existence, vingt-quatre ans durant ! Insensible à la paix et aux roses de Ferney ; toujours soupirant et se rongeant dans le désir des distractions de Paris, ne se privant point de flirter, bien qu'elle ne fût plus jeune, perdant son argent au jeu et y volant pour tenir ses engagements ; grondant ses domestiques, se querellant avec ses secrétaires, si bien que le trop indulgent oncle dut se séparer de son cher Collini, faillit même se faire passer l'épée de celui-ci au travers du corps par égard pour elle ! Le bon Wagnière, qui succéda à ce fier Italien dans le secrétariat, et qui aimait Voltaire d'une très réelle affection, ne peut pas, bien qu'homme simple, modeste et philanthropique, parler de Mᵐᵉ Denis sans un visible débordement de fiel. Il l'accuse ouvertement de hâter la mort de son oncle par ses importuns stratagèmes pour le retenir à Paris, qui pour elle était le ciel. A vrai dire, il est clair que, une fois assurée de ses biens et effets, son principal souci fut qu'un patient si récalcitrant pût mourir assez tôt ; ou, tout au moins, de savoir, selon son propre aveu, « comment elle devait le faire enterrer ». Nous avons connu des domestiques hors d'âge, voire même des chevaux de selle usés, traités au logis avec plus de réelle sympathie que ne le fut le meilleur des oncles par la pire des nièces. Si ce surprenant vieillard n'eût gardé le jugement le plus aiguisé, et le plus gai, facile caractère, ses derniers jours et ses derniers ans eussent dû être une scène continuelle de violence et de tribulation.

Un peu meilleure, pire sous plusieurs rapports, bien qu'en un temps où il pouvait mieux endurer cela, était la fameuse Marquise du Châtelet. Il connut maint jour orageux et mainte nuit blanche avec cette scientifique et trop fascinatrice mégère. Elle s'adonnait aux spéculations mathématiques et métaphysiques ; mais elle était versée aussi dans des connaissances très différentes, extrêmement différentes. Laissant de côté tout ce qu'il avait de coupable, et qui, à vrai dire, y comptait peut-être pour peu, cet amour littéraire n'offre qu'un aspect mêlé ; de brefs rayons de soleil, avec de longues trombes tropicales ; des accords musicaux, bientôt suivis de tremblements de terre de Lisbonne. Marmontel, nous souvenons-nous, parle de *couteaux* dont on se servait, tout au moins qu'on brandissait, et pour tout autre chose que découper. Madame la Marquise n'était pas sainte, en aucun sens ; mais plutôt une épouse de Socrate, qui devait mettre constamment à l'épreuve la patience et toute la philosophie de la gaîté. Comme la Reine Elisabeth, si elle avait les talents d'un homme, elle avait plus que les caprices d'une femme.

Nous prendrons seulement un article, et celui-ci petit, dans ce monceau de misères : ses étranges habitudes et méthodes de locomotion. Elle est perpétuellement à voyager : un paisible philosophe est traîné par le monde, à Cirey, à Lunéville, à ce *pied à terre* (1) de Paris ; la résistance ne sert à rien ; ici, comme en tant d'autres cas, *il faut se ranger* (2). Parfois, précisément au moment d'un de ces départs, ses domestiques, exaspérés par la faim et les mauvais traitements, donnent en corps leur congé ; et il faut en réunir une nouvelle troupe dans le délai d'une heure. Puis l'on sait que Madame a tenu les postillons claquant du fouet et sacrant à la porte de l'aube à la brune, simplement parce qu'elle jouait aux cartes, et que le jeu était contre elle. Mais figurons-nous un maigre et vif philosophe s'échappant enfin de Paris ; sous les nués nocturnes ; au moment du froid intense ; dans un énorme coche qui se traîne

(1) En français et en italiques dans le texte.
(2) *Id.*

lourdement, ou plutôt dans un chariot, comparés auquel
la plupart de nos chariots modernes seraient, à vrai
dire, un luxueux moyen de transport. Avec quatre rosses
de louage étiques et ayant peut-être des éparvins, le
philosophe s'ébranle lentement, « sous une montagne
de boîtes de carton » ; à son côté est assise la virago
errante ; devant lui, une femme de chambre, avec d'autres boîtes de carton *et divers effets de sa maîtresse* (1).
Au premier relais, les postillons doivent être réveillés ;
ils arrivent avec des jurons. Manteaux et pelisses de
fourrures servent de peu contre le froid de janvier ;
« le temps et les heures » sont, une fois de plus, le seul
remède ; mais, attention, au dixième mille, voici que ce
coche de Tyburn (2) se rompt ! Une lamentation où se
mêlent plusieurs voix discordantes perce la solitude,
faisant la nuit hideuse, — mais en vain ; l'essieu a cédé,
le véhicule a versé, et marquises, femmes de chambre,
boîtes de carton et philosophes sont culbutés en un
chaos inextricable.

« La voiture était près de Nangis, environ à mi-chemin
de cette ville, lorsque l'essieu d'arrière se rompit, et qu'elle
versa sur la route, du côté de M. de Voltaire : Mme du Châtelet et sa femme de chambre tombèrent par-dessus lui,
avec leurs paquets et leurs boîtes de carton, car ceux-ci
n'étaient pas attachés sur le devant, mais simplement empilés
entre les bras de la femme de chambre ; et de la sorte, suivant les lois de l'équilibre et de la gravitation des corps, ils
furent précipités vers le coin où M. de Voltaire était recro-
quevillé. Sous tant de fardeaux, qui le suffoquaient à moitié,
il poussait des cris aigus ; mais il était impossible de changer
de place ; il fallut rester comme cela jusqu'à ce que les deux
laquais, dont un s'était blessé dans la chute, pussent venir,
avec les postillons, désencombrer le véhicule ; ils amenèrent
dehors d'abord tout le bagage, ensuite les femmes, enfin M. de
Voltaire. Rien ne put être tiré de là que par le haut, c'est-à-
dire par la portière, qui se trouvait maintenant ouvrir en l'air :
l'un des laquais et un postillon grimpant au sommet, et se
retenant au corps du véhicule, les hissaient comme du fond
d'un puits ; saisissant le premier membre qui leur tombait

_____

(1) En français et en italiques dans le texte.
(2) Allusion plaisante à la charrette qui amenait à Tyburn les
condamnés à la potence.

sous la main, bras ou jambe ; puis ils les passaient aux deux autres qui stationnaient en bas, lesquels les déposaient finalement à terre (1). »

Qu'aurait dit de tout ceci le Dr Kitchiner, avec son *Oracle du Voyageur*? Car il y a de la neige sur le sol : et il faut aller réquisitionner quatre paysans dans un village à une demi-lieue de là, avant que ce maudit véhicule puisse être seulement soulevé de sa position sur le côté ! C'est en vain que Longchamp, qui a pris une avance considérable et qui est à l'abri dans un *château* hospitalier bien qu'à moitié démantelé, plume des pigeons et se hâte de les faire rôtir : ils ne seront jamais, jamais mangés à souper, à peine à déjeuner demain matin ! — Et ce n'est pas cette fois-ci seulement, mais plusieurs fois, que ce malheureux essieu leur joue ce mauvais tour ; il arrive même que, mis à sec par le jeu enragé de Madame, ils n'ont pas d'argent pour le faire réparer, et que le charron, insensible à l'urgence de leur fuite où il s'agit presque pour eux de vie ou de mort (2), ne veut pas leur faire crédit.

Nous imaginons que ce sont là choses pénibles pour tout philosophe. De mille autres plus intimes et perpétuelles peines, de certaines révélations et explications, spécialement, qu'il semble encore surprenant que l'humaine philosophie ait pu tolérer, nous ne ferons point mention ; à vrai dire, en ce qui concerne ces dernières, peu de considérations terrestres pourraient amener un Critique doué de sensibilité à les mentionner à cette place.

La marquise du Châtelet et son mari ont été un grand sujet d'étonnement en Angleterre : la calme magnanimité avec laquelle M. le Marquis se conforme aux usages du pays, aux vœux de sa moitié, et la laisse, — tandis que lui-même pendant ce temps guerroie, ou tout au moins fait faire l'exercice à ses soldats, pour son Roi, — errer par l'Espace, en quête d'amours et d'amants ; son amicale discrétion, sur ce point particulier ; tout aussi bien,

(1) Vol. II, p. 166 (note de Carlyle).
(2) Il s'agit de la fuite de Voltaire à Cirey chez Mme du Châtelet, après la publication des *Lettres anglaises* (1735).

sa joyeuse, bénigne crédulité, dès l'instant qu'un *contretemps de famille* (1) rend sa bienveillance nécessaire, — ont trouvé chez nous toute la justice qui leur était due. Sa lady aussi est une merveille ; elle n'offre pas une médiocre étude aux psychologues : elle est un beau sujet d'expérience pour savoir jusqu'à quel point cette Délicatesse, que nous regardons comme innée chez les femmes, est seulement accidentelle et le produit de la mode ; jusqu'à quel point une femme, non pas simplement immodeste, mais qui a dévêtu jusqu'à la dernière feuille de figuier de la décence vulgaire, bref qui a tout le caractère *masculin* de la débauche, peut encore avoir quelque valeur morale comme femme. Nous-même nous nous sommes émerveillé quelque peu de ces deux individus, et du but auquel un aussi étrange « progrès de la Société » pouvait bien tendre. Mais encore plus merveilleuse, non dépourvue même d'un nuance de sublime, nous a paru la bénévole servitude de ce philosophe maltraité, et aussi l'inépuisable patience avec laquelle, n'étant pas marié, il endurait toutes ces marches forcées, lubies, irascibilités, choses délictueuses et déraisons de toute sorte ; bravant « la bataille et le vent », dans cette sauvage Baie de Biscaye, pendant si longtemps. Quinze longues années, et il ne devint pas fou, ou ne trouva pas le suicide au bout ! Mais pareil destin, semblerait-il, bien que le digne D'Israeli ait oublié de le mentionner dans ses *Malheurs des Auteurs*, n'est pas inconnu en littérature. Pope lui aussi avait sa Mrs. Martha Blount ; et, au plus fort de cette bataille avec la Sottise unie (2), ces briques d'Egypte à pétrir qu'était son conte quotidien (3). Prenons en pitié le lot du génie, sur cette sphère sublunaire !

Tout le monde sait la fin terrestre de Madame la Marquise, et comment, par une étrange, presque satirique *Némésis*, elle fut prise dans ses propres filets, et son pire péché devint sa punition finale. En pure perte fut la crédulité sans pareille de M. le Marquis ; en pure perte,

(1) En français et en italiques dans le texte.
(2) United Duncedom, allusion à la *Dunciade*, ou *Guerre des Sots*.
(3) Pétrir des briques en Egypte, expression biblique pour dire un travail ingrat.

la très large tolérance et même la fourberie complaisante de M. de Voltaire ; « *les assiduités de M. de Saint-Lambert* » (1) et les inimaginables consultations auxquelles elles donnèrent lieu à Cirey furent à la fin terriblement parodiées. La dernière scène se passa à Lunéville, dans la paisible cour du Roi Stanislas :

« Voyant que les sels ne faisaient aucun effet, nous essayâmes de la tirer de sa subite syncope en lui frictionnant les pieds et en frappant dans les paumes de ses mains ; mais cela ne servit à rien : elle avait cessé de vivre. On envoya la femme de chambre à l'appartement de Mme de Boufflers, pour informer la compagnie que Mme du Châtelet était plus mal. Aussitôt ils se levèrent tous de table : M. du Châtelet, M. de Voltaire et les autres hôtes se précipitèrent dans la chambre. Dès qu'ils comprirent la vérité, il y eut une profonde consternation ; aux larmes, aux cris succéda un morne silence. On entraîna le mari, les autres personnes sortirent successivement, en marquant la plus vive douleur. M. de Voltaire et M. de Saint-Lambert restèrent les derniers auprès du lit, d'où l'on ne pouvait les arracher. A la fin, le premier, absorbé dans un profond chagrin, quitta la chambre, et atteignit avec difficulté la porte principale du château, ne sachant où il allait. Arrivé là, il s'effondra au bas du perron, et près de la guérite de la sentinelle, où sa tête vint donner sur le pavé. Son laquais, qui suivait, le voyant tomber et se débattre à terre, accourut et s'efforça de le relever. A ce moment, M. de Saint-Lambert, se retirant par le même chemin, arrivait aussi ; et, voyant M. de Voltaire dans cette situation, il s'empressa d'aider le laquais. M. de Voltaire ne fut pas plutôt remis sur ses pieds qu'ouvrant ses yeux obscurcis de larmes et reconnaissant M. de Saint-Lambert, il lui dit, à travers ses sanglots et de l'accent le plus désolé : « Ah ! mon ami, c'est vous qui l'avez tuée ! » Puis, tout à coup, comme s'il sortait d'un profond sommeil, il s'écria d'un ton de reproche et de désespoir : « *Eh ! mon Dieu ! Monsieur, de quoi vous avisiez-vous de lui faire un enfant* (2) ? » Ils se séparèrent là-dessus, sans ajouter un seul mot, et se retirèrent dans leurs appartements respectifs, accablés et presque anéantis par l'excès de leur chagrin (3). »

Entre toutes les paroles lugubres que l'on ait rappor-

(1) En français et en italiques dans le texte.
(2) En français et en italiques dans le texte.
(3) Vol. II, p. 250 (note de Carlyle).

tées, ces dernières, entre deux hommes accablés et presque anéantis par l'excès de leur chagrin, ont probablement un caractère sans exemple. Quelques jours après, le premier paroxysme de « reproche et de désespoir » étant quelque peu calmé, le triste veuf, non pas le joyeux veuf légal, composa ce quatrain :

L'univers a perdu la sublime Emilie.
Elle aima les plaisirs, les arts, la vérité :
Les dieux, en lui donnant leur âme et leur génie,
N'avaient gardé pour eux que l'immortalité (1).

Après quoi, réfléchissant, peut-être, qu'avec cette sublime Emilie, si mystérieusement singulière dans l'amour du plaisir, « son bonheur avait existé principalement sur le papier », il se consola, comme l'Univers qui l'avait perdue, et poursuivit son chemin.

La femme, ceci a été suffisamment démontré, fut donnée à l'homme comme un bienfait, et pour le soutien mutuel ; comme un précieux ornement et un bâton sur lequel s'appuyer dans maintes pénibles situations : mais pour Voltaire elle ne se trouva guère être mieux, tant il fut malheureux en cette matière, qu'un roseau rompu, qui ne fit que lui manquer dans la main. Nous confessons qu'en considérant les multiples épreuves de ce pauvre philosophe avec le sexe le plus faible, ou plutôt, comme il a pu s'en rendre compte, avec le sexe le plus dur, — depuis cette Hollandaise qui publia de lui des lettres de jeunesse, jusqu'à la nièce Denis qui le tua à peu près avec son caquet, — nous voyons, dans cette seule province, une large carrière pour presque toutes les vertus cardinales. Et à ces convulsions intestines ajoutons, du dehors, une suite continuelle de controverses et de persécutions, politiques, religieuses, littéraires ; et nous avons une vie complètement bouleversée, affreusement semée d'aspérités et d'abîmes, où même un voyageur résolu aurait pu défaillir. Parmi toutes ces Aiguilles-de-Chamonix et toutes ces Chûtes-du-Staubbach le grand *Persifleur* glisse tout le temps dans sa petite poétique

(1) En français et en italiques dans le texte.

nacelle aérienne, plus doucement que s'il voyageait sur la plus unie des simples routes prosaïques.

Sans nous occuper de ce que vaut ou ne vaut pas une telle nature d'esprit, nous sommes tenu, très sérieusement, de dire et que ce semble avoir été là la plus haute conception que Voltaire ait eue de l'excellence morale, et qu'il l'a poursuivie et réalisée avec un succès non médiocre. Il mérite donc une grande louange, celle d'être d'accord avec lui-même ; celle *d'avoir* un but et d'y tendre avec persévérance, et même, avons-nous trouvé, de l'atteindre ; car l'idéal de Voltaire semble, à un degré inusité, manifesté, rendu pratiquement apparent dans le réel seul. Il ne peut y avoir de doute que ce talent de *Persifleur*, au large sens que nous lui donnons ici, ne fût entre tous les autres admiré et recherché à l'époque et dans le pays de Voltaire ; et même, dans notre propre époque et notre propre pays, nous coudoyons encore une foule de gens qui l'admirent, une foule de gens qui le recherchent infatigablement : toutefois, nous ne pouvons que croire que son apogée est passé ; que le sens le meilleur de notre génération a déjà pesé sa signification et l'a trouvée insuffisante. Voltaire lui-même, nous semble-t-il, s'il vivait aujourd'hui, trouverait d'autres tâches que celle de la moquerie, surtout de la moquerie de ce style : ce n'est point par la Dérision et par le Déni, mais par d'autrement profonds, plus sérieux, plus divins moyens, que quoi que ce soit de vraiment grand a été accompli pour le genre humain ; que l'édifice de la vie humaine a été porté, durant de longs siècles, à sa hauteur présente. Si nous admettons que ce chef des *Persifleurs* avait un but ferme et conscient dans la vie, la plus haute louange d'avoir poursuivi un objet juste ou noble ne peut lui être accordée sans beaucoup de réserves, et peut même, avec assez d'apparence, lui être complètement refusée.

En même temps, n'oublions pas qu'au milieu de toutes ces malheureuses influences Voltaire garde une certaine indestructible humanité de nature ; une âme jamais sourde au cri de la misère ; jamais absolument aveugle à la lumière de la vérité, de la beauté, de la bonté. Il est même, dans une certaine mesure, poétiquement intéressant d'observer en lui cette belle contradiction : le cœur agissant sans directions de la tête, ou peut-être contre ses directions ; l'homme vertueux, pour ainsi dire, en dépit de lui-même. Car en tout état de cause, l'on reconnaîtra que, comme homme privé, son existence fut salutaire, non pas nuisible, à ses semblables : les Calas, les Sirvens, et tant d'orphelins et de proscrits dont il prit soin et qu'il protégea, doivent faire oublier une multitude de péchés.

C'était son propre sentiment, et, selon toute apparence, un sentiment sincère :

J'ai fait un peu de bien ; c'est mon meilleur ouvrage (1).

Peut-être y a-t-il peu d'hommes qui, avec des principes et des tentations comme les siens, auraient pu mener une telle vie ; peu qui auraient pu accomplir son œuvre et en sortir avec des mains plus nettes. Si nous l'appelons le plus grand de tous les *Persifleurs*, ajoutons que, moralement parlant aussi, il en est le meilleur : s'il l'emporte sur tous pour l'universalité, la sincérité, l'élégante clarté de la Moquerie, il combine peut-être avec elle autant de qualités du cœur qu'en peut admettre, chez n'importe quel homme, cette habitude.

Il se fait temps que nous laissions cette partie de notre sujet : cependant, dans cette tentative de former quelque peinture de la vie pratique de Voltaire, et du caractère, extérieur aussi bien qu'intérieur, de son apparition dans la Société, nos lecteurs ne nous refuseront pas de jeter un coup d'œil sur la dernière et la plus saisissante scène qu'il joua là. A nos yeux, cette visite finale à Paris a un étrange, mi-frivole, mi-fatidique aspect; il y a, pour ainsi dire, une sorte de dramatique justice dans ce dénouement, que lui, qui toute sa vie avait été affamé et altéré de la faveur publique, mourût à la fin de l'excès de cette faveur ; trouvât la porte de son Ciel-sur-la-terre inespérément grande ouverte, et ne la franchît que pour être, comme il dit lui-même, « étouffé sous les roses ». Si Paris eût eu quelque théogonie ou théologie appropriée, comme en eurent Rome et Athènes, ceci eût

_____

(1) En français et en italiques dans le texte.

presque pu être considéré, de la même manière que ces
anciens expliquaient la mort par la foudre, comme une
mort sacrée, une mort donnée par les dieux ; par leur
dieu à mille têtes, la POPULARITÉ. Dans la bienfaisante
quiétude de Ferney, Voltaire avait longtemps vécu, et,
selon le calcul de ses amis, eût pu vivre longtemps encore ; mais une suite de causes futiles l'attire à Paris, et
au bout de trois mois il n'est plus. A toutes les heures
de son histoire, il eût pu dire avec Alexandre : « O
Athéniens, que de mal je me suis donné pour vous
plaire ! » et le dernier plaisir que ses Athéniens lui
demandent est qu'il veuille bien mourir pour eux.

Considéré par rapport au monde en général, ce voyage
est encore plus remarquable. C'est le plus splendide
triomphe de ce genre rapporté en ces âges ; le plus
bruyant et le plus éclatant hommage qu'on ait jamais rendu
à ce que nous autres modernes nous appelons Littérature ; à un homme qui, sans plus, avait pensé et publié
ses pensées. Il y avait sans doute beaucoup de vain tumulte là-dedans ; mais aussi une certaine signification
plus profonde. Il est intéressant de voir comme l'amour
de la sagesse est universel et éternel dans l'homme ;
comme les plus grands et les plus humbles, comme princes
hautains et paysans grossiers, et tous les hommes, vont
également faire honneur à la Sagesse, ou à l'apparence
de la Sagesse ; et même, à proprement parler, ne peuvent faire honneur à nulle autre chose. Car il n'est pas
au pouvoir de tous les bataillons de Xercès de faire
plier une seule pensée de notre cœur fier : « ils peuvent
détruire la maison d'Anaxarque ; lui-même, ils ne peuvent l'atteindre » : ce n'est qu'à la valeur spirituelle que
l'esprit peut rendre hommage ; ce n'est que dans une
âme plus profonde et meilleure que la nôtre que nous
pouvons voir quelque mystère céleste, et en nous humi-
liant devant elle que nous nous sentons nous-mêmes
exaltés. Que le si bouillant enthousiasme des Français
s'adressât en ce cas parfaitement bien, nous n'entrepren-
drons pas de le dire : mais nous nous réjouissons de voir
et de savoir qu'un tel principe existe perpétuellement au
plus intime du cœur de l'homme ; qu'il n'est point de
cœur si déchu et si stupéfié, point de cœur si desséché et

si blasé, que la présence reconnue d'un cœur plus noble n'inspire et n'emmène captif.

Peu de voyages royaux, peu de triomphes romains, ont égalé ce long triomphe de Voltaire. Sur son parcours, à Bourg-en-Bresse, « il fut reconnu », dit Wagnière, « tandis qu'on changeait les chevaux, et en quel-« ques instants toute la ville afflua autour de la voiture, « de sorte qu'il fut obligé de s'enfermer pendant quel-« que temps dans une chambre de l'auberge. » Le maître de poste ordonna à son postillon d'atteler les meilleurs chevaux, et lui dit avec un gros juron : *Va bon train, crève mes chevaux, je m'en f...; tu mènes M. de Voltaire* (1) A Dijon, il y eut des personnes de qualité qui allèrent jusqu'à vouloir s'habiller en domestiques, afin de le servir à souper, et de le voir, grâce à ce stratagème.

« A la barrière de Paris », continue Wagnière, « les agents demandèrent si nous n'avions avec nous rien de contraire aux règlements royaux. « *Ma foi, Messieurs* (2), » repartit M. de Voltaire, « je crois qu'il n'y a ici pas d'autre contrebande que moi-même ». Je descendis de l'équipage, pour que l'inspecteur pût plus facilement l'examiner. Un des gardes dit à son camarade : *C'est, pardieu, M. de Voltaire* (3). Il tira la basque de la personne qui perquisitionnait, et répéta les mêmes mots, en me regardant fixement. Je ne pus m'empêcher de rire ; alors tous, ouvrant de grands yeux en un ébahissement considérable et mêlé de respect, supplièrent M. de Voltaire de passer où il lui plaisait (4). »

La nouvelle circula bientôt dans Paris ; c'est à peine si l'arrivée de Kien-Long ou du Grand-Lama du Thibet eût pu exciter une plus grande fermentation. Le pauvre Longchamp, démis, ou plutôt délivré du service de Voltaire, depuis vingt-huit ans, et maintenant, retiré d'un commerce de cartes géographiques (après avoir résigné en faveur de son fils), vivant paisiblement *dans un petit logement à part* (5), débonnaire vieillard bavard, —

(1) En français et en italiques dans le texte.
(2) *Id.*
(3) *Id.*
(4) Vol. I, p. 121 (note de Carlyle).
(5) En français et en italiques dans le texte.

ouït la nouvelle le lendemain matin dans son lointain *logement* de l'Estrapade (1) ; et aussitôt se jeta sur ses habits, bien qu'il ne fût pas sorti depuis deux jours, pour aller voir ce qu'il y avait de vrai là-dedans.

« Plusieurs personnes de ma connaissance, que je rencontrai, me dirent qu'elles avaient entendu dire la même chose. J'allai exprès au *Café Procope,* où cette nouvelle faisait le sujet de la conversation parmi plusieurs publicistes, ou gens de lettres, qui en parlaient avec animation. Pour m'en assurer davantage, je me rendis de là au *Quai des Théatins,* où il était descendu la nuit précédente, et où, disait-on, il s'était logé dans un hôtel particulier près de l'église. Débouchant de la Rue de Seine, je vis au loin un grand rassemblement sur le Quai, non loin du Pont-Royal. M'approchant, j'observai que cette presse de gens était réunie devant l'hôtel du Marquis de Villette, au coin de la Rue de Beaune. Je m'enquis de ce que c'était. L'on me répondit que M. de Voltaire était dans la maison, et qu'on attendait là afin de le voir quand il sortirait. On ne savait pas cependant s'il sortirait ce jour-là ; car il était naturel de penser qu'un vieillard de quatre-vingt-quatre ans pouvait avoir besoin d'un jour ou deux de repos. De ce moment, je ne doutai plus de l'arrivée de M. de Voltaire à Paris (2). »

Par un coup d'adresse, Longchamp, après quelque temps, vint à bout de voir son vieux maître, eut un entretien de dix minutes, voulut se jeter à ses pieds ; et sortit en sanglotant, avec de tristes pressentiments. Dix minutes pareilles étaient une grande affaire, car Voltaire avait ses levers et ses couchers, plus suivis que ceux d'aucun Empereur ; princes et pairs se pressaient dans son antichambre, et lorsqu'il sortait, son carrosse était comme le noyau d'une comète, dont la queue s'étendait dans tous les quartiers de la ville. Lui-même, dit Wagnière, exprima son mécontentement sur bien des choses là-dedans. Cependant, il y eut certains applaudissements qui, comme il le confessa, lui allèrent au cœur. Condorcet mentionne qu'une fois une personne dans la foule demandant qui était ce grand homme, une pauvre

(1) Ancien quartier de Paris.
(2) Vol. I, p. 121 (note de Carlyle).

femme répondit : *C'est le sauveur des Calas* (1). D'un
genre tout différent fut le tribut qui lui fut payé par un
charlatan, sur la Place Louis-Quinze, haranguant une
multitude mélangée sur l'art de jongler avec les cartes :
« *Voici*, messieurs », disait-il, « un tour que j'appris, à
Ferney, de ce grand homme qui fait tant de bruit chez
vous, ce fameux M. de Voltaire, notre maître à tous ! »
En fait, il y avait partout autant de pure badauderie
curieuse, et même de ridicule, que de réel enthousiasme.
Le clergé, de son côté, restait à l'écart en groupes mena-
çants ; déjà quelques jésuitiques tambours ecclésiastiques
avaient battu le rappel.

En nous représentant le chétif, vacillant, solitaire vieillard au milieu de tout ceci, comment il considère tout
ceci, clair et alerte, bien que n'ayant plus vigueur et
calme, nous nous sentons attirés vers lui par un certain
lien d'affection, de bienveillante sympathie. Longchamp
dit qu'il paraissait « extrêmement usé, bien qu'encore
« en possession de tous ses sens, et la voix très ferme ».
La petite esquisse suivante, d'un journaliste hostile d'a-
lors, s'est fixée profondément dans notre esprit :

« M. de Voltaire parut en grand costume, le Mardi, pour la
première fois depuis son arrivée à Paris. Il portait un habit
rouge garni d'hermine ; une grande perruque à la Louis XIV,
noire, sans poudre, et sous laquelle son visage desséché était
tellement enfoncé que vous voyiez uniquement ses deux yeux
brillants comme des escarboucles. Sa tête était surmontée
d'un bonnet carré rouge en forme de couronne, qui semblait
seulement posé. Il avait à la main une petite canne à bec ; et
le public de Paris, non accoutumé à le voir en cet accoutre-
ment, riait beaucoup. Ce personnage, singulier en tout, désire
sans doute n'avoir rien de commun avec les hommes ordinaires (2). »

Cette tête, — ce merveilleux microcosme sous la
grande perruque à la Louis XIV (3), — allait être si
vite dégarnie de tous ses ingénieux dons ; ces yeux,
brillants comme des escarboucles, allaient si vite se fer-

(1) En français et en italiques dans le texte.
(2) Vol. II, p. 456 (note de Carlyle).
(3) En français et en italiques dans le texte.

mer dans la longue nuit ! — Il nous faut donner maintenant la cérémonie du couronnement, dont le lecteur peut avoir entendu parler : empruntant de la même main sceptique (1), dont Wagnière, d'ailleurs, se porte garant ; d'autant plus, à vrai dire, que l'on connaît bien le récit plus héroïque de ces circonstances par La Harpe, récit qui diffère à peine du suivant, si ce n'est par le style :

« Le Lundi, M. de Voltaire, prenant la résolution de jouir du triomphe qui lui avait été si longtemps promis, monta dans son carrosse, ce véhicule couleur d'azur, parsemé d'étoiles d'or, qu'un plaisant appelait le char de l'empyrée ; et de la sorte il se rendit à l'Académie Française, qui tenait ce jour-là une séance spéciale. Vingt-deux membres étaient présents. Aucun des prélats, abbés ou autres ecclésiastiques en faisant partie ne voulut y assister, ni prendre part à ces singulières délibérations. Les seules exceptions furent les Abbés de Boismont et Millot, l'un roué de cour, sans rien de sa profession que l'habit ; l'autre un cuistre, n'ayant aucune faveur à attendre ni de la Cour ni de l'Eglise.

« L'Académie sortit à la rencontre de M. de Voltaire : il fut mené au fauteuil du Directeur, que le dignitaire et l'assemblée l'invitèrent à accepter. Son portrait avait été placé audessus. La compagnie, sans tirer au sort, suivant la coutume, passa à ses travaux, et le nomma, par acclamation, Directeur pour le trimestre d'Avril. Le vieillard, une fois installé, se préparait à faire un discours ; mais ils lui dirent que sa santé leur était trop précieuse pour qu'ils l'écoutassent, — qu'ils le réduiraient au silence. M. d'Alembert, par conséquent, occupa la séance en lisant son *Eloge de Despréaux*, lequel avait été déjà communiqué en une occasion publique, et où il avait inséré diverses choses flatteuses pour le visiteur actuel.

« M. de Voltaire alors exprima le désir de visiter le Secrétaire de l'Académie, dont les appartements étaient au-dessus. Il resta quelque temps chez ce Monsieur, et enfin partit pour la Comédie Française. La cour du Louvre, vaste comme elle est, était pleine de monde l'attendant. Aussitôt que son remarquable véhicule parut, un cri s'éleva ; *Le voilà* (2)! Les Savoyards, les marchands de pommes, tout le menu peuple du quartier s'était rassemblé là ; et les acclamations de *Vive Voltaire !* résonnaient comme si elles ne dussent jamais finir. Le Marquis de Villette, qui était arrivé avant, vint l'aider à

---

(1) Le même journaliste hostile cité plus haut, d'après Wagnière.
(2) En français et en italiques dans le texte. Même remarque pour les autres mots indiqués de même.

sortir de son carrosse, où le Procureur Clos était assis à côté
de lui : ils lui offrirent l'un et l'autre leur bras, et purent à
peine le dégager de la presse. A son entrée dans le théâtre,
une foule plus élégante, et saisie d'un véritable enthousiasme
pour le génie, l'entoura : les dames, surtout, se jetaient sur
son chemin, et arrêtaient sa marche, afin de mieux le regarder ; on en vit qui se faufilaient pour toucher ses habits ;
d'autres qui arrachaient des poils de sa fourrure. M. le Duc de
Chartres (1), sans se soucier d'avancer trop près, ne montrait pas, bien qu'à quelque distance, moins de curiosité que
les autres.

« Le saint, ou plutôt le dieu, de la soirée devait occuper la
loge des Gentilshommes de la Chambre (2), en face de celle
du Comte d'Artois. Mme Denis et Mme de Villette y étaient
déjà ; et le parterre était dans une convulsion de joie, guettant
le moment où le poète apparaîtrait. Cela dura jusqu'à ce qu'il
se fût placé sur le siège de devant, entre les dames. Alors un
cri s'éleva : *La Couronne !* et Brizard, l'acteur, vint et posa
la guirlande sur sa tête. « *Ah ! Dieu ! vous voulez donc me
faire mourir ?* » s'écria M. de Voltaire, sanglotant de joie, et
résistant à cet honneur. Il prit la couronne dans sa main, et la
présenta à *Belle-et-Bonne* (3) : celle-ci se déroba ; et le Prince
de Beauveau, saisissant le laurier, le replaça sur la tête de
notre Sophocle, qui ne put plus refuser.

« La pièce (*Irène*) fut jouée, et avec plus d'applaudissements
que d'habitude, bien qu'à peine avec assez pour correspondre
à ce triomphe de son auteur. En même temps, les acteurs étaient
dans l'embarras sur ce qu'ils devaient faire ; et pendant leurs
délibérations la tragédie finit ; le rideau tomba, et le tumulte
était extrême dans la salle, jusqu'au moment où il se releva,
découvrant un spectacle comme celui du *Centenaire*. Le buste
de M. de Voltaire, qui avait été placé peu de temps avant dans
le *foyer* de la Comédie Française, avait été porté sur la scène,
et élevé sur un piédestal ; la troupe entière des comédiens se
tenait autour de lui en demi-cercle, des palmes et des guirlandes aux mains : il y avait déjà une couronne sur le buste.
Le retentissement des fanfares, des tambours, des trompettes
avait annoncé la cérémonie ; et Mme Vestris avait à la main
un papier, où l'on comprit aussitôt qu'étaient écrits des vers,
récemment composés par le Marquis de Saint-Marc. Elle les
récita avec une emphase proportionnée à l'extravagance de la
scène. Ils étaient conçus comme il suit :

(1) Depuis Egalité (note de Carlyle).
(2) Lui-même, comme on ne le sait peut-être que trop, en était
un (note de Carlyle).
(3) La marquise de Villette, une fille adoptive à lui.

Aux yeux de Paris enchanté,
Reçois en ce jour un hommage,
Que confirmera d'âge en âge
La sévère postérité !

Non, tu n'as pas besoin d'atteindre au noir rivage
Pour jouir des honneurs de l'immortalité !

VOLTAIRE, reçois la couronne
Que l'on vient de te présenter ;
Il est beau de la mériter,
Quand c'est la France qui la donne (1) !

« On cria *bis :* l'actrice récita de nouveau. Ensuite, chacun d'eux s'avança et mit sa guirlande autour du buste. Mlle Fanier, en une extase fanatique, l'embrassa, et tous les autres l'imitèrent.

« Cette longue cérémonie, accompagnée de *vivats* infinis, étant terminée, le rideau tomba de nouveau ; et lorsqu'il se releva pour *Nanine,* une des comédies de M. de Voltaire, on vit son buste à droite de la scène, où il resta pendant toute la représentation.

« M. le comte d'Artois ne voulut pas se montrer trop ouvertement ; mais ayant été informé, d'après ses ordres, aussitôt que M. de Voltaire parut au théâtre, il s'y était rendu *incognito ;* et l'on pense que le vieillard, une fois qu'il sortit pour un moment, eut l'honneur d'un court entretien avec son Altesse Royale.

« *Nanine* finie, survient un nouveau tumulte ; nouvelle épreuve pour la modestie de notre philosophe ! Il était monté dans son carrosse, mais la foule ne voulait pas le laisser partir ; on se jetait sur les chevaux, on les embrassait : quelques jeunes poètes criaient même de les dételer, et de traîner le moderne Apollon chez lui avec leurs propres bras ; malheureusement, il ne se trouva pas assez d'enthousiastes pour s'engager volontairement à ce service, et on lui permit enfin de partir, non sans *vivats,* qu'il put entendre encore sur le Pont-Royal, et même jusque dans sa propre maison...

« M. de Voltaire, en rentrant chez lui, sanglota de nouveau ; et il protesta avec modestie que s'il avait su que le public eût dû faire tant de folies, il n'y serait pas allé. »

Sur tous ces actes merveilleux nous laisserons nos

(1) Comme Dryden disait de Swift, ainsi pouvons-nous dire : Notre cousin Saint-Marc n'a point de disposition pour la poésie (note de Carlyle).

lecteurs à leurs réflexions ; remarquant seulement que ceci arriva le 30 mars (1778), et que le 30 mai, vers la même heure, l'objet de cette extraordinaire adulation était à l'article de la mort ; la bière déjà prête à recevoir ses restes, qu'on dut même inhumer à la dérobée. « Il expira », dit Wagnière, « vers onze heures un quart « du soir, avec la plus parfaite tranquillité, après avoir « enduré les plus cruelles souffrances, conséquence de « ces fatales drogues, que sa propre imprudence, et sur- « tout celle des personnes qui auraient dû y prendre « garde, lui fit avaler. Dix minutes avant son dernier « soupir, il prit la main de Morand, son valet-de-chambre « qui veillait à son chevet, la pressa, et dit : *Adieu, mon* « *cher Morand, je me meurs* (1). Ce sont là les derniers « mots prononcés par M. de Voltaire (2). »

(1) En français et en italiques dans le texte.

(2) Sur la maladie de Voltaire, et sur sa conduite à son lit de mort, maints sots ouvrages ont été écrits, sur lesquels il n'est nécessaire de rien dire. La conduite du clergé de Paris, à cette occasion, semble totalement indigne de son habit ; et la récompense que reçurent ces individus, autant que cela les concerne, ne fut pas inappropriée : celle de se trouver une fois de plus dupés, une fois de plus *persiflés*, en sa décrépitude finale, par cet étrange vieillard, qui, en sa vigueur, leur avait fait, à eux et à d'autres, tant de mal. Sûrement, les agonies du départ d'un de nos semblables, lorsque l'esprit de notre frère, emporté dans les tourbillons et dans les lourdes vapeurs spectrales de la mort, cherche obscurément quelque secours, et qu'il n'y a point de secours, ne sont point des scènes où une foi sage voudrait trouver des motifs d'exulter, lorsqu'elle ne peut plus espérer d'apporter un allègement ! Pour le reste, s'arrêter plus longtemps à leurs creuses histoires d'horreurs des derniers moments, de remords et autres choses à l'avenant, écrire sur elles, y croire ou n'y point croire, ou les discuter en quelque manière, ne serait qu'une continuation de la même ineptie. Celui qui, après la fin imperturbable de tant de Cartouches et de Thurtells, en tout âge du monde, peut continuer à regarder la manière dont un homme est mort comme un critérium de son orthodoxie religieuse, peut se flatter d'être inaccessible à la simple logique terrestre. Voltaire avait assez de souffrances, et de souffrances humiliantes à affronter, sans qu'il s'y en ajoutât aucune autre, provenant du désespoir théologique. Sa dernière entrevue avec le clergé, qui avait été envoyé par ses amis, afin que les cérémonies funèbres ne lui fussent point refusées, est décrite de la sorte par Wagnière, comme elle l'a été par tous les auteurs dignes de foi qui l'ont rapportée :

« Deux jours avant cette triste mort, M. l'abbé Mignot, son neveu, « alla chercher le curé de Saint-Sulpice et l'abbé Guatier, et les « amena au chevet de son oncle. Celui-ci, averti que l'abbé Guatier

Nous avons encore à considérer cet homme dans sa capacité spécialement intellectuelle, qui, comme pour tout homme de lettres, doit être regardée comme le plus clair, et, à tous égards pratiques, comme le plus important de ses aspects. Le don et l'acquis intellectuel de Voltaire, son talent ou son génie comme homme littéraire, se découvrent à nous en une série d'Ecrits, sans exemple, croyons-nous, sous deux rapports, — leur étendue et leur diversité. Il n'y a peut-être pas d'écrivain, non pas simplement compilateur, mais écrivant d'après son invention ou son élaboration personnelle, qui ait laissé derrière lui tant de volumes ; et si, à l'appréciation purement arithmétique, nous ajoutons une appréciation critique, la singularité est encore plus grande ; car ces volumes ne sont pas écrits sans témoigner du soin et de la préparation voulus. On n'y trouvera peut-être pas un seul traité absolument faible et confus, voire même une seule phrase faible et confuse. Pour la variété, d'autre part, ils roulent sur presque tous les sujets humains ; depuis la Théologie jusqu'à l'Economie Domestique, depuis la Lettre Familière jusqu'à l'Histoire Politique ; depuis la Pasquinade jusqu'au Poème Epique. Quelque don étrange, ou réunion de dons, doit avoir été à l'œuvre ici ; car le résultat est, du moins, au plus haut degré, peu commun, et fait pour émerveiller, sinon pour être admiré.

Si, sous toute cette mobilité multicolore, nous essayons de déchiffrer les traits essentiels, distinctifs de l'intelligence de Voltaire, il nous semble que nous y trouvons le

---

« était là : « Ah ! bien », dit-il, « faites-lui mes compliments et mes
« remerciements. » « L'abbé lui dit quelques mots, l'exhortant à la
« patience. Alors le curé de Saint-Sulpice s'avança, s'étant annoncé
« lui-même, et demanda à M. de Voltaire, en élevant la voix, s'il
« reconnaissait la divinité de Notre Seigneur Jésus-Christ ? Le ma-
« lade avança l'une de ses mains sur la *calotte* du curé, le repous-
« sant, et cria, se tournant brusquement de l'autre côté : *Laissez-*
« *moi mourir en paix !* (a). Le curé vraisemblablement considéra
« sa personne comme souillée et sa coiffure déshonorée par le con-
« tact d'un philosophe. Il se fit donner un petit coup de brosse par
« la garde-malade, et puis sortit avec l'abbé Gautier. » Vol. I,
p. 161. (Note et citation de Carlyle.)

(a) En français et en italiques dans le texte.

pendant de notre théorie de son caractère moral ; comme
nous devons le faire, à vrai dire, si cette théorie est exacte :
car la nature pensante et la nature morale, distinguées
par les nécessités du langage, n'ont pas en elles-mêmes une
telle distinction ; mais, justement examinées, montrent
dans chaque cas la sympathie et la correspondance le
plus strictes, ne sont, à vrai dire, que de différentes
phases de la même indissoluble unité, — un vivant
esprit. Dans la vie, on a trouvé Voltaire sans droit véritable au titre de philosophe ; et maintenant, en littérature, et pour des raisons identiques, nous constatons
en lui les mêmes insuffisances. Ici encore, ce que nous
reconnaissons, ce n'est point la grandeur, mais l'extrême degré même de l'adresse ; non point la force,
autant que l'agilité ; non point la profondeur, mais l'é-
tendue superficielle. Cette habileté vraiment surprenante semble plutôt la combinaison sans pareille de
nombreux talents communs, que l'exercice de quelque
talent plus fin ou plus haut : car ici encore le manque de
sérieux, d'intense continuité, lui est fatal. Il a l'œil du
lynx ; il voit plus profond, au premier coup d'œil, qu'aucun autre homme ; mais il ne donne pas un second coup
d'œil. Aussi la Vérité, qu'on a dit dès longtemps vivre
dans un puits pour le philosophe, lui demeure-t-elle le
plus souvent cachée ; nous pouvons dire toujours cachée,
si nous prenons la plus haute et seulement la philosophique espèce de Vérité ; car celle-ci ne se révèle à
aucun mortel sans une tout autre sorte de méditation
que celle que Voltaire semble lui avoir toujours accordée. En fait, ses déductions sont uniformément d'une
nature procédurière, argumentative, immédiatement pratique ; souvent vraies, nous l'admettons, dans leur mesure relative ; mais non toute la vérité ; et fausses, à les
prendre pour le tout. En ce qui concerne le sentiment,
il en va de même chez lui : il est, en général, humain,
doucement affectueux, non sans des touches de noblesse,
mais léger, incertain, discontinu ; « un alerte esprit fort.
toutes les choses en une heure. » Il n'est point Poète et
Philosophe, mais un agréable Chanteur et Harangueur
populaire : en tous sens, et en tous styles, un *Concio-
nator*, qui, la plupart du temps, finira par devenir un

personnage tout différent. Il est vrai, dans cette dernière province, il est sans rival; pour un tel auditoire,
le mieux approprié et le plus parfaitement persuasif de
tous les prédicateurs : mais dans maintes provinces beaucoup plus hautes, il n'est ni parfait ni sans rival; il a
été souvent surpassé; il a été surpassé même dans son
temps et dans son pays. Comme décisive, absolue, en
quelque mesure gigantesque force d'esprit, il est bien
inférieur à Diderot : avec toute la vivacité il n'a point la
douce élégance, avec plus que l'esprit il n'a qu'une petite portion de la sagesse qui appartenaient à Fontenelle :
de même que pour la sensibilité réelle, aussi bien que
pour l'art de la rendre, pour le pathétique, l'élévation et
l'éloquence sérieuse, il ne peut, faisant toutes les ré-
ductions équitables, et il y en a beaucoup, être comparé
à Rousseau.

Sans doute, une étonnante fécondité, adresse ; une
ouverture aussi, une universelle susceptibilité d'esprit,
doivent lui avoir appartenu. Aussi peu pouvons-nous
nier qu'il manifeste une assidue persévérance, une capacité d'effort soutenu, étrange chez un homme si léger,
en même temps qu'une entente consommée à ménager
et à diriger sagement son effort. L'érudition même
qu'il a amassée, en admettant, ce qui n'est que partiellement vrai, que c'était une superficielle érudition
faite de souvenirs, aurait pu le rendre remarquable, ne
fût-ce que comme simple commentateur à la mode de
Hollande (1). Des *Principes* de Newton jusqu'au *Shaster*
et aux *Védas*, rien ne lui a échappé : il a jeté un coup
d'œil dans toutes les littératures et toutes les sciences ;
il les a même étudiées, car il peut, sur elles toutes, dire
un mot raisonnable. On sait, par exemple, qu'il a
compris Newton alors que personne en France ne le
comprenait : en vérité, ses compatriotes peuvent voir
en Voltaire celui qui a fait pour eux la découverte de
l'Angleterre intellectuelle ; — une découverte, il est
vrai, plus digne de Curtis que de Colomb, mais qui
en son temps restait encore à faire. Bien plus, il

(1) « Dutch commentator », parce que la Hollande était alors le
pays classique de l'érudition.

apporte de toutes parts une nouvelle lumière dans son pays : désormais, pour la première fois, aux yeux ébahis des Français en général, il devient clair que la Pensée a effectivement une sorte d'existence dans les autres royaumes ; que quelques lueurs de civilisation s'étaient levées çà et là sur l'espèce humaine, antérieurement au *Siècle de Louis Quatorze*. Des connaissances de Voltaire en Histoire, du moins dans ce qu'il appelait l'Histoire, qu'elle soit civile, religieuse, ou littéraire ; de son innombrable, indescriptible collection de faits, recueillis à toutes les sources, — dans les Chroniques et Papiers d'Etat de l'Europe, dans les *Zends* orientaux et les *Talmuds* juifs, nous n'avons à rappeler le souvenir à aucun lecteur. Il a été objecté que son information était souvent empruntée et de seconde main ; qu'il avait ses piocheurs et ses pionniers, qu'il consultait habilement, comme de vivants dictionnaires, quand besoin était. Ceci encore semble partiellement vrai, mais n'enlève que peu à notre estimation le concernant : car l'habileté à emprunter *de la sorte* est plus rare même que le pouvoir de prêter. L'érudition de Voltaire n'est pas un simple cabinet de curiosités, mais vraiment un musée dont le but est d'instruire ; chaque objet est à sa place, et là pour son usage : nulle part nous ne trouvons confusion ou vain étalage; partout l'intention, l'instruction et l'ordre le plus clair.

Peut-être est-ce précisément cette faculté d'Ordre, de rapide, net Arrangement, qui est à la racine des meilleurs dons de Voltaire ; ou plutôt, devrions-nous dire, c'est de cette vive, exacte vision intellectuelle que, pour un esprit de quelque intensité, l'Ordre naturellement résulte. La claire, rapide vision, et le méthodique arrangement qui en sort, sont regardés comme des qualités particulièrement Françaises ; et Voltaire, en tous temps, les manifeste à un degré plus que Français. A peine a-t-il jeté les yeux sur n'importe quel sujet, en un moment il voit, bien qu'à vrai dire seulement à une courte profondeur, mais avec une instinctive décision, où se trouve sa portée maîtresse, à cette courte profondeur ; ce qui est, ou ce qui paraît être, sa logique cohérence ; comment les causes se lient aux effets ; comment l'en-

semble doit être saisi, et, en une suite lucide, représenté
à son propre esprit ou aux autres esprits. Sous ce rapport, d'ailleurs, il est heureux pour lui qu'au-delà de la
courte profondeur dont il vient d'être question sa vue, à
proprement parler, ne devienne pas obscure, mais se
termine absolument : de la sorte, il n'y a rien au-delà
qui lui soit une occasion de méprise ; n'a-t-il pas déjà
jeté la sonde dans cette base de Ténèbres sans fond sur
laquelle toutes choses reposent solidement? Ce qui gît
au-dessous est illusion, imagination, quelque forme de
superstition ou de Folie, qu'il rejette complètement,
n'ayant aucun doute là-dessus. En conséquence, il est le
plus intelligible des écrivains ; partout transparent au
premier coup d'œil. Il n'est aucune de ses peintures ou
de ses dissertations qui n'ait point son sens entier écrit
sur le front ; tout est précis, tout est parfaitement
ajusté ; ce clair esprit d'Ordre se montre dans l'ensemble, et dans chaque ligne de l'ensemble.

Si nous disons que ce pouvoir d'Arrangement, en tant
qu'appliqué à la fois à l'acquisition et à la communication des idées, est la plus utile des facultés de Voltaire
dans toutes ses entreprises, nous ne dirons rien de singulier : car prenez le mot dans sa plus large acception,
et ce pouvoir comprend l'office tout entier de l'Entendement, logiquement ainsi appelé ; il est le moyen par
lequel l'homme accomplit tout ce qui, dans le sens de la
force extérieure, a été rendu possible pour lui ; surmonte
tous les obstacles pratiques, et s'élève jusqu'à être le
« roi de ce bas monde ». Il est l'organe de toute cette
Connaissance qui peut proprement être considérée
comme synonyme de Puissance ; car par là l'homme s'a-
dapte à un but sage, dans les voies infinies de la Nature, et multiplie sa propre chétive force à un degré illimité. Il a été dit aussi que l'homme peut s'élever jusqu'à être le « dieu de ce bas monde » ; mais qu'il est des
sommets beaucoup plus élevés, qu'on ne peut atteindre
par le pouvoir d'une telle connaissance, mais bien au
moyen d'une tout autre espèce de puissance, pour laquelle
Voltaire en particulier montre difficilement quelque aptitude.

En réalité, aussi volontiers que nous ayons reconnu

son esprit de Méthode, avec ses nombreuses applications, nous sommes loin de lui accorder, dans quelque mesure sensible, la plus haute des louanges dans les choses de la pensée, ou de la littérature, la louange d'une Méthode philosophique, encore moins d'une Méthode poétique; méthodes qui, spécialement la dernière, doivent être le fruit d'un sentiment profond aussi bien que d'une vision claire, — du génie aussi bien que du talent; et qui se trouveront bien plus vraisemblablement dans les compositions d'un Hooker (1) ou d'un Shakespeare que dans celles d'un Voltaire. La Méthode discernable dans Voltaire, et ceci pour tous les sujets possibles, est une Méthode purement d'affaires. L'ordre qui s'en dégage n'est point Beauté, mais, au mieux, Régularité. Ses objets ne se trouvent pas autour de lui en un groupement pittoresque, sans s'y trouver toujours en un groupement scientifique; mais plutôt en rangées commodes, où l'on peut voir et atteindre chacun d'eux, comme les marchandises dans un entrepôt bien tenu. Nous pourrions dire qu'il n'y a pas la profonde symétrie naturelle d'une forêt de chênes, mais la simple symétrie artificielle d'un lustre de salon. Comparez, par exemple, le plan de la *Henriade* à celui de notre si barbare *Hamlet*. Le plan de la première est un diagramme géométrique de Fermat (2), celui du dernier un carton de Raphaël. La *Henriade*, à mesure que nous en voyons l'ensemble, est un palais des Tuileries, poli et bâti en carré : *Hamlet* est un mystérieux Valhalla pavé d'étoiles et la demeure des dieux.

Cependant, le style de la Méthode de Voltaire est, avons-nous dit, un style d'affaires ; et pour ce qu'il se propose, plus utile que n'importe quel autre. Il le mène rapidement à travers son œuvre et y mène rapidement son lecteur ; il y a une prompte intelligence entre les deux ; le sens tout entier est clairement communiqué, et compris sans effort. De ceci aussi il peut résulter que

(1) HOOKER (Richard), 1554-1600, théologien, auteur d'un ouvrage sur *le Gouvernement ecclésiastique*.
(2) FERMAT (Pierre), 1601-1665, grand géomètre, ami de Descartes.

Voltaire plaise aux jeunes plus qu'aux vieux ; que la première lecture qu'on en fait plaise mieux que la seconde, si d'ailleurs une seconde lecture est jamais jugée nécessaire. Mais le mérite (et il est considérable) que le plaisir et le profit de cette première lecture présupposent lui doit être honnêtement accordé. Là, nous semble-t-il, gît la grande qualité de tous ses ouvrages. Ces Histoires de sa manière, par exemple, on sent, en dépit de leur étincelante rapidité et de leur air intelligent de pénétration philosophique, qu'elles sont parmi les plus creuses de toutes les histoires ; de simples nomenclatures d'occurrences extérieures, de batailles, d'édifices, d'actes législatifs, et d'autres phénomènes tout superficiels : mais en tant que claires nomenclatures, bien disposées pour la mémoire, et récitées d'un ton animé, nous les écoutons avec satisfaction, et apprenons quelque peu ; nous apprenons beaucoup, si en commençant nous ne savions rien. Parfois même le résumé, dans son arrangement habile bien que compact et ses exposés brillants et précis, a presque un mérite poétique aussi bien que didactique. *Charles XII* peut passer encore pour un modèle de ce genre, souvent essayé, de biographie : les détails les plus clairs sont donnés en un minimum de mots : nous avons des esquisses d'hommes et de pays étrangers, de guerres, d'aventures, de négociations, en un style qui, pour la brièveté graphique, rivalise avec celui de Salluste. C'est une gravure au trait, sur une échelle réduite, de ce Suédois et de sa folle vie ; sans couleurs, mais non sans les raccourcis et sans l'observation de la perspective, ni même absolument sans les harmonies plus profondes qui appartiennent à un vrai tableau. Sous le rapport de la composition, quoi qu'on puisse dire de sa justesse ou de sa valeur à d'autres égards, nous ne pouvons que considérer cet ouvrage comme de beaucoup la meilleure des Histoires de Voltaire.

Dans ses autres œuvres en prose, dans ses nouvelles et ses innombrables essais et pièces fugitives, la même clarté d'ordre, la même rapide précision de coup d'œil, constitue encore un mérite distinctif, Ses *Zadigs*, ses *Baboucs*, ses *Candides*, qui, considérés comme produits de l'imagination, sont peut-être plus appréciés chez les

étrangers qu'aucun de ses ouvrages ouvertement poétiques, restent animés de cette sorte de vie intellectuelle : les
coups d'œil les plus pénétrants, bien que jetés d'un point
de vue oblique, au moins à la surface de la vie humaine,
dans le vieux monde familier des affaires, qui, à vrai
dire, présenté de ce point de vue oblique, a l'air assez
oblique et offre quantité de ridicules combinaisons.
L'Esprit, manifesté principalement dans ces ouvrages et
autres de cet ordre, mais toujours jaillissant en une
abondance illimitée, à moins d'être exprès retenu, de
l'intelligence de Voltaire, a été souvent et dûment célé-
bré. Il se trouvait profondément enraciné dans sa nature ;
l'inévitable produit d'un tel entendement et d'un tel
caractère, et il était fait dès le début, ce qui se vérifia
effectivement dans la dernière période de la vie de Voltaire, pour devenir le principal dialecte dans lequel Voltaire parla et même pensa.

En rendant toute justice à l'inépuisable facilité, à la
force agile, au poli subtil de l'Esprit de Voltaire, nous
pouvons remarquer, en même temps, qu'il n'était nullement la plus haute espèce d'emploi pour une intelligence
comme la sienne ; qu'à vrai dire il se range essentiellement dans l'espèce la plus inférieure même du Ridicule.
Il est toujours une simple plaisanterie logique ; une gaieté
de la tête, non du cœur ; c'est à peine s'il y a un scin-
tillement d'Humour dans la totalité de ses innombrables
saillies. L'esprit de cette sorte ne peut conserver une
modeste tranquillité, un grave mais infiniment bienveillant aspect, réchauffant le plus intime de l'âme d'une
vraie joie affectueuse ; il n'a même pas la force de rire
franchement, il peut seulement rire du bout des lèvres,
ricaner. Il provient, non d'une tendre sympathie en-
jouée, mais du mépris, ou tout au mieux de l'indifférence. Sa relation à l'Humour est celle de la Prose à
la Poésie, dont Voltaire, dans ce domaine du moins,
ne montre nul indice. La plus délibérément plaisante
de ses compositions, *la Pucelle*, qu'on ne saurait, pour
d'autres motifs, recommander à aucun lecteur, n'a pas
de mérite supérieur à celui d'une audacieuse caricature.
Certes, il n'est pas un bouffon ; rarement ou jamais il
ne viole les règles, nous ne dirons pas de la bienséance,

mais de la bonne éducation : il a droit à cette louange négative. Mais quant à quelque prétention à une louange positive, cela ne se peut justifier. Nous cherchons en vain, dans tous ses écrits, un seul trait digne d'un *Don Quichotte* ou d'un *Shandy* ; ou même d'un *Hudibras* ou d'une *Bataille des Livres.* A vrai dire, l'on a observé plus d'une fois que l'Humour n'est pas un don national des Français de ces derniers temps; que depuis les jours de Montaigne elle semble avoir à peu près disparu de chez eux.

Considéré dans sa capacité technique de Poète, Voltaire ne saurait, à présent, nous retenir très longtemps. Là aussi son excellence est surtout intellectuelle et se manifeste sous les espèces d'une méthode d'affaires. Chaque chose est bien calculée pour une fin donnée; il y a la plus grande propriété de sentiment, d'incidents, de combinaison générale. Il n'est pas dépourvu non plus d'un enthousiasme qui parfois ressemble à l'inspiration ; il a toujours une sympathie certaine pour les personnages qu'il met en scène ; avec une sensibilité de caméléon il prend quelque nuance de chaque objet ; s'il ne peut *être* cet objet, il le représente du moins plausiblement. Aussi avons-nous un résultat partout conséquent avec lui-même ; une invention, non dépourvue de jolis détails et d'aspects brillants, qui plaît en donnant le plaisir bien connu de la « difficulté vaincue », et en montrant la correspondance des moyens avec la fin. Que la partie plus profonde de notre âme reste silencieuse, non émue de tout ceci ; reconnaissant, non pas l'universelle, éternelle Beauté, mais seulement une Elégance de mode, moins l'œuvre d'une création poétique qu'un procédé de toilette, cela n'a point lieu de surprendre. Cela signifie seulement que Voltaire était un poète Français, et qu'il écrivait selon le goût et l'exigence du peuple Français de cette époque. Nous avons vu, depuis longtemps, que la poésie Française visait à un résultat différent du nôtre ; que sa splendeur était ce que nous appellerions une inerte, artificielle splendeur ; non pas la multiple, douce et chaude gloire de la Nature, mais une splendeur froide, comme de métal poli.

En somme, quand on lit la poésie de Voltaire, il ne

faudrait jamais oublier cette aventure du *Café Procope*.
Il n'était pas incapable de prendre égard, s'il eût vu les
autres en faire autant, à ce qu'il y a de plus profond
dans la nature de la poésie ; et il n'a pas manqué çà et
là de jeter un coup d'œil dans cette direction : mais
quels avantages de telles entreprises pouvaient-elles lui
valoir dans le *Café Procope?* En quoi cela pouvait-il
profiter à sa « renommée » précieuse par-dessus tout,
qu'il les poursuivît plus longtemps ? A la fin, il semble
s'être réconcilié volontiers avec les us et coutumes, et
s'être uniquement efforcé de faire mieux ce qu'il voyait
tous les autres faire. Cependant, son credo poétique
privé, qui ne pouvait être un credo libéral, n'était pas tout
à fait aussi bigot qu'on eût pu s'y attendre. Cette censure de Shakspeare, qui provoqua une contre-censure
en Angleterre, méritait peut-être plutôt une « épitre
de recommandation », tout bien considéré. Il appelle
Shakspeare « un génie plein de force et de fécondité, de
naturel et de sublimité », bien que malheureusement
« sans la moindre lueur de bon goût, ou la plus légère
connaissance des règles » ; ce qui, dans le dialecte
de Voltaire, n'est point si faux, Shakspeare n'ayant
réellement à peu près nul *bon goût* (1) Parisien, et marchant sur « les règles » aussi souvent qu'il le juge à
propos, avec la plus étonnante tranquillité. Après un
assez bon compte-rendu d'*Hamlet*, la meilleure de ces
« *farces monstrueuses qu'on appelle tragédies* » (2),
où, cependant, il y a « des scènes si belles, des passages
si grands et si terribles », Voltaire s'y prend de la sorte
pour résoudre deux grands problèmes :

« Le premier, comment tant de merveilles purent s'accumuler dans une seule tête, car l'on doit confesser que toutes les
pièces du divin Shakespeare sont écrites dans ce goût : le
second, comment les esprits purent avoir été assez élevés pour
entendre ces pièces avec transport; et comment il se fait
qu'elles soient encore recherchées, dans un siècle qui a produit le *Caton* d'Addison ?

« Notre étonnement à l'égard du premier prodige cessera,
lorsque nous saurons que Shakespeare prit toutes ses tragédies

(1) En français et en italiques dans le texte.
(2) *Id.*

dans des histoires ou des romans; et qu'en ce cas il ne fît que tourner en vers le roman de *Claudius, Gertrude et Hamlet*, écrit d'un bout à l'autre par Saxo Grammaticus, à qui en revient le mérite.

« La seconde partie du problème, c'est-à-dire le plaisir que l'on prit à ces tragédies, présente un peu plus de difficulté; mais en voici la solution, d'après les réflexions profondes de certains philosophes.

« Les porteurs-de-chaise anglais, les matelots, cochers de fiacre, garçons de boutique, bouchers, les commis même, sont passionnément épris de spectacles; offrez-leur des combats de coqs, des combats de taureaux, des assauts d'armes, des enterrements, des duels, des pendaisons, des sorcelleries, des apparitions, ils y courent en foule; ajoutez qu'il y a plus d'un patricien aussi curieux que la populace. Les citoyens de Londres trouvaient, dans les tragédies de Shakspeare, une satisfaction suffisante pour une telle tournure d'esprit. Les courtisans furent obligés de suivre le torrent: comment pouvez-vous empêcher d'admirer ce que la partie la plus sensible de la ville admire? Il n'y avait rien de mieux depuis cent cinquante ans: l'admiration grandit avec le temps, et devint une idolâtrie. Quelques traits de génie, quelques vers heureux pleins de force et de naturel, dont vous vous souvenez en dépit de vous-même, rachetèrent le reste, et bientôt la pièce entière réussit grâce à quelques beautés de détail (1). »

C'est là, vraiment, une commode petite théorie, qui jette de la lumière sur plus d'une chose. Elle est d'ailleurs écrite en termes doux, comparativement parlant. Frédéric le Grand, par exemple, rend ainsi son verdict:

« Pour vous convaincre du misérable goût qui jusqu'à ce jour prévaut en Allemagne, vous n'avez qu'à entrer dans les théâtres publics. Vous y verrez jouer les abominables pièces de Shakspeare, traduites dans notre langue, et tout l'auditoire se pâmant d'aise en écoutant ces ridicules farces, dignes des sauvages du Canada. Je les appelle ainsi, parce qu'elles pèchent contre toutes les règles du théâtre. On peut pardonner ces saillies insensées chez Shakspeare, parce que la naissance des arts n'est jamais le point de leur maturité. Mais ici, en ce moment même, nous avons un *Gœtz de Berlichingen*, qui vient juste de faire son apparition sur la scène; une

(1) *Œuvres*, t. XLVII, p. 300 (note de Carlyle).

détestable imitation de ces misérables pièces anglaises ; et le parterre applaudit, et demande avec enthousiasme la réitération de ces dégoûtantes platitudes (1) ».

Nous n'avons pas cité ces critiques en vue de les combattre ; mais simplement pour reconnaître où en sont les critiques eux-mêmes. Ce passage de Frédéric a précisément une touche de pathétique en lui ; peut être regardé comme le cri d'agonie du « *Goût* » dans ce pays, du Goût qui se voit soudain assiégé par d'étranges, effrayantes Influences Surnaturelles, qu'il prend pour Sorcellerie laponne et jongleries à la Cagliostro ; influences qui vont cependant grandissant autour de lui, irrépressibles, plus haut, toujours plus haut ; si bien qu'il se noie, son claque à la main, dans un océan de *dégoûtantes platitudes* (2). En somme, il semblerait que les vues de Voltaire sur la poésie étaient radicalement différentes des nôtres ; qu'en fait, de ce que nous appellerions strictement poésie, il n'avait pour ainsi dire pas la moindre idée. Une Tragédie, un Poème, pour lui, ne doit pas être « une manifestation de la Raison de l'homme sous des formes appropriées à son Sens » ; mais plutôt une danse-des-œufs très complexe, qui se danse devant le Roi, sur un air donné et sans casser un seul œuf. Cependant, rendons-lui justice, ainsi qu'à la poésie française en général. Cette dernière est un produit particulier de nos âges modernes ; elle a été laborieusement cultivée, et elle n'est point sans avoir sa valeur propre. Nous avons à remarquer aussi, comme un fait curieux, qu'elle a été, à tel ou tel moment, transplantée dans tous les pays, Angleterre, Allemagne, Espagne ; mais, bien que sous les rayons de la protection royale, sans prendre racine nulle part. Même, elle semble à cette heure tomber en poudre et en feuilles jaunies dans son propre sol natal : on a déjà vu la cognée approcher de sa racine ; et il se peut qu'avant longtemps cette espèce de poésie soit pour les Français, ce qu'elle est pour toutes les autres nations, un souve-

---

(1) *De la Littérature Allemande* ; Berlin, 1780. Nous citons d'après la compilation intitulée *Gœthe in den Zeugnissen der Mitlebenden*, p. 124 (note de Carlyle).

(2) En français et en italiques dans le texte.

nir agréable. Mais les Français de l'âge précédent l'aimaient avec ferveur ; pour eux elle doit avoir eu une véritable valeur : à vrai dire, nous pouvons comprendre comment, lorsque la Vie elle-même consistait si fort en Parades, ces représentations de la Vie peuvent avoir été les seules appropriées. Et maintenant que la nation se sent appelée à une plus grave et plus noble destinée parmi les nations, le besoin d'une nouvelle littérature commence aussi à être senti. Jusqu'à présent, en considérant leurs trop confuses et âpres controverses de *Romanticistes* et *Classicistes*, nous ne pouvons trouver que nos ingénieux voisins aient fait beaucoup plus que de débuter dans cette entreprise ; mais enfin, c'est un commencement, semble-t-il : ils se trouvent dans ce que nous pouvons appeler l'état éclectique ; essayant de toutes choses, Allemande, Anglaise, Italienne, Espagnole, avec une candeur et un réel amour du progrès, qui sont les meilleurs présages d'un succès encore plus grand. Des dons particuliers des Français, et de leur particulière position spirituelle, nous pouvons attendre, pourvu qu'ils atteignent une fois de plus à un style original, maints bénéfices importants, et d'importantes contributions à la Littérature Universelle. En attendant, si nous considérons et estimons dûment ce que ce peuple a, dans les temps passés, accompli, Voltaire doit toujours être compté parmi ses plus méritoires Poètes. Inférieur à Racine pour ce que nous pouvons appeler le tempérament poétique général ; grandement inférieur, sur quelques points de ce tempérament, à Corneille, il a une vivacité intellectuelle, une prestesse à la fois de vision et d'invention, qui n'appartient à aucun de ces deux-là. Nous croyons qu'à l'étranger ses Tragédies, des œuvres comme *Zaïre* et *Mahomet*, sont de beaucoup les plus estimées de cette école.

Du reste, ce n'est nullement comme Poète, Historien ou Nouvelliste, que Voltaire occupe une place éminente en Europe ; mais c'est principalement comme Polémiste religieux, comme véhément antagoniste de la Foi Chrétienne. Considéré sous ce dernier caractère, il peut donner lieu à maintes graves réflexions, dont on ne peut ici que tout au plus esquisser une faible partie. Nous pou-

vons dire, en général, que son style de controverse est à
l'avenant de lui-même ; un style ni plus haut, ni plus
bas, ou à peine, que ce qu'on pouvait attendre de
sa part. De même qu'au point de vue moral Voltaire
ne manquait nullement d'amour pour la vérité, mais
en même temps avait, plus profondément encore, l'amour
de son propre intérêt dans la vérité, était, par conséquent, intrinsèquement, non pas un Philosophe, mais
un Trivialiste (1) tout à fait accompli ; de même, au
point de vue intellectuel, il se montre ingénieux et adroit
plutôt que noble ou compréhensif ; il lutte pour la vérité
ou la victoire, non pas avec la méditation patiente, mais
avec le sarcasme léger ; de la sorte, une victoire momentanée est, sans doute possible ; mais il ne faut s'attendre à guère de Vérité, à guère de ce qu'on peut nommer
Vérité, spécialement en des matières comme celle-ci.

Nul, supposons-nous, ne prétendit jamais pour Voltaire à quelque louange d'originalité dans cette discussion ; nous supposons qu'il n'y a pas une seule idée de
quelque importance, relative à la Religion Chrétienne,
dans tous ses divers écrits, qui n'ait été énoncée à plusieurs reprises avant que ses entreprises aient commencé.
Les travaux d'une multitude très mêlée, depuis Porphyre
jusqu'à Shaftesbury, en y comprenant les Hobbes, les
Tindals, les Tolands (2), certains d'entre eux sceptiques
d'une catégorie beaucoup plus noble, avaient laissé peu
de place pour le mérite en ce genre ; bien plus, Bayle,
son propre compatriote, venait juste d'achever une vie
employée à prêcher un scepticisme exactement semblable,
et avec des méthodes exactement semblables, lorsque
Voltaire apparut dans l'arène. A vrai dire, le scepticisme,
comme nous l'avons déjà observé, était à cette époque
universel en France dans les hautes classes, que Voltaire
fréquentait principalement. C'est seulement pour le mérite et le démérite de moudre ce grain en une nourriture
pour le peuple, et d'induire tant de gens à s'en nourrir,
que Voltaire peut prétendre à quelque singularité. Au

(1) Trivialist.
(2) On connaît ces écrivains anglais anti-religieux. Voltaire leur
doit une part de ses arguments.

surplus, nous ne lui cherchons pas querelle là-dessus : il peut y avoir des cas où le manque d'originalité est précisément un mérite moral. Mais c'est un bien plus sérieux sujet d'offense, qu'il se soit mêlé de religion sans être lui-même, en aucune mesure, religieux ; qu'il soit entré dans le Temple et soit demeuré là, avec une légèreté, qui, dans tout Temple où les hommes adorent, ne saurait convenir à un frère ; qu'en un mot il ait fait ardemment et avec un effort prolongé la guerre au Christianisme, sans comprendre, au-delà de la simple surface, ce qu'était le Christianisme.

L'on doit admettre à présent, nous paraît-il, que son procédé polémique en cette matière est, en somme, un procédé superficiel. Sous toutes ses multiples formes, complications, répétitions, il roule sur un seul point : ce que les Théologiens ont appelé l'« Inspiration plénière des Écritures ». Tel est l'unique rempart que, durant de longues années, et avec d'innombrables béliers et catapultes et canons, il bat infatigablement en brèche. Cédez-lui sur ce point, et il débande sa catapulte : il n'y a rien de plus à quoi il puisse même viser. Que les livres sacrés pouvaient être autre chose qu'un Billet de la Banque-de-la-Foi, pour telle et telle quantité de Jouissance, payable à vue dans l'autre monde, valeur reçue ; billet qui devient du papier de rebut, si la signature est mise en question : — que la Religion Chrétienne pouvait avoir quelque fondement plus profond que les Livres, pouvait fort bien être écrite dans ce que la nature de l'homme a de plus pur, en mystérieux, ineffaçables caractères, par rapport auxquels les Livres et toutes les Révélations et authentiques traditions n'étaient qu'une chose subsidiaire, n'étaient que comme la *lumière* avec laquelle cette divine *écriture* devait être lue ; — rien de cela ne semble, fût-ce d'une manière vague, s'être présenté à son esprit. Là pourtant gît, comme nous croyons que le monde entier a maintenant commencé de s'en apercevoir, l'essence réelle de la question, selon la solution négative ou affirmative de laquelle la Religion Chrétienne, quoi que ce soit qui mérite d'être appelé de ce nom, doit périr, ou durer à jamais. Nous croyons aussi que les esprits les plus sages de notre âge sont déjà tombés d'accord sur cette question, ou plutôt qu'ils ne furent jamais divisés à son sujet. Le Christianisme, le « Culte de la Douleur », a été reconnu divin pour de tout autres motifs que des « Essais sur les Miracles », et par des considérations infiniment plus profondes que celles qui pourraient être de mise dans un simple « jugement par jury ». Celui qui argumente de cette manière, pour ou contre lui, peut-être regardé comme se méprenant sur sa nature : Ithuriel, bien que pour nos yeux il ait un corps et porte tout ce qui est d'une armure, ne peut être blessé par l'acier matériel. Nos pères étaient plus sages que nous, lorsqu'ils disaient avec le sérieux le plus profond, ce que nous entendons souvent dire, par creuse moquerie, que la Religion n'est « pas des Sens, mais de la Foi » ; pas de l'Entendement, mais de la Raison. Celui qui se trouve sans cette dernière, qui, avec toutes ses études, a manqué à la découvrir en lui-même, peut avoir étudié avec grand ou petit effet, nous ne disons pas lequel ; mais de la Religion Chrétienne, comme de bien d'autres choses, il n'a pas et ne peut avoir connaissance.

Nous avons souvent entendu comparer la Doctrine Chrétienne à la Philosophie Grecque, dire qu'on la trouvait, de tous côtés, à un certain degré appréciable, supérieure à elle : mais ceci encore semble une méprise. La Doctrine Chrétienne, cette Doctrine d'Humilité, en tous sens divine et la source de toutes les vertus divines, n'est, par rapport à n'importe quelle doctrine de Socrate ou de Thalès, ni supérieure, ni inférieure, ni égale, étant d'une nature totalement différente ; différant de celles-là comme un parfait Poème Idéal diffère d'un correct Calcul Arithmétique. Celui qui la compare à de tels modèles peut s'affliger que, par delà la simple lettre, le sens de cette divine Humilité ne se soit jamais découvert à lui ; que le plus haut sentiment jusqu'ici accordé au genre humain soit encore caché à ses yeux.

Pour le reste, la question de savoir comment le Christianisme prit naissance est sans doute une haute question ; assez résoluble, si nous ne regardons que sa surface, qui était tout ce que Voltaire apercevait d'elle ; enveloppée dans de sacrées, silencieuses, insondables pro-

fondeurs, si nous recherchons ses significations intérieures ; significations, à vrai dire, qu'il se peut que chaque
nouvelle époque développe pour elle-même d'une nouvelle manière et avec un nouveau degré de lumière ; car
la vérité complète peut être dite infinie, et discernable
pour l'œil de l'homme par parties seulement ; mais la
question elle-même n'est nullement la dernière question
en cette matière.

Nous entendons bien ne pas risquer nous-même une
assertion nouvelle, mais simplement rapporter ce qui
est déjà la conviction des plus grands de notre âge,
lorsque nous disons — que, reconnaissant de bon cœur,
appropriant avec reconnaissance tout ce que Voltaire a
prouvé, ou ce que tout autre homme a prouvé, ou pourra
prouver, la Religion chrétienne, une fois là, ne peut
plus disparaître ; que, sous l'une ou l'autre forme, elle
durera jusqu'à la fin des temps ; que, comme dans l'E·
criture, il est écrit aussi dans le cœur de l'homme :
« les Portes de l'Enfer ne prévaudront point contre elle ».
Le souvenir de cette Foi fût-il jamais si obscurci, — et,
en effet, de tous temps, les grossières passions et perceptions du monde l'ont presque oblitéré dans le cœur de
la plupart, — il trouve cependant dans toute âme pure,
dans tout Poète et tout Homme Sage, un nouveau Missionnaire, un nouveau Martyr, jusqu'à ce que le grand
livre de l'Histoire Universelle soit définitivement fermé,
et que les destinées de l'homme soient consommées sur
cette terre. « C'est un sommet auquel l'espèce humaine
« avait pour destinée et était capable d'atteindre, et
« d'où, l'ayant une fois atteint, elle ne peut jamais re-
« descendre. »

Ces choses, qu'il serait, de notre part, grandement
déplacé d'essayer d'élucider adéquatement ici, ne doivent pas être perdues de vue, quand on apprécie la valeur polémique de Voltaire. Nous n'en trouvons pas
trace, ni d'aucune autre essentielle considération analogue qui lui ait été présente, dans son examen de la
Religion Chrétienne ; et d'ailleurs il n'était pas non plus
compatible avec ses habitudes générales que ces considérations lui eussent été présentes. Totalement dénué
de Respect religieux, même de commun sérieux prati-

que ; par nature et par habitude, indévôt et de cœur et de tête, non seulement sans aucune Croyance, autrement qu'au sens matériel, mais sans la possibilité d'en acquérir aucune, il ne peutêtre un guide sûr ou constamment utile dans cette investigation. Nous pouvons le considérer comme ayant ouvert la voie aux futurs chercheurs doués d'un esprit plus sérieux; mais comme s'étant engagé, pour sa part, dans une entreprise dont la véritable nature lui était à peu près inconnue ; et engagé làdedans avec l'issue à laquelle on pouvait s'attendre en pareil cas ; produisant surtout confusion, dislocation, destruction de tous côtés ; en sorte que le bien qu'il a accompli se trouve encore, de nos jours, mêlé à une alarmante proportion de mal, d'où l'on doute à vrai dire avec raison si beaucoup de ce bien sera jamais séparable.

Nous errerions aussi grandement si, en estimant la quantité, sans du tout prendre garde à la qualité, d'intelligence que Voltaire peut avoir manifestée en cette occasion, nous prenions le résultat produit pour la mesure de la force employée. Sa tâche n'était pas une tâche d'Affirmation, mais de Déni ; non point la tâche de fonder et d'élever, qui est longue et laborieuse ; mais de détruire et de bouleverser, qui, dans la plupart des cas, est rapide et autrement aisée. La force qui lui était nécessaire n'était ni noble, ni grande, mais petite et à maints égards de basse espèce ; le seul point était d'en faire usage avec dextérité et à propos. Le Temple d'Ephèse, dont la construction a demandé bien des têtes sages et bien des bras robustes pendant des vies entières, a pu être *détruit* (1) par un fou, en une heure.

De ces erreurs, insuffisances et méfaits positifs, il nous apparaît qu'une juste critique doit accuser Voltaire : en même temps, nous ne pouvons nullement faire chorus dans la clameur réprobatrice que tant de dignes gens, non sans les meilleures intentions du monde, poussent aujourd'hui contre lui. Tout son caractère semble assez simple, assez courant; seulement des influences étrangères ont grandement perverti notre façon de le juger : et

(1) Build... *un*built.

ce n'est pas non plus, moralement parlant, un caractère pire, mais considérablement meilleur que celui de la masse des hommes. Les mobiles de Voltaire, lorsqu'il s'opposait à la Religion Chrétienne, étaient malheureusement d'une nature mêlée ; mais, après tout, ils ne différaient point, à fort peu de chose près, des mobiles que nous avons vu souvent exploités contre elle, et souvent exploités en sa faveur : quelque désir de trouver la Vérité, avec un vif désir de faire des Prosélytes, qui est, ce dernier, en lui-même un sentiment naturel, universel, et qui, s'il est honnête, est, même dans les pires cas, un sujet de pitié plutôt que de haine. Comme Homme du monde léger, insouciant, poli, Voltaire n'offre point un aspect haïssable ; au contraire, un bienveillant, gai, plutôt aimable aspect : des centaines de gens, dont le caractère n'a pas la moitié de la valeur du sien, meurent quotidiennement, pleurés de leur petit cercle. Il est temps qu'il soit jugé, lui aussi, sur ses qualités intrinsèques, non sur ses qualités accidentelles ; que justice lui soit rendue, à lui aussi, car l'injustice ne peut profiter à personne ni à aucune cause.

En fait, les principaux mérites de Voltaire appartiennent à la Nature et à lui-même : ses principaux défauts sont de son temps et de son pays. Dans cette ère fameuse des Pompadours et des *Encyclopédies*, il est la principale figure ; et il était cela, avons-nous vu, plutôt en ressemblant à la multitude qu'en différant d'elle. C'était un âge étrange, que celui de Louis XV ; un âge sans précédent, sous plusieurs rapports, dans l'histoire du genre humain. Par sa licence et sa dépravation, par la savante culture de toutes les facultés simplement pratiques et matérielles et l'entière torpeur de toutes les facultés purement contemplatives et spirituelles, cette ère ressemble considérablement à celle des Empereurs Romains. Là aussi il y avait splendeur extérieure et malpropreté intérieure ; la plus grande plénitude de tous les arts sensuels, en y comprenant non seulement la cuisine et ses accessoires, mais même les « effets de peinture » et les « effets de style » ; seul l'art de la vie vertueuse était un art perdu. Au lieu de l'Amour de la Poésie, il y avait le « Goût » pour elle ; le raffinement des manières, avec la plus grande grossièreté en morale : en un mot, l'étrange spectacle d'un système social embrassant de larges portions cultivées de l'espèce humaine et uniquement fondé sur l'Athéisme. Chez les Romains, les choses suivirent ce que nous appellerions leur cours naturel : la Liberté, l'esprit public, déclina tranquillement à l'état de *caput mortuum* (1). Egoïsme, Matérialisme, Bassesse, même l'incrédulité à toute possibilité de Vertu, partout se pavanèrent de plus en plus impérieusement; jusqu'à ce que le corps politique, depuis longtemps privé des fluides vitaux de sa circulation, fût enfin devenu une carcasse putride, et tombât en pièces, proie prochaine des loups voraces. Il y eut alors, sous ces Attilas et ces Alarics, un spectacle universel de destruction et de désespoir, en comparaison duquel les « horreurs de la Révolution Française » si souvent commémorées, et toutes les guerres de Napoléon, ne furent que les joyeuses joûtes d'un tournoi auprès du sac des cités prises d'assaut. Notre communauté Européenne n'a pas connu le retour d'aussi terribles extrémités; et ceci, pour des causes qui, peut-on espérer, l'en préserveront toujours. Même, à défaut d'autre cause, l'on peut affirmer que, dans une république où la Religion Chrétienne existe, où son existence s'est une fois affirmée, la Vertu publique et privée, fondement de toute Force, jamais ne peut s'éteindre; mais que dans chaque nouvelle époque, et fût-ce du fond de la pire décadence, il y a une chance, et, au cours des âges, une certitude de rénovation.

Que la Religion Chrétienne, ou n'importe quelle Religion, continuât d'exister; que quelque héroïsme du martyre vécût encore au cœur de l'Europe pour se lever contre la Tyrannie, alors qu'elle chevauchait triomphante sous sa cotte de mailles, — ce ne fut pas, à vrai dire, un mérite dans l'âge de Louis XV, mais un heureux accident auquel il ne put complètement échapper. Car cet âge lui aussi doit être considéré comme une expérience faite, sur une grande échelle, pour décider de cette question, non encore résolue, semblerait-il, à la satisfaction universelle : Avec quel degré de vigueur peut-

---

(1) On sait qu'en chimie on désigne sous le terme de *caput mortuum* les résidus dont on ne peut plus tirer parti.

on espérer que prospère un système politique fondé sur
le pur intérêt personnel, aussi éclairé qu'on voudra,
mais sans Dieu ou sans aucune reconnaissance du divin
dans l'homme; ou bien si, dans de telles circonstances, l'on
peut espérer qu'un système politique prospère, ou même
me subsiste du tout? L'on soutient de maints côtés que
notre simple amour du Plaisir personnel, ou du Bonheur, comme on dit, agissant sur tout individu, avec une
bonne foi nullement impossible chez celui-ci, le mènera
par soi-même à respecter les droits d'autrui et à user
sagement des siens; à remplir, conformément à un simple principe d'économie, tous les devoirs d'un bon pa-
triote; en sorte que, pour tout ce qui se rapporte à
l'Etat, ou à la simple existence sociale du genre humain,
la Croyance, en dehors du témoignage des sens, et la
Vertu, en dehors de la Vertu très commune d'aimer ce
qui est agréable et de détester ce qui est pénible, doivent
être considérées comme des qualités surérogatoires, comme décoratives, non essentielles. Beaucoup de gens,
d'autre part, s'arrêtent à cette doctrine, ne peuvent découvrir, dans un tel univers d'atomes entrechoqués, aucun
principe en vertu duquel le tout soit cohérent; car si
l'égoïsme de chaque homme, expansif à l'infini, ne peut
être borné que par l'égoïsme, expansif à l'infini, de chaque autre homme, il semble que nous devions avoir un
monde de corps se repoussant mutuellement, sans force
centripète qui les réunisse; auquel cas, chose bien connue, ils s'éparpilleraient avant longtemps à travers
l'espace, et constitueraient un remarquable Chaos, mais
non pas un habitable système solaire ou stellaire.

Si l'âge de Louis XV ne servit pas à un *experimen-
tum crucis* en ce qui concerne cette question, une raison peut en être que de telles expériences sont trop coû-
teuses. La Nature ne peut se permettre, plus d'une ou
deux fois en mille ans, de détruire tout un monde, dans
un but de science; elle doit se contenter de détruire un
ou deux royaumes. L'âge de Louis XV, autant qu'il lui
fut permis, semble une expérience hautement illustra-
tive. Il nous faut remarquer aussi que son opération fut
entravée par une force contraire considérable; par un
large reste, à savoir, de la vieille foi en la Religion, en

l'invisible, céleste nature de la Vertu, que nos Purificateurs Français, avec leurs plus grands efforts de lavage, n'avaient pas été capables d'effacer. On fit de son mieux, mais personne ne peut faire davantage. Leur pire ennemi, imaginons-nous, ne les accusera point de quelque attention indue aux choses invisibles et spirituelles ; loin de pratiquer la sorte invisible de Vertu, ils ne peuvent même pas croire à sa possibilité. Les hauts exploits et les hautes endurances des vieux âges n'étaient plus des vertus, mais des « passions » ; ces antiques personnages avaient le goût de l'héroïsme, c'était comme une idée chez eux de mourir pour la vérité : ils en étaient d'autant plus fous ! Avec nos *Philosophes*, l'unique vertu de toute civilisation était ce qu'ils appellent « Honneur » ; la déité qui la sanctionnait était cette merveilleuse « Force de l'Opinion Publique ». Sur cette vertu de l'Honneur, on nous permettra de dire qu'elle se révèle trop clairement comme la fille et l'héritière de notre vieille connaissance la Vanité, qu'on a toujours, à vrai dire, assez connue depuis la création du monde, au moins depuis les jours de ce « Lucifer, fils du Matin » ; mais qu'on a connue surtout sous son propre caractère d'actrice nomade, ou de soubrette vêtue de la défroque de sa maîtresse ; sans qu'on l'eût encore jamais vue, jusqu'à cette nouvelle ère, se produire intronisée en Reine, en Dictatrice despotique de toute l'âme humaine, prescrivant avec la plus rigoureuse précision ce que, dans toutes les occurrences pratiques et morales, l'homme avait à faire et à éviter. En ce qui concerne, d'autre part, la Force de l'Opinion Publique, c'est une force bien connue de nous tous ; respectée, appréciée comme étant d'une indispensable utilité, mais nullement reconnue comme une force décisive ou divine. Nous pourrions demander : Quelle divine, quelle vraiment grande chose a jamais été effectuée par cette force ? Est-ce la Force de l'Opinion Publique qui conduisit Colomb en Amérique ; Jean Képler, découvrant le véritable système des Étoiles, en y gagnant, non de partager la vie somptueuse des Astrologues et des Jongleurs de Rodolphe, mais de périr de besoin ? Encore plus inefficace la trouvons-nous comme base de la morale publique ou privée. Bien plus, prise en elle-

même, on peut la dire une base sans base ; car sans
quelque sanction ultérieure, commune à tous les esprits ;
sans quelque croyance, présente dans chaque individu,
en la nécessaire, éternelle, ou, ce qui est la même chose,
en la supramondaine, divine nature de la Vertu, qu'est-
ce que pourrait valoir pour nous le jugement moral
d'un millier ou d'un million d'individus ? Sans quelque
direction céleste, d'où qu'elle dérive, ou de quelque nom
qu'on l'appelle, il nous paraît que la Force de l'Opinion Publique deviendrait, avant longtemps, une Force
extrêmement peu profitable. « Eclairez l'Intérêt personnel ! », s'écrie le *Philosophe;* « éclairez-le seulement
assez ! » Nous les avons déjà vus, nous, les Intérêts
personnels éclairés ; et vraiment, pour la plupart, leur
lumière était tout au plus celle d'une lanterne sourde,
suffisante pour guider le porteur lui-même à travers diverses flaques d'eau, mais, pour nous et pour le monde,
comparativement d'un mince avantage. Et qu'on se figure
l'espèce humaine, comme une armée sans fin, cherchant
son chemin par l'inconnu du Temps, dans la nuit noire,
sauf que chacun a sa lanterne sourde, et l'avant-garde
quelques rares lanternes de verre !

Au surplus, nous ne nous attarderons point à des
subtilités de controverse. Ce que nous avions à remarquer, c'est que cette époque, appelée celle de la Philosophie, ne fut en elle-même qu'une pauvre époque; que
le peu de moralité qu'elle put avoir fut surtout emprunté précisément à ces âges qu'elle regardait comme si
barbares. Car on ne prétend, d'aucun côté, que cet « Honneur », cette « Force de l'Opinion Publique », ait un
grand pouvoir de rénovation ; elle a seulement un pouvoir défensif, ou préventif ; elle est incapable de créer
une nouvelle Vertu, mais elle peut tout au mieux préserver ce qui est déjà là. Bien plus, nous pouvons dire
de l'âge de Louis XV que ses Moyens mêmes, sa puissance matérielle, ses connaissances, tout ce qu'il possé-
dait, étaient empruntés. Il se vantait d'être un âge de
lumières ; et il y avait bien une illumination en son
genre : mais une illumination qui, excepté celle des fenêtres, ne faisait à peu près rien *voir*. Aucune de ces
grandes Doctrines ou Institutions qui ont « fait de l'homme

en tous points un homme » ; aucune même de ces découvertes qui ont le plus assujetti la Nature extérieure à ses desseins, ne s'est produite à cette époque. Quelle charrue ou quelle Presse d'imprimerie, quelle Chevalerie ou quel Christianisme, quelle Machine à vapeur même, quel Quakerisme, ou quel jugement par Jury, ces Encyclopédistes inventèrent-ils pour le genre humain? Ils n'inventèrent rien, tout simplement : pas une des vertus humaines, pas une des facultés humaines, ne leur est due ; sous tous ces rapports l'âge de Louis XV est parmi les plus stériles des âges historiques. En vérité, tout le métier de nos *Philosophes* fut directement le contraire de l'invention : ce n'est point pour produire qu'ils étaient là ; mais pour critiquer, pour mettre en question, pour détruire ce qui avait été déjà produit ; un métier tout à fait inférieur : un métier parfois utile, mais en somme un métier bas ; souvent le fruit, et toujours la source de la bassesse, dans tout esprit qui s'y adonne d'une manière permanente.

Considérant la position des affaires d'alors, il n'est pas singulier que l'âge de Louis XV ait été ce qu'il fut : un âge sans noblesse, sans haute vertu, ou sans hautes manifestations du talent ; un âge de clarté superficielle, d'élégante suffisance sceptique et de *Persiflage* sous toutes les formes. Tout aussi peu semble-t-il surprenant, ou particulièrement blâmable, que Voltaire, l'homme principal de cet âge, ait largement participé de toutes ses dispositions. Il faut le dire, son activité étourdie eut un effet sérieux ; les brandons légers, qu'il jeta avec tant d'insouciance dans toutes les directions, allumèrent d'effrayantes conflagrations : mais il y a eu du bon aussi bien que du mauvais en elles ; et il n'est pas juste non plus que, même dans le dernier cas, il soit, lui, un mortel limité, chargé d'une responsabilité plus qu'humaine. Après tout, cette période aride et flétrie et la période de tremblements de terre et de tornades qui la suivit nous ont maintenant à peu près débarrassés d'elles : elles appartiennent au Passé, et pour nous, et ceux qui viendront après nous, elles ne sont point sans avoir leurs bienfaits et leur calme signification historique.

« Les têtes pensantes de toutes les nations », dit un profond observateur, « avaient en secret atteint leur majorité ; et dans un sentiment erroné de leur vocation, elles s'élevèrent d'autant plus violemment contre l'antique contrainte. L'Homme de Lettres est, d'instinct, opposé à une Prêtrise d'ancienne date : la classe littéraire et la classe cléricale doivent soutenir une guerre d'extermination, lorsqu'elles sont divisées ; car l'une et l'autre se disputent la même place. Cette division est devenue de plus en plus perceptible à mesure que nous nous sommes rapprochés de la période où l'Europe atteignit l'âge viril, de l'époque du Savoir triomphant ; la Science et la Foi en vinrent à une contradiction plus décidée. Dans la prédominance de la Foi, pensait-on, se trouvait la raison de la dégradation universelle ; et les hommes espéraient y échapper par un Savoir de plus en plus approfondi. De tous côtés, le sentiment religieux souffrit, sous de multiples attaques contre son actuelle manière d'être, contre les formes dans lesquelles jusqu'ici il s'était incorporé. Le résultat de cette moderne forme d'esprit fut nommé Philosophie ; et dans ceci tout était compris qui s'opposait à l'ancienne forme d'esprit, spécialement, donc, tout ce qui s'opposait à la Religion. La primitive haine personnelle contre la Foi Catholique se mua, par degrés, en haine contre la Bible, contre la Religion Chrétienne, et à la fin contre toute Religion. Bien plus, cette haine de la Religion s'étendit naturellement à tout objet d'enthousiasme en général ; proscrivit l'Imagination et le Sentiment, la Moralité et l'amour de l'Art, le Futur et l'Ancien ; plaça l'homme, avec effort, au premier rang des séries des productions naturelles ; et changea l'infinie, créatrice musique de l'Univers en le tic-tac monotone d'un moulin sans bornes, qui, mû par le courant du Hasard, et tournant là-dessus, était de soi-même un Moulin, sans Architecte et sans Meunier, proprement un *perpetuum mobile* naturel, un vrai Moulin qui moulait tout seul.

« Un enthousiasme fut généreusement laissé au pauvre genre humain, et rendu indispensable, comme critérium de la plus haute culture, pour tous les ouvriers de ce moulin : l'Enthousiasme pour cette magnanime Philosophie, et, par-dessus tout, pour ses prêtres et ses mystagogues. La France fut assez heureuse pour être le lieu de naissance et le siège de cette nouvelle Foi, faite de pièces et de morceaux de pure science collés ensemble. Subalternes comme la Poésie admise dans cette nouvelle Église, il y avait quelques poètes parmi eux, qui, par amour de l'effet, faisaient usage des vieux ornements et des vieux luminaires ; mais qui, ce faisant, couraient risque d'incendier le nouveau système du monde avec l'ancien feu. Des frères plus avisés, d'ailleurs, étaient là tout prêts à

porter secours, et qui toujours en temps voulu répandaient
de l'eau froide sur l'auditoire s'échauffant. Les membres de
cette Église étaient sans trêve employés à purifier de toute
Poésie la Nature, la Terre, les Âmes des Hommes ; effaçant
tout vestige du Sacré ; troublant, par des sarcasmes, le souvenir de tous les grands événements et de tous les grands
hommes ; dépouillant le monde de tout son vêtement nuancé...
Il est dommage que la Nature continuât d'être si merveilleuse
et incompréhensible, si poétique et infinie, malgré tous les
efforts pour la moderniser ! Quoi qu'il en soit, si quelque part
une vieille superstition, touchant un monde supérieur et le
reste, venait au jour, instantanément, de tous côtés, c'était un
jaillissement de bruyantes réprimandes ; pour que la dangereuse
étincelle fût éteinte, si possible, avec le secours de la philosophie et du bel esprit : et cependant Tolérance était le mot
de passe des gens cultivés, et, en France surtout, le synonyme
de Philosophie. Grandement remarquable est cette histoire de
l'Incrédulité moderne ; la clef de tous les vastes phénomènes
de ces derniers temps. Pas avant le siècle dernier, avant sa
dernière moitié, la nouveauté ne commence ; et en peu de
temps, elle prend une ampleur et une variété incommensura-
bles : une seconde Réforme, une plus compréhensive et plus
spécifique Réforme, était inévitable ; et naturellement elle visita
d'abord ce pays qui était le plus modernisé, et qui était le
plus longtemps resté dans un état de débilité, par manque
de liberté...

« A l'époque actuelle, d'ailleurs, nous nous trouvons assez
éloignés pour considérer avec un sourire amical ces jours
passés, et même pour discerner dans ces merveilleuses folies
de curieuses cristallisations de matière historique. Avec reconnaissance nous tendrons les mains à ces Hommes de Lettres
et *Philosophes* : car il fallait épuiser cette illusion aussi, et
donner sa pleine valeur au côté scientifique des choses. Plus
belle et richement colorée se trouve la Poésie, telle une Inde
aux végétations profondes, lorsqu'on la met en contraste avec
le froid, inanimé Spitzberg de cette Logique de Cabinet. Pour
qu'au milieu du globe une Inde si chaude et fière soit possible, il faut aussi qu'une mer glacée et inerte, des rochers
nus, des brumes au lieu du ciel étoilé, enfin une longue nuit,
rendent les deux Pôles inhabitables. Le sens profond des lois
du Mécanisme accablait ces anachorètes dans les déserts de
l'Entendement : le charme de la première lueur qui s'y mon-
tra les subjugua : les Vieilles Choses se vengeaient d'eux ;
dès qu'ils éprouvèrent la conscience d'eux-mêmes, ils sacri-
fièrent à ce sentiment, avec une ferveur merveilleuse, ce qu'il
y avait de plus sacré et de plus beau dans le monde ; et ils

furent les premiers qui, en pratique, reconnurent de nouveau et proclamèrent la sainteté de la Nature, l'infini de l'Art, l'indépendance de la Connaissance, la valeur du Pratique et la présence universelle de l'Esprit de l'Histoire ; et, ce faisant, ils mirent fin à une dynastie de Spectres, plus puissante, universelle et terrifiante qu'ils ne s'en doutaient peut-être eux-mêmes (1). »

Jusqu'où nos lecteurs suivront Novalis dans ces spéculations au fougueux essor, ce n'est pas à nous de le dire. Cependant, que la meilleure partie d'entre eux se soient déjà, dans leur dialecte propre, joints à lui et à nous, en une sincère tolérance, en une loyale attestation à l'égard de la Philosophie Française, à l'égard de ce Voltaire et de la période spirituelle qui porte son nom, nous n'hésitons pas à le croire. L'intolérance, l'animosité ne peut servir aucune cause ; et la dernière à qui elle convienne est la cause de la vérité morale et religieuse. Quelqu'un de sage nous a fort justement rappelé que, « dans toute controverse, dès que nous nous sentons irri-« tés, nous avons déjà cessé de lutter pour la Vérité, et « commencé de lutter pour Nous-même ». Que personne ne doute que Voltaire et ses disciples, comme tous les hommes et toutes les choses qui vivent et agissent dans l'univers de Dieu, ne se trouvent un jour avoir « travaillé ensemble pour le bien ». Et même, que, parmi tous ses maux, il ait déjà accompli du bien, le calcul le plus froid doit admettre cela. Que de choses nous impliquons dans cette petite phrase : Il donna le coup mortel à la Superstition moderne ! *Cet* horrible incube, qui vivait dans les ténèbres, fuyant la lumière, disparaît ; avec toutes ses tortures et ses coupes de poison et ses sales narcotiques, il disparaît sans retour. Ce fut un très considérable service. Est-ce que le cri de « Point de Papauté », et quelque vague terreur ou fausse terreur des « feux de Smithfield » (2), n'agissent point encore sur certains esprits même de nos jours ? Celui qui voit, ne fût-ce qu'un peu clair, dans les signes du temps voit bien que les feux de Smithfield, aussi bien que les vis-de-torture

(1) Novalis Schriften, I, p. 198 (note de Carlyle).
(2) Célèbre place de Londres où l'on brûlait autrefois les hérétiques.

d'Edimbourg (car il ne faut pas oublier celles-ci non plus), sont choses que nous avons depuis longtemps, depuis très longtemps, laissées derrière nous ; séparées de nous par une muraille de Siècles, transparente il est vrai, mais plus impénétrable que le diamant. Car, avons-nous dit, la Superstition gît moribonde dans sa tanière : les dernières agonies peuvent durer pendant des décades ou pendant des siècles; mais elle porte le fer dans son cœur et ne tourmentera plus la terre.

Qu'avec la Superstition la Religion ne disparaisse aussi nous semble une crainte encore moins fondée. La Religion ne peut pas disparaître. La combustion d'un fétu peut cacher les étoiles du ciel; mais les étoiles sont là, et elles reparaîtront. En somme, il nous faut redire cette parole souvent répétée, qu'il est indigne d'un homme religieux de voir un homme irreligieux soit avec alarme, soit avec aversion, ou avec quelque autre sentiment que du regret, de l'espoir et une commisération fraternelle. S'il cherche la Vérité, n'est-il pas notre frère, et ne doit-il pas être plaint? S'il ne cherche pas la Vérité, n'est-il pas notre frère encore, et ne doit-il pas davantage encore être plaint? Le vieux Ludovicus Vivès (1) conte l'histoire d'un rustre qui tua son âne parce qu'il avait bu la lune, et dans la pensée que le monde pourrait mal se passer de ce luminaire. Ce qui fit qu'il tua son âne, *ut lunam redderet*. Le rustre était bien intentionné, mais peu sage. Ne l'imitons pas : ne tuons pas un fidèle serviteur, qui nous a portés loin. Il n'a pas bu la lune ; mais seulement le *reflet* de la lune, dans son pauvre seau d'eau à lui, où, probablement, il buvait aussi dans un but très inoffensif.

(1) Don Luis Vivès (1492-1540), savant espagnol et l'un des plus illustres humanistes du xvi° siècle. On sait qu'il vécut la plus part du temps en Angleterre et en Flandre.

DIDEROT (1)

Les *Actes des Apôtres*, sur lesquels, pouvons-nous dire, le monde, pendant dix-huit siècles maintenant, a eu ses fondements, sont rédigés dans des limites si restreintes qu'on peut les lire en une petite heure. Les *Actes des Philosophes Français*, dont déjà l'importance diminue rapidement, sont relatés en des acres entières de typographie, et fourniraient de la lecture pour toute une vie. Et le stock, d'après ce que nous voyons, n'est encore nullement complet, sans qu'on puisse voir quand il le sera. Voici quatre in-octavos tout-à-fait récents, relatant les travaux, voyages, victoires, amours et indigestions de l'Apôtre Denis : il n'y a qu'un an ou deux, que de nouveaux documents sur Voltaire nous arrivaient ; que Jean-Jacques était l'objet d'une nouvelle *Vie ;* et puis, de ces *Feuilles de Grimm* (2), quelles incalculables masses peuvent dormir encore dans la Bibliothèque de Saint-Pétersbourg, n'attendant que d'être réveillées, avec permission de s'envoler ! — De la lecture pour toute une vie ? Thomas Parr aurait pu commencer à lire encore en bas âge pour ne s'arrêter qu'à la fin de sa vie, dans sa cent-cinquantième année, qu'il n'aurait pas fini (3). Et là-dessus, pour ce qui est

---

(1) FOREIGN QUARTERLY REVIEW, n° 22. — I. Mémoires, Correspondance et Ouvrages inédits de Diderot; publiés d'après les manuscrits confiés, en mourant, par l'auteur à Grimm, 4 tomes in-8, Paris (Paulin, Libraire-Editeur), 1831. — II. Œuvres de Denis Diderot; précédées de Mémoires historiques et philosophiques sur sa Vie et ses Ouvrages, par J. A. Naigeon, 22 tomes in-8°. Paris (Brière), 1821.

(2) En français et en italiques dans le texte. Il s'agit évidemment de la *Correspondance littéraire, philosophique et critique.*

(3) Thomas Parr, centenaire du Comté de Shrop, vécut 152 ans (1482-1634).

du moment où la suite des additions cessera et où les
Actes et Epîtres de l'Eglise Parisienne de l'Antichrist
seront enfin complets, c'est ce que nous ne savons nullement, — à moins de se dire que la quantité de papier
écrit, ou même de papier manufacturé, à cette époque,
étant finie et non infinie, l'affaire devra nécessairement
prendre fin un jour ou l'autre, et le Canon Antichrétien
être irrévocablement fixé.

En attendant, qu'on ne suppose nullement que nous
déplorions cette stupéfiante abondance, mais plutôt
qu'on sache que nous la considérons en historien avec
patience et même avec satisfaction. Les Mémoires,
tant qu'ils sont véridiques, ne sauraient jamais, quelque
stupides qu'ils soient, s'accumuler à l'excès. Qu'on les
jette, simplement, d'autant plus vite dans la circulation,
qu'ils sont plus stupides ; s'ils sont véridiques, ils seront
toujours plus ou moins instructifs, ne fût-ce qu'en
manière de confirmation et de répétition ; et, ce qui est
d'une haute importance, ils n'instruiront pas *mal*. De
jour en jour, en considérant les hautes destinées qui
attendent encore la Littérature, destinées que la Littérature, avant longtemps, se mettra en devoir de remplir
avec plus de décision que jamais, il devient pour nous
plus évident que la véritable tâche de la Littérature se
trouve dans le domaine de la CROYANCE ; domaine où
la « Fiction Poétique », comme on la nomme charita-
blement, devra prendre une figure tout-à-fait nouvelle,
si elle veut y avoir sa place. Aussi ne serait-il pas déraisonnable de prophétiser que cette exorbitante multitude
d'écriveurs de romans et d'autres de la sorte devra,
d'ici une génération, faire peu-à-peu de deux choses
l'une : ou bien se retirer dans la nursery et écrire pour
les enfants, les mineurs et les personnes à demi en
enfance des deux sexes ; ou bien, ce qui vaudrait beaucoup mieux, balayer tout leur ouvrage de Romans au
tombereau aux ordures, et tâcher, en y employant ce
qu'ils peuvent avoir de moyens, de comprendre et de
rappeler ce qui est *vrai*, — ce vrai dont il y a sûrement
et dont il y aura toujours toute une Infinitude inconnue de nous, d'une importance infinie pour nous !
La Poésie, on s'en rendra compte de plus en plus, n'est

qu'une Connaissance supérieure ; et le seul Roman vrai (pour les personnes faites) est la Réalité. Le Penseur est le Poète, le Voyant : que celui qui *voit* écrive, selon son don de vision ; si c'est d'une manière profonde, avec une vision inspirée, alors qu'il écrive en créateur, en poète ; si c'est d'une manière ordinaire, avec seulement la vision ininspirée de tous les jours, qu'il soit du moins consciencieux en ceci et qu'il écrive des *Mémoires*.

A nous qui en sommes encore si près, ce Dix-Huitième Siècle Parisien, qui se présente, non pas comme une partie du magique tissu de l'Histoire Universelle, mais seulement comme une masse confuse et embrouillée de fils, appelés *Mémoires*, en train d'*être* assemblés en un tel tissu, — s'impose selon un rapport plutôt complexe. Les règles applicables à ce rapport et à tous ceux de cet ordre peuvent heureusement, d'ailleurs, se ramener à cette règle très-claire, prescrite par la Nature elle-même : y rechercher, autant qu'ils en semblent dignes, tout ce qui peut nous aider à avancer sur notre propre sentier, fût-ce sous forme d'instruction intellectuelle, d'édification morale, voire même de délassement et d'amusement purs. Les Bourbons, il est vrai, adoptèrent une méthode plus sommaire (dont l'analogue a été souvent recommandée ailleurs) : ils fermèrent et cachèrent les *tombeaux* des Philosophes, espérant que leur vie et leurs écrits disparaîtraient également, par là, de la vue et de l'esprit, et qu'ainsi l'affaire tout entière serait, pour ainsi dire, *supprimée*. Fous de Bourbons ! Ces choses-là ne s'étaient point faites à l'écart, mais sur les hauts lieux, devant les yeux anxieux de tout le genre humain : cachées, elles ne peuvent nullement l'être : pour en venir à bout, pour leur résister, il nous faut tout d'abord, indispensablement, les voir et les comprendre. Pour nous, à vrai dire, leurs successeurs immédiats, leur juste compréhension est de première nécessité ; car, envoyées par Dieu ou par le Diable, elle nous ont indubitablement précédés, et nous ont laissé un monde fait de telle et telle sorte : c'est sur le territoire de leur labourage, où reste sur pied le chaume laissé par leur récolte, que nous avons maintenant à passer la charrue. Avant toute chose, donc, sachons

quel sol c'est là : quelle sorte d'hommes et de labou-
reurs ce fut là. Pour cette raison, que tous les Mémoires
de Philosophes soient les bienvenus, chacun en son
genre ! Pour cette raison, pénétrons maintenant, sans
la moindre répugnance, dans cet étonnant Evangile
selon Denis Diderot, et parcourons-le pour voir si nous
y gagnerons quelque chose.

Dans tout phénomène, l'un des plus importants moments est la *fin*. Or, cette époque du dix-huitième siècle,
ou du siècle des Philosophes, était proprement la Fin ;
la Fin d'un Système Social qui avait mis plus de mille
ans à se constituer, et qui, après cela, avait commencé
(comme font toutes choses humaines) à tomber en ruines.
La décrépitude d'un Système Social n'est pas une affaire
gaie, soit qu'on s'y trouve compris, soit qu'on la regarde :
d'ailleurs, à la longue, dans le cours de la chose, il
arrive une heure où la décrépitude devient l'écroulement ;
des mains actives enfoncent des coins, placent des leviers ;
il y a une encourageante apparence d'ouvrage qui marche. Au lieu d'une pierre tombant çà et là, d'une poignée
de poussière s'échappant çà et là, des masses entières se
précipitent, des nuages entiers et des tourbillons de
poussière : on apporte aussi des torches, et la vermou-
lure prend facilement feu : si bien que, là parmi les
tourbillons de flamme, ici parmi les tourbillons de poussière et le craquement des tours croulantes, l'entreprise
devient éminemment intéressante, et nos zélés démolis-
seurs peuvent s'encourager les uns les autres par des
Vivats et des cris de : *Hardi la besogne !* Ajoutez à cela
que, de tous les travailleurs, aucun ne peut se rendre
compte de la rapidité et de la portée de son travail autant que le peut et le fait le Démolisseur : il ne semblera
pas, dès lors, déraisonnable que, mesurant l'effet à la
cause, tel travailleur estime son œuvre comme la meilleure et la plus grande ; et qu'un Voltaire, par exemple,
soit, par ses compagnons et ses camarades, considéré
avec conviction « non seulement comme le plus grand
« homme de ce temps, mais encore de tous les temps
« passés, et peut-être comme le plus grand que la Nature
« pût produire. » Bonne vieille Nature ! Elle va produi-

sant tout ce qui est utile en chaque saison de sa course ;
et elle produit, avec une tranquillité parfaite, cette opinion d'Encyclopédiste, qu'elle ne peut produire mieux.

Cet âge de la torche et du levier, d'écroulement et de
conflagration rapides, le *siècle de Louis Quinze* (1) le fut,
alors que le Système Social n'étant plus que moisissure,
infiltrations, décrépitude malsaine, les habitants transis
résolurent d'égayer leur triste demeure en y mettant le
feu, démarche discutable. Nous appelons discutable leur
manière de procéder ; quant à la chose elle-même, tout
le monde peut le voir à présent, elle était inévitable ;
d'une manière ou d'une autre, qu'on recourût à l'incendie préalable ou à des méthodes plus douces, la vieille
maison devait nécessairement être reconstruite. Nous
voyons l'entreprise de mise à bas, ou tout au moins de
réfection des décombres, se poursuivre résolument dans
toute l'Europe : çà et là l'œil de l'Espoir peut découvrir
aussi, maintenant, quelques traces de fondations, de
constructions nouvelles.

Connaître Denis Diderot et sa vie serait voir le significatif abrégé de tout ceci, en tant que tout ceci agit sur
l'âme pensante et agissante d'un homme, lui conditionne
un élément d'existence particulier, lui donne, là, une figure
et une nuance spéciales. Malheureusement, après tout ce
qui s'est écrit, la matière n'est pas encore lumineuse :
pour nous autres étrangers, bien des choses, dans cette
économie étrangère, dans cette manière de travailler et
de vivre, restent obscures ; bien des choses, dans l'homme lui-même, dans sa nature, sa structure intime. Rap-
pelons, cependant, qu'il y a quelques années l'auteur de
ces lignes donnait, pour ce qu'elle peut valoir, son idée
sur ce qui peut s'appeler *comprendre* n'importe quel
homme, fût-ce soi-même. Tout Homme, dans cette chétive forme qui est la sienne, contient tout un Royaume
spirituel, un Reflet du Tout ; et, bien que six pieds environ soient toute sa mesure pour l'œil, il s'étend en hauteur et en profondeur, invisible, plongé dans les régions
de l'Immensité et de l'Eternité. Partout la Vie, peut-on
dire, tissée qu'elle est sur ce prodigieux et à jamais mer-

(1) En français et en italiques dans le texte.

veilleux « Métier du Temps », est formée d'une trame
de lumière, mais sur un fond de ténèbres mystiques :
seul Celui qui la créa peut la comprendre. Quant à ce
Diderot, si nous pouvions une bonne fois, autant que la
chose est possible, fût-ce au moindre degré, parvenir à
jouer son rôle ; à recomposer en nous-même son caractère avec les circonstances qui l'entourèrent, enfin à
rejouer sa vie, sur notre petit Théâtre privé à nous (qui
est sous notre Chapeau), en obtenant quelque illusion,
quelque effet scénique, — *voilà*, pour employer les
expressions courantes, ce que nous appellerions le *comprendre*, et ce dont nous pourrions être amplement
satisfait.

Dans la manière dont il apparut devant le monde,
Diderot a été malheureux, peut-être à un degré extrême.
Ses productions littéraires étaient invariablement jetées
en grande hâte, et livrées en général au gaspillage du
Hasard avec une indifférence d'autruche. Il avait à vivre,
en France, dans les mauvais jours d'un *Journal de
Trévoux*, d'une soupçonneuse Sorbonne à son déclin. Il
était trop pauvre pour se faire imprimer à l'étranger, à
Kehl ou ailleurs, trop étourdi et d'humeur trop vive pour
chercher aide chez ceux qui pouvaient l'aider : aussi lui
fallait-il, si sa plume ne devait pas rester oisive, écrire
bien des choses qui n'étaient pas publiées. Ses Papiers
par suite se trouvent éparpillés, comme des feuillets
sybillins, dans tous les coins du monde : des années
durant on resta sans essayer de donner une acceptable
Collection de ses Écrits ; à cette heure, il n'en est aucune
qu'on puisse sous aucun rapport dire parfaite. Deux
Éditions d'Amsterdam falsifiées et clandestines, « ou plutôt deux agglomérations informes et bâclées », furent
tout ce que le monde vit de son vivant. Diderot n'en
entendit point parler de plusieurs années, et quand il
les connut, cela n'amena, dit-on, « qu'un éclat de rire »,
sans aucune démarche pratique quelconque. Des quatre
éditions qui ont été imprimées depuis (ou réimprimées,
car celle de Naigeon, de 1798, est la grande édition originale), pas une qui seulement prétende être complète,
ou composée d'après quelque système. Celle de Brière,
la plus récente, qui est la seule que nous connaissions

personnellement, est un livre bien imprimé, valant peut-être plus qu'aucun autre la peine d'être acheté ; mais sans arrangement, sans cohésion, sans plan ; souvent lamentablement indigent en commentaires ; en somme, à s'en référer aux besoins et aux spécialités de notre temps, un livre qui est à peu près comme s'il était iné-dit. Brière, à vrai dire, semble avoir pris à gages quel-qu'un, ou quelque chose, pour remplir le rôle d'Éditeur ; quelque chose, ou plutôt plusieurs choses, car l'on signe, au pluriel : « les Éditeurs » ; et là-dessus, de temps à autre, dans l'ouvrage, quelque astérisque nous fait des-cendre au bas de la page, vers quelque matière impri-mée signée : « Les Éditeurs » : mais malheureusement le voyage est pour la plupart du temps inutile : au cours d'un volume ou deux, nous nous rendons trop bien compte qu'il n'y a là rien à gagner ; que la Note, quoi que ce soit qu'elle fasse profession de traiter, se ramène, en strict langage logique, uniquement à dire : « Lec-« teur ! tu vois que nous, Éditeurs, au nombre au moins « de deux, nous sommes en vie, et que si nous avions « quelque information nous t'en ferions part. — Les « Éditeurs. » Pour le reste, ces « Éditeurs » sont des gens polis ; et avec cette incertitude décidément attachée à eux (quant à leur existence comme êtres ou comme choses), ils demeurent, selon toute apparence, modéré-ment gais.

Il nous ont, eux ou Brière pour eux (si, d'ailleurs, Brière n'est pas eux lui-même, comme nous nous en doutons parfois), rendu un service : celui d'avoir décou-vert et imprimé cette *Vie de Diderot*, par Naigeon, si longtemps cherchée, si longtemps égarée. Les amateurs de biographie avaient déploré pendant des années la disparition de ce Manuscrit, avec une tristesse qui laissait bien peu de place à l'espoir. Un certain Naigeon, le dis-ciple préféré de Diderot, avait (s'il fallait en croire sa propre parole, dans sa propre Préface d'éditeur) écrit une Vie de Diderot ; et, hélas ! où s'était-elle évanouie ? Sûrement, tout ce qui était obscur dans Denis le Fataliste eût été là éclairé : bien plus, n'y avait-il pas là, proba-blement, une glorieuse « Rue de Lumière » percée à tra-vers tout ce Dix-huitième siècle Littéraire ? Et Diderot,

7

longtemps encensé comme « la tête la plus encyclopédique ayant peut-être jamais existé », ne devait-il pas maintenant se montrer comme tel, dans... la nouvelle Encyclopédie Pratique, philosophique, économique, spéculative, digestive, de la VIE, en soixante-dix Ans, ou soixante-dix Tomes ? Diderot fut connu aussi comme le causeur le plus éclatant et le plus élevé de son temps : à considérer tout ce que Boswell, avec ses chétifs moyens, avait fait de Johnson, que n'aurions-nous pas le droit d'espérer !

Grâce aux soins de Brière, disions-nous, l'introuvable Manuscrit de Naigeon est là maintenant, publié en volume, sur le pupitre. Une *vie* écrite, hélas ! trop pareille à mainte vie agie, où l'espoir est une chose, et la réalité une tout autre chose ! De toutes les biographies que la main de l'homme ait jamais réunies, celle de Naigeon est peut-être, à vrai dire, la plus dépourvue d'intérêt. Stupide Naigeon ! Nous voulions voir et savoir ce qui concernait l'homme corporel, le Denis Diderot qui s'habillait, se nourrissait, se couchait, travaillait et luttait, dans ce Paris, à lui ; quel air il avait et comment il vivait, ce qu'il faisait, ce qu'il disait : si seulement le sot Biographe nous avait dit la couleur de ses bas ! De tout ceci, à part une date ou deux, pas une syllabe, pas l'ombre ; rien qu'une lourde, maussade, nasillarde, bourdonnante, interminable leçon sur la Philosophie Athée ; comme quoi Diderot fit sa chose de l'Athéisme, comme quoi il l'enseigna ; combien l'Athéisme est vrai, combien inexprimablement important. Chose assez singulière, le zèle de la maison *du diable* avait dévoré Naigeon. Un homme d'un grossier, mécanique, peut-être, intrinsèquement, plutôt faible intellect ; et avec cela, la véhémence de quelque sonore et creux prédicant, au gosier d'oison, ou de quelque « précieux M. Sac-à-vent (1) », — à la différence près que *son* église est du caractère *opposé !* Mais il lui faut se voir lui aussi dans un

---

(1) Nous sommes obligé ici de recourir à des équivalents. Carlyle, suivant son habitude, forge des noms humoristiques, qui ne sont pas toujours traduisibles. Littéralement « Pulpit-drumming Gowkthrapple, Gosier de Coucou au résonnement de chaire », et plus loin : « Mr Jabest Rentowel, M. Hibou-Jacasseur d'extravagances. »

monde d'infidèles, où beaucoup de théisme et autre
scandale ont cours encore ; et bien des fois Naigeon Gosier-d'oison doit être tenté de pleurer au bord du fleuve
de Babylone. En même temps, cependant, il est *en bois*,
mécanique des pieds à la tête, comme si Vaucanson lui-
même l'avait fabriqué ; et cela tempère singulièrement
sa fureur. Que le lecteur admire, finalement, la bienfaisante production de cette Terre, et comment un élément n'a rien que l'autre n'égale : n'avons-nous pas ici
le plus véritable *odium theologicum*, agissant tout-à-
fait *démono*logiquement, dans un adorateur de l'éternel Rien ! En voilà assez sur Naigeon ; sur ce que nous
attendions de lui, et sur ce que nous en avons obtenu.

Faut-il donc abandonner Diderot à l'oubli, ou le rappeler, non pas comme Homme, mais simplement comme
Moulin de Logique philosophique et athée ? Diderot ne
vécut-il point, aussi bien qu'il pensa ? Un Amateur rédacteur d'articles de Dictionnaires Biographiques déclare
l'avoir un jour entendu causer, en robe de chambre et
en pantoufles, deux heures durant, de toutes choses de
la terre, de la mer et de l'air, avec une fulgurante impétuosité presque plus qu'humaine, pour achever enfin
la gradation en « lançant son bonnet de nuit contre le
le mur ». La plupart des lecteurs admettront que ceci
est de la biographie : nous devons dire, hélas ! que c'est
là à peu près tout ce que nous avions jusqu'ici sur l'Homme
Diderot.

Mais voici venir « Paulin, Libraire-Editeur », avec
une contribution complètement nouvelle : une longue
suite de Lettres, s'étendant sur quinze années ; rien que
des lettres d'amour malheureusement, et d'un sexagé-
naire marié ; mais, au moins, des lettres écrites de sa
propre main. Parmi ces flots insipides de *tendresse*,
sensibilité et ainsi de suite, fades comme de la petite
bière longtemps décantée, maint curieux trait biographique se détache ; à vrai dire, nous trouverons là plus
de renseignements sur le Diderot individuel, son milieu,
sa manière de faire, que dans tous les autres livres qui
aient été encore publiés sur lui. Oubliant ou surmon-
tant l'espèce de nausée qu'une telle affaire, sur sa première annonce, peut occasionner, et que, dans maints

de ses détails, elle ne peut qu'occasionner en effet, le lecteur biographique estimera que la chose vaut bel et bien la peine d'être examinée. Et même, n'est-ce pas quelque chose, par soi-même, que de voir ce spectacle du Philosophe amoureux, ou du moins s'efforçant avec zèle de s'imaginer tel ? On peut, dans un but scientifique, subir un ennui considérable, l'ennui du « noble sentiment », et même de choses pires. Comment la tête la plus encyclopédique qui peut-être exista jamais, sur les confins maintenant de sa grande climatérique, et ayant déjà femme et enfant, se comporte dans cette circonstance d'extra-nuptiale (et, à vrai dire, à pareil âge, et avec tant d'« indigestions », presque d'extra-naturelle) dévotion envers les reines de cette terre, c'est ce que les curieux de science qui ont bon courage peuvent voir ici. Il y a de plus un *Mémoire* très animé sur lui, par Mlle Diderot, bien que trop bref, et n'ayant pas l'air très-véridique. Finalement, en un gros volume, son *Rêve de d'Alembert*, fort regretté et commenté par Naigeon, ce dont nous aurions pu nous passer. Pour sa grosseur, ce petit *Mémoire* de Mademoiselle est ce qu'il y a de meilleur dans tout cela. Malheureusement, d'ailleurs, comme on l'a fait entendre, Mademoiselle, résolue avant tout à être *piquante*, écrit, ou plutôt *pense* d'une manière subtile, antithétique, qui n'est nullement ce qui convient le mieux pour la clarté ou la véridicité : sans soupçonner une fausseté volontaire, il n'y a point d'apparence que ce soit là une peinture de chambre-claire, ou un portrait tracé conformément aux légitimes règles de l'art. Cette manie d'être piquant est le péché mignon d'innombrables personnes des deux sexes, et elle gâte tristement tout profit qu'on pourrait par ailleurs tirer de leurs écrits ou de leur conversation. C'est, ou c'était, le défaut spécialement imputé aux Français : aussi bien, chez une femme, et chez une femme française, qui a du reste beaucoup de choses à nous dire, doit-il être pardonné. Et là-dessus, à l'aide de ces divers matériaux épars, voyons comment nous pouvons assembler une image cohérente de Denis Diderot, ainsi que de son pèlerinage et de son œuvre en ce monde.

Dans la vieille ville de Langres, au mois d'Octobre 1713, cela commence. Qu'on se représente Langres, sur sa haute colline, parmi des ruines romaines, près des sources de la Saône et de la Marne, avec ses frustes et solides maisons, et quinze mille habitants, exerçant pour la plupart le métier de coutelier ; et l'une des plus vives, claires, légères, impressionnables petites figures de ce siècle, tout juste débarquée en ce monde-là. Dans cette Sheffield française, le Père de Diderot était Coutelier, maître dans son état ; un homme fort respecté et digne de respect ; un de ces artisans d'autrefois (maintenant, hélas ! presque disparus de la terre, et que les faiseurs d'idylles vont rechercher, avec peu d'effet, chez les « Paysans de l'Ecosse » et ailleurs) qui, à l'école de la pratique, avaient appris non-seulement l'habileté de main, mais l'habileté bien plus difficile de la tête et du cœur ; dont le savoir et la vertu, étant par nécessité un savoir et une vertu pour *faire* quelque-chose, sont tout-à-fait véritables et ont supporté l'épreuve ; humbles patriarches modernes, braves, sages, simples ; d'une valeur rude, mais non pervertie, comme l'argent brut, non travaillé, tel qu'il sort de la mine ! Diderot aimait son père, comme il le pouvait bien, et il regrette en plusieurs occasions qu'il fût peint dans son portrait en habits des dimanches, et non dans l'habituel costume de son métier, « avec le tablier et la roue à repasser, et les lunettes relevées », — tout comme il vivait et travaillait et améliorait pour lui-même la petite portion de l'Univers qu'il prétendait occuper. Ce maître d'autrefois était un homme d'une véracité et d'une intégrité strictes ; de grand bon sens et de discrétion patiente, ce qui le faisait souvent choisir comme arbitre et conseil ; de si grande humanité, que les pauvres en foule « l'accompagnèrent en pleurant jusqu'à sa dernière demeure ». Un voisin de Langres, homme sans réticence, flattait de ce propos le Philosophe maintenant sans père : « Ah, monsieur Diderot, vous êtes un homme célèbre, mais vous ne vaudrez jamais votre père. » Vraiment, de tous les gens illustres et étonnants que fait connaître la partie biographique de ces vingt-six volumes, on se demande si ce vieux Coutelier de Langres n'est pas le plus méritant ; aucun autre

ne se présente à nous, dont le mérite puisse être admis
sans qu'il faille en défalquer des souillures et des dégra-
dations lamentables. La mère aussi était une femme
juste, au cœur aimant : ainsi Diderot pouvait se considérer comme bien né ; et c'est une chose à l'actif de
l'homme que toujours, fût-ce dans le cercle des rois et
des empereurs, il le fit avec gratitude.

Les Jésuites furent ses professeurs : à l'âge de douze
ans l'encyclopédique tête fut « tonsurée ». Il était
prompt à saisir, habile à se rappeler et à arranger ;
d'ailleurs assez léger ; fou de jeux, et de temps en temps
tombant dans des troubles. Il a lui-même rappelé un
grand événement significatif de ceci ; sa fille le rapporte
en ces termes :

« Il lui était arrivé d'avoir une querelle avec ses camarades :
elle avait été assez sérieuse pour lui attirer une sentence
d'exclusion du collège, un jour de concours public et de dis-
tribution de prix. L'idée de passer à la maison ce moment
important et de faire de la peine à ses parents lui était intolérable ; il se rendit à la porte du collège ; le concierge refusa
de le laisser passer ; mais il se pousse à l'intérieur, mêlé à
quelque foule qui entrait, et détale à toutes jambes ; le portier
le poursuit, l'atteint d'une sorte de hallebarde qu'il portait, et
le blesse au côté : le garçon ne veut pas se laisser expulser ; il
arrive, prend sa place : les prix de toutes sortes, de composition, de mémoire, de poésie, il les obtient tous. Nul doute
qu'il ne les eût mérités, puisque même la résolution de le
punir n'avait pu empêcher le sens de la justice chez ses supérieurs. Force volumes, nombre de guirlandes lui étaient
échus ; pliant sous le faix, il mit les couronnes autour de son
cou, et, les bras pleins de livres, revint à la maison. Sa mère
était à la porte, qui le vit s'en venant par la place publique en
cet équipement, et entouré de ses camarades : il faudrait être
mère pour concevoir ce qu'elle dut ressentir. Il fut fêté, il fut
caressé : mais le Dimanche suivant, en l'habillant pour aller
à l'église, on trouva sur lui une blessure sérieuse, dont il
n'avait même pas songé à se plaindre. »

« Un des plus doux moments de ma vie », écrit sur cette
affaire Diderot lui-même avec une légère variante, « remonte
à plus de trente ans, et pourtant je m'en souviens comme
d'hier, quand mon Père me vit venir du collège au logis, les
bras pleins de prix que j'avais emportés, et les épaules char-
gées des couronnes qu'on m'avait données, qui, trop larges

pour mon front, avaient laissé ma tête glisser au travers. M'apercevant de loin, il posa son ouvrage, se hâta de gagner la porte pour me rejoindre, et ne put se retenir de pleurer. C'est un beau spectacle, un brave homme et une crise de larmes indispensable ! »

Mademoiselle, dans sa manière vive et pétillante, nous apprend, toutefois, que le vainqueur de collège, se trouvant fatigué des admonestations et punitions pédagogiques, dont il y avait bon nombre, dit « un matin » à son père « qu'il voulait quitter l'école ! » — « Tu préfères donc être coutelier ? » — « De tout mon cœur. » — On lui mit un tablier, et il se plaça à côté de son père. Il abîma tout ce qui lui tomba sous la main, canifs, petits couteaux, lames de toutes sortes. Cela dura quatre ou cinq jours ; au bout de quoi il se leva, fut à sa chambre, y prit ses livres et retourna au collège, — et ayant, à ce qu'il semble, jeté de cette simple manière sa gourme de collège, il n'en bougea plus désormais.

Aux Révérends Pères, il semblait que Denis ferait un excellent Jésuite ; ils se mirent donc à cajoler et à solliter, avec l'idée de mettre la main sur lui. Et ici, dans quelques esprits, se présentera certaine réflexion consolante, sur le zèle et l'assiduité diaboliques de ces Saints Pères, à présent par bonheur tous dissous et expulsés. En même temps, une autre réflexion, mélancolique, peut se trouver non moins à propos : celle-ci, que ces Jésuites serviteurs du diable doivent avoir fait paraître, dans leur profession d'éducateurs, une habileté et un zèle comme nulle corporation de serviteurs du Ciel, de quelque caractère qu'elle soit, n'en montre à présent nulle part sur notre terre. Démêler le talent d'une jeune et vague Capacité, qui doit être un jour un homme et une Réalité ; prendre ce jeune talent par la main, et l'exercer à son métier spirituel, et l'y établir, avec les outils, l'atelier et le bon vouloir, serait lui rendre dans la plupart des cas un inexprimable service, — à cette condition, il est vrai, que le métier fût un juste et honnête métier ; condition qui serait certainement non pas un obstacle, pour un tel service, mais plutôt une aide. Et même, que maint pauvre Dermody, Hazlitt,

Heron, Derrick (1), et autre de la sorte, eût été élevé de façon à faire un bon Jésuite, cela eût-il été beaucoup plus mal que d'avoir vécu péniblement en méchant Rien-du tout ? Quoi qu'il en soit, a-t-on dit, les Jésuites sont dissous ; et des Corporations de toutes sortes ont péri (par· excès d'embonpoint) ; et maintenant, au lieu des sept égoïstes esprits corporatifs, nous avons les vingt-quatre millions d'égoïstes débandés ; et la règle : *Homme, chacun pour soi*, met partout confusion et dispute, et presse étouffante (avec force gens pressés à mort et force membres arrachés), dont les sombres profondeurs chaotiques (car la vie humaine est à jamais insondable) donnent le frisson à qui les considère. Le plus isolé de tous, le plus faible et le plus maltraité, dans ce monde de disputes, est l'être extraordinaire connu en ces temps en qualité d'Homme de Lettres ! Il paraît indubitable que cet état des affaires changera et s'améliorera, — dans un siècle ou deux. Mais reprenons :

« Les Jésuites », pétille Mademoiselle, « employèrent la tentation, toujours si forte, du voyage et de la liberté ; ils persuadèrent au jeune homme de quitter sa demeure et de partir en compagnie d'un Jésuite, auquel il était attaché. Denis avait un ami, un cousin de son âge ; il lui confia son secret, dans le désir où il était qu'il les accompagnât. Mais le cousin, personnage avisé à qui l'on n'en faisait pas accroire, découvrit tout le projet au père ; le jour du départ, l'heure, tout fut divulgué. Mon grand'père garda le plus strict silence ; mais avant d'aller se coucher il emporta les clefs de la porte de la rue ; et à minuit, entendant son fils descendre, il se présenta devant lui, demandant : « Où allez-vous, à pareille heure ? » « A Paris », répliqua le jeune homme, « où je dois rejoindre les Jésuites. » — « Ce ne sera pas pour cette nuit ; mais vos désirs seront exaucés : allons d'abord dormir. »

« Le lendemain matin son père loua deux places dans la voiture publique, et le conduisit à Paris, au Collège d'Harcourt. Il arrêta les conditions de son petit établissement et dit adieu à son fils. Mais le digne homme aimait trop bien son fils pour le quitter sans être entièrement satisfait quant à sa situation : il eut la constance de rester une quinzaine de plus, tuant le temps et mourant d'ennui, à l'auberge, sans voir

(1) Dermody, Hazlitt, etc., auteurs besogneux qui vécurent dans des disputes perpétuelles.

l'unique objet de son délai. A la fin, il se rendit au Collège; et mon père m'a souvent dit que cette preuve de tendresse l'aurait fait aller au bout du monde, si le vieillard l'avait exigé. « Mon ami », dit-il, « je suis venu pour savoir si votre santé est toujours bonne; si vous êtes content de vos supérieurs, de votre régime, des autres et de vous-même. Si vous n'êtes pas bien, si vous n'êtes pas heureux, nous reviendrons chez votre mère. Si vous préférez rester ici, je n'ai qu'un mot à vous dire, à vous embrasser et à vous donner ma bénédiction. » Le jeune homme l'assura qu'il était parfaitement content, qu'il aimait beaucoup son nouveau séjour. Mon grand-père alors prit congé de lui, et fut voir le Principal, pour savoir s'il était satisfait de son élève. »

La réponse se trouvant favorable aussi de ce côté, le digne père retourna chez lui. Denis ne le vit plus beaucoup, n'ayant plus depuis lors résidé sous son toit, bien que, de longues années durant, et jusqu'à la fin, des rapports aient été entretenus, comme il convenait ; non, semble-t-il, sans une visite ou deux de la part du fils, et certainement avec la vigilance et l'assistance les plus infatigables, prudentes, de la part du père. C'était vraiment une digne famille, que celle des Diderot ; et un haut degré d'affection naturelle peut être compté parmi les vertus de notre Philosophe. Ces scènes de la rurale Langres et de la vieille vie de famille, là, telles qu'elles sont retracées fictivement dans *l'Entretien d'un Père avec ses Enfants*, et plus complètement, maintenant, comme il est naturel, dans cette *Correspondance* parue d'aujourd'hui, sont du caractère le plus innocent, gai, paisiblement privé ; plus agréable, poétique, pourrions-nous presque dire, que tout ce qu'on pourrait recueillir ailleurs dans les Écrits de Diderot. Denis était l'aîné de la famille, et l'on avait fort les yeux sur lui, malgré tous ses défauts : il y avait un Frère, qui devint curé, et une Sœur, au cœur excellent, à l'esprit aiguisé, qui resta vieille fille, et qui essaya à plusieurs reprises de vivre avec ce dernier, — plutôt sans succès. Le Curé étant un homme consciencieux, rigide même, et Denis tel que nous la connaissons, ils eurent, assez naturellement, chacun leurs difficultés à se maintenir en termes fraternels, et d'ailleurs abandon-

nèrent à la fin l'entreprise comme infructueuse. L'Abbé
s'en tenait rigoureusement à son Bréviaire, adressant
de temps en temps des admonestations solennelles au
Philosophe perdu, qui allait aussi de son côté. Il est quelque peu grondé pour ceci par le parti Denisien de la
famille ; mais certainement sans motif : c'était sa
vertu plutôt ; tout au moins sa destinée. Le vrai Prêtre, qui pourrait, ou devrait, considérer paisiblement
une *Encyclopédie*, est encore peut-être à trouver en ce
monde ; et de toutes les choses fausses, un faux Prêtre
n'est-il pas la plus fausse ?

Cependant Denis, au Collège d'Harcourt, apprend de
plus le Grec et les Mathématiques, et perd tout à fait
son goût pour la carrière de Jésuite. Il se livra à de
folles escapades, nous n'en doutons pas ; suivies de réprimandes. Il se fit plusieurs amis, toutefois ; devint l'intime de l'Abbé de Bernis, alors Poëte, depuis Cardinal.
« Ils avaient coutume de dîner ensemble, pour six sous
« chacun, chez le Traiteur voisin ; et je lui ai souvent
« entendu vanter la gaîté de ces repas. »

« Ses études étant finies », continue Mademoiselle, « son
père écrivit à M. Clément de Ris, Procureur à Paris, et son
compatriote, de le prendre comme pensionnaire, pour qu'il
pût étudier la Jurisprudence et le Droit. Il resta là deux ans ;
mais la besogne des *actes* et des *inventaires* avait peu de
charmes pour lui. Tout le temps qu'il pouvait dérober
au bureau était employé à étudier le Latin et le Grec, où il se
jugeait encore insuffisant; les Mathématiques, dont il resta
jusqu'au bout passionnément épris ; l'Italien, l'Anglais, etc. A
la fin il se livra si complètement à son goût pour les lettres
que M. Clément jugea à propos d'informer son père combien
le jeune homme employait mal son temps. Mon grand-père
alors donna commission expresse à M. Clément de le presser
et de le contraindre de faire choix de quelque profession, et
une fois pour toutes de devenir Médecin, Procureur ou Avocat. Mon père demanda le temps d'y penser; le temps fut
accordé. Au bout de plusieurs mois, ces propositions lui furent
de nouveau présentées : il répondit que la profession de Médecin ne lui plaisait pas, car il ne pouvait se résoudre à tuer
personne ; que la besogne de Procureur était trop difficile à
exécuter avec délicatesse; qu'il choisirait volontiers la profession d'Avocat, n'était qu'il éprouvait une invincible répu-

gnance à s'occuper toute sa vie des affaires des autres. « Mais enfin », dit M. Clément, « que *voulez*-vous être ? »—« Ma foi, rien, mais rien du tout. J'aime l'étude ; je suis très heureux, très content, et je ne demande rien autre chose. »

Voici évidemment un jeune homme d'esprit, déterminé à prendre le monde du bon côté, d'en jouir et de se satisfaire. Son goût décidé, comme celui de tant d'autres, est pour le métier de prince souverain, sous une forme ou l'autre ; par malheur, du reste, le capital et l'équipement pour le pratiquer font défaut. Dans ces conditions, il ne reste qu'à aviser M. Clément de Ris que les frais de pension ne seront dorénavant plus payés, et que, dès qu'il le jugera convenable, le jeune souverain peut être mis à la porte.

Ce que Denis, perché dans son attique prise à louage, peut avoir pensé de cela maintenant, on ne nous le dit pas. Le bon vieux Père, en supprimant sa subvention, avait assez raisonnablement insisté sur l'une de deux choses : ou bien qu'il eût recours à quelque intelligible méthode d'existence, où l'on pût lui venir en aide autant qu'il le faudrait ; ou bien qu'il revînt à la maison dans la semaine. Mais Denis ne pouvait penser à faire l'une ou l'autre de ces deux choses. Semblable demande continua de lui être réitérée pendant les dix années qui suivirent, mais toujours avec le même non-effet. Le Roi Denis, dans son attique où il logeait en garni, avec ou sans argent pour la payer, vivait maintenant et régnait, comme les autres rois, « par la grâce de Dieu » ; et il ne pouvait nullement se résoudre à abdiquer. Un sanguin, véhément, léger mortel ; jeune, et à qui, sur une si vaste terre, il semblait à peu près impossible qu'il n'y dût trouver des mines d'or. Il vivait, tant qu'il y avait de quoi manger, sans prendre souci du lendemain. Il avait des livres, il avait une joyeuse compagnie, tout un Paris fredonnant et dansant autour de lui ; il pouvait enseigner les Mathématiques, il pouvait se retourner de tant de manières ; et qui sait s'il ne deviendrait pas quelque jour un Mathématicien, un Savant célèbre, et s'il ne frapperait pas de sa sublime tête la voûte des cieux ! En attendant, il est au moment d'être atteint par l'une des plus âpres d'entre les humaines calamités, « la propreté des dents (1) ».

« Un matin de Mardi-Gras, il se lève, fouille ses poches; il n'a pas de quoi dîner ; il ne veut pas déranger ses amis qui ne l'ont pas invité. Ce jour, que dans son enfance il avait si souvent passé au milieu d'une compagnie qui l'adorait, devient plus triste par le souvenir : il ne peut pas travailler; il espère dissiper sa mélancolie par une promenade; il va aux Invalides, aux Tribunaux, à la Bibliothèque du Roi, au Jardin des Plantes. Vous pouvez chasser l'ennui, mais vous ne pouvez fausser compagnie à la faim. Il revient chez lui; en entrant il se trouve mal; la tenancière lui donne un peu de rôtie et de vin ; il va se coucher. « Ce jour-là », m'a-t-il dit souvent, « je jurai que si jamais je venais à posséder quelque chose, je ne refuserais jamais dans ma vie secours à un pauvre homme, je ne condamnerais jamais mon semblable à une journée aussi pénible. »

Que Diderot, durant toute cette période, ne mourût pas d'inanition, ceci paraît assez au résultat : mais comment il s'arrangea spécialement pour cela, et se tira d'affaire dans la vie sous les autres rapports, c'est ce qui est pour la plus grande partie laissé à conjecturer. Mademoiselle, confinée de toute façon dans des bornes étroites, reste comme d'habitude surtout préoccupée d'étinceler ; elle est *brillante* et *pétillante* (2), plutôt que claire et lumineuse. Combien inférieur, quand il s'agit de *voir*, est votre plus resplendissant feu d'artifice à la plus humble chandelle d'un sou ! Ce qu'étaient les compagnons, les amis, les ennemis, les patrons de Diderot, ce qu'était son genre de vie, ce qu'était le Paris où il vivait et qu'il regardait du haut de sa mansarde, nous ne l'apprenons que par des demi-mots, incohérents, énigmatiques. Nous devons en général rester avec l'impression que le jeune Denis, comme une sorte de rodomont de l'esprit, qui s'en vint pour vaincre la Destinée, en s'escrimant légèrement de sa rapière, par manière d'amusement, ou tout au moins, dans les revers, en l'insultant

(1) Par le manque même de nourriture. C'est-à-dire « rien à se mettre sous la dent ».
(2) En italiques et en français dans le texte.

élégamment de révérences ironiques, — vivait et agissait comme personne autre ; et tout ceci volontiers admis, nous demandons, guère plus renseignés : Comment donc faisait-il ?

Il donnait des leçons de Mathématiques, trouvonsnous ; mais avec la plus princière indifférence quant au paiement : « Son élève était-il d'esprit éveillé, et prompt « de conception, il restait toute la journée près de lui à « lui donner la leçon ; tombait-il sur un imbécile, il n'y « revenait pas. On le payait en livres, en biens meubles, « en linge, en argent, ou point du tout ; cela ne faisait « rien. » De plus, il fabriquait des Sermons, sur commande ; on dit bien que le Diable cite l'Ecriture : un Missionnaire lui en commanda une demi-douzaine (à lui, Denis) pour les Colonies Portugaises, et les lui paya très généreusement à raison de cinquante écus la pièce. Une fois, un Préceptorat dans une famille s'offrit à lui, avec des appointements raisonnables, mais aussi avec d'incessantes obligations : au bout de trois mois, il se rend chez le maître de la maison, avec cette abrupte communication : « Je suis venu, Monsieur, pour vous prier de chercher un nouveau précepteur ; je ne peux pas rester chez vous plus longtemps. » — « Mais, Monsieur Diderot, quel est votre grief ? Avez-vous un salaire trop faible ? Je le doublerai. Etes-vous mal logé ? Choisissez votre appartement. Votre table est-elle mal servie ? Commandez vous-même votre dîner. Rien ne coûtera en comparaison d'une séparation d'avec vous. » — « Monsieur, regardez-moi : un citron n'est pas aussi jaune que ma figure. Je suis en train de faire des hommes de vos enfants ; mais chaque jour je suis en train de devenir un enfant avec eux. Je me trouve cent fois trop riche et trop bien dans votre maison ; pourtant je la dois quitter : l'objet de mes vœux n'est point de vivre mieux, mais de m'empêcher de mourir. »

Mademoiselle avoue que s'il était parfois « ivre de gaîté », il était assez souvent plongé dans l'amertume ; mais alors un problème newtonien, une belle pensée, ou toute petite bonne aubaine de cette sorte, suffisait pour le remettre instantanément de bonne humeur. Les « mines d'or » n'étaient pas encore venues au jour. Cependant, entre lui et la dénûment nous pouvons discerner encore Langres étendant secrètement sa main. A tous les gens de Langres qu'il rencontre, Denis emprunte franchement ; et le bon vieux Père ne refuse pas de payer. La mère est encore plus bienveillante, du moins plus tendre : elle lui envoie directement des secours, autant qu'elle le peut ; non pas par la poste, mais par une servante, qui faisait ces soixante lieues à pied, lui remettait une petite somme de la part de sa mère, et, sans rien dire, y ajoutait toutes ses propres économies. Elle accomplit trois fois ce voyage du bon Samaritain. « Je la « vis il y a quelques années », ajoute Mademoiselle ; « elle « me parla de mon père avec larmes ; tout ce qu'elle dé- « sirait était de le revoir : soixante années de service « n'avaient affaibli ni son bon sens ni sa sensibilité. »

On avoue aussi que la société qu'il fréquentait était « quelquefois bonne, quelquefois indifférente, pour ne pas dire mauvaise. » A vrai dire, en rapprochant toutes choses, nous pouvons facilement imaginer que la dernière espèce était la prépondérante. Il semble probable que Denis, durant ces dix années d'épreuve, circula surtout par les ombres souterraines de la Bohème ; tantôt ivre des grands coups avalés aux gobelets de Circé, tantôt flairant en une expectative hagarde le vent de la faim ; et toujours « fortement roussi au voisinage de l'enfer ». Dans certaines de ses œuvres d'imagination se révèle la plus intime connaissance du bas monde des Polissons, Escrocs, Filles de joie, Maroufles, Maquerelles, et de leurs manières d'agir : entre autres choses (comme on peut le voir dans *Jacques le Fataliste*, et ailleurs), une singulière adresse théorique dans ce qu'on appelle techniquement « faire se lever le vent (1) » ; miracle, d'ailleurs, qu'on trouve expressément Denis (dans ce *Mémoire*) accomplissant une fois, et d'une manière qui eût relevé de la compétence judiciaire, si le digne Père n'eût point « payé la dupe, en se raillant d'elle ». La dupe ici était un abbé adonné au prosélytisme, que le coquin avait flatté en affectant le dégoût du monde et le désir de se faire moine ; toutes choses qui s'étaient

(1) Trouver de l'argent par n'importe quel moyen.

évaporées, une fois l'argent dans ses mains. En d'autres
occasions, cela pourrait tourner autrement, et le pêcheur
de dupes prendre à son hameçon quelque requin vorace.

La Littérature, excepté sous les espèces de Sermons
pour les Colonies Portugaises, ou d'autres petites affaires privées de ce genre, ne lui avait pas encore ouvert
son sein hospitalier. Il pouvait avoir écrit des Épîtres,
de sollicitation ou d'amour, pour les gens qui avaient
plus d'argent que de grammaire ; des Catalogues aussi,
des Index, des Avertissements, en se voyant même, dans
ces derniers cas, imprimé. Mais maintenant il s'aventure
plus loin, d'un pas plus hardi, vers les mystères inté-
rieurs, et il se met à produire des Traductions de l'Anglais. La Littérature, il est vrai, était alors, comme maintenant, l'universel hôpital public, l'universel Refuge du
Dénûment, où tous les mortels, de quelque couleur et
de quelque espèce qu'ils fussent, avaient la liberté de
vivre, ou du moins de mourir : mais, même pour un
homme entreprenant, ses ressources en ce temps-là
étaient comparativement limitées. Il y avait peu de journaux ; on n'écrivait pas d'articles, encore moins de ré-
dactions subalternes à tant la ligne: Packwood et War-
ren, plus encore Panckouke et Colburn (1), dormaient
encore (le dernier siècle de leur sommeil) au sein du
Chaos ; la littérature fragmentaire de Panégyrique
n'existait pas encore, et l'on ne pouvait donc la payer.
Le Talent demandait un libre marché et un libre atelier,
où le salaire fût certain ; et trop souvent, comme la vertu, on le louait et le laissait dans le dénûment. Pour que
le lecteur ne prise pas trop la munificence de la corne
d'abondance littéraire en France, à cette époque, faisons-
le assister à une petite scène historique, et qu'il en juge
par lui-même. Diderot est l'historien; ajoutons que la
date se rapporte à plusieurs années plus tard, lorsque
les temps, s'il en fut jamais, étaient meilleurs :

« J'avais donné à un pauvre diable un manuscrit à copier.
Le délai qu'il avait promis étant expiré, et mon homme n'ap-
paraissant pas, je me trouvai embarrassé ; je sortis pour le
relancer. Je le trouvai dans un trou pas plus grand que ma

(1) Libraires fameux.

main, presque sans jour, et sans le plus misérable lambeau de serge qui recouvrît les murs ; deux chaises paillées, un lit de bourre, au couvre-pieds rongé des vers et sans rideaux ; une malle dans un coin de la cheminée, des haillons de toutes sortes accrochés au-dessus de celle-ci ; une petite lampe de fer-blanc, avec un bocal en guise de lampadaire; sur une tablette de bois blanc, une douzaine d'excellents livres. Je bavardai avec lui trois quarts d'heure. Mon gentilhomme était nu comme un ver » (on était en août), « chétif, sale, desséché. mais serein, ne se plaignant de rien, mangeant son morceau de pain avec appétit, et de temps en temps caressant sa maîtresse, qui reposait sur ce misérable lit prenant les deux-tiers de la chambre. Si je n'avais su que le bonheur réside dans l'âme, mon Epictète de la Rue Hyacinthe me l'aurait appris. »

Malgré tout cela, Denis, à présent dans sa vingt-neuvième année, se voit dans la nécessité de tomber éperdûment et surabondamment amoureux. Ce fut un vertueux, pur attachement ; son premier de ce genre, probablement aussi son dernier. Les lecteurs qui voudraient voir la chose poétiquement décrite, et quel talent avait Diderot pur de telles peintures, peuvent lire cette scène dans le drame du *Père de Famille*, jadis célèbre. On sait qu'il le tira de la réalité, et avec peu d'embellissements, qui, d'ailleurs, n'embellissent rien, excepté au Théâtre français.

ACTE PREMIER. SCÈNE 7.

Saint-Albin. Mon Père, vous saurez tout. Hélas! comment, autrement, puis-je vous émouvoir ? — C'est à l'église que je la vis pour la première fois. Elle était à genoux au pied de l'autel, à côté d'une vieille femme, que je pris pour sa mère. Ah, mon père ! quelle modestie, quels charmes !... Son image me suivait le jour, me hantait la nuit, ne me laissait nulle part de repos. Je perdais ma gaîté, ma santé, ma tranquillité. Je ne pouvais vivre sans chercher à la retrouver... Elle m'a changé; je ne suis plus ce que j'étais. Dès le premier moment, tous les désirs honteux se sont évanouis de mon âme ; respect et admiration leur ont succédé. Sans qu'elle eût à me réprimander ou à me modérer, peut-être avant qu'elle eût levé les yeux sur moi, je devins timide ; je le devins chaque jour davantage ; et bientôt je me sentis aussi peu libre d'attenter à sa vertu qu'à sa vie.

Le Père. Et que sont ces femmes? Comment vivent-elles ?

Saint-Albin. Ah! si vous le saviez, comme elles sont malheureuses! Imaginez que leur travail commence avant le jour et que souvent il se prolonge dans la nuit. La mère file au rouet; une étoffe rude et grossière est entre les délicats petits doigts de Sophie et les blesse (1). Ses yeux, les plus beaux yeux du monde, s'usent à la lumière d'une lampe. Elle vit dans une mansarde, entre quatre murs nus; une table de bois blanc, une paire de chaises, un méchant lit, voilà leur mobilier. O ciel, quand vous façonnâtes une telle créature, était-ce là le lot que vous lui destiniez!

Le Père. Et comment obtîntes-vous accès? Dites-moi la vérité.

Saint-Albin. Il est incroyable quels obstacles j'eus, que je surmontai. Bien que logé là maintenant, sous le même toit, je ne cherchai pas d'abord à les voir : si nous nous rencontrions dans l'escalier, en montant ou en descendant, je les saluais respectueusement. Le soir, lorsque je rentrais (car j'étais censé être tout le jour à mon travail), j'avais l'habitude de frapper doucement à leur porte, de leur offrir les petits services d'usage entre voisins, — comme pour l'eau, le feu, la lumière. Peu à peu elles s'accoutumèrent à moi; et même elles me prirent en gré. Je leur offris de les servir dans de petites choses; par exemple, elles n'aimaient pas à sortir, à la nuit tombée; je faisais leurs commissions. »

La vérité vraie, ici, est : « Je leur commandai un certain nombre de chemises; dis que j'étais un licencié ecclésiastique qui venait d'être désigné pour le séminaire de Saint-Nicolas, — et surtout, j'avais la langue de l'antique serpent ». Mais sautons-en le plus possible, et finissons :

« Hier, je vins comme d'habitude; Sophie était seule; elle était assise les coudes sur la table, sa tête dans ses mains; son ouvrage était tombé à ses pieds. J'entrai sans qu'elle m'entendît: elle gémissait. Des larmes s'échappaient entre ses doigts et coulaient le long de ses bras. Depuis quelque temps, déjà, je l'avais vue triste. Pourquoi pleurait-elle ? Quelle était la cause de sa peine ? Ce ne pouvait plus être la misère; son travail et mes soins y avaient pourvu. Menacé du seul malheur qui fût terrible pour moi, je n'hésitai pas : je me jetai à

(1) Ce métier paraît avoir été en réalité celui de « couturière en lingerie et passementerie » : la pauvreté est quelque peu exagérée; à cela près le tableau peut être assez fidèle (note de Carlyle).

ses genoux. Quelle fut sa surprise ! Sophie, dis-je, vous pleurez : qu'avez-vous ? Ne me cachez point votre chagrin : parlez-moi ; oh, parlez-moi ! Elle ne dit rien. Ses pleurs continuaient de couler. Ses yeux, où le calme n'était plus, où il n'y avait que larmes et anxiété, s'abaissaient sur moi, puis se détournaient, puis revenaient sur moi. Elle dit seulement : Pauvre Sergi ! malheureuse Sophie ! — J'avais posé mon visage sur ses genoux ; je trempais son tablier de mes larmes. »

En un mot, il n'y a de remède à cela que le mariage. Le vieux Diderot, tout joyeux qu'il fût de voir son fils encore une fois, recula d'indignation et de dérision à une telle proposition ; et le jeune Diderot dut retourner à Paris, et se voir interdire la maison aimée, et tomber malade, et arriver à l'article de la mort, avant que les scrupules de la belle pussent être surmontés. Quoi qu'il en soit, elle envoya prendre de ses nouvelles ; « sut que « sa chambre était une parfaite niche à chiens, qu'il gisait « sans nourriture, sans soins, abandonné, triste : sur « quoi elle prit sa résolution ; monta le voir, promit d'ê- « tre sa femme ; et mère et fille devinrent alors ses gar- « des malades. Sitôt qu'il eut recouvré la santé, ils se « rendirent à Saint-Pierre et furent mariés à minuit « (1744). » Il reste seulement à ajouter que si la Sophie qu'il avait épousée ne répondit pas, de beaucoup, à la Sophie qu'il dépeint, la faute en fut moins à ses qualités qu'à son instable fantaisie à lui : de même que, dans sa jeunesse, elle était « grande, belle, pieuse et sage », de même, durant une longue vie, elle semble s'être montrée femme de courage, de jugement, de fidèle affection ; une bien trop bonne femme pour un tel époux.

« Mon père était d'un trop jaloux caractère pour laisser ma mère continuer un métier qui l'obligeait à recevoir des étrangers et à traiter avec eux : il lui demanda donc d'abandonner cette affaire ; elle eut beaucoup de répugnance à y consentir ; la pauvreté ne lui faisait pas peur pour son propre compte, mais sa mère était vieille, non destinée vraisemblablement à rester longtemps auprès d'elle, et la crainte de ne pas être à même de subvenir à tous ses besoins était affligeante : cependant, se persuadant que ce sacrifice était pour le bonheur de son mari, elle le fit. Une femme de ménage venait quotidiennement ran-

ger leur petit logement et faire les provisions de la journée ;
ma mère se chargeait de tout le reste. Souvent, quand mon
père dînait ou soupait dehors, elle dînait ou soupait d'un morceau de pain ; et elle prenait un grand plaisir à la pensée que,
le jour suivant, elle pourrait doubler son petit ordinaire pour
lui. Le café était un luxe trop considérable pour un intérieur
de cette sorte : mais elle ne pouvait pas supporter qu'il s'en
privât, et chaque jour elle lui donnait six sous pour aller
prendre sa tasse au Café de la Régence, et y voir jouer aux
échecs.

« C'est alors qu'il traduisit l'*Histoire de la Grèce* en trois
volumes » (par l'Anglais Stanyan) ; « il vendit cela pour cent
écus. Cette somme apporta quelque ressource dans la maison...

« Ma mère était accouchée d'une fille, elle était grosse maintenant une seconde fois. En dépit de ses précautions, de sa
vie solitaire et de la peine qu'elle avait prise de faire passer
son mari pour son frère, la famille de celui-ci, dans la retraite
de sa province, apprit qu'il vivait avec deux femmes. Aussitôt
la naissance, la moralité, le caractère de ma mère devinrent
les objets de la plus noire calomnie. Il prévit que les discus-
sions par lettres seraient sans fin ; il trouva plus simple de
mettre sa femme dans la diligence et de l'envoyer à ses parents.
Elle venait juste d'accoucher d'un fils ; il annonça cet événement à son père, et le départ de ma mère. « Elle s'est mise en
route hier », disait-il, « elle sera chez vous dans trois jours.
Vous lui direz ce qu'il vous plaira, et vous la renverrez quand
vous aurez assez d'elle. » Aussi singulière que fût cette espèce
d'explication, ils se décidèrent, en tout cas, à envoyer la sœur
de mon père pour la recevoir. Leur premier accueil fut plus
que froid : la soirée fut moins pénible pour elle ; mais le lendemain matin, de bonne heure, elle alla voir son beau-père ;
elle le traita comme s'il eût été son propre père ; son respect
et ses caresses charmèrent le bon et sensible vieillard. Descendant au rez-de-chaussée, elle se mit au travail, n'épargnant
rien qui pût plaire à une famille dont elle n'avait pas peur, et
dont elle souhaitait d'être aimée. Sa conduite fut la seule
excuse qu'elle donna du choix de son mari : son aspect les
avait prévenus en sa faveur ; sa simplicité, sa piété, ses talents
de ménagère lui assurèrent leur tendresse ; ils lui promirent
que le déshéritement de mon père serait révoqué. Ils la gardèrent trois mois ; et ils la renvoyèrent comblée de tout ce
qu'ils purent penser qui lui serait utile ou agréable. »

Tout ceci est fort beau, dit avec une gracieuse simplicité ; la belle, réelle-idéale idylle en prose d'une Vie Lit-

téraire : mais, hélas! dans la musique de votre idylle en prose, il se cache toujours une maudite dissonnance (ou bien les exécutants en font une); où il y a des hommes, il y aura du mal. « Ce voyage », écrit Mademoiselle, « coûta à ma mère bien des larmes ». Que dira le lecteur, quand il saura que M. Diderot s'était, dans l'intervalle, épris d'une certaine Mᵐᵉ de Puisieux, et qu'il accueillit sa courageuse femme (qui eût mérité d'être celle d'un brave homme) avec un cœur qui lui était désormais aliéné! Mᵐᵉ Diderot « fit deux voyages à Langres, et tous les deux furent fatals à sa paix ». Cette affaire de la Puisieux, pour qui, chose assez méprisable, non-seulement il brûlait, mais travaillait et gagnait de l'argent, l'occupa pendant dix ans; jusqu'à ce qu'enfin, trouvant qu'elle se moquait de lui, il la quitta; et diverses intrigues subalternes semblent avoir suivi. Mais à son retour de son *second* voyage, l'endurante Mère de famille le trouve à l'apogée de la gloire avec une certaine Voland, la Fille, qui n'avait plus rien d'une jeune fille, de la « Veuve d'un Financier »; à qui nous devons la présente *Correspondance* extra-nuptiale; à qui, du reste, il se consacra pour le reste de sa vie, — « partageant son temps entre ses écrits et elle », donnant peu de chose à sa propre femme et à son ménage, sauf l'ennui de lui faire la cuisine, et de garder, avec un mécontentement réprimé ou irréprimable, quelque apparence de rapports avec lui. Hélas! hélas! et sa Puisieux semble avoir été une mercenaire perfide (il regardait les livres les plus obscènes comme la nourriture qu'il fallait à cette âme scandaleuse); et la Voland, une vieille fille, au *cœur sensible*, au *cœur honnête*, à *l'âme tendre et bonne* (1)! Et puis ces anciens dîners de pain sec; les six sous mis de côté pour sa tasse de café! Fou de Diderot, à peine pardonnable Diderot! Parole dure que celle-ci, mais parole vraie : Coquinerie signifie injustice, et devrait être laissée aux seuls coquins. Pour ta femme indignement traitée, à qui tu avais juré de tout autres choses, toujours, dans ses afflictions (si hostilement épluchées ici et décrites), une véritable sympathie s'éveillera; avec la tristesse que

(1) En français et en italiques dans le texte.

les patientes, ou même impatientes, souffrances d'une
telle femme aient été, pour une telle autre femme, des
occasions de spéculer et de se faire valoir.

Mais portant maintenant nos regards hors de la maison,
loin d'un ménage laissé à l'abandon, qui serait tombé
misérablement en ruines, si une femme n'avait été plus
sage et plus forte que son mari, — nous voyons le Philosophe faisant son chemin dans le monde de la Librairie,
et de manière à y trouver, à la fin, une sorte d'existence.
L'*Histoire de la Grèce* de Stanyan ; une autre traduction anglaise, d'un *Dictionnaire Médical* anonyme,
sont négligées par tous les Editeurs comme sans valeur :
pareil destin peut avoir atteint, sans que ce fût grand
dommage, l'*Essai sur le Mérite et la Vertu*, traduit ou
imité des *Caractéristiques* de Shaftesbury. Dans cette
rédaction, avec ses Notes, d'une Orthodoxie inquiète, et
la Fausseté sans fond qui s'y montre, nous n'avons quant
à nous rien trouvé, sauf une confirmation de la vieille
expérience amplement répétée : Qu'il y a dans le célèbre
Livre de Shaftesbury, s'il y en a quelqu'une, une signification si diffuse, si entortillée et si fuyante, que, comme
une anguille, elle nous glisse toujours dans les doigts,
et nous laisse seul sur le sable. Une raison peut partiellement en être que Shaftesbury était non seulement un
Sceptique, mais un Sceptique Amateur ; espèce qu'une
autre, plus sombre, plus sérieuse, a depuis longtemps
avalée et abolie. Qu'est-ce que signifie un individu délicat, parfumé, comme il faut, se tenant là, dans cette
guerre de Titans (où les collines s'entrechoquent aux
collines avec tous leurs arbres) (1), et y mettent la main,
— avec une paire de pincettes ?

Quoi qu'il en soit, notre Denis a émergé maintenant de
l'intermédiaire Hadès du Traductorat dans le Ciel du
parfait Autorat : il bâcle son banal livre de *Pensées philosophiques* (dans l'espace de quatre jours, dit-on) ; il
écrit ses fantasmagories métaphysico-baconiennes sur
l'*Interprétation de la Nature* (un sujet sans fin à « interpréter ») ; et il jette le produit de ces deux livres dans
le giron de son ogresse de Puisieux. Aussitôt après,

(1) Réminiscence de Milton.

dans le même but, en quinze jours de honte, il compose le plus sale de tous les tristes Romans passés, présents ou futurs (1) ; exploit difficile, malheureusement non impossible. Si quelque mortel, fût-ce un rédacteur de Revue, est encore forcé de jeter un coup d'œil dans ce livre, qu'il se baigne dans l'eau courante, change d'habits, et soit impur pour le reste du jour. Jusqu'ici la métaphysico-athéistique *Lettre sur les Sourds-Muets* et la *Lettre sur les Aveugles*, qui lui vaut la gloire et trois mois de séjour au Château de Vincennes, sont, dans l'éloignement des années, à l'arrière-plan. Mais bientôt, par sa langue dorée, par sa réputation grandissante et son hardi caractère à projets, il a persuadé aux Libraires de congédier l'abbé Gua (2), avec sa pauvre version du *Dictionnaire des Arts*, de Chambers, et de convertir cela en une *Encyclopédie*, avec lui-même et d'Alembert pour éditeurs : et désormais (à partir de l'an de grâce 1751) il est un *Homme de Lettres* dûment sorti d'apprentissage, un membre indiscutable et chaque jour plus en vue de cette surprenante corporation.

La Littérature, depuis son apparition dans notre monde européen, spécialement depuis qu'elle a quitté les Cloîtres pour la Place publique, et s'est efforcée de s'y faire une place et d'y gagner sa subsistance, a toujours présenté les plus étranges phases et, consciemment ou inconsciemment, accompli le plus étrange travail. Prodigieuse Arche du Déluge, où tant de choses précieuses, voire même sans prix, pour le genre humain, voguent à l'aventure à travers le Chaos des Temps en démence, — puisse-t-elle quelque jour trouver un Ararat où se reposer, et voir les eaux baisser ! L'Histoire de la Littérature, spécialement depuis les deux derniers siècles, est proprement notre Histoire de l'Eglise, l'autre Eglise, durant ce temps, ayant de plus en plus décliné dans ses vieilles fonctions et son influence, et cessé d'avoir une histoire. Et maintenant, pour considérer seulement le dehors de la chose, pensez aux Tasses et aux anciens ou récents

(1) Sans doute *la Religieuse.* / *L. Bijoux in.* !148

(2) L'Abbé Gua de Malves, 1712-1786, mathématicien, professeur de philosophie au Collège de France, traducteur d'ouvrages anglais.

Racines s'efforçant de tirer leur fonction de son pri-
mitif abaissement d'amusette de cour ; et d'enseigner et
d'élever le Monde, conjointement avec cette autre tâche,
tout-à-fait hétéroclite, d'égayer et de glorifier quelque
Pullus Jovis en manteau de pluche et autre attirail
royal en or ou doré, car il faut bien vivre, en attendant ! Considérez les Shakspeares et les Molières, exerçant un métier pareil, mais avec double matière ; heureux de tout royal ou noble patronage, mais tirant, ressource plus sûre, quelque contribution partielle de la ba-
lourde multitude aux nombreuses poches. Les Saumaises,
tantôt faisant le fier-à-bras « pour cent Jocobus d'Or »,
tantôt enfermés avec des Reines Christines qui soufflent
sur le feu avec leur propre bouche royale, pour préparer un déjeuner de pédant ; tantôt jetés dehors (dédai-
gnés et réfutés), et mourant le cœur brisé, accouplés à
des mégères. Et puis les Droits d'auteurs, les Querelles
des auteurs, les Calamités des auteurs ; les Heynes dînant
de cosses de pois bouillies, les Jean-Pauls d'eau ; les
Johnsons ayant quatre pence et un demi-penny par jour
pour la pension et le logement. Enfin, de nos jours,
l'inexprimable confusion pire que confusion de notre
existence d'écrivains de Périodiques ; lorsque, entre autres
phénomènes, l'on voit un jeune Quatrième Etat (ses
trois aînés réunis peuvent tenter s'ils sont de taille à
le contenir) s'agitant et s'essayant tumultueusement à
travers le monde ; jusqu'ici rien qu'un énorme *veau*
maigre n'ayant que la peau et les os, mais qui va devenir, dans sa rapide croissance, la vache maigre du
Pharaon, — à laquelle les vaches grasses feront bien de
prendre garde ! Tout ceci, relatif aux simples conditions
extérieures, au cadre où vit la Littérature, sans regarder
encore aux conditions intérieures, aux doctrines émises
ou en lutte, le futur Eusèbe et le futur Mosheim, auront
à en faire l'histoire (1), et à nous en expliquer (si peu que
ce soit) la signification. Insondable est sa signification :

(1) On sait qu'Eusèbe a été appelé le Père de l'Histoire ecclésiastique. Jean Laurent de Mosheim, 1694-1755, théologien protestant.
On lui doit d'importants ouvrages d'histoire ecclésiastique. On a vu
que, pour Carlyle, l'Histoire de la Littérature, depuis deux siècles,
était notre véritable histoire ecclésiastique.

la Vie, la Vie humaine, toujours depuis ses insondables
sources, roule prodigieuse, autre quoique la même ; dans
la Littérature aussi, l'œil voyant distinguera des Apôtres des Gentils, des Proto et des Deutero-Martyrs ;
encore moins y manqueront les Simon le Magicien ou les
Apollonius de Thyane avec la baguette d'or. Mais tout
maintenant est sur une infiniment *plus grande échelle ;*
les éléments de tout cela flottent fort dispersés, et, jusqu'ici, ne peuvent que chercher à se rencontrer ; — ce
qui fait, d'ailleurs, que, sous cette nouvelle forme, ils ne
sont pas reconnaissables pour la plupart des gens.

La Littérature française, au temps de Diderot, se présente dans un certain état d'apogée, où des causes depuis longtemps préparées produisent rapidement
leurs effets ; et elle était alors sans aucun doute à l'une
de ses plus notables époques. Au point de vue économique, en France, comme en Angleterre, c'était l'Age
des Libraires ; c'était le temps où un Dodsley et Miller
pouvaient risquer un capital dans un *Dictionnaire Anglais,* ou un Lebreton et Briasson pouvaient devenir les
commanditaires et administrateurs d'une *Encyclopédie*
française. Les gens aiment toujours le Savoir et se
sépareront, pour le payer, de leurs derniers sixpence :
c'est ce que voyaient bien vos Dodsleys et vos Lebretons ;
d'ailleurs ils pouvaient agir d'après cela, car le Puffisme n'existait pas encore. Hélas ! les offenses devaient
venir ; le Puffisme, dès le début, était inévitable :
malheur à eux, cependant, par qui il s'est produit ! En
attendant, disons-nous, il dormait dans le Chaos ; la
Parole d'un homme et d'un commerçant était encore
partiellement croyable pour l'homme. Les Libraires
étaient donc une classe possible, étaient même une
classe nécessaire de mortels, bien qu'une classe étrangement anormale ; s'ils s'étaient abstenus de mentir, ou
s'ils avaient menti avec quelque sorte de modération, l'a-
nomalie eût pu durer plus longtemps encore. Pour le
moment, ils faisaient leurs affaires, à Paris comme
ailleurs : le balourd pouvait démêler que, pour de la
Pensée, le monde donnerait son argent ; de plus sa simple perspicacité de boutiquier lui montrait que la véritable Pensée, sûre d'être à la fin reconnue, et par na-

ture infiniment plus durable, lui offrait plus d'avantages que la fausse ; enfin, la tradition croyable du consentement public lui désignait tel et tel comme ayant le talent de produire de la vraie Pensée (*plus vraie*, disons plutôt, d'un mot plus correct) : d'après ces indices, le balourd parlait et traitait. Disons-le même, il traitait et procédait la plupart du temps avec une industrieuse assiduité, avec patience, prudence convenable ; bien plus, parfois avec des traits de générosité et de magnanimité, irradiant bellement la masse circumambiante de grossièreté et de sottise. Pour le reste, les deux hautes parties contractantes allaient jusqu'au bout comme elles le pouvaient ; en sorte que si les Libraires, dans le Valhalla de leur arrière-boutique, buvaient du vin dans des crânes d'Auteurs (comme la légende disait qu'ils le faisaient), les Auteurs, dans les appartements du devant, leur rendaient parfois dent pour dent : un Johnson cogne sur la tête de son Osborne, comme sur un autre Taureau de Basan (1) ; un Diderot crie à son corpulent Panckouke : *Allez au diable, sortez de chez moi* (2). »

Au point de vue interne ou doctrinal, d'autre part, la Littérature Française, pouvons-nous voir, savait bien mieux que l'Anglaise de quoi il retournait. La fable, à vrai dire, pour la première fois lancée à l'époque par quelque rédacteur des *Mémoires de Trévoux* (3), et qui depuis lors est restée assez sottement dans toutes les oreilles de l'Europe, à savoir qu'il y avait une Association spécialement organisée, dans le monde entier, pour la destruction du gouvernement, de la religion, de la société, de la civilisation (sans parler des dîmes, des rentes, de la vie et de la propriété), Association au service de l'enfer, qui se réunissait chez le Baron d'Holbach, tenait là ses séances dans une lueur sulfureuse, et publiait des comptes-rendus lisibles pour tous, — n'était et ne demeure qu'une fable. Le registre des procès-

---

(1) Allusion au combat de Josué et du géant Og, roi de Basan.
(2) En français et en italiques dans le texte.
(3) On connaît ce journal littéraire fondé à Trévoux, en 1695, par les Jésuites, sous les auspices de Louis-Aug. de Bourbon, prince de Dombes.

verbaux, le marteau présidentiel, l'urne du scrutin et
le bol à punch d'un tel Pandémonium n'ont pas été produits devant le monde. La secte des Philosophes existait à Paris, mais comme y existaient d'autres sectes ;
ses liens étaient des plus lâches, informes, non reconnus ; chacun, sans nul doute, y poursuivait ses visées
propres et naturelles, de prosélytisme, de gloire, de
situation. Quoi qu'il en soit, constituée en association
ou non, la Philosophie Française résidait dans les personnes des Philosophes Français ; et, Force puissante
luttant à fond, était à l'œuvre là. Luttant à fond, irréprimable ; le feu souterrain qui depuis longtemps cou-
vait inquiètement et communiquait à toutes choses un
frémissement menaçant, était là, pouvons-nous dire, qui
s'ouvrait un décisif soupirail ; — soupirail qui, bientôt,
en tant que Révolution Française, allait devenir ce
cratère volcanique, dont la renommée, l'épouvante et la
folie devaient emplir le monde entier et qui est loin
encore d'être fermé ! Fontenelle disait qu'il aurait voulu
vivre soixante ans de plus, pour voir ce que cette universelle infidélité, dépravation et dissolution de tous
les liens donnerait. En soixante ans, Fontenelle eût pu
voir d'étranges choses ; mais non pas la fin du phénomène peut-être en trois cents ans.

Pourquoi la France devint un tel cratère, quelles spécialités il y avait dans le caractère national français, et
dans la condition politique, morale et intellectuelle de
la France, dont la vertu fit que la Philosophie Française
se développa là et non ailleurs, alors et non plus tôt ou
plus tard, — c'est une question qui a été souvent posée,
et à laquelle l'on a répondu avec entrain, mais dont la
vraie réponse pourrait nous mener loin. Encore plus
profonde que ce *Comment* serait la question *Pourquoi*,
— question dont nous ne nous mêlerons pas non plus
ici. Il nous suffit de comprendre que là, en vérité, se
joue une scène de l'Histoire Universelle, un vivant
petit tableau composé par le Temps au sein de l'Éternité ; — et, avec le sentiment dû en ce cas, de nous
demander non pas tant Pourquoi cela est que Comment cela est. Laissant là les antériorités et les posté-
riorités, et les causes s'ajuster aux effets ailleurs, ima-

ginons-nous tant d'ardents esprits jetés ensemble dans l'Europe, dans le Paris de ce temps, et voyons comment ils se comportent, ce qu'ils font et ce à quoi ils atteignent, là.

De même que la jouissance *mystique* d'un objet va infiniment plus loin que l'*intellectuelle*, et que nous pouvons *regarder* un tableau avec délice et profit, après que tout ce que nous avons pu *apprendre* à son sujet est devenu pauvre et ennuyeux ; de même ici, et pour une raison bien plus forte, ces Lettres légères de Diderot à la Voland, qui de nouveau nous dévoilent et nous *montrent* la Vie Parisienne, ont plus de valeur pour nous que maint pesant tome s'efforçant laborieusement de nous l'expliquer. Il est vrai, nous avons vu le tableau, ce tableau de la Vie Parisienne, dix fois déjà ; mais nous pouvons le regarder une onzième fois : c'est même là, disions-nous, non pas un tableau peint sur la toile, mais un vivant tableau, dont la signification est sans fin pour nous. Ne chicanons donc point à la vieille fille son existence ; ne disons pas qu'elle a vécu en vain. Car quel est le détail d'Histoire, dans cette Correspondance extra-conjugale, pour lequel nous ne voudrions point pardonner et oublier tout le reste, la *sensibilité* elle-même ? Le rideau qui était tombé depuis près d'un siècle se relève ; la scène est vivante, animée. On y voit face à face des figures devenues historiques, et elles revivent devant nous.

Étrange théâtre, que celui du Philosophisme Français ; étrange troupe dramatique ! Pareille autre troupe, pour le brillant et la légèreté, pour les dons et les vices, et pour toutes sortes d'étincelantes inconsistances, le monde n'est pas près de la revoir. Il y a le Patriarche Voltaire, de tous les Français le plus Français ; celui que la France avait, en quelque sorte, longtemps attendu, « pour produire à la fois, dans une seule vie, tout ce que le génie français prisait le plus et tout ce en quoi il excellait le plus » ; sur lui et sur sa manière merveilleuse, nous n'avons que peu à dire, car il est assez connu... Assez pressé d'« *écraser l'Infâme* » (1), il a mené sa chasse

(1) En français et en italiques dans le texte.

au Jésuite en bien des pays et en bien des temps, de bien des façons, avec une ardeur qui l'a rendu dangereux et qui l'a mis en danger : il réside maintenant à Ferney, retiré des fatigues actives de la chasse ; il excite ses chiens de chasse, de loin la plupart du temps : Diderot, un basset de la plus grande véhémence, il a plutôt à le retenir. Que toute Théologie existante et possible soit abolie, cela ne contentera pas le féroce Denis, comme cela eût pu certainement le faire ; le Patriarche doit lui adresser une amicale admonestation sur son Athéisme et le forcer à le ravaler.

D'Alembert aussi, nous pouvons le considérer comme assez connu ; de toute la confrérie des Philosophes, c'est celui dont les paroles et la conduite agréent le mieux à nos idées anglaises : un homme indépendant, patient, prudent ; de grand talent, spécialement de grande clarté et de grande méthode ; célèbre dans les Mathématiques ; non moins célèbre, à la stupéfaction de certains, dans les provinces intellectuelles de la Littérature. Stupéfaction sotte ; comme si le Penseur n'était capable de penser qu'à une chose seulement, et non à *toute* chose pour laquelle il a une vocation. Les *Mélanges* de d'Alembert, empreints d'un esprit authentique, dans une position et une épreuve particulières, contiennent encore de l'instruction pour nous, celle de la tête comme celle du cœur. L'homme vit retiré ici, en un discutable isolement avec sa Lespinasse (1) ; il encourt le soupçon d'apostasie, parce que, dans l'*Encyclopédie*, il ne voyait pas un Evangile et une Révélation céleste, mais seulement un énorme Dictionnaire in-folio, et qu'il ne voulait pas s'y aventurer corps et âme sans « examen ». Il était pénible pour Diderot de voir son compagnon de voyage faire demi-tour vers le port, et ne pas prêter attention aux signaux lorsque les serpents de mer surgissaient autour de lui ! Ils ne se querellèrent pas ; ils se comportèrent toujours amicalement lorsqu'ils se rencontrèrent, mais à la fin ils ne se rencontraient plus qu'à raison d' « une fois tous les deux ans ». D'Alembert mourut quand Diderot était sur son

(1) On connaît l'étroite intimité de d'Alembert et de Mlle de Lespinasse.

lit de mort : « Mon ami », dit ce dernier à celui qui lui apportait la nouvelle, « une grande lumière s'est éteinte. »

Hésitant, là-bas, l'air chagrin, menaçant, le geste sévère, voici Rousseau. Pauvre Jean-Jacques ! Alternativement déifié et jeté aux chiens ; un homme d'un profond esprit, un homme noble même, mais tristement mal arrangé, avec toutes les malfaçons de la Nature intensifiées jusqu'à la limite de la folie par la Fortune défavorable. Un homme solitaire ; sa vie un long soliloque ! Le Tirésias errant du temps ; — en qui, du reste, résidait un sens prophétique, tel qu'aucun des autres n'en offre. C'est par là, à vrai dire, qu'il se pourrait en partie que le monde en vînt à de telles extrémités en ce qui le concerne ; que, longtemps après sa mort, nous avons vu toute une nation l'adorer, et un Burke, au nom d'une autre nation, le ranger parmi le rebut de la terre. Son véritable caractère, ses aspirations élevées et ses pauvres résultats ; et comment l'esprit de l'homme agissait si sauvagement, comme le feu céleste dans un épais et noir élément de chaos, et jetait un rayonnement éthéré, des éclairs perçant toutes choses, mais ne put éclairer, s'éteignit et ne vainquit pas : ceci, avec tout ce qui s'y trouve, peut maintenant être assez exactement apprécié. Que son histoire apprenne à tous ceux qu'elle intéresse à « *s'endurcir* contre les maux avec lesquels la Mère Nature les éprouvera » ; à chercher dans leur âme même ce que le monde doit à jamais leur refuser ; et à dire posément au Prince des Puissances de ce bas Monde et de l'Air : Va ton chemin ; je suis le mien !

Rousseau et Diderot furent amis de bonne heure : qui a oublié comment Jean-Jacques se rendit au Château de Vincennes, où Denis (pour ses Métaphysiques hérétiques, son irrévérence envers la Prostitutocratie) (1) languissait prisonnier ; et eut en chemin l'idée de son premier Paradoxe Littéraire ? Leur Querelle, qui, comme s'en plaint un élégant héros de l'époque, occupa tout Paris, est de même assez fameuse. Le lecteur se rappelle cette épître héroïque de Diderot à Grimm en cette occasion, et la phrase : « Oh, mon ami, demeurons vertueux ; car

---

(1) Strumpetocracy.

l'état de ceux qui ont cessé de l'être me fait frémir. »
Mais le lecteur sait-il quelle était la faute de celui « qui
avait cessé d'être vertueux »? Une suite d'embrouilla-
minis et de chamaillis rancuneux, « auxquels », dit
Mademoiselle avec beaucoup de simplicité, « le Diable
lui-même ne pourrait rien comprendre ». Hélas! le Diable comprenait parfaitement cela, et le Tyran Grimm
aussi le comprenait, qui avait l'oreille de Diderot, et y
versait son propre, injuste, presque abominable fiel. Le
papier blanc n'avait pas besoin d'être sali d'une vilaine
histoire, où le principal acteur est uniquement le « Tyran
le Blanc » (1); il suffit de savoir que le continuellement
vertueux Tyran trouva Diderot « extrêmement impressionnable »; ainsi le pauvre Jean-Jacques dut passer son
chemin (en empochant à la fois le dommage et le mépris),
et parmi ses nombreuses misères supporter celle-ci aussi.
Diderot n'est point blâmable ; il est à plaindre plutôt ;
car qui voudrait avoir le rôle d'une flûte sur laquelle
non seulement la Fortune, mais le premier Sycophante
venu pût jouer des airs ?

De ce Tyran de Grimm, désirant nous exprimer paisiblement, nous dirons peu de chose. L'homme lui-même
est moins remarquable que sa fortune. Les temps étaient
changés, en vérité, depuis que l'Allemand râpé avait
quitté Ratisbonne, avec le bruit des sifflets dans les
oreilles, la Tragédie condamnée de *Banise* dans sa
poche, et s'était enfui vers le sud, avec les maigres ressources d'un préceptorat ambulant ; — depuis que
Rousseau vous avait rencontré, Herr Grimm, jeune
homme représenté comme cherchant une situation, « et
dont l'aspect indiquait la pressante nécessité où il était
d'en trouver bientôt une! » Vraiment, vous avez pros-
péré depuis lors, Herr Grimm : votre introduction,
par Rousseau, auprès de Diderot, de d'Holbach, de la
D'Epinay aux noires boucles, où non-seulement vous
vous êtes insinué, mais d'où vous le faites chasser, a
servi à quelque chose ; le Râpé est nippé maintenant
de fin drap, il porte des manchettes et des bagues enri-
chies de pierres précieuses, et il va, la rapière au côté

(1) Sobriquet de Grimm, parce qu'il se fardait.

et coiffé du catogan, et il vernisse de fard sa figure cui-
vreuse, et de la sorte, en sa qualité de *Blanc Tyran*, se
recommande aux Belles ; et il rédige des commérages
de Philosophe Parisien pour les Rois Hyperboréens, et
ses « Feuilles de Grimm », copiées « au nombre de
vingt exemplaires », sont le pain de la vie pour bien des
gens ; et ici il fait des courbettes, et là il fait le domi-
nateur ; et il vit à son aise dans la Création, en rapports
d'effective *tendresse* (1) avec la d'Epinay, le mari ou
la coutume du pays n'élevant point d'objection ! —
Le pauvre Bœrne le nouveau Sans-culotte allemand
fugitif, sent l'eau lui venir à la bouche, à l'idée des
bonnes choses dont se régalait Grimm : avec quel cœur,
se dit-il, il rédigerait des « Feuilles », lui aussi, en
trouvant par là le vivre et le couvert. Bœrne, mon ami,
ces jours-là sont passés ! Tant que les Cours du Nord
étaient un « Versailles lunaire », il était bon d'avoir
un Uriel (2) posté dans leur soleil, là ; mais maintenant, de tous les points de l'Univers (excepté peut-être
Tophet), Paris est le seul des nouvelles duquel nous
nous *dispenserions* volontiers dans les Cours ; jamais
plus, dans ces siècles, un Grimm n'y sera envoyé en
mission ; jamais aucun vent n'emportera vers les Cours
une « Feuille de Bœrne ». Quant au Grimm, nous pouvons voir qu'il était un homme fait pour réussir dans le
monde : un convenable, même élégant assortiment de
talents, entièrement négociable ; savoir faire en musique,
et autres de la sorte, facilité encyclopédique pour tout ce
qui est éphémère ; esprit de salon, une cervelle tran-
chante, sans hésitation ; surtout, un cœur toujours à la
bonne place, — dans la place du marché, à savoir, et
marqué comme « à vendre au plus offrant ». Réellement
un homme méthodique, adroit, sachant mener les choses. En pratiquant le « culte des héros » et en faisant à
propos tour-à-tour le sucré ou l'intraitable, il a amené
Diderot à être sa patiente vache-à-lait, dont il peut traire
un Essai, un Volume, à volonté. Victorieux Grimm ! Il
échappa même à ces « horreurs de la Révolution Fran-

(1) En français et en italiques dans le texte
(2) L'ange de la lumière.

çaise » (en perdant ses manchettes) ; et on le vit à la Cour de Gotha, reluisant et heureux de vivre, autant qu'on se souvienne.

Le monde a entendu parler de M. le Chevalier de Saint-Lambert ; considérable en Littérature, en Amour et en Guerre. Le voici encore, chantant les plus froides Pastorales ; aussi bien, ce n'est, par bonheur, que dans l'éloignement, et le tintement de ses cordes se perd bientôt. D'un autre Chevalier, le digne Jaucourt (1), mentionnons le nom, ce qui suffit à peu près : il fouille infatigablement, comme une taupe, dans le champ encyclopédique, attrapant ce qu'il peut, et il fuit la lumière. Puis voici Helvétius, le confortable Fermier-général, mettant dans sa vie de Sybarite l'intérêt des paradoxes métaphysiques. Ses révélations, *De l'Homme* et *De l'Esprit*, respirent le plus libre esprit de Philosophe, avec assez de Philanthropie et de Sensibilité : d'autant plus grand est notre étonnement de trouver ici en lui un si ardent Défenseur de la Propriété :

« Cette Mme de Nocé », écrit Diderot, parlant des eaux thermales de Bourbonne, « est une voisine d'Helvétius. Elle nous a dit que le Philosophe était le plus malheureux homme du monde dans ses terres. Il y est entouré de voisins et de paysans qui le détestent. Ils brisent les vitres de son château, saccagent ses champs la nuit, coupent ses arbres, démolissent ses murs, arrachent ses grilles. Il n'ose pas aller tirer un lièvre, sans une troupe de gens pour le garder. Vous me demanderez comment cela est arrivé ? Par un zèle sans bornes pour sa chasse. Deux gardes et deux fusils suffisaient à son prédécesseur, M. Fagon, pour garder la propriété. Helvétius en a vingt-quatre et ne peut y arriver. Ces hommes ont une petite prime pour chaque braconnier qu'ils peuvent surprendre ; et il n'y a point de sorte de méchanceté qu'ils ne fassent pour gagner le plus possible de ces primes. En outre, ils sont eux-mêmes autant de braconniers à gages. Ce n'est pas tout, la lisière de ses bois était occupée par un certain nombre de pauvres gens, qui s'y étaient construit des huttes ; il a fait enlever toutes les huttes. Ce sont ceux-ci, et de pareils actes de tyrannie répétés, qui lui ont suscité toutes sortes d'ennemis et d'autant plus insolents, dit Mme de Nocé, qu'ils ont décé-

(1) Le Chevalier de Jaucourt (1704-1779) rédigea pour l'*Encyclopédie* des articles de médecine et de physique.

vert que le digne Philosophe est un poltron. Je ne voudrais pas avoir, m'en fît-on cadeau, sa belle terre de Voré, si j'avais à y vivre dans ces perpétuelles alarmes. Quels profits il retire de ce mode de gestion, je n'en sais rien : mais il est là seul ; il est détesté, il vit dans les transes. Ah ! combien notre Mme Geoffrin était plus sage, lorsque, parlant d'un procès qui la tourmentait, elle me dit : « Finissons-en avec mon procès ; il leur faut de l'argent ? J'en ai. Donnons-leur de l'argent. Quel meilleur usage puis-je faire de mon argent que d'acheter la paix avec ? » A la place d'Helvétius, j'aurais dit : « Ils me tuent quelques lièvres et quelques lapins, laissons-les faire. Ces pauvres diables n'ont d'autre abri que ma forêt, qu'ils y restent. » J'aurais raisonné comme M. Fagon, et j'aurais été adoré comme lui. »

Hélas ! les parcs à gibier d'Helvétius ne sont-ils pas détruits à cette heure, et ne gisent-ils pas profanés ? Et les autres non plus, sous quelque latitude et quelque longitude que ce soit, ne demeurent éternellement inexpugnables. Mais si une Rome fut jadis sauvée par les oies, devons-nous nous étonner qu'une Angleterre soit perdue par les perdrix (1) ? Nous sommes des fils d'Eve, qui troqua le Paradis pour une pomme.

Mais revenons à Paris et à son Eglise militante de Philosophes. Voici un Marmontel, un actif subalterne de cette église, qui fait la petite guerre, dans le *Mercure*, et qui, en des tableaux romanesques, couleur de rose, s'efforce de célébrer le « sublime moral ». Un abbé Morellet, fort occupé d'études sur la législation des blés, fait des apparitions par intervalles, courbé, ramassé sur soi, « comme *pour être plus près de lui-même* (2). » Le plaisant Galiani va et vient entre Naples et Paris ; Galiani, par un heureux hasard, a « pour toujours *résolu* la question de la législation des blés » : un oisif compagnon, d'ailleurs ; un Lazzarone intellectuel ; plein de drôleries, de railleries salées, de *gesta* anti-jésuitiques, et de folle humeur italienne ; la vue de sa noirâtre figure en lame est le signal du Rire, — où, du reste, l'homme lui-même s'est malheureusement évaporé, ne laissant aucun résultat derrière lui.

(1) Allusion à l'âpreté et à l'indolence des grands propriétaires fonciers d'alors en Angleterre.
(2) En français et en italiques dans le texte.

Du Baron d'Holbach tout ce qu'on peut dire, c'est qu'à Paris comme à Grandval il donne de bons dîners. Les deux ou trois vingtaines de volumes de Philosophisme athéistique qu'il publia (à ses frais) peuvent à cette heure être oubliés et même pardonnés. Une bourse ouverte et profonde, un cœur aux dispositions bienveillantes, calme, sociable, ou même affectueux, ces choses, avec ses excellents vins, lui avaient valu une élévation littéraire, à laquelle n'eût pu prétendre aucune de ses facultés pensantes. Un facile, laconique gentilhomme ; d'une politesse grave ; perdant aisément patience au jeu ; mais, en somme, de bonne humeur, la digestion heureuse et la pratique sûre : il peut vivre là, et laisser vivre.

Et le don suprême du ciel à l'homme n'y manque pas non plus ; la souveraineté naturelle des femmes. Vos Châtelets, vos d'Epinays, vos Lespinasses, vos Geoffrins, vos Deffands joueront aussi leur rôle : il y aura, dans tous les sens, non seulement des Philosophes, mais des Philosophesses (1). Assez étrange est la figure que font ces femmes : bonnes âmes, c'était un étrange monde pour elles. Tant métaphysique que flirt, système de la nature que mode des chapeaux, vanité, curiosité, jalousie, athéisme, rhumatisme, *traités, bouts-rimés* (2), nobles-sentiments et pots de rouge, — le véhément intellect femelle se voit voguant sur un chaos, où un plus sage aurait pu vaciller, sinon sombrer. Pour le reste (comme un observateur véridique l'a remarqué), elles deviennent comme qui dirait les Dames-Patronesses de cette société, elles atteignent une grande influence ; et, donnant aussi bien que recevant, elles communiquent à tout ce qui se fait ou se dit quelque chose de leur accent particulier.

Dans un monde si vaste et si divers, cette petite bande de Philosophes, agissant et parlant comme elle faisait, avait à s'attendre à une réception fort variée ; à des votes divisés à l'extrême. La masse du genre humain, assez occupée de ses propres affaires, ne faisait, naturellement, attention à eux que lorsqu'elle y était forcée ; c'était là, cependant, le grand élément neutre où la bataille devait

(1) « Philosophesses ».
(2) En français et en italiques dans le texte.

se livrer ; où les deux armées, suivant leurs succès respectifs, avaient à se recruter. Dans les classes élevées,
semble-t-il, la faible proportion non exclusivement
occupée de festins et de toilettes, et par suite ouverte à
une telle question, est en leur faveur, — aussi étrange
que cela nous puisse sembler ; le spectacle d'une Eglise
qu'on jette bas est, dans les temps inactifs, amusant ;
et la généralité, des deux côtés, ne voit pas non plus
encore où cela doit ultérieurement aboutir. Le Public
lisant, qui était plus que maintenant le public intelligent, chercheur, lit avec empressement (comme il le
fera toujours) toute parole habile, verveuse et d'apparence raisonnable qui s'écrit à son intention ; la goûtant,
se l'appropriant ; peut-être sans jugement fixe, ou sans
aucune espèce de souci profond. Assez soucieuse, assez
fixe, d'autre part, est la Compagnie des Jésuites ; malade à mourir, en ces jours ; mais seulement d'autant
plus âpre et furieuse. Dangereuses sont les convulsions
suprêmes d'une Sorbonne expirante, emplissant de temps
à autre Paris d'agitation : il est utile que votre Philosophe s'avance avec précaution, et, dans mainte critique
circonstance, pleure d'un œil et sourie de l'autre. Et la
Littérature elle-même n'est pas non plus tout entière
pour les Philosophes : outre les réguliers jésuites, dans
leurs Journaux de Trévoux, leurs Sermons, leurs Man-
dements épiscopaux, et autres camps ou forteresses,
une Guérilla considérable, une force fournie par les
Revues (composée, comme d'habitude, de contrebandiers,
de gens sans emploi dans le dénûment, de déserteurs
qui n'ont pu obtenir d'avancement, et d'autres personnages ratés du même genre) s'est organisée, et entre-
tient une harassante guerre d'embuscades : de ceux-là
le chef est Fréron, qui eût eu une assez bonne réputation
dans le monde, s'il n'eût, portant trop haut la tête, buté
dans le chemin et fait un faux-pas. Sa continuelle dé-
préciation du talent devenu à la longue indéniable l'a
fait tomber assez bas : Voltaire, dans *l'Ecossaise*, put le
montrer sur la scène et l'offrir en cible aux rires, sous le
nom, suffisamment reconnaissable, de *Frelon*. Un autre
Trouble-fête, encore plus odieux, est Palissot, qui a
écrit et fait jouer une Comédie, *les Philosophes*, où les

Parisiens, en dépit de son ennui, ont également ri. Rire de *nous*, le si méritoire nous ! Le genre humain entendit-il jamais rien de pareil ? Et le pauvre Palissot, s'il fût tombé dans les mains des Philosophes, eût pu craindre d'avoir son corps bel et bien accommodé avec du goudron et des plumes : en attendant, ils font tout ce que peut faire la plume avec ses écorchures et ses acides ; ils invoquent le Ciel et la Terre en témoignage du traitement infligé à la divine Philosophie ; — c'est dans ce but, particulièrement, que l'ami Diderot semble avoir composé son *Neveu de Rameau*, où Palissot et autres de sa trempe sont (pour parler par figures) moulus vifs et écharpillés, et laissés sans forme humaine. Ainsi divisés, sur cette question, étaient les gens, dans les Lettres, à la Cour et un peu partout : c'était un temps confus et anormal.

Parmi ses plus notables anomalies, on peut compter les relations du Philosophisme Français à l'étranger avec les Têtes Couronnées. En Prusse il y a un Roi Philosophe ; en Russie une Impératrice Philosophe : le Nord tout entier fourmille de roitelets et de reinettes de la même humeur. Ils entretiennent même, avons-nous vu, leur ambassadeur spécial dans le royaume des Philosophes, leur pourvoyeur-du-lion qui les fournit de spirituelle Provende philosophique ; et ils le paient bien. Le grand Frédéric, la grande Catherine sont comme le père-nourricier et la mère-nourricière de cette nouvelle Église de l'Antichrist ; dans toutes les difficultés, prêts à donner de l'argent, un honorable asile royal et assistance de toutes sortes, — que, du reste, les plus sages parmi nos Philosophes acceptent peu, excepté sous forme d'argent. Voltaire en a tâté sous forme d'asile et a trouvé la chose peu possible ; d'Alembert et Diderot refusent de répéter l'expérience. Quels miracles sont accomplis par le grand magicien, le Temps ! Si ces Frédérics, ces Catherines, ces Josephs avaient pu voir ce qui se passerait dans soixante ans, et contempler la Sainte-Alliance en conférence à Laybach ! Mais ainsi va le monde : les rois ne sont pas des docteurs séraphiques, ayant le don de prescience, mais seulement des hommes, avec les yeux de tout monde, et soumis comme les autres aux influences de leur génération ; les rois aussi, comme tous les mortels, ont un certain amour du Savoir ; plus sûrement encore, un certain désir d'applaudissements ; une certaine jouissance à se mortifier les uns les autres. Ainsi ce que l'on persécute ici trouve un refuge là ; et toujours, d'une manière ou d'une autre, le Nouveau sort tout achevé du Vieux ; bien plus, le Vieux, comme dans cet exemple, reste couvant avec constance un basilic qui un jour le dévorera.

Non moins anormale, confuse et contradictoire est la position des Philosophes par rapport à leur Gouvernement. Comment, à vrai dire, pourrait-il en être autrement, quand leur position par rapport à la Société est encore si indécise ; et quand le Gouvernement, qui aurait pu s'efforcer de régler ces rapports et d'y présider, est lui-même dans un état d'anomalie, de léthargie mortelle et de décrépitude radoteuse ? La conduite et la position véritables d'un Souverain Français à l'égard de la Littérature Française auraient été, dans ce pays, l'une des choses les plus difficiles à découvrir et à observer, bien que peut-être la plus importante de toutes. Quelle chance y avait-il qu'un Louis Quinze au sang lourd, du fond de son *Parc aux Cerfs,* la découvrît, en eût vent le moins du monde ? Son « âme tranquille » était tout autrement occupée : Ministre après Ministre devaient consulter son sentiment versatile, son caprice, par-dessus tout ses aises : et de la sorte toute l'affaire, quand nous la considérons à présent, se présente comme un des objets les plus ravaudés, mêlés, inconsistants, lamentables et même risibles qu'il y ait dans l'histoire du métier politique. Hélas, nécessité n'a point de *loi :* l'homme d'état sans lumière, peut-être même sans yeux, que néanmoins la Destinée contraint à « gouverner » sa nation en des jours d'écroulement universel, que fera-t-il, si même cela se peut, que de recueillir des taxes ; de prévenir en quelque mesure le meurtre et l'incendie, et, pour le surplus, de s'agiter çà et là, revenir sur ses pas, rapetasser les vieilles déchirures et en faire de nouvelles, — et, au total, manger ses provisions, et laisser le Diable gouverner tout cela ? Du point où la science du gouvernement en était en ce qui concerne le Philosophisme, ce

seul fait sera la preuve entre mille. M. de Malesherbes
écrit pour prévenir Diderot que, le jour suivant, il donnera
des ordres pour faire saisir tous ses papiers. — Impossible ! répond Diderot : *juste ciel !* (1), comment pourrai-je les ranger, où pourrai-je les cacher en vingt-quatre heures ? *Envoyez-les-moi* (2), répond M. de Malesherbes ! Ils vont donc chez lui, sous scellés ; et les records
voraces ne trouvent que des tiroirs vides.

L'*Encyclopédie* fut tout d'abord entreprise « avec approbation et *Privilège du Roi* (3) » ; bientôt, elle fut
interdite par l'Autorité ; puis le public murmurant, on
souffrit qu'elle continuât ; enfin, elle fut positivement
interdite pour la dernière fois, — et, sans en supprimer
un iota, rédigée, imprimée et mise en circulation, sous
des déguisements à peine sensibles, quelque cent cinquante imprimeurs y travaillant, les portes ouvertes, au
su de tout Paris, l'Autorité seule s'obstinant à fermer
les yeux. Finalement, pour couronner le tout, un exemplaire du Livre prohibé reste dans la bibliothèque particulière du Roi : le hasard le plus saugrenu lui vaut la
faveur et un retrait de l'interdiction :

« Un des domestiques de Louis Quinze m'a rapporté », dit
Voltaire, « qu'une fois le Roi son maître soupant, en petite
compagnie, à Trianon, la conversation roula d'abord sur la
chasse et de là sur la poudre. Quelqu'un dit que la meilleure
poudre était composée de soufre, de salpêtre et de charbon,
en égales parts. Le Duc de la Vallière, avec une connaissance meilleure de la chose, soutenait que, pour de la bonne
poudre, il devait y avoir une part de soufre, une de charbon,
avec cinq de salpêtre, bien filtrées, bien évaporées, bien cris-
tallisées.

« Il est plaisant », dit le Duc de Nivernois, « que nous qui
nous amusons quotidiennement à tuer des perdrix dans le
Parc de Versailles, et parfois à tuer des hommes ou à nous
faire tuer sur les frontières, nous ne sachions pas comment
est fait ce qui sert à ces exploits meurtriers. »

« Hélas ! nous sommes dans le même cas pour tout en ce
monde », répondit Mme de Pompadour : « Je ne sais pas comment est fait le rouge que je mets sur mes joues ; vous me

---

(1) En français et en italiques dans le texte.
(2) En français et en italiques dans le texte.
(3) En français et en italiques dans le texte.

mettriez dans l'embarras si vous me demandiez comment les bas de soie que je porte sont fabriqués. » « C'est dommage », dit le Duc de la Vallière, « que Sa Majesté ait confisqué nos *Dictionnaires Encyclopédiques*, que nous avions pour nos cent pistoles ; nous aurions bientôt fait d'y trouver la solution de toutes nos questions. » Le Roi justifia l'acte de confiscation ; il avait été informé que ces vingt-un volumes in-folio, qu'on pouvait trouver sur toutes les toilettes des dames, étaient les plus pernicieuses choses du monde pour le royaume de France ; il avait résolu de voir par lui-même si cela était vrai, avant de souffrir que le livre circulât. Vers la fin du dîner, il envoie trois de ses valets lui en chercher un exemplaire ; ils entrent, soufflant sous sept volumes chacun. On ouvre à l'article *poudre ;* on constate que le Duc de la Vallière a raison : et bientôt Mme de Pompadour apprend la différence entre le vieux *rouge d'Espagne*, avec lequel les dames de Madrid coloraient leurs joues, et le *rouge des dames* de Paris. Elle découvre que les dames grecques et romaines se fardaient avec une pourpre extraite du *murex*, et que par conséquent notre écarlate est la pourpre des anciens ; et qu'il y a davantage de pourpre dans le *rouge d'Espagne*, et davantage de cochenille dans celui de France. Elle apprend comment on tisse les bas ; le métier à bas décrit là la remplit d'ébahissement. « Ah ! quel beau livre ! » s'écria-t-elle. « Sire, c'est donc pour l'avoir pour vous seul et pour être le seul homme savant de votre royaume que vous avez confisqué ce recueil de toutes les choses utiles ? » Chacun se jeta sur les volumes, comme les filles de Lycomède sur les joyaux d'Ulysse ; chacun trouva incontinent ce qu'il cherchait. Quelques-uns qui avaient des procès furent surpris d'en trouver là la solution. Le Roi y lit tous les droits de sa couronne. « Eh ! mais vraiment », dit-il, « je ne sais pourquoi ils ont dit tant de mal de ce livre. » « Ah, sire », dit le Duc de Nivernois, « Votre Majesté ne voit-elle pas... », etc., etc.

C'est dans ce monde désordonné, dans ces circonstances inouïes, que l'ami Diderot doit s'appliquer à ses travaux d'éditeur. Ce n'est pas une sinécure ! Entrant dans tous les sujets et toutes les sciences ; allant et fouillant dans toutes les bibliothèques, tous les laboratoires ; bien plus, pénétrant, des années durant, dans toutes sortes d'ateliers, démontant des métiers à tisser, et même y travaillant (pour que la partie des *Arts et Métiers* pût être parfaite) ; puis cherchant des collaborateurs, les flattant, secouant leur paresse, veillant à ce qu'on les payât ; se

querellant avec le libraire et l'imprimeur : endurant
lui seul tous les faux calculs, toutes les malchances,
toutes les bévues de tant de gens faillibles (tous pareils
en cela, d'un bout du monde à l'autre) : certainement
cela suffisait, sans avoir encore à batailler avec les
dogues des bureaux, à leur tenir tête périlleusement,
à leur graisser la patte coûteusement, à, les dépis-
ter à grand peine ! Néanmoins, il persévère, et ne peut
que persévérer ; — moins, peut-être, avec le courage
réfléchi d'un Homme, qui a comparé le résultat et la dépense, qu'avec l'obstination passionnée d'une Femme qui,
ayant pris un parti, ne reculera devant aucune échelle
de corde, et s'en ira avec son amant, quand bien même
les quatre éléments la contrediraient. À chaque nouvelle
concussion des Pouvoirs, il rugit ; disons, plutôt, il
pousse des cris perçants, car il y a quelque chose du ton
aigu de la femme en lui ; criant : Au meurtre ! Au vo-
leur ! Au rapt ! invoquant les hommes et les anges ; et
en même temps il poursuit infatigablement l'impression.
C'est une construction hostile, non du saint Temple de
Jérusalem, mais du Temple profane de Paris : aussi
Diderot doit-il, comme Esdras, en venir à d'étranges
extrémités ; et chaque artisan travaille avec la truelle
dans une main et dans l'autre son bâton de guerre,
pour qu'ainsi, en dépit de tous les Tiglaths, l'œuvre
progresse et qu'on en puisse atteindre le couronnement
parmi les acclamations.

Acclamations ! Ah, quel sourd, défaillant tremblement
de la voix perçoit-on dans l'acclamation ; comme d'un
homme qui acclamait avec la gorge seulement, et qui
intérieurement était brisé de découragement ? C'est la
voix de Diderot qui sourdement tremble et défaille. Chose
assez scandaleuse : le Goth Lebreton, aimant, comme
il dit, sa tête mieux même que son profit, a, pendant des
années, dans le profond silence de la nuit, secrètement
revu les épreuves définitives de *l'Encyclopédie*, et là,
d'une plume scélérate, il a biffé tout ce qui *lui* semblait
dangereux ; remplissant les vides comme *il* pouvait, ou
même les laissant simplement se remplir d'eux-mêmes.
Ciel et Terre ! Non-seulement les plus fines saillies philosophiques sont pour la plupart coupées, — **mais par**

là l'œuvre est devenue une masse mutilée, embrouillée, gauche, guère mieux qu'une monstruosité. Goth ! Hun ! sacrilège Attila de la Librairie! Oh, certes, pour cette trahison, l'endroit le plus brûlant du Purgatoire de Dante serait trop tempéré. Infâme es-tu, Lebreton, pour tous les siècles — qui liront l'*Encyclopédie* et les Philosophes non encore au maillot grinceront des dents, de rage contre toi, et cracheront sur ta mémoire. — Lebreton empoche à la fois les injures et l'argent, et il dort tranquille dans une peau intacte. On ne peut pas dire que l'excellent Editeur (1) se soit dans sa vie jamais entièrement remis de ceci.

Quoi qu'il en soit, il est temps maintenant que, laissant les généralités, nous nous rendions, par ce beau temps d'automne, chez d'Holbach, à Grandval, où l'Encyclopédiste accablé de travail, mais infatigable, avec de l'encre et du papier à foison, se trouve sûrement. Son arrivée est toujours une fête dans la maison d'Holbach ; si une querelle s'élève, c'est uniquement parce qu'il ne veut pas venir, ou qu'il s'en va trop tôt. Un homme d'un talent social, avec une langue comme celle de Diderot, ne pouvait être que le bienvenu, dans une résidence où le seul besoin contre lequel on eût à se prémunir était celui de l'esprit. Il y compose des articles, se promène, dîne, joue aux cartes, cause ; attend languissamment une lettre de sa Voland, lui écrit copieusement. C'est dans ces copieuses dépêches amoureuses que l'affaire tout entière est si graphiquement peinte : nous avons, comme Asmodée, la vue de la vie intime, là, et nous la revivons d'un bout à l'autre avec Diderot. La Baronne, en soie rouge adoucie d'une gaze blanche comme la neige, est la beauté et la grâce mêmes ; sa Mère est une parfaite vieille luronne de cinquante ans, ou moins ; la maison est tout animée de compagnie ; le Baron, avons-nous dit, parle peu, mais à propos ; on le voit parfois avec sa pipe, en robe de chambre et pantoufles rouges ; d'ailleurs le meilleur des hôtes. Des personnages de marque surviennent : généraux retour de

_____

(1) Diderot.

Québec (1) ; élégants gentilshommes plantant leurs choux dans le voisinage ; des Abbés, comme Galiani, Raynal, Morellet ; peut-être Grimm et sa d'Epinay ; d'autres Philosophes et Philosophesses. Des hôtes de moindre importance aussi, qui sont là plutôt comme plastrons que comme tireurs, car c'est le rôle de chacun, ou d'avoir de l'esprit, ou de fournir un prétexte à en avoir.

Parmi ces derniers, en négligeant beaucoup d'autres, il en est un sur lequel, par égard pour notre pays, nous devons donner quelques détails ; un vieux bonhomme, nommé Hoop (Hope), qu'on appelait le *Père* Hoop ; Ecossais de naissance, Hoop semble avoir été, à Grand-val, une sorte de meuble à demeure ; non pas tireur, donc plastron ; et l'on tire sur lui, c'est là pour lui payer son écot. Un individu fort ratatiné, desséché par tous les vents, dyspeptique, grelottant ; Professeur d'hypocondrie ; il est là somnolent, — il ne somnole, d'ailleurs. que d'un œil. Il se laisse appeler *Momie*, sans broncher ; il se blottit près du feu, dans le coin le plus chaud, Cependant il y a une certaine sardonique subacidité dans le Père Hoop ; lorsqu'il ouvre lentement sa gueule édentée, nous l'écoutons avec une sorte de plaisir. Hoop a été dans divers pays et diverses situations ; de cette voix croassante et métallique qui est la sienne, il peut dire une histoire qui n'est pas celle de tout le monde. Diderot présumait qu'il finirait par se pendre : si la chose est arrivée, quel Museum garde maintenant ses restes ? Les parents de Hoop, semblerait-il, vivaient encore dans la cité d'Edimbourg, lui, le second fils, alors négociant à Bordeaux, les ayant aidés à venir là, en les tirant de quelque sourcilleux manoir qui ne tenait plus contre le temps. Quelque vieil habitant de cette cité ne peut-il nous faire retrouver la trace d'un tel homme ? Cela vaut qu'on s'en occupe. Nous ne rapporterons qu'un seul des souvenirs du Père Hoop, comme le plus haut exemple qu'on puisse rappeler d'une vertu nationale : A la bataille de Preston-Pans (2), un parent

---

(1) Après la mort de Montcalm, 1769, ou après la perte du Canada, 1763.

(2) Gagnée par Charles-Edouard en 1745.

de Hoop, un gentleman aux doigts couverts de bagues d'or, se bat et défend sa vie contre un rude Highlander ; le Highlander, de quelque coup adroit, fait sauter net la main aux bagues, puis — la ramasse à terre, la serre dans son plaid pour ses futurs loisirs, et continue de se battre ! La force de la *vertu* (1) ne pouvait aller plus loin.

Il peut ne pas être sans intérêt pour les lecteurs en général d'apprendre que, dans les derniers jours d'octobre, en l'an de grâce 1770, Denis Diderot mangea avec excès (comme il avait l'habitude de le faire), à Grandval, et eut une tenace « indigestion de pain ». Il écrit à Grimm que c'est la pire des indigestions ; à sa belle Voland, que cela lui mit pendant plus de quinze heures sur l'estomac un poids à lui faire rendre le souffle ; cela ne voulait ni *remonter* ni *descendre*, ni même bouger d'une ligne malgré l'eau chaude, *de quelque côté que je la prisse* (2).

> *Clysterium donare,*
> *Ensuita purgare !*

Ces choses-là, nous sommes fâché de le dire, arrivent fréquemment ; la table holbachienne est trop abondante ; il y a aussi des cuisiniers, nous le savons, qui se vantent de leur diabolique habileté à amener le patient, par de successifs raffinements de leur art, à manger avec un appétit toujours renaissant, jusqu'à ce qu'il fasse explosion sur place. Diderot écrit à sa belle que ses habits peuvent à peine se boutonner, qu'il « en a » jusquelà et jusque-là ; et de la sorte les indigestions succèdent aux indigestions. De tels récits emplissent d'effroi les cœurs sensibles ; et l'on ne refusera pas non plus une larme à ces afflictions dont est parsemée l'imparfaite, caco-gastrique condition de l'existence.

On ne peut pas dire que la société de Grandval soit très ennuyeuse ; cependant, personne ne doit éprouver

---

(1) *Virtus* (proprement *virilité*, le principal devoir de l'homme) signifiait, dans l'ancienne Rome, *la force de se battre* ; elle signifie, dans la moderne Rome, *l'habileté de connaisseur* ; en Ecosse, le *gain*. — ED.

(2) En français et en italiques dans le texte.

de regrets en la comparant à n'importe quel voisinage qui peut lui être échu, à l'heure actuelle ; ou même à n'importe quel manque de voisinage, si telle est son affliction. La gaîté à Grandval était d'un genre qui ne pouvait pas durer. Sans quelque Croyance subsistant dans le genre humain, comment le jeu de manifester de l'Incroyance pourrait-il continuer ? C'est pour cette raison, d'ailleurs, que Swift, dans sa magistrale argumentation « contre l'abolition de la Religion chrétienne », avance, non sans éloquence, que d'innombrables gens d'esprit jouissant d'une position confortable grâce aux plaisanteries sur le Catéchisme resteraient sans pain par cette abolition, le soutien de la vie brisé dans leur main. Les Holbach étaient aveugles à cette considération ; et ils plaisantaient sans cesse, comme si cela devait durer toujours. De même encore en ce qui concerne les conversations graveleuses : où serait le mérite d'une Belle-mère tapageuse, causant, en public, par ses propos et par ses actes, ces inimaginables scandales, si une ingénieuse fable de Modestie n'avait été mise en circulation ; si quelque reste de Modestie ne subsistait encore dans les classes non-philosophiques ? Les Samoyèdes (suivant les voyageurs) ont peu de mots à double entente ; parmi le gros bétail l'effet piquant en est totalement perdu. Prenez donc garde, folle vieille femme ! « Ne brûle pas ton lit » ; le feu qu'*il* fait sera bientôt éteint, et alors ? — A part les ordinaires sujets de conversation domestique, que les « événements quotidiens de la maison » comportent partout, deux éléments principaux, nous regrettons de le dire, ressortent dans les conversations de Grandval ; ce sont, malheureusement, avec le ragoût de la sensibilité généreuse, le Blasphème et la Gravelure. C'est pourquoi, à cette distance, toute l'affaire prend un air pauvre et usé ; et nous pouvons nous réjouir honnêtement que tout ceci *ait* été, et n'ait pas à être encore.

Mais maintenant, revenant en hâte à Paris, l'ami Diderot trouve force feuilles d'épreuves sur son bureau, avec des notes, des invitations, et des demandes d'hommes de lettres malheureux ; néanmoins, avant toute chose, il va tout courant chercher des nouvelles de la

Voland; il verra après ce qui est à faire. Il écrit beaucoup, cause beaucoup et fait force visites : outre les
Savants, les Artistes, les Notabilités spirituelles de l'époque, indigènes ou de passage, il a un large lot de camarades sans importance ; spécialement toute une volée
de femmes jeunes ou vieilles, plutôt des pestes pour la
plupart, dans le bavardage desquelles il est parfaitement
heureux. Nous entendons le frou-frou de leur soie, le
caquet de leurs jolies langues, caquetage « pareil au
clic-clac de leurs socques quand elles marchent » ; et le
bruit de cela, sonore comme si on venait de l'entendre
tout près, à travers cette longue perspective du temps, est
devenu significatif, presque prophétique. La vie ne pouvait peser à Diderot : c'est un être vivide, ouvert, embrassant tout ; il aurait pu trouver n'importe où à s'occuper ; il a ici de l'occupation forcée, assez et de reste.
« Il avait beaucoup à faire, et fit beaucoup du sien »,
dit Mademoiselle ; « mais les trois quarts de sa vie furent
« employés à aider quiconque avait besoin de sa bourse,
« de ses talents, de son habileté : son cabinet de travail,
« pendant les vingt-cinq ans que je le connus, ressem-
« blait à une boutique bien achalandée, où, dès qu'une
« pratique sortait, une autre arrivait. » Il ne pouvait
trouver dans son cœur le courage de refuser personne.
Il a réconcilié des Frères, recherché des Tutorats, arrangé des Procès ; sollicité des Pensions ; conseillé et réconforté des Auteurs faméliques, instruit des Auteurs ignorants ; il a rédigé des réclames pour des Epiciers commençant sans argent ; un jour il rédigea la dédicace
(à un pieux Duc d'Orléans) (1) d'un libelle contre lui-
même, — ce qui valut quelque vingt-cinq louis d'or au
famélique libelliste. Pour toutes ces choses, que le facile
Diderot ne soit point frustré de sa récompense, en ce qui
dépend de nous. D'autre récompense, excepté de sa
propre part, il n'en reçut point, mais souvent le contraire ; comme on peut voir la chose, montrée par lui-
même avec une bonne humeur spirituelle, dans son petit
drame : *la Pièce et le Prologue*. A vrai dire, ses clients,

(1) Probablement, Louis III, duc d'Orléans, qui se retira à l'abbaye
de Sainte-Geneviève.

pour la très grande majorité, étaient de l'espèce des coquins ; en tous cas, Denis savait bien que s'attendre à de la gratitude, c'est s'attirer de l'ingratitude. — « Rivière bien content » (écoutons Mademoiselle) « re- « mercie alors mon père et pour ses services et pour ses « avis ; il reste à causer un autre quart d'heure, puis « prend congé ; mon père le reconduit. Arrivés sur l'es- « calier, Rivière s'arrête, se retourne, et demande : « M. Diderot, connaissez-vous l'Histoire Naturelle » ?— « Mais, un peu ; je distingue un aloès d'un palmier- « sagou, un pigeon d'un colibri. » — « Connaissez-vous « l'histoire de la *Formica-leo* ? »— « Non. » — « C'est « un petit insecte fort industrieux : il creuse un trou « dans la terre pareil à un entonnoir renversé ; il recou- « vre le sommet de beau sable fin ; y attire les insectes « étourdis ; les saisit, les suce, et puis leur dit : M. Di- « derot, j'ai l'honneur de vous souhaiter le bonjour ». « Mon père, à cette aventure, se mit à rire aux éclats. »

Tel, parmi le travail et la récréation, la Littérature contestable et les Amours incontestables ; mangeant et digérant, plus ou moins bien ; dans l'allégresse et les tourments de l'esprit, dans le rire finissant en soupirs, Diderot passe ses jours. Il a durement peiné, mais là-dessus il a été flatté comme il sied, et il n'a rien d'un hypocondriaque. Les petits services que la renommée peut lui rendre, on peut les considérer maintenant comme rendus : il est au centre de la littérature, de la science, de l'art de sa nation ; non pas au nombre des Quarante académiques, mais, dans son cœur hétérodoxe, il a le droit d'être presque fier de l'exclusion ; heureux en Cri-tique, heureux en Philosophisme, bien plus, ce qui est la plus haute des gloires sublunaires, heureux au Théâ-tre ; la vanité peut chuchoter, si cela lui plaît, que, excepté le seul inégalable Voltaire, il est le premier des Français. De grands personnages sont en correspondance avec lui, l'homme de petite extraction ; de l'Impératrice Catherine à Philidor le Joueur d'échecs, il est en rela-tions flatteuses avec des gens de tout ordre ; avec les scientifiques Buffons, Eulers, d'Alemberts ; avec les artis-tiques Falconnets, Vanloos, Riccobonis, Garricks. Il avait l'ambition d'être un Philosophe ; et maintenant la

secte tout entière, chaque jour croissante, des Philosophes lève les yeux vers lui comme vers son chef et son
mystagogue. A Denis Diderot, lorsqu'il sauta de la Diligence de Langres pour entrer au Collège d'Harcourt;
ou, dans la suite, lorsqu'il errait par les ombres souterraines de la Bohême, en marchant péniblement sur
la marne brûlante, une destinée beaucoup plus modeste
eût pu sembler désirable. Dans le ménage, en revanche,
les choses restent plutôt désunies, comme assurément
elles pouvaient bien y être : cependant Mme Diderot est
toujours fidèle et attentionnée ; si une fille a des propos
d'illuminée et finit (bien que son père eût écrit la *Religieuse*) par mourir folle dans un couvent, l'autre, une
vive, intelligente, gracieuse fille, est en train de devenir
femme et s'engoue du Philosophisme du Père, laissant
fort de côté la Piété de la Mère. A ces éléments extérieurs
mêlés de bien et de mal, ajoutez cet élément intérieur
si incalculablement favorable, à savoir que, de tous les
hommes littéraires, Diderot est le dernier qui soit un
homme s'écoutant ; rien de vos tempéraments compliqués,
à scrupules, voyant longtemps à l'avance, sérieux-bilieux ;
mais un tempérament sanguin-lymphatique jusqu'en
sa dernière fibre, vivant légèrement au jour le jour,
dans un monde le plus souvent couleur de rose.

L'*Encyclopédie*, au prix de près de trente ans d'efforts,
avec quoi seul le Siège de Troie peut offrir quelque faible parallèle, est finie. Toutes sortes de Compositions
détachées, imprimées ou manuscrites, formant maints
volumes, sont finies aussi ; le Philosophe n'en a pas tiré
une moisson d'or. Il vieillit : il peut vivre sans faire des
dettes, mais il est toujours pauvre. Pensant à établir sa
fille dans un mariage, il doit se résoudre à vendre sa
Bibliothèque ; nul autre moyen de trouver de l'argent.
Mais ici la Cléopâtre du Nord intervient impérialement ;
elle achète sa Bibliothèque à sa pleine valeur ; elle lui
donne une honnête pension, comme bibliothécaire chargé
de la lui conserver ; et de plus elle lui en paie d'avance
cinquante ans en argent comptant. C'est ce que nous
appelons impérial (dans un monde aussi nécessiteux
que le nôtre), bien que la munificence entière n'ait point
coûté, trouvons-nous, plus de trois mille livres ; une

bagatelle pour l'Impératrice de toutes les Russies. En fait, c'est à peu près la somme que votre roi d'un grand Etat mange en un jour, comme indemnité de nourriture; somme qui, d'ailleurs, est rarement suffisante; sans parler d'un charitable surplus. L'ardent Philosophe est plus bruyant que jamais dans l'admiration de son Impératrice; il éclate même en chants plutôt enroués. Qui le blâmera ? La Cléopâtre du Nord (qu'il doit, en tous cas, regarder avec d'autres yeux que nous) a étendu vers lui une main généreuse, secourable, où d'ailleurs il n'y avait point d'aide, mais seulement entraves et préjudice : qui ne voudra, et ne devrait, plus ou moins, obéir au proverbe : louer la foire tant que nos propres affaires y prospèrent.

Une des dernières grandes scènes de la Vie de Diderot est sa visite personnelle à sa Bienfaitrice. Il n'y a qu'une Lettre de lui datée de Pétersbourg, et celle-ci d'une brièveté de mauvais augure. Le Philosophe était d'un naturel franc, peu circonspect, libre et facile; Prince et Polisson étaient singulièrement pareils pour lui; il traitait « de pair à compagnon » avec tout Fils d'Adam, que ses habits fussent d'une étoffe ou de l'autre. Un tel homme ne pouvait être un sycophante de cour, était mal fait pour réussir à la cour. Nous pouvons imaginer que les coliques données par l'eau de la Néva, que la nature de l'eau de la Néva, n'étaient point là les seules choses nuisibles à ses nerfs. Pour le Roi Denis, qui avait inspiré de si énormes choses contre les rois dans l'*Histoire* de l'Abbé Raynal (1) ; et qui lui-même, dans

---

(1) « Mais qui *osera* prendre cela à son compte ? » s'écria Diderot. « Moi ! » répondit sans hésiter l'Abbé : « Allez toujours. » (*A la Mémoire de Diderot*, par De Meister). — Ce qui suit était-il un des passages ?

« Heureusement, ces éducateurs pervers » des Rois « sont châtiés, « tôt ou tard, par l'ingratitude et le mépris de leurs élèves. Heu- « reusement, ces élèves aussi, misérables au sein des grandeurs, « sont tourmentés toute leur vie par un profond *ennui*, qu'ils ne « peuvent bannir de leurs palais. Heureusement, les préjugés reli- « gieux, qui ont été semés dans leurs âmes, se retournent contre « eux pour les épouvanter. Heureusement, le morne silence de leur « peuple leur apprend, de temps en temps, la haine profonde qui « leur est portée. Heureusement, ils sont trop lâches pour mépriser « cette haine. Heureusement, après une vie dont nul mortel, pas

un moment de sybillisme, avait formulé cette surprenante annonce, surpassant tout ce qui s'était dit ou pouvait se dire sur le mode Tyrtéen, que

Ses mains (à l'homme libre) *ourdiraient les entrailles du prêtre,
A défaut d'un cordon, pour étrangler les rois ;*

pour un tel homme, le climat de la Néva doit avoir comporté quelque chose d'oppressif. Les *entrailles du prêtre*, à vrai dire, étaient fort à sa disposition là, pourvu qu'il pût mettre la main dessus ; mais seulement en guise de cordes de violon philosophique ; nullement en guise de *cordon!* Toutefois, Cléopâtre est une femme peu commune (ou plutôt un homme peu commun), et elle peut s'accommoder de bien des choses ; et, d'une manière adroite, aimable, remettre les gens à leur place. Notre Philosophe se présentant à elle sans cérémonie, elle lui envoie un splendide costume de cour ; et comme il entre maintenant d'une manière civilisée, elle le voit souvent, confère avec lui longtemps : par une heureuse chance, Grimm aussi arrive enfin ; et l'hiver se passe sans accident. Retournant chez lui en triomphe, il peut se déclarer satisfait, charmé de sa réception ; il a des spécimens minéraux, et toutes sortes de mémoires hyperboréens pour ses amis ; des choses inouïes à raconter ; comment il a traversé la Dwina sans fond, à moitié dégelée, avec l'eau bouillonnant autour de ses roues, la glace ployant comme une peau, mais pour craquer comme de la simple glace, — et comment, tout tremblant, il s'est tiré de là sain et sauf ; comment il a été transporté, lui, sa voiture et tout, dans le bac, à Mittau, sur les dos de trente rustres qui se débattaient dans la boue et pensèrent lui rompre l'échine ; comment il a visité la Hollande, et a conversé avec des Impératrices, et de Hautes Puissances, et des principautés et des pouvoirs ; et vu de la sorte, et conquis, pour son avantage spirituel, quelques-unes des Sept Merveilles.

« même le dernier de leurs sujets, ne voudrait, s'il en connaissait
« toute la misère, ils trouvent les noires inquiétudes, la terreur et
« le désespoir assis au chevet de leur lit de mort. » — Sûrement,
« les rois ont peu de bon temps, à avoir sur les bras ton pareil ! »

Mais, hélas ! sa santé est ruinée ; la vieillesse frappe à la porte, comme un importun créancier, qui a le droit d'entrer. L'âme radieuse, aux légers rebondissements, devient maintenant tout obscure et roide, et lourde de sommeil ; Diderot lui aussi doit se recueillir, car l'heure s'avance. Ces dernières années, il les passe retiré, en homme privé, mais non pas oisif ni misérable. La Philosophie, ou le Philosophisme, n'a jamais perdu son charme ; quoi que ce soit qui fasse seulement profession de Philosophie peut l'intéresser. C'est ainsi que le pauvre Sénèque, à l'occasion de quelque nouvelle Version de ses Œuvres, ayant été l'objet de l'attention publique et été durement traité, Diderot, d'un long et dernier effort concentré, écrit sa *Vie de Sénèque ;* faisant de son mieux pour rendre solide ce qui est creux; ce qui, hélas ! après avoir longtemps sonné comme un chaudron, sonne toujours le creux. Le soigneux Sénèque, si vivement désireux d'être bien avec la Vérité, sans cependant être mal avec Néron, est et reste seulement notre, peut-être, plus joliment proportionné. Moitié-l'un-moitié-l'autre (1), le plus plausible Plausible (2) que l'on sache ; pas un grand homme, pas un homme vrai, ni un homme du tout; mais combien plus aimable que certains, — comme le tolérant Evêque Rien-du-Tout (3), à la parole émolliente, grand faiseur de Sermons sur la charité, immaculé, auprès de quelque rude Apôtre Paul, à l'âpre langue et qui ne compte que sur soi ! C'est, d'ailleurs, de ce point de vue que Sénèque (bien qu'assurément par erreur, car la chose était différente à son origine) a été appelé, dans cette génération, « le père de tout ce qui porte calotte » (4).

La *Vie de Sénèque,* avons-nous dit, fut le dernier effort de Diderot. Il reste seulement à ajouter, en ce qui le concerne, qu'il mourut lui aussi ; une mort lente mais paisible, qui eut lieu le 30 juillet 1784. Il cite quelque part les lignes suivantes de Montaigne, comme le viati-

---

(1) Half-and-half.
(2) The plausiblest Plausible.
(3) « Dogbolt », mauvais homme, homme de peu.
(4) Equivalent français pour « shovel-hat », chapeau à larges bords, chapeau ecclésiastique.

que du Sceptique : « Je plonge stupidement, tête pre-
« mière, dans ce muet abîme, qui m'engloutit et m'é-
« touffe, en un moment,— plein de fadeur et d'indolence.
« La Mort, qui n'est qu'un quart d'heure de souffrance,
« sans conséquence et sans dommage, ne demande pas
« de préceptes particuliers. » Il était réservé à Diderot
de mourir avec tout la « stupidité » voulue : il s'ap-
puyait sur son coude ; il avait mangé un abricot trois
minutes auparavant, et répondait aux observations de
sa femme : « *Mais que diable de mal veux-tu que*
« *cela me fasse* (1) »? Elle parla encore, mais la réponse
ne vint point. Son logis, que les curieux visitent quand
ils vont à Paris, était Rue Taranne, au croisement de
celle-ci avec la Rue Saint-Benoît. La poussière qui avait
été son corps vint se mêler à la commune terre, dans
l'église Saint-Roch ; sa Vie, la merveilleuse Force multiple qui était en lui, qui était Lui, — retourna dans
l'Éternité, et elle *est* là, et elle continue là !

Deux choses, avons-nous vu, sont célèbres dans Diderot.
D'abord, qu'il avait la tête la plus encyclopédique qu'on
ait jamais vue en ce monde; ensuite, qu'il causait comme
jamais homme ne causa ; — proprement, comme jamais
homme que ses admirateurs eussent entendu, ou comme
nul homme alors vivant à Paris. C'est-à-dire qu'il était
à la fois le plus vaste, le plus fertile et le plus prompt
des esprits.
En ce qui concerne la Tête Encyclopédique, cela veut
dire, supposons-nous, qu'il était d'une vivacité telle qu'il
s'assimilait, et regardait avec intérêt, presque toutes les
choses que le cercle de l'Existence pouvait lui offrir ; en
ce sens, cette louange exagérée, d'Encyclopédisme, n'est
point sans avoir sa part de signification. D'une ouverture et d'une capacité extraordinaires, nous devons
admettre que l'esprit de Diderot l'est ; d'une susceptibilité, d'une rapide activité, même naturellement d'une
profondeur, et, sous sa forme pratique et réalisée, d'une
universalité qui l'apparentent aux esprits de l'ordre le
plus haut. Toutes les formes de cette merveilleuse Créa-

_____

(1) En français et en italiques dans le texte.

tion, il peut les regarder avec un émerveillement aimant; quelque chose qu'il y ait là, elle a quelque fraternité avec lui, quelque beauté et quelque sens pour lui. Et la faculté de voir et d'interpréter ne manque pas non plus; parce qu'à vrai dire cette faculté de *voir* est inséparable de cette autre faculté de *regarder*, de ce désir sincère de regarder; et que d'ailleurs (pour employer une autre image) l'Intellect n'est pas un *outil*, mais une *main* qui peut manier tout outil. Bien plus, nous pouvons discerner en Diderot une universalité autrement profonde que celle dont témoigne, ou dont peut témoigner, l'*Encyclopédie* de Lebreton; à savoir, une universalité poétique; car, en lueurs fugitives, celle-là aussi se manifeste. Une universalité moins de la tête que du caractère, c'est, disons-nous, ce que l'on peut remarquer chez cet homme; tout au moins le pouvoir de l'acquérir. Votre véritable Encyclopédique est l'Homère, le Shakspeare; tout Poète ingénu est une réelle Encyclopédie vivante, incarnée, — en plus ou moins de volumes; quelque limitée que puisse être son expérience, sa connaissance des détails le monde entier gît en lui sous l'image d'un tout; quiconque n'a point saisi le tout ne peut encore parler véridiquement (encore moins peut-il parler *musicalement*, c'est-à-dire harmonieusement, *d'accord*) d'aucune partie, mais il aura perpétuellement besoin d'une nouvelle conduite, rectification. La véritable utilité d'un tel homme est d'être manœuvre; ne saisissant point le plan de l'édifice, qu'il y apporte au moins des pierres; s'il *met en œuvre* la moindre pierre, il est fort exposé à se tromper, et il ne peut continuer là.

Mais la vérité, en ce qui regarde Diderot, c'est que ce dire, touchant la tête encyclopédique, provient surtout de ce qu'il a édité une Encyclopédie de Libraire, et ne peut nous procurer que peu d'explications. Regardant dans l'homme, et oubliant sa profession, nous le trouvons doué, par nature, à un haut degré, d'ouverture et de souplesse, mais nullement au plus haut degré; hélas! à un tout autre degré que celui-là. Bien plus, si l'on va jusqu'à vouloir dire qu'en pratique, comme écrivain et comme penseur, il a embrassé les Apparences de la Vie et du Monde, et qu'il en reproduit l'image avec une

liberté, une clarté, une fidélité que nous n'avons pas
souvent constatées ailleurs, que nous n'avons pas souvent
vues infiniment surpassées ailleurs, — cette louange
encyclopédique doit lui être complètement refusée. Le
monde habituel de Diderot, devons-nous dire au contraire, est une moitié-de-monde (1), arrangée tant bien que
mal de manière à faire l'effet d'un monde complet ; c'est,
proprement, un pauvre, fractionnaire, insignifiant monde ;
partiel, inexact, perverti d'un bout à l'autre. Hélas ! ce
fut la destinée de l'homme, de vivre en Polémiste ; de
naître aussi à l'aurore et dans la première splendeur de
l'Ere Mécanique ; de ne point savoir, avec la moindre
assurance et la moindre continuité, qu'il pouvait y avoir
dans l'Univers une autre signification qu'une significa-
cation mécanique. La force d'une telle Destinée agissant
sur lui durant toute sa carrière, nous avons obtenu ce
qui à présent est là devant nous : pas un Voyant, mais
seulement des possibilités d'un Voyant, les irradiations
fugitives d'un Voyant regardant avec les organes d'un
Philosophe.

Ces deux considérations, qui, à vrai dire, n'en sont
proprement qu'une seule (car un penseur, spécialement
de naissance française, ne pouvait, dans l'Ere Mécanique,
être qu'un Polémiste), ne doivent jamais être un moment
perdues de vue quand on juge les œuvres de Diderot.
C'est une grande vérité, un côté d'une grande vérité, que
l'Homme crée les Circonstances, et, spirituellement aussi
bien qu'économiquement, est l'artisan de sa propre fortune. Mais il y a un autre côté de cette même vérité, à
savoir que les circonstances où l'homme se trouve sont
l'élément où il est destiné à vivre et à travailler ; qu'il
reçoit nécessairement d'elles sa complexion, son vêtement, son incorporation, et qu'il est, dans toutes les
manifestations pratiques, modifié par elles presque sans
limite ; de sorte qu'en un autre sens non moins réel, l'on
peut dire que les Circonstances créent l'Homme. Là-dessus, s'il nous appartient continuellement d'insister sur
la première vérité à l'égard de nous-même, il nous appartient également de nous rappeler la dernière lorsque nous

(1) Half-world.

jugeons les autres hommes. L'âme la plus douée, appa-
raissant en France au Dix-huitième siècle, peut aussi peu
s'incorporer dans le vêtement intellectuel de l'Athénien
Platon que dans le vêtement grammatical du même; ses
pensées ne peuvent pas plus être Grecques que son langage. Elle pense aux choses appartenant au dix-huitième
siècle français, et dans le dialecte qu'elle y a appris ; sous
le jour et dans les conditions qui sont là prescrits. Ainsi,
comme l'a écrit celui de tous les Modernes qui est le plus
original, le plus résolu et le plus capable de se diriger
lui-même (1) : « Qu'un homme naisse dix ans plus tôt,
ou dix ans plus tard, tout son aspect et toute son
œuvre seront différents. » En accordant, sans doute,
qu'un certain Esprit perpétuel, vrai dans tous les temps
et dans tous les pays, peut et doit transparaître dans la
pensée de certains hommes, en quelque dialecte que ce
soit, comprenons cependant que ceci appartient uniquement au plus haut ordre d'hommes et ne peut être exigé
des catégories inférieures; si chez celles-ci la plus diligente, bienveillante inspection découvre quelques symptômes, même secondaires, d'un tel Esprit, cela doit sembler suffisant. Rappelons-nous bien que le très doué,
très vaillant Diderot naquit en un point du Temps et de
l'Espace, où, de tous les emplois vers lesquels il pouvait
se tourner, de tous les dialectes où il pouvait s'exprimer,
celui du Philosophisme Polémique, et non un autre,
semblait le plus approprié et celui qui promettait le plus.
Rappelons-nous aussi qu'aucun Homme sérieux, en
aucun Temps, ne dit jamais rien qui ne fût complètement sans signification ; que, dans toutes les convictions humaines, plus encore dans toutes les pratiques
humaines, il y eut un côté vrai, une fraction de vérité,
fraction qui est précisément la chose que nous devons
en extraire, si nous voulons en obtenir quoi que ce soit.

Ces considérations palliatives (qui, du reste, ne con-
cernent point Diderot, disparu maintenant et indifférent à elles, mais seulement nous-même, qui voudrions
le *voir* et ne pas le *méconnaître*) sont essentielles,
disons-nous, dans notre examen tout entier de ses Opi-

(1) Gœthe, sans doute.

nions et de ses Procédés, généralement si éloignés des nôtres propres; mais elles le sont surtout en ce qui concerne son Opinion-maîtresse, proprement la source de tout le reste, et pour nous plus choquante, plus horrible même que tout le reste : nous voulons dire son Athéisme. David Hume, dînant un jour dans une compagnie où se trouvait Diderot, remarqua qu'il ne pensait point qu'il y eût des Athées. « Comptez-nous », dit un certain Monsieur *** : ils étaient dix-huit. « Bien », dit le Monsieur ***, « c'est assez beau, si vous en avez pêché quinze du premier coup ; avec trois autres qui n'ont pas d'idée arrêtée là-dessus. » En fait, le cas était commun : votre Philosophe du premier ordre en était venu à considérer l'Athéisme comme une qualité nécessaire. Naigeon Gosier-d'oison s'y était, avons-nous vu, tout-à-fait perfectionné.

Diderot était donc un Athée ; chose plus étrange encore, un Athée faisant des prosélytes, qui estimait son credo digne d'une prédication sérieuse et répétée, et d'être imposé avec toute la vigueur possible ! Le malheureux avait « vogué par l'Univers des Mon-« des sans en trouver le Créateur ; il était descendu « dans les abîmes où l'Etre ne jette plus son ombre, « et senti seulement les gouttes de pluie couler ; et vu « seulement le brillant arc-en-ciel de la Création, qui « ne naissait d'aucun Soleil ; et entendu seulement « l'éternelle tempête que nul ne gouverne ; et cherché « du regard là-haut l'ŒIL DIVIN, et aperçu seulement « le sombre, insondable, livide ORBITE DE L'ŒIL DE « LA MORT » : telle était la fortune philosophique qu'il avait réalisée dans tous ses grands voyages.

Assez triste, assez horrible : mais, au lieu de jeter des cris à ce propos, de nous lamenter ou de proférer des malédictions à ce propos, gardons notre calme, méthode plus profitable, et cherchons un peu : Ce que cela peut bien vouloir dire ? Le phénomène tout entier, nous semble-t-il, s'expliquera par ce fait, sur lequel l'on a plus haut insisté, que Diderot fut, dans une Epoque Mécanique, un Polémiste d'un caractère décidé. Avec grande dépense de mots et de paroles en l'air, en des arguments aussi vains, tumultueux, délirants et lugubres que le chaos qu'ils voudraient démontrer, arguments dont on ne sait si l'on en doit rire ou pleurer, et qui font presque faire l'un et l'autre à la fois, — Diderot et sa secte ont peut-être rendu ceci apparent pour tous ceux qui l'examinent : Que dans le Système Français de l'Intelligence (appelé aussi le Système Ecossais(1), encore assez familier partout, et nommé par nous, faute d'une meilleure appellation, le Système Mécanique), il n'y a point de place pour une Divinité ; que dans l'opinion de celui pour qui *intellect*, ou le pouvoir de connaître et de croire, est encore synonyme de *logique*, ou le simple pouvoir d'arranger et de communiquer, il n'y a absolument pas de preuve découvrable d'une Divinité ; et qu'un tel homme n'a d'autre chose à faire, s'il est d'un esprit moitié l'un moitié l'autre, qu'à partager méprisablement sa vie entre deux opinions ; ou bien, s'il est d'un esprit entier, à s'ancrer sur le roc ou sur le marécage de l'Athéisme, — en affirmant, pour le surplus, à autrui, s'il le juge à propos, qu'il y a là un bon mouillage. C'est là tout ce que Diderot peut avoir démontré : conclusion qui ne nous fait nullement pâlir. Etait-ce si extraordinaire de savoir que la Spéculation Métaphysique tourne sur soi-même, par nature, en Maëlstroms sans fin, à la fois « se créant et se dévorant — elle-même » ? Pour un si merveilleux produit de l'Esprit du Temps, pour ce produit se dévorant lui-même, quel résultat possible pouvait être plus convenable que celui de l'ÉTERNEL NON ? Nous remercions le Ciel que le résultat *soit* finalement obtenu, en sorte qu'à présent nous puissions regarder vers quelque chose d'autre et de nouveau. Mais, quoi ! avant tout la *preuve* d'un Dieu ? Un Dieu PROBABLE (2) ! Le plus chétif des Finis s'efforçant de se *prouver* à lui-même, c'est-à-dire, si nous considérons la chose, de se représenter au complet et d'arranger en diagramme et d'*inclure* en lui-même le Tout-Puissant Infini, dans *lequel*, par hypothèse, *il* vit, et se meut, et a son être ! Ceci,

_____

(1) Le Système du sens commun, de Reid, etc., mais sans le piétisme de celui-ci.

(2) Qu'on puisse prouver.

croyons-nous, semblera un jour un bien plus miraculeux miracle que ce résultat négatif auquel il est parvenu, — ou que n'importe quel autre résultat auquel un hasard encore plus absurde eût pu le conduire. Celui qui, à quelque singulière Epoque de l'Histoire du Monde, serait réduit à errer, courbé, avec une allumette péniblement fabriquée et une chandelle d'un sou (comme Naigeon Gosier d'Oison), ou une fumeuse torche de goudron (comme Denis Diderot), cherchant ainsi le Soleil et ne le trouvant pas ; celui-là serait-*il* étonnant, ainsi que son insuccès ; ou serait-ce la singulière Epoque qui l'a lancé dans une telle recherche ?

Deux petites conséquences, imaginons-nous, ont donc pu ou peuvent découler de l'Athéisme du pauvre Diderot. D'abord, que toutes les spéculations de l'espèce que nous appelons Théologie Naturelle, s'efforçant de prouver le commencement de toute Croyance par quelque Croyance plus ancienne que le commencement, sont stériles, inefficaces, impossibles, et peuvent, aussitôt d'ailleurs que ce sera utile, être abandonnées. Des causes finales, l'homme, de par la nature du cas, ne peut rien *prouver ;* il les connaît, s'il peut connaître quoi que ce soit d'elles, non pas grâce à la fugitive lueur de briquet de la Logique, mais grâce à la clarté infiniment plus haute de l'intuition ; clarté jamais longtemps, grâce au Ciel, jamais entièrement éclipsée dans l'âme humaine ; et (sous le nom de Foi, en ce qui concerne cet objet) familière à nous, historiquement ou par une possession consciente, depuis plus de quatre mille ans. Pour tous les hommes sincères, ce sera toujours une contemplation favorite, que d'être attentif aux voies de l'Etre, d'observer comment l'animé s'ajuste à l'inanimé, le rationnel à l'irrationnel, et comment ce que nous appelons Nature n'est point la vision désolée d'un chaos, mais une existence et une réalité merveilleuses. Si, d'ailleurs, dans ces « signes d'un plan », comme il les a appelés, l'homme contemplatif trouve l'évidence nouvelle d'un Créateur auteur d'un plan, tant mieux pour lui : mais, pense-rait-on volontiers, une évidence encore plus claire se trouve plus à portée, — dans la tête même, qui *cherche* cette évidence, de l'homme contemplatif ! De ce point de vue, nos Théologies Naturelles subsistantes, comme nos innombrables Preuves de la Religion Chrétienne, et autres choses pareilles, peuvent, eu égard à l'étrange saison où elles apparaissent, avoir une certaine valeur et être dignes d'être imprimées et réimprimées ; comprenons seulement pourquoi, et comment, elles ont de la valeur ; et n'ayons aucune colère contre le pauvre Athée, qu'elles n'ont point convaincu, qu'elles ne pouvaient et ne devaient point convaincre.

La seconde conséquence semble être que toute cette hypothèse en cours, de l'Univers considéré comme « une Machine », et là-dessus d'un Architecte qui, après l'avoir construit, siège pour ainsi dire à part, le guidant et le *regardant* aller, — peut finir par n'être plus qu'une inanité et une non-entité ; par n'être plus guère possible : résultat avec lequel nous nous réconcilierons aussi le plus tranquillement du monde. « Pensez-vous », dit Gœthe, « que Dieu fit l'Univers pour le laisser tourner autour «de son doigt (*am Finger laufen liesse*)? » En somme, ce vacarme métaphysique de notre pauvre Temps malade, aux écoutes de lui-même, devrait enfin s'apaiser ; cette recherche d'un Dieu *là*, et non *ici ;* partout au dehors dans la Nature physique, et non intérieurement dans notre Ame, où nous pouvons uniquement Le trouver, — commence à devenir fastidieuse. Par-dessus tout, ce « vague Théisme possible », qui forme à présent notre commun credo en Angleterre, ne peut être trop tôt balayé du monde. Quelle est donc la nature de cet individu, qui, avec une violence hystérique, proclame théoriquement un Dieu, peut-être un Symbole révélé et un Culte de Dieu ; et qu'on trouve, pour le reste, dans ses pensées, ses paroles et sa conduite, vivant comme si sa théorie était quelque aimable forme de langage, et son Dieu théorique un simulacre distant, avec qui, pour sa part, il n'avait plus rien à faire ? Fou ! L'ÉTERNEL n'est pas un Simulacre ; Dieu n'est pas seulement Là, mais Ici ou nulle part, dans le souffle de ta vie, à toi, dans ton acte et ta pensée, à toi, — et tu serais sage d'y prendre garde. S'il n'y a point de Dieu, comme l'insensé l'a dit dans son cœur, alors vis avec tes bienséances, et tes hommages des lèvres seules, et avec tes appétits brutaux et tes

faussetés intimes, et tous les creux à-peu-près habilement arrangés qui te recommandent au Mammon de ce
monde : s'il y *a* un Dieu, disons-nous, prends-y garde !
Mais dans l'un et l'autre cas, qu'es-tu ? L'Athée est dans
le faux ; et cependant, nous l'avons vu, il y a en lui
une part de vérité ; il est dans le vrai, comparé à toi ;
toi, malheureux mortel, tu vis entièrement dans le mensonge, tu es entièrement un mensonge.

En sorte que l'Athéisme de Diderot aboutit, sinon à
grand'chose, du moins à quelque chose : nous apprenons de lui, et de tout ce à quoi il a rapport et qu'il peut
nous représenter, ceci : Que le Système Mécanique de
l'Intelligence est, en son essence, Athée ; que quiconque
n'admet d'autre organe du vrai que la logique, ni d'autre chose existante que celles dont on peut raisonner,
doit parfaitement se contenter de ce triste résultat, comme
du seul solide auquel il lui soit permis de parvenir ; et il
peut là-dessus, de la meilleure grâce, « faire de l'éther
un gaz, de Dieu une force, de l'autre monde un cercueil »,
de l'homme on ne sait quoi d'indéfinissable « ne valant
guère mieux qu'une sorte de vermine ». Si Diderot, en
menant les choses jusqu'à cette bifurcation de routes,
nous a rendu capables ou nous a donné la facilité de
nous engager dans une route meilleure, plus vraie, qu'il
en reçoive nos remerciments. Quant au reste, que la
pitié soit notre seul sentiment : son credo n'était-il pas
assez misérable, et d'ailleurs, n'a-t-il point supporté sa
misère pour ainsi dire à notre lieu et place, si bien que
personne à présent n'a plus à la supporter ?

Dans cette même circonstance, inévitable pour lui, de
l'époque où il vivait et du système intellectuel alors universel, l'on trouvera la clef de tout le caractère et de tout
le procédé spirituels de Diderot ; l'excuse à beaucoup de
choses en lui qui pour nous sont fausses et perverties.
En dehors de la maigre « chandelle de la logique de
cabinet », Diderot ne reconnaissait point de guide.
Qu' « il n'y a pas de mots pour parler du Très-Haut »,
c'était une vérité dont il ne se doutait point. Tout ce
dont il ne peut pas raisonner, tout ce qu'il ne peut pas
pour ainsi dire mesurer et peser, et emporter avec lui
pour le manger et en jouir, n'existe pas pour lui, voilà

tout. Il en resta toute sa vie à la « mince écorce du Conscient, » le profond, insondable domaine de l'Inconscient, sur lequel l'autre repose et où il a sa signification, ne fut, sous aucune forme, soupçonné par lui. Aussi le Sanctuaire de l'Ame humaine dut-il rester pour toujours fermé à un tel homme ; là où sa main cessait d'atteindre à tâtons, le Monde finissait : c'est dans ces conditions gênées qu'il eut à vivre et à travailler. Et naturellement, à fausser et à disloquer, plus ou moins, toutes les choses auxquelles il travailla : car quiconque, d'une manière ou d'une autre, ne reconnaît point cette « Divine Idée du Monde, qui gît au fond des Apparences », ne peut interpréter justement les Apparences ; et quelque chose spirituelle qu'il fasse, il doit la faire partiellement, la faire faussement.

Assez triste, par suite, est l'idée que Diderot se fait de l'Existence humaine, dont les devoirs, les relations, les possessions ont constamment exercé, chez lui, le penseur. Dans chaque conclusion nous avons ce fait de sa culture mécanique. Joint à un autre fait, honorable pour lui, qu'il ne s'est pas arrêté à des demi-mesures, mais a poussé résolument jusqu'au résultat, et s'y est tenu. De sorte que nous ne pouvons pas dire qu'il est un Sceptique ; il a mérité le nom plus décisif de Négateur. On peut dire qu'il a nié qu'il y eût le moindre caractère sacré dans l'Homme, ou dans l'Univers, et qu'il a et spéculé et vécu sur ce singulier pied. Il nous fait voir en lui le curieux dernier mot de l'homme se guidant avec la moindre Croyance spirituelle qu'homme pensant ait peut-être jamais eue. La Religion, sous toutes les formes et dans tous les sens reconnaissables, il a fait tout ce qu'un homme peut faire pour s'en dégager. Il croit que le plaisir est agréable ; qu'un mensonge est incroyable ; et là s'achève son *credo;* bien plus, là, ce qui peut-être rend son cas presque unique, son imagination même semble devenir muette.

Pour un homme conséquent, toutes les perversions spirituelles possibles sont incluses dans celle, la plus grande, de l' « Athéisme prosélytique » ; les autres, de quelque genre et de quelque degré que ce soit, ne peuvent plus nous étonner. Diderot les a en tous genres et à tous les degrés : en vérité, pourrions-nous dire, le Philosophe Français (en le prenant au *mot*, car au fond bien des choses qui étaient étrangères adhéraient à lui, quoi qu'il fît) a donné un Plan du Monde, en comparaison duquel tout ce que les Mollahs, Bonzes ou Talapoins de l'Orient ont fait en ce genre est pauvre et faible. Nous ne parlerons pas de toutes ses Cosmogonies et Physiologies non pareilles ; venant à ses Tables, beaucoup plus modérées, de la Loi Morale, nous ne jetterons là qu'un coup d'œil sur un article extérieur de second ordre, les relations entre les hommes ; et dans celui-ci, nous n'examinerons qu'une division, et sans nous y appesantir du tout, les liens des contrats ; par exemple, du plus important de ceux-ci, le Mariage.

Diderot s'est convaincu et, à vrai dire, ce qui est devenu plus haut assez clair, agit d'après cette conviction, que le Mariage, contractez-le, solennisez-le de la manière que vous voudrez, implique un solécisme qui en réduit la valeur simplement à zéro. C'est une convention de suicide ; elle s'annule d'elle-même au moment même où elle se forme. « Tu prononces un vœu », dit-il, à plusieurs reprises, comme si l'argument était sans réplique, « tu prononces un vœu d'éternelle constance en t'appuyant sur un roc, qui à ce moment même s'écroule. » C'est la vérité, ô Denis ! le roc s'écroule : toutes les choses changent ; l'homme change plus vite que la plupart d'entre elles. Qu'en même temps un Inchangeable gît sur tout cela, qui commande, solennel et bienfaisant, toute la destinée et toutes les œuvres de l'homme, c'est une autre vérité qu'on ne peut espérer qu'aucun Philosophe mécanique, dans la poussière de son moulin logique, aille moudre pour son usage. L'homme change, et doit changer : la question se pose alors : S'il est sage à lui de tout bouleverser, en une obéissance inconsidérée à son amour du changement ; si cela lui est même possible ? Parmi les dualismes de la nature entièrement dualiste de l'homme, l'on a pu, imaginons-nous, observer celui-ci : qu'avec son incessante tendance à changer, il a une non moins indéracinable tendance à persévérer. Si l'homme était là seulement pour le changement, alors, loin de se marier, qu'il cesse même d'entourer ses

champs de haies et de les labourer ; avant l'automne,
la fantaisie de les moissonner peut lui être passée. Qu'il
retourne à l'état nomade et place sa maison sur des
roues ; mais, même là, une certaine contrainte doit réfré-
ner son amour du changement, ou bien son bétail,
poussé sans répit, sans haltes où il pâture, périra. O
Denis, quelles choses tu débites, dans ton sommeil !
Comment, dans ce monde en flux perpétuel, l'homme se
garantira-t-il le moindre fondement, sinon de cette seule
manière : qu'il s'assure par avance de son Destin ; que,
dans tel ou tel acte important de sa vie, sa Volonté,
avec tout le sérieux voulu, *abdique* son droit au changement ; devienne volontairement involontaire (1) et dise
une fois pour toutes : Qu'il n'y ait donc plus de doute
là-dessus ! Bien plus, le pauvre artisan inhéroïque, jusqu'à ce tisserand sur le métier duquel tu tisses en amateur (2) : n'a-t-il pas dû précisément en faire autant, —
lorsqu'il signa son brevet d'apprentissage ? L'imbécile !
qui avait en lui un tel goût pour toutes choses, pour la
royauté et pour l'empire, et qui n'en fit pas moins un
vœu (sous peine de mort par la faim) d'éternelle constance à tisser des bas. Et sans cela, cependant, il ne pourrait y avoir d'artisans florissants ; rien que des bousilleurs,
des gâcheurs, on ne sait quoi d'indéfinissable qui ne
dure qu'un moment ; des faméliques, pour la plupart
gibier de potence. Mais, en somme, quel sentiment y
avait-il dans l'ancienne âme fervente et profonde, qui
fit du Mariage *un Sacrement :* C'est ce à quoi, entre
toutes les choses de ce monde, Denis pourra penser
pendant des éons, sans le découvrir. A moins que ce
ne fût qu'à seule fin d'augmenter les droits de sa-
cristie ?

En vérité, avouons-le, rien de ce qu'on a encore vu
ou bien imaginé ne peut surpasser la libéralité de l'ami
Denis comme *magister morum ;* même, souvent notre
pauvre Philosophe éprouve le besoin, dans un âge d'une
telle rigueur spartiate, de courir à la maison publique

(1) ... Voluntarily... involuntary...
(2) On a vu plus haut que Diderot s'exerçait lui-même sur les
métiers à tisser pour pouvoir mieux les décrire dans son *Encyclopédie.*

y lancer son entraînant *Macte virtute !* Que le curieux
de ces choses-là l'y suive : quant à nous, ayant à faire
ailleurs, nous nous contenterons de lui souhaiter « bon
voyage », — ou plutôt « bon retour ». Nous n'avons
que peu de choses à dire de l'indélicatesse et de l'indé-
cence de Diderot. Diderot n'est pas ce que nous appelons indélicat et indécent ; il est absolument malpropre,
scandaleux, éhonté, sans culottique-samoyédique. Déclarer avec une fureur lyrique que c'est mal ; ou bien, avec
un calme historique, qu'un cochon doué de sensibilité
deviendrait fou si vous l'accusiez de cela, peut, surtout
dans les pays où les « expositions indécentes » relèvent
du commissariat de police, être considéré comme super-
flu (1). La seule question ici est une question d'Histoire Naturelle : D'où cela vient-il ? Qu'est-ce qu'un
homme, à qui ne manquent pas, d'ailleurs, l'élévation
d'esprit, un caractère bienveillant, une philanthropie
immense et déclarée, et sans nul doute une pénétration
extraordinaire, peut bien vouloir dire par là ? Pour nous
ce n'est qu'un éclaircissement de plus sur l'intrépide
Penseur Mécanique, logique jusqu'au bout, entièrement
cohérent. Cela se tient assez bien avec la théorie de
Diderot sur l'homme, qu'il n'y a rien de sacré, ni dans
l'homme, ni autour de l'homme, et que les chimères
sont chimériques. Comment celui pour qui rien n'existe,
en dehors de ce qui peut servir de prétexte au jargon
des bureaux d'esprit, aurait-il le moindre soupçon de la
profondeur, de la signification, de la divinité du SILENCE ;
de la sainteté des « Secrets connus de tous » ?

Néanmoins, la Nature est grande ; et Denis était parmi
ses plus nobles productions. A une âme de sa sorte quelque chose de ce que nous appelons Conscience ne pouvait certainement manquer : le sentiment de la Relation
Morale, de l'infini caractère de cela, essence et principe
de tout ce qui peut être senti ou connu d'autre, doit
nécessairement s'affirmer en lui. Mais comment s'affir-
me-t-il ? Une Infinitude pour quelqu'un dont tout le
Synopsis de l'Univers ne contient aucune indication

---

(1) Carlyle fait ici probablement allusion aux audaces de *la Religieuse*.

d'Infini ? Assez étonnante est la méthode de Diderot; et pourtant elle ne saurait nous étonner, car nous la voyons, et l'avons toujours vue, quotidiennement. Puisqu'il n'y a rien de sacré dans l'Univers, d'où vient cette sainteté de ce que vous appelez Vertu? D'où vient-il ou comment se fait-il que vous, Denis Diderot, vous ne *deviez* pas faire une mauvaise chose ; que vous ne pourriez, sans quelque dégoût, dire, par exemple, un mensonge, pour gagner le Paradis de Mahomet avec toutes ses houris? Il n'y a point de ressource à cela, que de se jeter dans cet interminable enchevêtrement de la Récompense et de l'Approbation, de la vertu considérée comme sa propre récompense, et d'affirmer toujours plus bruyamment, — contrairement à la sévère expérience de tous les hommes, depuis l'Homme Divin, expirant en une agonie de sueur sanglante sur l'arbre maudit, jusqu'à nous deux, ô lecteur (si nous avons jamais rempli un Devoir), — que Vertu est synonyme de Plaisir. Hélas ! Paul, l'Apôtre des Gentils, était-il vertueux et sa vertu était-elle à elle-même sa récompense, lorsque *sa* conscience approbatrice lui disait qu'il était « le plus grand des pécheurs » et, s'il s'attachait à cette seule vie, « le plus misérable de tous les hommes »? Ou bien cette Vertu si sublime a-t-elle peu de chose à faire, au fond, avec le Plaisir, si elle est liée à de tout autres choses ? Eudoxia, Eusebeia, Euthanasia, et toutes les autres, sont-elles de peu de prix auprès d'Eubosia et d'Eupepsia (1); et les peines de n'importe quelle Carrière du Vice modérément paisible sont-elles, au jugement de Denis lui-même, comme une goutte d'eau dans un seau auprès de la « Carrière des indigestions »? C'est ce que Denis n'accordera jamais en ce monde.

Mais que fera-t-il donc ? De deux choses l'une : admettre, avec Grimm, qu'il y a « deux justices », — auxquelles l'on peut donner maints beaux noms, mais qui ne sont, proprement, que la justice agréable et la justice désagréable, la première seule engageant à quel-

---

(1) Opposition des qualités morales et des qualités physiques : Eudoxia, Bonne volonté ; Eusebeia, Piété ; Euthanasia, Mort glorieuse ; — Eubosia, Bonne nourriture ; Eupepsia, Bonne digestion.

que chose ! Ici, d'ailleurs, la nature n'a pas été bonne pour Denis ; il n'est point un flagorneur de cour ; mais une libre, géniale, même poétique créature. Il ne reste donc que le deuxième expédient : « affirmer toujours plus bruyamment » ; en d'autres termes, devenir un Philosophe Sentimentaliste. Fort fastidieux, par suite, est le perpétuel verbiage ici débité sur la *vertu*, *l'honnêteté*, la *grandeur*, la *sensibilité*, les *nobles âmes* (1) ; combien il est inexprimablement bon d'être vertueux, combien agréable, combien sublime : — Au nom du Diable et de sa grand'mère, *sois* vertueux ; et finissons-en avec cela ! Par là (nous le reconnaissons, d'ailleurs, avec plaisir), la grande Nature, en dépit de toutes les contradictions, déclare sa royauté, sa divinité ; et, pour le pauvre Philosophe Mécanique, a préparé, puisque la substance lui est cachée, une apparence où il peut trouver une consolation.

Enfin, à notre malchanceux Philosophe Mécanique et Sentimentaliste, avec sa bruyante prédication et son ouvrage plutôt pauvre, ne nous faut-il pas, sous divers rapports, « tendre la main avec reconnaissance » ? De toutes façons, « il était nécessaire que le côté logique des choses prît aussi sa valeur ». En somme, d'étonnants et de supérieurs développements de beaucoup de choses, de la Moralité entre autres, sont visibles dans le cours des affaires de ce monde, à cette heure. Une prédiction plausible serait que le Système Ascétique ne doit point retrouver son exclusive domination. Toujours, à vrai dire, le renoncement à soi-même, l' « *Annihilation de soi-même* », doit être le commencement de toute action morale : cependant, qui fait bien attention peut discerner les filaments d'un système plus noble, où ceci gît inclus comme un élément mis en harmonie. Qui sait, par exemple, quels nouveaux arrangements peu à peu dévoilés en leur complexité nous attendent, avant que le véritable rapport de la Grandeur morale à la Correction morale et leur valeur proportionnelle puissent être établis ? Comment, d'autre part, la parfaite tolérance pour le Mal doit-elle co-exister avec la conviction toujours présente

(1) En français et en italiques dans le texte.

que le Bien lui est lié, comme un Dieu à un Diable, — un Infini à un Infini opposé ? Comment, en un mot, à travers quelles tumultueuses vicissitudes, après combien d'efforts partiels et faux, augmentant la confusion, sera-t-il à la longue rendu manifeste, et maintenu continuellement manifeste pour le cœur des hommes, que le Bien n'est point proprement ce qu'il y a de plus haut, mais est en même temps le Beau ; que le véritable Beau (différant du faux comme le Ciel du Vauxhall) enferme en lui le Bien ? — Dans quelque siècle futur, il pourra se trouver que Denis Diderot, faisant et professant, en totalité et avec une conviction entière, ce que l'immense multitude fait à demi et sans conviction, a, bien que par d'étranges méthodes inverses, avancé le résultat. L'on a écrit il y a longtemps que le Tout-Puissant « fit la colère du méchant », la folie du fou, « pour Le louer ». En tous cas, c'est Diderot qui accomplit cela, et non nous ; Diderot qui supporte cela, et non nous : la paix soit avec Diderot !

L'autre côté de sa renommée est sa supériorité comme Causeur. C'est-à-dire, à un point de vue plus large, que sa philosophie, pensent ses admirateurs, n'était pas plus éminente que la manière dont il la débitait. Ce que vaut sa philosophie, nous l'avons examiné : mais maintenant, qu'il fût éminent dans cet autre domaine de la conversation, on le croit aisément. Un caractère franc, toujours confiant, sociable ; un esprit plein de connaissances, plein d'ardeur ; d'une grande portée, d'une grande profondeur, toujours en éveil : un tel homme ne pouvait avoir qu'une « bouche d'or ». Il est certain aussi que quelque chose qui se présentât à lui se présentait avec la clarté la plus limpide ; était rendue, sans grand effort, avec une clarté égale. Qu'en même temps, la conversation de Diderot, relativement si supérieure, méritât la réputation intrinsèque d'une grande chose, ceci peut admettre la discussion. La valeur des paroles dites dépend, après tout, de la sagesse qui réside en elles ; et dans les paroles de Diderot il y en avait souvent trop peu. Vivacité, éclat éblouissant, acuité de vision théorique, ingéniosité paradoxale, gaîté, touches d'humour même, on doit avoir eu tout ceci : quiconque eût préféré la sincérité, le sérieux, la profondeur pratique plutôt que la pénétration théorique, avec non moins d'impétuosité, de clarté et de sûreté, avec l'humour, l'énergie, ou telle autre mélodie ou rythme que cette parole demandait, — eût dû venir à Londres, et, avec une soumission indulgente, écouter notre Johnson. Avions-nous donc l'homme le plus fort ? Disons plutôt que, comme dans ce duel de Cœur-de-Lion avec le leste, agile mais également invincible Saladin, chaque nation avait la vigueur qui lui convenait le mieux.

Etroitement liée à cette faculté de conversation est la facilité de composition de Diderot. Un talent fort célèbre ; on en cite de nombreuses preuves réellement surprenantes : on rappelle comment il écrivit de longs ouvrages en une semaine, quelquefois presque dans les vingt-quatre heures. Assez de choses subsistent, en effet, pour rendre malheureusement de tels exploits croyables. La plupart des Ouvrages de Diderot portent les traces les plus évidentes d'improvisation ; *stans pede in uno!* Ils sont beaucoup plus de la conversation imprimée, que la rédaction concentrée et mûrie qu'étant donné un homme de cette valeur nous pouvions nous attendre à voir imprimée. On a dit : « il a écrit de belles pages, il n'a jamais su faire un livre. » Substituez : *il ne le fit pas* à *il ne le sut pas*, et il y a du vrai dans ce propos. On l'a observé, la clarté, la compréhensibilité dès le premier coup d'œil est le caractère de tout ce que Diderot a écrit : une clarté qui, dans les objets visuels, s'élève jusqu'à l'Art, et ressemble à celle de Richardson ou de Defoë. Mais, en accordant qu'il rend claire la signification de ce qu'il dit, quelle est la nature de cette signification elle-même ? Hélas ! c'est seulement, la plupart du temps, une hâtive, inconsistante, superficielle signification, où l'on voit poindre çà et là des lueurs de vision plus profonde. Le désordre règne plus ou moins dans tous les Ouvrages que Diderot a écrits ; point d'ordre, mais une plausible apparence d'ordre : on ne trouvera pas le vrai cœur de l'affaire ; « il saute joliment parmi les rayons, mais il bondit par-dessus le centre et le manque. »

Ainsi l'Universalité et la Facilité tant admirées de Diderot peuvent avoir tourné l'une et l'autre à son désavantage. Nous ne parlons point de la réception que lui fit le monde : c'est en vérité l' « âge des spécialités »; cependant, pour d'autres causes, Diderot l'Encyclopédiste eut assez de succès. Mais, ce qui est d'une bien plus grande importance, son développement intérieur fut gâté : l'arbre vigoureux ne s'élança point en quelque noble tige unique, projetant ses maîtresses-branches, ses fruits et son ombrage tout à l'entour, mais s'étendit horizontalement, à une hauteur très médiocre, en d'innombrables branches, non inutiles, mais d'une utilité tout à fait secondaire. Diderot eût pu être un Artiste; et il ne fut guère mieux qu'un Artisan Encyclopédique. Non pas un demi-savant, certes; un artisan consciencieux; avec un équipement réellement universel, en son genre : il fit l'ouvrage de bien des hommes; mais rien, ou peu, que bien des hommes n'aient pu faire.

C'est pourquoi, ses Œuvres Littéraires, maintenant achevées depuis quelque cinquante ans, ont déjà, à un point tout à fait surprenant, perdu de leur importance. Jamais peut-être homme dont on a tant parlé ne fut si peu connu; pour la grande majorité il n'est plus une Réalité, mais un Ouï-dire. Telle, à vrai dire, est en partie la destinée naturelle des Œuvres polémiques, ce que sont presque toutes les Œuvres de Diderot. Le Polémiste annihile son adversaire; mais ce faisant il s'annihile lui aussi, et tous les deux sont balayés pour faire place à quelque chose d'autre et de nouveau. Ajoutez à cela le caractère lâché et fugitif du style de Diderot; et le fait s'explique assez bien. En attendant, que celui à qui ce fait s'applique le considère; celui qui parmi ses dons avait le pouvoir de s'élever jusqu'au Perpétuel, et qui resta plutôt en bas dans l'Éphémère, et y lutta et s'y agita éphémèrement ! Diderot le grand s'est contracté en Diderot l'aisément mesurable : ainsi doit-il en être des autres de cet ordre.

En combien de phrases le produit net de tout ce tumultueux Athéisme, imprimé en de nombreux volumes, peut-il tenir ! Bien plus, l'*Encyclopédie* tout entière, cette merveille universelle du dix-huitième siècle, la Tour de Babel d'un âge de Lumières raffinées, qu'est-elle devenue ? Hélas ! non pas une tour de pierre, qui restera

là dans tous les temps comme notre force et notre
défense ; mais, tout au plus, une *Hélépole* de bois
(machine de siège), d'où le Philosophe assiégeant a
brûlé et battu en brèche mainte vieille ruineuse Sorbonne ; et qui, maintenant que cette œuvre est à peu près
finie, peut, à son tour, être jetée bas et utilisée comme
bois de chauffage. Le célèbre Arbre Encyclopédique lui
aussi s'est trouvé être un arbre artificiel et n'a point
porté de fruit. Nous voulons dire que, par sa nature, il
est uniquement mécanique ; une de ces tentatives pour
morceler l'invisible et mystique Ame de l'Homme, avec
l'*infinitude* de ses phases et de son caractère, en des
catalogues commerciaux de ce que l'on appelle « facultés », « mobiles » (1), et ainsi de suite ; tentatives qui
peuvent à vrai dire être faites avec tous les degrés d'intelligence, de celle d'un Docteur Spurzheim (2) à celle
de Denis Diderot ou de Jérémie Bentham, et se trouver
être utiles pour un jour, mais pour un jour seulement.

Néanmoins, il serait faux de regarder Diderot comme
un Mécaniste et rien de plus ; comme quelqu'un qui travaille et moud aveuglément dans le moulin de la Logique mécanique, content de son sort, là, et inconscient
d'aucun autre sort. Voyons en lui plutôt quelqu'un qui
a contribué à nous en délivrer : tant par son esprit viril
et entier comme Mécaniste, qui poussait toutes choses à
leur extrême et à leur point de crise, que, même, par une
faculté dont les efforts obscurs tendaient virtuellement
au-delà de ceci. Diderot, avons-nous dit, avait reçu de
la Nature des dons d'Artiste : éclatant étrangement à
travers ses encombrements mécaniques, il a des rayon-
nements de pensée, qui appartiennent au Poète, au Prophète ; qui, dans un autre milieu, auraient pu nous révéler
les choses les plus profondes. Sans chercher loin, considérez cette seule petite phrase, qu'il met dans la bouche

(1) « Mobiles », raisons utilitaires de la conduite fondées sur la
morale de l'intérêt. On connaît l'importance de la morale opposée
dans la philosophie de Carlyle.
(2) SPURZHEIM, Gaspard, 1766-1833, Physiologiste allemand, disciple
et continuateur du Dr Gall. Auteur d'un ouvrage purement matéria-
liste sur *la Nature morale et intellectuelle de l'homme* (1832). Il a
donné à son système le nom de *Phrénologie*.

de Sanderson mourant : « *Le temps, la matière et l'espace ne sont peut-être qu'un point* (1) » !

De même encore, en Art, à la fois comme causeur et comme auteur, on doit le regarder comme l'un de ceux qui poussaient irrésistiblement en avant, hors de l'artificielle et stérile sphère de ce temps, vers une sphère plus vraie et plus féconde. Ses drames, *le Fils Naturel*, *le Père de Famille*, ont assurément cessé de vivre ; et pourtant l'on peut y démêler une tentative vers de grandes choses ; la tentative nous reste, et elle se poursuit d'une autre manière, et elle a obtenu, et elle obtient une réussite. Nous ne trouvons pas moins, dans ses *Salons* écrits hâtivement pour Grimm et par malheur sur des artistes d'un caractère tout-à-fait secondaire, la reconnaissance la plus large de tout ce qui peut se présenter d'excellent ; et même un impétueux effort, non seulement de critique, mais encore de créateur, vers quelque chose de plus excellent. En vérité, soit par leur clarté sans égale, qui repeint la peinture sous nos yeux, si bien que nous la *voyons* nous aussi et que nous pouvons la juger ; soit par leur heureuse chaleur, invention, leur réel génie artistique, à qui il ne manque qu'une *main*, ils sont, avec quelques exceptions dans la langue allemande, les seules Critiques de Peinture que nous sachions dignes d'être lues. Ici encore, de même que par sa propre pratique dans le domaine dramatique de l'art, Diderot se présente comme le principal initiateur, presque comme le seul dans son pays, de cet effort multiple vers ce qu'on appelle Nature, et copie de la Nature, et fidélité envers la Nature : profonde, indispensable vérité, subversive de la vieille erreur ; mais, sous cette forme, demi-vérité seulement, car l'Art aussi est l'Art, aussi sûrement que la Nature est la Nature. Mais cet effort, soit qu'il s'en tienne à une demi-vérité ou qu'il cherche à atteindre à une vérité complète, n'en est pas moins visible encore, dans les pays qui ont un Art, au fond de la tendance de toute tentative artistique. En ce sens, l'*Essai sur la Peinture* de Diderot a été jugé digne d'une traduction par le plus grand Juge d'Art

(1) En français et en italiques dans le texte.

moderne, par le plus grand Artiste moderne dans l'ordre
le plus haut de l'art ; et on peut le lire à nouveau, avec
commentaire et exposition argumentatifs, dans les
Œuvres de Gœthe.

Nous reconnaîtrons même, avec plaisir, que, pour
Diderot lui-même, les royaumes de l'Art ne restèrent pas
entièrement inexplorés ; que lui aussi, si tristement emprisonné, déroba l'étincelle de Prométhée. Parmi ces
multiples écrits des genres les plus divers qu'il a laissés,
en grande partie un pêle-mêle manufacturé de Philosophisme non vendable plus longtemps et ayant l'air
maintenant assez mélancolique, — il en est deux que
nous pouvons presque appeler des Poèmes ; qui ont
quelque chose de perpétuellement poétique en eux.
Jacques le Fataliste et, à un plus haut degré
encore, *le Neveu de Rameau.* Ce qu'ils ont de *sombre*
à l'occasion l'un et l'autre, même ces teintes poussées
tout à fait au noir en plusieurs parties du premier, ne
doivent pas trop nous effrayer. On dirait qu'un vague
rayon errant vient flotter ici sur l'Existence humaine en
France, à près d'un siècle de distance maintenant derrière nous : « des hauteurs de la somptueuse élégance
aux bas-fonds cyniques », tout y est. Lâchée, négligente
semble la composition du tableau ; allant bout-ci, bout-là,
décousue, comme une chose mal fagotée ; et pourtant,
singulièrement cohérente dans l'intime sentiment inconscient du peintre. Le bel esprit au pétillement fastidieux
fait silence ; un humour terrible, taciturne, osé, presque
Hogarthien, monte du fond. Il n'y a rien de tel, que nous
sachions, dans tout le développement de la Littérature
française : Lafontaine est superficiel en comparaison,
pour ne point parler du genre d'esprit à la La Bruyère.
Cela ressemble à *Don Quichotte,* plutôt ; cela est d'une
taille quelque peu semblable, mais d'une complexion
complètement différente ; dans l'un se montre un Elysée
ensoleillé, dans l'autre un sulfureux Erèbe : l'un et l'autre
ont quelque chose d'infini. Ce *Jacques,* peut-être, ne
fut point tout-à-fait aussi hâtivement composé : cependant là aussi la hâte est manifeste : l'Auteur s'en tire, non
point en rendant d'une façon achevée les figures et les
mouvements, mais en jetant sa brosse contre la toile,

manœuvre qui, dans ce cas-là, n'a point réussi (1). *Le Neveu de Rameau*, qui est le plus court, est aussi le meilleur ; il peut passer décidément pour la meilleure de toutes les compositions de Diderot. Il a l'air d'une parole de Sibylle sortie d'un cœur tout en fusion : pas de chose éphémère (car cela fut écrit en façon de Satire contre Palissot) qui ait été jamais traitée d'une manière plus éternelle. Assez étrangement aussi, l'œuvre resta quelque cinquante ans dans les Bibliothèques allemandes et russes ; elle parut pour la première fois dans la magistrale version de Gœthe, en 1806 : et elle n'atteignit (après une décevante *re*-traduction par un certain M. Saur, un courageux mystificateur, d'ailleurs) le public de Paris qu'en 1821, — quand peut-être *tout* ce pour quoi et contre quoi elle fut écrite n'était plus ! — C'est une farce-tragédie ; et son destin a correspondu à son dessein. Un jour il faudra aussi la traduire en Anglais ; mais cela nécessitera d'être fait par une *tête* ; l'ordinaire mécanique-à-vapeur n'y suffira à proprement parler point.

Nous prendrons ici (*con la bocca dolce*) congé de Diderot considéré sous son aspect intellectuel, comme Artiste et comme Penseur : ce fut une nature richement douée, placée dans des conditions défavorables ; dont l'effort, très dénaturé, mais non incapable de fidélité au but, peut triompher, à de rares occasions, n'est peut-être nulle part absolument infructueux. Sous l'aspect moral, comme homme, il fait une figure quelque peu semblable, étant donné que, chez tous les hommes, chez lui spécialement, l'opinion et la pratique se trouvent étroitement unies, et que, selon la remarque d'un homme sage, « les principes spéculatifs ne sont souvent qu'un supplément (ou une excuse) au genre pratique de vie ». Dans sa conduite, Diderot ne peut nullement nous sembler admirable : mais ni inexcusable non plus ; ni, en

---

(1) Allusion à ce peintre de l'Antiquité qui, de dépit de ne pouvoir rendre un détail difficile (l'écume d'un cheval), lança son éponge contre le panneau, et fut de la sorte mieux servi par le hasard que par sa patience.

somme, sans aucun mérite. Lavater relevait dans sa
physiognomie « quelque chose de timoré » ; interprétation que ses amis admettaient comme correcte. Diderot,
en vérité, n'est pas un héros : l'être sérieux, voyageant
et guerroyant parmi les complexités d'un Monde prêt à
l'engloutir, mais où, par la grâce du ciel, il persistera
fidèlement dans sa lutte, qu'il ait le dessus ou non,
tirera peu de soulagement de cette légère, fluctuante,
pour ne pas dire inconsistante existence de Diderot :
d'Evangile en ce genre, il ne nous en a point laissé.
L'homme, en fait, avec tous ses grands dons, avait plutôt un caractère féminin. Susceptible, sensitif, vivant
par impulsions, ce qu'il avait au mieux *arrangé* en
quelque semblant de principes ; avec assez de véhémence,
avec même quelque chose qui échappait à tout raisonnement comme chez les femmes ; avec peu de virile fer-
meté, réflexion, invincibilité. Aussi le trouvons-nous
vivant la plupart du temps dans la société des femmes,
ou d'hommes qui, comme des femmes, le flattaient et lui
rendaient la vie facile ; se reculant avec horreur d'un
sérieux Jean-Jacques, qui n'entendait point la science
d'aller en une vaine parade ; mais qui s'imaginait, le
pauvre homme, que la vérité était là comme une chose
qu'il fallait dire, comme une chose qu'il fallait mettre
en pratique.

Nous n'appellerons donc pas Diderot un être lâche ;
mais pas plus, en aucun sens, un vaillant homme. Il ne fut
courageux ni devant lui-même, ni devant les autres.
Toutes les vertus, dit M. de Meister, qui ne demandent
pas « une grande suite (1) d'idées », il les eut. En d'autres termes, tous les devoirs qui lui étaient aisés, il les
remplit : la Nature heureusement en a rendu plusieurs
aisés. Son but spirituel, d'ailleurs, semblait ne pas être
tant l'imposition, l'exposition du devoir, que la découverte d'un Devoir-rendu-facile (2). Assez naturel qu'il se
soit lancé dans cette province du *sentiment, du cœur-
noble* (3) et ainsi de suite. Hélas ! déclarer que la beauté

---

(1) En français et en italiques dans le texte.
(2) « Duty-made-easy. »
(3) En français et en italiques dans le texte.

de la vertu est belle coûte comparativement peu : y atteindre, l'avoir, est une tout autre entreprise, — où le vantard bruyant, que nous sachions, n'est pas le plus capable de réussir. En somme, paix au *sentiment* (1), car nous avons laissé cela aussi derrière nous ! — Pour le reste, comme on a pu le voir, les devoirs qui étaient difficiles, notre Diderot les délaissa. Comment aurait-il, lui, le *cœur sensible* (2), affronté un monstre tel que la Peine ? Et là-dessus, comme les appréhensions ne manquent point dans cette carrière, quoi de mieux à faire que de combler toutes les aspérités sous des flots de *sensibilité* (3), et par là de voyager plus ou moins doucement tout du long ? *Est-il bon ? Est-il méchant* (4) ? c'est là son opinion sur lui-même. En tous cas, il ne fut point volontairement hypocrite ; cette grande louange peut lui être donnée. Et de la sorte, avec la Philosophie mécanique et la *passion vive* (5) ; travaillant, flirtant ; « avec plus de douceur que d'affection véritable, parfois « avec la malice et la rage d'un enfant, mais en somme « avec un inépuisable fond de simplicité bonne », il est arrivé jusqu'à nous, vaille que vaille : et que pouvons-nous faire, que de le recevoir ? —

Si maintenant nous et notre lecteur, réinterprétant pour notre besoin présent cette vie et cette œuvre de Diderot, nous nous les sommes représentées plus claire-ment, l'heure dépensée là-dessus, fût-elle encore plus ennuyeuse, ne sera pas sans profit ! Ne nous sommes-nous pas efforcés d'unir de plus en plus étroitement au Passé et à l'Avenir notre bref moment présent, à nous ; n'avons-nous pas fait ce qui dépendait de nous pour faire de l'Histoire avec ce Mémorialisme (6) du Dix-huitième siècle, et pour en « tisser » quelques fils de façon à for-mer graduellement une toile ?

Mais finalement, si nous nous élevons avec ce sujet, comme nous devrions essayer de le faire avec tous les

---

(1) En français et en italiques dans le texte.
(2) *Id.*
(3) *Id.*
(4) *Id.*
(5) *Id.*
(6) Memoirism.

sujets, jusqu'à la région proprement dite de l'Histoire Universelle, et si nous le considérons avec l'œil, non point de ce temps-ci ou de ce temps-là, mais du Temps en général, peut-être cette prédiction pourra-t-elle trouver ici place : Qu'intrinsèquement, essentiellement, il y a peu de chose en lui ; qu'un jour, lorsque le produit net de notre manière de vivre européenne en viendra à être établi, toute cette affaire encore si énorme du Philosophisme Français se réduira à la plus minime des fractions, ou s'évanouira en une non-entité ! Hélas ! tandis que la rude Histoire et les rudes Pensées de ces « *Juifs misérables* » (1), tandis que le barbare Chant de guerre d'une Débora et d'un Barac (2), que la prophétique Parole transportée d'un Isaïe échevelé, durent à cette heure, avec la plus profonde signification, disons seulement depuis ces trois mille ans, jusqu'à quel point la triplement resplendissante *Encyclopédie* ne s'est-elle pas recroquevillée pendant ces trois fois vingt ans ! C'est un fait que votre Encyclopédiste devrait réellement considérer, qu'il l'explique, qu'il l'exprime comme il voudra ; ces accents-*là* furent ravis à la sacrée Mélodie du Tout, et ils ont une harmonie et un son à jamais. Ces accents-*ci*, les siens, ne sont que des dissonnances extérieures, et leur querelle s'éteint sans résultat. « Le seul, « spécial et plus profond thème de l'Histoire du Monde « et de l'Homme », dit le Penseur de notre Temps, « auquel tous les autres thèmes sont subordonnés, « demeure le Conflit de l'INCROYANCE et de la CROYANCE. « Toutes les époques où la Croyance prévaut, sous quel- « que forme que ce soit, sont splendides, exaltantes pour « le cœur, fructueuses pour les contemporains et la « postérité. Toutes les époques, au contraire, où l'In- « croyance, sous quelque forme qu'on voudra, affirme « sa triste victoire, quand bien même elles brilleraient « un moment d'une feinte splendeur, s'évanouissent « pour les regards de la postérité, parce que nul ne s'a- « vise de s'imposer l'étude de ce qui est infructueux. »

(1) En français et en italiques dans le texte.
(2) On connaît ce cantique (*Jug.*, V), chanté par la prophétesse Débora après la victoire remportée par elle et par Barac, général des Hébreux, sur Jabin, roi des Chananéens.

GOETHE (1)

Ce n'est point sur cette « Seconde Partie » des Œuvres de Gœthe, qui, de toutes façons, ne contient rien de nouveau pour nous, que nous entendons insister à présent. Dans notre dernier numéro, nous nous engagions à faire quelque examen de ses écrits et de son caractère en général ; nous nous efforcerons donc maintenant, avec ce que nous pouvons avoir de connaissance approfondie, de remplir cette promesse.

Nous avons déjà dit que ce n'était pas là pour nous un sujet sans importance ; et à peu de lecteurs de Gœthe il est besoin de rappeler que ce n'est pas un sujet facile. Nous espérons aussi que nos prétentions en ce qui le concerne ne sont pas exorbitantes, la somme de nos visées n'étant nullement de résoudre une question si profonde et si féconde, mais seulement de montrer qu'une question d'une telle sorte est mûre pour une solution ; sollicite chez nous l'attention des hommes pensants, mérite même une investigation complète et doit tôt ou tard l'obtenir. L'histoire littéraire de Gœthe nous semble un sujet d'une riche, subtile et multiple signification plus que la plupart des autres ; qui requerra et récompensera l'attention soutenue des meilleurs esprits, et pour la convenable exposition duquel il faudra non pas un seul, mais maints jugements.

Au surplus, nous n'avons pas besoin de nous attarder à préluder sur notre propre inhabileté et à faire valoir les

(1) FOREIGN REVIEW, n° 3. — *Gœthes Sämmtliche Werke. Vollständige Ausgabe letzter Hand.* (Œuvres réunies de Gœthe. Edition complète, avec ses corrections définitives.) — Seconde Partie, vol. VI-X. Cotta, Stuttgard et Tubingue, 1827.

difficultés que nous nous sommes si courageusement
engagés à affronter. Considérant l'aspect grandement
complexe qu'un tel esprit nous présente par lui-même,
et, plus encore, tenant compte de l'état de l'opinion
anglaise en ce qui le concerne, il apparaîtra certainement que peu de questions littéraires de notre temps sont
aussi perplexes, incertaines, peut-être hasardeuses ; mais
aussi, que peu se trouvent, sur lesquelles une parole bien
motivée ou même sincère serait plus propre à nous profiter. Car nos compatriotes, jamais indisposés contre ce
que l'étranger possède d'excellent, mais toujours pru-
dents à l'égard de ce que l'étranger possède de singulier, ont beaucoup entendu parler de Gœthe ; mais ce
qu'ils ont entendu, la plupart du temps, était fait plutôt
pour les exciter et les rendre perplexes que pour les
renseigner. De vagues rumeurs sur l'homme nous ont,
pendant plus d'un demi-siècle, bourdonné aux oreilles : nous avons même eu, de temps à autre, quelque
transcription mutilée, altérée de ses propres pensées,
qui, tout obscures et hiéroglyphiques qu'elles pouvaient
souvent sembler, ne laissaient point de jeter çà et là un
éclair de signification extrêmement pure et pénétrante ;
des voyageurs aussi vont et viennent encore, important
les opinions ou, tout au pis, les commérages des autres
pays : si bien que, d'une manière ou d'une autre, beaucoup d'entre nous sont arrivés à comprendre que le
poète et le penseur de beaucoup le plus distingué de son
âge se nomme Gœthe, et vit à Weimar, et doit, selon
toute apparence, être un personnage extrêmement surprenant : mais là malheureusement se borne notre savoir ; et la Curiosité, le désir sincère d'Information et le
simple Etonnement passif tout aussi bien ont toujours à
se demander : Quelle espèce d'homme *est*-ce ? Comment
l'interpréterons-nous, comment même le verrons-nous ?
Quelle est sa structure spirituelle, quels sont au moins
la forme et les traits extérieurs de son esprit ? A-t-il
quelque réelle valeur poétique ; quelle est-elle pour son
propre peuple, quelle est-elle pour nous ?

Reviewers de grande et de petite volée se sont vaillamment mis en devoir de satisfaire sur ces points le
public britannique : mais qui de nous pourrait croire

leur rapport ? Ne devenait-il pas visible plutôt, à mesure
que nous réfléchissions sur l'affaire, que ce Gœthe à
eux n'était pas l'homme réel, ne pouvait même être
aucune espèce d'homme réel ? Car qu'étaient, après tout,
leurs portraits de lui, que des copies, avec quelques
retouches ou ornements accessoires, du grand Type original allemand tel que nous nous le représentons généralement en Angleterre ? — C'est une œuvre d'art de ce
genre qu'ils sont en soi, comme le sont toujours, en de
semblables circonstances, les portraits nationaux ; et ils
ressemblent à Gœthe, comme la Tête de Maure des
enseignes, avec sa physionomie de convention, peut
ressembler au Sultan actuel de Constantinople !

Si nous nous imaginions qu'il est besoin de beaucoup
de renseignements, ou de quelque très-profonde sagacité,
pour éviter de telles méprises, il nous conviendrait mal
de nous mettre en avant en cette occasion. Mais il est
assurément donné à tout homme, s'il veut seulement
prendre garde, de savoir tout au moins s'il *sait* ou non.
Et rien plus que ceci ne saurait être évident pour nous,
que si, dans le cas actuel, nous pouvons rapporter *quelque chose* de notre propre vision personnelle et de notre
claire et sincère croyance, ce sera une utile nouveauté
dans la discussion de ce cas. Que le lecteur soit donc
patient à notre égard ; et selon qu'il trouvera que nous
parlons de bonne foi et sérieusement, ou bien superfi-
ciellement et de mauvaise foi, qu'il prenne en considération notre exposé, ou qu'il le rejette comme indigne
de considération.

Vu sous ses rapports purement externes, Gœthe montre
une apparence telle qu'il s'en présente rarement dans
l'histoire des lettres, et qu'il peut, à vrai dire, étant
donnée la nature du cas, rarement s'en présenter. Un
homme qui, parvenant presque du premier coup à la
plus haute réputation dans toute l'Europe, s'établissant
de plus en plus fermement, par progrès graduels, dans
le respect de ses compatriotes, s'élève silencieusement, à
travers maintes vicissitudes, à la suprême place intellectuelle parmi eux ; et qui maintenant, après un demi-
siècle distingué par des convulsions politiques, morales

et poétiques, règne encore, chargé d'ans et d'honneurs, en une prépondérance tranquille et indiscutée; travaillant encore selon sa vocation, faisant progresser, comme avec une royale bénignité, tout ce qui peut profiter à la culture de sa nation : un tel homme pourrait retenir à juste titre notre attention, ne fût-ce que par la singularité de sa fortune. Des suprématies de cette sorte sont rares dans les temps modernes; si universelles et d'une telle continuité, elles sont presque sans exemple. Car l'âge des Prophètes et des Docteurs Théologiens est depuis longtemps passé; et maintenant, c'est par des liens beaucoup plus légers, par des liens passagers et purement terrestres, que les sociétés humaines se lient à un homme. La plus sage, la plus mélodieuse voix ne peut de nos jours passer pour une voix divine; le mot Inspiration s'attarde encore, mais uniquement sous forme de figure poétique, dont s'est évanoui sans retour le sens jadis sérieux, vénérable, qui maîtrisait l'âme. La constitution de la Littérature est appelée une République; le plus souvent, c'est une Anarchie, où, par force ou bien par chance, favori sur favori s'élève à la splendeur et à l'autorité, mais pour être, comme Masaniello, au moment où il juge le peuple, déposé et fusillé le troisième jour. Bien plus, peu de ces aventuriers peuvent atteindre même à cette pénible prééminence : car c'est tout au plus, on s'en rend compte, si n'importe quel âge donné peut avoir ne fût-ce qu'un seul homme de premier ordre; beaucoup d'âges ont seulement une foule d'hommes secondaires, chacun d'eux étant le premier à ses propres yeux : et rarement, en mettant tout au mieux, le « Personnage Unique » peut garder longtemps sa place à la tête de cette tumultueuse république; la plupart des souverains ne sont jamais universellement reconnus; de leur vivant, moins encore; bien peu parmi les souverains reconnus peuvent régner paisiblement jusqu'à la fin.

De pareille dictature perpétuelle Voltaire chez les Français donne le dernier exemple en Europe; mais, même avec lui, ce fut peut-être une affaire beaucoup moins remarquable. Voltaire régna sur une secte, moins comme son législateur que comme son général; car il fut en âpre hostilité avec la grande majorité numérique de sa nation, qui, loin de reconnaître ses services comme des bienfaits, les exécra comme des abominations. Mais l'objet de Gœthe, en tous temps, a été plutôt d'unir que de diviser; et, bien qu'il ne se soit pas fait scrupule, quand l'occasion s'en présentait, d'exprimer ses convictions assez distinctement sur maint sujet délicat, et qu'il semble, en général, avoir peu flatté les préjugés ou les sentiments privés d'aucun homme ou d'aucune société d'hommes, nous ne voyons pas à présent que ses mérites soient quelque part discutés, ses efforts intellectuels controversés, ou sa personne considérée autrement qu'avec affection et respect. Dans les dernières années, en outre, l'âge avancé du poète l'a investi d'une autre sorte de dignité; et l'admiration à laquelle ses grandes qualités lui donnent droit se tempère en un sentiment plus doux, reconnaissant, presque comme de fils et de petits-fils pour leur commun père. Des dissidents, sans nul doute, il y en a, et il doit y en avoir; mais, apparemment, leur cause n'est pas plaidée en paroles : aucun homme de la plus petite marque ne parle de ce côté; ou tout au plus, ces hommes peuvent mettre en question, non la valeur de Gœthe, mais le cant et l'affectation vaine avec lesquels, de maints côtés, l'on croit devoir proclamer et louer celle-ci. Certainement, il n'y a pas, il n'y eut probablement jamais, en aucun pays d'Europe, un écrivain qui, avec un style si savant et un sens si profond, si abstrus, ait jamais trouvé tant de lecteurs. Car, depuis le paysan jusqu'au roi, depuis l'amateur et l'amoureux qui n'ont pas encore de barbe au menton jusqu'au grave philosophe transcendantal, des hommes de tous les rangs et de tous les caractères sont familiers avec les écrits de Gœthe : chacun les étudie avec affection, avec une foi qui, « là où elle ne comprend pas, apprend à croire » : chacun lui prend ce qu'il est à même d'emporter, et s'en va content de son lot. Deux des plus fervents admirateurs de Gœthe sont Schelling de Munich, et un bon ami à nous, à Berlin; l'un d'eux est parmi les hommes les plus profonds de l'Europe, l'autre parmi les plus superficiels.

Tout ceci, sans nul doute, est assez singulier; et une

compréhension exacte de la chose éclaircirait bien des points. Quoi que nous puissions penser de l'ascendant de Gœthe, l'existence de cet ascendant demeure un fait hautement curieux ; et en retracer l'histoire, découvrir par quels acheminements une telle influence a été atteinte, et comment elle a été si longtemps conservée, ne serait pas une recherche triviale ou improfitable. Il vaudrait la peine d'examiner un homme aussi étrange pour l'amour de lui-même ; et ici nous verrions, non seulement l'homme lui-même, son propre progrès et son développement spirituel, mais le progrès aussi de sa nation : et ceci, non pas à une époque indolente ou même tranquille, mais en des temps marqués par d'étranges révolutions d'opinions, par des controverses furieuses, par un grand enthousiasme, une nouveauté d'entreprises, et sans nul doute, sous bien des rapports, par un avancement rapide : car, que les Allemands se soient efforcés, et s'efforcent encore sans repos, d'aller de l'avant, en un honnête et infatigable effort, parfois avec un enviable succès, personne, qui les connaît, ne le niera ; et, tout aussi peu, que dans chaque province de la Littérature, de l'Art et des œuvres humaines, l'influence, souvent même la conduite directe de Gœthe, puissent être reconnues. L'histoire de cet esprit est, en fait, l'histoire en même temps de la culture allemande à son époque : car tous les genres d'excellence auxquels cet homme a pu individuellement atteindre, son pays les a tôt ou tard reconnus pour siens et se les est appropriés ; et le titre de *Musagète*, que ses admirateurs lui donnent, n'est peut-être pas, en stricte exactitude, immérité. Que ce soit pour un bien ou pour un mal, il n'y a certainement pas d'Allemand, depuis les jours de Luther, dont la vie puisse occuper une si grande place dans l'histoire intellectuelle de ce peuple.

A ce point de vue, ne serait-ce sous aucun autre, le *Dichtung und Wahrheit* de Gœthe (1), dès qu'il sera complété, pourra mériter d'être regardé comme un de ses plus intéressants ouvrages. Nous ne parlons pas de ses mérites littéraires, bien que, sous ce rapport aussi, nous

(1) Ses mémoires, *Vérité et Poésie*.

devions dire que peu d'Autobiographies nous sont par-
venues, où une matière si difficile ait été maniée avec
tant de bonheur ; où un savoir parfait se soit trouvé
uni si naturellement à une tolérance parfaite ; et où un
récit personnel, se déroulant constamment dans une
clarté douce, nous ait montré un homme, et les objets
qui l'environnaient, sous un aspect si vraisemblable, et
pourtant si sympathique, avec un air digne et sérieux,
et pourtant gracieux, allègre, même gai : une histoire
comme racontée par un Patriarche à ses enfants; et telle, à
vrai dire, que peu d'hommes pourraient être appelés à
la raconter et que peu, s'il y étaient appelés, pourraient
la raconter aussi bien. Que ne donnerions-nous pas pour
une telle Autobiographie de Shakspeare, de Milton, même
de Pope ou de Swift !

Le *Dichtung und Wahrheit* a été fort critiqué en
Angleterre, mais non, inclinons-nous à croire, avec
quelque connaissance approfondie de sa signification
propre. Le malheur de l'œuvre, chez nous, fut que nous
n'ayons pas connu le narrateur *avant* sa narration ; et
que nous n'ayons pu juger quelle sorte de récit il était
tenu de donner, dans ces circonstances, ou s'il était tenu
d'en donner aucun. Nous ne voyions rien de sa situation,
nous entendions seulement le son de sa voix ; et l'entendant, nous ne doutions nullement qu'il ne dût discou-
rir en habits officiels du haut de la tribune, au lieu de
parler véridiquement au coin du feu. Car le principal
grief semblait être que l'histoire n'était pas assez noble ;
qu'elle entrait dans des détails d'une nature trop pauvre
et trop privée ; confinait çà et là au bavardage ; n'était
pas, en un mot, écrite dans le style de ce que nous appelons un *gentilhomme*. Qu'elle pouvait être écrite dans
le style d'un *homme*, et jusqu'à quel point ces deux styles
pouvaient être compatibles, et quelles pouvaient être leur
valeur et leur supériorité relatives, était une question
plus profonde, à laquelle apparemment l'on n'a pas fait
attention. Et pourtant là se trouvait l'essentiel même de
l'affaire ; car Gœthe n'écrivait pas à des « personnes de
qualité » en Angleterre, mais à des personnes de cœur
et de tête en Europe : problème peut-être quelque peu
différent, et demandant une solution quelque peu diffé-

rente. Quant à cette vulgarité et cette liberté de détails
spécialement, nous pouvons dire que, pour un Allemand,
peu d'accusations pourraient paraître plus surprenantes
que celle-ci, qui, pour nous, constitue le principal, le point
saillant de son offense. Gœthe, dans son pays, loin d'ê-
tre accusé de familiarité peu convenable envers ses lecteurs, eut, jusqu'à cette date, à lutter précisément contre
le reproche opposé. C'est sa dignité, sa réserve, son indifférence, son insouciance du public, qui furent criti-
quées. Aussi étranges, presque inexplicables que beaucoup de ses ouvrages pussent paraître ; aussi bruyantes,
chagrines et tout-à-fait stupides que pussent être les cri-
ques qu'ils subirent, aucune parole d'explication ne put
lui être arrachée ; il n'a jamais même daigné écrire
une préface. Et dans des jours plus récents et plus équitables, lorsque l'étude de la Poésie en vint à être poursuivie dans un autre esprit, et que l'on s'aperçut que Gœthe
se présentait, non pas comme un coupable ayant à plai-
der sa cause devant les *plébéians* littéraires, mais comme
un haut enseigneur et prédicateur, parlant pour la vérité,
à qui *plébéiens* et *patriciens* à la fois étaient tenus de
donner toute leur attention, la difficulté extérieure d'interpréter ses œuvres commença bien à s'évanouir ; mais
il en restait encore assez, et même la curiosité croissante
avait donné lieu à de nouvelles difficultés, et à des recherches plus profondes. Non seulement *ce qu*'étaient
ces œuvres, mais *comment* elles prirent naissance, c'est
ce qui devint une question pour le critique. Cependant
plusieurs des principales productions de Gœthe, et la
presque totalité de ses plus petits poèmes, semblaient si
intimement liées à son histoire privée, que, sans quelque
connaissance de celle-ci, aucune réponse ne pouvait être
donnée à de telles questions. Bien plus, des commentaires ont été écrits sur de simples pièces de lui, qui
tâchent, en manière de conjecture, de suppléer à cette
insuffisance (1). Nous pouvons ainsi juger si, pour des
Allemands, une minutie d'exposition comme celle du
Dichtung und Wahrheit peut avoir été une faute. Il est

(1) Voyez, en particulier, Dᵣ Kannegiesser, *Ueber Gœthes Harz-
reise im Winter*, 1820 (note de Carlyle).

peu de lecteurs de Gœthe, pensons-nous, qui ne vou-
lussent plutôt voir cette minutie augmentée qu'abrégée.

Il est de notre devoir aussi de remarquer, si quelqu'un
n'était pas encore au fait de cela, que les *Mémoires de
Gœthe*, publiés à Londres il y a quelques années, n'ont
réellement rien à démêler avec cette Autobiographie. La
rage de la faim est une excuse à beaucoup de choses ;
autrement ce Traducteur allemand, convaincu par les
Reviewers indignés de ne savoir *pas* l'Allemand, serait
un homme grandement responsable. Son travail, apparaît-il, est fait d'après le Français, et montre des cou-
pures et, qui pis est, des additions. Mais le malheureux
Trucheman a déjà été châtié, peut-être trop durement.
Si, luttant contre les récifs, les brisants et les courants
contraires de la vie, il tient encore en suspens de ce côté
l'ombre de la Nuit, et si quelque mot de nous peut
lui parvenir, nous lui dirons plutôt : Courage, Frère ! de-
viens honnête, et le temps arrangera les choses !

Il semblerait donc que, pour tous les curieux de Littérature Etrangère, pour tous les gens désireux de voir et
de comprendre le Monde Européen tel qu'il est autour
d'eux, un grand problème se présente dans ce Gœthe ; un
singulier, hautement significatif phénomène, avec des
moyens aussi désormais, plus ou moins complets, d'élucider sa signification. Un homme d'une réputation et
d'une influence intellectuelle merveilleuses, sans exemple même, parmi quarante millions d'hommes réfléchis,
sérieux et cultivés, nous invite à l'étudier, et à déterminer
pour nous-mêmes si et jusqu'à quel point une telle influence a été salutaire, une telle réputation a été méritée.
Que cette invite trouvera un jour réponse, que Gœthe
sera vu et jugé selon son vrai caractère parmi nous, cela
paraît assez certain. Son nom, depuis longtemps familier partout, a maintenant attiré sur ses œuvres l'attention des critiques dans tous les pays d'Europe : il est
étudié partout où les véritables études existent ; étudié
avec zèle même en France ; bien plus, quelque connaissance considérable de sa nature et de son importance
spirituelle semble dès maintenant y prévaloir (1).

(1) Voyez *le Tasse, drame par Duval,* et les Critiques là-dessus.

Quant à nous, toutefois, en accordant toute la valeur voulue à une si curieuse démonstration de l'opinion, notre rôle est sans aucun doute de nous garder, en même temps, de ne point trop lui en accorder. Cet universel sentiment d'admiration est merveilleux, est fort intéressant ; mais il ne doit point nous égarer. Nous autres Anglais, nous nous trouvons encore hors de la sphère de ce sentiment ; mais nous ne devons pas nous y plonger aveuglément, il nous faut au contraire y entrer avec réflexion, ou encore, si nous le jugeons à propos, nous tenir complètement à l'écart. La renommée, nous pouvons le comprendre, n'est pas le critérium certain du mérite, mais seulement une probabilité du mérite : elle est pour un homme une chose adventice, non une chose qui lui soit propre ; comme la lumière, elle ne peut donner que peu ou rien, elle peut tout au plus montrer ce qui est donné ; souvent ce n'est qu'un faux éclat, éblouissant les yeux du vulgaire, prêtant, par une splendeur artificielle et accidentelle, le brillant et la flamme multiple du diamant à des cailloux sans valeur. Un homme est dans tous les cas simplement l'homme, avec la même valeur et la même faiblesse intrinsèques, que sa valeur et sa faiblesse gîsent cachées dans les profondeurs de sa propre conscience, ou qu'elles soient trompetées et proclamées d'un bout à l'autre du globe habitable. Ce sont là des vérités claires, que nul ne devrait perdre de vue ; encore que, soit par amour soit par colère, pour la louange ou pour la condamnation, la plupart d'entre nous soient trop prêts à les oublier. Mais ce qui doit arriver le moins, c'est que le critique « suive la multitude dans le mal », même quand ce mal est l'excès d'admiration : au contraire, il lui incombera d'élever la voix, si faible soit-elle, si méconnue soit-elle, contre l'illusion commune, et s'il peut y échapper, ou aider quelqu'un à y échapper, ses efforts auront été récompensés.

En même temps que ces choses, qui nous sont en quelque mesure présentes, nous devons rappeler à nos lecteurs une autre influence agissant dans cette affaire,

Voir aussi les Essais, dans *le Globe*, nos 55, 64 (1826) (note de Carlyle).

et une influence agissant, pensons-nous, en sens opposé.
Cet assez pitoyable désir d' « originalité », qui se cache
et sévit dans tous les esprits, amènera, pensons-nous, le
critique de la Littérature Etrangère à adopter la négative plutôt que l'affirmative en ce qui concerne Gœthe.
Si un écrivain, à vrai dire, sent qu'il écrit pour l'Angleterre seule, sans que le reste de la Terre puisse le voir et
l'entendre, les tentations peuvent être assez également
balancées ; s'il écrit pour quelque petit conclave, qu'il
juge à tort comme représentatif de l'Angleterre, elles
peuvent incliner dans ce sens ou dans l'autre, selon le
cas. Mais écrire dans cet esprit isolé n'est plus possible.
Le commerce, avec ses rapides vaisseaux, unit toutes les
nations en une seule ; l'Europe, en général, devient de
plus en plus un seul public, et, dans ce public, les voix
en faveur de Gœthe, comparées à celles qui sont contre
lui, sont dans la proportion, selon notre compte, tant
comme nombre que comme valeur, de peut-être un
contre cent. Nous y comprenons, non seulement l'Allemagne, mais la France et l'Italie ; non seulement les
Schlegels et les Schellings, mais les Manzonis et les De
Staëls. La possibilité d'originalité peut donc se trouver
du côté de la censure ; et quiconque parmi nous se
mettra en avant, muni de la connaissance que nos critiques ordinaires ont de Gœthe, pour éclairer le public
européen en se posant dans cette affaire en contradic-
teur, montrera un héroïsme, qui, en appréciant ses
autres mérites, ne devrait nullement être oublié.

Notre propre opinion en l'espèce coïncide jusqu'à un
certain degré, nous le confessons, avec celle de la majorité. Nous estimons que la renommée de Gœthe a été,
dans une mesure considérable, méritée ; que son influence
a été hautement profitable à son propre pays ; bien
plus, qu'elle promet de l'être à nous aussi et à toutes les
autres nations. Les motifs essentiels de cette opinion,
dont l'explication minutieuse serait une tâche longue, à
vrai dire illimitée, nous pouvons les formuler sans beaucoup de mots. Nous trouvons donc, en Gœthe, un Artiste,
au sens ancien et élevé du terme ; au sens qu'il comportait,
sans doute, il y a longtemps, chez les maîtres de la Peinture italienne et les créateurs de la Poésie anglaise ; nous

voulons dire que nous relevons dans les créations de cet homme, qui appartiennent en tout sens à notre propre temps, quelques touches de cette ancienne et divine inspiration, qui a depuis longtemps disparu de parmi nous, qui même, comme on l'a souvent et laborieusement démontré, ne devait jamais plus reparaître en ce monde.

Ou peut-être serrerons-nous notre pensée de plus près, si nous disons qu'en Gœthe nous découvrons l'exemple de beaucoup le plus frappant, en notre temps, d'un écrivain qui est, en langage strict, ce que la Philosophie peut appeler un homme. Il n'est ni noble ni plébéien, ni libéral ni asservi, ni infidèle ni dévot; mais il est ce qu'il y a de plus excellent en *tous* ceux-ci, fondus en un pur mélange ; « un *Homme* clair et universel ». La poésie de Gœthe n'est pas une faculté séparée, une mécanique mentale ; mais elle est la voix de toute l'harmonieuse virilité : bien plus, c'est l'harmonie même, l'harmonie vivante et vivifiante de cette riche virilité qui forme sa poésie. On peut dire que tous les hommes de cœur sont des poètes en action, ou en parole ; tous les vrais poètes le sont par l'une et l'autre. Mais Gœthe, de plus, nous apparaît comme une personnalité munie de ce don profond, de cette vision géniale, de cette expérience aussi et de cette sympathie à l'égard des mœurs humaines, qui lui permettent de se présenter non seulement comme l'ornement littéraire, mais sous bien des rapports aussi comme l'Enseigneur et le modèle de son siècle. Car, sans parler de ses dons naturels, il a cultivé et lui-même et son art, il a appris à vivre aussi bien qu'à écrire, avec une constance, une application infatigables, dont il n'est point d'autre exemple vivant ; dont, parmi les Poètes anglais surtout, Wordsworth seul offre l'analogue. Et voici, selon nous, le résultat : Dans ces exquises et mélodieuses créations qui sont les siennes se trouve incarnée, pour nos esprits, la Sagesse qui est propre à ce temps ; la belle, la religieuse Sagesse, qui peut encore, avec quelque chose de son ancienne puissance, parler à toute l'âme ; qui peut encore, dans ces jours durs, incroyants et utilitaires, nous faire entrevoir des lueurs du Monde invisible, mais non irréel, afin qu'ainsi le Réel et l'Idéal puissent se joindre encore, et que la claire Science s'unisse encore à la Religion, dans la vie et les affaires humaines.

Telle est notre conviction ou notre persuasion en ce qui regarde la poésie de Gœthe. Si nous pouvions démontrer la vérité de cette opinion, si nous pouvions seulement l'exprimer avec ce degré de clarté et de consistance qu'elle a atteint dans nos propres pensées, nous aurions suffisamment recommandé Gœthe à la plus sérieuse attention de tous les hommes pensants. Mais, malheureusement, ce n'est pas un sujet susceptible de démonstration : les mérites et les caractéristiques d'un Poète ne sont pas de ces choses que l'on montre à l'aide de la logique ; il faut les déduire d'une personnelle, et, ce qui est ici le cas, d'une profonde et soigneuse inspection de ses œuvres. Bien plus, le monde de Gœthe est, de toutes les façons, si différent du nôtre ; il nous coûte un tel effort, nous avons tant de choses à nous rappeler, et tant de choses à oublier, avant de pouvoir nous placer, en quelque mesure, à son point de vue particulier, qu'une bonne étude de lui devient, pour un Anglais, même d'un esprit sincère, ouvert, chercheur, d'une difficulté peu commune ; et pour un Anglais aux idées arrêtées, tranchant, dédaigneux, à peu près impossible. Au lecteur de la première catégorie, l'on peut apporter de l'aide ; des explications lui épargneront mainte difficulté ; des beautés cachées pourront être rendues sensibles ; et des indications, en rapport avec sa position actuelle, le mettront à la longue dans la bonne voie pour une telle enquête. Tout ceci, d'ailleurs, doit être œuvre de progression et de détail. Y prendre part de temps en temps peut se ranger parmi les devoirs les meilleurs d'une Revue Anglaise s'occupant des choses de l'étranger. En attendant, notre tâche actuelle se renferme dans des limites beaucoup plus étroites. Nous ne pouvons prétendre faire connaître Gœthe, nous pouvons seulement prétendre prouver qu'il est digne d'être connu ; tout au plus, indiquer, de loin, le chemin à suivre pour arriver à quelque connaissance de lui. Un rapide coup d'œil sur son caractère et ses procédés littéraires en général, et sur une ou deux de ses principales productions qui jettent de la lumière sur ceux-ci, devra suffire pour le moment.

Un personnage diplomatique français, contemplant la physionomie de Gœthe, fit, dit-on, cette observation : *Voilà un homme qui a eu beaucoup de chagrins* (1). Une interprétation plus exacte de la chose, semble penser Gœthe lui-même, eût 'été : Voilà un homme qui a durement lutté ; qui a *es sich recht sauer werden lassen* (2). La vie de Gœthe, soit comme écrivain et comme penseur, soit comme homme vivant et actif, a été, en vérité, une vie d'effort, une vie qui s'est passée dans la poursuite fervente et pénible de toute excellence. Aussi, sa progression intellectuelle, son histoire spirituelle et morale, à mesure qu'on peut la déduire de ses Œuvres successives, n'est-elle pas, à nos yeux, pour une petite part dans le plaisir et le profit que nous tirons de leur lecture. Ayant subi profondément toutes les influences de son siècle, il s'est tout de suite présenté, à chaque nouvelle époque, pour élucider les nouvelles circonstances du temps ; pour offrir l'instruction, la consolation que ce temps demandait. Sa vie littéraire se divise en deux parties d'un caractère très différent : les productions de la première, jadis si neuves et si originales, nous sont depuis longtemps, soit directement, soit par l'intermédiaire de leur mille et mille imitations, devenues familières ; les productions de la deuxième, d'une égale originalité et qui ont pris de nos jours une valeur bien plus grande, nous sont jusqu'ici moins connues. Ces deux catégories d'œuvres ont entre elles un rapport curieux ; à première vue, elles sont nettement en contradiction, mais, en réalité, l'une est la très-stricte conséquence de l'autre. Gœthe, en effet, a non seulement souffert et gémi en une amère agonie devant les énigmes spirituelles de son temps : mais encore il est venu à bout de celles-ci, il les a dépassées, et il a appris aux autres à les dépasser. Un moment, nous le trouvons dans les ténèbres, et maintenant il est un croyant ; et, de plus, il arrive à la croyance, non point en reniant son incroyance, mais en poussant celle-ci jusqu'au bout ; non point en s'arrêtant court, encore moins en revenant en

(1) En français et en italiques dans le texte.
(2) En allemand et en italiques dans le texte.

arrière dans ses recherches, mais en les poursuivant résolument. C'est là, nous semble-t-il, un cas d'un singulier intérêt, et de rare exemple, si même on en rencontre un seul autre ailleurs, dans notre temps. Comment cet homme, à qui le monde n'offrait que ténèbres, négation et désespoir, a-t-il atteint à cette vision supérieure qui le lui montre maintenant non seulement tolérable, mais plein de solennité et de mansuétude? Comment la croyance d'un Saint s'est-elle unie dans ce haut et véridique esprit à la clarté d'un Sceptique; comment l'âme fervente d'un Fénelon a-t-elle pu se mêler, en une suave harmonie, à la gaieté, au sarcasme, à la malice d'un Voltaire?

Les deux plus anciennes œuvres de Gœthe sont *Gœtz de Berlichingen* et *les Chagrins de Werther*. L'influence et la popularité immenses qu'elles ont obtenues, tant en Allemagne qu'à l'étranger, sont bien connues. Ce sont elles qui ont fait presque du premier coup sa renommée littéraire dans son pays; et qui, même, ont décidé de la suite de sa vie privée, car elles le mirent en relations avec le Duc de Weimar, auprès de qui le Poète, occupé de multiples obligations, politiques aussi bien que littéraires, a vécu pendant cinquante-quatre ans, et vit encore, dans une honorable retraite (1). Leurs effets en Europe généralement ne furent pas moins remarquables qu'en Allemagne.

« Il serait difficile », observe à ce sujet un écrivain, « de nommer deux livres ayant exercé une influence plus profonde sur la littérature subséquente en Europe que ces deux œuvres d'un jeune auteur, ses premiers fruits, le produit de ses vingt-quatre ans. *Werther* parut pour s'emparer du cœur des hommes dans tous les coins du monde, et pour exprimer pour eux le mot qu'ils attendaient depuis longtemps. Comme il arrive toujours aussi, ce mot, une fois dit, fut aussitôt abondamment répété; prononcé dans tous les dialectes, et chanté sur toutes les notes de la gamme, jusqu'à ce que le son en soit

(1) Depuis que ceci fut écrit, ce digne Prince,— digne, entendons-nous, sous tous les rapports, exemplaire dans tout ce qui concernait la Littérature et les Arts, — a été rappelé soudainement. Il est mort au retour d'un voyage à Berlin, près de Torgau, le 24 juin (note de Carlyle).

devenu un ennui plutôt qu'un plaisir. Sentimentalité sceptique, tourisme sentimental, amour, amitié, suicide, désespoir, devinrent les denrées principales de la marchandise littéraire ; et bien que l'épidémie, après de longues années, se soit calmée en Allemagne, elle reparut avec des modifications diverses dans d'autres pays, et partout l'on peut discerner encore de nombreuses traces de ses bons et mauvais effets. La fortune de *Berlichingen à la Main de Fer*, quoique moins soudaine, ne fut pas moins haute. Dans son pays, *Gœtz*, bien qu'à présent seul de son espèce et sans enfants, devint le père d'une innombrable progéniture de pièces de théâtre à sujets tirés de la chevalerie, de peintures féodales et d'ouvrages poético-archéologiques, qui, bien que morts depuis longtemps, firent assez de bruit en leur temps et dans leur génération : et chez nous-mêmes, son influence a été peut-être encore plus remarquable. La première entreprise littéraire de Sir Walter Scott fut une traduction de *Gœtz von Berlichingen* ; et, si le le génie pouvait se communiquer comme l'instruction, nous pourrions appeler cette œuvre de Gœthe la cause première de *Marmion* et de *la Dame du Lac*, et de tout ce qui est sorti depuis de la même main créatrice. Voilà une semence qui a levé sur un bon sol ! Car elle est devenue, sinon plus forte et plus belle, du moins plus haute et plus large que n'importe quel autre arbre ; et toutes les nations de la terre cueillent encore annuellement de ses fruits.

« Mais laissant là ces généalogies spirituelles, qui apportent peu de certitude et peu de profit, qu'il suffise d'observer, quant à *Berlichingen* et à *Werther*, qu'ils se distinguent parmi les causes, ou, tout au moins, parmi les signes d'un grand changement dans la littérature moderne. L'un dirigea avec une nouvelle force l'attention publique vers les effets pittoresques du Passé ; et l'autre tenta, pour la première fois, la plus exacte description d'une catégorie de sentiments profondément importants pour les esprits modernes, mais pour lesquels notre ancienne poésie n'offrait point d'exposant, et n'en pouvait peut-être pas offrir, parce que ce sont des sentiments qui naissent d'une Passion incapable d'être convertie en Action, et qui sont surtout le propre d'une époque aussi indolente, cultivée et incroyante que la nôtre. Ceci, malgré la dose de fausseté qui peut exister dans *Werther* lui-même, et l'infini délire d'extravagance qu'il provoqua chez les autres, est une haute louange qui ne peut lui être équitablement refusée. Le lecteur anglais doit aussi se dire que la version de *Werther* qui a cours chez nous est mutilée et inexacte : elle nous arrive par le tyrannique intermédiaire du français, privée de l'âpre vigueur de l'original, avec sa mélancolie devenue insipide, son héros réduit, de la tristesse altière d'un poète au cœur brisé, au bavardage larmoyant d'un tailleur dyspeptique (1). »

A la même humeur sombre et fatale, qui, dans *Werther*, se répand en plaintes amères sur la vie humaine, et qui, dans *Berlichingen*, apparaît comme un nostalgique regard vers le Passé, appartiennent diverses autres productions de Gœthe ; par exemple, les *Mitschuldigen* et l'idée première de *Faust*, qui, du reste, ne fut réalisée sous forme de composition effective que dans une période plus calme de son histoire. De cette âpre et crue, mais ardente et géniale période primitive, *Werther* peut rester ici comme l'œuvre représentative ; et, considéré sous son rapport externe et interne, il apportera des éclaircissements tant sur l'écrivain que sur le public pour lequel il écrivait.

A l'heure actuelle, il nous serait difficile, rassasiés, saturés même jusqu'à la nausée comme nous l'avons été, des doctrines de la Sentimentalité, de nous faire une idée de l'intérêt sans bornes que *Werther* doit avoir excité lorsqu'il fut pour la première fois donné au public. Il était neuf alors dans tous les sens ; il étonnait, et pourtant il était attendu, à la fois dans son pays et dans tous les autres. La Littérature de l'Allemagne ne s'était encore éveillée qu'en partie de sa longue torpeur : les hautes études, la réflexion profonde n'avaient jamais manqué là ; mais l'inspiration créatrice était presque éteinte depuis plus d'un siècle. Récemment, pourtant, les Ramlers, les Rabeners, les Gellerts avaient une élégance de style non négligeable ; *la Messiade* de Klopstock avait provoqué l'admiration, et peut-être plus encore l'orgueil, du pays, comme œuvre d'art ; un haut enthousiasme était épars ; Lessing avait éveillé les esprits à un intérêt plus profond et plus sincère envers la Littérature, et commencé d'une façon décisive à introduire un style plus vivant, plus chaud et plus expressif. Les Allemands étaient sur le qui-vive ; dans l'attente de quelque impulsion beaucoup plus hardie, ou du moins tout-à-fait prêts pour celle-ci ; guettant le Poète

(1) *Roman allemand*, vol. IV, pp. 5-7 (Appendice I, § *Gœthe*, infra) (note de Carlyle).

qui leur parlerait enfin cœur à cœur. C'est en Gœthe qu'un tel Poète allait leur être donné.

Bien plus, la Littérature des autres pays, aussi placides, satisfaits d'eux-mêmes qu'ils pussent sembler, était de même dans l'expectative. Partout, comme en Allemagne, il y avait élégance et langueur, brillant extérieur et vide intérieur ; ce n'était pas le feu, c'était une peinture du feu, à laquelle nulle âme ne pouvait se réchauffer. La Littérature était déchue de sa vocation première : elle n'offrait plus le miroir à la Nature ; elle ne réfléchissait plus, en d'expressifs symboles, aux nombreuses couleurs, les passions réelles, les espérances, les douleurs et les joies des vivants ; mais elle se confinait dans un monde écarté et conventionnel, dans des *Châteaux d'Otrante*, dans des *Epigoniades* et des *Léonidas*, parmi des héros clairs et métalliques, et de blanches et altières beautés immaculées, chez qui les draperies et l'élocution n'étaient nullement les moins importantes qualités. L'on jugeait bon que les cœurs s'emplissent de magnanimité avec Caractacus et Caton, et se brisassent de chagrin avec mainte Elisa et mainte Adélaïde ; mais les cœurs ne se hâtaient ni de grandir, ni de se briser. Certaines pulsations du sentiment héroïque, quelques larmes *non* naturelles pouvaient être effectivement arrachées aux lecteurs consciencieux en de telles occasions : mais elles venaient seulement de la surface de l'esprit, et même, si le lecteur consciencieux eût bien réfléchi à la chose, il eût trouvé qu'elles n'eussent pas dû venir du tout. Notre seul poète anglais de l'époque était Goldsmith ; un esprit clair, pur, ingénu, s'il eût été d'une profondeur ou d'une force suffisante: son *Vicaire de Wakefield* reste la meilleure de toutes les Idylles modernes ; mais elle n'est et ne fut rien de plus. Et considérez nos principaux écrivains ; considérez la poésie de Gray et la prose de Johnson. La première est une laborieuse mosaïque, dont les durs et roides linéaments laissent paraître, comme on pouvait s'y attendre, peu de vie et de véritable grâce : le sentiment vrai et toute liberté dans son expression sont sacrifiés à la pompe, à la froide splendeur ; pour vigueur nous avons une certaine véhémence déclamatoire, trop élé-

gante, à vrai dire, pour être boursouflée, mais essentiellement étrangère au cœur, et qui, visiblement, ne porte
pas plus loin que, simplement, la voix et les gestes.
Sans ses *Lettres*, pleines d'une verve chaleureuse et
exubérante, nous pourrions presque douter que Gray
fût un homme de génie ; qu'il fût même un homme du
tout vivant, plutôt que quelque poétique métier-à-tour-
ner mille fois plus adroitement agencé que celui des
Philosophes de Swift à Laputa. La prose de Johnson
est sincère, assurément, et saine, et pleine de sens pratique : peu d'hommes ont eu plus de perspicacité touchant les mobiles, les intérêts, toute la carrière et la
conduite du monde immédiat et affairé, tel qu'il était
devant lui ; mais plus loin que ce monde affairé et,
pour la plupart d'entre nous, plutôt prosaïque, il regardait rarement : son instruction s'adresse aux hommes
d'affaires, et elle ne concerne que des sujets d'affaires.
La Prudence est la plus haute vertu qu'il puisse incul-
quer ; et quant à cette partie supérieure de notre nature,
cette partie d'elle qui appartient essentiellement à la
Littérature strictement dite, où se trouvent nos plus
hauts sentiments, nos meilleures joies et nos douleurs
les plus poignantes, notre Doute, notre Amour, notre
Religion, il n'a pas un mot à dire là-dessus ; il n'a pas
un remède, pas un conseil à nous donner dans nos difficultés ; ou tout au plus, si, comme le pauvre Boswell,
le malade est pressant, répondra-t-il « Mon cher Monsieur, tâchez de débarrasser votre esprit du Cant ».

Le tour que la spéculation philosophique avait pris
dans l'époque précédente correspondait à cette tendance
et augmentait ses influences narcotiques ; ou plutôt il
était, en vérité, à proprement parler, la racine d'où elles
étaient issues. Locke lui-même, un homme clair,
modeste, patient, respectueux, même religieux, avait
frayé les voies pour bannir du monde la religion.
L'esprit, du fait d'être modelé, dans l'imagination des
hommes, en une Forme, une Visibilité, et d'être traité
dans les raisonnements comme s'il eût été quelque substance composite, divisible et recomposable, quelque sel
chimique raffiné, ou quelque curieuse pièce de menui-
serie logique, — se prit à perdre son immatériel, mys-

térieux, divin bien qu'invisible caractère ; il fut tacitement figuré comme quelque chose qui, si nos organes étaient assez fins, pourrait se *voir*. Cependant qui l'avait jamais vu ? Qui pourrait jamais le voir ? De la sorte, par degrés, il passa à l'état de Doute, de Relation, de quelque vague Possibilité ; et finalement à l'état de Non-entité fortement probable. Suivant les traces de Locke, les Français avaient découvert que « comme l'estomac secrète le Chyle, ainsi le cerveau secrète la Pensée ». Et qu'était dès lors la Religion, qu'était tout haut et héroïque sentiment ? Surtout une illusion ; souvent une fausse et pernicieuse illusion. La Poésie, à vrai dire, devait encore être conservée ; parce que la Poésie était une chose utile : les hommes avaient besoin d'amusement, et ils aimaient à s'amuser avec la Poésie : le théâtre était l'agréable flânerie d'une soirée ; là-dessus, il y eut force préceptes, satiriques, didactiques, d'autant plus impressionnants qu'ils étaient rimés ; sans parler de vos vers de circonstance, odes d'anniversaire, épithalames, chants funèbres, par qui « le rêve de l'existence peut tellement être adouci et embelli. » Bien plus, la Poésie, par son action sur l'imagination des hommes, ne peut-elle les entraîner aux audacieux desseins ; parfois, comme dans le cas de Tyrtée, à combattre plus vaillamment ; à ce titre ne peut-elle se ranger parmi les stimulants utiles à l'homme, à côté de l'Opium et du Whisky Ecossais, dont la fabrication est autorisée par la loi ? Au nom du Ciel, donc, que la Poésie soit conservée.

Pour la Religion, cependant, cela alla quelque peu plus mal. Aux yeux de Voltaire et de ses disciples, la Religion était une superfluité, en fait une chose nuisible. Ici, il est vrai, ses partisans avaient trouvé depuis qu'il était allé trop loin ; que la Religion, étant une grande sanction pour la moralité civile, est utile au maintien de l'ordre dans la Société, au moins dans les basses classes, qui n'ont pas, au degré qu'il faut, le sentiment de l'Honneur ; et que, par suite, comme ressource considérable pour le Constable et le Bourreau, elle *devait* décidément être maintenue. Mais cette tolérance est le fruit seulement d'une époque plus récente. En ces temps-là, il n'était question que d'extirper la religion, racine et branches, le plus tôt serait le mieux. Une lueur de zèle, disons même, bien qu'elle fût tristement dénaturée, l'ardeur d'un enthousiasme et d'un amour de la vérité réels, peut avoir animé l'esprit de ces hommes, quand ils regardaient au large la jungle pestilente de la Superstition, et qu'ils espéraient en nettoyer à jamais la terre. Cette espèce d'ardeur, si dénaturée, si gâtée d'orgueil et d'autres pauvres ou mauvais mélanges, était la dernière que les hommes pensants dussent éprouver en Europe pour un temps. Il en est toujours ainsi en ce qui concerne la Croyance Religieuse, quelque dégradée et défigurée qu'elle soit : le plaisir du Destructeur et du Négateur n'est pas un plaisir pur, et il doit bientôt être passé. D'une main hardie, d'une main habile, Voltaire mit sa torche dans la jungle : elle flamba haut dans le ciel, et la flamme réjouit et réconforta les incendiaires ; mais, malheureusement, ce bonheur ne put durer. En peu de temps, cette flamme, avec sa lumière et sa chaleur joyeuses, s'éteignit : la jungle, il est vrai, avait été consumée ; mais, avec ses halliers, ses abris et ses bouquets de verdure aussi ; et le noir et froid marécage de cendres laissé à sa place sembla pendant quelque temps un plus grand mal que l'autre.

C'est dans cet état d'obstruction pénible, se propageant de toutes parts en Europe, et ayant déjà gagné l'Allemagne, que se trouvait l'esprit généralement, lorsque Gœthe parut dans la Littérature. Tout ce qui était le propre des parties supérieures de la nature humaine s'était flétri sous le souffle brûlant du Doute, ou avait disparu dans la conflagration de l'Incrédulité ouverte ; et maintenant, là où l'Arbre de la Vie avait fleuri et porté des fruits de la plus exquise saveur, il n'y avait plus que stérilité et désolation. Pour ceux qui pouvaient trouver un intérêt suffisant dans le labeur quotidien et le salaire quotidien de l'existence terrestre, dans les ressources des cinq Sens corporels, et de la Vanité, le seul sens mental qui fleurît encore, qui fleurissait même avec une gigantesque vigueur, les choses n'allaient pas encore si mal. Ceux-là se poussaient en avant, comme ils le feront toujours en général ; et ils trouvaient que le monde était, sinon tout à fait la sphère rêvée (car chacun, qu'il la déguise comme il pourra, porte une *âme* en lui), du moins un lieu assez tolérable, où, article par article, quelque bonheur, ou quelque apparence de bonheur, pouvait de temps en temps s'obtenir, et où ces quelques années, surtout depuis qu'elles étaient si peu nombreuses, pouvaient se passer sans trop de récriminations. Mais pour les hommes affligés de la « maladie de la Pensée », quelque ferveur de caractère était un héritage inévitable : pour ceux-ci le bruyant forum du monde ne pouvait apparaître que comme une affaire vide, tout-à-fait insuffisante, et la scène tout entière de la vie était devenue assez désespérante. Malheureusement, de tels sentiments ne sont nullement si rares encore chez nous-mêmes, qu'il nous faille nous arrêter ici à les dépeindre. Cet état d'Incroyance, dont les Allemands semblent être en quelque mesure délivrés, opprime encore avec une force d'incube la plus grande partie de l'Europe; et nation après nation, chacune à sa manière, sent que le premier de tous les problèmes nouveaux est de le rejeter, ou de le surmonter. Les Gouvernements essayent naturellement du premier expédient; les Philosophes, en général, du second.

Le poète, dit Schiller, est un citoyen non-seulement de son pays, mais de son temps. Tout ce qui occupe et intéresse les hommes en général l'intéressera encore davantage. Cette Inquiétude sans nom, lutte obscure d'une âme captive, ce haut, triste, nostalgique Mécontentement, dont tout cœur était agité, avait conduit Gœthe presqu'au désespoir. Tout le monde l'éprouvait; lui seul sut lui donner voix. Et là gît le secret de sa popularité; en son profond, impressionnable cœur, il sentait mille fois plus vivement ce que chacun sentait; grâce au don créateur qui lui appartenait comme poète, il donna à cela une forme visible, une localisation propre et un nom; et il se fit de la sorte le porte-parole de sa génération. *Werther* n'est que le cri de cette obscure douleur invétérée, sous laquelle languissaient tous les hommes pensants d'un certain âge : il peint la misère, il exprime passionnément la plainte; et les cœurs et les voix, par toute l'Europe, tout de suite lui répondent bien haut.

Sans doute, il ne prescrit point de remède ; car c'était là une entreprise bien différente, autrement difficile, pour laquelle il fallait encore des années et une culture supérieure ; mais même à cette expression de la peine, même à ce peu, l'on s'efforce ardemment d'atteindre, et chaque cœur se l'approprie avec une avide sympathie. Si l'ennui-de-la-vie de Byron, sa mélancolie amère, sa furieuse et orageuse indignation, exhalée dans les accents d'une mélodie sauvage et sans aucun art, put pénétrer si avant dans plus d'un cœur anglais, nous pouvons juger, maintenant que toute cette affaire n'est plus nouvelle, est à vrai dire vieillie et usée, — quelle bienvenue véhémente doit avoir accueilli *Werther*, arrivant comme il fit, tel qu'une voix émanée de régions inconnues ; le premier et saisissant retentissement de ce passionné chant funèbre que, dans pays après pays, les oreilles des hommes ont écouté, jusqu'à ce qu'elles soient devenues sourdes à toute autre chose. Car *Werther*, s'infusant dans le cœur et l'esprit tout entier de la Littérature, donna naissance à une race de Sentimentalistes, qui ont fait rage et se sont lamentés dans tous les coins du monde, jusqu'à ce qu'un jour meilleur se soit levé sur eux, ou que, tout au moins, la Nature épuisée se soit laissé aller au sommeil, et qu'il ait été découvert que se lamenter était un travail improductif. Ces choristes de funérailles, en Allemagne classe bruyante, hagarde, tumultueuse autant que larmoyante, furent appelés *Kraftmänner*, autrement dit les Hommes-intenses (1). Mais il y a beau temps que, tels des enfants malades, ils ont demandé à dormir. Byron fut notre Sentimentaliste, notre Homme intense ; le plus fort de son espèce en Europe ; le plus violent, le plus sombre, et, l'on peut l'espérer, le dernier. Car à quoi bon « se plaindre, se rougir les yeux, sangloter », en un tel cas ? Plus encore, grogner, grincer, méchamment, « comme un chien enragé ou un singe malade ? » Pourquoi nous quereller avec notre vie, telle qu'elle est là devant nous, comme notre champ et notre héritage, à améliorer ou à gâter, vaille que vaille ; où tant de nobles hommes, aux

(1) Power-men. Intense plutôt que fort.

prises avec les maux mêmes contre lesquels nous lut-
tons, ont de tout temps accompli des œuvres et à la fois
mené une existence qui seront toujours un objet de
vénération ?

> Que retouches-tu là au Monde? Il y a longtemps qu'il
> [est façonné;
> Le Créateur l'a façonné, *il* a pensé que le mieux était
> [précisément *ainsi*.
> Ton lot est fixé, suis-en l'indication;
> Ton voyage est commencé, tu dois marcher et non te
> [reposer;
> Car chagrin et souci ne peuvent rien changer à ton cas,
> Et c'est en courant, non en t'irritant, que tu remporteras
> [le prix de la course.

Cependant, de la philosophie qui règne dans *Werther*, et qu'il a été notre lot d'entendre si souvent répéter ailleurs, nous pouvons donner ici un court spécimen.
Le passage suivant servira notre dessein; et il sera nouveau, si nous ne nous trompons, pour de simples lecteurs anglais :

« Que la vie de l'homme n'est qu'un songe, c'est ce qui est
venu à maint esprit; et j'ai toujours eu aussi, moi, comme un
sentiment de ceci. Lorsque je considère les limites où les facultés, l'action et les recherches de l'homme sont renfermées;
lorsque je vois que tout effort aboutit simplement à subvenir à
des besoins qui, à leur tour, n'ont d'autre objet que la continuation de notre pauvre existence; et, d'autre part, que toute
satisfaction, sur certains points de nos recherches, consiste
en une résignation rêveuse, où l'on peint de figures bario-
lées et de gaies perspectives les murailles où l'on est emprisonné, — tout ceci, Wilhelm, me rend stupide. Je rentre dans
mon propre cœur, et c'est là le monde que j'y trouve !
Mais c'est en même temps un monde fait de pressentiments
et d'obscurs désirs, bien plus qu'il n'est une chose qu'on voit et
qui a une force effective. Et alors tout flotte devant les yeux
de mon esprit; et je souris donc, et je vais de nouveau rêvant
comme les autres le font.

« Que les enfants ne savent pas ce qu'ils veulent, tous les
maîtres et philosophes éducateurs consciencieux l'ont depuis
longtemps reconnu : mais que, tout comme les enfants, des
hommes faits, aillent et viennent hésitants d'un bout du monde
à l'autre; ne sachant, comme eux, ni d'où ils viennent, ni où

ils vont; tendant tout aussi peu à des objets justes; gouvernés tout comme eux par les biscuits, les gâteaux et les verges : c'est ce que personne ne voudrait croire; et cependant, le fait, il me semble, est là sous notre nez.

« Je te confesserai, car je sais ce que tu me dirais sur ce point, que ceux-là sont les plus heureux qui, comme les enfants, vivent au jour le jour, ayant toujours avec eux leur poupée, pour l'habiller et déshabiller; rôdant aussi avec le plus grand respect devant l'armoire où maman a serré le pain d'épice; et, lorsqu'ils ont obtenu le morceau tant désiré, le dévorant les joues pleines, et criant : Encore ! — Ce sont là les heureux de ce monde. Heureux aussi ceux qui peuvent étiqueter de titres pompeux leurs sordides occupations intéressées, ou peut-être leurs passions, et les présenter au genre humain comme de gigantesques entreprises ayant pour but son bonheur et son salut. Heureux l'homme qui peut vivre de cette manière ! Mais celui qui, dans son humilité, observe où tout ceci aboutit, qui voit avec quelle habileté tout petit bourgeois prospère, peut faire de son bout de jardin un Paradis, et de quel cœur invaincu le malheureux lui-même se traîne sous son fardeau, et comment tous brûlent également de voir la lumière du soleil ne fût-ce qu'une minute encore; — oui, celui-là garde le silence, et il trouve lui aussi son monde en lui-même, et il est heureux lui aussi parce qu'il est un homme. Et, tout emprisonné qu'il est, il garde toujours dans son cœur le doux sentiment de la liberté, et que cette prison... il pourra la quitter quand il le voudra (1). »

Ce que les dispositions d'esprit et le caractère de Gœthe doivent avoir été, pendant que les matériaux d'une telle œuvre se formaient dans son cœur, pourrait se conjecturer dans une certaine mesure, et il nous en a lui-même informés. Nous citons, de son *Dichtung und Wahrheit*, le passage suivant. La composition de *Werther*, semblerait-il, indiquant dans l'auteur un état d'esprit si sombre, presque désespéré, fut en même temps un symptôme, à vrai dire une cause, de sa délivrance enfin d'une telle mélancolie. Loin de recommander le suicide aux autres, comme on a souvent accusé Werther de le faire, ce fut la première preuve que Gœthe lui-même avait abandonné ces « lubies hypocondriaques » : les « Chagrins » imaginaires avaient aidé à le délivrer de maints chagrins réels.

(1) *Leiden des jungen Werther. Am 22 May* (note de Carlyle).

« Cette lassitude de la vie », dit-il, « a ses causes physiques et spirituelles ; nous laisserons celles-là à l'examen du Médecin, celles-ci à l'examen du Moraliste ; et dans un sujet si rebattu, nous toucherons seulement le point principal, où ce phénomène se manifeste le plus distinctement. Tout plaisir dans la vie est fondé sur le retour régulier des choses extérieures. L'alternative du jour et de la nuit, des saisons, des fleurs et des fruits, et tout ce qui nous apporte d'époque en époque l'offre et l'ordre de la jouissance, — voilà les sources essentielles de l'existence humaine. Plus nous sommes propres à de telles jouissances, plus nous nous sentons heureux ; mais que la vicissitude de ces apparitions aille et vienne sans que nous nous y intéressions, que ces invites bienfaisantes s'adressent à nous en vain, il s'ensuit alors la plus grande misère, la plus accablante maladie ; on en vient à considérer la vie comme un dégoûtant fardeau. Nous avons entendu parler de l'Anglais qui se pendit pour ne plus avoir l'ennui d'ôter et de remettre quotidiennement ses habits. J'ai connu un honnête jardinier, gardien d'un parc d'agrément, qui un jour s'écria splénétiquement : Verrai-je donc toujours ces nuages passer de l'est à l'ouèst ? Un de nos hommes les plus distingués (1), dit-on, voyait avec mécontentement le printemps verdoyer de nouveau, et souhaitait qu'en manière de changement il fût pour une fois rouge. Ce sont là spécialement les symptômes du dégoût de la vie, qui aboutit plus d'une fois au suicide, et qui était alors, chez les hommes d'un caractère méditatif, retiré, plus fréquent qu'on ne pourrait le supposer.

« Rien, d'ailleurs, ne produira plus rapidement ce sentiment de satiété que le retour de l'amour. Le premier amour, dit-on justement, est l'unique amour ; car, dans le second, et par le second, la signification suprême de l'amour est, en fait, perdue. Cette idée de l'infini, de l'éternelle durée, qui l'élève et le maintient si haut, est détruite : il semble passager, comme tout ce qui revient...

« En outre, un jeune homme en vient bientôt à trouver, sinon dans lui-même, du moins dans autrui, que les époques morales suivent leur cours, aussi bien que les saisons. La faveur des grands, la protection des puissants, l'aide des gens actifs, le bon vouloir du grand nombre, l'affection du petit nombre, tout a des hauts et des bas ; de sorte que nous ne pouvons retenir ces choses, pas plus que nous ne pouvons retenir le soleil, la lune et les étoiles. Et pourtant ces choses

(1) Lessing, croyons-nous : mais peut-être était-ce moins la verdure printanière qui l'ennuyait, que la trop lyrique admiration de Jacobi pour elle. — Ed.

ne sont pas de simples événements naturels : ces biens nous fuient, par notre propre faute ou celle des autres, par hasard ou par le fait du destin ; mais ils s'enfuient, ils éprouvent des fluctuations, et nous ne sommes jamais sûrs d'eux.

« Mais ce qui attriste le plus le jeune homme doué de sensibilité, c'est l'incessant retour de nos fautes : qu'il est long, en effet, d'apprendre qu'en cultivant nos vertus nous entretenons en même temps nos défauts ! Celles-là reposent sur ceux-ci, comme sur leurs racines ; et celles-ci se ramifient en secret aussi vigoureusement et aussi largement que les autres à l'air libre. Là-dessus, comme la plupart du temps nous mettons en pratique nos vertus volontairement et avec intention, mais comme nous sommes pris à l'improviste par nos défauts, les premières nous donnent rarement beaucoup de joie, les derniers nous causent continuellement chagrin et détresse. A vrai dire, là gît la plus subtile difficulté éprouvée dans la Connaissance de soi-même, la difficulté qui la rend presque impossible. Mais figurez-vous, de plus, la chaleur d'un sang jeune, une imagination aisément fascinée et paralysée par des objets particuliers ; enfin, les changeantes agitations du jour ; et vous trouverez qu'un effort impatient pour se délivrer d'une telle oppression n'est pas un état qui ne soit point naturel.

« D'ailleurs, ces sombres contemplations, qui, si un homme s'y abandonne, le mèneront à des conséquences incalculables, ne se seraient point développées d'une manière si décidée dans nos jeunes esprits allemands, si quelque cause extérieure ne nous avait excités et encouragés à cette chagrine occupation. Une telle cause existait pour nous dans la Littérature, spécialement la Littérature poétique, de l'Angleterre, dont les grandes qualités s'accompagnent d'une certaine mélancolie passionnée, qu'elle communique à quiconque s'en occupe...

« Dans un tel élément, en un tel concours de circonstances, avec des études et des goûts de cette sorte ; harassés de désirs insatisfaits, nulle part appelés du dehors à une action importante ; avec la seule perspective de traîner une vie languissante, sans caractère, purement bourgeoise, — nous nous étions réfugiés, en notre orgueil inconsolé, dans cette pensée que la vie, lorsqu'elle ne convenait plus, pouvait se rejeter à volonté ; et cette idée nous avait soutenus, assez misérablement, parmi les afflictions et les ennuis du temps. Ces sentiments étaient si universels que *Werther*, en raison de cela même, put produire le plus grand effet ; s'adaptant partout à l'humeur dominante, et représentant, sous une forme visible et palpable, l'intérieur d'un jeune cœur malade. Avec quelle conformité les Anglais ont connu cette tristesse, on peut en juger d'après ces quelques vers, écrits avant l'apparition de *Werther* :

> Au chagrin par sensibilité enclin,
> Il connut plus de blessures que la nature n'en comportait,
> Alors que son imagination, en couleurs idéalement som-
> [bres,
> Lui représentait des formes de misère et d'horribles
> [choses qui n'existaient pas en réalité.

« Le suicide est une occurrence dans les affaires des hommes, qui, quelque abondamment qu'on en ait déjà discuté et qu'on l'ait commentée, excite l'intérêt de tout mortel, et qui, à chaque nouvelle époque, doit être remise en discussion. Montesquieu confère à ses héros et à ses grands hommes le droit de se mettre à mort lorsqu'ils le jugent bon ; observant qu'il doit rester au gré de chacun de conclure le Cinquième Acte de sa Tragédie au moment qu'il pense le meilleur. Ici, d'ailleurs, nous n'avons pas en vue les personnages qui ont activement mené une importante vie, qui ont dépensé leurs jours pour quelque puissant empire, ou pour la cause de la liberté, et qu'on peut s'abstenir de censurer, lorsque, voyant s'évanouir de la terre le haut but idéal qui les avait inspirés, ils méditent de le poursuivre dans les régions de l'au-delà. Nous avons en vue les personnes à qui, par manque d'activité, à proprement parler, et dans la plus paisible condition qui se puisse imaginer, la vie néanmoins, par leurs exorbitantes exigences à l'égard d'eux-mêmes, est devenue à charge. Me trouvant moi-même dans cette position, et sachant bien la peine que j'y avais soufferte, et quels efforts il m'en coûta d'y échapper, je ne cacherai point les réflexions que je poursuivais attentivement de temps à autre, quant aux divers moyens de se tuer entre lesquels on avait à choisir.

« Il y a quelque chose de si peu naturel pour un homme à s'abandonner lui-même, non-seulement à se nuire à lui-même, mais à se supprimer, que la plupart du temps il saisit des moyens mécaniques de mettre son dessein à exécution. Quand Ajax tombe sur son glaive, c'est le poids de son corps qui s'acquitte de ce service pour lui. Lorsque le guerrier adjure son écuyer de l'égorger, plutôt que de tomber aux mains de l'ennemi, c'est de même une force extérieure qu'il s'assure ; elle est seulement morale au lieu d'être physique. Les femmes cherchent dans l'eau un calmant pour leur désespoir ; et la ressource éminemment mécanique du pistolet assure la rapidité de l'acte avec le moindre effort. Se pendre est une mort qu'on ne mentionne pas volontiers, car c'est une mort ignoble. En Angleterre elle peut se produire plus facilement, parce que dès la jeunesse vous y avez vu cette peine fréquente sans être spécialement ignominieuse. En s'empoisonnant, en s'ouvrant les veines, l'on ne cherche qu'à quitter lentement la vie; et la plus raffinée, la plus expéditive, la plus douce des morts, au moyen d'un aspic, était digne d'une Reine qui avait passé sa vie dans la pompe et la volupté. Toutes ces choses, d'ailleurs, sont des remèdes extérieurs, sont des ennemis, avec lesquels un homme, pour pouvoir lutter contre lui-même, forme une ligue.

« Quand je considérais ces diverses méthodes, et qu'en outre je parcourais l'histoire, je ne trouvais, parmi tous ceux qui se suicidèrent, personne qui ait accompli cet acte avec autant de magnanimité et de liberté d'esprit que l'Empereur Othon. Cet homme, battu il est vrai comme général, mais nullement réduit aux extrémités, se détermine, pour le bien de l'Empire, qui déjà lui appartenait dans une certaine mesure, et pour le salut de tant de milliers d'hommes, à quitter la vie. Il passe avec ses amis une joyeuse nuit de fête, et le lendemain matin on découvre qu'il s'est de sa propre main plongé un poignard affilé dans le cœur. Ce seul acte me semblait digne d'imitation; et je me convainquis que quiconque ne pourrait pas agir en un tel cas comme Othon l'avait fait n'avait aucun titre à se résoudre à renoncer à la vie. Cette conviction me sauva de l'idée, ou plutôt, à proprement parler, de la lubie du suicide, qui, dans ces beaux temps paisibles, s'était insinuée dans l'esprit d'une indolente jeunesse. Dans une considérable collection d'armes, je possédais un magnifique poignard bien aiguisé. Je le posais le soir à mon chevet et, avant d'éteindre la lumière, j'essayais si je réussirais à en enfoncer, d'un pouce ou deux, la pointe dans ma poitrine. Mais comme à vrai dire je n'y pus jamais réussir, je me pris à la fin à rire de moi-même; je rejetai toutes ces billevesées hypocondriaques, et je me déterminai à vivre. Pour faire cela de bon cœur, d'ailleurs, je voulus entreprendre quelque tâche poétique où s'exprimât tout ce que j'avais senti, pensé ou rêvé touchant cette importante affaire. Dans ce but, je me mis en devoir de recueillir les éléments qui durant un an ou deux avaient flotté çà et là en moi; je me représentai les circonstances qui m'avaient le plus opprimé et affligé : mais rien de tout cela ne voulait prendre forme; il manquait un événement, une fable, où je pusse incorporer cela.

« Tout à coup je reçus la nouvelle de la mort de Jérusalem; et, suivant immédiatement la rumeur générale, vint la plus précise et circonstanciée description de l'affaire (1),et dans cet

(1) On sait que ce jeune homme se tua d'un coup de pistolet.

instant le plan de *Werther* fut trouvé : toutes les parties se rejoignirent de tous côtés et devinrent une masse solide, de même que l'eau dans le vase, qui se trouvait déjà au point de congélation, est par le plus léger mouvement changée immédiatement en un bloc de glace (1). »

Un vaste et de toutes manières fort important intervalle sépare *Werther*, avec sa philosophie sceptique et ses « lubies hypocondriaques », du Roman suivant de Gœthe, *l'Apprentissage de Wilhelm Meister*, publié quelque vingt ans après. Cette œuvre appartient, dans tous les sens, à la seconde et à une plus saine période de la vie de Gœthe, et elle en peut représenter, à vrai dire, la plus complète, sinon peut-être la plus pure empreinte, ayant été écrite avec la réflexion voulue, à diverses reprises, durant une période qui ne compte pas moins de dix ans. Considéré comme œuvre d'Art, il y aurait beaucoup à dire sur *Meister*, toutes choses, d'ailleurs, qui se trouvent en dehors de notre dessein présent. Nous examinons ici cet ouvrage surtout comme document pour l'histoire de l'écrivain ; et, de ce point de vue, il semble certainement, en tant que mis en contraste avec son plus populaire prédécesseur, mériter notre meilleure attention : car le problème qui a été posé dans *Werther*, et dont on a là désespéré de donner la solution, est ici résolu. Le haut enthousiasme, qui, dans ses courses impétueuses à travers le monde, ne trouva point de lieu de repos, a atteint ici la demeure qui lui était destinée, et vit en harmonie avec ce qui avait longtemps paru le menacer d'anéantissement. L'Anarchie est maintenant devenue la Paix ; l'esprit jadis sombre et troublé est serein maintenant, allègrement vigoureux, et riche en bons fruits. Et d'autre part, ce qui est surtout important, cette Paix n'a pas été celle qu'on obtient moyennant reddition à la Nécessité, ou quelque pacte avec l'Illusion ; une telle paix n'est qu'un bien apparent, comme les années et le découragement en apporteront d'eux-mêmes à la plupart des hommes ; un bien qui n'en est pas un, puisque la bataille continuée est meilleure que

(1) *Dichtung und Wahrheit*, t. III, pp. 200-213.

la destruction ou la captivité, et qu'une paix de cette sorte est pareille à celle des Romains de Galgacus, qui « là où ils faisaient le désert appelaient cela la Paix ». Ici l'ardent jeune homme aux hautes aspirations est devenu le plus calme des hommes, mais avec un accroissement et non une perte d'ardeur, et avec des aspirations plus hautes aussi bien que plus claires. Car il a vaincu son incroyance ; l'Idéal s'est édifié sur le Réel ; il ne flottte plus vaguement dans les ténèbres et les régions des rêves, mais il repose dans la lumière, sur le ferme fondement des affaires et des intérêts humains, comme en son vrai théâtre, sur sa véritable base.

Il est merveilleux de voir avec quelle délicatesse le scepticisme de Jarno, l'esprit commercial de Werner, l'élégante et placide virilité de Lothario et de l'Oncle, l'enthousiasme non terrestre du Harpiste, la gaie vivacité animale de Philine, la mystique, éthérée, presque spirituelle nature de Mignon se combinent dans cette œuvre ; comment justice est rendue à chacun, comment chacun vit librement dans son élément propre, en sa forme propre ; et comment, tout ainsi que Wilhelm lui-même, le doux et bon Wilhelm aux vastes espoirs, aux fécondes croyances, s'efforce d'atteindre à son monde d'Art à travers ces influences curieusement complexes. tout ceci se fond en un multiple, mais si harmonieux Tout ; comme en un clair miroir poétique, où la vie et les objets de l'homme en cet âge, ses passions et ses desseins, les plus hauts aussi bien que les plus humbles, nous sont rendus avec la signification de la Beauté ! Poésie et Prose ne sont plus en désaccord ; car les yeux du poëte sont ouverts : il voit les variations de l'existence aux mille couleurs, et il voit l'amabilité, le sens profond qui gît caché sous les plus humbles d'entre elles ; caché à l'œil du vulgaire, mais clair pour l'œil du poète ; parce que le « secret ouvert » n'est plus un secret pour lui, et qu'il sait que l'Univers est *plein* de bonté ; que tout ce qui a existence a beauté.

En dehors de ses mérites ou démérites littéraires, telle est la qualité d'esprit que nous relevons dans le *Meister* de Gœthe, et, plus ou moins expressivement manifestée, dans tous ses derniers ouvrages. Nous la

regardons comme un rare phénomène, cette qualité
d'esprit ; et comme digne, en notre temps, si elle existe,
de l'étude la plus attentive de la part de tous les chercheurs. Comment une telle qualité a-t-elle été atteinte
dans cet esprit si haut et si impétueux, qui fût aussi,
plus qu'aucun autre, un esprit sombre, désolé et plein
de doute ? Comment pouvons-nous, chacun dans sa
sphère particulière, y atteindre, ou la fortifier, pour
nous-mêmes ? Ce sont-là des questions, cette dernière
question est une question, dont nul ne saurait se désintéresser.

Répondre à ces questions, commencer d'y répondre,
nous mènerait fort au-delà de nos limites présentes. Ce
n'est point, croyons-nous, sans une étude longue, assidue,
sans apprendre beaucoup de choses et sans en désap-
prendre beaucoup d'autres, que qui que ce soit peut même
espérer une réponse à de telles questions. Cependant,
en ce qui regarde Gœthe, il est, dans cette affaire, un
trait caractéristique qui, pour nous, jette une lumière
considérable sur ses convictions morales, et qui, lorsqu'on en recherche le secret, ne doit pas être omis.
Nous faisons allusion à l'esprit dans lequel il cultive
son Art; au noble, désintéressé, presque religieux amour
avec lequel il considère l'Art en général, et s'efforce d'y
atteindre comme au plus sûr, au plus haut, même à
l'unique bien. Nous citons un passage de *Wilhelm
Meister* : il peut passer pour un beau morceau de rhétorique, mais ce n'est point sous ce jour que nous
l'offrons ici. Pour étrange, inexplicable que la chose
puisse sembler, nous avons devant notre esprit l'évidence
positive que Gœthe croit en de telles doctrines, bien
plus, qu'il a en quelque sorte vécu et s'est efforcé de
diriger sa conduite d'après elles.

« Vois les hommes », continue Wilhelm, « courir après le
bonheur et le plaisir ! Leurs désirs, leurs efforts, leur argent,
poursuivent sans relâche, et quoi donc ? ce que le poète a reçu
de la nature : la jouissance de l'univers, la faculté de se sentir
soi-même dans les autres, une communion harmonieuse avec
mille choses souvent inconciliables.

« Pourquoi l'homme est-il sans cesse inquiet et tourmenté ?
Parce qu'il ne peut concilier ses désirs avec les objets, parce

que la jouissance s'anéantit entre ses mains, parce que la réalisation arrive toujours trop tard, et que ce qu'il a obtenu ou acquis ne répond jamais à l'idée qu'il s'en était faite lorsqu'il était encore réduit à le souhaiter. Le destin a élevé le poète comme un dieu au-dessus de toutes ces misères. Il voit s'agiter sans but le tumulte des passions, des familles et des empires ; il voit les insolubles énigmes des malentendus, qu'un monosyllabe pourrait faire disparaître, amener des désordres inouïs et épouvantables ; il éprouve à lui seul tout ce que l'espèce humaine a de joies et de douleurs. Quand l'homme du monde, en proie à une sombre mélancolie, se traîne à travers le temps à cause d'un grand malheur, ou se précipite follement audevant de sa destinée à cause d'un bonheur inattendu, l'âme impressionnable du poète, semblable au soleil voyageur, marche de la nuit au jour, et les modulations de sa harpe se mettent à l'unisson de la joie et de la douleur. C'est dans son cœur que se développe la plus pure fleur de la sagesse que le ciel lui-même y a semée ; et, quand le reste des hommes rêve éveillé, sans cesse troublé par des imaginations monstrueuses, il vit comme un homme éveillé le rêve de la vie, dont les plus bizarres événements sont pour lui l'avenir et le passé. C'est ainsi que le poète est à la fois maître et prophète, ami des dieux et des hommes ! Comment veux-tu qu'il s'abaisse aux mesquines proportions d'un travail mercenaire? Lui, doué comme un oiseau pour planer au-dessus du monde, pour nicher sur les hautes cimes, pour se nourrir de boutons et de fruits en allant légèrement de branche en branche, lui faudrait-il en même temps tirer la charrue comme le bœuf, s'habituer à suivre la piste comme le chien, ou peut-être encore, la chaîne au col, aboyer la nuit dans une cour de ferme ? »

« Comme on le pense, Werner l'avait écouté avec surprise.

« Si les hommes, s'écria-t-il, étaient seulement faits comme les oiseaux, et pouvaient, sans tisser ni filer, passer d'heureux jours dans une jouissance perpétuelle ! Si, à l'entrée de l'hiver, ils pouvaient, afin d'échapper à la disette, diriger leur vol vers des contrées où commence un printemps nouveau !

« — Telle était, s'écria Wilhelm, la vie des poètes lorsque la véritable grandeur était mieux appréciée, et c'est ainsi qu'ils devraient vivre encore. Suffisamment riches au dedans, ils avaient peu à demander au dehors; le don de faire partager aux hommes de beaux sentiments, de sublimes tableaux, au moyen de paroles et de mélodies douces et assorties à chaque sujet, enchantait alors le monde et composait au poète un riche patrimoine. A la cour des rois, à la table des riches, à la porte des amants, on les écoutait, fermant l'oreille et l'âme à toute distraction, de même qu'on s'arrête charmé, lorsque du fond du bosquet que nous traversons la voix du rossignol s'élève forte et touchante. Ils trouvaient un monde hospitalier, et leur état, inférieur en apparence, les relevait d'autant plus. Le héros applaudissait à leurs chants, et le vainqueur du monde rendait hommage au poète, car il comprenait que sans lui son existence monstrueuse passerait sur la terre comme le souffle de la tempête. L'amoureux souhaitait éprouver, dans ses désirs et ses joies, des sensations aussi harmonieuses et aussi multiples que celles qu'il entendait exprimer à ses lèvres inspirées ; le riche même ne pouvait voir de ses propres yeux ses richesses, ses idoles, aussi brillantes qu'elles apparaissaient au poète éclairé par les feux du génie, qui saisit et accroît la valeur de toute chose. Qui donc enfin a défini la forme des dieux, qui nous a élevés à leur hauteur, qui les a mis à notre portée, si ce n'est le poète (1) » ?

Pour un homme du talent de Gœthe, écrire beaucoup de morceaux de rhétorique comme celui-ci, montrant la dignité du poète, son indépendance innée à l'égard des circonstances extérieures, pouvait n'être pas un travail très difficile ; aussi trouvons-nous ces sentiments exprimés à maintes reprises dans ses divers écrits, parfois avec plus de grâce encore, avec une force plus libre encore. Mais adopter ces sentiments dans sa calme persuasion pratique ; sentir et croire en quelque mesure que telle était, et telle devait toujours être, la haute vocation du poète ; sur ce fondement d'universelle humanité, de noblesse ancienne et maintenant presque oubliée, prendre position, même en ces jours triviaux, railleurs, desséchés, incroyants ; et, à travers toutes leurs complexes, décourageantes, basses, mais tumultueuses influences, « faire briller sa lumière devant les hommes », pour jeter, même sur notre « époque ramasseuse de guenilles », quelques rayons de cette douce et divine splendeur qui nous avait depuis longtemps abandonnés, dont on niait jusqu'à la possibilité : méditer sur tout cela dans le sérieux de son cœur n'était pas une conduite commune ; le mettre en pratique, spécialement dans une vie comme a été la sienne, était parmi les plus

(1) *Les Années d'apprentissage de Wilhelm Meister*, livre II, chap. II (note de Carlyle). Nous empruntons, ici et plus bas, la traduction de Théophile Gautier fils.

hautes et les plus dures entreprises où n'importe quel homme pût s'engager. Nous regardons cela comme une nouveauté plus grande que toutes les nouveautés qu'il a avancées comme simple écrivain, soit pour l'éloge, soit pour la censure. Nous avons pris sur nous de dire que si tel *est* bien, en tout sens, le cas en ce qui concerne Gœthe, il mérite non pas seulement une simple approbation comme agréable poète et doux chanteur ; mais étude, observation, imitation profondes et reconnaissantes comme Moraliste et Philosophe. S'il y a quelque *probabilité* que tel est bien le cas, nous ne pouvons que le considérer comme un sujet bien digne d'être examiné. Et c'est pour cela uniquement que nous plaidons et que nous argumentons ici.

Nous avons déjà dit que nous n'entrerions pas maintenant dans la question du mérite et de la signification littéraires de *Wilhelm Meister*. Le livre a été traduit en Anglais : il subit le jugement habituel de la part de nos Revues et Magazines ; il fut pour les uns une pierre d'achoppement, pour les autres une sottise, pour la plupart un sujet de stupéfaction. Somme toute, il passa sans grand mal par le Bureau d'essai de la critique ; car les Essayeurs ont des mœurs chrétiennes et très-peu de temps ; ainsi *Meister* fut classé, sans défiance, dans la monnaie légale de la Minerva Press, et autorisé à circuler comme billon courant, avec le reste. Que, dans une manière de procéder si sommaire, un *Frédéric d'or* allemand pouvait ne pas rester mêlé aux vulgaires farthings anglais tout neufs et également brillants, il n'y a aucune garantie de cela. Car nos critiques se mettent maintenant à critiquer *impromptu*, ce qui n'est nullement le plan le plus sûr, s'il est le plus expéditif. *Meister* est le mûr produit du premier génie de nos temps ; et il doit différer sous plusieurs rapports, semblerait-il, des produits non mûris de génies qui sont loin d'être les premiers, et dont les œuvres jaillissent de leur cervelle en autant de semaines qu'il en a coûté d'années à Gœthe.

Cependant, nous ne critiquons le verdict de personne ; car le Temps, qui éprouve toutes choses, éprouvera celle-ci aussi, et mettra la vérité en lumière, à la fois en ce qui regarde la critique et la chose critiquée ; ou bien encore, elles tomberont l'une et l'autre dans l'obscurité définitive, ce qui sera de même l'arrêt de la vérité sur elles. Mais il est une censure sur laquelle nous devons appeler l'attention, tant elle nous semble singulière. *Meister*, paraît-il, est une œuvre « vulgaire » ; aucun « gentleman », entendons-nous dire dans certains cercles, ne l'aurait écrite ; peu de vrais gentlemen, insinue-t-on, peuvent se plaire à la lire ; aucune véritable femme du monde, à moins de posséder un courage considérable, ne déclarerait l'avoir lue du tout. De la « distinction » de Gœthe nous laisserons le soin de parler à tous ceux qui ont de lui quelque connaissance, fût-ce la plus légère ; et quant à la distinction de ses lecteurs, nous énoncerons seulement le fait suivant. La plupart d'entre nous ont entendu parler de la défunte Reine de Prusse, et savent si elle était ou non assez comme il faut, et d'une réelle distinction de grande dame : même, s'il nous faut tout prouver, on peut se renseigner sur son caractère dans la *Vie de Napoléon*, de Sir Walter Scott, lequel passe pour un juge en ces matières. Et pourtant voici ce que nous trouvons écrit dans les *Kunst und Alterthum* pour 1824 (1) :

« Les livres aussi ont leur bonheur passé, que nul hasard ne peut leur enlever :

Wer nie sein Brod mit Thränen ass,
Wer nicht die Kummervollen Nachte
Auf seinem Bette weinend sass,
Der Kennt euch nicht, ihr himmlischen Mächte (2).

« Ces vers désolés, une Reine vénérée et du plus noble esprit les répétait dans l'exil le plus cruel, quand elle était tombée dans une infortune sans bornes. Elle se rendit familière avec le Livre où ces mots, avec maintes autres douloureuses expé-

(1) Tome V, p. 8 (note de Carlyle).
(2) Celui qui n'a jamais mangé son pain mouillé de larmes,
    Celui qui pendant des nuits d'anxiété
    N'est pas resté pleurant assis sur son lit,
    Celui-là ne vous connaît pas, ô puissances célestes !
                        Wilhelm Meister, livre II, chap. 13.

riences, sont dits, et elle en tira une mélancolique consolation. Cette influence, s'étendant à travers l'abîme du temps, qu'y a-t-il qui puisse l'effacer ? »

Nous avons ici d'étranges différences de goût ; des « divergences nationales » en assez grand nombre, si nous avions le temps de les rechercher ! Cependant, tout en désirant que chaque partie garde ses propres convictions spéciales, pour autant qu'elles sont honnêtes et adaptées à sa position intellectuelle, nationale ou individuelle, nous ne pouvons faire autrement que de croire qu'il y a dans l'Art une Vérité intérieure et essentielle ; une Vérité bien plus profonde que les simples décrets de la Mode, et qui, si nous pouvions voir plus loin que ces décrets, serait vraie pour toutes les nations et pour tous les hommes. Arriver à cette Vérité, éloignée de chacun tout d'abord, approchable pour la plupart, accessible pour un petit nombre, est le but de toute véritable étude de la Poésie. Dans un tel dessein, la comparaison du jugement anglais avec le jugement étranger, sur des œuvres supportant le jugement, est, entre autres ressources, une aide non négligeable. Quelque jour, nous traduirons peut-être l'Essai de Friedrich Schlegel sur *Meister*, en manière de contraste avec notre animadversion anglaise à cet égard. La louange de Schlegel, quoi que puisse faire la nôtre, s'élève suffisamment haut : et il ne semble pas, pendant vingt ans, s'être repenti de ce qu'il a dit ; car dans l'édition de ses œuvres, actuellement en cours de publication, nous remarquons qu'il reproduit le *Portrait* tout entier, et même qu'il y ajoute, en une esquisse séparée, quelques assurances et éclaircissements nouveaux.

Il n'est pas inutile de mentionner ici que *Meister*, à sa première apparition en Allemagne, trouva une réception rappelant fort celle qu'il eut en Angleterre. A vrai dire, la personne connue de Gœthe empêcha là-bas l'indifférence ; mais ce fut par ailleurs à peu près la même chose. Toute la corporation des critiques fut jetée dans la perplexité, dans le chagrin ; partout ce fut un mécontentement avoué ou caché. Le devoir professionnel les obligeant à parler, ceux-ci dirent une chose, ceux-là une autre; mais tous savaient bien à part eux qu'ils ne savaient que dire. Jusqu'à l'apparition du *Portrait* de Schlegel, pas un mot, que nous sachions, ayant la moindre chance d'être décisif, ou de durer à vrai dire plus d'un jour, n'avait été prononcé sur le livre. Certains regrettèrent que la flamme de *Werther* fût si étonnamment tombée; on chuchota probablement sur le « terre-à-terre », la « lourdeur »; d'autres prirent bien haut la défense de la « vertu » outragée. Novalis ne fut point parmi ceux qui parlèrent, mais il critiqua l'œuvre en secret, et cela pour une raison qui nous semblera, à nous, étrange entre toutes, parce qu'elle était, comme nous dirions, une œuvre benthamiste ! Nombreux sont les aphorismes amers que nous trouvons, dans ses Fragments, dirigés contre *Meister* pour son prosaïque, mécanique, économique, indifférent, tout à fait utilitaire caractère. Nous autres Anglais, en revanche, nous traitons Gœthe de mystique : tant il est difficile de plaire à tout le monde ! Mais le bon, profond, noble Novalis fit l'amende la plus complète : car malgré tout cela, Tieck nous dit, si nous nous souvenons bien, qu'il revenait toujours à *Meister*, et ne pouvait s'empêcher de le lire et de le relire continuellement.

Sur un terrain quelque peu différent se produisit un assaut d'un tout autre genre, dû à un certain Pustkucher de Quedlinbourg. Herr Pustkucher se sentit froissé, semblerait-il, du manque de Patriotisme et de Religion trop manifeste dans *Meister;* et il décida d'en tirer vengeance coûte que coûte. En guise de suite à *l'Apprentissage*, Gœthe avait annoncé son *Wilhelm Meister Wanderjahre* (1) comme étant en préparation; mais le

---

(1) « *Wanderjahre* (Années de voyage), c'est la période qu'un arti-
« san allemand est, par la loi ou l'usage, obligé de passer à voya-
« ger, pour se perfectionner dans son métier, à l'issue de ses *Lerh-*
« *jahre* (Années d'apprentissage), et avant de pouvoir être un maî-
« tre. Dans beaucoup de corporations cette coutume est aussi vieille
« que leur existence, et elle continue d'être indispensable : on dit
« qu'elle a son origine dans les fréquents voyages des Empereurs
« allemands en Italie et les progrès, qui en étaient la conséquence,
« observés chez les artisans faisant partie de leur suite. La plupart
« des corporations étaient ce qu'on appelle *Geschenkten*, c'est-à-dire
« donatrices, ayant un don à faire aux compagnons *voyageurs* se
« trouvant dans le besoin » (note de Carlyle).

livre se faisait attendre : là-dessus, dans l'intervalle, surgit ce Pústkucher avec un Pseudo-*Wanderjahre* de son cru ; faisant la satire, selon ses moyens, de l'esprit et des principes de l'*Apprentissage.* Nous avons vu une épigramme sur Pustkucher et son *Wanderjahre,* attribuée, nous ne savons avec quelle justesse, à Gœthe lui-même : qu'elle soit ou non de lui, elle est écrite en son nom ; et elle semble exprimer assez exactement pour un tel dessein la relation existant entre les parties, — dans un langage que nous avons préféré ne pas traduire :

> *Will denn von Qnedlinburg aus*
> *Ein neuer Wanderer traben?*
> *Hat doch die Wallfisch seine Laus,*
> *Muss auch die meine haben.*

En voilà assez sur Pustkucher, et le reste. Le véritable *Wanderjahre* est enfin paru : le premier tome a été donné au public en 1821. Ce Fragment, car c'est toujours un fragment, est, selon nous, une des plus parfaites compositions que Gœthe ait jamais produites. Nous croyons savoir qu'il s'occupe actuellement à le développer ou à le compléter : ce que le tout pourra devenir entre ses mains, nous sommes impatients de le voir ; mais l'on peut à peine dire que le *Wanderjahre,* même dans son état actuel, manque de fini, comme ouvrage d'esprit ; il est si admirablement cohérent en lui-même ; et cependant nous ne voyons pas où commence le merveilleux paysage, ni jusqu'où il s'étend ; mais il flotte devant nous comme une région féerique, cachant d'un côté ses frontières dans une légère vapeur ensoleillée, s'estompant de l'autre côté dans l'azur infini : déjà, dirions-nous presque, il nous donne l'idée d'un *fragment complet,* ou de l'état dans lequel un fragment, non destiné à être complété, pourrait être laissé.

Mais en dehors de ce qu'y s'y rapporte, et considéré purement en lui-même, ce *Wanderjahre* nous semble un très estimable ouvrage. Il y a, en vérité, une grâce singulière en lui ; une haute, mélodieuse Sagesse ; il est si léger, et pourtant si sérieux ; si calme, si gai, et pourtant si fort et si profond : car ce qu'il y a de plus pur

dans l'esprit de l'Art s'est posé sur lui et respire en lui ;
« une Sagesse douce se lie en une union vivante à une
Harmonie divine » ; la Pensée du Sage se fond, pourrions-nous dire, et s'incorpore dans la liquide musique
du Poète. « C'est un Roman d'après le titre », observe le
Traducteur Anglais ; « mais il ne traite point de caractères ou de sujets de roman ; « il a moins de rapport
avec le *Tom Jones* de Fielding qu'avec la *Faëry Queen*
de Spenser. » Nous n'avons pas oublié ce qui est dû à
Spenser ; mais peut-être ce *Wanderjahre* peut-il, en
fait, non indûment, se nommer à côté de cette immortelle allégorie ; et avec cet avantage qu'il est une allégorie, non du Dix-septième siècle, mais du Dix-neuvième ;
une peinture, pleine d'expression, de ce que poursuivent
les hommes, et de ce qu'ils devraient poursuivre, dans
ces jours où nous sommes. « La scène », nous dit-on
encore, « n'est point sur cette terre ferme, mais dans
« une belle Utopie d'Art et de Science et de libre Acti-
« vité ; les figures, légères et aériformes, arrivent sans
« qu'on les voie venir et s'évanouissent soudain, comme
« les visions de Prospéro, dans son Ile enchantée. »
Nous oserons ajouter que, comme l'Ile de Prospéro, cela
est également tiré des profondeurs intérieures, de la plus
pure sphère de l'inspiration poétique : toujours, en lisant
cela, les images du vieil Art Italien s'envolaient devant
nous ; les teintes riantes du Titien ; la grâce jolie du
Dominiquin ; parfois la claire mais insondable profondeur de Raphaël ; et tout ce que nous avons encore pu
connaître ou rêver dans ce riche et génial ancien monde.

Comme c'est du sentiment moral de Gœthe et de sa
culture comme homme, que nous avons fait notre
principal objet dans cet examen, nous donnerions volontiers quelque spécimen adéquat du *Wanderjahre*, où,
nous paraît-il, ceux-ci sont observables dans leur plus
haut degré de clarté et de plénitude. Mais faire cela,
trouver un spécimen adéquat, serait difficile, ou plutôt
impossible. Comment une fraction d'une peinture complexe nous donnera-t-elle quelque idée du si bel ensemble ? Cependant, nous renverrons nos lecteurs aux Dixième
et Onzième chapitres du *Wanderjahre*, où, en style poétique et symbolique, ils trouveront une esquisse de la

nature, des objets et du fondement présent de la Croyance
Religieuse, qui, s'ils ont jamais dûment réfléchi sur cette
matière, ne manquera guère de les intéresser. Ils trouveront ces chapitres, si nous ne nous méprenons, dignes
d'un examen approfondi ; car tel est le mérite de Gœthe :
ses maximes supportent l'étude : elles l'appellent même,
et plus on les étudie, plus elles deviennent parfaites.
Elles sortent des profondeurs de son esprit, et ne sont
point à leur place tant que nous n'avons pas atteint
les profondeurs du nôtre. L'homme le plus sage, croyons-
nous, peut apercevoir en elles un reflet de sa propre
sagesse : mais pour celui qui apprend encore, elles
deviennent comme des semences de savoir ; elles prennent racine dans l'esprit, et se ramifient, sous notre
méditation, en tout un jardin de pensées. L'esquisse que
nous mentionnons est beaucoup trop longue pour être
donnée ici en extrait : cependant nous en donnons quelques parties détachées, que le lecteur acceptera avec une
équitable indulgence. De même que les désordonnées et
nocturnes pensées de suicide de *Werther* formaient
notre premier extrait, de même les lignes suivantes peuvent, en manière de contre-partie, être le dernier. Repré-
sentons-nous Wilhelm dans la « province pédagogique »,
traversant, pour se rendre chez le « CHEF, ou les TROIS »,
dans l'intention de leur confier son fils, cette merveilleuse
région, « où il devait voir tant de choses extraordinaires ».

« Wilhelm avait déjà remarqué qu'il régnait une grande
variété dans la coupe et la couleur des vêtements des jeunes
garçons, ce qui donnait à tout ce monde un aspect singulier ;
il était sur le point de questionner l'inspecteur, lorsqu'une
particularité encore plus étrange vint le frapper : tous les
enfants, quel que fût leur travail, l'interrompaient et se tournaient vers l'inspecteur avec des gestes particuliers, mais
variés, et il était facile de voir que c'était une manière de
saluer leur supérieur. Les plus jeunes croisaient les bras sur
leur poitrine, et levaient les yeux au ciel avec l'expression de
la joie ; ceux d'âge moyen se plaçaient les bras derrière le
dos et regardaient à terre en souriant ; les autres se redres-
saient avec un air de fierté : laissant pendre leurs bras, ils
tournaient la tête à droite et se mettaient sur une file, tandis
que les autres restaient isolés à la place où ils se trouvaient.
« On s'arrêta et on mit pied à terre ; plusieurs enfants vin-

rent se présenter dans différentes attitudes devant l'inspecteur qui les passa en revue ; Wilhelm demanda ce que signifiaient ces gestes.

« Félix l'interrompit et dit gaiement : « Quelle position dois-je prendre ?

« — Commencez d'abord, répondit l'inspecteur, par vous croiser les bras sur la poitrine, et à regarder le ciel d'un air gracieux et doux, et d'un regard immobile. » L'enfant obéit, mais quelques instants après, il s'écria : « Cela ne me plaît pas, je ne vois rien là-haut ; cela durera-t-il longtemps ? Mais si, je vois deux éperviers qui volent de l'ouest à l'est ; ce doit être un bon présage ?

« — C'est selon comme tu le prendras, et selon la façon dont tu te conduiras. Maintenant, mêle-toi à ces enfants. » Il fit un signe, les enfants quittèrent leur attitude, reprirent leurs travaux ou se remirent à jouer comme auparavant.

Wilhelm, une seconde fois, « demande la signification de ces gestes » ; mais l'inspecteur n'a pas la faculté de jeter beaucoup de lumière sur la chose ; il dit seulement que ces gestes sont symboliques, qu'ils ne sont « nullement de vaines grimaces, mais qu'au contraire « ils ont un but moral, que peut-être le CHEF ou les TROIS « pourront lui expliquer plus amplement ». Les enfants eux-mêmes, semblerait-il, ne le connaissent qu'en partie, « le secret ayant de grands avantages ; car, si l'on « donne toujours et tout d'abord à l'homme la raison « des choses, il pense qu'il ne reste plus rien à décou-« vrir ». Bientôt, d'ailleurs, Wilhelm, ayant laissé Félix en route, et pris congé de l'inspecteur, arriva à la demeure des Trois « qui président aux sanctuaires », et dont on doit attendre plus ample satisfaction.

« Wilhelm venait d'arriver devant un portail à l'entrée d'un vallon enclos de hautes murailles ; à un signal, la petite porte s'ouvrit, et un homme d'un aspect grave et imposant vint recevoir notre ami, qui se trouva sur une vaste pelouse ombragée d'arbres et d'arbustes de diverses essences ; les murs et les bâtiments disparaissaient presque sous cette puissante végétation ; les Trois, qui arrivèrent successivement, lui firent un accueil amical, la conversation s'établit ; chacun y apporte son contingent ; nous nous contenterons d'en donner le résumé.

« Puisque vous nous confiez votre fils, dirent-ils, notre devoir est de vous initier plus intimement à notre méthode.

Vous avez vu plusieurs signes extérieurs qui, au premier coup d'œil, ne s'expliquent pas d'eux-mêmes; sur quel point désirez-vous être éclairé? »

« — J'ai remarqué des gestes et des saluts convenables, mais étranges, dont je voudrais connaître la signification; chez vous l'extérieur se rapporte sans doute à l'intérieur et réciproquement; indiquez-moi ce rapport. »

« — Des enfants sains et bien nés apportent beaucoup avec eux; la nature a donné à chacun tout ce qui lui est nécessaire pour le préserver dans l'avenir; notre devoir est de développer ces dons; la plupart du temps, ils se développent mieux d'eux-mêmes. Mais il est une chose que personne n'apporte avec lui en venant au monde, et c'est précisément cette chose qui permet à l'homme de devenir un homme à tous égards. Si vous pouvez dire quelle est cette chose, dites-le. »

« Wilhelm réfléchit un instant, puis secoua la tête. Les Trois, après lui avoir laissé le temps convenable, lui dirent : « Le respect. » Wilhelm parut étonné. « Le respect, reprirent-ils, il manque à tout le monde, à vous-même, peut-être.

« Vous avez vu trois sortes de gestes, et nous enseignons trois sortes de respect, qui, lorsqu'ils se réunissent et parviennent à former un tout, atteignent leur suprême degré de force et d'action. Le premier mode est le respect de ce qui est au-dessus de nous. Ce geste, les bras croisés sur la poitrine, le regard dirigé vers le ciel, nous le faisons faire aux petits enfants, nous leur demandons de témoigner qu'il y a là-haut un Dieu qui se reflète et se manifeste dans les parents, les maîtres, les précepteurs. Le second mode est le respect de ce qui est au-dessous de nous. Les mains jointes et comme liées derrière le dos, le regard abaissé et souriant disent qu'on doit contempler la terre d'un œil serein; elle nous fournit notre nourriture; elle nous procure des jouissances infinies, mais elle nous inspire aussi d'immenses douleurs. Si un homme, par sa faute ou non, se fait quelque mal corporel, si d'autres hommes le blessent à dessein ou par hasard, si un objet inerte lui cause une souffrance quelconque, qu'il y réfléchisse bien : ce sont là des dangers qui le menacent pendant toute la vie. Nous délivrons le plus tôt possible notre élève de cette position, dès que nous sommes assurés que la leçon l'a suffisamment impressionné; nous lui disons de prendre courage, de se tourner vers ses camarades et d'aller à eux. Il se tient debout, ferme et hardi, il n'est plus isolé; ce n'est qu'étant uni avec ses semblables qu'il pourra faire face aux tempêtes du monde. Nous n'avons rien à ajouter à cela. »

« Je vois clair maintenant! s'écria Wilhelm; la multitude n'est plongée dans un si misérable état que parce qu'elle s'est fait un élément de la malveillance et de la médisance ; celui qui s'y abandonne arrive bientôt à l'indifférence envers Dieu, au mépris du monde, à la haine de ses égaux ; tandis que le véritable, l'indispensable amour-propre, dégénère en vanité et en ambition.

« Malgré cela, permettez-moi de vous faire une seule objection : Vous dites que le respect n'est pas naturel à l'homme : or, n'a-t-on pas de tout temps considéré la terreur qu'éprouvent les peuples sauvages en face des puissants phénomènes de la nature, ou d'autres événements inexplicables et mystérieux, comme le germe d'où doit sortir par degrés un sentiment plus élevé, une perception plus pure ? »

« Les Trois répondirent : « La crainte est conforme à la nature, le respect ne l'est pas ; on craint un être puissant connu ou inconnu ; le fort cherche à le combattre, le faible à l'éviter ; tous les deux désirent s'en délivrer, et ne se sentent à leur aise que lorsqu'ils l'ont écarté, même momentanément, lorsque leur nature a recouvré sa liberté et son indépendance. L'homme naturel renouvelle cette opération mille et mille fois pendant sa vie ; il passe de la crainte à la liberté, de la liberté à la crainte, et n'en est pas plus avancé. Il est facile mais pénible de craindre ; respecter est difficile, mais doux. L'homme se résout à regret au respect, ou plutôt il ne s'y résout jamais ; c'est un sens supérieur qu'il faut ajouter à sa nature, et qui ne réside lui-même que chez les êtres privilégiés, qui sont alors considérés comme des saints, comme des dieux. Là est la dignité, là est le but des vraies religions, qui ne sont qu'au nombre de trois, distinguées par l'objet auquel elles appliquent la vénération. »

« Les Trois avaient cessé de parler ; Wilhelm se tut et resta un instant rêveur ; mais, comme il ne se sentait pas assez hardi pour interpréter le sens de ces étranges paroles, il pria ces hommes vénérables de continuer l'exposé de leur doctrine, ce qu'ils firent aussitôt.

« Toute religion, dirent-ils, qui se base sur la crainte est indigne de notre estime. Par le respect qu'il laisse régner dans son âme, l'homme peut, en donnant l'honneur, conserver le sien ; il n'est pas en désaccord avec lui comme dans l'autre cas. La religion qui repose sur le respect de ce qui est au-dessus de nous, nous l'appelons ethnique ; c'est la religion des peuples, le premier degré d'affranchissement d'une misérable crainte ; toutes les religions païennes, quel que soit leur nom, sont de cette espèce. La religion qui a pour base le respect de nos égaux, nous l'appelons philosophique ; car le philosophe qui se place dans la région moyenne fait descendre vers lui ce qui est au-dessus de lui, fait monter ce qui est au-dessous, et ce n'est que dans cette situation intermédiaire qu'il mérite le nom de sage. En se trouvant à même de juger ses rapports avec ses égaux, et par conséquent avec l'humanité entière, ses rapports avec toutes les choses terrestres, fatales ou accidentelles, on peut dire que, dans le sens cosmique du mot, il vit seul dans la vérité.

Il nous reste à parler de la troisième religion, qui s'appuie sur le respect de ce qui est au-dessous de nous ; nous l'appelons chrétienne, parce que c'est dans cette doctrine que ce sentiment se manifeste le plus clairement; c'est le point le plus extrème que puisse et que doive atteindre l'humanité. Mais quels efforts n'a-t-il pas fallu, non seulement pour laisser la terre au-dessous de soi et en appeler à une céleste patrie, mais encore pour considérer comme choses divines la misère et l'abaissement, le mépris et le dédain, la honte et la désolation, la souffrance et la mort ; pour vénérer et chérir le péché et le crime, comme n'étant pas des obstacles, mais des moyens de sanctification ! Nous trouvons, il est vrai, à toutes les époques des traces de cette doctrine, mais une trace n'est pas un but ; une fois que ce but est atteint, l'humanité ne peut plus reculer et l'on peut dire que la religion chrétienne, du moment qu'elle a paru, ne peut plus disparaître, et que, s'étant incarné la divinité, elle est désormais indestructible.

« — Laquelle de ces religions professez-vous? dit Wilhelm.

« — Toutes les trois, répondirent-ils, car leur réunion constitue proprement la vraie religion; de ces trois respects résulte le respect suprême, le respect de soi-même, et réciproquement les trois premiers découlent de celui-là, en sorte que l'homme s'élève au plus haut point qu'il soit capable d'atteindre, qu'il a le droit de se considérer comme l'ouvrage le plus parfait qu'aient créé Dieu et la nature, qu'il peut même se maintenir sur ce sommet sans que sa vanité ou son égoïsme le fassent retomber au niveau du vulgaire. »

Les Trois entreprennent de l'admettre à l'intérieur de leur Sanctuaire, où il se rend donc, le lendemain, « conduit par le plus âgé ». Nous regrettons de ne pouvoir les suivre dans la « salle octogone », si richement ornée de peintures, et dans la « galerie latérale, ouverte d'un côté sur un vaste jardin émaillé de fleurs ». C'est une belle représentation figurative, au moyen de tableaux et de symboles artistiques, de la Première et de la Seconde Religions, l'Ethnique et la Philosophique; pour la première les tableaux ont été composés d'après l'An-

cien Testament ; pour la seconde, d'après le Nouveau.
Nous n'avons de place que pour quelques fragments.

« — Vous avez, à ce que je vois, dit Wilhelm, fait l'honneur
au peuple hébreu de prendre son histoire pour base de cette
démonstration, ou plutôt vous l'avez pris pour objet. »

« — En effet, dit le vieillard ; car vous remarquerez que sur
les frises et sur les plinthes on a représenté des faits symphro-
nistiques plutôt que synchronistiques, parce qu'on retrouve
chez tous les peuples des événements analogues. Ainsi, dans
l'espace principal, vous voyez Abraham que ses dieux visitent
sous forme de beaux adolescents, et là-haut, dans la frise,
Apollon au milieu des bergers d'Admète ; ce qui nous apprend
que lorsque les dieux apparaissent aux hommes, ils passent
généralement au milieu d'eux sans être reconnus. »

« Ils continuèrent leur examen. Wilhelm retrouvait partout des sujets connus, mais ils étaient représentés plus vivement et plus intelligiblement que cela n'a lieu d'habitude ; il
ne put s'empêcher de demander de nouveau pourquoi l'on
avait choisi de préférence l'histoire des Juifs. Le vieillard lui
répondit : « Parmi toutes les religions païennes, car la religion juive n'est pas autre chose, celle-ci présente de grands
avantages dont je ne citerai que quelques-uns. Devant le tribunal ethnique, devant le tribunal du Dieu des peuples, on ne
demande pas si telle nation est la meilleure, mais si elle dure
et se conserve plus longtemps que telle autre. Le peuple juif
n'a jamais valu grand'chose, et ses chefs, ses juges, ses prophètes, le lui ont mille fois reproché ; il a peu de vertus, et
presque tous les défauts des autres peuples ; mais pour ce qui
est de l'individualité, de la solidité, du courage, et si ce n'est
pas assez de cela, de la ténacité, il attend son pareil. C'est le
peuple le plus obstiné de la terre ; il est, il a été, il sera pour
célébrer à travers les temps le nom de Jéhovah. C'est pourquoi
nous en avons fait le modèle, la figure principale à laquelle les
autres ne servent que de cadres. »

« — Il ne m'appartient pas de discuter avec vous, dit
Wilhelm, puisque c'est à vous de m'instruire. Faites-moi donc
connaître les autres avantages de ce peuple, ou plutôt de son
histoire, de sa religion. »

« — Un des principaux avantages, c'est l'admirable collection de ses livres saints. Ils sont si heureusement assemblés,
qu'avec les éléments les plus étrangers ils forment un tout qui
fait illusion. Ils sont assez complets pour satisfaire, assez
fragmentés pour piquer la curiosité ; suffisamment barbares
pour irriter, suffisamment délicats pour calmer ; et combien

d'autres qualités contradictoires ne trouverait-on pas à louer dans ces livres, dans ce livre ! »...

« Ils étaient arrivés à l'époque des troubles et des discordes, de la destruction de Jérusalem et du temple, des massacres, de l'exil, de l'esclavage, des désastres qui fondirent sur cette nation obstinée. Ses destinées subséquentes étaient représentées d'une façon allégorique, car le faire d'une façon historique et réelle eût été sortir des limites de l'art noble.

« La galerie se terminait brusquement sur ce tableau, et Wilhelm fut fort surpris de se trouver arrivé à la fin. « Il me semble, dit-il à son guide, qu'il y a une lacune dans cette représentation historique. Vous avez détruit le temple de Jérusalem et dispersé le peuple, sans faire apparaître l'homme divin qui, peu de temps auparavant, enseignait dans ces lieux mêmes une doctrine qui n'y trouva point d'écho. »

« — Faire ce que vous demandez, c'eût été commettre une grande faute. La vie de l'homme divin dont vous voulez parler ne se rattache en aucune façon à l'histoire de son époque ; sa vie était toute privée ; ses enseignements s'adressaient à des individus isolés. Ce qui se passe publiquement chez les ensembles et les fractions de peuples appartient à l'histoire universelle, à la religion universelle, que nous regardons comme la première. Ce qui se passe intérieurement chez les individus isolés appartient à la seconde religion, à la religion des sages ; telle était celle qu'enseignait et que pratiqua le Christ pendant son séjour sur la terre. C'est pourquoi l'extérieur se termine ici, et je vous fais pénétrer maintenant dans l'intérieur. »

« Une porte s'ouvrit, et ils entrèrent dans une galerie semblable à la précédente, où Wilhelm reconnut aussitôt les sujets du Nouveau Testament. Ils paraissaient être d'une autre main que les premiers : les figures, les mouvements, les accessoires, la lumière, la couleur, tout était plus doux. »

Nous laisserons pour le moment cette seconde galerie, avec son étrange doctrine sur « les Miracles et les Paraboles », les caractéristiques de la Religion Philosophique ; nous y jetterons seulement en hâte un coup d'œil. Wilhelm exprime quelque surprise que ces démonstrations s'arrêtent « à la Cène et à la séparation du maître d'avec ses disciples ». Il demande où est la suite de l'histoire.

« Dans chaque enseignement, dit le vieillard, nous aimons à séparer autant que possible ce qui peut se séparer ; c'est le seul moyen de faire naître chez la jeunesse l'idée de l'importance des choses. La vie mêle et confond tout ; c'est pourquoi nous avons complètement séparé la vie et la mort de cet homme sublime. Dans sa vie, il nous apparaît comme un véritable philosophe, — ne soyez pas choqué de cette expression, — comme un sage, dans la plus haute acception du mot. Il reste fermement attaché à son objet ; il poursuit sa route sans se détourner, élevant à lui les humbles tout en communiquant sa force, sa richesse et sa sagesse aux ignorants, aux pauvres et aux malades, en paraissant s'égaler à eux ; d'un autre côté il ne dément pas sa divine origine ; il ose s'égaler à Dieu, se dire lui-même Dieu. Par là, il étonne dès sa jeunesse ceux qui l'entourent, s'en attache une partie, soulève l'autre contre lui, et montre à tous ceux qui aspirent à un certain degré d'élévation dans la vie et dans l'instruction, ce qu'ils peuvent attendre du monde. Aussi, pour la partie intelligente de l'humanité, sa vie est-elle plus instructive encore que sa mort ; car chacun est exposé à subir les épreuves de la première, et peu d'hommes seront soumis à celles de la seconde ; et, sans tirer toutes les conséquences qu'amène cette réflexion, considérez seulement le touchant tableau de la Cène. Ici, le sage, comme toujours, va faire en partant autant d'orphelins de ses disciples, et, tandis qu'il s'alarme pour les bons, il nourrit au milieu d'eux un traître qui causera leur perte et la sienne. »

Ceci nous semble avoir « une profonde, silencieuse signification » ; et plus nous l'examinons de près, plus cela nous plaît. Wilhelm n'est pas admis dans le sanctuaire de la troisième Religion, la Chrétienne, celle dont les souffrances et la mort du Christ furent le symbole, comme ses courses et ses entretiens ont été le symbole de la Seconde Religion, la Philosophique. « Cette dernière Religion », dit-on.

« Cette dernière Religion, qui naît du respect de ce qui est au-dessous de nous, cette vénération de l'adversité, de tout ce que nous devons fuir et éviter, nous ne la communiquons à chacun que comme un équipement à son entrée dans le monde, afin qu'il sache où il le retrouvera s'il en a besoin. Je vous invite à revenir ici dans un an pour assister à notre fête générale et constater les progrès de votre fils ; alors on vous introduira dans le sanctuaire de la douleur. »

« — Permettez-moi encore une question, répondit Wilhelm : de même que vous avez exposé comme modèle la vie de cet homme divin, avez-vous également représenté ses souffrances et sa mort comme un type de résignation sublime ? »

« — Sans doute. Nous n'en faisons pas un secret, mais nous tirons un voile sur ces souffrances, précisément parce que nous les vénérons profondément. C'est, à nos yeux, une témérité coupable que d'étaler l'instrument du martyre et le divin supplicié aux regards du soleil qui se voila la face lorsqu'un monde impie lui offrit ce spectacle, que de jouer et de badiner avec ces profonds mystères dans lesquels est ensevelie la profondeur divine de la douleur, et de tant faire qu'on rende vulgaire et absurde la chose la plus sublime. En voilà assez pour cette fois... Le reste est une dette que nous acquitterons l'année prochaine : nous n'admettons aucun étranger aux leçons que nous donnons aux élèves dans l'intervalle ; mais revenez à l'époque que nous vous indiquons, et vous verrez ce que nos orateurs croient utile de dire publiquement sur ces objets. »

Nous voudrions espérer que, toute décousue qu'elle soit là, cette esquisse emblématique se présentera à peu près à l'esprit de nos lecteurs telle qu'elle s'offrait à l'esprit de l'écrivain ; qu'ayant pu saisir ne fût-ce qu'une ébauche des multiples significations qui se cachent sous cette esquisse à une profondeur plus ou moins grande, ils nous reconnaîtront un droit à leurs remerciements, pour la leur avoir communiquée, pour la première ou la seconde fois (1). Tel qu'il est, croyant que, pour les hommes d'esprit ouvert, soucieux de vérité, les paroles mûrement pesées d'un homme d'esprit ouvert, soucieux de vérité, ne peuvent, en aucun cas, rester entièrement inintelligibles, ni indifférentes les paroles d'un homme comme Gœthe, nous avons traduit ce morceau pour qu'ils l'examinent. Si nous leur donnons l'idée de s'adresser à l'original, et de l'étudier là dans son état complet, avec tout ce qui l'entoure et s'y peut rapporter, ils nous remercieront plus encore. Pour nous, du moins, il y a une belle et pure signification dans toute cette démonstration : des expressions même comme « le Sanctuaire de la Douleur », « les profondeurs divines de la Douleur », ont par elles-mêmes une pathétique sagesse pour nous, de

(1) On sait que Carlyle avait précédemment publié une traduction de *Wilhelm Meister*.

même qu'en vérité un ton de ferveur, de calme, douce, religieuse dignité pénètre le tout. Dans un temps comme le nôtre, il est rare de voir, dans les écrits des hommes cultivés, quelque opinion que ce soit, sur un sujet comme celui-ci, présentant une marque quelconque de sincérité: c'est pourtant et ce continue d'être le plus haut des sujets, et les plus hauts d'entre nous sont les plus propres à l'étudier et à seconder les autres dans cette étude.

Le *Wanderjahre* de Gœthe fut publié dans sa soixante-deuxième année ; *Werther* dans sa vingt-cinquième : ainsi, de l'une à l'autre de ces deux œuvres, en passant par le *Meisters Lehrjahre* qui se trouve à peu près à mi-chemin, nous avons parcouru du regard un espace de près de cinquante années, en y comprenant, bien entendu, tout ce qu'il y eut de plus important dans son histoire publique ou privée. Par ces citations, d'accent si différent, nous avons voulu montrer qu'un grand changement avait eu lieu dans les dispositions morales de l'homme ; un changement qui l'a fait passer de l'emprisonnement du doute et du mécontentement intimes à la liberté, la croyance et la sûre activité. Pareil changement doit, dans notre opinion, se produire, plus ou moins consciemment, dans tout caractère, qui, spécialement de nos jours, atteint à la virilité spirituelle ; et, dans les caractères possédant quelque faculté de recueillement et quelque sensibilité, il se produira rarement sans qu'ils en aient par trop péniblement conscience, sans d'amers conflits, où trop souvent le caractère lui-même se gâte et s'appauvrit, et qui finissent trop souvent non par la victoire, mais par la défaite, ou par un fatal compromis avec l'ennemi. Trop souvent, pouvons-nous dire ; car bien que beaucoup ceignent le harnais, peu le portent en guerriers ; moins encore l'ôtent après le triomphe. Parmi nos propres poètes, Byron fut presque le seul homme que nous ayons vu lutter, dans cette cause, ardemment et virilement jusqu'au bout ; et il mourut alors que la victoire était encore douteuse, ou, tout au mieux, alors qu'elle commençait seulement à se dessiner. Nous avons déjà formulé notre opinion que le succès de

Gœthe en cette affaire a été plus complet que celui de
n'importe quel autre homme de son temps ; bien plus,
que, dans le sens le plus strict, on peut le dire le seul
homme qui ait réussi de la sorte. A cet égard, ne fût-ce
à aucun autre, nous avons avancé que son histoire et sa
conduite spirituelles méritent l'attention ; que ses opinions, ses créations, sa manière de penser, sa représentation entière du monde telle qu'elle gît en lui, doivent
être pour ses contemporains un objet de recherche d'un
intérêt peu commun ; d'un intérêt tout particulier, et
dont aucun exemple n'existe à ce degré dans la littérature actuelle. Ces choses ne peuvent être qu'imparfaite-
ment exposées ici, et il faut les laisser, non point à l'état
de choses démontrées, mais tout au plus, de vague et
flottante probabilité ; cependant, à les scruter, on y trouvera une assez précise signification, et, croyons-nous,
hautement importante.

Pour le reste, quelle sorte d'esprit fut celui qui passa
par ce changement, qui a remporté cette victoire ; quel
riche et haut esprit ; comment il fut versé, par l'étude,
dans tout ce qui est le plus sage, et, par l'expérience,
dans tout ce que l'existence humaine a de plus complexe,
de plus brillant aussi bien que de plus sombre : de quel
sens profond il fut doué, de quelle grâce et de quelle
puissance d'expression, nous n'essayerons pas pour le
moment de le discuter. Tout cela le lecteur le saura, qui
étudiera ses écrits avec l'attention qu'ils méritent : et
c'est le seul moyen. Des poèmes dramatiques, lyriques,
didactiques de Gœthe, de tout ce qui les rend si expressifs, car ils sont pleins d'expression, nous ne pouvons
rien dire ici. Mais nous le rencontrerons encore dans
tous les départements de la Littérature, de l'Art ancien
et moderne, dans mainte province de la Science ; et
nous espérons avoir d'autres occasions d'apprécier ce
que, sous ces rapports, nous lui devons, nous et les
autres hommes.

Nous avons cependant remarqué deux circonstances,
qui, pour nous, jettent une lumière sur la nature de sa
faculté originale pour la Poésie, et ne servent pas peu à
nous convaincre de la Maîtrise qu'il avait atteinte dans
cet art : nous pouvons ici les exposer brièvement, pour

servir au jugement de ceux qui connaissent déjà ses écrits, ou pour aider ceux qui ne commencent que d'hier à les connaître. La première est son intellect singulièrement emblématique ; sa perpétuelle, immanquable tendance à convertir en *forme*, en *vie*, l'opinion, le sentiment qui peut résider en lui ; ce que nous regardons, en le prenant dans son plus large sens, comme étant essentiellement le grand problème du Poète. Nous n'entendons pas ici simplement les métaphores et les tropes de la rhétorique : elles ne sont que le côté extérieur, souvent même que l'échafaudage de l'édifice que nous avons à bâtir (dans nos pensées) en nous servant d'elles. En comparaisons, en similitudes, beaucoup d'écrivains sont plus abondants que Gœthe, bien que nous n'en connaissions aucun qui soit plus heureux. Mais chez lui nous trouvons cette faculté dans l'essence même de son intellect ; et nous en relevons la trace aussi bien dans l'épigramme placide et fine, l'allégorie, l'ingénieuse invention qui nous font penser à quelque Quarles ou quelque Bunyan, que dans les *Fausts*, les *Tasses*, les *Mignons*, qui, dans leur pure et ingénue personnalité, nous rappellent presque les *Ariels* et les *Hamlets* de Shakspeare. Toute chose a forme, toute chose a existence visuelle ; l'imagination du poète *donne corps* aux choses invisibles, sa plume les convertit en *forme*. Ceci, croyons-nous, existe en Gœthe, comme don naturel, à un très-haut degré.

L'autre caractéristique de son esprit, que nous prouve sa maîtrise acquise dans l'art, de même qu'elle nous montre l'étendue de l'aptitude originale qu'il y apportait, c'est sa merveilleuse variété, universalité même ; son absence complète de Maniérisme. Nous lisons Gœthe pendant des années, avant que nous en venions à voir en quoi la particularité distinctive de son entendement, de sa disposition, même de sa manière d'écrire, consiste. Ce semble tout-à-fait un style simple que le sien ; remarquable surtout par son calme, sa clarté, bref par son caractère courant ; et cependant le moins courant de tous les styles : on dirait que tout le monde pourrait l'imiter, et pourtant il est inimitable. Il est aussi difficile de découvrir dans ses écrits, — bien que là aussi, comme dans les écrits de tout homme, doive se trouver la trace du caractère de l'écrivain, — quelle sorte de construction spirituelle est la sienne, quel est son naturel, quelles sont ses affections, ses spécialités individuelles. Car tout vit librement en lui : Philine et Clärchen, Méphistophélès et Mignon, lui sont également indifférents, ou également chers ; il n'est d'aucune secte ni d'aucune caste : il ne semble pas être cet homme-ci ou cet homme-là, mais un homme. Nous regardons ceci comme la caractéristique de tout Maître en Art ; et vrai spécialement de tous les grands Poètes. Comme c'est vrai de Shakspeare et d'Homère ! Qui peut savoir, ou qui peut se figurer, à la première, à la vingtième lecture de ses œuvres, ce qu'était l'Homme Shakspeare ? Il est une Voix qui nous arrive du Pays de Mélodie : sa vieille maison de briques, dans le simple bourg terrestre de Stradford-sur-Avon, nous offre la plus inexplicable énigme. Et qu'est-ce qu'Homère dans l'*Iliade ?* Il est LE TÉMOIN ; il a vu, et il révèle ce qu'il a vu ; nous écoutons et nous croyons, mais quant à lui, nous ne le voyons pas. Là-dessus, comparez à ces deux Poètes, deux autres Poètes, n'importe lesquels ; non pas d'égal génie, car il n'en est pas, mais d'égale sincérité, qui écrivirent aussi sérieusement, et du fond du cœur, comme eux. Prenez, par exemple, Jean-Paul et Lord Byron. Le bon Richter se montre tout d'abord lui-même, en sa large, massive, affectueuse, singulière signification, sans que nous ayons besoin de lire beaucoup de pages, même de son plus léger ouvrage ; et jusqu'à la fin, il se peint lui-même bien plus qu'il ne peint son sujet. On peut dire aussi que Byron n'a peint que lui-même, quel que fût son sujet. Mais comme critérium de la culture d'un Poète, en sa capacité poétique, de ses prétentions à la maîtrise et à la perfection dans son art, nous ne pouvons regarder ceci comme ce qu'il y a de plus sûr. Mis ainsi à l'épreuve, il n'est point d'écrivain vivant qui approche, à beaucoup près, de Gœthe.

Ainsi, semblerait-il, nous considérons Gœthe comme un Poète de grande éducation, non moins que comme un Homme de grande éducation ; un maître à la fois comme Homme et comme Poète ; un de ceux à qui l'Expérience a donné la véritable sagesse, et les « Mélodies Eternelles » une expression parfaite pour cette sagesse. Sur la forme particulière que cette humanité, cette sagesse a assumée; sur ses opinions, son caractère, sa personnalité, — car ces choses, avec quelque difficulté que ce soit, sont et doivent être déchiffrables dans ses écrits, — nous aurions beaucoup à dire : mais de cela aussi nous devons nous abstenir. Dans l'état actuel des choses, parler adéquatement serait une tâche pour nous trop difficile, et une tâche où nos lecteurs pourraient nous apporter peu d'aide, où même peu d'entre eux prendraient quelque intérêt. Cependant, nous avons trouvé sur ce sujet une brève esquisse cursive, déjà rédigée en notre langue (1), dont nous allons transcrire ici certains passages, en manière de préparation. Ces lignes sont écrites par un admirateur déclaré de Gœthe; même, semblerait-il presque, par un disciple reconnaissant, à qui il a appris, qu'il a aidé à sortir des obstacles spirituels, pour atteindre à la paix et à la lumière. La part de tout ceci faite comme il sied, il y a peu de choses dans ce papier auxquelles nous fassions des objections.

« Dans l'esprit de Gœthe », observe-t-il, « le premier aspect qui nous frappe est son calme, puis sa beauté; un examen plus profond nous révèle son étendue et sa force illimitée. Cet homme gouverne, et n'est point gouverné. Les sévères et ardentes énergies de l'âme la plus passionnée résident silencieuses au centre de son être; une sensibilité frémissante a été endurcie à supporter, sans se dérober ou murmurer, les plus âpres épreuves. Rien d'extérieur, rien d'intérieur ne l'agitera ni ne le dominera. La plus brillante et la plus capricieuse fantaisie, le plus perçant et le plus curieux intellect, la plus impétueuse et la plus profonde imagination; les plus grandes émotions de la joie, les plus amers déchirements de la douleur : toutes ces choses sont à lui, il n'est pas à elles. Tandis qu'il remue tous les cœurs, arrachés à leur inertie, le sien reste ferme et tranquille : les mots qui vont fouiller les derniers replis de notre nature, il les prononce d'un ton de froideur et de sérénité; dans le plus profond pathétique il ne pleure pas, ou bien ses larmes sont comme de l'eau coulant

---

(1) Par Carlyle, dans *le Roman allemand.*

d'un roc de diamant. Il est roi de lui-même et de son univers ; et il ne le gouverne pas à la façon d'un grand homme vulgaire, à la façon d'un Napoléon ou d'un Charles XII, par le simple exercice brutal de sa volonté, non fondée sur un principe, ou fondée sur un principe faux : ses facultés et ses sentiments ne sont point enchaînés ou abattus sous l'autorité de fer de la Passion, mais menés et guidés, en un harmonieux accord, sous la douce autorité de la Raison ; de même que les furieux éléments primordiaux du Chaos se pacifièrent à la venue de la Lumière, et se combinèrent, sous son doux enveloppement, en une glorieuse et bienfaisante Création.

« C'est là le véritable Repos de l'homme ; le but obscur de toute âme humaine, la pleine acquisition d'un petit nombre d'élus seulement. Nul ne le trouve sans le chercher ; mais les sages sont sages parce qu'ils pensent qu'il n'est point de prix trop haut pour lui. La demeure intérieure de Gœthe s'est élevée sous de lents et laborieux efforts ; mais elle ne repose point sur une base creuse ou décevante : car la paix de Gœthe provient, non de l'aveuglement, mais d'une vision claire ; non d'un incertain espoir de changement, mais d'un sens sûr et profond de ce qui ne peut changer. Son monde semble avoir été naguère sinistre et désolé comme celui du plus sombre sceptique : mais il l'a de nouveau revêtu de beauté et de solennité, dérivées de sources plus profondes, sur lesquelles le Doute ne peut avoir d'action. Il a recherché sans relâche et sans relâche découvert et nié le Faux ; mais il n'a pas oublié, ce qui est également essentiel et infiniment plus difficile, de découvrir et d'admettre le Vrai. Son cœur est toujours plein de chaleur, bien que sa tête soit claire et froide ; le monde est pour lui toujours plein de grandeur, bien qu'il ne le revête point de fausses couleurs ; ses semblables sont toujours des objets de respect et d'amour, bien que leurs bassesses ne soient plus évidentes à aucun œil qu'au sien. Concilier (1) ces contradictions est la tâche de tous les hommes bons, chacun pour son compte, selon son propre pouvoir et sa propre manière ; une tâche qui, de notre temps, est entourée de difficultés particulières à notre temps, et que Gœthe semble avoir accomplie avec un succès auquel bien peu peuvent prétendre. Un esprit si en harmonie avec lui-même, quand il serait un pauvre et humble esprit, arrêterait notre attention et obtiendrait de nous un regard bienveillant ; mais lorsque cet esprit se range parmi les plus puissants et les plus compliqués de l'espèce, il devient

(1) « Concilier » : le mot de toute critique sur Gœthe : Carlyle le prononçait, ce mot, dès 1828, c'est-à-dire le premier, ou à peu près, en Europe.

un spectacle plein d'intérêt, une étude pleine de profonds enseignements.

« Un esprit comme celui de Gœthe est le fruit non-seulement d'un don royal de la nature, mais aussi d'une culture proportionnée à sa bonté. Dans la forme d'esprit originale de Gœthe, nous discernons les plus hauts dons de la nature humaine, sans qu'il y manque aucun des moindres : il a un œil et un cœur également pour le sublime, le commun et le ridicule; les qualités à la fois d'un poète, d'un penseur et d'un homme d'esprit. De sa culture nous avons déjà parlé; et elle mérite encore une fois d'être offerte à la louange et à l'imitation. Elle a été, comme il le confesse lui-même sans ostentation, l'âme de toute sa conduite, la grande entreprise de sa vie; et parmi ceux qui le comprennent, peu seront portés à nier qu'il ait réussi. Comme écrivain, ses ressources se sont accumulées par des emprunts à presque toutes les provinces de l'intelligence et de l'activité humaines; et il s'est exercé à se servir de ces instruments compliqués avec une habileté légère que nous aurions pu admirer chez un professeur cantonné dans un seul département. La liberté, et la grâce, et le sérieux souriant sont les caractéristiques de ses œuvres : la matière s'en développe en une pure abondance, en les plus délicates combinaisons; et leur style est cité par les critiques du pays comme le plus haut spécimen de la langue allemande...

« Mais la culture de Gœthe comme écrivain est peut-être moins remarquable que sa culture comme homme. Il a appris non-seulement avec la tête, mais aussi avec le cœur; non-seulement par la Littérature et l'Art, mais aussi par l'action et la passion, à la rude école de l'Expérience. Si l'on nous demandait quelle est la grande caractéristique de ses écrits, nous ne dirions pas : Science, mais : Sagesse. Un esprit qui a vu et souffert, et agi, nous parle de ce qu'il a entrepris et conquis. Un gai récit nous fera connaître de sombres et pénibles expériences, des choses faites au plus profond de l'esprit; une maxime, triviale pour qui n'y prend pas garde, se dégagera, répandant la lumière et le sens sur de longues périodes troublées de notre propre histoire. C'est ainsi que le cœur parle au cœur, que la vie d'un homme devient le bien de tous. Voici un esprit composé des plus subtils et tumultueux éléments; mais il est gouverné avec une paisible diligence, et ses facultés impétueuses et éthérées agissent doucement de concert pour le bien et pour de nobles fins. Gœthe peut être appelé Philosophe; car il aime et il a pratiqué comme homme la sagesse qu'il inculqué comme poète. Tout son caractère semble respirer le calme et un sérieux gai; on ne gémit pas sur les infortunes humaines : il est entendu que nous devons simplement tous nous efforcer de les alléger ou de les écarter. On ne se dispute pas bruyamment sur des opinions ; mais c'est un persévérant effort pour rendre la vérité aimable et pour la faire pénétrer, par mille avenues, dans le cœur de tous les hommes. Nous pouvons croire aisément ce qu'on a universellement rapporté de ses manières personnelles, tant en façon de critique que de louange, qu'il est un homme d'éducation achevée et de la plus imposante mine : car un air de tolérance polie, un air de cour, de tranquillité majestueuse, pourrions-nous presque dire, et de sereine humanité, est visible d'un bout à l'autre de ses œuvres. Dans pas une de leurs lignes il ne parle avec âpreté de quelqu'un, ni même, pour ainsi dire, de quelque chose. Il connaît le bien, et il l'aime ; il connaît le mauvais et le haïssable, et il les rejette ; mais dans aucun cas avec violence : son attachement est paisible et actif ; son rejet est impliqué, plutôt que prononcé ; doux et calme, bien que nous le sentions absolu et irrévocable. Ce qu'il y a de plus noble et de plus bas, il semble non-seulement le comprendre, mais le représenter et le produire au jour en ses plus secrets linéaments : aussi les actions et les opinions lui apparaissent-elles comme elles sont, avec toutes les circonstances qui les affaiblissent ou qui les fortifient dans les cœurs où elles ont pris naissance et où elles sont entretenues. C'est là aussi l'esprit de notre Shakespeare, et peut-être de tout grand poète dramatique. Shakespeare n'est pas un sectaire ; il traite tout avec équité et miséricorde ; parce qu'il connaît tout et que son cœur est assez grand pour tout. Dans son esprit le monde est un tout ; il le façonne comme la Providence le gouverne ; et pour lui il n'est pas étrange qu'on fasse le soleil briller sur le bien et sur le mal, et la pluie tomber sur le juste et l'injuste. »

Considéré comme un rapide coup d'œil d'ensemble sur Gœthe pris dans son caractère personnel, tout ceci, du point de vue particulier de l'écrivain, peut être véritablement fondé, et a, tout au moins, l'aspect de la sincérité. Nous citerons aussi quelque chose de ce qui suit sur le caractère de Gœthe comme poète et penseur, et le contraste qu'il offre sous ce rapport avec un autre auteur célèbre, devenu lui aussi maintenant complètement européen.

« L'on a appelé Gœthe le Voltaire allemand », observe ce critique : « mais c'est un nom qui lui fait tort et le décrit mal. Si ce n'est pour la commune variété de leurs études et de leurs connaissances, en quoi peut-être Voltaire a le dessous, les deux ne se peuvent comparer. Gœthe est tout, ou le meilleur de tout ce que Voltaire fut, et il est bien autre chose encore dont Voltaire ne se doutait point. Sans parler de la dignité et de la sincérité de son caractère comme homme, il appartient, comme penseur et comme écrivain, à une catégorie bien plus haute que cet *enfant gâté du monde qu'il gâta* (1). Il n'est pas celui qui doute et qui persifle, mais celui qui enseigne et qui révère ; non pas un destructeur, mais un constructeur ; non pas un homme d'esprit seulement, mais un homme sage. De lui Montesquieu n'aurait pu dire, avec autant de vérité épigrammatique : *Il a plus que personne l'esprit que tout le monde a* (2). Voltaire est le plus *adroit* de tous les hommes passés et présents ; mais un grand homme est quelque chose de plus, et cela il ne le fut certainement pas ».

Si cette épigramme, que nous avons vue dans quelque Dictionnaire Biographique, appartient réellement à Montesquieu, nous ne le savons pas ; mais elle ne nous semble pas absolument inapplicable à Voltaire et elle nous paraît, en tous cas, exprimer hautement une importante distinction chez les hommes de talent en général. En fait, l'homme populaire et l'homme de réelle, tout au moins de grande originalité, sont rarement un seul et même homme ; nous soupçonnons que, sans un long effort de la part du dernier, ils ne sont jamais cela. Les raisons sont assez évidentes. L'homme populaire se tient à notre niveau, ou à peine plus haut ; il nous montre une vérité que nous pouvons voir sans changer notre présente position intellectuelle. C'est là un arrangement grandement commode. L'homme original, par contre, se trouve au-dessus de nous ; il désire nous arracher à nos vieilles attaches et nous élever à un plus haut et plus clair niveau : mais quitter nos vieilles attaches, surtout si nous y sommes restés avec un bien-être passable pendant une vingtaine d'années ou deux, n'est pas une affaire tellement aisée ; c'est pourquoi, nous hésitons, nous résistons, nous livrons même bataille ; nous soupçonnons bien qu'il est au-dessus de nous, mais nous tâchons de nous persuader (avec

(1) En français et en italiques dans le texte.
(2) *Id.*

l'assentiment empressé de la Paresse et de la Vanité) qu'il est au-dessous. Car n'est-ce pas l'essence même d'un tel homme, d'être *nouveau*? Et qui nous garantira qu'il ne sera, en même temps, qu'une intensification et une continuation de l'*ancien*, qui, en général, est ce que nous désirons et ce que nous recherchons? Personne ne peut nous le garantir. Et, en admettant qu'il soit un homme d'un réel génie, d'une réelle profondeur, et qu'il ne parle pas sans avoir sérieusement médité, quelle sorte de philosophie serait la sienne, pourrions-*nous* en estimer d'un seul coup d'œil la longueur, la largeur et l'épaisseur? Et quand la Critique donna-t-elle deux coups d'œil? Aussi la Critique ouvre-t-elle de tous côtés sur un tel homme le feu de ses grandes et petites batteries : il n'a pas autre chose à faire, pour sa sûreté, que de passer outre sans y faire attention ; et « à la fin », dit Gœthe, « la Critique elle-même en vient à goûter cette méthode ». Mais là-dessus qu'un orateur de l'autre catégorie s'avance ; un de ces hommes qui « ont plus que personne l'esprit que tout le monde a » ! Il n'a pas plus tôt parlé, que tous tant que nous sommes nous sentons comme si nous avions voulu dire précisément cela, comme si nous-mêmes nous aurions pu dire cela ; et aussitôt résonne dans l'univers entier la célébration de ce surprenant exploit. Quelle clarté, quel brillant, quelle justesse, quelle pénétration ! Qui peut douter que cet homme ait raison, quand tant de milliers de votes sont prêts à l'appuyer? Certes, il a raison ; certes, c'est un habile homme ; et ses louanges seront longtemps chantées dans tous les Magazines.

Les habiles hommes, c'est bien ; mais il y a mieux. « L'instruction qu'ils peuvent nous donner est comme « le pain cuit, savoureux et bon pour un seul jour » ; mais, malheureusement, « la farine ne ne sème pas, et « il ne fallait pas moudre tout votre blé.» Suivons notre Critique dans son contraste de Gœthe avec Voltaire.

« Comme poètes », continue-t-il, « Gœthe et Voltaire ne vivent pas dans le même hémisphère, pas dans le même monde. Ce serait aveuglement de nier le poli, la vigueur intellectuelle, la symétrie logique de la poésie de Voltaire, les éclairs qui de temps en temps lui donnent la couleur, sinon la chaleur, du feu : mais c'est dans un tout autre sens que celui-ci, que Gœthe est un poète ; dans un sens dont la littérature française n'a jamais donné d'exemple. Nous pouvons aller jusqu'à dire, en ce qui le concerne, que son domaine est élevé et particulier ; plus élevé qu'aucun de ceux qu'a pu atteindre, ou même sérieusement essayer d'atteindre, tout autre poète depuis plusieurs générations. En lisant la poésie de Gœthe, ceci nous frappe constamment, que nous lisons là la poésie propre à notre époque et à notre génération mêmes. On ne demande rien à notre crédulité ; la lumière, la science, le scepticisme de notre âge ne nous est point caché. Il ne s'occupe pas des antiques mythologies, il ne se livre pas à des variations routinières sur des thèmes poétiques traditionnels ; il n'y a point de célestes, point d'infernales influences, — car *Faust* est une exception plus apparente que réelle ; mais il y a la prose stérile du dix-neuvième siècle, la vie vulgaire que nous menons tous, et cependant il en jaillit sous sa main une étrange beauté, et nous nous arrêtons en la stupeur charmée de voir les floraisons de la poésie sortir de ce sol rude et desséché. Telle est l'efficace de ses *Mignons* et de ses *Harpistes*, de ses *Hermanns* et de ses *Meisters*. La Poésie, comme il la conçoit, n'existe pas dans le temps ou dans le lieu, mais dans l'esprit de l'homme ; et c'est à l'Art, uni à la Nature, de faire maintenant pour le poète ce que la Nature seule faisait autrefois. Les divinités et les démons, les sorcières, les spectres et les fées se sont évanouis de la terre, et ils ne seront jamais plus rappelés : mais l'Imagination qui les a créés vit toujours, et vivra à jamais dans l'âme de l'homme ; et elle peut de nouveau verser sa magique lumière sur l'Univers, et susciter des enchantements aussi aimables ou impressionnants et que les autres facultés ne contrediront point. Dire que Gœthe a accompli tout cela serait dire que son génie est plus grand qu'aucun génie jamais donné à un homme : car si ce fut un haut et glorieux esprit, ou plutôt une série d'esprits qui peuplèrent les premiers âges de leurs formes particulières de poésie, ce doit être une série d'esprits bien plus hauts et bien plus glorieux qui peupleront de la sorte l'âge présent. Les anges et les démons capables de subjuguer nos cœurs au XIXe siècle doivent être d'une façon autre et plus parfaite que ceux qui les soumettaient au neuvième siècle. Avoir tenté, avoir commencé cette entreprise peut être considéré comme la chose la plus digne de louange. Que Gœthe ait jamais médité cette entreprise, sous la forme ici exposée, nous n'en avons pas de preuve directe : mais, en vérité, telle est la fin, tel est le but de la grande poésie en tous temps et en toute saison ; car la fiction du poète n'est point une fausseté, mais la vérité la plus pure; et, s'il veut captiver tout notre être, ne pas se tenir pour satisfait d'en captiver seulement une partie, il doit s'adresser en nous à des intérêts qui *sont*, non qui *furent* nôtres; et ceci dans un dialecte qui trouve dans nos cœurs une réponse, et non pas une contradiction (1). »

Ici, d'ailleurs, nous cesserons nos larcins, nos voleries avouées, et terminerons ces élucubrations décousues. Dans les extraits que nous avons donnés, dans les remarques faites sur eux et sur leur objet, nous savons bien que nous avons eu l'attitude d'un admirateur et d'un plaidant : et nous n'ignorons pas non plus que le critique est, en vertu de son office, un juge et non un avocat; qu'il est là, non pour faire des faveurs, mais pour distribuer la justice, qui, dans la plupart des cas, implique le blâme aussi bien que l'éloge. Mais nous croyons fermement à cette maxime, que, dans tout jugement juste à porter sur quelqu'un ou quelque chose, il est utile, il est même essentiel, de considérer ses bonnes qualités avant de prononcer sur ses mauvaises. Cette maxime est si claire pour nous, que, pour ce qui est de la poésie du moins, nous ne sommes pas loin de penser que nous pouvons la rendre claire pour les autres. Tout d'abord, et en tout cas, c'est une bien plus vaine et plus basse occupation de surprendre des défauts que de découvrir des beautés. La « mouche critique », pourvu qu'elle se pose sur quelque plinthe ou sur quelque corniche d'un bel et imposant édifice, sera capable de déclarer, avec sa vue courte, qu'il y a là une petite tache, et ici une inégalité; qu'en fait telle et telle pierre prise isolément n'est nullement comme elle devrait être; mais pour saisir les beaux rapports de l'ensemble, pour voir l'édifice comme un objet un, pour apprécier son plan, l'ajustement de ses parties et leur harmonieuse coopération à ce plan, il faut l'œil et l'esprit d'un Vitruve ou d'un Palladio. Mais, de plus, les défauts d'un poème, ou d'une autre œuvre d'art, une fois aperçus, ne resteront nullement les mêmes quand nous les regarderons après une investigation convenable et définitive. Consi-

(1) *Roman allemand*, vol. IV, pp. 17-25 (Appendice I, § *Gœthe*, *infra*) (note de Carlyle).

dérons ce que nous entendons par un défaut. Par le mot
défaut, nous désignons quelque chose qui nous déplaît,
qui nous contredit. Mais ici cette question pourrait se
poser : Que sommes-*nous* ? Ce défaut *nous* déplaît, *nous*
contredit, c'est tout ce que nous voyons ; et si *nous*
avions été, si j'avais été, avec *mon* plaisir et *ma* confirmation, la fin principale du poète, alors, sans aucun
doute, il a manqué cette fin, et son défaut demeure un
défaut, irrémédiablement et sans défense possible. Mais
qui dira si tel était réellement son objet, si tel devait
être son objet ? Et si tel n'était point, si tel ne devait pas
être son objet, que devient le défaut ? Il doit rester tout
à fait incertain ; nous ne savons rien encore quant à lui ;
peut-être n'est-ce pas un défaut du poète, mais un défaut
chez nous-même ; peut-être n'y a-t-il point du tout de
défaut. Pour voir juste dans cette affaire, pour déterminer avec quelque infaillibilité si ce que nous appelons
un défaut *est* en réalité un défaut, nous devons au préalable avoir fixé deux points, dont aucun ne peut si vite
être fixé. D'abord, nous devons avoir élucidé pour nous-
mêmes quel était réellement et véritablement le but du
poète, comment la tâche qu'il avait à faire se présentait
à son propre regard, et jusqu'à quel point, avec les
moyens dont il pouvait disposer, il l'a accomplie. Ensuite,
nous devons avoir décidé si, et jusqu'à quel point, ce
but, cette tâche qu'il se proposait, s'accordait, — non
pas avec *nous*, avec nos lubies personnelles, et avec les
lubies du petit sénat où nous faisons ou dont nous rece-
vons la loi, — mais avec la nature humaine et la nature
des choses en général ; avec les principes universels de
la beauté poétique, non pas tels qu'ils se trouvent ins-
crits dans nos manuels, mais dans le cœur et l'imagination de tous les hommes. La réponse, dans l'un et
l'autre cas, est défavorable ; y eût-il une incompatibilité
entre les moyens et le but, un désaccord entre le but et
la vérité, il y a un défaut : n'y en eût-il pas, il n'y a
point de défaut.

Il semblerait donc que la découverte des défauts,
pourvu que ce soient des défauts de quelque profondeur et
de quelque conséquence, nous mène d'elle-même dans
cette région où les beautés supérieures de l'œuvre, si elle

a aussi de véritables beautés, résident essentiellement.
En fait, selon notre opinion, nul ne peut prononcer
dogmatiquement, avec quelque chance d'avoir raison,
sur les défauts d'un poème, avant d'avoir vu sa beauté
même, dernière et achevée, la plus longue à devenir
visible pour qui que ce soit et que bien peu recherchent
jamais, qu'on rechercherait à vrai dire en vain dans la
plupart des œuvres; la beauté du poème comme Tout,
au strict sens du mot, son net aspect comme indivisible
Unité; avant d'avoir vu s'il est sorti naturellement du
sol général de la Pensée, et s'il est là comme un Chêne
plusieurs fois centenaire, dont pas une feuille, dont pas
une branche n'est superflue; ou bien s'il n'est qu'un
Arbre de carton, assemblage de colle, de papier de rebut
et de couleurs à la détrempe, sans aucune connexion
avec le sol de la Pensée, sinon sa simple juxtaposition;
ou, tout au plus, raccordé à lui par quelques *tronçons*
et quelques *branches* pourris, que les Décorateurs ma-
lins (les auteurs de Romans historiques, par exemple)
choisissent pour en faire la base et le support de leurs
agglutinations. Il est vrai, la plupart des lecteurs jugent
d'un poème sur des fragments, ils louent et blâment
d'après des fragments; c'est une pratique commune, et
pour la plupart des poèmes et la plupart des lecteurs
elle peut être parfaitement suffisante : cependant nous
ne conseillerons à personne de suivre cette pratique, qui
discerne en lui-même, ne fût-ce que la plus légère capacité, d'en suivre une meilleure; et nous lui conseillerions,
si c'est possible, de ne s'exercer que sur des sujets en
valant la peine; de lire peu de poèmes qui ne supportent
pas d'être étudiés aussi bien que lus.

Que Gœthe ait ses défauts, cela ne saurait être douteux; il y a longtemps, croyons-nous, qu'on sait que
nul n'en est exempt. Nous-mêmes nous ne sommes pas
non plus sans quelque soupçon de certaines limitations
et contradictions effectives où, en tant qu'il vit, écrit,
existe réellement, il peut, lui aussi, se trouver enfermé;
qui l'entourent, lui aussi, comme elles entourent les
hommes inférieurs; qui nous prouvent qu'il est, lui
aussi, un fils d'Eve. Mais montrer celles-ci à nos lecteurs
ne serait pas à nos yeux, dans l'état actuel des choses,

un travail facile, à vouloir le faire adéquatement, exactement ; ni un travail profitable, à le faire d'une façon quelconque. Il vaut mieux l'étudier d'abord ; il vaut mieux « *voir* le grand homme avant de prétendre le *reviser* » (1). Nous n'ignorons pas que dès maintenant certaines objections contre Gœthe flottent vaguement dans l'esprit anglais, et se sont même à l'occasion çà et là formulées : ces objections, nous nous tiendrons prêt, en temps voulu, à les discuter, à mesure que l'étude de Gœthe progressera ; mais pour le moment nous devons prier le lecteur de croire, sur notre parole, que nous ne les regardons pas comme irréfutables, que nous les regardons même en général comme les choses du monde qui admettent le mieux une réponse ; et comme des choses auxquelles un léger accroissement de connaissances apportera immanquablement une réponse, sans qu'il soit besoin d'autres secours.

Pour faciliter cet accroissement de connaissances, nous sera-t-il permis de prier le lecteur d'accepter deux petits conseils dont nous avons nous-même découvert l'utilité en étudiant Gœthe. Ils semblent applicables à l'étude de la Littérature Etrangère en général ; à vrai dire à toute Littérature digne de ce nom.

Le premier est de ne supposer nullement que la Poésie soit une chose superficielle, ordinaire, dont on puisse voir le tréfonds dès qu'on veut bien y jeter les yeux. Nous regardons ceci comme la plus fausse de toutes les maximes, qu'un vrai Poème peut être adéquatement *goûté* ; peut être apprécié « comme l'on apprécie un dîner », par quelque *langue* interne, qui décidera sur la chose tout de suite et irrévocablement. Nous ne parlons pas ici de la poésie dont se fournissent les clubs de déclamation, et qui circule dans les bibliothèques circulantes. Il s'agit ici d'une tout autre espèce qui a circulé, circulera et doit circuler en tous temps, mais pour l'étude de laquelle nul n'est requis de donner des règles, les règles étant déjà données par la chose elle-même. Nous parlons de cette Poésie des Maîtres,

---

(1) « *See... Oversee...* ». « Revoir » est malheureusement amphibologique.

qui a pour but, non point de « procurer à un esprit languissant des apparences fantastiques et d'indolentes
émotions », mais d'incorporer l'éternelle Raison de
l'homme en des formes visibles et appropriées à son
esprit : et de celle-ci nous disons que la connaître n'est
pas une petite tâche ; mais plutôt qu'étant l'essence
de toute science, sa connaissance exige la plus pure de
toutes les études. « Quoi ! » s'écrie le lecteur, « allons-
nous *étudier* la Poésie ? pâlir sur elle comme nous le
faisons sur les Fluxions ? » Lecteur, cela dépend de
votre objet : s'il ne vous faut que de l'*amusement*, choisissez votre livre, et cela marchera, sans étude, parfaitement bien. « Mais Shakspeare n'est-il pas clair, visible
jusqu'au fond, sans étude ? » s'écrie-t-il. Hélas ! non,
bon Lecteur ; nous ne pouvons penser de la sorte ;
nous ne trouvons pas qu'il est visible jusqu'au fond
pour ceux-là mêmes qui font profession de l'étudier. Il
nous a été donné de lire quelques critiques sur Shakspeare, et d'en écouter un grand nombre ; mais elles
n'atteignaient point pour la plupart à pareille « visibilité ». Nous avons vu des volumes qui étaient simplement une énorme Interjection imprimée sur trois cents
pages. Les neuf dixièmes de nos critiques ne nous en
ont guère plus dit sur Shakspeare que ce que nos voisins avaient coutume de dire à l'honnête Franz Horn (1),
au rapport de celui-ci, « qu'il était un grand esprit, à
l'allure majestueuse ». La Préface de Johnson, un sain
et solide morceau en son genre, est une exception complète à cette règle, et, autant que nous nous rappelions,
la seule exception complète. Les amateurs de poésie
admirent Shakspeare dans leur dixième année ; mais
ils vont l'admirant de plus en plus, le comprenant de
plus en plus, jusqu'à leur soixante-dixième année.
Grotius disait qu'il lisait Térence autrement que les
jeunes garçons ne le font. « Heureux caractère borné de
« la jeunesse », ajoute Gœthe, « et même des hommes
« en général, qu'à chaque moment de leur existence ils
« puissent jeter les yeux sur eux-mêmes comme sur

---

(1) HORN (Frantz, Christophe), critique allemand, 1781-1837 ; auteur
d'études sur *les Drames de Shakspeare*, 1823.

« quelque chose de complet, et ne s'enquérir ni du Vrai
« ni du Faux, ni du Haut ni du Profond ; mais simple-
« ment de ce qui est proportionné à eux-mêmes. »

Notre second conseil, nous l'énoncerons en peu de
mots. Il est qu'on se souvienne qu'un Etranger n'est pas
un Anglais ; qu'en jugeant une œuvre étrangère, ce
n'est pas assez de demander si elle est appropriée à nos
modes, mais si elle est appropriée aux *besoins* étrangers ; surtout, si elle est appropriée à *elle-même*. La
clarté, la nécessité de ceci n'a pas besoin de démonstration ; pourtant, combien nous le trouvons souvent
complètement oublié dans la pratique ! Nous pourrions
croire voir quelque Tailleur de Bond-street critiquant
le costume d'un Grec ancien ; censurant la coupe grandement inconvenante du collet et des revers ; s'écriant
qu'on ne pouvait, en vérité, voir nulle part pareil collet
et pareils revers. Il prononce, aisément et péremptoire-
ment, que le costume est un costume barbare : pour
savoir si *c'est* un costume barbare et en quoi il est barbare, il faudrait s'adresser à un Winkelmann, et celui-ci
trouverait difficile de formuler un jugement. Car la
question se pose tout-à-fait différemment, selon qu'il
s'agit du Tailleur ou de Winkelmann. La Fraction (1)
se demande : Quel effet cela fera-t-il à Almack's (2) et
devant Lord Mahogany ? Le Winkelmann se demande :
Quel effet cela fera-t-il dans l'Univers, et devant le
Créateur de l'Homme ?

Si ces remarques de nous pourront quelque chose
pour faciliter une juste appréciation de Gœthe dans ce
pays, nous ne le savons pas ; nous ne regardons pas
non plus ce dernier résultat comme d'une importance
vitale. Cependant, nous devons croire qu'en recomman-
dant Gœthe, nous faisons ce que nous pouvons en ce qui
nous concerne pour recommander une plus véritable
étude de la Poésie elle-même ; et nous serions heureux
d'imaginer que nos efforts pourraient hâter un tel
résultat. Hâté, atteint, il le sera, croyons-nous, par

(1) Un dicton populaire anglais dit qu'il faut neuf tailleurs pour
faire un homme.
(2) Fameux club fashionable de Londres.

un moyen ou par l'autre. Un sentiment plus profond de l'Art se répand en Europe; des vues plus pures, plus sérieuses, dans son étude, dans sa pratique. A cette influence nous devons, nous aussi, participer : le temps viendra où notre ancienne noble Littérature sera étudiée et comprise, aussi bien que citée ; où le Dilettantisme s'effacera devant la Critique en ce qui la concerne ; et où un étonnement vague cessera pour faire place à une connaissance claire, à un respect sincère, et, ce qui vaudrait le mieux, à une cordiale émulation.

NOVALIS (¹)

Il y a un certain nombre d'années, Jean-Paul Richter, se procurant un exemplaire des œuvres de *Novalis*, fut amené à penser que le public des lecteurs allemands était d'une humeur pressée; vu que, pour les livres demandant plus qu'une première lecture, il refusait de les lire du tout. Le *Novalis* de Jean-Paul, supposons-nous, était de la première édition, non coupé, poussié-reux, et la Bibliothèque Publique le lui avait, sans doute, prêté avec empressement, si ce n'est même avec joie. Mais les temps, semblerait-il, doivent avoir consi-dérablement changé depuis lors ; en vérité, à juger des habitudes allemandes de lecture d'après les tomes en notre possession, nous déduirions une conclusion toute différente de celle de Jean-Paul ; car ce sont ceux de la quatrième édition, peut-être par conséquent ceux du dix millième exemplaire, et cet exemplaire est celui d'un Ouvrage demandant, le méritant ou non, à être plus souvent lu que presque aucun autre dont l'examen nous ait jamais incombé.

Sans entrer du tout dans les mérites de Novalis, nous pouvons observer que nous regarderions comme un heu-reux symptôme littéraire qu'une aussi solide manière d'étudier fût pratiquée çà et là dans tous les pays : car, en dépit de la plupart des « Thés intellectuels », l'on peut affirmer qu'aucun bon livre, que n'importe quelle bonne chose, ne montre de suite son meilleur côté ; bien plus,

(1) *Foreign Review*, n° 7. — *Novalis Schriften. Herausgegeben von Ludwig Tieck und Friedrich Schlegel.* (Écrits de Novalis. Edi-tés par Ludwig Tieck et Friedrich Schlegel.) Quatrième édition, 2 vols. Berlin, 1826.

que le propre, à l'ordinaire, d'une véritable œuvre d'Art,
si son excellence a quelque profondeur et quelque portée, c'est d'occasionner à première vue un certain désappointement ; peut-être même, mêlé à son indéniable
beauté, un certain sentiment d'aversion. Non que nous
voulions, par cette remarque, jeter la pierre à la vieille
corporation des Improvisateurs littéraires, ou à aucun
des membres de cette diligente confrérie, dont le métier
est de souffler des bulles de savon pour leurs semblables ;
bulles de savon, naturellement, qui, si elles ne sont pas
regardées et admirées tout de suite, seront l'instant d'a-
près complètement perdues pour les yeux des hommes.
Considérant l'utilité de ces souffleurs de bulles dans les
communautés civilisées, nous leur souhaitons plutôt des
reins solides, et toutes sortes de prospérités : mais nous
voulions simplement prétendre que cette corporation de
souffleurs de bulles ne devait pas devenir la seule et
unique en Littérature ; qu'étant incontestablement la
plus puissante, elle devait se contenter de cette prééminence, et ne point tyranniquement annihiler ses moins
prospères voisins. Car il devrait être rappelé que la Littérature a positivement d'autres buts que celui de l'amusement du moment ; et même, peut-être, que ce dernier
but, aussi glorieux qu'il puisse être, n'est point son plus
haut ni son véritable but. Aussi disions-nous qu'il faudrait retenir dans des limites la corporation des Improvisateurs ; et que les lecteurs, tout au moins une certaine
petite catégorie de lecteurs, devraient comprendre qu'il
est quelques départements de la recherche humaine
ayant encore leurs profondeurs et leurs difficultés ;
qu'abstrus n'est point précisément synonyme d'absurde ;
bien plus, que la lumière même peut être obscurité, dans
un certain état de la vue ; que, bref, des cas peuvent se
présenter où un peu de patience et quelque effort pour
penser ne seraient pas absolument superflus en lisant.
Que la foule de messieurs les écrivains quelconques se
tienne sur son terrain, et y soit heureuse et applaudie :
s'ils franchissent les limites de ce terrain, ils peuvent à
vrai dire n'en prospérer que mieux, mais le lecteur en
souffrira du dommage. Car de cette manière, un lecteur,
accoutumé à pénétrer toute chose en une seconde de

temps, en vient à oublier que sa sagesse et sa pénétration
critique sont finies et non pas infinies ; et il commet
ainsi plus d'une méprise dans ses conclusions. L'écrivain
de Revue à son tour, qui n'est à vrai dire qu'un lecteur
préparatoire, une sorte de draineur et de tamiseur travaillant à l'intention des lecteurs qui ont plus que lui les
moyens de lire pour leur plaisir, suit bientôt son exemple : lecteur et Reviewer réagissent encore davantage
sur la foule de messieurs les écrivains quelconques ; et
de la sorte, chez eux tous, avec cette action et cette réac-
tion, les choses vont de pire en pire.

Il nous semblerait plutôt que, sous le rapport de cette
conscience apportée dans la lecture, les Allemands seraient
quelque peu en avance sur nous autres Anglais ; du
moins, nous n'avons pas de preuve à montrer d'une telle
conscience comme cette quatrième édition de *Novalis*.
Le *Friend* de notre Coleridge, par exemple, et la *Bio-
graphia Litteraria* ne sont qu'une légère affaire en
comparaison de ces *Schriften;* guère plus que l'Alpha-
bet, et en lettres dorées, de la Philosophie et de l'Art ici
enseignés avec des formes de Grammaire et de Précis de
Rhétorique : pourtant les œuvres de Coleridge furent
triomphalement condamnées par le monde de la critique,
comme nettement inintelligibles ; et dans le public
lisant elles n'ont encore qu'une circulation invisible ;
comme des ruisselets d'eau vive, cachés pour le moment
sous des monceaux d'écume et de neige de théâtre en
papier, et qui seulement dans un jour éloigné, lorsque
ces monceaux se seront décomposés en gaz et en résidu
terrestre, pourront rouler à découvert en leur véritable
limpide aspect, pour égayer l'œil de tous avec ce qui
réside en eux de beauté et de fraîcheur éternelle. Il est
admis aussi, de tous les côtés, que Mr. Coleridge est un
homme de « génie », c'est-à-dire un homme ayant plus
de pénétration intellectuelle que les autres hommes ;
et, chose assez étrange, on tient pour acquis, en même
temps, qu'il a moins de pénétration intellectuelle que
n'importe quel autre. Pour quoi d'autre ses doctrines
doivent-elles être repoussées, sans examen, comme fausses
et sans valeur, si ce n'est simplement parce qu'elles sont
obscures ? Ou comment expliquer pour nos esprits leur

si palpable fausseté, si ce n'est par cette extraordinaire raison : qu'un homme apte à produire des pensées profondes (telle est la signification du génie) est inapte à les *voir*, une fois produites ; que l'intelligence créatrice d'un Philosophe est dénuée de cette simple faculté de logique qui appartient à « tous les Attorneys, et à tous les gens qui ont fait leurs études à Edimbourg » ? Le charretier de Cambridge, lorsqu'on lui demanda si son cheval pouvait « déduire des conséquences », répondit tout de suite : « Oui, tout ce qu'on voudra de raisonnable » ; mais voici, semble-t-il, un homme de génie qui n'a pas un don semblable.

Quant à nous, nous le confessons, nous sommes trop novice dans l'étude de la nature humaine pour avoir rencontré une telle anomalie. Jamais encore il ne nous est arrivé de tomber sur quelque homme de génie dont les conclusions ne correspondissent pas mieux à ses prémisses, et non pas plus mal, que celles des autres hommes ; dont le génie, quand une fois il en était venu à être compris, ne se manifestât point en une vue plus profonde, plus pleine, plus vraie de toutes choses humaines et divines, que n'y prétendait le plus clair de vos si louables « hommes pratiques ». Telle, disions-nous, a été notre uniforme expérience ; si uniforme que nous nous attendons maintenant fort peu à la voir contredite. Sans doute, le vieil argument Pythagoricien, « le maître l'a dit », a depuis longtemps cessé d'être valable : de nos jours, personne, excepté le Pape de Rome, n'est complètement exempt d'erreurs de jugement ; sans doute, un homme de génie peut se trouver adopter de fausses opinions ; il *doit* même plutôt, comme tous les autres fils d'Adam, excepté cet enviable Pape, en adopter à l'occasion. Cependant, nous tenons pour une bonne maxime : Que nulle erreur n'est pleinement réfutée avant que nous ayons vu non seulement qu'elle est une erreur, mais *comment* elle en est devenue une ; avant que, trouvant qu'elle choque les principes du vrai établis dans notre propre esprit, nous trouvions aussi de quelle manière elle a semblé s'harmoniser avec les principes du vrai établis dans cet autre esprit, peut-être si inexprimablement supérieur au nôtre. Traitées par cette méthode, il nous paraît encore, suivant une vieille parole, que les erreurs d'un homme intelligent sont littéralement plus instructives que les vérités d'un sot. Car l'homme intelligent marche dans de hautes régions, aux larges horizons ; le sot, dans des sentiers bas, bordés de hautes barrières : à mesure que nous relevons la trace des pas du premier, pour découvrir où il a dévié, des provinces entières de l'Univers s'ouvrent devant nous ; sur le chemin de l'autre, en admettant même qu'il n'ait point dévié du tout, rien, ou à peu près, ne se découvre à notre vue que deux ornières et deux haies.

Nous estimons, pour ces motifs, comme plus profitable, dans presque n'importe quel cas, d'avoir affaire à des hommes doués de profondeur qu'à des hommes superficiels : et, si c'était possible, nous ne lirions aucun livre qui n'ait été écrit par un homme de la première catégorie. Nous voudrions en aimer et vénérer tous les membres, quelque douteux qu'ils pussent nous sembler à première vue; bien plus, alors même qu'après investigation complète nous trouverions force choses à pardonner en eux. Ceux de nos lecteurs qui partagent quelque peu cette prédilection ne nous blâmeront point de leur faire connaître Novalis, un homme du plus indiscutable talent poétique et philosophique; dont les opinions, pour extraordinaires, pour tout à fait extravagantes même et dénuées de fondement qu'elles paraissent souvent, ne sont point sans avoir une stricte cohérence dans son propre esprit, et mèneront tout autre esprit qui les examinera consciencieusement à des considérations infinies; suscitant les plus étranges recherches, des vérités nouvelles, ou de nouvelles possibilités de vérité, tout un monde inattendu de pensées, où, soit pour la croyance, soit pour la négation, les plus profondes questions nous attendent.

Dans ce qu'on appelle rendre compte d'un livre comme celui-ci, nous discernons que deux méthodes se présentent à l'artisan judicieux. La première et la plus commode consiste, pour le Critique, à se jucher résolument, pour ainsi dire, sur les épaules de son Auteur, et, là, paraître le commander et le regarder de haut par naturelle supériorité de stature. Quoi que dise ou fasse le grand homme, le petit homme en dissertera d'un air entendu et avec une légère moquerie condescendante ; professant, avec beaucoup de sarcasme couvert, que ceci et cela est au-delà de *sa* compréhension, et demandant finement à ses lecteurs s'ils le comprennent ! En ceci, il sera grandement aidé si, outre sa description, il peut citer quelques passages qui, dans leur état détaché et pris fort probablement selon une acception complètement faussée des termes, résonneront étrangement, et même, pour certains auditeurs, absurdement. Toutes ces choses seront assez faciles, s'il apporte quelque habileté dans son affaire, et il s'adresse à l'auditoire qu'il faut ; les vérités, selon le train de ce monde, n'étant vraies que pour ceux-là qui en ont *quelque* intelligence ; et, par exemple, il peut y avoir, dans les Bois du Yorkshire et les Entrepôts de charbon de la Tamise, force bonnes gens qui, si vous leur lisiez le Trente-neuvième des *Principia* (1), « exprimeraient leur compréhension par un rire allant d'une oreille à l'autre ». D'un autre côté, si notre Critique rencontre quelque passage dont la sagesse, profonde, claire et palpable pour le plus simple, pourrait occasionner des craintes chez le lecteur, comme de ne pas rendre justice à un homme d'un talent à demi-ignoré, dont il vaudrait peut-être mieux s'émerveiller que se gausser, notre critique, ou bien le supprime, ou bien, le citant avec un air d'impartialité méritoire, réclame de son auteur, d'un ton de commandement et d'encouragement, qu'il mette de côté ses lubies transcendantales et qu'il écrive toujours de la sorte, moyennant quoi *il* l'admirera. Là-dessus, le lecteur se sent réconforté, va comme sur des roulettes jusqu'à la conclusion de l' « Article », et l'achève dans le sentiment satisfait, non seulement que lui et le Critique comprennent cet homme, mais encore qu'avec quelques traits d'imagination et autres choses dans ce goût l'homme n'est guère mieux qu'une masse vivante de ténèbres.

C'est ainsi que le petit Critique triomphe des grands Auteurs, mais c'est le triomphe d'un sot. C'est ainsi encore qu'il se recommande à certains lecteurs, mais

---

(1) Les *Philosophiæ naturalis principia mathematica,* de Newton.

c'est la recommandation d'un parasite, et non d'un vrai
serviteur. Le serviteur aurait, en cette circonstance, dit
la vérité ; la vérité, pour qu'elle pût profiter, toute rude
qu'elle fût : le parasite flagorne son maître avec d'agréa-
bles propos, afin de pouvoir lui escamoter des applaudissements et certaines « guinées par feuille » ; substi-
tuant à l'ignorance, qui était inoffensive, l'erreur, qui
ne l'est point. Et pourtant, pour le lecteur vulgaire,
c'est assez naturel, cette onction flatteuse est pleine de
soulagement. En fait, pour un lecteur de cette espèce,
peu de choses peuvent être plus inquiétantes que de
découvrir que sa petite Paroisse, à lui, où il vivait si
borné et si absolu, n'est *pas,* après tout, l'Univers tout
entier ; qu'au delà de la colline qui abritait sa maison
du vent d'Ouest et faisait pousser si tranquillement ses
légumes, il y a d'autres collines et d'autres hameaux, des
montagnes même et des cités flanquées de tours ; toutes
choses avec lesquelles il doit sur-le-champ, s'il veut continuer à passer pour un géographe, faire en sorte de se
familiariser. Et c'est alors que le Critique, souvent son
voisin dans la même Paroisse, est un homme précieux ;
il le mène aimablement au haut de la colline ; lui montre
qu'à vrai dire il y a, ou qu'il semble y avoir, d'autres
espaces, ceux-là aussi d'une étendue illimitée ; mais
uniquement avec des montagnes de nuées et des cités
fantasmagoriques ; le véritable caractère de cette région
étant la Vacuité, ou tout au mieux celui d'un désert pier-
reux habité par des Griffons et des Chimères.

Sûrement, si imprimer n'est point, comme propos
de courtisan, « l'art de dissimuler sa pensée », tout ceci
doit être assez blâmable. Est-ce le vrai métier du Critique d'être le complaisant de son lecteur, de sa paresse,
de sa suffisance, de tout ce qu'il a de stupidité méprisante ; se prêtant avec zèle à ces tendances ; opposant
avec soin des clôtures à toutes les nouvelles troublantes
qui pourraient envahir ce paradis d'imbécile ? Est-il le
prêtre de la Littérature et de la Philosophie, chargé
d'interpréter leurs mystères à l'homme ordinaire ; lui
apprenant, en consciencieux prédicateur, à comprendre
ce qui est fait pour son entendement, à respecter ce
qui est fait pour de plus hauts entendements que le

sien ? Ou bien est-il simplement le valet de la Sottise, s'efforçant pour certains gages, payés en pouding ou en éloges, au mois ou au trimestre, de perpétuer le règne de la présomption et de la trivialité sur la terre? S'il est ce dernier, ne doit-on pas lui conseiller de s'arrêter un instant, et de se demander sérieusement si le dénûment serait pire ou serait meilleur qu'une telle existence de chien ?

Notre lecteur s'aperçoit que notre intention est d'adopter l'autre méthode en ce qui concerne Novalis; que notre désir est moins de le prendre de haut avec cet homme grandement doué, que de parvenir à nous faire quelque idée de lui; que nous considérons sa manière d'être et de penser comme très singulière, mais non point comme nécessairement très méprisable, par conséquent; comme une chose, en fait, digne d'examen, et, plus que bien d'autres, difficile à examiner sagement et avec profit. Que personne n'espère que, dans cette occasion, Samson va être exhibé, aveugle et garrotté, pour qu'on s'en amuse. Et même, ceci ne serait-il point la mort, au sens spirituel, ce qui serait certainement dommage, pour le petit homme lui-même ? Car cette habitude de ricaner à toute grandeur, de rabaisser de force toute grandeur à son niveau, à lui, n'est-elle pas la principale cause qui rend ce niveau si peu digne de considération ? Advienne que pourra, nous n'avons point ici de rosée rafraîchissante pour la vanité du petit homme; bien plutôt même, en frères charitables et en compagnons d'infortune soumis au même mal, nous porterions joyeusement la serpe dans cette drue végétation de vanité, qui a poussé tout autour de lui, et la faucherions totalement, pour qu'ainsi le véritable aspect du monde et son propre véritable aspect ne lui fussent pas plus longtemps entièrement cachés. Mais ce frère refuse, faute d'un tel appât, de nous accompagner ? Qu'il n'en accepte pas moins nos meilleurs vœux, et reste tranquille chez lui.

Ce n'est pas tout : au petit nombre de personnes de bonne foi qui nous suivent encore en cette occasion, nous sommes tenus, en toute justice, de dire que, loin de le prendre de haut avec Novalis, nous ne pouvons nous mettre, ni elles ni nous-même, à son niveau. Expliquer une aussi étrange individualité, produire un esprit de cette profondeur et de cette singularité devant l'esprit de lecteurs qui lui sont si étrangers en tous sens, serait une vaine prétention de notre part. Avec la meilleure volonté et après des efforts répétés, nous ne sommes parvenu à nous faire pour nous-même qu'une faible idée de Novalis : ses Livres se présentent à nous avec toutes sortes de désavantages; ils sont les œuvres posthumes d'un homme mort tout jeune, alors que ses opinions, loin d'être mûres pour l'attention publique, s'offraient encore frustes et décousues à sa propre attention; étaient notées pour la plupart sous forme d'aphorismes détachés, « dont aucun », dit-il lui-même, « n'était sans vérité ou sans importance pour son propre esprit », mais qui demandaient naturellement à être remodelés, développés, condensés, à mesure que la matière se serait de plus en plus débrouillée en une logique unité; fragments tout au plus d'un vaste ensemble qu'il ne réalisa point, n'ayant point vécu. Si ses éditeurs, Friedrich Schlegel et Ludwig Tieck, refusèrent de commenter ces Ecrits, nous pouvons bien être excusé de refuser de le faire. « Ce ne « saurait être ici notre but », dit Tieck, « de recommander « les présentes œuvres, ou de les juger, dans la proba- « bilité que tout jugement porté en l'état actuel des « choses serait un jugement prématuré et imparfait : « car un esprit d'une telle originalité doit être d'abord « compris, sa volonté saisie, et son intention affectueuse « sentie et assurée de réciprocité; de sorte que, jusqu'à « ce que ses idées aient pris racine dans d'autres es- « prits et produit de nouvelles idées, nous ne saurions « voir nettement, d'après l'ordre historique, quelle « place il occupa lui-même, et quelle relation de lui à « son pays il y eut exactement. »

Cependant, Novalis est une figure d'une telle importance dans la Littérature Allemande qu'aucun de ceux qui étudient cette Littérature ne peut passer près de lui sans y faire attention. Si nous n'avons pas à essayer d'interpréter cette Œuvre pour nos lecteurs, nous devons du moins en faire remarquer l'existence, et, autant que nous sachions, montrer à ceux qui s'y intéressent comment ils peuvent y pousser plus loin leurs investigations pour leur propre profit. Dans ce but, il se pourra que nous laissions notre auteur parler surtout lui-même ; joignant seulement telles interprétations indispensables, même pour l'intelligibilité verbale, et dans la mesure où nous pourrons nous porter garant avec quelque degré de confiance. Comme base de nos recherches, nous faisons connaître d'abord quelques particularités de sa brève existence ; c'est une part de notre travail que nous rend facile le clair et délicat récit de Tieck, donné comme « Préface de la Troisième Édition ».

Frédéric de Hardenberg, plus connu en Littérature sous le pseudonyme de « Novalis », naquit le 2 mai 1772, dans une maison de campagne de sa famille, sise dans le Comté de Mansfeld, en Saxe. Son père, qui avait été militaire dans sa jeunesse, et qui gardait encore un goût pour cette profession, était à cette époque Directeur des Salines de Saxe, office auquel s'attachaient certain crédit et certaine dignité considérables. « C'était, dit « Tieck, un homme vigoureux, infatigablement actif, « d'un caractère ouvert, résolu, un véritable Allemand. « Ses sentiments religieux en firent un membre de la « Communauté des Frères Moraves ; mais son naturel « resta toujours gai, franc, bourru et sans façon. » La mère aussi était d'un mérite distingué ; « un modèle de piété noble et de douceur chrétienne »; vertus que sa vie lui donna depuis mainte occasion d'exercer.

Sur le jeune Frédéric, que nous continuerons d'appeler Novalis, les qualités de ses parents doivent avoir exercé une influence plus qu'ordinaire ; car il fut élevé d'une manière très retirée, à peu près sans autres compagnons qu'une sœur d'un an plus âgée et deux frères cadets. Une disposition religieuse prononcée semble avoir été commune, sous maintes formes bienfaisantes, à toute la famille : en Novalis surtout elle fut toujours le principe directeur dans la vie ; se manifesta non moins dans ses spéculations scientifiques que dans ses sentiments et dans sa conduite. On dit que, dans son enfance, il se fit surtout remarquer par l'entière, enthousiaste affection avec laquelle il aimait sa

mère ; et par une certaine humeur silencieuse, solitaire,
telle qu'il ne prenait pas de plaisir aux jeux de garçons et
évitait plutôt la société des autres enfants. Tieck mentionne que, jusqu'à sa neuvième année, on ne remarqua
en lui aucune vivacité d'intelligence ; mais à cette époque, chose assez étrange, certaine violente maladie bi-
liaire, qui l'avait presque annihilé, sembla éveiller ses
facultés à une vie propre, et il devint l'écolier ayant le
plus de facilité et d'empressement dans toutes les branches de ses études.

Dans sa dix-huitième année, après quelques mois de
préparation dans quelque *Gymnasium*, seule instruction
qu'il semble avoir reçue dans une école publique, il se
rendit à Iéna et y resta trois ans. Après quoi il passa un
laps de temps à l'Université de Leipzig, et un autre,
« pour compléter ses études », à celle de Wittemberg.
C'est, semble-t-il, à Iéna qu'il fit la connaissance de
Friedrich Schlegel ; là aussi, supposons-nous, qu'il
étudia sous Fichte. Il conçut pour ces deux hommes
une admiration et une affection grandes ; et l'un et l'autre exercèrent, c'est certain, « une grande et durable
influence sur toute sa vie ». Fichte, particulièrement,
dont la haute éloquence et le pur et calme enthousiasme
le rendaient, a-t-on dit, irrésistible comme enseigneur (1), avait complètement gagné Novalis à ses doctrines ; et, en effet, la *Wissenschaftslehre*, « qu'il étudia », nous dit ce dernier, « avec un zèle infatigable »,
paraît avoir été le fondement de toutes ses futures spéculations en Philosophie. Outre les recherches métaphysiques,
et l'acquit d'usage en littérature classique, Novalis semble « s'être attaché avec ardeur aux Sciences Physiques,
et aux Mathématiques, leur base » : de bonne heure, il
avait beaucoup lu l'Histoire, « avec une ardeur extraordinaire » ; les Poèmes avaient été de longue date « les
délices de ses loisirs » ; particulièrement cette espèce dé-
nommée *Mœhrchen* (Contes traditionnels), qui eut jus-

(1) Schelling, avons-nous appris, rend compte, de la façon suivante, de Fichte et de sa *Wissenschaftslehre* (*Doctrine de la
Science*) : « La Philosophie de Fichte était comme l'éclair ; elle n'apparaissait qu'un instant, mais elle allumait un feu qui devait brûler
toujours. » (Note de Carlyle.)

qu'à la fin sa prédilection ; et cela avait été aussi, presque dès l'enfance, son amusement préféré de lire de
telles compositions, et même d'en réciter, de sa propre
invention. Il a laissé un remarquable morceau de cette
espèce, inséré dans *Heinrich von Ofterdingen*, sa principale œuvre littéraire.

Mais le temps était venu, où l'étude devait être subor-
donnée à l'action, et où il fallait se décider sur ce qu'on
appelle une profession. Quand éclata la guerre avec la
France, Novalis avait été pris d'un goût violent et tout à
fait inattendu pour la vie militaire : cependant, les arguments et les pressantes instances de ses amis finirent par
avoir raison de cette lubie ; il semble avoir été décidé qu'il
exercerait l'état de son père ; et de la sorte, vers la fin de
1794, il se retira à Arnstadt, en Thuringe, « pour se
former aux affaires pratiques sous le Kreis-Amtmann
Just ». Dans ce *Kreis-Atmmann* (Administrateur du
Cercle)(1), il trouva un sage et bienveillant ami ; il s'ap-
pliqua honnêtement à son affaire ; et il se peut qu'il
n'ait prévu, dans tous ses calculs sérieux, qu'une vie
aussi unie et ordinaire que l'avaient été ses années passées. Une circonstance, et celle-ci aussi d'un genre non
extraordinaire, semble, d'après l'opinion de Tieck, avoir
modifié la forme entière de son existence.

Ce fut peu de temps après son arrivée à Arnstadt, qu'il fit,
dans une maison de campagne du voisinage, la connaissance
de Sophie von K. — Le premier regard de cette beauté gracieuse et merveilleusement séduisante fut décisif pour toute
sa vie ; nous dirons même que le sentiment, qui maintenant
le pénétrait et l'inspirait, fut la substance et l'essence de sa
vie tout entière. Parfois, dans la physionomie et le visage d'un
enfant, il y a une expression que sa beauté trop angélique,
trop éthérée nous force d'appeler non terrestre, céleste ; et
d'ordinaire, à l'aspect de ces purs et presque diaphanes visages, il nous vient une crainte qu'ils ne soient trop tendres et
trop délicatement formés pour cette vie ; que ce ne soit la
Mort, ou l'Immortalité, qui, du fond de ces yeux lumineux,
nous considère si expressivement ; et trop souvent un rapide
déclin change en certitude notre triste pressentiment. Encore
plus impressionnantes sont de telles créatures, lorsqu'elles

(1) Division territoriale.

ont heureusement dépassé leur premier âge, et qu'elles se présentent à nous épanouies en la première fleur de la virginité. Toutes les personnes qui ont connu la merveilleuse amie de notre ami s'accordent à dire que rien ne peut donner une idée de la grâce et de la céleste harmonie qui accompagnaient la belle créature, de la beauté qui brillait en elle, de la douceur et de la majesté dont elle était nimbée. Novalis devenait poète toutes les fois qu'il lui arrivait de parler d'elle.Elle avait accompli sa treizième année lorsqu'il la vit pour la première fois : le printemps et l'été de 1795 furent l'époque radieuse de sa vie ; tout le temps que ses occupations lui laissaient, il le passait à Grüningen : et vers la fin de cette même année il obtint des parents de Sophie promesse de leur consentement futur.

Malheureusement, d'ailleurs, ces jours sereins durèrent trop peu. Bientôt après ceci, Sophie tomba dangereusement malade « d'une fièvre, accompagnée de douleurs au côté » ; et son amoureux eut à redouter les pires conséquences. Peu à peu, il est vrai, la fièvre la laissa ; mais non la douleur, « qui, par sa violence, lui gâta encore plus d'une belle heure », et donna lieu à diverses appréhensions, bien que le médecin assurât que cela n'avait pas d'importance. En partie satisfait de ce pronostic favorable, Novalis était allé à Weissenfels, chez ses parents ; et les occupations ne lui manquèrent pas, étant maintenant nommé Auditeur dans le service dont son père était le Directeur : pendant tout l'hiver, les nouvelles de Grüningen furent favorables ; au printemps il fit lui-même visite à la famille, et trouva sa Sophie, selon toute apparence, bien. Mais soudain, en été, ses espérances et ses occupations furent suspendues par la nouvelle qu' « elle était à Iéna, et avait subi une opération chirurgicale ». Son mal consistait en un abcès au foie : elle avait exprimé le désir qu'on ne lui parlât point du danger où elle était avant que le pire fût passé. Le chirurgien d'Iéna faisait espérer une guérison, bien que lente ; mais au bout de peu de temps l'opération dut être recommencée, et l'on pouvait craindre à présent que les forces de la patiente ne fussent par trop épuisées. La jeune fille supporta tout cela avec un courage inaltérable et la plus souriante résignation : sa mère et sa sœur, Novalis, avec ses parents et deux de ses frères, tous suivant avec un intérêt profond l'événement, faisaient tout leur possible pour l'encourager. En décembre, sur son désir, elle revint chez elle ; mais il était évident qu'elle devenait de plus en plus faible. Novalis allait et venait entre Grüningen et Weissenfels, où il trouvait aussi un logis désolé ; car Erasme, un de ses deux frères, était depuis longtemps malade, et l'on croyait à présent qu'il allait mourir.

Le 17 mars, dit Tieck, était le quinzième anniversaire de sa Sophie ; et le 19, vers midi, elle mourut. Personne n'osait annoncer cette nouvelle à Novalis ; enfin, son frère Charles s'en chargea. Le pauvre jeune homme s'enferma, et après trois jours et trois nuits de pleurs, il partit pour Arnstadt, afin d'être là, avec son véritable ami (1), près du lieu où maintenant reposaient les restes de ce qui lui était le plus cher. Le 14 avril, son frère Erasme aussi quitta ce monde. Novalis écrivit pour informer de l'événement son frère Charles, qui avait été obligé de faire un voyage en Basse-Saxe : « Aie du courage », dit-il, « Erasme a prévalu ; les fleurs de notre belle guirlande ne tombent ici, une à une, que pour être réunies dans l'Au-delà, avec plus de grâce et pour toujours. »

Parmi les papiers publiés dans ces volumes sont trois lettres, écrites vers ce temps, qui indiquent tristement l'état d'esprit de l'auteur. « Le Soir s'est fait autour de moi », dit-il, « alors que je regardais encore la rougeur « du Matin. Mon chagrin est sans bornes comme mon « amour. Depuis trois ans, elle a été ma pensée de « chaque heure. Elle seule m'attachait à la vie, au pays, « à mes occupations. Avec elle j'ai tout quitté ; car c'est « à peine désormais si je me sens *moi-même*. Mais le « Soir est venu ; et j'éprouve comme si j'avais à me « mettre en voyage de bon matin : aussi voudrais-je « bien me reposer et ne voir que des visages amis au- « près de moi ; — je voudrais vivre tout-à-fait selon son « esprit, être aussi doux et tendre de cœur qu'elle l'é- « tait. » Et encore, quelques semaines plus tard : « Je « vis de l'ancienne vie disparue, ici, en une silencieuse

(1) Just, l'administrateur du Cercle.

« méditation. J'ai eu vingt-cinq ans hier. Je suis allé à
« Grüningen, et je me suis tenu près de son tombeau.
« L'endroit est sympathique ; clos d'une simple balus-
« trade blanche ; il se trouve à part, et haut. Il y a là
« une place tranquille. Le village, avec ses jardins en
« fleurs, s'appuie au flanc de la colline ; et çà et là l'œil
« se perd dans les lointains bleus. Je sais que vous au-
« riez aimé à vous trouver près de moi, à fixer une à une
« les fleurs, que j'ai reçues en présent d'anniversaire,
« dans le tertre de son tombeau. Il y a maintenant
« deux ans, elle me fit un gai présent, un drapeau avec
« la cocarde nationale. Aujourd'hui, ses parents m'ont
« donné les menus objets qu'elle avait reçus, joyeuse-
« ment encore, à son dernier anniversaire. Ami, —
« c'est toujours le Soir, et bientôt ce sera la Nuit. Si
« vous partez, pensez à moi, et visitez, quand vous re-
« viendrez, la tranquille demeure, où votre Ami repo-
« sera pour toujours, avec les cendres de sa bien-aimée.
« Adieu ! » — Cependant, un calme singulier lui vint :
des profondeurs mêmes de son chagrin, il s'éleva une
paix, une joie pure comme il n'en avait encore jamais
connu.

A cette époque, observe Tieck, Novalis vivait uniquement
pour son chagrin : il était naturel, pour lui, de regarder le
monde visible et le monde invisible comme un seul monde, et
de ne distinguer la Vie de la Mort que par le désir qu'il avait
de celle-ci. En même temps aussi, la vie devenait pour lui une
vie magnifiée ; et tout son être se perdait comme en la brillante et consciente vision d'une Existence supérieure. La
sainteté de la Douleur, l'amour senti au fond du cœur, le
pieux désir de la mort, voilà ce qui doit nous expliquer son
caractère et toutes ses conceptions : et il semble possible que
cette époque, avec ses profonds chagrins, ait mis en lui le
germe de la mort, en supposant que ce ne fût point, dans tous
les cas, son sort de nous être si tôt ravi.

Il resta plusieurs semaines en Thuringe ; et il revint, apaisé
et vraiment purifié, à ses occupations, dont il s'acquitta avec
plus de zèle que jamais, bien qu'il se regardât maintenant
comme un étranger sur la terre. C'est dans cette période que
se placent, quelques-unes au début, beaucoup à la fin, spécialement dans l'automne de cette année, la plupart de ces compositions que nous donnons ici au public, en manière d'extraits

et de morceaux choisis, sous le titre de *Fragments* ; de même pour *les Hymnes à la Nuit.*

Tel est l'exposé que notre Biographe fait de cette circonstance, et des conclusions importantes où elle l'a conduit. Nous l'avons reproduit avec tout ce détail, et presque dans les termes mêmes du texte, pour mieux mettre nos lecteurs à même de juger sur quels motifs Tieck appuie son opinion : Que là se trouve la clef de toute l'histoire spirituelle de Novalis, que « le sentiment qui maintenant le pénétrait et l'inspirait peut passer pour avoir été la substance de sa Vie ». Il nous conviendrait mal de contredire un homme si bien qualifié pour juger de tous les sujets, et qui se trouvait dans de si bonnes conditions pour se former un jugement juste sur ceci : cependant nous pouvons dire que, pour nos esprits à nous, tout bien considéré, la certitude de cette hypothèse n'est nullement évidente. Ou plutôt, c'est peut-être à l'expression, au langage trop déterminé et trop exclusif où l'hypothèse est formulée, qu'iraient nos objections ; car nous ne pouvons faire autrement que de croire, tant la vérité en l'espèce est claire, que Tieck lui-même consentirait à modifier son exposé. Que toute l'existence philosophique et morale d'un homme comme Novalis ait été façonnée et déterminée par la mort d'une jeune fille, presque d'une enfant, que rien, autant qu'on en peut juger, ne distinguait spécialement, sauf sa beauté, laquelle doit avoir été en tout cas très passagère, — ceci semblera sans doute à chacun un singulier enchaînement. Nous ne pouvons nous empêcher de penser que quelque résultat exactement semblable comme effet moral aurait pu être atteint par bien des moyens différents ; bien plus, que, par un moyen ou par l'autre, il n'aurait pas manqué d'être atteint. Pour des esprits comme Novalis, le bonheur terrestre n'est, en aucun cas, si doux et si constant qu'il n'enseigne peu à peu la grande doctrine de l'*Entsagen*, du « Renoncement », par qui seul, comme l'a observé un sage bien connu de Herr Tieck, « l'on peut vraiment dire que commence le réel début dans la Vie ». L'expérience, le grand maître d'école, semble avoir enseigné de bonne heure cette doctrine à Novalis, par l'échec de son premier désir passionné ; et là gît la réelle influence de Sophie von K. sur son caractère ; influence, imaginons-nous, que maintes autres choses auraient pu et dû aussi bien exercer ; car c'est moins la sévérité de l'Enseigneur que l'aptitude de l'Elève qui fait la sûreté de la leçon ; et les effets purifiants de l'Espoir frustré, de l'Affection qui en ce monde sera toujours sans asile, ne dépendent pas non plus de la valeur ou de l'amabilité de ses objets, mais de celle du cœur qui la nourrissait, et qui peut tirer une douce sagesse d'un si dur désappointement. Nous ne disons pas que Novalis continua d'être comme si cette jeune fille n'eût point existé ; les causes et les effets reliant chaque homme et chaque chose à chaque autre s'étendent d'un bout à l'autre du Temps et de l'Espace ; mais il semble certainement injuste de le représenter comme aussi complètement docile en la main du Hasard ; un simple pipeau sur lequel le Sort pût jouer des airs, et qui rendait une mystique, profonde, presque surnaturelle mélodie, simplement parce qu'une jeune femme était belle et mortelle.

Nous nous sentons d'autant plus fondé dans cette critique au cœur dur et si peu romanesque, en lisant le passage immédiatement suivant du Récit de Tieck. De suite après ces circonstances, Novalis se rend à Freyberg ; et là, en 1798, par conséquent à peine un peu plus ou un peu moins d'un an après la mort de sa première amie, il fait la connaissance, et devient le fiancé, d'une certaine « Julie von Ch... » ! A vrai dire, toujours depuis et jusqu'au bout, sa vie paraît avoir été plus que d'habitude gaie et heureuse. Tieck ne sait trop quoi dire de ces fiançailles, qui doivent avoir un air si choquant pour tous les lecteurs de romans : il admet qu' « elles sembleront peut-être singulières à tout le monde en dehors de ses amis intimes » ; il affirme, néanmoins, que « Sophie, comme on peut le voir d'ailleurs par ses écrits, « continua d'être le centre de ses pensées ; et même que, « disparue, elle était plus haut placée dans son respect « que lorsqu'elle était visible et là » ; et se dépêchant de passer outre, presque comme sur un sujet scabreux, il déclare que Novalis éprouvait cependant comme l'impression « que l'amabilité de l'esprit et du caractère pouvait en quelque mesure réparer sa perte »; et il nous laisse de la sorte à nos réflexions sur la chose. Nous considérons ceci comme jetant un jour sur la critique plus haut faite, et comme mettant de grandes réserves à notre acceptation de la théorie de Tieck. Mais peut-être, après tout, est-ce dans un Roman de la Collection Minerva, ou aux Imaginations d'une tendresse particulière, qu'une telle conduite semblerait très blâmable. La constance, dans son vrai sens, peut être appelée la racine de toute excellence; spécialement excellente est la constance dans le bien-faire actif, dans l'assistance amicale envers ceux qui nous aiment, et envers ceux qui nous haïssent : mais la constance dans la souffrance passive, par contre, en dépit de la haute valeur qu'on lui attribue dans les Bibliothèques Circulantes, est une vertu distinctement inférieure, plutôt un hasard qu'une vertu, et elle est en tous cas d'une extrême rareté en ce monde. Pour Novalis, sa Sophie pouvait encore être comme une présence sainte, triste et inexprimablement douce, faite pour être adorée dans le plus intime sanctuaire de sa mémoire : mais un culte de cette sorte n'est point la seule affaire de l'homme; aussi ne censurerions-nous pas Novalis de sécher ses pleurs, et de nouveau de regarder avec espoir devant lui sur la terre, qui est encore, comme elle l'était avant, le plus étrange composé de mystère et de lumière, de joie aussi bien que de douleur. « La Vie appartient au vivant; et celui qui vit doit être prêt aux vicissitudes. » La circonstance discutable chez Novalis est peut-être sa trop grande rapidité à faire une seconde cour : faute ou malheur qui doit être d'autant plus regretté que ce mariage aussi devait rester à l'état de projet et que Novalis ne devait en avoir que l'avant-goût.

C'est dans le but d'étudier la minéralogie, sous le fameux Werner, que Novalis s'était rendu à Freyberg. Il avait un grand penchant pour cette science, comme à vrai dire pour toutes les sciences physiques, qu'il semble, à en juger par ses écrits, avoir approfondies d'après un grand et original principe, fort différent tant de celui de nos vains faiseurs de théories et de généralisations,

que de celui de cette catégorie encore plus mélancolique
de gens qui simplement « collectionnent les faits » et,
pour la torpeur ou l'extinction totale de la faculté pensante, s'efforcent de s'arranger en recourant à l'usage
plus assidu du chalumeau et du goniomètre. Le commencement d'un ouvrage, intitulé *les Disciples à Saïs*,
qui devait être, nous apprend Tieck, un « Roman de
philosophie naturelle (1) », fut écrit à Freyberg, à cette
époque : mais il resta inachevé, interrompu ; et il se
présente à nous maintenant comme un très mystérieux
fragment, découvrant des profondeurs scientifiques, où,
faute de lumière, notre œil ne peut pénétrer, et que
nous avons encore moins de moyens de sonder et de
mesurer exactement. Les divers aperçus hypothétiques
sur la « Nature », c'est-à-dire sur la Création visible,
placés ici dans la bouche de plusieurs « Disciples »,
diffèrent plus ou moins, presque tous, de tout ce que
nous avons jamais rencontré ailleurs. Nous aurons ci-
après l'occasion de nous référer plus particulièrement à
cet ouvrage.

Les relations que Novalis noua, peu après ceci, avec
Schlegel l'aîné (Auguste Wilhelm), et plus encore celles
avec Tieck, dont il fit aussi la première rencontre à
Iéna, semblent avoir opéré une diversion considérable
dans l'ordre de ses études. Tieck et les Schlegel, avec
quelques associés moins actifs, parmi lesquels l'on trouve
maintenant Wackenroder et Novalis, étaient alors engagés dans leur fameuse campagne contre la Sottise, ou
ce qui s'appelait soi-même la « Vieille Ecole » littéraire ;
vieille et plutôt méprisable « Ecole », qu'ils avaient
déjà, tant par une guerre en règle que par des guéril-
las, réduite à un grand embarras ; et, de fait, on les
considère comme ayant, en définitive, réussi à l'extirper
complètement, ou tout au moins à la ramener aux frontières mêmes de sa Cimmérie native. C'est, semble-t-il,
dans ce groupe d'hommes que Novalis se produisit pour
la première fois publiquement comme écrivain : certains

(1) « Physical Romance. » Nous empruntons ici l'interprétation
de M. Henri Albert, dans sa préface à la traduction d'*Henri d'Ofterdingen*, de MM. Paul Morisse et Georges Polti.

de ses *Fragments*, sous le titre de *Blüthenstaub* (Pollen), ses *Hymnes à la Nuit* et diverses compositions poétiques furent donnés dans le *Musen Almanach* de F. Schlegel et autres périodiques ayant la même direction ou une direction amie. Novalis lui-même semble dire que ce fut surtout l'influence de Tieck qui « réveilla la Poésie en lui ». Quant à la réception que ces morceaux trouvèrent, nous n'avons point de renseignement : cependant, Novalis paraît avoir été ardent et diligent dans sa nouvelle entreprise, comme dans ses anciennes ; et non moins heureux que diligent.

Dans l'été de 1800, dit Tieck, je le vis pour la première fois, durant une visite à mon ami Wilhelm Schlegel ; et notre connaissance devint bientôt la plus confiante amitié. Ce furent de beaux jours, ces jours que nous passâmes avec Schlegel, Schelling et quelques autres amis. A mon retour chez moi, j'allai le voir chez lui et fis connaissance avec sa famille. C'est là qu'il me lut *les Disciples à Saïs* et plusieurs de ses *Fragments*. Il m'escorta jusqu'à Halle ; et nous jouîmes à Giebichenstein, dans la maison de Riecchardts, de quelques autres heures délicieuses. Vers ce temps, la première idée de son *Ofterdingen* lui était venue. Durant une période plus ancienne, certains de ses *Chants spirituels* avaient été composés : ils devaient faire partie d'un livre d'Hymnes chrétiens, auquel il avait l'intention de joindre une collection de sermons. Pour le reste, il était fort diligent dans ses occupations professionnelles ; tout ce qu'il faisait, il le faisait avec conscience ; la plus petite affaire n'était pas insignifiante pour lui.

Les occupations professionnelles auxquelles il est fait allusion ici semblent lui avoir laissé beaucoup de loisir, la latitude de fréquents changements de place, et même de résidence. Peu de temps après, nous le trouvons « vivant durant un bon laps de temps dans un endroit « solitaire de la Plaine d'Or, en Thuringe, au pied du « Kyffhæuser » ; ayant pour principale société deux officiers de l'armée, généraux par la suite ; « solitude où fut écrite une grande partie de son *Ofterdingen.* » Le premier volume de cet *Heinrich von Ofterdingen*, une sorte de roman artistique (1), qui devait être, disait-il lui-

(1) Art-Romance.

même, une « Apothéose de la Poésie », fut bientôt publié; dans quelles circonstances, ou avec quel résultat, nous n'avons pas, non plus que précédemment, de renseignement là-dessus. Tieck avait pendant quelque temps résidé à Iéna, et vu longuement Novalis à différentes reprises. Se préparant à quitter ce lieu, il vint lui faire une visite d'adieu à Weissenfels; il le trouva « quelque « peu plus pâle », mais plein de gaîté et d'espoir; « plein « des plans de son futur bonheur; sa maison était déjà « toute prête; dans quelques mois il allait se marier : il « parla avec non moins d'entrain du prompt achèvement « d'*Ofterdingen*, et d'autres livres; sa vie semblait s'é- « panouir en une activité et un amour très féconds ». C'était en 1800 : quatre ans plus tôt Novalis avait désiré et attendu la mort, mais l'heure n'en était point venue pour lui ; maintenant la vie de nouveau est féconde et largement déployée sous ses yeux, et sa fin est toute proche. Tieck le quitta, et ce devait être pour toujours.

Dans le courant du mois d'août, Novalis, se préparant à son voyage à Freyberg en une si heureuse occasion, fut alarmé par une apparition de sang provenant des poumons. Le médecin traita cela comme une chose sans importance; cependant, le mariage fut retardé. Il se rendit à Dresde, avec ses parents, pour prendre consultation ; il demeura là quelque temps sans que son état s'améliorât; en apprenant la mort accidentelle d'un jeune frère à la maison, il se rompit un vaisseau sanguin ; et le docteur alors déclara sa maladie incurable. Ceci, comme cela arrive dans ces maladies, n'était nullement l'opinion du patient; il exprima le désir d'essayer d'un climat plus chaud, mais on le jugea trop faible pour le voyage. En janvier (1801) il retourna chez lui, déclinant rapidement, ce qui était visible pour tout le monde, excepté pour lui-même. Sa fiancée était déjà allée le voir, à Dresde. Nous pouvons citer Tieck pour le reste :

Plus il approchait de sa fin, et plus il attendait avec confiance une prompte guérison; car la toux diminuait, et, excepté la langueur, il ne se sentait pas malade. Avec l'espoir et l'amour de la vie, un talent nouveau et des forces fraîches semblaient aussi s'éveiller en lui ; il pensait, avec un redoublement d'amour, à tous ses travaux projetés ; il décidait de récrire *Ofterdingen* d'un bout à l'autre ; et, peu avant sa mort, il dit en une occasion : « Jamais jusqu'ici je n'ai su ce qu'était la poésie ; des chants et des poëmes innombrables, et d'un caractère tout différent de toutes mes productions précédentes, se sont élevés en moi. » A partir du dix-neuf mars, jour anniversaire de la mort de sa Sophie, il devint visiblement plus faible ; plusieurs de ses amis le visitèrent ; et il ressentit une grande joie lorsque, le vingt-un, son bon et vieil ami, Friedrich Schlegel, vint le voir d'Iéna. Il eut avec lui une longue causerie ; surtout sur leurs opérations littéraires, à chacun d'eux. Durant ces jours, il était très en train ; ses nuits aussi étaient tranquilles, et il jouissait assez d'un bon sommeil. Le vingt-cinq, vers six heures du matin, il se fit apporter par son frère certains livres, pour chercher quelque chose ; puis il commanda son déjeuner, et causa avec bonne humeur jusqu'à huit heures ; vers neuf heures, il pria son frère de lui jouer un peu du clavecin, et il s'endormit pendant le morceau. Friedrich Schlegel, peu après, entra dans la chambre, et le trouva dormant paisiblement ; ce sommeil dura jusqu'à près de midi, moment où, sans le plus léger mouvement, il trépassa, gardant, resté pareil dans la mort, son doux regard habituel comme s'il vivait encore.

Ainsi mourut, continue l'affectueux Biographe, avant d'avoir accompli sa vingt-neuvième année, notre Ami, dont les connaissances étendues, le talent philosophique et le génie poétique doivent obtenir notre amour aussi bien que notre admiration. Comme il avait tellement dépassé son temps, notre pays aurait pu attendre, de pareils dons, d'extraordinaires choses, si cette mort prématurée ne l'eût emporté : quoi qu'il en soit, les écrits inachevés qu'il a laissés ont déjà exercé une grande influence ; et de beaucoup de ses grandes pensées se communiquera encore, dans l'avenir, l'inspiration, et de nobles esprits, de profonds penseurs seront éclairés et enflammés par les étincelles de son génie.

Novalis était grand, svelte, de nobles proportions. Il portait en longues boucles sa chevelure châtain clair, ce qui, à cette époque, était moins inusité que maintenant ; ses yeux, d'un brun noisette, étaient clairs et lumineux ; et le teint de son visage, surtout celui de son beau front, presque transparent. La main et les pieds étaient quelque peu trop grands, et sans élégance. Son air était toujours aimable et gai. Pour ceux qui ne distinguent un homme qu'autant qu'il se met en avant ou qu'il s'efforce, par une politesse étudiée, par une tenue fashionable, de briller ou de se singulariser, Novalis se perdait dans la foule ; pour des yeux plus exercés, en revanche présentait une figure qu'on pouvait dire belle. Dans ses contours et son expression, sa face ressemblait d'une façon frappante à celle de l'Evangéliste saint Jean, tel que nous le montre le grand et noble tableau d'Albrecht Dürer, à Nuremberg et à Munich.

Il avait le parler haut et animé, le geste ardent. Je ne l'ai jamais vu fatigué : bien que nous eussions causé fort avant dans la nuit, c'était encore parce qu'il le voulait bien qu'il s'arrêtait, par égard pour le repos, et même alors il avait l'habitude de lire avant de s'endormir. Il ne ressentait jamais d'ennui, fût-ce en des compagnies déprimantes, parmi des gens médiocres ; car il était sûr de trouver tout de même quelqu'un, l'un ou l'autre, qui lui apprît encore quelque chose dont il pût tirer profit, aussi insignifiant que cela semblât. Son amabilité, ses manières franches lui conciliaient partout la faveur : son habileté dans l'art du savoir-vivre était si grande que les esprits les plus ordinaires ne percevaient point combien il était au-dessus d'eux. Bien qu'il se complût surtout, dans la conversation, à déployer les profondeurs de l'âme, et qu'il parlât comme inspiré des régions des mondes invisibles, il était cependant joyeux comme un enfant ; il plaisantait avec une gaîté libre et sans artifice, et participait cordialement aux plaisanteries de sa compagnie. Sans vanité, sans hauteur pédante, éloigné de toute affectation et de toute hypocrisie, il était un homme vrai, ingénu, la plus pure et la plus aimable personnification d'un haut et immortel esprit.

En voilà assez sur la figure et l'histoire extérieures de Novalis. En ce qui concerne sa structure et sa signification intérieures, dont la compréhension intéresse principalement ici nos lecteurs, nous avons déjà reconnu que nous ne nous flattions pas d'en avoir une idée complète. Le plus léger examen de ses écrits nous indique un esprit d'une profondeur et d'une originalité merveilleuses ; mais en même temps, d'une nature ou d'une constitution si abstruses, si complètement différentes de tout ce que nous avons pu remarquer ou expérimenter nous-même, que pénétrer pleinement son caractère essentiel, à plus forte raison le faire voir nettement, serait une tâche extrêmement difficile. Peut-être même, à l'entreprendre avec les moyens qui nous sont familiers, une tâche impossible : car Novalis appartient à cette catégorie de personnes qui ne reconnaissent point la « méthode syllogistique » comme l'instrument principal de l'in-

vestigation de la vérité, ou qui ne se croient pas toujours
tenues de s'arrêter court là où sa clarté leur manque. Il
y a bon nombre de ses opinions qu'il devrait désespérer
de prouver devant la plus patiente Cour de Justice ;
heureux même de les voir là sans créance. Il aimait beaucoup et avait assidûment étudié Jacob Bœhme et autres
écrivains mystiques ; et il était lui-même, sans qu'il
s'en cachât beaucoup, un Mystique en grande partie.
Non pas, à vrai dire, ce que nous autres Anglais, en langage courant, nous appelons un Mystique ; c'est-à-dire
simplement un homme que nous ne comprenons pas, et
que, nous tenant sur nos gardes, nous regarderions volontiers comme un sot. Novalis était un Mystique, ou
avait une affinité avec le Mysticisme, au sens primordial
et vrai de ce mot, que des exemples éclaircissent quelque peu chez nos propres Théologiens Puritains, et qui
aujourd'hui ne comporte point de discrédit en Allemagne,
ni, si l'on ne parle pas des gens sans importance, dans
tout autre pays. Bien plus, on rappellera des choses qui
sont à la gloire du Mysticisme, pris dans ce sens : Le
Tasse, comme on le peut constater dans plusieurs de ses
écrits en prose, était ouvertement un Mystique ; Dante
est regardé comme l'homme principal de cette classe.

Cependant, malgré toute la tolérance et tout le respect
dus au Mysticisme de Novalis, cette question se pose
encore à nous : Comment le comprendrons-nous, et, en
quelque mesure, le représenterons-nous ? Comment cette
condition spirituelle, qui, selon son propre dire, est
comme la Lumière pure, sans couleur, sans forme, infinie, peut-elle être représentée par de simples Peintres
de Logique (1), par de simples Graveurs, pourrions-
nous dire, qui, en dehors de la plaque et du burin, produisant une combinaison très limitée de noirs et de
blancs, n'ont aucun moyen de représenter quoi que ce
soit ? Novalis lui-même a une ligne ou deux, et pas
davantage, sur le Mysticisme expressément : « Qu'est-
« ce que le Mysticisme ? » demande-t-il. « Que voyons-
« nous qui doive être traité mystiquement ? La Religion,

(1) Logic-Painters.

« l'Amour, la Nature, la Politique. — Toutes les choses
« choisies (*alles Auserwählte*) ont un rapport avec le
« Mysticisme. Si tous les hommes n'étaient qu'un seul
« couple d'amis, la différence entre le Mysticisme et le
« Non-Mysticisme cesserait. » Dans cette petite phrase,
malheureusement, notre lecteur ne trouve guère d'éclaircissement ; il éprouve plutôt l'impression de regarder
des ténèbres visibles. Prions-le, cependant, de ne pas
perdre courage dans cette affaire ; et, par-dessus tout,
de nous assister de ses efforts les plus bienveillants et
les plus confiants : peut-être quelque faible et lointaine
idée de ce mystérieux Mysticisme se dégagera-t-elle à
la longue pour nous.

Pour nous-même cela illustre quelque peu la nature
des opinions de Novalis, quand nous considérons l'état,
alors et maintenant, de la science métaphysique allemande en général ; et le fait, plus haut noté, qu'il prit
sa première idée de ce sujet dans la *Wissenschaftslehre*
de Fichte. Il est vrai, selon la remarque de Tieck, « qu'il
cherchait à s'ouvrir un nouveau sentier en Philosophie ;
à unir la Philosophie et la Religion » ; et qu'ainsi il
divergeait jusqu'à un certain point de son premier
éducateur, s'il ne poussait pas plutôt, comme cela lui
semblait plus probable, l'enquête scientifique de Fichte
jusqu'à ses plus hautes conséquences pratiques. En tous
cas, son credo métaphysique, autant qu'il nous est
permis de le recueillir dans ses Ecrits, apparaît partout
dans ses lignes esssentielles comme identique au peu que
nous pouvons comprendre de Fichte, et pourrait, à vrai
dire, avec une sûreté suffisante dans notre propos actuel,
se classer sous la rubrique Kantisme, ou métaphysique
allemande en général.

Maintenant, sans entrer dans les complications de la
Philosophie Allemande, il nous faut seulement appeler
ici l'attention sur le caractère de l'Idéalisme qui en est
partout le fondement et qui la pénètre de toutes parts.
Dans tous les systèmes allemands, depuis l'époque de
Kant, c'est un principe fondamental, de nier l'existence
de la matière ; ou plutôt, dirions-nous, d'y croire dans
un sens radicalement différent de celui où le Philosophe
Ecossais s'efforce de la démontrer, et où le Non-philoso-

phe (1) Anglais y croit sans démonstration. Pour n'importe lequel de nos lecteurs, qui s'est livré si légèrement que ce soit à la lecture des ouvrages de métaphysique, cet Idéalisme ne sera pas une chose inconcevable. Il est singulier, à vrai dire, comme nous le trouvons largement répandu, et sous de différents aspects, parmi les catégories de gens les plus dissemblables. Notre Evêque Berkeley semble l'avoir adopté pour des motifs religieux : le Père Boscovich fut amené à un résultat très voisin, dans sa *Theoria Philosophiæ Naturalis,* par des considérations purement mathématiques. De l'ancien Pyrrhon, ou du moderne Hume, nous ne parlerons point : mais à l'autre bout de la Terre, comme sir W. Jones (2) nous l'apprend, une théorie similaire prévaut, de date immémoriale, chez les théologiens de l'Hindoustan. Bien plus, le Professeur Stewart (3) a exprimé l'opinion que quiconque, à quelque époque de sa vie, n'a point nourri cette théorie peut considérer qu'il n'a pas encore montré d'aptitude à la spéculation métaphysique. Ce n'est pas non plus un argument contre l'Idéaliste, de dire que, puisqu'il nie l'existence absolue de la Matière, il doit en conscience nier son existence relative, et se jeter dans des précipices, et se passer des sabres à travers le corps, en façon de récréation, puisque ces choses sont uniquement, comme toutes autres choses matérielles, des fantômes et des ombres, et, par suite, de conséquence nulle. Si un homme, corporellement pris, n'est lui-même qu'un fantôme et une ombre, tout se passera encore de même. Et pourtant là gît le grand triomphe du Dr Reid (4) sur les Sceptiques, qui, on peut le dire, n'est rien moins qu'un triomphe. Car pour l'argument sur lequel lui et ses disciples insistent de toutes les manières possibles, il revient en somme à cette simple considération, que « les gens, naturellement, et sans raisonnement, *croient* à l'exis-

(1) Unphilosopher.
(2) Jones, William, savant orientaliste, né à Londres, mort à Calcutta, 1746-1794.
(3) Dugald-Stewart, 1753-1828, le célèbre psychologue écossais.
(4) On sait que le Dr Reid (1710-1796), chef de l'école de philosophie écossaise, rend, contrairement à ce que font Hume et Berkeley, une existence indépendante à la matière.

tence de la Matière », et il paraît n'avoir, philosophique-
ment parlant, aucune valeur ; bien plus, son introduction en Philosophie peut être considérée comme un acte
de suicide de la part de cette science, dont la raison d'être,
l'affaire, « *interpréter* les Apparences », prend fin par
là. Il est curieux d'observer, au surplus, combien ces
Philosophes du Sens commun, gens qui se vantent principalement de leur irréfragable logique, et montent la
garde et la faction, comme si c'était leur métier spécial,
contre le « Mysticisme » et les « Théories visionnaires »,
sont eux-mêmes obligés de baser tout leur système sur
le Mysticisme, et sur une Théorie ; sur la Foi, en un mot,
et celle-ci d'une espèce très compréhensive ; à savoir, la
Foi ou bien que les Sens de l'homme sont eux-mêmes
Divins, ou bien qu'ils apportent une représentation non
seulement probe, mais *littérale*, des œuvres de quelque
Divinité. Tant il est vrai que, pour ces gens-là aussi,
toute connaissance du visible repose sur la croyance en
l'invisible, et en tire sa signification et sa certitude
premières !

L'Idéaliste, donc, se flatte que sa Philosophie est Transcendantale, qu'elle « s'élève *au delà* des sens » ; ce
que fait et doit faire, assure-t-il, *toute* Philosophie proprement dite : et de cette manière, il est conduit à diverses conclusions inattendues. Pour un Transcendantaliste, la matière a une existence, mais seulement comme
Phénomène : si *nous* n'étions pas là, elle ne serait pas
là non plus ; elle est une simple Relation, ou plutôt le
résultat d'une Relation entre nos Ames vivantes et la
grande Cause Première ; et dépend, quant à ses qualités
apparentes, de *nos* organes corporels et mentaux ;
n'ayant elle-même *pas* de qualités intrinsèques ; n'étant,
au sens ordinaire de ce mot, Rien. L'arbre est vert et
dur, non par sa propre vertu naturelle, mais simplement parce que mon œil et ma main sont faits de manière
à discerner telles et telles apparences dans telles et telles
conditions. Bien plus, comme pourrait le dire un Idéaliste,
même en se basant sur les raisons les plus courantes, ne
doit-il pas en être ainsi ? Amenez un Etre sentant, avec
des yeux un peu différents, avec des doigts dix fois
plus durs que les miens ; et pour lui cette Chose que

j'appelle Arbre sera jaune et molle, aussi sûrement qu'elle est pour moi verte et dure. Faites-lui un tissu nerveux qui soit en tout point l'*inverse* du mien, et ce même Arbre ne sera pas combustible ou producteur de chaleur, mais dissoluble et producteur de froid, non pas haut et convexe, mais profond et concave ; toutes ses propriétés seront simplement l'inverse exact de celles que je lui attribue. En fait, dit Fichte, il n'y a là point d'Arbre ; mais seulement une Manifestation de Puissance de quelque chose qui n'est *pas moi*. Le même est vrai de la Nature matérielle en général, de tout l'Univers visible, avec tous ses mouvements, accidents, figures et qualités ; tous sont des Impressions produites sur *moi* par quelque chose *différent de moi*. Ceci, supposons-nous, peut être le fondement de ce que Fichte entend par son fameux *Ich* et *Nitch-Ich* (Moi et Non-Moi) ; mots qui, en se logeant (pour nous servir de la phrase d'Hudibras) dans certaines « têtes qui devaient rester dégarnies », produisirent un vain écho, comme d'un Rire, dans l'Appartement vide ; bien que ces mots soient, en eux-mêmes, tout à fait inoffensifs, et puissent représenter le fondement d'une Philosophie métaphysique aussi bien que n'importe quels autres mots. Mais de plus, et ce qui est encore plus étrange que cet Idéalisme, suivant ces systèmes kantiens, les organes de l'Esprit aussi, ce qu'on appelle l'Entendement, sont d'un caractère non moins arbitraire, et, pour ainsi dire, non moins accidentel que ceux du Corps. Le Temps et l'Espace eux-mêmes sont des entités non pas externes, mais internes : ils n'ont pas d'existence extérieure, il n'y a pas de Temps et pas d'Espace *hors* de l'esprit ; ils sont de simples *formes* de l'être spirituel de l'homme, des *lois* d'après lesquelles sa nature pensante est constituée pour agir. Ceci semble la plus dure conclusion de tout ; mais c'est une conclusion importante chez Kant ; et elle n'est point promulguée comme un dogme ; mais soigneusement déduite, dans sa *Critik der Reinen Vernunft*, avec grande précision et les arguments les plus strictement en forme.

Le lecteur ferait grandement erreur en supposant que ce système transcendantal de Métaphysique est un simple château de cartes intellectuel, une jonglerie logique,

imaginée par pur désœuvrement à l'intention du pur
désœuvrement, étant sans aucune portée pour les intérêts
pratiques des hommes. Au contraire, faux ou vrai, il est,
dans son dessein, la plus sérieuse de toutes les Philosophies proposées dans ces derniers siècles ; il a été
pensé, surtout, par des hommes du caractère le plus
élevé et le plus sérieux ; et il porte, avec une influence
directe et hautement compréhensive, sur les plus vitaux
intérêts des hommes. Sans parler des aperçus qu'il ouvre
en ce qui concerne l'ordre et la conduite de ce que l'on
appelle les Sciences Naturelles, nous remarquerons seulement que, pour ceux qui l'adoptent, ses effets en
Morale et en Religion doivent de nos jours être d'une
importance presque illimitée. Pour ne prendre, par
exemple, que cette dernière doctrine, en apparence la
plus étrange, touchant le Temps et l'Espace, nous verrons qu'elle procure au Kantiste, presque immédiatement, un remarquable résultat de cette espèce. Si le
Temps et l'Espace n'ont point d'existence absolue, point
d'existence hors de nos esprits, cela écarte une pierre
d'achoppement du seuil même de notre Théologie. Car de
cette manière, quand nous disons que la Déité est omni-
présente et éternelle, qu'avec Elle il est un universel Ici et
un universel Maintenant, nous ne disons rien d'extraordinaire ; nous disons seulement qu'elle a aussi créé le Temps
et l'Espace, que le Temps et l'Epace ne sont point des lois
de son être, mais uniquement du nôtre. Bien plus, pour le
Transcendantaliste, c'est assez clair, la question tout
entière de l'origine et de l'existence de la Nature doit
être grandement simplifiée ; la vieille hostilité de la Matière prend fin, car la Matière est elle-même annihilée :
et le noir Spectre, l'Athéisme, « avec toutes ses rosées
malsaines », s'évanouit à jamais dans le néant. Et ce
n'est pas tout, s'il est vrai, comme Kant le soutient, que
le mécanisme logique de l'esprit est arbitraire, pour ainsi
dire, et pourrait avoir été créé différent, il s'ensuit que
toutes les conclusions inductives, toutes les conclusions
de l'Entendement, ont seulement une vérité relative,
sont vraies seulement pour *nous*, et *si* quelque autre
autre chose est vraie. Jusque-là Hume et Kant vont d'accord, dans cette branche de la spéculation : mais ici se

présente la plus totale, diamétrale divergence entre eux.
Nous faisons allusion à la reconnaissance, par ces Trans-
cendantalistes, d'une faculté dans l'homme supérieure à
l'Entendement ; de la Raison (*Vernunft*), la pure, définitive lumière de notre nature, où, affirment-ils, gît le
fondement de toute Poésie, Vertu, Religion ; choses qui
sont proprement au delà du domaine de l'Entendement,
dont l'Entendement ne *peut* prendre connaissance, si ce
n'est une connaissance fausse. Jacobi l'aîné, qui, à vrai dire,
n'est pas Kantiste, dit une fois, nous nous en souvenons :
« C'est l'instinct de l'Entendement de *contredire* la Raison. » Si l'on admet cette dernière distinction et cette dernière subordination, si on les suppose scientifiquement démontrées, quelles conséquences innombrables et de la plus
haute valeur découleront de cela seul ! Nous laisserons
le soin au lecteur réfléchi de les déduire pour lui-même ;
nous bornant à observer encore que la *Theologia Mis-
tica*, si vénérée du Tasse dans ses écrits philosophiques ;
le « Mysticisme » qu'entend Novalis ; et en général toute
véritable Foi, toute véritable Dévotion Chrétienne,
paraissent, autant que nous puissions voir, plus ou
moins inclus dans cette Doctrine des Transcendanta-
listes ; leur essence, à eux tous, sous leurs diverses
formes, étant ce qui est désigné sous le nom de Raison,
et donné comme le véritable souverain de l'esprit
humain.

Combien profondément ces principes et les principes
analogues s'étaient empreints dans Novalis, nous le
voyons de plus en plus, à mesure que nous étudions
davantage ses Ecrits. Naturellement profond, religieux,
contemplatif esprit ; purifié aussi, nous l'avons vu, par
l'âpre affliction et entré de longue date dans le « Sanctuaire de la Douleur », il se présente à nous comme le
plus idéal de tous les Idéalistes. Pour lui, la Création
matérielle n'est qu'une Apparence, une ombre symbolique où la Déité se manifeste à l'homme. Le monde
invisible n'a pas seulement une réalité, mais il a la seule
réalité : le monde étant, non pas métaphoriquement,
mais littéralement et avec une exactitude scientifique,
« une apparence » ; comme dit le Poète, « *Schall und
Rauch umnebelnd Himmels Gluth*, Bruit et Fumée

obscurcissant la splendeur des Cieux ». L'Invisible Monde est près de nous : ou plutôt il est ici, en nous et autour de nous ; si les enveloppes charnelles étaient écartées de notre âme, les gloires de l'Invisible paraîtraient autour de nous à l'instant même; comme les Anciens l'imaginèrent de la Musique des Sphères. Ainsi, non en paroles seulement, mais en vérité et avec une croyance rassise, il se sent environné par le Divin ; il sent, dans chaque pensée, qu' « en Lui il vit, s'agite et a son être. »

Sur ses procédés philosophiques et poétiques, tout ceci a sa naturelle influence. Le but de toute la philosophie de Novalis, pourrions-nous dire, est de prêcher et d'établir la Majesté de la Raison, dans ce dernier sens plus strict ; de lui conquérir toutes les provinces de la pensée humaine, et partout de ramener son vassal, l'Entendement, à la fidélité, juste et seule relation utile pour lui. Une grande tâche, de la sorte, l'attendait, dont nous ne trouvons, dans ses Écrits, que des indices épars. En fait, tout ce qu'il a laissé est sous forme de Fragment ; d'expositions et de combinaisons détachées, de profonds, rapides aperçus : mais telle paraît être leur tendance générale. Une caractéristique à noter dans nombre de ces fragments, souvent trop obscures spéculations, c'est la manière particulière qu'a l'auteur de concevoir la Nature plutôt d'une manière concrète, non pas analytiquement et comme un Agrégat divisible, mais comme un Tout subsistant par soi-même et dont toutes les parties sont liées entre elles. Ceci aussi est peut-être en partie le fruit de son Idéalisme. « Il avait formé le plan », nous apprend-on, « d'un Ouvrage Encyclopé- « dique particulier, dans lequel des expériences et des « idées de toutes les différentes sciences devaient mu- « tuellement s'élucider, se confirmer et se fortifier. » Il avait même fait quelque progrès dans cette œuvre. Plusieurs des « Pensées » et des observations aphoristiques, ici publiées, lui étaient destinées; elle en aurait été composée, selon toute apparence, pour la plus grande partie.

Comme Poète, Novalis est non moins idéalistique que comme Philosophe. Ses poèmes sont des aspirations d'un être haut et fervent, sentant toujours qu'ici il n'a point de demeure, et tournant ses regards comme vers la claire vision d'une « cité qui a des fondations ». Il aime la Nature extérieure avec une profondeur singulière; il la révère même, pourrions-nous dire, et a d'inexprimables entretiens avec elle : car la Nature n'est plus une inerte, hostile Matière, mais le Voile et le mystérieux Vêtement de l'Invisible; pour ainsi dire la Voix par laquelle la Déité s'annonce à l'homme. Ces deux qualités, — son pur et religieux caractère et son amour de la Nature senti au fond du cœur, — le mettent en vraie et poétique relation à la fois avec le Monde spirituel et le Monde matériel, et constituent peut-être son principal mérite comme Poète, pour l'art duquel il semble avoir originairement un don naturel, mais non exclusif ni même très décidé.

Ses croyances morales, telles qu'elles sont manifestées dans ses Écrits et sa Vie, dérivent elles-mêmes assez naturellement de la même source. C'est la moralité d'un homme, pour qui la Terre et toutes ses gloires sont en vérité une vapeur et un songe, et la Beauté du Bien est l'*unique* possession réelle. Poésie, Vertu, Religion, qui pour les autres hommes n'ont, pour ainsi dire, qu'une existence conventionnelle et fictive, sont pour lui la base éternelle de l'Univers; et toutes les acquisitions terrestres, toutes les choses par lesquelles l'Ambition, l'Espoir, la Crainte peuvent nous pousser à peiner, et à pécher, ne sont en réalité qu'une peinture de l'esprit, quelque reflet projeté sur le miroir de l'infini, mais de l'air et du néant en elles-mêmes. Ainsi, vivre dans cette Lumière de la Raison, avoir, même ici et environné par cette vision de l'Existence, notre demeure dans cette éternelle Cité, est le plus haut et le seul devoir de l'homme. Ces choses, Novalis se les figure sous diverses images : tantôt il semble représenter l'essence primordiale de l'Être comme l'Amour; tantôt il parle par emblèmes dont il serait plus difficile encore de donner une juste idée; c'est pourquoi nous n'en ferons pas, à présent, plus ample mention.

D'ailleurs, au moyen de cette approximative esquisse d'un exposé, le lecteur doit maintenant être prêt à examiner un peu Novalis avec ses propres yeux. Quiconque nous a de bonne foi, et avec une vigilance attentive, accompagné le long de ces merveilleux confins de l'Idéalisme, peut se trouver aussi capable d'interpréter Novalis que le feraient la majorité des lecteurs allemands ; ce qui, de notre part, est, pensons-nous, faire la bonne mesure. Nous ne tenterons point un plus ample commentaire, craignant que ce ne soit une affaire trop difficile et trop ingrate. Notre premier extrait est tiré des *Lehrlinge zu Saïs* (les Disciples à Saïs), mentionnés plus haut. Ce « Roman de philosophie naturelle », qui, du reste, ne contient pas d'histoire ou d'indice d'histoire, mais seulement des propos philosophiques poétisés et les plus étranges et sibyllines allusions allégoriques, et qui d'ailleurs n'est développé que pendant deux chapitres, commence, sans note préparatoire, de cette singulière manière :

I. LE DISCIPLE. — Les hommes marchent dans divers sentiers : quiconque relève la trace de ceux-ci et les compare verra d'étranges Figures surgir ; Figures qui semblent comme appartenir à cette grande Ecriture chiffrée que l'on rencontre partout, sur les ailes des oiseaux, sur les coquilles des œufs, dans les nuages, dans la neige, dans les cristaux, dans les formes des rocs, dans les eaux congelées, dans l'intérieur et à l'extérieur des montagnes, des plantes, des animaux, des hommes, dans les luminaires du ciel, dans les lames de verre quand on les fait résonner et les disques de poix quand on les attouche, dans la limaille autour de l'aimant, et dans les singulières conjonctures du Hasard. Dans ces Figures, on pressent la clef de cette merveilleuse Ecriture, sa grammaire : mais ce Pressentiment ne veut pas se réaliser, et il semble, en somme, ne pas devoir devenir pour nous une telle clef. Un *Alcahest* semble s'être répandu sur les sens des hommes. Un instant seulement leurs désirs, leurs pensées prendront corps. Ainsi s'exaltent leurs Pressentiments : mais, après de courts instants, tout de nouveau flotte vaguement devant eux, exactement comme avant.

J'ai ouï dire de loin que l'Inintelligibilité n'était que le résultat de l'Inintelligence ; que celle-ci recherchait ce qu'elle avait elle-même, et qu'ainsi elle ne pouvait trouver nulle part ailleurs ; aussi, que nous n'entendions pas la Parole, parce que la Parole ne s'entendait pas, ne voulait pas s'entendre elle-même ; que le pur Sanscrit parlait pour le plaisir de parler, parce que parler était sa joie et sa nature.

Non longtemps après, l'on dit : Nulle explication n'est re-

quise pour l'Ecriture Sainte. Quiconque parle véridiquement
est plein de la vie éternelle, et en relation merveilleuse avec
les authentiques mystères nous apparaît son Ecriture, car
elle est un Accord émané de la Symphonie de l'Univers.

Sûrement cette voix faisait allusion à notre Maître ; car
c'est lui qui peut recueillir les indices qui se trouvent épars
de tous côtés. Une singulière lumière s'allume dans ses regards,
lorsqu'à la longue la puissante Rune se découvre à nous, et
qu'il cherche dans nos yeux si l'étoile s'est enfin levée sur
nous, qui doit rendre la Figure visible et intelligible. Nous
voit-il tristes, de ce que les ténèbres ne veulent point se retirer ? Il nous console, et promet au voyant fidèle et patient
meilleure fortune quand le temps sera venu. Souvent, il nous
a dit comment, alors qu'il était un enfant, l'impulsion à employer ses sens, à les occuper, à les rassasier, ne lui laissait
point de repos. Il regardait les étoiles, et imitait sur le sable
leurs cours et leurs positions. Dans l'océan de l'air, ses yeux
se plongeaient sans cesse ; et jamais ils ne se lassaient de
contempler sa clarté, ses mouvements, ses nuées, ses lumières.
Il rassemblait les pierres, les fleurs, les insectes, de toutes
sortes, et il les déployait de toutes les manières, en rangées
devant lui. Aux hommes et aux animaux il donnait son attention ; sur le rivage de la mer, il s'asseyait, ramassait les coquil-
lages. Sur son cœur et sur ses pensées il veillait attentivement. Il ne savait où le menait son désir. A mesure qu'il
approcha de sa maturité, il voyagea de tous côtés ; vit d'autres
terres, d'autres mers, des atmosphères nouvelles, des plantes,
des animaux, des hommes inconnus : descendit dans les
cavernes, vit comment l'édifice de la Terre venait s'achever
en assises et en strates variées, et façonna l'argile en étranges
figures de roches. Peu à peu, il en vint à trouver partout des
objets déjà connus, mais merveilleusement mêlés, unis ; et
ainsi, souvent, d'extraordinaires choses en vinrent à se former
en lui. Bientôt, il fut instruit des combinaisons qu'il y a dans
tout, des conjonctures, des assemblages. Avant qu'il fût longtemps, plus rien ne lui apparut isolé... En grandes images
nuancées, les perceptions de ses sens se multiplièrent autour
de lui ; il entendit, vit, toucha et pensa à la fois. Il se réjouit
d'établir des rapports entre les choses étrangères les unes aux
autres. Tantôt les étoiles étaient les hommes, tantôt les hommes étaient les étoiles, les pierres les animaux, les nuages
les plantes ; il jouait avec les pouvoirs et les apparences ; il
savait où et comment ceci et cela devait se trouver, être mis à
effet, et de la sorte il frappait lui-même sur les cordes des
notes et des accords à lui.

Ce qui lui est arrivé depuis lors, il ne nous le révèle pas.

Il nous dit que nous-mêmes, conduits par lui et par notre propre désir, nous découvrirons ce qui lui arrivé. Plusieurs d'entre nous l'ont quitté. Ils sont revenus chez leurs parents, et ont appris des métiers. Certains ont été envoyés par lui nous ne savons où : il les choisit. De ceux-là, quelques-uns n'ont été là que peu de temps, d'autres plus longtemps. L'un était encore un enfant ; à peine était-il arrivé que notre Maître se disposa à lui donner plus d'instruction. Cet Enfant avait de larges yeux noirs au fond bleuâtre, sa peau brillait comme le lys, et sa chevelure bouclée comme de légers petits nuages dans le crépuscule. Sa voix nous allait à tous au cœur ; nous lui eussions donné avec bonheur nos fleurs, nos pierres, nos plumes, tout ce que nous avions. Il souriait avec un sérieux infini ; et nous éprouvions un étrange délice auprès de lui. Un jour il reviendra, dit notre Maître, et alors nos leçons prendront fin. — En sa compagnie, il envoya un disciple, au sujet duquel nous avions souvent été peinés. Toujours il avait l'air triste : il était ici depuis de longues années ; rien ne lui avait réussi ; lorsque nous cherchions des cristaux ou des fleurs, il en trouvait rarement. Il voyait mal à quelque distance ; pour disposer habilement sur le sol des rangées variées, il n'avait point de talent. Il ne savait de la sorte que tout briser. Pourtant nul n'avait un tel zèle, un tel plaisir à écouter et apprendre. A la fin, — c'était avant que cet Enfant n'arrivât dans notre cercle, — il devint tout à coup gai et habile. Un jour il était parti triste ; il ne revint pas, et la nuit arriva. Nous étions très anxieux à son sujet ; soudain, à la pointe de l'aurore, nous entendîmes sa voix dans un bosquet voisin. Il chantait un noble et joyeux chant ; nous étions très surpris ; le Maître jeta vers l'Orient un regard comme je ne lui en verrai plus jamais. Le chanteur arriva bientôt jusqu'à nous, portant, avec un air d'inexprimable bonheur sur sa face, une petite pierre à l'apparence toute simple, d'une forme singulière. Le Maître la prit dans sa main, et la baisa longuement ; puis il nous regarda avec des yeux humides de larmes, et posa cette petite pierre dans un espace vide, qui se trouvait au milieu d'autres pierres, juste là où, comme des rayons, plusieurs rangées d'elles se rejoignaient.

Je n'oublierai jamais cet instant. Nous sentîmes comme si une claire lueur fugitive où se découvrait ce Monde merveilleux traversait notre âme.

Dans ces étranges descriptions orientales, le lecteur judicieux soupçonnera qu'il peut y avoir plus de sens que l'oreille n'en perçoit. Mais quel est ce Maître à Saïs ;

si c'est l'Intelligence Humaine personnifiée ; et quel cet Enfant, au brillant visage et aux boucles d'or (la Raison, la Foi Religieuse ?), qui devait « revenir » pour clore ces leçons ; et quel, cet Homme maladroit et infatigable (l'Entendement ?), qui « ne savait de la sorte que tout briser », c'est ce que nous n'avons point de données pour préciser et n'entreprendons point de conjecturer avec quelque certitude. Nous ajoutons ci-dessous un passage extrait du second chapitre, ou section, intitulé « *Nature* », qui, si possible, est d'un caractère encore plus surprenant que le premier. Après avoir discouru quelque temps sur les idées premières que l'Homme semble avoir formées touchant l'Univers extérieur, ou « les multiples Objets de ses Sens », et expliqué comment, dans ces temps, son esprit avait une unité particulière, et s'était seulement par la Pratique divisé en facultés séparées, de même que par la Pratique il peut s'y diviser davantage encore, « notre Disciple » se met en devoir de décrire les conditions requises chez un investigateur de la Nature, observant, comme conclusion, en ce qui concerne celui-ci :...

Nul, à coup sûr, ne s'écarte davantage du but que celui qui s'imagine comprendre déjà ce merveilleux Royaume, et pouvoir, en quelques mots, pénétrer sa constitution, et partout trouver le bon chemin. A nul, qui a rompu tout rapport, et fait de lui-même une île, une connaissance approfondie ne se présentera spontanément, ni même sans un effort pénible. Aux enfants seuls, ou aux hommes restés enfants, qui ne savent ce qu'ils font, ceci peut arriver. Longs, infatigables rapports, libre et sage Contemplation, attention donnée aux signes et indices fugitifs ; vie intérieure de poète, sens exercés, simple et fervent esprit : telles sont les essentielles conditions requises d'un véritable Ami de la Nature ; sans elles, nul ne peut comprendre son vœu. Il ne semble point sage d'essayer de concevoir et de comprendre un Monde Humain sans une pleine et parfaite Humanité. Aucun talent ne doit dormir ; et si tous ne sont pas également actifs, tous doivent être alertes, et non pas opprimés et énervés. De même que nous voyons un Peintre futur dans l'enfant qui couvre toutes les murailles d'ébauches et met toutes sortes de couleurs sur les figures ; de même nous voyons un Philosophe futur dans celui qui observe et interroge sans cesse toutes les choses naturelles, fait attention à tout, rassemble tout ce qui est indispensable, et se réjouit lorsqu'il est devenu maître et possesseur d'un nouveau phénomène, d'un nouveau pouvoir et d'une nouvelle chose de science.

Maintenant, il apparaît à Certains qu'il ne vaut pas du tout la peine de suivre jusqu'au bout les infinies divisions de la Nature ; et que c'est d'ailleurs une entreprise dangereuse, sans fruit et sans issue. De même que nous ne pouvons jamais atteindre, disent-ils, le grain absolument le plus petit des corps matériels, jamais trouver leurs plus simples cellules, puisque, dans un sens ou dans l'autre, toute grandeur se perd dans l'infini ; de même en est-il pour les espèces des corps et des forces ; ici encore, on arrive à de nouvelles espèces, de nouvelles apparences, tout aussi indéfiniment. Celles-ci semblent seulement s'arrêter, disent-ils, lorsque notre diligence se lasse ; et c'est donc dépenser un temps précieux à d'oiseuses contemplations et d'ennuyeuses énumérations ; et cela devient à la fin un véritable délire, un réel vertige penché sur l'horrible Profondeur. Car la Nature aussi reste, si loin que nous y ayons encore pénétré, toujours une effroyable Machine : partout une monstrueuse révolution, d'inexplicables tourbillons de mouvement ; un royaume de Dévoration, de la plus folle tyrannie ; une lugubre Immensité : quelques rares points lumineux ne font que découvrir une Nuit d'autant plus effrayante, et des terreurs de toutes sortes doivent paralyser tout observateur. Comme un sauveur, la Mort se tient auprès de l'infortunée race humaine ; car, sans la Mort, le plus fou serait le plus heureux. Et précisément cet effort pour sonder ce gigantesque Mécanisme est déjà un coup de filet vers l'Abîme, un vertige commençant : car chaque excitation est un tourbillon croissant, qui bientôt s'empare complètement de sa victime, et l'emporte avec soi dans la terrible Nuit. Là gît, disent ces affligés, le piège subtil tendu à l'entendement humain, que la Nature cherche partout à annihiler comme son plus grand ennemi. Salut à cette ignorance et à cette innocence enfantines des hommes, qui les laissaient aveugles aux horribles périls qui partout, comme d'affreux nuages pleins de foudre, environnaient leur paisible demeure, et à tout moment étaient sur le point de fondre sur eux. Seule une désunion intime parmi les forces de la Nature a jusqu'ici préservé les hommes. Cependant, cette grande époque ne peut manquer d'arriver, où la famille humaine tout entière, par une grande et universelle Résolution, s'arrachera à cette triste condition, à cet effrayant emprisonnement, et, par une volontaire abdication de sa demeure terrestre, rachètera sa race de cette angoisse, et cherchera un refuge dans un monde

plus heureux, auprès de son antique Père (1). Ainsi pourrait-
elle finir dignement, et prévenir une nécessaire, violente
destruction ; ou une dégénérescence encore plus horrible jusqu'au rang des Bêtes, par graduelle dissolution de ses organes pensants, dans l'Insanité. Des communications avec les
puissances de la Nature, avec les animaux, les plantes, les
roches, les tempêtes et les ondes, doivent nécessairement assi-
miler les hommes à ces objets ; et cette Assimilation, cette
Métamorphose, cette dissolution du Divin et de l'Humain en
d'ingouvernables Forces, est précisément l'Esprit de la Nature,
cette puissance effroyablement dévoratrice : et tout ce que
nous voyons en ce moment même n'est-il pas une proie con-
quise sur le Ciel, une grande Ruine d'anciennes Gloires, les
Restes d'un terrible Repas ?

Soit ! s'écrie une catégorie de gens plus courageux ; que
notre espèce soutienne donc contre cette Nature une guerre à
mort, opiniâtre, bien menée. Par de lents poisons nous
devons nous efforcer de la dompter. L'Investigateur de la
Nature est un noble héros, qui se précipite dans l'abîme béant
pour la délivrance de ses semblables. D'habiles hommes lui
ont déjà joué plus d'un tour : continuez seulement de cette
manière, emparez-vous des fils secrets, et faites-les jouer les
uns contre les autres. Profitez de ces discordes, de façon à
pouvoir finalement la conduire à votre gré, tel ce Dogue qui
vomit la flamme (2). Elle doit vous devenir obéissante. Patience
et Foi conviennent aux enfants des hommes. Des Frères lointains s'unissent à nous pour un unique objet ; la roue des
Etoiles doit devenir la roue qui fait s'épandre la fontaine de
notre vie, et alors, par nos esclaves, nous pouvons nous créer
une nouvelle Terre féerique. Considérons avec un profond
sentiment de triomphe les dévastations, les tumultes de le
Nature ; elle se fait ainsi acheter par nous, et elle paiera d'une
lourde peine chaque violence. Vivons et mourons dans le
sentiment exaltant de notre Liberté ; là jaillit le courant qui
un jour la submergera et la maîtrisera ; baignons-nous y et
délassons-nous y pour de nouveaux exploits. La rage du
Monstre n'atteint point jusque-là ; une goutte de Liberté est
suffisante pour paralyser à jamais la force des choses, et pour
mettre à jamais une limite à ses dévastations.

Ils ont raison, disent plusieurs ; là, ou nulle part, se trouva

---

(1) On reconnaît ici, dans ces vues sur l'impossibilité de la Science,
un avant-goût de certaines idées, ou boutades, de Schopenhauer : La
vie n'a pas de sens. Extinction volontaire de la race humaine. A
noter aussi, ici et plus bas, un sens attristé de l'Hindouisme.
(2) Réminiscence du mythe d'Hercule enchaînant Cerbère.

le talisman. Nous nous trouvons au bord de la fontaine de Liberté et nous y regardons ; elle est le grand Miroir magique, où la Création tout entière se reflète, pure et claire ; les Formes et les Esprits délicats de toute nature s'y baignent : nous voyons là toutes les chambres grand'ouvertes. Qu'avons-nous besoin d'errer péniblement par le Monde trouble des choses visibles ? Un Monde plus pur gît précisément en nous, dans cette Fontaine. Là se déclôt le véritable sens de la grande et complète Scène aux mille couleurs ; et si, plein de ces images, nous retournons dans la Nature, tout nous est parfaitement connu, avec certitude nous distinguons chaque forme. Nous n'avons pas besoin de chercher longtemps ; une légère Comparaison, quelques traits sur le sable suffisent pour nous éclairer. Tout, de la sorte, est, pour nous, une grande Écriture, dont nous avons la clef ; et rien ne se présente à nous qui soit inattendu, car la marche de la grande Horloge nous est d'ores et déjà connue. C'est nous uniquement qui jouissons à pleins sens de la Nature, parce qu'elle ne nous fait pas peur jusqu'à nous enlever l'usage de nos sens ; parce qu'aucun délire fiévreux ne nous oppresse, et qu'une conscience sereine nous rend calmes et confiants.

Ils n'ont *pas* raison, dit à ces derniers un Homme réfléchi. Comment ne peuvent-ils pas reconnaître dans la Nature la réelle empreinte de leur propre Moi ? Ce sont eux précisément qui se consument en une furieuse hostilité contre la Pensée. Ils ne savent pas que leur soit-disante Nature est un Jeu de l'Esprit, une confuse Fantaisie de leur Rêve. Certainement, elle est pour eux un horrible Monstre, l'Ombre étrange et grotesque de leurs propres Passions. L'homme qui veille considère sans crainte ces produits de son Imagination sans frein ; car il sait qu'ils ne sont que les vains Spectres de sa faiblesse. Il se sent le maître du monde : son *Moi* plane victorieusement sur l'Abîme ; et à travers les Éternités il planera par delà cette Vicissitude sans fin. L'Harmonie est ce que son esprit s'efforce de promulguer, d'étendre. Il se mettra même indéfiniment de plus en plus en harmonie avec lui-même et avec sa Création ; et à chaque pas il constatera la toute-puissance d'un haut Ordre moral dans l'Univers, et ce qu'il y a de plus pur dans son *Moi* se dégagera en une clarté de plus en plus brillante. La signification du Monde est la Raison ; le Monde n'est là qu'à cause d'elle ; qu'il en vienne à servir d'arène à une Raison naissante qui se développe, et il deviendra un jour la divine Image de son Activité, le décor d'une Église ingénue. Jusque-là, que l'homme honore la Nature comme l'Emblème de son propre Esprit ; l'Emblème lui-même s'ennoblit, en même temps que l'Esprit, à un degré illimité. Que celui donc qui veut parvenir à la connaissance de la Nature exerce son sens moral, qu'il agisse et conçoive d'accord avec la noble Essence de son âme ; et, comme d'elle-même, la Nature s'ouvrira pour lui. L'Action morale est la grande et unique Expérience, où se résolvent les énigmes des plus diverses apparences. Quiconque le comprend, et, en un enchaînement rigoureux de pensées, peut l'exposer, est pour jamais le Maître de la Nature.

« Le Disciple », ajoute-t-on, « écoute avec inquiétude ces voix contradictoires. » Si tel était le cas dans une Saïs à demi-surnaturelle, ce peut l'être bien davantage dans un simple Londres sublunaire. Encore une fois, d'ailleurs, en ce qui concerne ces nuageuses élucubrations, nous ne pouvons ici qu'imiter le Quintus Fixlein de Jean-Paul, qui, dit-on, dans son laborieux *Catalogue des Erreurs de la Presse Allemande*, « annonce « que d'importantes conséquences sont à déduire de « ceci, et conseille au lecteur de les déduire lui-même ». Peut-être ces étonnants paragraphes, qui ont tout l'air, à cette distance, d'abîmes où il n'y a qu'une brume stagnante, se trouveraient être, si nous en approchions tout près, des vallées, avec un clair cours d'eau et de tendres pâturages. De deux faits l'un, ou bien Novalis, avec Tieck et Schlegel à sa suite, sont des gens atteints d'aliénation mentale ; ou bien il y a plus de choses dans le Ciel et sur la Terre que n'en a rêvées notre Philosophie. Nous pouvons ajouter que, pour nous, le dernier Interlocuteur, l'« Homme réfléchi », semble évidemment être Fichte ; les deux premières Catégories ont l'air de quelque engeance sceptique ou athée, ignorant le *Novum Organum* de Bacon (1), ou ne lui accordant, la première Catégorie du moins, presque aucune créance. Cette théorie de l'espèce humaine finissant par un acte universel et simultané de Suicide sera nouvelle pour la sorte plus simple des lecteurs.

Citons encore ci-dessous, comme illustrant davantage et plus directement les doctrines scientifiques de Novalis, deux brefs aperçus, extraits d'une autre partie de ce

(1) Carlyle entend évidemment ici la méthode des idées générales dans la philosophie de Bacon.

Volume. Pour tous ceux qui étudient la Philosophie et s'intéressent à son histoire et ses aspects présents, ils ne seront pas sans intérêt. Les passages obscurs n'en sont peut-être pas inintelligibles, mais seulement obscurs; ce à quoi l'on ne peut malheureusement jamais remédier en pareil cas :

La logique ordinaire est la Grammaire du Langage supérieur, c'est-à-dire de la Pensée; elle examine simplement la *relation* des idées l'une à l'autre, la *Mécanique* de la Pensée, la pure Physiologie des idées. Là-dessus les idées logiques se trouvent en relation les unes avec les autres, comme des paroles sans pensées. La Logique a simplement pour objet le Corps mort de la Science de la Pensée. — La Métaphysique, par contre, est la *Dynamique* de la Pensée; elle traite des *Pouvoirs* primordiaux de la Pensée; elle a purement pour objet l'Ame de la Science de la Pensée. Les idées métaphysiques se trouvent en relation les unes avec les autres comme des pensées sans paroles. L'on s'est souvent étonné de l'Inachevé persistant de ces deux Sciences; chacune restait confinée dans ses propres affaires; quelque chose manquait des deux côtés, rien qui s'adaptât pleinement à l'une ou à l'autre. Dès le début, des tentatives furent faites pour les unir, à mesure que tout autour d'elles indiquait une relation; mais chaque tentative échoua; l'une ou l'autre science souffrait toujours de ces tentatives, et perdait son caractère essentiel. Il nous fallait nous en tenir à la Logique métaphysique et à la Métaphysique logique, mais aucune des deux n'était ce qu'elle eût dû être. Avec la Physiologie et la Psychologie, avec la Mécanique et la Chimie, il n'en alla pas mieux. Dans la dernière moitié de ce siècle, il éclata, chez nous autres Allemands, une commotion plus violente que jamais; les masses hostiles s'insurgèrent l'une contre l'autre plus furieusement qu'elles ne l'avaient encore fait; la fermentation fut extrême; il s'ensuivit de formidables explosions. Et maintenant certains affirment qu'une réelle Compénétration s'est produite sur un point ou sur l'autre; que le germe d'une union s'est formé, qui se développera par degrés et assimilera tout à une seule et indivisible forme : que ce principe de Paix se fait sentir irrésistiblement de tous côtés, et qu'avant longtemps il n'y aura qu'une seule Science et un seul Esprit, comme un seul Prophète et un seul Dieu...

Le rigoureux Penseur discursif est le Scolastique (Logicien d'Ecole). Le vrai Scolastique est un Subtiliste mystique; des Atomes logiques il tire son Univers; il annihile toute Nature vivante, pour mettre à la place un Artifice Logique (*Gedan-kenkunststück*, littéralement un tour de passe-passe de Pensées). Son but est un Automate infini. En opposition avec lui est le rude Poète intuitif : celui-ci est un Macrologiste mystique : il hait les règles et les formes fixées; une sauvage, violente vie règne à leur place dans la Nature ; tout est animé, point de loi; libre gré et merveille partout. Il est purement dynamique. Tel l'Esprit Philosophique se manifeste d'abord, en deux masses complètement séparées. Dans la *seconde* phase de la culture, ces masses commencent à entrer en contact, de bien des manières; et, de même que de l'union des Extrêmes infinis, le Fini, le Limité surgit, de même ici surgissent, sans nombre, les « Philosophes Eclectiques »; le temps des malentendus commence. Le plus important, le plus pur Philosophe de la seconde phase est, dans cette phase, le plus limité. Cette catégorie s'occupe exclusivement du monde actuel, présent, au sens le plus strict. Les Philosophes de la première catégorie considèrent avec mépris ceux de la seconde; disent qu'ils sont de tout un peu; c'est-à-dire rien ; tiennent leurs vues pour les résultats de la faiblesse, pour de l'Inconséquentisme. En revanche la seconde catégorie, à son tour, prend en pitié la première; jette le blâme sur son enthousiasme visionnaire, qui, disent-ils, est absurde jusqu'à l'insanité. Si, d'un côté, les Scolastiques et les Alchimistes semblent tout à fait en désaccord, et les Eclectiques, d'un autre côté, absolument d'accord, cependant, tout bien considéré, c'est complètement l'inverse. Les premiers, sur les choses essentielles, sont indirectement de la même opinion; par exemple, en ce qui regarde la non-dépendance et le caractère infini de la Méditation, ils partent les uns et les autres de l'Absolu : alors que les Eclectiques et la catégorie des philosophes limités sont essentiellement en désaccord, et s'entendent uniquement sur ce qui est déduit. Les premiers sont infinis, mais uniformes, les derniers bornés, mais multiformes; les premiers ont du génie, les autres du talent; ceux-là ont des Idées, ceux-ci ont des recettes (*Handgriffe*); ceux-là ont des têtes sans mains, ceux-ci des mains sans têtes. La *troisième* phase est celle de l'Artiste, qui peut être à la fois instrument et génie. Il trouve que cette Séparation primitive dans les Activités Philosophiques absolues (entre le Scolastique et le « rude Poète intuitif ») est une Séparation qui gît plus profondément dans sa propre Nature ; Séparation qui implique, par son existence comme telle, la possibilité d'un ajustement, d'une union : il trouve que, pour hétérogènes que soient ces Activités, il y a toutefois en lui une faculté de passer de l'une à l'autre, de changer à volonté sa *polarité*. Il découvre en elles, par conséquent, des membres nécessaires de son esprit ; il remarque que l'une et l'autre doivent être unies dans quelque principe commun. Il conclut que l'Eclectisme n'est rien que la mise en œuvre imparfaite et défectueuse de ce principe. Cela devient...

... Mais nous n'avons pas besoin de nous obstiner davantage à arracher une signification à ces mots mystérieux : décrivant le véritable Transcendantaliste, ou « Philosophe de la troisième phase », à proprement parler *le* Philosophe, Novalis s'élève dans des régions où peu de lecteurs le suivraient. On peut observer ici que la Philosophie Anglaise, de Duns Scot à Dugald Stewart, est passée maintenant par la première et la seconde de ces « phases », la Scolastique et l'Eclectique, et qui sont considérablement en honneur. Avec notre aimable professeur Stewart, dont personne, pas même Cicéron lui-même, ne dépassa jamais l'Eclectisme, cette seconde catégorie, ou catégorie éclectique, peut être considérée comme ayant pris fin ; et maintenant la Philosophie est chez nous à un point d'arrêt, ou plutôt il n'y a plus maintenant de Philosophie visible dans ces Iles. Il reste à voir si nous devons avoir, nous aussi, notre « troisième phase », et comment cette « catégorie » nouvelle et supérieure se comportera ici. Les Philosophes Français semblent occupés à étudier Kant et à le commenter : mais nous imaginons plutôt que Novalis prononcerait qu'ils n'en sont encore qu'à la phase éclectique. Il dit par la suite que « tous les Eclectiques sont essentiellement et au fond des sceptiques ; d'autant plus compréhensifs qu'ils sont plus sceptiques ».

Ces deux passages ont été extraits d'une considérable série de *Fragments*, qui, distribués en trois divisions, Philosophique, Critique, Morale, occupent la majeure partie du second Volume. Ce sont des fractions, comme nous l'avons plus haut fait entendre, de ce grand « ouvrage encyclopédique » dont Novalis avait tracé le plan. On dit que c'est Friedrich Schlegel qui a fait le choix des fragments qui sont publiés ici. Ils se présentent à nous sans note ni commentaire ; rédigés pour la plupart dans une phraséologie très inusitée ; et, sans de très patientes investigations répétées, ils offrent rarement quelque signification, ou plutôt, dirons-nous, ils en offrent souvent une fausse. Nous en avons choisi, pour les insérer, quelques-uns parmi les plus clairs : si le lecteur les prendra pour du « Pollen » (1), ou pour une espèce moins précieuse de poussière, nous ne le prédirons point. Nous les donnons sous forme de mélanges ; sans prendre garde à ces classifications qui, même dans le texte, ne sont point et ne sauraient être très strictement observées.

La Philosophie ne peut cuire du pain ; mais elle peut nous procurer Dieu, la Liberté, l'Immortalité. Laquelle donc est plus pratique, de la Philosophie ou de l'Economie ? —

La Philosophie est proprement le mal-du-pays ; le désir d'être partout chez soi. —

Nous sommes bien près de nous éveiller lorsque nous rêvons que nous rêvons. —

Le véritable Acte philosophique est l'annihilation de soi (*Selbstœdtung*) ; c'est là le réel commencement de toute Philosophie ; toutes les conditions requises pour être un Disciple de la Philosophie tendent là. Seul cet Acte correspond à toutes les conditions et caractéristiques d'une conduite transcendantale. —

Pour nous familiariser vraiment avec une vérité, nous devons d'abord lui avoir été incrédule, et avoir disputé contre elle. —

L'Homme est le Sens le plus haut de notre Planète ; l'étoile qui la relie au monde supérieur ; l'œil qu'elle tourne vers le Ciel. —

La Vie est une maladie de l'esprit ; un travail stimulé par la Passion. Le Repos est propre à l'esprit. —

Notre vie n'est pas un songe, mais elle en peut devenir et deviendra peut-être un. —

Qu'est-ce que la Nature ? Un encyclopédique, systématique Index ou Plan de notre Esprit. Pourquoi nous contenterions-nous du simple Catalogue de nos Trésors ? Contemplons-les nous-mêmes, et de toutes les manières élaborons-les et usons-en. —

Si notre Vie Corporelle est une combustion, notre Vie Spirituelle est le produit de la combustion (à moins que ce ne soit précisément l'inverse ?) ; la Mort, par suite, est peut-être un changement de Capacité. —

Le sommeil est pour les habitants des Planètes seulement.

(1) On a vu plus haut que Novalis intitulait ainsi ces *Fragments*,

En un autre temps, l'homme dormira et veillera continuellement à la fois. La plus grande partie de notre Personne, de
notre Humanité elle-même, dort encore d'un profond sommeil. —

Il n'y a qu'un Temple dans le Monde, et ce Temple c'est le
Corps de l'Homme. Rien n'est plus sacré que cette noble
Forme. S'incliner devant les hommes, c'est saluer une Révélation dans la Chair. Nous touchons le Ciel, lorsque nous
posons nos mains sur un Corps humain. —

L'Homme est un Soleil ; ses sens sont les Planètes. —

L'Homme a toujours exprimé quelque symbolique Philosophie de son Etre dans ses Œuvres et sa Conduite ; il annonce
et lui-même et son Evangile de la Nature, il est le Messie de
la Nature. —

Les Plantes sont les Enfants de la Terre ; nous sommes les
Enfants de l'Ether. Nos poumons sont proprement notre
Racine ; nous vivons, quand nous respirons ; nous commençons
notre vie en respirant. —

La Nature est une Harpe Eolienne, un instrument musical,
dont les accents sont, à leur tour, les clefs de plus hautes harmonies en nous. —

Tout objet aimé est le centre d'un Paradis. —

Le premier Homme est le premier Voyant spirituel ; tout lui
apparaît comme Esprit. Qu'est-ce que sont les enfants, sinon
des hommes primordiaux? Le regard neuf de l'Enfant est
plus riche de signification que la prévision du plus indubitable Voyant. —

Il dépend uniquement de la faiblesse de nos organes et de
notre propre excitation (*Selbstberührung*), que nous ne nous
voyions pas dans un monde féerique. Tous les Contes Fabuleux
(*Mährchen*) sont simplement des rêves de ce monde, évoqué
au foyer, qui est partout et nulle part. Les plus hautes facultés qui sont en nous, qui un jour, comme des Génies, satisfe-
ront nos désirs (1), sont, pour le moment, des Muses qui,
dans notre pénible voyage, nous délassent avec de douces
remembrances. —

L'Homme consiste dans le Vrai. S'il exprime le Vrai, il
s'exprime lui-même. S'il trahit le Vrai, il se trahit lui-même.

---

(1) Les idées de Novalis, sur ce qui a été appelé la « perfectibilité
de l'homme », se fondent sur ses conceptions particulières de la constitution de la Nature matérielle et spirituelle, et sont du plus original et extraordinaire caractère. Avec notre plus grand effort, nous
désespérerions d'en donner autre chose qu'une notion fausse. Il
demande, par exemple, avec une gravité scientifique : Si quiconque,
au souvenir du premier regard de sa bien-aimée, peut douter de la
possibilité de la *Magie* ? (Note de Carlyle.)

Nous ne parlons pas ici des Mensonges, mais du fait d'agir contre sa Conviction. —

Un caractère est une volonté complètement formée (*vollkommen gebildeter Wille*). —

Il n'y a pas, à proprement parler, d'Infortune en ce monde. Le Bonheur et l'Infortune restent en perpétuelle balance. Toute Infortune est, pour ainsi dire, l'obstruction d'un courant, qui, après avoir surmonté cette obstruction, ne fait que se précipiter avec une plus grande force. —

L'idéal de la Moralité n'a pas de plus dangereux rival que l'idéal de la plus grande Force, de la plus puissante vie, qu'on a aussi nommé (très faussement, à la manière dont on l'entendait) l'idéal de la grandeur poétique. C'est le maximum du sauvage ; et il a, de nos jours, gagné de nombreux prosélytes précisément parmi les plus débiles. Dans cet idéal, l'homme devient une Brute-Esprit, un Mélange, dont l'intelligence brutale a, pour les débiles, une brutale puissance d'attraction (1). —

L'esprit de Poésie est la lumière du matin, qui fait résonner la Statue de Memnon. —

La distinction du Philosophe et du Poète est seulement apparente, et au désavantage des deux. Elle est un signe de malaise, et d'une constitution maladive. —

Le vrai Poète possède la science infinie ; il est un véritable monde en miniature. —

Les œuvres de Klopstock font l'effet, pour la plus grande partie, de Traductions libres d'un Poète inconnu, par un Philologue de grand talent, mais sans poésie. —

Gœthe est un Poète complètement pratique. Il est dans ses œuvres ce que les Anglais sont dans leurs denrées : grandement simple, net, convenable et durable. Il a fait dans la Littérature Allemande ce que Wedgwood (2) a fait dans la Manufacture Anglaise. Il a, comme les Anglais, un tour naturel pour l'Economie, et un Goût noble acquis par l'Entendement. L'un et l'autre sont fort compatibles et ont une étroite affinité, au sens chimique. — Un livre comme *les Années d'Apprentissage de Wilhelm Meister* peut être dit d'un bout à l'autre prosaïque et moderne. Le Romanesque tombe en ruines, la Poésie de la Nature, le Merveilleux. Le livre traite simplement de banales choses positives : la Nature et le Mysticisme sont complètement oubliés. C'est l'histoire

(1) Carlyle, dans ses *Signes du Temps*, a développé cette vue en l'appliquant à l'art et la poésie des époques de décadence. Cf. ***Essais choisis de Critique et de Morale***, pages 351, 352.

(2) Wedgwood (Josias), 1730-95, célèbre manufacturier anglais.

poétisée des choses de la ville et du ménage ; le Merveilleux est expressément traité là-dedans d'imagination et d'enthousiasme. L'Athéisme artistique est l'esprit du Livre... C'est proprement un *Candide*, dirigé contre la Poésie : le Livre est notoirement sans poésie sous le rapport de l'esprit, poétique comme en est le vêtement et le corps... L'introduction de Shakespeare a presque un effet tragique. Le héros retarde le triomphe de l'Évangile de l'Economie ; et la Nature économique est finalement la vraie et la seule qui subsiste. —

Quand nous parlons du but et de l'Art observables dans les œuvres de Shakespeare, nous ne devons pas oublier que l'Art appartient à la Nature ; qu'il est, pour ainsi dire, la Nature se considérant, s'imitant et se façonnant elle-même. L'Art d'un génie bien développé est fort différent de l'Artifice de l'Entendement, de l'esprit purement raisonneur. Shakespeare n'était pas un calculateur, pas un penseur érudit, il était une âme puissante, aux dons nombreux, dont les sentiments et les œuvres, comme les produits de la Nature, portent l'empreinte d'un même esprit ; le dernier venu et le plus profond des observateurs y trouvera encore de nouvelles concordances avec l'infinie structure de l'Univers, des ressemblances avec les idées les plus récentes, des affinités avec les facultés et les sens perfectionnés de l'homme. Ils sont emblématiques, ont plusieurs significations, sont simples et inépuisables, comme les produits de la Nature, et rien de moins approprié ne pourrait se dire à leur égard que ceci qu'ils sont des œuvres d'Art, dans cette acception étroite et mécanique du mot.

Le lecteur entend bien que nous offrons ces spécimens non pas comme les meilleurs qu'on puisse trouver dans les *Fragments* de Novalis, mais simplement comme les plus intelligibles. Il y aurait des choses bien plus étranges et profondes, si nous pouvions espérer les faire comprendre si peu que ce soit. Mais en examinant et réexaminant bon nombre de ces *Fragments*, nous nous trouvons emportés dans des sphères de pensée plus complexes, plus subtiles qu'aucune de celles dont nous ayons ailleurs pris connaissance. Ici, nous ne pouvons pas toujours trouver notre latitude et notre longitude, pas même parfois espérer les trouver approximativement ; bien moins encore, enseigner aux autres un tel secret.

Ce qui a déjà été cité peut donner quelque idée de Novalis, comme Philosophe et comme Critique : il est un autre aspect sous lequel il serait encore plus curieux de le voir et de le montrer, mais encore plus difficile, — nous voulons dire celui de sa Religion. Novalis nulle part ne rappelle spécialement son credo, dans ses Écrits : il exprime, ou implique, maintes fois, une croyance zélée, profonde en le système chrétien ; mais avec des accessoires et des convictions coexistantes qui pourraient nous sembler plutôt surprenants. Nous citerons encore quelques derniers Aphorismes de lui, relatifs à ce sujet, comme pouvant être préférables à tout commentaire de notre part. Tout l'Essai placé à la fin du premier tome, intitulé *Die Christenheit oder Europa* (le Christianisme ou l'Europe), est aussi fort digne d'étude, à ce point de vue comme à bien d'autres.

La Religion contient une infinie tristesse. Si nous devons aimer Dieu, ce doit être dans la détresse (*hülfsbedürftig*, besoin de secours). Jusqu'à quel point le Christianisme répond-il à cette condition ? —

Spinoza est un homme ivre de Dieu (*Gott-trunkener Mensch*). —

Le Diable n'est-il lui-même, comme Père des Mensonges, qu'une illusion nécessaire ? —

La Religion Catholique est jusqu'à un certain point le Christianisme appliqué. La Philosophie de Fichte, elle aussi, est peut-être le Christianisme appliqué. —

Les Miracles peuvent-ils créer la Conviction ? Ou bien la Conviction véritable, cette fonction supérieure de notre âme et de notre personnalité, n'est-elle pas l'unique Miracle où Dieu se révèle ?

La Religion Chrétienne est spécialement remarquable, d'ailleurs, en ce qu'elle s'adresse si décidément, dans l'Homme, à la pure bonne volonté, à son Caractère essentiel, et évalue celui-ci en dehors de toute Culture et de toute Manifestation. Elle est en opposition avec la Science et l'Art, et *proprement avec la Jouissance* (1).

Son origine est dans le commun du peuple. Elle inspire la grande majorité des *bornés* sur cette Terre.

Elle est la Lumière qui commence à briller dans les Ténèbres.

Elle est la racine de *toute Démocratie*, le plus grand Fait au point de vue des Droits de l'Homme (*die höchste Thatsache der Popularität*).

(1) En italiques aussi dans le texte.

Son extérieur peu poétique, sa ressemblance avec un moderne tableau de famille *semble seulement lui avoir été prêtée* (1).

Les Martyrs sont des héros spirituels. Christ fut le plus grand martyr de notre espèce ; avec lui le martyre est devenu infiniment significatif et sacré. —

La Bible commence noblement, avec le Paradis, le symbole de la jeunesse ; et elle conclut par l'Eternel Royaume, la Cité Sainte. Ses deux principales divisions, aussi, sont de naturelles divisions de la grande histoire (*ächt grosshistorisch*). Car dans chaque compartiment (*Glied*) de la grande histoire, la grande histoire doit se trouver, pour ainsi dire, symboliquement re-créée (*verjüngt*, rajeunie). Le commencement du Nouveau Testament est la seconde grande Chute (l'Expiation de la Chute) (2), et le commencement de la nouvelle Période. L'histoire de chaque homme individuel devrait être une Bible. Christ est le nouvel Adam. Une Bible est le plus haut problème de la Littérature. —

Il n'y a point jusqu'ici de Religion. Vous devez d'abord créer un Séminaire (*Bildungs-schule*) de la Religion véritable. Pensez-vous qu'il y ait une Religion ? La Religion doit être créée et produite (*gemacht und hervorgebracht*) par l'union d'un certain nombre de personnes.

Jusqu'ici nos lecteurs n'ont pris aucune idée de Novalis comme Poète proprement dit, *les Disciples à Saïs* étant d'une nature scientifique bien plus que poétique. Comme nous l'avons donné plus haut à entendre, nous ne considérons point ses dons, dans ce dernier domaine, comme de premier ordre, ni même comme d'un ordre supérieur ; à moins, à vrai dire, qu'il ne soit exact, comme il le soutient lui-même, que « la distinction du Poète et du Philosophe n'est qu'apparente, et est préjudiciable à l'un et à l'autre ». Dans ses compositions expressément poétiques, il y a une indubitable prolixité, un degré de langueur, point de faiblesse, mais de l'indolence ; le sens est trop dilué ; et dilué, pourrions-nous dire, non pas en une musique riche, animée, variée, comme nous le trouvons dans Tieck, par exemple ; mais plutôt en une monotonie grave, non sans mélodie, dont le murmure profond ne s'interrompt qu'à de rares in-

(1) En italiques aussi dans le texte.
(2) On connaît la fête ou jour de l'expiation dans la religion juive.

tervalles, bien que ce soit parfois par des notes de la
suavité la plus pure, d'une suavité presque spirituelle.
Nous faisons allusion ici surtout à ses morceaux non
versifiés, à ses fictions en prose : d'ailleurs, les morceaux
versifiés sont en petit nombre : pour la plupart sur des
sujets religieux ; et en dépit d'une sincérité décidée et
de sentiment et d'expression, ils semblent ne pas annoncer une grande habileté ou une grande habitude, dans
cette forme de composition. On peut le regarder comme
plus heureux dans le style de prose ; il vise en général
à la simplicité, et à une certaine expressivité familière;
çà et là, dans ses passages plus travaillés, spécialement
dans ses *Hymnes à la Nuit*, il nous a fait penser à
Herder.

Ces *Hymnes à la Nuit*, on se le rappelle, furent écrits
peu après la mort de sa maîtresse : dans cette période
de douleur profonde, ou plutôt d'extatique délivrance
de la douleur. Novalis lui-même les regardait comme sa
production la plus achevée. Ils sont d'un caractère
étrange, voilé, presque énigmatique ; cependant, exa-
minés plus à fond, ils n'apparaissent nullement sans
réelle valeur poétique ; il y a une grandeur, une immensité de l'idée ; une solennité taciturne règne en eux, une
solitude pour ainsi dire comme de mondes éteints. Çà
et là aussi quelque rayon de lumière nous visite dans la
profondeur indistincte ; et nous jetons un coup d'œil,
clair et émerveillé, dans les secrets de cette âme mysté-
rieuse. Un commentaire complet des *Hymnes à la
Nuit* serait une exposition de tout le credo théologique
et moral de Novalis ; car il se trouve enregistré là, bien
que symboliquement, et dans un langage lyrique, non
didactique. Nous avons traduit le Troisième, comme le
plus court et le plus simple ; en imitant son style flou,
demi-rythmique, surtout en déchiffrant son vague, profond sens, aussi exactement que nous avons pu (1). Par
le mot « Nuit », verra-t-on, Novalis entend beaucoup
plus que l'ordinaire contraire du Jour. La « Lumière »,

---

(1) Nous empruntons ici, et plus loin, pour les fragments d'*Henri
d'Ofterdingen*, l'excellente traduction de MM. Georges Polti et Paul
Morisse, publiée au *Mercure de France*.

dans ces poèmes, semblé exprimer notre vie terrestre ;
la Nuit, la primordiale et céleste vie :

Un jour que je répandais des larmes amères, alors que tout
mon espoir, dissous en la douleur, s'évanouissait, et que, solitaire, je me tenais près du tertre nu qui, dans son petit espace
obscur, enferme la forme même de ma vie, seul, comme
jamais ne fut nul abandonné, oppressé par une angoisse indicible, et sans force et n'étant plus qu'une pensée de misère,
— comme je cherchais autour de moi quelque secours, ne
pouvant plus faire un pas en avant ni revenir, — et que je res-
tais là attaché, avec un désir infini, à cette vie fugitive et
éteinte... alors voici que m'arriva du lointain bleu, des sommets de mon ancienne félicité, le frisson du soir : et, tout
d'un coup, le cordon de la naissance se rompit, la chaîne
qu'est la lumière du jour !... La splendeur terrestre s'en fut,
— et avec elle ma tristesse ; en même temps s'épandait, toute,
ma mélancolie en un monde nouveau, insondable. Et toi,
Ivresse Nocturne, assoupissement, des cieux, tu descendais
sur moi : la contrée, sans bruit, se soulevait, et au-dessus de
la contrée mon esprit, libéré, né à une seconde vie, planait...
le tertre se dispersa en un nuage de poussière, et, à travers
ce nuage, je vis les traits transfigurés de l'Aimée. Dans ses
yeux reposait l'Eternité. Je saisis ses mains, et les larmes me
devinrent un lien, resplendissant, indéchirable celui-là ! Des
milliers d'années s'enfonçaient dans les profondeurs, ainsi que
des orages en fuite... A son cou, je pleurai, devant la vie
nouvelle, de délicieuses larmes. — Et ce fut le premier et ce
fut l'unique Rêve, et depuis lors seulement je ressens une foi
éternelle, une foi immuable, ô Nuit, dans ton ciel et dans sa
lumière : l'Aimée !

Quelle dose de satisfaction critique, quel éclaircissement sur la grande crise de l'histoire spirituelle de
Novalis, qui semble comme figurée ici, nos lecteurs
peuvent tirer de ce Troisième *Hymne à la Nuit*, c'est
ce que nous ne prétendons point dire. Cependant, ce
serait leur donner une fausse idée du Poète, si nous le
laissions ici, montré seulement sous ses aspects surtout
mystiques, comme si sa Poésie était exclusivement une
chose allégorique, résidant dans les Ténèbres et le Vide,
loin de tous les sentiers des mortels ordinaires et de
leurs pensées. Novalis peut écrire dans le style le plus
simple aussi bien que dans ce style des plus insolites ;

et là encore non sans originalité. La partie de beaucoup la plus considérable de son Premier Volume est occupée par un Roman, *Heinrich von Ofterdingen*, qui a tout l'air d'avoir été écrit au jour le jour; c'est sur lui que nous avons le moins appelé l'attention, parce que nous ne le mettons nullement parmi ses plus remarquables compositions. Comme la plupart des autres œuvres, il est resté à l'état de Fragment; bien plus, d'après le compte-rendu que Tieck (1) donne de son plan ultérieur, et à la manière dont cette « Apothéose de la Poésie » devait, du solide monde prosaïque de la première Partie, passer, en la Seconde, dans un monde mystique, féerique et tout fantastique, les critiques ont douté s'il eût pu, à strictement parler, être complété. Nous choisissons dans cette œuvre deux passages, à titre de spécimens de la manière de Novalis dans le style plus simple de composition; affirmant d'avance, ce que nous avons en ce cas unique le droit de faire, que ce qu'ils peuvent avoir d'excellent de façon ou d'autre sera universellement appréciable. Le premier est l'introduction au Récit tout entier, pour ainsi dire le thème de tout le reste; la « Fleur Bleue » dont il y est parlé étant la Poésie, le réel objet, la passion et la vocation réelles du jeune Henri, qu'il doit, à travers des aventures, des efforts et des souffrances multiples, chercher et trouver. Son histoire commence ainsi :

Ses parents étaient déjà couchés, et ils dormaient; la pendule battait, de son tic-tac monotone; devant les fenêtres secouées, le vent mugissait; et, par intervalles, la lumière de la lune venait éclairer la chambre.

Le jeune homme, agité sur sa couche, pensait à l'étranger et à ses récits :

— Non, ce ne sont pas les trésors qui ont éveillé en moi ce désir tellement inexprimable, se disait-il; toute cupidité est bien loin de mon cœur; mais la fleur bleue, je soupire après sa découverte ! Sans cesse elle est présente à mon esprit, et je ne peux plus réfléchir ni rêver à autre chose. Je n'ai jamais rien ressenti de pareil : c'est comme si j'avais, jusqu'ici, rêvé ou comme si j'étais passé, pendant mon sommeil, dans un

---

(1) Voir ce compte-rendu de Tieck, *in fine*, dans la traduction de MM. Georges Polti et Paul Morisse.

monde nouveau ; car, dans le monde où j'ai vécu jusqu'au-jourd'hui, qui donc se serait jamais soucié de fleurs ? Et sur-tout, d'une passion aussi singulière pour une fleur, jamais je n'avais entendu parler encore... D'où a bien pu venir cet étranger ? Aucun de nous n'avait vu d'homme pareil ; je ne puis m'expliquer pourquoi c'est sur moi seul que ses discours ont fait une telle impression : les autres ont, certes, entendu les mêmes choses, et pourtant aucun d'eux n'a éprouvé rien de semblable. Ah ! ne pas même pouvoir parler à personne d'un état si extraordinaire ! Souvent, ce que je ressens me cause un vrai délice ; et c'est seulement lorsque je n'ai pas la fleur tout à fait présente à la pensée qu'il se produit comme une anxieuse tension au plus profond, au plus intime de mon âme : quelque chose que nul ne pourrait comprendre, ni ne comprendra ! Je croirais que je suis fou si je ne voyais et ne pensais clairement, distinctement : tout m'apparaît, au contrai-re, plus familier depuis. Jadis, j'ai entendu maint récit de temps révolus où les bêtes, les arbres et les rochers auraient conversé avec les hommes. Cela me fait comme s'ils voulaient commencer à cette heure et comme si je pouvais, rien qu'à les voir, comprendre ce qu'ils veulent me dire. Il doit y avoir encore beaucoup d'autres paroles que je ne sais pas ; si j'en savais davantage, je pourrais bien mieux comprendre toute chose... Autrefois, j'aimais à danser ; maintenant, mes pen-sées vont de préférence vers la musique...

Le jeune homme se perdit peu à peu dans de douces fan-taisies et s'endormit. Alors, un rêve lui vint de lointains inter-minables, de contrées sauvages, inconnues. Il allait sur la mer, avec une facilité inexplicable ; il vit d'étranges animaux, vécut avec des hommes de toutes sortes, tantôt en guerre ou dans de barbares tumultes, puis sous des cabanes paisibles. Il tomba en captivité, dans la plus profonde misère. Toutes les sensations s'élevèrent en lui à une intensité qu'il n'avait jamais soupçonnée. Il vécut d'une existence infiniment agitée, mourut et revint à la vie, aima de la passion la plus extrême pour se voir ensuite séparé éternellement de son amante. Enfin, vers le matin, lorsque, dehors, le crépuscule commen-çait à poindre, le calme se fit dans son âme ; plus précises et plus durables se succédèrent les images. Il lui semblait mar-cher seul dans une sombre forêt. À de rares intervalles, le jour parvenait à percer le vert réseau. Bientôt, il arriva devant un ravin qui montait entre les rochers. Il le lui fallut gravir, sur des pierres moussues qu'y avait entraînées un ancien tor-rent. A mesure qu'il montait, la forêt s'éclaircissait. Il par-vint enfin à la hauteur d'une petite prairie, posée au versant de la montagne. Or, au fond de la prairie, s'élevait une énorme roche abrupte, au pied de laquelle il aperçut une ouverture qui semblait être l'entrée de quelque galerie : elle s'enfonçait dans le roc; et il y chemina sans difficulté. Il ne tarda pas à découvrir une vaste caverne, vers où, de loin poudroyante, une vive clarté l'attirait. En effet, dès qu'il y entra, il reconnut qu'un rayon puissant, à l'instar d'une source jaillissante, s'élevait jusqu'au plafond et là se pulvérisait à la voûte, d'où il retombait, par milliers d'étincelles, dans un vaste bassin; le jet brillait tel que l'or en fusion, et l'on n'entendait aucun bruit : un silence sacré enveloppait, seul, la magnificence de ce spectacle.

Il s'approcha de la vasque : elle ondoyait et frissonnait en une innombrable multitude de nuances; toutes les parois de la grotte étaient couvertes du même liquide, non pas chaud, mais glacé, et qui mettait à ces murailles un éclat bleuâtre et mat.

Alors il trempa la main dans cette vasque et en humecta ses lèvres : aussitôt, ce fut comme si un souffle spirituel l'avait pénétré tout entier, tant il se sentait fortifié et rafraîchi. Et il lui prit un désir insurmontable de se baigner : il se déshabilla et descendit dans le bassin. Il lui paraissait, maintenant, reposer parmi les nuages, dans la pourpre du soir; un torrent de sensations célestes entrait en lui : mille pensées dans son cœur s'efforçaient, profonde volupté, afin de se confondre; de toutes parts surgissaient des images inconnues qui se fondaient, également, l'une dans l'autre, pour devenir des êtres visibles et l'entourer, de sorte que chaque onde du délicieux élément se collait à lui étroitement ainsi qu'une douce poitrine. Il semblait que dans ce flot se fût dissous un groupe de charmantes filles qui, pour un instant, redevenaient des corps au contact du jeune homme.

Enivré de ravissement et conscient néanmoins de chaque impression, il nagea, suivant le courant lumineux qui, au sortir du bassin, s'écoulait entre les rochers. Une sorte de léger sommeil s'était emparé de lui, où il rêva d'aventures indescriptibles, et hors duquel voici qu'une nouvelle clarté le réveilla : il se trouvait, à présent, étendu sur une molle pelouse au bord d'une source qui s'écoulait dans l'air, où elle semblait se dissiper. De sombres rochers bleuâtres, striés de veines multicolores, s'apercevaient à une certaine distance : la lumière du jour qui l'entourait était plus limpide et bienveillante que de coutume, et le ciel, d'un bleu noir, était absolument pur. Mais ce qui l'attira, d'une irrésistible puissance, ce fut, droite auprès de la source, une Fleur élancée et d'un bleu éthéré, de qui les larges et éclatants pétales le touchaient : autour d'elle se dressaient des milliers de fleurs, de toutes les nuances et dont les parfums très précieux embaumaient l'air. Mais il ne voyait que la Fleur bleue, et longtemps il la contempla avec un sentiment de tendresse sans nom.

Enfin il voulut s'approcher d'elle, quand tout à coup elle commença à se mouvoir et à changer d'aspect : les feuilles devinrent plus éclatantes encore et se collèrent à la tige, qui croissait ; la Fleur elle-même se pencha vers lui et ses pétales s'élargirent en une sorte de col bleu où apparut un délicat visage.

Comme son doux étonnement grandissait avec cette métamorphose merveilleuse, soudain la voix de sa mère le réveilla, et il se retrouva dans la chambre familiale que dorait déjà le soleil du matin.

Notre prochain et dernier extrait est de même le récit d'un rêve. Le jeune Henri, avec sa mère, fait un long voyage pour voir son grand-père à Augsbourg ; il converse en chemin avec des marchands, des mineurs et des guerriers de la Croix-Rouge (car c'est au temps des Croisades) ; et peu après son arrivée il devient immensément amoureux de Mathilde, la fille du poète Klingsohr, dont la figure rappelait celle, d'une beauté sans pareille, qui lui était apparue autrefois dans sa vision de la Fleur Bleue. Mathilde, semblerait-il, doit lui être ravie par la mort (comme Sophie le fut à Novalis) ; en attendant, sans redouter un tel événement, Henri se livre de tout son cœur à ses nouvelles émotions :

Il se mit à la fenêtre. Le chœur des astres brillait dans le ciel sombre, et à l'orient une lueur blanche annonçait l'aube prochaine.

En plein ravissement, Henri s'écria :

— Ô vous, astres éternels, silencieux voyageurs, je vous invoque pour témoins de mon serment sacré ! C'est pour Mathilde que je veux vivre : et qu'une immortelle fidélité à son cœur attache le mien ! Aussi bien le matin d'un jour sans fin point pour moi. Dissipée est la nuit. A ce soleil levant je m'allume tel qu'un inextinguible holocauste !

Henri était exalté, et ce fut tard dans le matin qu'il s'endormit. Dans les flots d'un rêve fantastique ses pensées se mêlèrent. A travers une verte plaine luisait la nappe profonde et bleue d'un fleuve. Sur la surface unie flottait un esquif où Mathilde, assise, ramait. Ceinte d'une couronne de fleurs, elle chantait un laï naïf, et son regard, chargé d'une douce mélancolie, le fixait : il se sentait la poitrine oppressée. Pourquoi ? il n'aurait su le dire. Le ciel était serein, l'onde était tranquille ; et dans son cours se reflétait le pur visage. Tout à coup la barque se prit à tournoyer sur elle-même. Il jeta un cri d'angoisse ! Elle sourit, et déposa sa rame dans le fond du canot, qui cependant tournait sans relâche. En proie à la plus horrible anxiété, il se jeta dans le courant. Mais il ne pouvait avancer, le flot le soulevait. Alors elle fit signe, et parut vouloir lui dire quelque chose ; déjà l'esquif visiblement faisait eau : et pourtant elle souriait avec une indicible douceur, considérant l'abîme avec sérénité. Soudain, elle s'engloutit ! Et une ride légère parcourut la surface du fleuve, qui coulait à présent aussi tranquille, aussi lumineux que jamais. L'épouvantable émotion lui fit perdre connaissance. Son cœur s'était arrêté... Il ne revint à lui que lorsqu'il se sentit sur la terre ferme. Il avait dû être entraîné très loin. C'était autour de lui une contrée étrangère. Il ne savait plus ce qui lui était arrivé. Sa conscience était comme abolie. Vide de pensée, il s'avançait à travers ce pays. Il se sentait atrocement las. D'une colline découlait une petite source : elle chantonnait comme des cloches claires. De la main, il y puisa quelques gouttes, et il en mouilla ses lèvres arides. Tel qu'un songe abominable demeurait l'affreux événement derrière lui : il marchait... il marchait... ; fleurs et arbres lui parlèrent. Et voilà que son esprit se sentait bien et chez lui. Alors il entendit, de nouveau, le lai si naïf. Il s'élança dans la direction des sons. Tout à coup quelqu'un le retint, le saisissant à son vêtement.

— O cher Henri ! s'écriait une voix connue.

Il se retourna, et Mathilde l'enfermait dans ses bras !

— Pourquoi te sauver devant moi, mon cœur ? lui dit-elle, hors d'haleine. C'est à peine si j'ai pu te rejoindre.

Henri pleurait. Il l'étreignit.

— Où est le fleuve ? dit-il en larmes.

— Ne vois-tu pas ses ondes bleues au-dessus de nous ?

Il leva le regard ; et le fleuve bleu doucement coulait au-dessus de leurs têtes.

Où sommes-nous donc, Mathilde chérie ?

— Chez nos parents.

— Restons-nous ensemble ?

— Eternellement, ajouta-t-elle en unissant ses lèvres aux siennes et l'enlaçant d'une façon si étroite qu'elle ne pouvait plus se détacher de lui.

Elle lui prononça à la bouche un mot étrange et mystérieux, qui résonna à travers tout son être. Il allait le répéter, quand, son grand-père l'appelant, il se réveilla.

Il eût donné sa vie pour se rappeler ce mot !

Cette image de la Mort, du Fleuve qui est le Ciel dans cette autre et éternelle contrée, nous semble une belle et touchante image ; il y a en elle quelque chose de cette sublimité simple, de ce pathétique doux et calme, qui sont des caractéristiques de Novalis, et certainement les plus nobles de ses dons spécialement poétiques.

Mais sur ces dons, comme sur les autres dons et défauts qui lui peuvent être propres, nous n'insisterons pas davantage : car maintenant, après ces multiples citations et ces commentaires plus ou moins limités, nous devons considérer que notre petite entreprise relative à Novalis a atteint ses bornes, et doit être, sinon achevée, du moins terminée. Notre lecteur l'a longuement écouté, sur des sujets très variés, choisis et exposés ici de la manière qui semblait la plus appropriée à notre objet, et avec un désir sincère de notre part, celui que le jugement, qu'on pouvait, en lisant ces pages, arriver à se former touchant un tel homme, fût un jugement favorable et de bonne foi. Certains des passages que nous avons traduits paraîtront obscurs ; d'autres, nous l'espérons, ne sont point sans présenter des indices d'un sens judicieux et profond ; le reste peut exciter de l'étonnement, qu'il dépend, d'autre part, de chaque lecteur de mettre bien ou mal à profit, soit qu'il l'entretienne comme le père de la Science, ou comme la fille de l'Ignorance. Pour la masse des lecteurs, nous le savons, il ne peut y avoir que peu de profit dans Novalis, qui nous fait utiliser notre temps, plutôt qu'il ne nous aide à le tuer ; à ceux-là on ne conseillera pas de s'obstiner autrement à l'étudier. A ces autres, en revanche, qui prisent la vérité comme le but de toute lecture, surtout à cette catégorie qui cultive la science morale comme le développement de la Vérité la plus pure et la plus haute, nous pourrons recommander, presque en toute confiance, de lire et de relire Novalis. S'ils estiment, avec nous, que la plus profitable occupation qu'aucun livre puisse leur apporter est d'étudier de bonne foi quelque Homme sérieux, d'intelligence profonde et ami

du vrai, de se familiariser coûte que coûte avec sa manière de penser, jusqu'à ce qu'ils voient le monde avec
ses yeux, sentent comme il sentit et jugent comme il
jugea, sans se prononcer ni pour ni contre avant d'avoir
pu en quelque mesure sentir et juger de la sorte, —
alors nous pouvons affirmer que peu d'ouvrages de
notre connaissance sont plus dignes de leur attention
que celui-ci. Ils y trouveront, si nous ne nous trompons,
une inépuisable mine d'idées philosophiques, où l'intelligence la plus pénétrante peut avoir une occupation
suffisante, et, dans une telle occupation, sans regarder
plus loin, une récompense suffisante. Tout cela, si le
lecteur procède d'après des principes sincères; sinon, il
en sera tout autrement. A nul, autant qu'à Novalis,
n'est applicable la fameuse devise :

> *Leser, wie gefall'ich Dir?*
> *Leser, wie gefällst Du mir ?*

> Lecteur, comment m'aimes-tu?
> Lecteur, comment t'aimè-je?

Pour le surplus, il ne saurait y avoir que mécompte
à tenter de tracer ici quelque caractère nettement déterminé de Novalis ; à prétendre, avec des moyens comme
les nôtres, réduire cette extraordinaire nature aux formules courantes, et, en quelques mots, à faire le total net
de ce qu'il vaut et de ce qu'il ne vaut pas. Nous avons
à plusieurs reprises avoué notre imparfaite connaissance
de la matière, et notre désespoir absolu d'en communiquer même une idée approximative à des lecteurs si
étrangers à Novalis. On a bientôt fait de dire et d'écrire,
avec bienveillance : « aimable enthousiaste », « rêveur
poétique » ; ou, avec malveillance : « mystique allemand », « rhapsodiste au cerveau fêlé » ; mais cela ne
servirait pas à grand'chose en l'espèce. Si nous ne nous
sommes pas entièrement mépris, Novalis ne peut se
ranger dans aucune de ces catégories connues; mais il
appartient à une autre, plus haute et beaucoup moins
connue, dont la signification mérite peut-être aussi d'être
étudiée, qui ne saurait en tout cas devenir claire pour
nous avant une longue étude.

Que le lecteur, en attendant, accepte quelques vagues impressions à nous sur ce sujet, puisque nous n'avons point de jugement arrêté à lui offrir. Nous dirions donc que le principal mérite que nous avons remarqué chez Novalis est la subtilité d'intelligence, pour nous vraiment prodigieuse : sa puissance d'abstraction intense, sa puissance à poursuivre les plus profondes et les plus évanescentes idées à travers leurs mille complexités, pour ainsi dire avec une vision de lynx, et jusqu'aux limites mêmes de la Pensée humaine. Il était très versé en mathématiques, et, comme nous pouvons aisément le croire, passionné pour cette science; mais son don est d'une bien plus belle espèce qu'aucun don requis en mathématiques, où l'esprit, depuis le commencement avec *Euclide* jusqu'à la fin avec *Laplace*, s'aide, pour penser, de symboles visibles, de sûrs *instruments;* n'a souvent même, du moins dans ce qu'on appelle les mathématiques supérieures, guère plus qu'une surveillance à exercer sur celles-ci. Cette faculté de méditation abstraite, quand elle est sûre et claire au point où nous la trouvons parfois chez Novalis, est une faculté bien plus haute et plus rare; son élément n'est point dans les mathématiques, mais dans cette *Mathématique* profonde, dont maint grand Calculateur, a-t-on dit, n'avait même pas idée. Dans cette faculté, autant qu'il s'agit de la faculté logique et non morale, gît certainement le sommaire de tout talent philosophique; talent, en conséquence, que Novalis a dû posséder, croyons-nous, à un très haut degré; à un plus haut degré que presque n'importe quel autre écrivain moderne de notre connaissance.

Son principal défaut, en revanche, nous est représenté par une certaine douceur excessive, un manque de rapide énergie; quelque chose que nous pourrions appeler une *passivité* s'étendant à la fois à son esprit et à son caractère. Il y a une tendresse dans Novalis, une pureté, une candeur, presque comme d'une femme; mais il n'a pas, du moins nullement au même degré, la vigueur et la force résolue d'un homme. Ainsi, dans ses peintures poétiques, comme nous nous en plaignions plus haut, il est par trop dilué et diffus; non pas verbeux, à proprement parler; abondant non point tant en mots superflus qu'en circonstances superflues, ce qui, à vrai dire, n'est mieux que d'un degré. Dans ses spéculations philosophiques, nous éprouvons comme l'impression du même défaut, çà et là manifeste, sous une forme différente. Là encore, il nous semble, en un sens, trop languissant, trop passif. Il *siège*, pourrions-nous dire, parmi les riches, délicates, multiples combinaisons que son esprit lui présente presque de lui-même ; mais peut-être montre-t-il trop peu d'activité dans sa manière, met-il trop d'indécision dans sa façon de séparer le vrai du douteux, ne se donne-t-il même pas la peine d'exprimer sa vérité avec quelque laborieuse exactitude. Avec son calme, avec son profond amour de la Nature, l'accent doux, élevé, spirituel de sa contemplation, il se présente à nous en une sorte de caractère Asiatique, réalisant presque notre idéal du Gymnosophiste antique, et avec la faiblesse aussi bien qu'avec la force d'un Oriental. Il faudrait rappeler, d'ailleurs, que ses œuvres tant poétiques que philosophiques, telles que nous les voyons maintenant, s'offrent avec maints désavantages ; nullement mûries, et non comme des doctrines et des exposés précis, mais comme leur ébauche sommaire ; œuvres où, si elles avaient été achevées, bien des choses eussent changé de forme, et d'où ce défaut, avec plusieurs autres, eût pu disparaître. Il se peut donc que ce ne soit là qu'un défaut superficiel, ou même que l'apparence d'un défaut, et qui ait son origine dans ces circonstances, comme dans notre imparfaite intelligence de l'auteur. Comme homme, du moins, Novalis paraît avoir été le contraire de l'inertie ; nous avons des rapports exprès sur sa vivacité et sa véhémence de mouvements.

En ce qui concerne le caractère de son génie, ou plutôt peut-être de sa signification littéraire, et la forme sous laquelle il manifesta son génie, Tieck pense qu'il peut être comparé à Dante. « C'était devenu chez lui », dit-il, « une disposition toute naturelle, de regarder les « choses les plus ordinaires et les plus proches comme « un prodige, et les choses étrangères, surnaturelles, « comme on ne sait quoi d'ordinaire ; la vie quoti- « dienne elle-même des hommes était autour de lui

« comme une fable étonnante, et ces régions dont la
« plupart rêvent ou doutent comme d'une chose dis-
« tante, incompréhensible, étaient pour lui une demeure
« familière et bien-aimée. Il se fit ainsi, non corrompu
« par les exemples, une nouvelle méthode d'expression ;
« et dans sa multiplicité de sens, dans sa conception
« de l'Amour, dans sa croyance en l'Amour comme à
« la fois en son Maître, en sa Sagesse, en sa Religion ;
« en ceci aussi qu'un seul grand événement de la vie,
« un deuil et un chagrin en vinrent à être l'essence de
« sa Poésie et de sa Contemplation, — il ressemble,
« seul parmi les modernes, au noble Dante ; et il nous
« chante, comme lui, un insondable, mystique chant,
« bien différent de celui de tant d'imitateurs, qui se
« figurent qu'on endosse et qu'on quitte le mysticisme
« comme un vêtement. » Considérant la tendance de
ses efforts poétiques, aussi bien que l'esprit général de
sa philosophie, cette flatteuse comparaison peut se trouver mieux fondée qu'elle ne semble l'être à première
vue. Cependant, si l'on nous demandait de donner,
d'après cette méthode, qui nous semble en tous cas une
méthode très vague, une idée de Novalis, nous incline-
rions à l'appeler le Pascal allemand plutôt que le Dante
allemand. Entre Pascal et Novalis, un amateur de semblables analogies pourrait relever plus d'un point de
ressemblance. L'un et l'autre ont la nature la plus pure,
la plus affectueuse ; l'un et l'autre sont mathématiciens
et naturalistes, mais s'occupent surtout de Religion ;
bien plus, leurs meilleurs écrits, à tous les deux, sont
restés sous forme de « Pensées », de matériaux d'une
grande entreprise, dont chacun d'eux, avec les vues
particulières à son époque, avait conçu le plan, en
quelque sorte, pour le progrès de la Religion, et
qu'aucun d'eux ne vécut assez pour réaliser. Et dans
tout ceci il ne faudrait pas non plus manquer de remarquer avec soin que Novalis était, non pas le Pascal français,
mais le Pascal *allemand ;* et là-dessus, des habitudes
intellectuelles de l'un et de l'autre, maints contrastes et
maintes conclusions pourraient se déduire, du point de
vue national ; chose que nous laissons à ceux qui ont le
goût de tels parallèles.

Nous voici au bout de notre tâche, où nous avons voulu donner quelque aperçu, non pas de ce qu'on appelle vulgairement, mais de ce qu'*est* un Mystique Allemand ; mettre les lecteurs à même d'entrevoir quelque peu un Mystique Allemand chez lui, dans son véritable milieu domestique, et leur montrer, d'après leur propre inspection, comment il vit et travaille. Nous avons fait cela, d'ailleurs, en employant, non pas le style de la raillerie, qui eût été si facile, mais celui d'une enquête sérieuse, qui semblait tellement plus profitable. Nous comptons que cela nous vaudra les remerciements de nos lecteurs, et non leur censure. Le Mysticisme, quoi qu'il puisse être, devrait, comme d'autres choses ayant une existence effective, trouver la compréhension des esprits avertis. Nous avons observé, du reste, que le vieux rire convenu en pareil sujet sonne plutôt creux depuis quelque temps, et qu'il semble vouloir à peu près cesser d'ici peu. Il nous paraît qu'il se répand distinctement en Angleterre, touchant ces matières et autres analogues, un esprit de tolérante et sage investigation ; une persuasion, gagnant rapidement de proche en proche, que la sonde de la Logique Française ou Ecossaise, tout excellente, même tout indispensable qu'elle soit pour reconnaître les côtes et les baies, ne sondera absolument pas les mers profondes de la spéculation humaine ; et que maint Voltaire et maint Hume, hommes bien doués et hautement méritoires, eurent grandement tort en estimant que, lorsqu'ils avaient filé leurs six cents brasses de fil de sonde, ils avaient atteint le fond, qui, comme dans l'Atlantique, peut se trouver l'on ne sait combien de milles plus bas. Six cents brasses sont la plus longue et une fort appréciable ligne de sonde : mais bien des gens sondent avec six brasses, ou guère davantage, et arrivent à une conclusion précisément la même.

« Un jour viendra », disait Lichtenberg (1) avec une âpre ironie, « où il en sera de la croyance en Dieu « comme de celle aux Fantômes des contes de nour-

---

(1) Lichtenberg (Christian), 1742-1799, physicien et naturaliste allemand.

rice » ; ou bien encore, comme dit Jean-Paul, « où du
« monde l'on fera une machine universelle, de l'Ether un
« Gaz, de Dieu une Force, et de l'Autre Monde... un
« Cercueil ».Nous voulons croire qu'un tel jour ne viendra *pas*. En tous cas, pendant que la bataille est encore
indécise, et tant que la Philosophie-du-Gaz-et-du-Cer-
cueil (1) ne s'est pas encore affermie au moyen de dîmes
et de statuts pénaux, qu'il y ait le champ libre pour le
Mysticisme, ou pour quoi que ce soit d'autre qu'on
puisse honnêtement lui opposer. Un champ libre, et
point de partialité, et ce qui a raison *devra* prospérer ! « Notre temps actuel », dit ailleurs Jean-Paul,
« est vraiment un temps critique et un temps de criti-
« que, flottant entre le désir et l'incapacité de croire ; un
« chaos d'époques entrechoquées : mais même un monde
« chaotique doit avoir son centre, et sa révolution autour
« de ce centre : il n'y a *pas* de pure et absolue Confu-
« sion, mais, avant de pouvoir commencer, toute Con-
« fusion présuppose son opposé. »

(1) Coffin-and-Gaz Philosophy.

IDENTITÉ DE LA FORCE ET DU DROIT

Ce n'est pas ce qu'un homme a ou n'a point extérieu-
rement qui constitue son bonheur ou sa misère. La
nudité, la faim, la détresse sous toutes ses formes, la
mort elle-même ont été souffertes avec courage, quand
le cœur était droit. C'est le sentiment de l'*injustice*
qui est insupportable à tous les hommes. Le plus brutal des nègres d'Afrique ne peut supporter d'être traité
injustement. Personne ne peut supporter cela, ni ne
doit le supporter. Une loi plus profonde que toute loi
écrite sur parchemin, une loi directement écrite par la
main de Dieu dans l'être le plus intime de l'homme
proteste sans cesse contre cela. Qu'est-ce que l'injustice?
Un autre nom du *désordre*, de l'invéracité, de l'irréa-
lité; une chose que la véridique Nature tirée du néant,
précisément parce qu'elle n'est pas le Chaos, un inutile
et tourbillonnant Fantôme sans consistance, rejette et
désavoue. Ce n'est point la souffrance extérieure de
l'injustice; celle-là, s'agît-il de l'écorchement du dos
par des lanières à nœuds, ou de la séparation de la
tête par la guillotine, est comparativement peu de
chose. La douleur réelle est la souffrance et la flétrissure
de l'âme, le mal infligé au moral lui-même. Le rustre
le plus grossier prend une attitude de bataille, de résistance à outrance, si l'on s'avise de lui faire pareille chose.
Il ne peut vivre avec cela; son âme bruyamment, et
tout l'Univers en de continuels signes silencieux, disent:
Cela ne se peut. Il faut qu'il se venge; qu'il se *revanche*,
qu'il se dédommage, — en sorte que *meum* soit mien,
tuum tien, et que, chaque partie se tenant clairement
sur sa propre base, l'ordre soit rétabli. Il y a quelque

18.

chose d'infiniment respectable dans cela, et, pouvons-nous dire, d'infiniment respecté ; c'est la commune marque de la virilité se vengeant en nous tous, le fondement de tout ce qu'il y a de digne en nous tous, et, sous des différences superficielles, de tout ce qui est le même en nous tous.

De même que le *désordre*, insensé par sa nature, est la plus haïssable des choses pour l'homme, qui vit d'idées saines et d'ordre, de même l'injustice est le pire mal, certains disent le seul mal, en ce monde. Tous les hommes se soumettent au labeur, au désappointement, à l'infortune ; c'est leur lot, ici ; mais, dans tous les cœurs, une petite voix secrète, que ne peuvent faire taire la logique sceptique, le chagrin, la perversion ou le désespoir lui-même, donne à entendre que ce n'est point le lot final ; que, cruel, désolé, incohérent comme il paraît, un Dieu y préside ; qu'il n'est pas une injustice, mais une justice. La contrainte elle-même, l'impossibilité de résister, a sans nul doute un effet calmant ; — à l'insensible *Simoun* et à bien d'autres inflictions du même genre, nous avons découvert qu'il suffit d'opposer une inertie complète. L'on pourrait dire aussi qu'une Injustice permanente, même provenant d'une Puissance Infinie, se trouverait être inendurable pour les hommes. Si les hommes avaient perdu leur croyance en Dieu, leur unique ressource contre un aveugle Non-Dieu (1) fait de Nécessité et de Mécanisme, qui les tiendrait enfermés dans son ventre de fer ainsi qu'une hideuse Machine à vapeur vaste comme le Monde, ainsi qu'un hideux Taureau de Phalaris, serait, avec ou sans espoir, — la *révolte*. Ils pourraient, par un « acte universel et simultané de suicide », comme dit Novalis, *sortir* du Monde-Machine, et finir, sinon victorieux, du moins invincibles, et en protestant indomptablement qu'un tel Monde-Machine était une faillite et une stupidité.

La Conquête, à vrai dire, est un fait souvent observé ; la conquête, qui ne semble qu'injustice et que force, s'affirme partout comme un droit parmi les hommes. Mais

(1) No-God.

si nous examinons la chose, nous verrons que, dans le
monde, nulle conquête ne fut jamais permanente, qui
ne se soit en même temps montrée bienfaisante aux conquis aussi aussi bien qu'aux conquérants. Mithridate,
Roi du Pont, arrivé aux extrémités, « fit appel au patriotisme de son peuple »; mais, dit l'histoire, « il l'avait
pressuré, dépouillé, rançonné pendant de longues années »; ses réquisitions, passant irrégulières, dévasta-
trices, comme la tempête, étaient moins supportables que
l'exactitude et la méthode romaines, régulières, quelque
rigoureuses qu'elles fussent : il fit donc en vain appel à
leur patriotisme. Les Romains vainquirent Mithridate.
Les Romains, ayant conquis le monde, gardèrent leur
conquête, *parce que*, le mieux de tous, ils pouvaient gouverner le monde ; la masse des hommes ne jugèrent en
aucune façon que la révolte fût nécessaire ; leur imagination put s'affliger plus ou moins, mais, sous le rapport de leurs intérêts solides, ils se trouvèrent mieux
qu'avant.

De même encore, dans cette Angleterre, il y a longtemps, les anciens nobles Saxons, désunis, et trop
égaux en pouvoir, n'auraient pu bien gouverner le pays ;
Harold mort, leur dernière chance de le gouverner, autrement que dans l'anarchie et la guerre civile, avait
disparu : une classe nouvelle d'énergiques Nobles Nor-
mands, paraissant avec un homme énergique, avec
une succession d'hommes énergiques à sa tête, et
non pas désunie, mais unie par bien des liens, par sa
communauté même de langage et d'intérêts, à défaut
d'autres, *était* à même de le gouverner ; et elle le gou-
verna, nous pouvons le croire, d'une manière plutôt tolérable, sans quoi elle n'aurait pas subsisté là. Ils agirent,
peu conscients d'une telle fonction de leur part, comme
une immense et volontaire Force de Police, postée partout, unie, disciplinée, féodalement enrégimentée, prête
à l'action ; vigoureux hommes teutoniques ; qui, en
somme, se trouvèrent être des hommes efficaces, et
dressèrent ce sauvage peuple teutonique à l'unité et à la
coopération paisible mieux que d'autres ne l'auraient pu
faire ! Que le *devoir-faire*, si nous l'interprétons bien,
s'unit au *pouvoir-faire* chez les mortels ; que la justice

agit toujours comme le bras droit de la force ; que le pouvoir et le droit, si terriblement différents tout d'abord, sont toujours à la longue une seule et même chose, — c'est là une considération encourageante, qui toujours, dans les noirs et tempétueux tourbillons de l'histoire du monde, brillera sur nous, comme une éternelle étoile polaire.

De la conquête nous pouvons dire qu'elle ne s'est jamais encore produite par la force et la contrainte brutales ; une conquête de cette espèce ne dure pas. La Conquête, ainsi que le pouvoir de contrainte, doit, point essentiel partout dans la Société humaine, apporter un bienfait avec soi, ou les hommes, d'une force ordinaire d'hommes, la repousseront. L'homme fort, qu'est-il, si nous y réfléchissons ? L'homme sage ; l'homme doué de qualités de méthode, de conscience et de vaillance, qui toutes sont la base de la sagesse ; l'homme qui a le sentiment de ce qui est et de ce qui s'ensuivra, l'œil qui voit et la main qui agit ; qui est *apte* à administrer, à diriger, à être le guide qui commande : il est l'homme fort. Ses muscles et ses os ne sont pas plus forts que les nôtres ; mais son âme est plus forte, son âme est plus sage, plus claire, — est meilleure et plus noble, car cela est, a été et sera toujours le principe de toute clarté digne de ce nom. Il est beau, et c'est un rayon de cette éternelle étoile polaire visible parmi les destinées des hommes, que tout talent, tout intellect soit d'abord moral ; — quel monde ce serait autrement ! Mais c'est toujours le cœur qui voit, avant que la tête *puisse* voir : sachons cela ; et sachons par conséquent que le Bien seul est immortel et victorieux, que l'Espoir est ferme et certain dans cette « Demeure de l'Espoir ». — L'art des faux-fuyants, des arguties, l'habileté d'attorney est une espèce de chose qui se prend, et qu'on prend souvent, pour du talent ; mais heureusement on se méprend sur elle en ceci. Réussir, à vrai dire, elle le fait, ce qu'on appelle réussir ; et elle doit même en général réussir, si les dispensateurs du succès sont de la stupidité voulue : des gens de la stupidité voulue ne manqueront pas de lui dire : « *Tu* es la sagesse, gouverne ! » Là-dessus, elle gouverne. Mais la Nature répond : « Non, ton gouvernement ne s'accorde pas avec mes lois ; ta sagesse n'était pas assez sage ! Me prends-tu, moi aussi, pour du Charlatanisme ? pour de la Convention et de l'Attorneyisme ? Cette ivraie que tu sèmes dans mon sein, bien qu'il passe dans les réunions électorales et ailleurs pour de la semence de blé, *je* n'en ferai pas du blé, car c'est de l'ivraie ! »

.... La Révolution Française, maintenant que nous avons suffisamment exécré ses horreurs et ses crimes, se trouve en même temps avoir eu en elle une grande signification. Et, en effet, quelle grande chose arriva jamais en ce monde, un monde toujours considéré comme créé et gouverné par une Providence et une Sagesse, non par la Folie, sans avoir quelque signification ? Ce fut un bruit, tant bien que mal intelligible, de proclamation, un universel *oyez !* (1) jeté à tout le monde, ce bruit de vingt-trois années de lutte corps à corps, de sièges, de conflagrations, avec un ou deux millions d'hommes exterminés: le monde devrait savoir à cette heure qu'il y eut véritablement, dans ce Phénomène, une intention sérieuse ; qu'il eut ses raisons d'apparaître ! Ce que le monde commence à faire, en effet. La Révolution Française apparaît, ou commence partout d'apparaître, comme « le phénomène dominant des Temps Modernes » ; comme « l'inévitable et rigoureuse fin de bien des choses ; le terrible, mais aussi le prodigieux, indispensable et sévèrement bienfaisant commencement de beaucoup d'autres ». Qui veut comprendre l'inquiète et convulsive agitation de la société européenne, en tout pays, aujourd'hui, peut en déchiffrer le sens, écrit en larges lignes éclatantes, là, dans le phénomène le plus convulsif de ces derniers mille ans. L'Europe gisait languissante, obstruée, moribonde ; en proie aux charlatans, en proie aux furies, — y a-t-il une furie, un spectre de l'Abîme, aussi sinistre, hideux que votre charlatan accrédité, eût-il jamais la barbe si soignée, la parole si douce, tant de plausibilité pour lui-même et les autres ? En proie aux charlatans : dans ces seuls mots se trouve toute la misère possible. La spéciosité usurpe dans tous les

(1) En français et en italiques dans le texte.

domaines la place de la réalité, écarte la réalité ; au lieu
d'une œuvre, il y a le semblant d'une œuvre. Le charlatan est une Fausseté Incarnée ; et il dit, il crée, il commet de pures faussetés, que la Nature en sa véracité doit
désavouer. Comme chef des prêtres, comme chef des
gouvernants, il est là, chargé du soin de beaucoup de
choses. Le laboureur du « Champ du Temps » ; il est
le semeur salarié du monde, salarié et solennellement
désigné pour ensemencer de blé la bonne terre nourri-
cière cette année, afin que l'année suivante tous les
hommes puissent avoir du pain. Mais lui, misérable
mortel, il l'ensemence, comme nous disions, non de blé,
mais d'ivraie ; le monde, ne se doutant de rien, passe
la herse, lui paie son salaire, le renvoie avec des béné-
dictions, et — l'année suivante il n'y a point de blé de
poussé. La Nature a désavoué l'ivraie, refusé de cultiver
l'ivraie, et maintenant, voyez, le pain manque! Il
devient nécessaire, en pareil cas, de faire plusieurs choses ; des choses non pas douces, certaines d'entre elles,
mais dures.

Nous ajouterons même que le fait seul qu'il y ait des
charlatans parvenant à la domination en quantité inusitée, indique que le cœur du monde est déjà faux. L'im-
posteur est faux ; mais ses dupes ne sont pas non plus
tout-à-fait sincères : la première et la plus grande de
ses dupes, — c'est-à-dire lui-même, — n'est-elle pas la
plus fausse de toutes ? Les gens sincères, quelque bornée que soit leur intelligence, ont un instinct pour distinguer la sincérité. Le plus rusé Méphistophélès ne peut
tromper une simple Marguerite au cœur honnête ; « cela
se trouve écrit sur son front ». Une foule de gens susceptibles d'être menés par les charlatans sont eux-mêmes
d'un esprit en partie insincère. Hélas, en de tels temps,
cela en vient à être l'universelle croyance, la seule science
accréditée, — tandis que le contraire en est regardé comme
un puéril enthousiasme, — cette très triste incroyance qu'à
proprement parler il n'y a aucune vérité en ce monde,
que le monde ne fut, n'a été, ou ne peut jamais être
mené que par la simulation, la dissimulation et la pratique suffisamment habile des faux-semblants. La foi
des hommes est morte : ce qui a des guinées en poche,

des gardes chevauchant devant soi et des canons roulant derrière soi, ils peuvent y croire ; ce qui n'a rien de tout cela, ils ne peuvent y croire. Le sens du vrai et du faux est perdu ; il n'y a proprement plus de vrai ni de faux. Ce sont les beaux jours de l'Imposture, du Faux-Semblant se prenant lui-même et arrivant à se faire prendre pour la Substance. Les multitudes béantes écoutent ; les multitudes inattentives ne voient rien, sinon que tout va bien, et est dans l'ordre de la Nature. Les hommes sérieux, un sur un million, ferment les lèvres, réprimant leurs pensées, pour lesquelles il n'est point de mots. Pour eux il est trop visible que la vie spirituelle a disparu ; que la vie matérielle, sous toutes ses formes, ne peut rester longtemps après elle. Il leur semble, à eux, en quelque sorte, que notre Europe du Dix-huitième siècle, longtemps en proie aux furies, tourmentée par d'impurs enchanteurs, jusqu'à voir maintenant auprès d'un fastueux *Parc-aux-Cerfs* des « Paysans vivre de paille d'épi et d'herbe bouillie », s'enfonçait véritablement dans la mort et la dissolution ; et, avec ses Philosophismes Français, ses Scepticismes de Hume, ses Athéismes de Diderot, divaguait maintenant dans le délire final ; se débattant, avec ses guerres de Sept-Ans, ses Guerres de Silésie, ses Guerres de Voleurs, dans l'agonie finale. Mais, grâce à Dieu, notre Europe n'était pas destinée à mourir, mais à vivre ! Notre Europe se leva comme un géant furieux ; elle secoua de droite et de gauche tout ce magique et vénéneux faux-brillant, le foulant impétueusement aux pieds ; et elle déclara bien haut qu'il y avait en elle l'énergie, non-seulement de la vie, mais d'une vie nouvelle et infiniment plus vaste. Pareil à Antée, le géant avait une fois de plus mis le pied sur la Réalité et sur la Terre ; là uniquement, s'il devait la trouver du tout dans l'Univers, se trouvait la force, la guérison pour lui. Le ciel le sait, ce ne fut pas une opération agréable ; rien d'étonnant que ce fût une opération terrible, cette « consommation-de-feu du Phénix » ! Mais il n'y avait d'autre alternative que cela ou la mort ; les Cieux miséricordieux, miséricordieux dans leur sévérité, préférèrent nous envoyer cela.

324 NOUVEAUX ESSAIS CHOISIS DE CRITIQUE ET DE MORALE

Et c'est ainsi qu'il fallut écrire sur le papier les « droits de l'homme », et tâcher de les élaborer expérimentalement, en une bataille, un corps-à-corps énorme, où l'élément s'entrechoquait à l'élément, d'un bout à l'autre de la terre, vingt-trois ans durant. Droits de l'homme, torts de l'homme ? C'est une question où se sont englouties des nations et des générations entières; une question — que nous n'aborderons pas ici. Loin de nous ! La logique a peu à voir à cette question maintenant; la logique n'a point de sonde qui la sondera jamais. Mais à vrai dire les droits de l'homme, comme on l'a remarqué assez à propos, ne valent pas beaucoup la la peine d'être précisés en comparaison des *pouvoirs* de l'homme, — de la portion de ses droits qu'il a quelque chance d'être capable de prouver ! Les justes et définitifs droits de l'homme gisent dans les lointaines profondeurs de l'Idéal, là où « l'Idéal se lie au Possible », comme disent les Philosophes. Les droits évaluables et temporaires de l'homme ne varient pas médiocrement, selon le lieu et le temps. On sait qu'ils dépendent beaucoup de ce que sont les convictions de chacun à leur égard. La femme écossaise, encourageant de tapes sur l'épaule son mari qu'on allait pendre (s'il y a quelque vérité historique dans Joseph Miller), lui disait, parmi ses larmes : « Va, Donald, mon homme; le Laird te l'ordonne. » A elle il semblait que les droits des lairds étaient grands, les droits des hommes, petits; et elle acquiesçait. Le député Lapoule, dans la *Salle des Menus* de Versailles, le 4 août 1789, demanda (il « demanda » positivement, et obtint par vote unanime) que la « loi tombée en désuétude » autorisant un Seigneur, à son retour de la chasse ou d'une autre fatigue utile, à tuer pas plus de deux de ses vasseaux, et à prendre un bain de pieds dans leur sang et leurs entrailles tout chauds, fût « abrogée ». De cette loi tombée en désuétude, ou de cette tradition et de cette imagination folles d'une loi tombée en désuétude, jusqu'à n'importe quelle loi sur les grains, sur la chasse, sur les bourgs-pourris, jusqu'à toute loi, tout usage dont on fait grand bruit de nos jours, grande est la distance parcourue !

Qu'est-ce que sont les droits des hommes ? Tous les

hommes sont fondés à réclamer et à chercher leurs droits ; d'ailleurs, fondés ou non, ils feront cela : en recourant à des Chartismes, des Radicalismes, des Révolutions Françaises, ou à n'importe quelle méthode à leur portée. Les Droits certainement sont justes : d'autre part, cette parole est très vraie : « Traitez chacun selon ses *droits*, et qui échappera au fouet ? » Ces deux choses, disons-nous, sont l'une et l'autre vraies ; et l'une et l'autre sont essentielles pour composer la vérité tout entière. Tous les hommes bons savent toujours et sentent, chacun en lui-même, que l'une est non moins vraie que l'autre ; et ils agissent en conséquence. La contradiction est à la surface seulement, comme dans les côtés opposés du même fait : nous avons l'universel dans ce *dualisme* qu'est la vie. La Société et toutes les choses humaines doivent flotter entre ces deux extrêmes en tâchant de s'arranger du mieux qu'elles le pourront.

Et pourtant, qu'il y ait véritablement des « droits de l'homme », nul mortel n'en doit douter. Un idéal de droit réside dans tous les hommes, dans tous les arrangements, pactes et manières de procéder des hommes : c'est vers cet idéal de droit, qui se développe de plus en plus de même qu'il est de plus en plus approché, que la Société humaine tend et s'efforce à jamais. Nous disons aussi que toute chose donnée *est* ou juste ou injuste ; quelque obscurs que soient les arguments et les contestations à son égard, la chose en elle-même, telle qu'elle est là, *est* assez infailliblement l'un ou l'autre. A quoi nous ajouterons seulement ceci, premier et dernier article de foi, alpha et oméga de toute foi parmi les hommes : Que rien de ce qui est injuste ne peut espérer durer en ce monde. Foi vraie de tous temps, plus ou moins oubliée la plupart du temps, mais tout à fait terriblement rappelée à notre souvenir, de nos jours ! Fusillades de Lyon, noyades de Nantes, règnes de la terreur, et autres tonnerres et explosions d'universelle bataille, ces choses, si nous voulons les comprendre, ne furent qu'une nouvelle et irréfragable prédication de cela partout. Il apparaissait que les Spéciosités qui ne sont pas les Réalités ne peuvent longtemps rester en ce monde. Il apparaissait que la

chose injuste n'a point d'ami dans le Ciel et a contre elle
une majorité sur la Terre, bien plus, qu'*elle* a au fond
tous les hommes pour ennemis; qu'elle peut s'abriter
dans ce sophisme-ci, puis dans celui-là, mais qu'elle sera
chassée de sophisme en sophisme, jusqu'à ce qu'elle ne
trouve plus de sophisme pour l'abriter, qu'il lui faille
marcher et aller ailleurs; — qu'en un mot elle devait se
préparer incessamment à un départ décent, si elle ne
voulait pas être surprise par un départ *indécent*, être
chassée au son du tambour, et même, sauvagement, par
le fer et par le feu !

Hélas ! était-ce là une si grande nouvelle ? N'est-il pas
depuis longtemps indubitable que la Fausseté, l'Injustice,
qui n'est que la fausseté en action, n'a pas le pouvoir
de durer dans ce véridique Univers qui est le nôtre ? La
nouvelle était vieille comme le monde, ou plus vieille,
aussi vieille que la Chute de Lucifer : et pourtant, ce
fut par malheur, à cette époque, une nouvelle récente,
inattendue, incroyable; et il fallut ces tremblements de
terre et ces soulèvements de nations pour qu'on l'écoutât
et qu'on la prît à cœur, même légèrement ! Prenons-la
à cœur, connaissons-la bien, pour que de nouveaux soulèvements ne soient point nécessaires. Connue et prise à
cœur, elle doit partout l'être, avant que la paix puisse
prétendre se faire. Voilà ce qui paraît être le secret de
notre ère agitée; ceci, qu'il est si facile d'écrire, mais
qu'il est, a été et sera si difficile de faire admettre. Tous
les hommes sincères, haut placés ou non, chacun dans
sa sphère, s'emploient consciemment ou inconsciemment
à le faire admettre; tous les hommes faux ou à demi-sin-
cères seulement s'efforcent sans résultat de l'empêcher
d'être admis.

... La Force et le Droit diffèrent terriblement d'heure
en heure; cependant donnez-leur le temps, et vous verrez qu'ils sont identiques. De qui cette terre d'Angleterre
était-elle la propriété ? De Dieu qui la créa; elle était
et elle est son bien, à Lui et à nul autre. Lesquelles des
créatures de Dieu avaient le droit d'y vivre ? Les loups
et les bisons ? Oui, eux; jusqu'à ce qu'un autre, avec
un meilleur droit, se montrât. Le Celte, « sauvage abo-
rigène de l'Europe », comme le nomme un antiquaire

bourru, arriva, prétendant avoir un meilleur droit ; et il le fit par conséquent valoir, non sans dommage pour les bisons. Il avait un droit supérieur à ce morceau de la terre de Dieu ; c'est-à-dire un pouvoir supérieur de le rendre utile ; — le pouvoir de s'y fixer, tout au moins, et d'essayer de le faire servir à quelque usage. Les bisons disparurent ; les Celtes prirent possession, et labourèrent. Devait-ce être pour toujours ? Hélas ! *Pour toujours* n'est pas une catégorie qui puisse s'établir dans ce monde du Temps. Un monde de Temps, par définition même, est un monde de mortalité et de mutabilité, de Commencement et de Fin. Il n'est de propriété éternelle que celle de Dieu le Créateur : celui à qui le Ciel permet de prendre possession, celui-là a droit ; la sanction du Ciel *est* cette permission, — tant qu'elle dure : c'est tout ce qu'on peut dire. Pourquoi cette hysope croît-elle là, dans la crevasse du mur ? Parce que l'Univers, suffisamment occupé ailleurs, n'a pu jusqu'ici l'empêcher de croître ! Elle a le pouvoir et le droit. C'est en vertu de la même grande loi que les Empires Romains s'établissent, que les Religions Chrétiennes se promulguent, et que toutes les Puissances existantes imposent leur règle. La chose forte est la chose juste : c'est ce que vous trouverez partout dans notre monde...

Les Droits, je me permettrai de les appeler des « *pouvoirs* correctement articulés ». C'est une terrible affaire que de les articuler correctement ! Considérez ces Barons de Runnymède ; considérez toute manière de révoltés victorieux ! Votre Grande Charte, il a fallu l'expérimenter, avec bien des combats et des débats, durant cent cinquante ans ; enfin, on trouva qu'elle était correcte, et elle est restée la vraie *Magna Charta* ...Les pouvoirs, dis-je, sont une terrible affaire à articuler correctement ! Cependant ils doivent être articulés ; le temps vient pour cela, la nécessité presse, et, avec des difficultés et des expériences énormes, la chose a lieu. N'appelons pas cela une suite de révoltes ; appelons cela plutôt une suite de développements, d'éclaircissements, un don d'expression articulée descendant toujours plus bas. Les classes, l'une après l'autre, acquièrent la faculté

d'expression,—sous l'enseignement et la contrainte de la
Nécessité; tel le muet qui, voyant le couteau à la gorge
de son père, trouva soudain l'usage de la parole ! Considérez aussi comment les classes, l'une après l'autre,
non-seulement acquièrent la faculté d'articuler ce qui
est leur pouvoir, mais encore croissent en pouvoir,
acquièrent leur pouvoir ou perdent leur pouvoir; en
sorte que toujours, après un certain temps, il y a non-
seulement un nouveau don d'articuler, mais encore
quelque chose de nouveau à articuler.

TABLE

—

ACHEVÉ D'IMPRIMER

le deux juin mil neuf cent neuf

PAR

BLAIS & ROY

A POITIERS

pour le

MERCVRE

DE

FRANCE

Poésie

Jean Moréas

nas et Syrtes 3.50
ières Posies 3.50
Stances 3.50

Gabriel Mourey

Dairo 3.50

... et Jacques Nervat

es unis 3.50

Louis Payen

oiles blanches 3.50

François Porché

aque jour 3.50

Maurice Pottecher

hemin du Repos ...... 3 »

Pierre Quillard

rre héroïque et dolente. 3.50

Ernest Raynaud

ouronne des Jours.... 3.50

Hugues Rebell

ts de la Pluie et du
eil 3.50

Henri de Régnier

té des Eaux........... 3.50
eux rustiques et divins. 3.50
Médailles d'Argile..... 3.50
es, 1887-1892........ 3.50

Premiers Poèmes 3.50
La Sandale ailée 3.50

Lionel des Rieux

Le Chœur des Muses.... 3.50

Arthur Rimbaud

Œuvres de Jean-Arthur
Rimbaud............. 3.50

P.-N. Roinard

La Mort du Rêve....... 3.50

Ronsard

Le Livret de Folastries.... 3.50

Sainte-Beuve

Le Livre d'Amour....... 3.50

Albert Samain

Le Chariot d'Or........ 3.50
Aux Flancs du Vase, suivi
de Polyphème et de Poè-
mes inachevés........ 3.50
Au Jardin de l'Infante..... 3.50

Fernand Séverin

Poèmes 3.50

Emmanuel Signoret

Poésies complètes........ 3.50

Paul Souchon

La Beauté de Paris....... 3.50

André Spire

Versets 3.50

Laurent Tailhade

Poèmes aristophanesques..
Poèmes élégiaques....

Archag Tchobanian

Poèmes................

R.-H. de Vandelbour

La Chaîne des Heures...

Émile Verhaeren

Les Forces tumultueuses..
La Multiple Splendeur..
Poèmes................
Poèmes, nouvelle série....
Poèmes, III⁰ série.....
Les Villes Tentaculaires, pré-
cédées des Campagnes
Hallucinées..........
Les Visages de la Vie....

Francis Vielé-Griffin

Clarté de Vie.........
La Légende ailée de Wieland
le Forgeron........
Phocas le Jardinier....
Plus loin............
Poèmes et Poésies....

Gabriel Volland

Le Parc enchanté....

Théâtre

Henry Bataille

sang, précédé de la
reuse................. 3.50

Paul Claudel

re 3.50

Marcel Collière

Syracusaines.......... 1 »

Édouard Dujardin

ia 3.50

André Gide

Le Roi Candaule..... 3.50

Maxime Gorki

les Bas-Fonds. 3.50
etits Bourgeois...... 3.50

Remy de Gourmont

suivi de Théodat..... 3.50

Fernand Gregh

de féerique......... 1 »

Gerhart Hauptmann

pche engloutie....... 3.50

Ferdinand Herold

ean de Çakuntala.... 3.50

Les Hérétiques........... 1 »
Sàvitri................ 1 »
Une jeune femme bien gardée 1 »

Virgile Josz et Louis Dumur

Rembrandt............ 3.50

**Jean Lorrain
et A.-Ferdinand Herold**

Prométhée............. 1 »

Charles Van Lerberghe

Les Flaireurs.......... 1 »
Pan................... 3.50

Emerich Madach

La Tragédie de l'Homme... 3.50

F.-T. Marinetti

Le Roi Bombance........ 3.50

Jean Moréas

Iphigénie, tragédie en 5 actes................. 3.50

Lucien Nepoty

Le Premier Glaive........ 1 »

Péladan

Œdipe et le Sphinx........ 1 »
Sémiramis............. 1 »

René Peter

La Tragédie de la Mort..

Georges Polti

Les Cuirs de Bœuf.....

Rachilde

Théâtre.............

Paul Ranson

L'Abbé Prout, Guignol pour
les vieux enfants. Pré-
face de Georges Ancey.
Illustrations de Paul Ranson.................

Henri de Régnier

Les Scrupules de Sganarelle

Saint-Pol-Roux

La Dame à la faulx....

Albert Samain

Polyphème, 2 actes....

Paul Souchon

Le Dieu nouveau, tragédie
en 3 actes..........
Phyllis, tragédie en 5 actes

Émile Verhaeren

Philippe II..........

Histoire — Critique — Littérature

ense Allart de Méritens
s inédites à Sainte-
ve (in-8) 3.50

Pierre D'Alheim

orgski 3.50

Sur les pointes (mœurs
russes).............. 3.50

J. Barbey d'Aurevilly

L'Esprit de J. Barbey d'Aurevilly............. 3.50

Lettres à Léon Bloy..
Lettres à une Amie...

J.-M. Barrie

Margaret Ogilvy....

Envoi franco, sur demande

du Catalogue complet

des Éditions

du

Mercvre de France

MERCVRE DE FRANCE

26, RVE DE CONDÉ. — PARIS

—

Mercure de France occupe dans la presse du monde entier une pla
que : il est établi sur un plan très différent de ce qu'on a coutume d'a
une revue, et cependant plus que tout autre périodique il est la cho
signifie ce mot. Alors que les autres publications ne sont, à propreme
que des recueils peu variés et d'une utilité contestable, puisque to
qu'elles impriment paraît le lendemain en volumes, il garde une ina
iable valeur documentaire, car les deux tiers au moins des matier
n y voit ne seront jamais réimprimées. Et comme il est attentif à to
u se passe, à l'étranger aussi bien qu'en France, dans presque tous
aines, et qu'aucun événement de quelque importance ne lui échapp
esente un caractère encyclopédique du plus haut intérêt. Il fait
e une large place aux œuvres d'imagination. D'ailleurs, pour juger
abondance et de sa diversité, il suffit de parcourir quelques-uns de s
maires et la liste des chroniques de sa « Revue de la Quinzaine » (Vo
ouverture du présent volume).
a liberté d'esprit du *Mercure de France*, qui ne demande à ses réda
que du savoir et du talent, est trop connue pour que nous y insistion
pinions les plus contradictoires s'y rencontrent. Nous ajouterons qu
expression multiple de plusieurs générations d'écrivains ; qu'il a co
é tout le mouvement poétique des vingt-cinq dernières années ; q
des idées aujourd'hui admises ne l'étaient point lorsque, le premier,
xprima ; que beaucoup d'esprits dont l'influence sur les contemporau
manifeste sont de chez lui ; qu'enfin il a contribué plus que toute aut
lication à faire connaître en France les littératures, la pensée et l'
gers
n est peut-être pas inutile de signaler qu'il est celui des grands péri
es français qui coûte le moins cher, puisque le prix de son abonn
excède à peine celui des journaux à un sou.
us envoyons gratuitement à toute personne qui nous en fait la demand
pécimen du *Mercure de France*.

TABLES
DV MERCVRE DE FRANCE

—

L'abondance et l'universalité des documents recueillis et des sujets traités
dans le *Mercure de France* font de nos Tables un instrument de recherches incomparable, et dont l'utilité s'exerce au delà de leur but direct :
outre les investigations rapides qu'elles permettent dans les textes mêmes
de la revue, elles conduisent immédiatement à un grand nombre d'indications de dates, de lieux, de noms de personnes, de titres d'ouvrages, de faits
et d'événements de toutes sortes, au moyen desquelles, si la revue est dans
le cas insuffisante ou incomplète, il devient facile de s'orienter et de se
renseigner dans les écrits contemporains, en France ou à l'étranger.

Ces tables se divisent en trois parties.

La première partie : *Table par noms d'auteurs des Articles publiés
dans la Revue*, est alphabétique seulement par noms d'auteurs ; toutes les
matières publiées sous un titre y figurent en ordre chronologique. Les ré-
férences aux chroniques viennent à la suite, sous chaque nom d'auteur ;
les matières des chroniques ne sont pas analysées, et seul est indiqué le
titre de la rubrique.

La deuxième partie : *Table systématique des Matières*, présente une
classification qui ne correspond pas tout à fait à celle qui a été adoptée pour
les rubriques dans la revue, mais elle est précédée d'un index qui permet de
trouver immédiatement les matières cherchées. Chaque division comprend, par ordre alphabétique, d'abord les articles publiés sous un titre,
puis l'analyse des rubriques qui se réfèrent à la division.

La troisième partie : *Table des principaux Noms cités*, donne, par ordre
alphabétique, les noms d'écrivains, d'artistes, de philosophes, de savants, etc., dont une œuvre a été analysée, les noms de personnalités qui
ont été le sujet d'un ouvrage, enfin tous les noms dont la mention dans la
revue n'est pas une simple citation sans intérêt.

On a placé en tête de ces trois tables une *Table de concordance entre
les années, les tomes, les mois, les numéros et la pagination*.

PRIX DES TABLES :

Tables des tomes I à XX (1890-1896), 1 vol. in-8 de viii-88 pages...
Tables des tomes XXI à LII (1897-1904), 1 vol. in-8 de viii-168 pages...

Poitiers. — Imp. Blais et Roy, 7, rue Victor-Hugo.

MERCVRE DE FRANCE

XXVI, RVE DE CONDÉ — PARIS-VIe

Paraît le 1er et le 16 de chaque mois, et forme dans l'année six volumes

**Littérature, Poésie, Théâtre, Musique, Peinture, Sculpture,
Philosophie, Histoire, Sociologie, Sciences, Voyages,
Bibliophilie, Sciences occultes
Critique, Littératures étrangères, Revue de la Quinzaine**

La Revue de la Quinzaine s'alimente à l'étranger autant qu'en France ; elle offre un nombre considérable de documents, et constitue une sorte d'« encyclopédie au jour le jour » du mouvement universel des idées. Elle se compose des rubriques suivantes :

Epilogues (actualité) : Remy de Gourmont.
Les Poèmes : Pierre Quillard.
Les Romans : Rachilde.
Littérature : Jean de Gourmont.
Littérature dramatique : Georges Polti.
Littératures antiques : A.-Ferdinand Herold.
Histoire : Edmond Barthélemy.
Philosophie : Jules de Gaultier.
Psychologie : Gaston Danville.
Le Mouvement scientifique : Georges Bohn.
Psychiatrie et Sciences médicales : Docteur Albert Prieur.
Science sociale : Henri Mazel.
Ethnographie, Folklore : A. van Gennep.
Archéologie, Voyages : Charles Merki.
Questions juridiques : José Théry.
Questions militaires et maritimes : Jean Norel.
Questions coloniales : Aimé Sięer.
Questions morales : Georges Pelletier.
Louis Le Cardonnel.
Esotérisme et Sciences psychiques : Jacques Brieu.
Les Bibliothèques : Gabriel Réculot.
Les Revues : Charles-Henry Hirsch.
Les Journaux : R. de Bury.
Les Théâtres : André Fontainas.

Musique : Jean Marnold.
Art moderne : Charles Morice.
Art ancien : Tristan Leclère.
Musées et Collections : Auguste Marguillier.
Chronique du Midi : Paul Souchon.
Chronique de Bruxelles : G.
Lettres allemandes : Henri Albert.
Lettres anglaises : Henry D.
Lettres italiennes : Ricciotto Canudo.
Lettres espagnoles : Marcel Robin.
Lettres portugaises : Philéas Lebesgue.
Lettres hispano-américaines : Francisco Garcia Calderon.
Lettres néo-grecques : Eug. Clément.
Lettres roumaines : Marcel Montandon.
Lettres russes : E. Séménoff.
Lettres polonaises : Michel.
Lettres néerlandaises : H.
Lettres scandinaves : G. Hauser, Fritjof Palmer.
Lettres hongroises
Lettres tchèques
La France jugée à l'étranger : Dubus.
Variétés : X...
La Curiosité : Jacques Daurelle.
Publications récentes : Mercure.
Echos : Mercure.

Les abonnements partent du premier des mois de janvier, avril, juillet et octobre

	France	Étranger
Un numéro	1.25	Un numéro
Un an	25 fr.	Un an
Six mois	14 fr.	Six mois
Trois mois	8 fr.	Trois mois

Poitiers. — Imprimerie du Mercure de France, BLAIS & ROY.

www.ingramcontent.com/pod-product-compliance
Lightning Source LLC
Chambersburg PA
CBHW050315030726
47505CB00003B/710